À PROPOS DE L'AUTEUR

Lilian Darcy vit en Australie, ce pays aux paysages fantastiques dont elle puise toute l'inspiration nécessaire pour ses histoires. Ses romans sont régulièrement classés parmi les meilleures ventes dans son pays.

Coupable tentation

*

Troublants lendemains

*

Le parfum du souvenir

LILIAN DARCY

Coupable tentation

INTÉGRALE

COUP DE FOUDRE SOUS LES FLOCONS

Traduction française de

FRANÇOISE HENRY

SAGAS

HARLEQUIN

Collection : SAGAS

Titre original :
THE ONE WHO CHANGED EVERYTHING

Ce roman a déjà été publié en 2014

HARPERCOLLINS FRANCE
83-85, boulevard Vincent-Auriol, 75646 PARIS CEDEX 13
Service Lectrices — Tél. : 01 45 82 47 47

www.harlequin.fr

ISBN 978-2-2804-3349-5 — ISSN 2426-993X

1

En ce doux lundi de mi-octobre, dans les jardins de l'hôtel familial, Daisy entendit le rire gracieux de Mary Jane lui chatouiller agréablement les oreilles.

Elle grimpa les marches menant au bureau, et découvrit sa sœur pleurant des larmes de joie, des albums photo éparpillés autour d'elle.

— Qu'y a-t-il de si drôle ?

Relevant la tête, Mary Jane, une main sur la poitrine, chercha à reprendre sa respiration.

— Tout ! La moustache de papa, le chapeau de mariage de maman, son maillot de bain, leurs vêtements. Navrée, ce n'est pas drôle. Je ne sais pas pourquoi…

— Mais si ! coupa Daisy. C'est bon de t'entendre rire.

Aînée des trois sœurs Cherry, Mary Jane, à trente-quatre ans, se montrait généralement très sérieuse et responsable. Et à présent, avec ses cheveux châtains tout décoiffés, son haut crème maculé de poussière, elle offrait l'image d'une jeune femme qui se tuait à la tâche.

Depuis son retour définitif à Spruce Bay, quinze jours plus tôt, plus d'une fois Daisy s'était retrouvée en situation de conflit avec sa sœur, même si les tensions n'étaient pas de son fait. Elle se réjouissait donc de voir Mary Jane perdre son sang-froid légendaire.

Malheureusement, l'accalmie ne dura pas.

— Je n'ai pas de temps à perdre avec ces enfantillages, déclara soudain Mary Jane, refermant l'album ouvert devant elle.

Et, se levant brusquement, elle s'essuya les yeux et entreprit de remettre les albums dans leurs cartons.

— Où les as-tu trouvés ?

— Sous une pile de dossiers. Je me demande bien ce qu'ils fabriquaient là.

— Tout est prêt ?

De la main, Mary Jane désigna des cartons, certains vides, d'autres débordant de papiers.

— Les parents les emportent en Caroline du Sud.

— Je parlais de tes bagages, pas du déménagement de papa et maman.

— Oui, mes valises sont prêtes depuis une semaine.

Mary Jane se crispa soudain en évoquant son départ prévu pour le lendemain. Elle adorait voyager et, dès que Spruce Bay Resort fermait, en novembre et en avril, saisons creuses dans les Adirondack, elle quittait l'Etat de New York et, profitant de son célibat, s'envolait vers des lieux plus exotiques. Malgré tout, Daisy soupçonnait que, dans le secret de son cœur, sa sœur aurait nettement préféré avoir la charge d'un foyer.

Dire que cette situation était due à l'horrible Alex Stewart… De l'eau avait passé sous les ponts depuis quatre ans, et personne n'abordait plus le sujet. Pourtant, Mary Jane avait perdu des années de sa vie en entretenant une relation qui ne menait nulle part, ce qui avait laissé des traces dans son cœur et sa vision des choses.

Mary Jane et moi sommes si différentes, pensa de nouveau Daisy. L'amour de sa sœur pour Alex avait subsisté contre vents et marées, refusant de s'éteindre alors qu'une séparation semblait inévitable. Pour elle, les aventures du cœur tenaient plutôt de la douche écossaise. Elle s'enflammait, puis coupait court quand elle s'apercevait qu'elle avait fait fausse route.

Je fonce sans réfléchir, se dit-elle. *Jamais je n'essaie de voir ce qui se cache sous les apparences. Je suis responsable de ce qui est arrivé, au même titre que Michael.*

Mais, au fond, elle se montrait peut-être injuste envers elle-même. Elle n'avait pas rompu sans regret, et il lui arrivait encore de se tourmenter à cause de cette histoire. C'était même la principale raison de son retour de Californie. Et Mary Jane n'avait pas manqué de souligner — gentiment, ce qui rendait la remarque presque pire — qu'elle était revenue pour de mauvaises raisons.

« Je trouve stupide que tu t'impliques avec moi dans la gestion de l'hôtel juste pour fuir des problèmes personnels », avait-elle dit.

Car cette année, leurs parents ayant décidé de prendre leur retraite, Mary Jane et elle avaient décidé de s'associer pour poursuivre l'exploitation de l'affaire familiale. Des travaux de rénovation s'imposant, Spruce Bay avait fermé ses portes un mois plus tôt que d'habitude, et Mary Jane passerait la majeure partie du mois d'octobre, ainsi que l'anniversaire de ses trente-cinq ans, en safari photographique au cœur de l'Afrique.

Au début, prétextant les travaux de rénovation, Mary Jane n'avait pas voulu partir. C'était toujours ainsi avec elle, elle se croyait indispensable. Naturellement, elle était d'une efficacité redoutable, mais Daisy se sentait parfaitement en mesure de prendre les choses en main pendant son absence. Leurs parents, elle, ainsi que Lee, à distance, puisqu'elle vivait au Colorado, avaient insisté pour qu'elle parte comme à son habitude, compte tenu de son goût pour les voyages. Se rendant à la raison, à contrecœur, Mary Jane s'était inscrite à un voyage organisé de trois semaines.

— Si tu crains que je ne sache pas me débrouiller en ton absence, tranquillise-toi, dit-elle à sa sœur en la voyant si tendue. Si je peux créer des desserts et surveiller leur préparation, tous les soirs, pour deux cents personnes dans un restaurant cinq étoiles de San Francisco, je peux sûrement gérer une équipe d'ouvriers ! J'ai réfléchi à des tas d'idées pour la rénovation de l'hôtel, et je suis très excitée par le projet. J'ai aussi de nouvelles idées de menu.

— Je n'en doute pas un instant, Daisy. D'accord ?

— Mais tu doutes de mes motivations à participer à l'aventure.

— Parfois, tu t'emballes. Tu m'as raconté ce qui était arrivé avec Michael. Je ne veux pas que ça recommence à Spruce Bay.

Daisy se tourna vers la fenêtre ouverte. Un pin se découpait sur un ciel d'azur étincelant. L'odeur de sève parvenait jusqu'à elles, et l'on entendait bruire les aiguilles agitées par la brise. La paix et la beauté du lieu si familier lui allèrent droit au cœur.

— Cela n'arrivera pas, Mary Jane, répondit-elle, soudain très sûre d'elle-même. Spruce Bay est différent. Je suis ici chez moi.

Mary Jane lui jeta un regard intrigué.

— C'est ce que tu ressens malgré tes dix ans d'absence ?

— Oui. Je ne m'y attendais pas, mais je viens de m'en rendre compte. J'adore Spruce Bay, et je suis heureuse de m'y installer.

— Eh bien, tant mieux.

Elle eut l'impression que Mary Jane se détendait, et une sensation de paix l'envahit.

— Pour ce qui est du réaménagement paysager, reprit-elle après quelques instants, il me semble que ce serait plus logique de s'en occuper quand l'hôtel est fermé pour rénovation plutôt que d'attendre le printemps. Evidemment, les plantations définitives devront être reportées, mais il ne s'agit là que d'une partie des travaux.

— Exact, concéda Mary Jane. Nous sommes déjà en retard sur le planning. L'élaboration des plans de rénovation intérieure a pris plus de temps que je ne pensais, surtout pour les bungalows, et puis maman et papa ont tergiversé. Ils trouvent le terrain très bien ainsi.

— Ils ont tort.

— Je sais. Mais c'est un peu tard. Nous ferions peut-être mieux d'attendre quand même le printemps.

— Je ne crois pas. Hier, j'ai appelé Reid Landscaping, et nous avons rendez-vous demain. Si nous parvenons à prendre des décisions rapides et à tirer des plans, le travail peut débuter…

— Tu as fait quoi ? interrompit Mary Jane.

Elle s'était brusquement levée, l'air horrifié.

— J'ai pris rendez-vous pour demain, 10 heures.

— Avec Reid Landscaping.

Ce n'était pas une question. Et la tension de sa sœur était d'autant plus palpable qu'elles venaient de partager un moment privilégié.

— Ce sont les meilleurs de la région, souligna-t-elle avec force. Et nous connaissons…

— Tu as pris rendez-vous avec l'entreprise de Tucker Reid ?

— Eh bien, oui.

Mary Jane la dévisagea d'un air incrédule. Puis sa colère éclata.

— Je ne peux pas croire que tu sois aussi inconsciente, Daisy ! Tucker Reid !

— Calme-toi, voyons.

— Tucker Reid ! répéta Mary Jane avec une patience feinte.

Oh ! inutile que sa sœur se donne tant de mal ! Elle avait compris.

— C'était il y a dix ans, Mary Jane ! s'exclama-t-elle, contenant tant bien que mal son agacement. Et il s'agissait de fiançailles rompues par consentement mutuel, et non d'une sordide rupture ! Lee et Tucker ont annoncé ensemble leur séparation, rappelle-toi. Et Lee vit à plus de deux mille kilomètres d'ici !

Lee était leur sœur cadette, prise en sandwich entre Mary Jane, responsable et organisée, et la petite Daisy, pas si blonde évaporée qu'il y paraissait.

— C'est ce que tu crois ? riposta Mary Jane, hors d'elle. Tu ignores la cause réelle de leur rupture.

— J'étais présente, rappelle-toi. Ils ont expliqué qu'ils n'étaient pas assez sûrs d'eux pour franchir le pas. Lee manquait de maturité, de même que Tucker. Ils étaient si jeunes. Ils ont agi raisonnablement.

— Elle avait vingt-trois ans, il en avait vingt-cinq. Ce n'est pas si jeune. Tu crois vraiment que Lee désirait rompre ?

— Lee adore sa vie actuelle.

— Maintenant, oui. Mais il lui a fallu du temps pour récupérer. Des années, en fait.

Mary Jane prononça la dernière phrase sur le ton de celle qui sait ce que signifient des années de détresse. De nouveau, le spectre d'Alex Stewart plana dans la pièce.

— Et tu prétends que tout viendrait de Tucker Reid ?

— Il l'a quittée ! Ils ont prétendu que la rupture était une décision commune, mais c'est faux ! Deux éléments sont intervenus. D'abord, il y a eu l'accident, dit Mary Jane, comptant sur ses doigts, et puis…

Elle s'interrompit brusquement et se pinça les lèvres.

Cependant, son attention focalisée sur la première raison, Daisy ne releva pas.

— Que veux-tu dire ? Tu penses vraiment que l'accident de Lee a joué un rôle dans leur séparation ? Tu veux dire que ses cicatrices gênaient Tucker ?

Mary Jane parut gênée et soudain beaucoup moins sûre d'elle.

— En grande partie, oui, affirma-t-elle néanmoins.

— D'après toi, Tucker serait à ce point superficiel ?

L'éventualité la choquait. Jamais il ne lui serait venu à l'idée de soupçonner l'ex-fiancé de Lee d'une telle bassesse. Elle avait pris leurs explications pour argent comptant. Tous deux avaient réfléchi et décidé qu'il valait mieux raisonnablement annuler leur mariage. Point à la ligne.

Elle avait alors vingt et un ans et était accaparée par sa vie. Elle se rappelait avoir communiqué sa première impression de Tucker à sa mère en lui chuchotant à l'oreille : « Le genre beau ténébreux, quoi… »

A ses yeux, ce n'était pas un compliment, mais pas non plus un jugement rédhibitoire. Elle avait partagé le bonheur familial à l'annonce du mariage de Lee, et avait pensé que sa sœur et lui allaient bien ensemble, mais qu'il n'était pas du tout son type.

— Papa et maman partagent cet avis ?

— Bien sûr, mais c'est qu'ils n'ont pas vu…

Mary Jane s'interrompit brusquement, et son visage se ferma.

— Comment se fait-il que je n'en ai jamais entendu parler ?

— Tu n'étais pas là. Et, quand tu étais là, Lee l'était également. Alors, nous n'abordions pas le sujet.

— Cette histoire remonte à dix ans, rappela-t-elle à sa sœur.

— C'est vrai, concéda Mary Jane.

Elle parut se calmer. Peu à peu, ses joues reprirent leur teinte habituelle, et l'atmosphère de la pièce parut s'alléger. Daisy se demanda le rôle que jouait Alex Stewart dans les réactions de sa sœur, jusqu'à quel point celle-ci regrettait les années passées à attendre en vain qu'il prenne enfin ses responsabilités.

— Y a-t-il autre chose ? demanda-t-elle après un petit moment. Tu me parais…

— Bien sûr ! coupa Mary Jane avec un regain de véhémence. Il ne peut s'agir de toi ni de Tucker ! C'est forcément moi !

— Non, mais je sens que quelque chose te tracasse, et je veux que tu saches que tu peux me parler, c'est tout.

Elle posa une main apaisante sur le bras de sa sœur, qui, au moins, ne la repoussa pas. Elles étaient sœurs, après tout. Un lien puissant existait entre elles, même si elles n'étaient pas souvent d'accord.

— Ecoute, reprit-elle, tu vas partir pour l'Afrique. C'est un voyage extraordinaire.

— Oui. Bien sûr !

— Tu as sûrement encore une tonne de choses à faire avant ton départ. J'ai bien entendu ce que tu m'as dit à propos de Tucker et j'en reste… un peu estomaquée.

Mary Jane marmonna quelques paroles inaudibles. Et soudain, un détail lui revint à la mémoire.

— Au fait, tu as parlé de deux raisons à l'attitude de Tucker…

— Laisse tomber. Ça n'a pas d'importance.

Les lèvres de sa sœur avaient pris ce pli buté qui indiquait que rien ne viendrait à bout de sa décision de se taire.

— Laisse-moi téléphoner à Lee, dit-elle, renonçant à tirer quoi que ce soit de Mary Jane. Et je parlerai à Tucker. S'il existe une bonne raison de ne pas poursuivre, j'annulerai. Je n'ai pris aucun engagement avec Reid Landscaping. Le rendez-vous de demain vise à estimer les travaux pour l'établissement d'un devis. D'un autre côté, s'il n'est pas la personne que je croyais, quelle importance ? Je veux dire, c'est… décevant, voilà tout.

Mary Jane poussa un soupir impatient.

— Il réaménagera notre terrain, un point c'est tout, poursuivit Daisy. Il s'agit d'un contrat d'affaires, ce n'est pas comme s'il faisait partie de la famille. Quand on emploie quelqu'un, on n'est pas obligé d'apprécier tout de lui.

— Lee…

— Lee est beaucoup plus forte que tu l'imagines. Elle est…

Elle apprécie son célibat bien plus que toi, ma vieille.

— Lee a été plus affectée par la rupture de ses fiançailles que tu le supposes ! rétorqua Mary Jane.

— Ecoute, Lee se moque de ce qui se passe ici. Elle mène sa vie rêvée de monitrice de ski et de guide de montagne au Colorado, et elle n'est pas près d'y renoncer de sitôt.

— J'abandonne, marmonna Mary Jane entre ses dents.

Et elle se dirigea vers le couloir, fermant la porte derrière elle pour le cas où Daisy n'aurait pas compris que la conversation était terminée.

— Tu sais quoi ? cria Daisy à travers la porte. Moi aussi, j'abandonne !

Ce n'était pas tout à fait exact. Elle n'abandonnait pas du tout ; sinon, pourquoi serait-elle descendue de voiture, quarante minutes plus tard, sur le parking de l'entreprise Reid Landscaping ? Elle avait essayé de joindre Lee pour lui exposer le problème, mais, étant tombée sur le répondeur, elle avait dû se contenter de laisser un message.

Elle n'avait pas rendez-vous avec Tucker, mais, s'il existait une chance d'apaiser les inquiétudes de Mary Jane avant son départ pour l'Afrique, elle ne la laisserait pas passer. Quand les choses lui tenaient à cœur, elle débordait toujours d'énergie.

Le siège social de Reid Landscaping constituait une impressionnante publicité pour les talents de la compagnie. Elle le découvrait, car, dix ans plus tôt, l'entreprise n'était qu'à l'état d'ambitieux projet dans la tête de Tucker. Il en parlait peu, même à Lee. Par la suite, comme elle vivait en Californie, elle n'avait guère eu l'occasion de visiter les lieux, situés dans une rue tranquille, à la lisière des bois.

Elle n'avait pas non plus croisé Tucker et elle ignorait tout de sa vie actuelle. Il était peut-être marié avec deux ou trois enfants. Ou dans une relation sérieuse avec une femme. Ou bien divorcé et entièrement dévoué à son métier. Ou encore vivant joyeusement son célibat sans intention de s'installer.

L'immeuble par lui-même était une belle construction de style chalet moderne de bois, dotée de vastes baies orientées au sud. A en juger par la terrasse meublée d'une table et de fauteuils de rotin, l'étage semblait abriter un appartement privé. L'endroit devait être parfait pour savourer une boisson fraîche par une chaude soirée d'été, mais il ne manquait pas non plus de charme à cette saison avec ses jardinières débordant de chrysanthèmes aux tons d'or, de bronze et de rouge profond.

C'était cependant l'aménagement paysager qui forçait l'admiration. Bien que le feuillage ait perdu ses tons flamboyants, le paysage était magnifique. Tout était calculé pour que les plantations offrent un spectacle agréable, quelle que soit la saison. Une longue promenade de bois menait du parking à la porte d'entrée, et des structures en pierre, bois et métal vieilli procuraient un cadre à la verdure…

Il y avait trop à voir en une seule fois, mais elle se promit d'examiner de plus près le décor quand il s'agirait d'établir des plans pour le réaménagement des jardins de Spruce Bay.

Une clochette signala son arrivée.

— Je souhaiterais m'entretenir quelques instants avec M. Reid, dit-elle à la réceptionniste. Je suis Daisy Cherry, de Spruce Bay Resort.

— Oh ! je vois ! Jackie, directrice administrative. Nous nous sommes parlé au téléphone. Spruce Bay se trouve le long du lac, entre Mission Point et Back Bay, n'est-ce pas ? Bel endroit.

— Ravie de faire votre connaissance, Jackie. C'est effectivement ce lieu. J'ai un petit problème dont j'aimerais m'entretenir avec M. Reid. Ce ne sera pas long.

— Je vais voir.

Daisy prit place dans un confortable fauteuil de cuir pendant que Jackie envoyait un texto à Tucker. Celle-ci ignorait donc s'il se trouvait ou non sur les lieux, ce qui agaça Daisy, car elle désirait lui parler rapidement, afin que sa sœur parte en voyage l'esprit tranquille.

Parfois, c'était à se demander si Mary Jane ne redoutait pas ce voyage…

En attendant une réponse de Tucker, Jackie se remit au travail, et Daisy examina les lieux. Sur le mur situé à sa droite, une série d'agrandissements superbes montraient des jardins avant et après le passage de l'entreprise Reid. Il y avait également des photographies sur le vif des équipes au travail.

On y voyait Tucker en personne, en costume sombre, les cheveux coupés court, une petite barbe soigneusement taillée, recevant une récompense pour un projet grandiose. La plaque se trouvait apposée au mur, juste à côté.

Il apparaissait sur une autre photo, en tenue de travail, appuyé sur le manche d'une pelle et souriant à l'appareil. Cette fois, il était rasé, les manches retroussées, ses jambes bronzées émergeant d'un short. Deux employés l'encadraient, un jeune homme aux genoux osseux et une grande et jolie jeune femme brune, en pantalon à larges poches, une ceinture à outils à sa taille mince.

Il paraissait le même que dix ans auparavant, et pourtant… pas tout à fait. Sa silhouette s'était musclée, des rides d'expression marquaient le coin de ses yeux, surtout quand il affichait le sourire d'intense satisfaction de celui qui aimait travailler au grand air.

Sa présence dominait la photo. Il semblait avoir gagné encore en confiance ; il donnait l'impression d'un homme qui, après avoir nourri pendant des années de grands projets dans sa tête, les avait enfin réalisés.

Et, oh, ce sourire heureux, plein de vie !

En y réfléchissant, elle ne reconnaissait pas ce sourire. Durant les quelques jours passés avec lui au moment de l'annulation du mariage, il avait été tendu, irritable, mal à l'aise. Un beau ténébreux, comme elle avait dit à sa mère. Il ne souriait guère. Avait-il seulement souri ? Au fond, elle n'avait pas vraiment eu l'occasion de le connaître.

Condamnée à l'attente, avec les accusations de Mary Jane toutes fraîches dans son esprit, elle se surprit à réfléchir au passé comme elle ne l'avait pas fait depuis…

Sans doute jamais.

2

Dix ans auparavant

Le fiancé de Lee avait l'air sombre.

Très sombre.

— Je suis ravi de faire enfin votre connaissance, Daisy, dit-il, remuant à peine les lèvres.

Debout près d'eux, souriante, Lee ne parut rien remarquer.

Le visage de Tucker Reid semblait sculpté dans le roc. Un pli profond se creusait entre ses sourcils, son regard bleu était indéchiffrable et ses lèvres formaient une ligne mince. Il ne paraissait pas particulièrement en colère ou malheureux ; on sentait juste qu'il prenait garde à ne laisser transparaître aucune émotion ni à laisser échapper une remarque malvenue.

Quand elle lui serra la main, elle sentit tout particulièrement le mur qu'il élevait entre eux. Elle ravala alors son sourire et se contenta de lui adresser un bref signe de tête.

— Moi aussi, répondit-elle. Il était temps, n'est-ce pas ?

Bien que le mariage soit prévu pour dans cinq jours, c'était leur première rencontre.

Elle venait de passer un an à Paris, et Lee et Tucker s'étaient connus quelques semaines après son départ pour la France. Au début, il ne s'agissait que d'une amitié. Tous deux travaillaient l'été dans un gros complexe hôtelier afin de mettre un peu d'argent de côté.

Lee était plutôt secrète. Alors que ses parents et Mary

Jane vivaient à proximité, ils n'avaient fait la connaissance de Tucker que lorsque Lee et lui avaient été pratiquement fiancés.

Apparemment, son père, sa mère et sa sœur adoraient Tucker, et la perspective du mariage les enchantait.

— Il a été si merveilleux quand Lee a eu son accident, ne cessait de répéter sa mère depuis vingt-quatre heures que Daisy était rentrée.

Et elle chantait déjà ses louanges quand elles se téléphonaient ou s'envoyaient des e-mails pendant son séjour parisien.

— Lors de l'hospitalisation de Lee, il a passé des heures à son chevet. Elle disait qu'elle n'aurait pas supporté la souffrance sans lui.

Lee s'était gravement brûlée en manipulant imprudemment une bassine pleine d'huile bouillante, et Daisy avait expérimenté assez de brûlures mineures dans les cuisines des restaurants pour savoir qu'il s'agissait de blessures extrêmement douloureuses.

— Pas une fois, il ne lui a fait sentir que c'était sa faute. Il essayait toujours de lui changer les idées parce qu'il savait qu'elle s'en voulait terriblement.

Daisy ne saisissait pas encore le personnage. Il restait là, sans un mot, pendant que Lee se réjouissait avec un peu trop d'enthousiasme du fait qu'elles étaient toutes trois réunies, des changements survenus en un an, et de son futur bonheur de jeune mariée.

Lasse de voir Tucker se contenter de hocher la tête de temps à autre, elle décida qu'il était temps de mettre un terme à la conversation. Quelque chose clochait dans l'attitude de Tucker, et l'expression de ses yeux bleus entre ses paupières plissées la mettait mal à l'aise. Mais elle n'avait pas de temps à perdre à déchiffrer la personnalité de l'étrange Tucker Reid, car elle avait promis de faire le soir même la démonstration de ses nouveaux talents en pâtisserie française — mais non ! elle n'était pas fatiguée ! —, et il y avait beaucoup à faire en cuisine.

— Je vais me mettre à la tarte aux pêches et à la dacquoise

aux framboises, annonça-t-elle. Ou je risque de m'écrouler à cause du décalage horaire avant d'avoir fini.

Elle défit l'écharpe de soie au dessin raffiné et très parisien, et rejeta ses cheveux en arrière, pressée de se mettre au travail.

C'était si bon d'être de retour à la maison ! Et cependant, de se sentir différente de la très jeune femme qui était partie pour Paris. Elle y avait beaucoup appris dans les domaines de la mode, du bon goût et de la créativité, et avait passé des heures à explorer boutiques, galeries, marchés, à observer les gens, installée à la terrasse des cafés, à faire du lèche-vitrines, à rêver.

Même si la pâtisserie représentait son principal domaine de création — elle envisageait d'ailleurs de se lancer dans ce métier —, elle aimait également dessiner, et elle avait rempli des carnets à dessin de croquis de Paris et de ses habitants. Bref, elle avait mis à profit chaque seconde de son voyage.

Elle débordait de vie, d'amour pour celle-ci, pour sa beauté, sa variété, son éclat. Dans la famille Cherry, Lee avait la réputation d'être la plus dynamique des trois sœurs, mais Daisy n'était pas d'accord.

Lee était certes athlétique et passionnée de plein air, comme son fiancé, mais il existait une autre sorte d'énergie. Daisy sentait bouillonner en elle l'énergie de sa créativité, et à cet instant elle brûlait d'impatience de s'atteler à la confection de ces délicieux desserts.

En se dirigeant vers la cuisine, elle se retourna pour jeter un regard aux fiancés, encore déconcertée par sa rencontre avec son futur beau-frère, par le peu d'intérêt qu'il lui avait témoigné, et par le peu d'indications qu'il avait données sur sa personnalité. Lee levait les yeux vers lui. Elle ne souriait plus, avait perdu son animation. Quant à Tucker, il se penchait maladroitement vers elle, mais son regard troublé était ailleurs.

L'espace d'un instant, il se posa sur elle, et elle en ressentit une brusque chaleur. Que se passait-il ? Pourquoi la regardait-il à présent alors qu'il avait détourné les yeux quand ils s'étaient salués ? Qu'est-ce qui clochait chez cet homme ?

A moins que ce ne soit chez elle.

Toute la famille se réjouissait de ce mariage. Ce serait épouvantable si elle ne s'entendait pas avec son beau-frère !

Aujourd'hui

En définitive, ses sentiments pour le futur mari de sa sœur n'avaient guère eu d'importance. Même si sa mère l'avait un peu harcelée à propos de sa remarque sur le « beau ténébreux ».

— Tu n'insinues pas qu'il n'est pas assez bien pour Lee, j'espère ?

— Bien sûr que non.

— Il est réservé, c'est tout. Réfléchi, circonspect. Il tourne sept fois sa langue dans sa bouche avant de parler.

— C'est bon, maman.

— Quand tu apprendras à le connaître…

Elle n'en avait pas eu l'occasion. Lee et Tucker avaient annoncé leur décision d'annuler leur mariage quelques jours plus tard. Tous deux paraissaient un peu las et tristes mais, en même temps, soulagés.

Pendant un instant, tandis qu'ils s'expliquaient, ils se tinrent les mains, mais ils se lâchèrent maladroitement, comme pour mieux prouver qu'ils n'étaient plus sur la même longueur d'onde.

Moins d'une semaine plus tard, Daisy s'était envolée pour la Californie, alléchée par l'offre soudaine de trois mois de stage avec un chef pâtissier de réputation internationale. A partir de ce moment, trop occupée par ses quinze heures quotidiennes dans l'ambiance frénétique d'une cuisine professionnelle, elle avait cessé de réfléchir à la question et adopté la thèse commune de deux personnes se rendant compte qu'elles risquaient de commettre une erreur et préférant se séparer avant.

Le « beau ténébreux » ne convenait pas à Lee, voilà tout.

Mais, à présent, après avoir entendu le point de vue de

Mary Jane, elle se demandait si elle n'avait pas péché par insouciance.

C'était une impression désagréable, comme une démangeaison insistante dans un endroit inaccessible. Son téléphone sonna. Elle le sortit en hâte de son sac.

— Désolée d'avoir manqué ton appel, fit la voix de Lee. Que se passe-t-il ?

Elle fut soulagée d'entendre sa sœur. Du moins en saurait-elle plus long sur son état d'esprit avant de s'entretenir avec Tucker.

— Tu sembles essoufflée, dit-elle.

— Je reviens à l'instant d'un jogging de huit kilomètres.

— Tu aurais pu attendre de reprendre ton souffle avant de m'appeler !

Sauf que Lee récupérait étonnamment vite.

— C'est fait ! Allez, raconte.

— Voilà, je suis à Reid Landscaping, commença-t-elle, choisissant prudemment ses mots.

— L'entreprise de Tucker ?

— C'est ça.

— Tu prends contact avec lui pour le réaménagement paysager de Spruce Bay ?

— Oui. Seulement, Mary Jane… a des scrupules.

— A cause de moi ? demanda Lee qui ne manquait jamais d'aller droit au but.

— Oui, répondit-elle, gênée parce que Jackie pouvait l'entendre.

— C'est ridicule !

— C'est aussi mon avis. Mais je préférais m'en assurer.

— Pas de problème de mon côté. Fonce !

— En matière de conversation, tu es la personne la plus efficace que je connaisse, Lee.

— Seulement quand je m'apprête à filer sous la douche ! Sérieusement, il me semble qu'une éternité s'est écoulée depuis que nous avions projeté ce grand mariage. Si tu savais comme c'est loin de moi. Je ne suis plus cette fille, si jamais je l'ai été. Mary Jane projette sur moi ses propres frustrations.

— C'est un peu mon avis.

— J'ai souffert à l'époque, je ne le nie pas.

— Je ne m'en suis pas rendu compte…

— Tu n'étais pas souvent là. Mais maintenant, je sais que c'était la meilleure chose qui pouvait arriver. En avons-nous terminé ?

— Oui. Va prendre ta douche.

La conversation prit fin au moment où le téléphone sonnait sur le bureau de la réception.

— Vous avez de la chance, mademoiselle Cherry, dit Jackie en reposant le combiné. Tucker peut se libérer maintenant. Il sera là d'ici quelques minutes.

Elle se leva d'un bond.

— Je vais l'attendre dehors. Je ne voudrais pas vous déranger.

Sans savoir pourquoi, elle éprouvait un brusque sentiment d'oppression et souhaitait respirer l'air piquant d'octobre.

— Bien sûr.

Une fois de plus, elle crut discerner un éclair de curiosité dans le regard de la directrice, et elle se demanda ce qui le motivait.

Il s'agissait sans doute d'une curiosité bien naturelle. Elle-même en ressentait l'aiguillon. Si aucune communication ne s'était établie avec Tucker Reid dix ans plus tôt, alors qu'il s'apprêtait à épouser sa sœur, qu'en serait-il aujourd'hui ?

Arborerait-il toujours le même visage de marbre, l'attitude contrainte dont elle venait d'évoquer le souvenir ? Serait-il un être que Lee, éprise de liberté, considérerait avec plaisir comme ami ? Ou bien celui que Mary Jane accusait d'être dépourvu de sentiments et superficiel au point de rompre un engagement, parce que sa fiancée portait la cicatrice d'une brûlure sur la mâchoire, le cou et l'épaule ?

A moins qu'il existe chez lui une vérité qu'aucune des trois sœurs Cherry n'avait su discerner ?

La pose du dallage n'était qu'une manœuvre de diversion. Tout en positionnant une dalle et en la faisant osciller sur son support de sable pour s'assurer de sa stabilité, Tucker s'en rendait compte.

La dalle n'était pas en équilibre.

Il n'était pas à sa tâche. Il ne retardait donc pas seulement le moment de rencontrer Daisy Cherry, il perdait aussi son temps parce qu'il devrait probablement tout reprendre à zéro.

Irrité contre lui-même, il souffla brusquement l'air de ses poumons.

Il saisit une nouvelle dalle. Le travail manuel avait toujours eu le don de l'aider à mettre de l'ordre dans ses idées. Il en avait usé lors de la maladie de son père, pour surmonter sa colère et la sensation de gâcher sa jeunesse en essayant de pallier l'irresponsabilité de celui-ci.

A treize ans, il balayait les feuilles mortes dans le jardin de ses parents ; à vingt, il déchargeait les camions de livraison de la jardinerie.

A trente-quatre, il manipulait des dalles de façon inefficace comme aujourd'hui.

Il n'aimait pas se remémorer sa relation avec Lee, et encore moins le rôle qu'avait joué Daisy dans l'histoire.

C'était trop injuste.

Elle n'avait eu conscience de rien. Lui seul était à incriminer.

Lui seul.

On avait frôlé la catastrophe, et il ne pouvait même pas se targuer d'avoir fait en sorte de l'éviter. Il l'avait vue venir sans réagir. Paralysé par son désir de se conduire correctement, il avait laissé faire Lee et le destin.

Il avait parfois songé à reprendre contact avec Lee pour savoir où elle en était, mais, au moment de téléphoner ou d'envoyer un e-mail, chaque fois, la démarche lui avait paru insurmontable. Comment se comporter dans une relation qui avait commencé par être amicale et n'aurait jamais dû passer à un autre stade, et comment demander à brûle-pourpoint à quelqu'un s'il est heureux ?

Tu n'as qu'à poser la question tout à l'heure à sa sœur. Elle saura te répondre.

Pourtant, il n'était pas certain d'y parvenir. Il était capable de tergiverser jusqu'à ce que quelqu'un prenne les choses en main, comme dix ans auparavant.

Ce qu'il ne s'était jamais pardonné.

Dix ans plus tôt

Un malaise planait.

L'idée était tenace, irritante. Tout semblait aller de travers.

— … et maman se demande encore si c'est bien de n'offrir que des chocolats aux invités, disait Lee.

Il fit un effort pour essayer de s'intéresser aux propos de Lee.

— Moi, je trouve ça bien, dit-il.

Elle hocha la tête, mais aucun des deux ne pensait vraiment aux chocolats ou au bon déroulement de la cérémonie.

Je ne veux pas de ce mariage. Je le sais au fond de mon cœur depuis un certain temps déjà, et aujourd'hui l'idée me rend malade. J'ai l'impression d'avoir un poids sur l'estomac, et c'est de pire en pire. Bon sang ! Comment des choses pareilles peuvent-elles arriver ? Ce mariage réjouit tellement nos deux familles. Je ne devrais pas me sentir aussi misérable.

Lee partageait-elle son malaise, ou s'angoissait-elle parce qu'elle devinait ses sentiments ?

Son esprit partait dans mille directions à la fois.

A moins que, au contraire, Lee s'angoisse parce qu'elle n'arrivait pas à savoir ce qu'il pensait, tellement il était passé maître dans l'art de la dissimulation.

Pire, il luttait pour écarter de lui toutes ces questions.

Franchement, il ignorait s'il s'agissait d'une nervosité légitime à l'aube de transformer radicalement sa vie, ou si le problème était plus grave. Et il n'osait confier son appréhension ni à Lee ni à quiconque.

Son père, qui « avait suivi les élans de son cœur », avait fait souffrir les siens pendant des années. A l'occasion, Tucker avait découvert qu'avec ses inepties un cœur humain est capable de semer la désolation autour de lui. Et il s'était juré de laisser le sien où il était, sous le ferme contrôle de sa raison.

En attendant, Daisy avait disparu dans la cuisine.

Daisy qui avait produit sur lui un effet foudroyant, dès qu'il l'avait aperçue depuis la fenêtre d'une chambre de l'étage, moins d'une heure plus tôt. L'intensité de sa réaction l'avait laissé pantois. Comment pareille chose avait-elle pu se produire ?

Il savait que Mary Jane était allée la chercher à l'aéroport d'Albany. En entendant la voiture remonter l'allée de l'hôtel et se garer près de la maison, puis les voix de Lee et de ses futurs beaux-parents, Marshall et Denise, qui se précipitaient pour accueillir l'enfant prodigue, il s'était approché de la fenêtre et avait vu Daisy descendre de voiture.

Le soleil de l'après-midi jetait de l'or dans ses cheveux blonds, faisait scintiller ses boucles d'oreilles et le bracelet d'or qui parait son poignet. Elle portait un jean, un haut blanc et une écharpe arachnéenne, inutile mais superbe avec ses couleurs vibrantes, qui voltigea autour des deux sœurs quand elles s'étreignirent.

Tout occupée à serrer Lee dans ses bras, à rire et à s'exclamer tout en versant des larmes de joie, elle ne parut pas remarquer la cicatrice de sa sœur. Elle étreignit également ses parents, dit quelque chose à propos de la beauté de cette journée de juin et du soleil se reflétant dans le lac.

— Vous arrivez plus tard que prévu, dit Denise Cherry.

— C'est ma faute, répliqua Daisy. Comme je tenais à préparer des pâtisseries pour ce soir, nous avons acheté les ingrédients en route.

— Voyons ! Ça pouvait attendre demain ! s'exclama Denise.

— J'y tenais absolument !

Daisy plongeait déjà dans le coffre de la voiture et en sortait des sacs d'épicerie.

— Je vais préparer une dacquoise à la framboise si succulente que nous aurons intérêt à faire le tour du lac à la rame pour perdre des calories ! Et une tarte aux pêches parce que les tartes françaises sont si jolies à regarder !

— Je me demande où tu puises cette énergie, chérie, dit Denise.

Il se le demandait aussi. Tout ce qu'il savait, c'était que le dynamisme de Daisy irradiait de chaque pore de sa peau et qu'il en était captivé. Lee était également très active. Elle faisait des randonnées, pratiquait le ski, grimpait et courait, et il appréciait son goût pour l'activité physique.

Mais l'énergie de Daisy était différente. Electrique, fascinante. Il n'arrivait pas à détacher le regard de la jeune femme.

Il avait l'impression de se comporter en voyeur qui trahissait Lee, et toute la famille Cherry, et même sa propre mère, qui adorait Lee. Pourtant, comme envoûté, il ne pouvait s'empêcher d'observer les mouvements du corps de Daisy tandis qu'elle transportait les sacs d'épicerie. Elle s'arrêta pour admirer une fois de plus la maison bien-aimée et poussa un soupir de contentement qu'il sentit vibrer dans son propre corps.

Ce n'était pas possible…

Des choses pareilles ne pouvaient pas arriver. Et, même si elles arrivaient, elles ne signifiaient rien. C'était juste un stupide symptôme de l'agitation qui l'étreignait à l'idée de se marier. Il ne croyait pas à la passion. Il refusait d'y croire après avoir eu l'exemple de son père sous les yeux. Et, si cela se produisait quand même, ce n'était qu'une illusion dénuée de sens, un mirage.

Et pourtant… Il eut la même sensation, un peu plus tard, quand ils se serrèrent la main. De nouveau, l'aura d'énergie créative de Daisy l'enveloppa, et il eut l'impression d'être aspiré par la lumière qui irradiait de son corps, faite d'optimisme, de curiosité et d'enthousiasme pour la vie.

Ses cheveux, ses yeux, la courbe de ses lèvres, son geste inconscient pour caresser la superbe et inutile écharpe, comme pour se réchauffer les doigts à ses couleurs…

Il y avait de quoi rendre un homme fou.

Désormais, il y aurait trois sœurs Cherry dans sa vie. Bien qu'elle se hérisse souvent de piquants, il aimait beaucoup l'aînée, mais ne supportait pas Alex, son ami. Il aimait en camarade la cadette qu'il s'apprêtait à épouser. Il le ferait. Tout le monde désirait ce mariage.

Quant à la benjamine, c'était une révélation à laquelle il ne s'attendait pas. Et une complication dont il ne voulait à aucun prix.

Il voulait épouser Lee.

— As-tu envie de sortir ? lui demanda brusquement Lee.

Il se rendit compte qu'il regardait un point dans l'espace, vers la porte de cuisine par laquelle Daisy avait disparu quarante-cinq bonnes secondes plus tôt.

— Sortir ? répéta-t-il sottement.

— Nous pourrions sortir après le dîner, expliqua patiemment Lee. Aller boire un verre. Ou, plutôt, que dirais-tu de sauter le dîner et de sortir tout de suite ?

— On ne peut pas faire ça, voyons ! se récria-t-il.

En tant que futur gendre Cherry… le premier futur gendre Cherry… il avait conscience des attentes de la famille, cinq jours avant le mariage. Et il avait le sens du devoir.

— Il n'est même pas question qu'on sorte après le dîner.

— C'est mal d'en avoir envie ?

Il y avait une prière dans la voix de Lee, et il ne savait comment y répondre.

— Nous sommes un peu énervés, dit-il en posant une main sur sa nuque.

Un geste qu'il répétait fréquemment depuis l'accident et dont il ne perdait pas l'habitude tout en sachant que Lee ne l'appréciait plus particulièrement. Sa cicatrice s'effaçait peu à peu, mais elle était encore trop récente pour le confort de Lee, et tous deux savaient qu'elle ne disparaîtrait jamais complètement.

Continuait-il de lui caresser la nuque uniquement pour prouver qu'il supportait de la toucher ? Détestait-elle cette caresse parce qu'elle n'arrivait pas à la croire sincère ? A vrai dire, sa cicatrice faisait bien plus horreur à Lee qu'à lui.

Mais pourquoi, pour commencer, s'était-il engagé dans cette histoire avec Lee ? Il l'aimait beaucoup. Ils avaient beaucoup de choses en commun et s'étaient liés d'une grande amitié. Pourquoi avait-il fallu qu'un soir de fête cette amitié se transforme en relation amoureuse ?

Pour être honnête, il se demandait où ils en seraient sans cette soirée.

Nous serions peut-être restés simplement amis, et j'aurais rencontré Daisy à la place...

Espèce d'idiot !

Quand Lee était encore à l'hôpital, après l'accident, ils s'étaient dit que l'amour servait à traverser ensemble les épreuves aussi bien que les bons moments. Et pourtant...

Un sentiment de malaise planait, pas seulement dû à une nervosité liée au mariage, ni à son attirance pour Daisy. C'était plus profond.

Lee ressentait également ce malaise. Il en était presque certain.

Mais elle ne dirait rien.

Et il ne pouvait pas parler à sa place parce que, alors, elle penserait... tout le monde penserait... qu'il la laissait tomber à cause de l'accident, alors qu'au contraire l'accident lui avait rendu service en le confortant dans l'idée que le mariage était une affaire sérieuse et en le forçant à prendre conscience qu'ils n'étaient pas faits l'un pour l'autre. En tout cas, pas au sein d'un mariage.

Je dois aborder le sujet. Si elle ne le fait pas, c'est à moi de parler.

Mais s'il se trompait ? S'il éprouvait simplement la défaillance momentanée d'un cœur ? Si les familles Cherry et Reid avaient tout lieu de se féliciter du mariage ? Et si Lee s'effondrait ou lieu d'être soulagée ? Avait-il le droit d'agir ainsi envers elle ?

Il n'en savait rien. Si seulement il existait un moyen de découvrir ce que tous deux ressentaient au fond d'eux-mêmes sans recourir au caractère définitif des mots… D'ailleurs, peut-être que les meilleurs mariages étaient ceux qui commençaient comme avait commencé sa relation avec Lee, par l'amitié ? Après avoir constaté les ravages des élans irraisonnés du cœur au sein de sa propre famille, il jugeait malsain de se laisser aller à la passion.

Mais alors, quelle place occupait Daisy dans l'équation ?

Aucune, répondait sa probité sans faille. Depuis le diagnostic du lymphome de son père et la réaction de celui-ci à l'annonce de sa maladie, il s'interdisait d'échafauder des scénarios rose bonbon. La vie n'était pas un long fleuve tranquille, mais un combat. Et, quand il avait le choix entre croire aux miracles ou croire à l'effort, il choisissait toujours la voie la plus ardue.

Il n'y avait pas de place pour Daisy dans son univers. Daisy était une illusion, et c'était très bien ainsi.

— Tu as raison, dit-il à Lee, après le dîner. Quand nous aurons accordé à ta famille un temps convenable, nous pourrons en prendre un peu pour nous.

— Sinon, je risque d'exploser.

— Moi aussi.

— Il faut que nous parlions et…

— Oui, mettre les choses à plat. Réfléchir tout haut. Ensemble.

Les mots venaient péniblement. Agacé par la difficulté d'avoir un discours cohérent, il prit Lee par les épaules et l'étreignit. Il la sentit soupirer, comme si elle avait retenu trop longtemps son angoisse, et elle lui rendit son étreinte.

— Oui, oui. Il le faut, dit-elle.

Elle cilla, peut-être pour retenir des larmes.

Quant à lui, il éprouvait un soulagement infini à l'idée d'avoir enfin une explication avec elle.

Il eut brusquement très soif. Il avait travaillé en extérieur de 6 heures du matin à 14 heures à la jardinerie qui l'employait trois jours par semaine en plus de ses heures à l'hôtel. Il avait rempoté des greffons, déchargé des plants et du matériel, et réfléchi à sa future entreprise de paysagisme pendant les heures passées à soulever, transporter, empiler et ranger. Il avait juste avalé un hamburger et un soda pour déjeuner, mais n'avait rien bu depuis.

Aspirant à un grand verre de la fraîche et pure eau des montagnes, il se dirigea vers la cuisine où il trouva Daisy en train de remuer le contenu d'une casserole d'où s'échappait un arôme suave.

Il entra dans la pièce, terriblement conscient de sa présence, de sa beauté et de son allure pimentée d'une insaisissable nuance d'esprit français. Les joues rosies, elle semblait légèrement transpirer devant le feu, et des mèches de ses cheveux couleur blé mûr frisottaient autour de son visage humide. Elle en repoussa une derrière son oreille, puis, levant les yeux, l'aperçut.

Ils se regardèrent. En lui, quelque chose se figea, et il détourna le regard.

Aucune importance. Ce n'était pas ce trouble qui le rendait si anxieux à la perspective d'épouser Lee. Sa nervosité avait crû au fil des jours, alors que Daisy n'était qu'un prénom et une vague référence.

Il l'avait vue sur les photos de famille, mignonne petite fille, puis adolescente dégingandée, et jusqu'à leur rencontre, quelques minutes plus tôt, il se la représentait comme une gosse, la petite sœur de Lee.

Quelqu'un qu'il pourrait taquiner, à propos de son petit ami, par exemple, un type du coin qu'elle connaîtrait depuis le lycée, qui lui aurait fidèlement envoyé des textos, des coups de téléphone et des e-mails pendant son séjour en France.

Elle n'avait pas de petit ami, avait-il appris.

Non que ça ait la moindre importance.

Malgré tout, ils s'étaient regardés pendant cette fraction de seconde avant qu'il tourne la tête.

— J'ai soif, dit-il pour expliquer sa présence.

— Il y a de la bière, ou du soda au réfrigérateur, dit-elle en souriant.

— En fait, je préférerais de l'eau.

— En bouteille ou du robinet ?

— De l'eau du robinet. Je vais me servir.

— Merci. Je ne peux pas abandonner ce glaçage sous peine qu'il lui arrive des horreurs.

— Pas de problème.

Il tourna le robinet, et l'eau pure et fraîche des montagnes coula à flots dans son verre. Il l'emporta pour boire au-dehors, parce qu'il craignait ses réactions s'il restait plus longtemps près d'elle.

3

Aujourd'hui

Dans le jardin, Daisy aperçut Tucker. Vêtu d'un vieux jean et d'une chemise de flanelle à carreaux dont il avait retroussé les manches, il ressemblait à la photographie se trouvant dans le bureau.

Il mettait en place des dalles dans une alcôve de plein air qui servait de vitrine à Reid Landscaping. Il en existait cinq, chacune vouée à une utilisation bien précise : aire de barbecue, pièces d'eau et fontaines, plates-bandes surélevées, etc.

Il se redressa et recula pour juger son travail. Il semblait satisfait, et prit le temps de s'étirer, goûtant une pause bien méritée. Il vérifia son portable, puis se mit en route vers le bureau. C'est alors qu'il l'aperçut.

Elle lui adressa un signe de la main et s'approcha. Elle n'avait aucune envie de le rencontrer à l'intérieur, où leur conversation risquait d'être entendue.

Se pouvait-il que Mary Jane ait raison, que Tucker soit bien celui qu'elle décrivait, un individu méprisable ? Après sa malheureuse expérience avec Alex, Mary Jane savait peut-être reconnaître les salauds. Même après tout ce temps, il était peut-être préférable de ne pas faire affaire avec l'entreprise de Tucker pour le réaménagement extérieur de Spruce Bay.

De nouveau, elle se demanda quelle était la seconde raison

à laquelle Mary Jane avait fait allusion, mais que, butée, elle avait ensuite refusé d'expliciter.

Tucker s'était arrêté pour l'attendre, et il l'observait avec une attention qui la désarçonna d'autant plus qu'elle était déjà mal à l'aise. Les souvenirs de son attitude énigmatique, dix ans plus tôt, étaient plus vivaces qu'elle ne le pensait.

A cette époque, les beaux ténébreux ne l'attiraient guère, mais depuis elle avait appris à les apprécier. Et le Tucker Reid d'aujourd'hui était encore plus impressionnant en chair et en os que sur la photo du bureau : solide, athlétique et virile à la manière des hommes qui travaillent dur en extérieur.

Elle sentit qu'elle éprouverait une grosse déception s'il était vraiment l'être superficiel, indifférent aux autres, amateur de femmes, que Mary Jane prétendait.

— Bonjour, Daisy, dit-il quand il fut assez près.

Il lui adressa un bref sourire. Elle s'apprêta à lui tendre la main, mais il lui montra sa paume pleine de terre. Tous deux haussèrent les épaules d'un air gêné, et elle laissa retomber sa main.

— Ça fait un sacré bout de temps, dit-il.

— Oui.

— Jackie dit que vous préférez me parler dehors ?

— Oh ! elle…

— … vient de m'envoyer un texto. Etrange comme la communication va vite maintenant, vous ne trouvez pas ?

— Etrange, oui. Pratique aussi.

— Voulez-vous vous asseoir ? dit-il en désignant un banc inondé de soleil. Il fait beau aujourd'hui. Nous serons mieux ici.

— Bien sûr.

Il ne l'aidait pas beaucoup, constata-t-elle. Des banalités, une remarque impromptue sur les téléphones portables. En même temps, l'échange paraissait familier, comme s'ils se trouvaient transportés dix ans en arrière.

Elle s'installa, un peu raide sur le banc. En plein soleil, il faisait bon pour un mois d'octobre, et le bruit de cascade d'une fontaine ornementale apportait une note de sérénité contrastant avec le maelström de questions qui l'agitait.

Qui étions-nous alors, Mary Jane, Lee, Tucker et moi ? Qu'est-ce que me cache Mary Jane ? Et pourquoi sa présence me rend-elle aussi nerveuse ?

— Que puis-je faire pour vous ? demanda Tucker.

Il s'assit en prenant soin de laisser une distance de sécurité entre eux. Sa défiance l'agaça. Avait-il vraiment besoin d'agir ainsi ?

— Vous vous demandez pourquoi je veux vous voir aujourd'hui alors que nous avons rendez-vous demain ? attaqua-t-elle.

Il haussa les épaules et esquissa un sourire légèrement contraint.

— Un peu.

Soudain, elle se rendit compte qu'elle n'avait aucune idée de la façon dont elle allait procéder. Jusqu'ici, elle ne s'était pas posé la question, mais la démarche allait peut-être se révéler plus délicate qu'elle ne l'avait imaginé.

Devant Tucker qui attendait qu'elle prenne l'initiative puisque l'idée était la sienne, elle sentait son assurance la fuir. Difficile de l'accuser d'avoir rompu avec sa sœur il y a dix ans et de lui demander ensuite s'il était toujours cet odieux individu.

Il fallait pourtant qu'elle se lance.

— Mary Jane trouve déplacé que nous fassions appel à Reid Landscaping pour le réaménagement de nos espaces extérieurs parce que vous avez été autrefois fiancé avec notre sœur, dit-elle très vite.

— Ah…

Au moins, il n'avait pas changé sur un point : il restait peu communicatif. Elle attendit une réponse plus circonstanciée, mais, quand elle vint, elle ne fut pas plus avancée.

— Et vous, qu'en pensez-vous ? demanda-t-il.

Il remua, pour s'éloigner un peu plus d'elle, soupçonna-t-elle. Malgré tout, le mouvement la rendit encore davantage consciente de la solidité et de la force qui émanaient de sa personne, de la façon dont son jean moulait ses jambes musclées. Il était… intimidant.

— Je… je ne pensais pas que ce puisse être un problème. C'est pourquoi j'ai pris contact avec vous sans la consulter.

— Mais vous avez changé d'avis ?

Il plissa les paupières pour se prémunir du soleil, sans que cela dissimule totalement le bleu dur de ses yeux, et elle se réjouit de ne pas connaître précisément le fond de sa pensée.

— Non, je…

Elle s'interrompit, puis reprit :

— Il me semble juste que la question se pose. Mary Jane est pleine de bon sens et…

Déterminée à reprendre le contrôle de la conversation, elle tenta de se ressaisir.

— Mais en l'occurrence, je pense qu'elle a tort. J'ai également parlé à Lee au téléphone, et elle dit que ça ne la dérange pas du tout. Malgré tout, je préférais que nous mettions les choses à plat. Je veux Reid Landscaping parce que vous êtes le meilleur paysagiste de la région, et je ne vois pas en quoi avoir eu une relation personnelle avec une de mes sœurs il y a une éternité pourrait poser problème. Je veux pouvoir rassurer Mary Jane en lui disant que nous en avons parlé et qu'elle n'a pas d'inquiétude à avoir.

Il demeura si longtemps silencieux qu'elle se demanda s'il ne partageait pas le point de vue de Mary Jane.

— Comment va Lee ? demanda-t-il enfin. Vit-elle toujours au Colorado ? Est-elle mariée ? A-t-elle des enfants ?

Il reprit sa respiration.

— Est-elle heureuse ?

Cette partie de la conversation lui parut beaucoup plus facile.

— Elle vit toujours au Colorado, et oui, elle est heureuse. Je ne crois pas que se marier et avoir des enfants entre dans ses projets.

— Non ? dit-il en lui jetant un regard de biais.

— C'est ce qu'elle affirme. Je lui ai rendu quelquefois

visite et, à ce que j'ai pu voir, elle a organisé sa vie comme elle le désirait et ne semble pas avoir l'intention de changer quoi que ce soit.

— Tant mieux.

— C'est aussi notre avis.

— Vous pensez que ça ne me regarde pas parce que je suis sorti de sa vie au mauvais moment ?

— C'est l'opinion de Mary Jane, pas la mienne, répliqua-t-elle vivement.

— Mary Jane pense que je suis seul responsable de l'annulation du mariage ?

— Apparemment.

— Elle devrait trouver mieux à faire que d'émettre des jugements à l'emporte-pièce sur des événements passés, grommela-t-il.

Et cet avis était si proche du sien qu'elle faillit le lui dire.

— Peu importe, se contenta-t-elle de répondre. Elle part en Afrique demain.

— En Afrique ?

— Pour trois semaines. J'ignore quelles sont vos disponibilités…

— Mon agenda est plutôt rempli, mais je vais voir si je peux trouver un créneau. Je suppose que vous souhaiteriez que nous ayons tiré les plans, déterminé le budget et calé le calendrier avant son retour pour qu'elle constate que tout se passe sans encombre ?

— Si vous pouviez même avoir commencé les travaux…

— Impossible, j'en ai peur.

Le regard de Tucker disait : « Qu'est-ce que vous croyez ? Nous sommes très demandés ! »

Et elle s'en voulut d'avoir supposé qu'il pouvait prendre un gros chantier au débotté. Cela semblait bien présomptueux de sa part, comme si tout lui était dû.

Elle fit marche arrière, consciente que cette entrevue improvisée ne se déroulait pas comme elle l'avait désiré. Comme d'habitude, elle s'était montrée trop impulsive en venant ici.

— Dans ce cas, si nous arrivons déjà à établir les plans et un devis, ce sera très bien.

— Je vous laisse voir ça avec Jackie.

Elle se leva.

— Bien sûr, dit-elle d'un ton froid et poli. Je vois que vous êtes très occupé.

Il ferma les yeux un instant et laissa échapper un soupir.

— Désolé si je vous ai paru grossier.

— Mais non. Vous êtes occupé.

— Jackie travaille avec moi depuis le début. Elle connaît mieux que moi les tarifs ainsi que les délais de livraison. Et puis, elle a l'œil. J'ai un rendez-vous important, mais je n'aurais pas dû vous faire sentir que j'étais pressé. Encore une fois, toutes mes excuses.

— Pas de problème.

Il lui adressa un sourire, un vrai sourire, cette fois, et elle fut soulagée de sentir l'intimidante distance entre eux revenir à un niveau plus acceptable.

— Vous pouvez jeter un coup d'œil aux aménagements, dit-il en désignant les terrains d'un geste de propriétaire. Examinez la galerie des projets pour y glaner quelques idées et demandez à Jackie de vous montrer les catalogues de nos fournisseurs.

— Je n'y manquerai pas. Ne vous mettez pas en retard pour moi. Nous nous verrons demain, à Spruce Bay, comme prévu.

— Je m'en réjouis d'avance.

Mais la remarque sonnait faux. Son expression fermée était réapparue, et elle n'en comprenait pas la raison.

Dix ans plus tôt

— Nous devons passer prendre les smokings à la boutique de location, lui rappela Lee.

Ils étaient installés à leur table habituelle, dans un bar où ils se rendaient souvent.

— Et puis, reprit-elle, terminer le plan de table, rédiger les cartons de placement, établir les chèques pour les fournisseurs, et probablement appeler l'hôtel pour confirmer les réservations…

— Lee, coupa-t-il doucement. C'était vraiment de ces détails dont tu voulais parler ? La liste des choses à faire, nous la connaissons par cœur, et nous pouvons en discuter n'importe où.

L'expression pleine de doutes qu'il lui avait déjà vue passa dans le regard de Lee.

— Mais nous ne parlions pas. Je… comblais juste le silence.

— Le silence n'est pas interdit, que je sache.

— Sauf quand…

Elle s'interrompit, prit sa respiration et avança le menton. Des trois sœurs, elle possédait les traits les plus affirmés, et son expression était pleine de détermination et de courage. Tucker ne remercierait jamais assez le ciel que la brûlure n'ait pas dépassé la ligne de la mâchoire, laissant intacts les contours du visage.

— … quand je sens, reprit-elle, lorsque nous sommes silencieux, que tu ne penses qu'à une chose : tout laisser tomber.

— Tout laisser tomber…, répéta-t-il d'une voix blanche.

— Oui. Annuler, m'expliquer que c'était une erreur monumentale. J'attends que tu le dises, mais tu restes muet.

— Parce que je ne supporte pas l'idée de te faire du mal…

Mauvais. Très mauvais.

Le visage de Lee prit un ton de cendre.

— C'est pour ça ? Pour ça ? Je pensais que tu étais peut-être sujet à une nervosité normale vu les circonstances. Moi aussi, je suis angoissée. Je ne sais plus si nous sommes bien sur la même longueur d'onde, et si ce trouble est ou non passager. Mais maintenant, tu me dis… tu me dis que tu sais que c'est une erreur, mais que tu es quand même prêt à aller jusqu'au bout ?

— Je ne suis pas certain que ce soit une erreur. J'étais… je…

Que dire ? Il ne cessait de penser à son père et à sa propre détermination de ne jamais agir comme lui. Il fallait considérer le bonheur de ses proches, pas seulement le sien. On ne pouvait se laisser balloter par ses émotions comme des feuilles par le vent.

— Tu allais m'épouser pour ne pas me faire de mal, résuma Lee. Sais-tu à quel point c'est insultant ?

Ils tentèrent alors d'aller au fond des choses. Et après une longue explication entrecoupée de silence et de larmes, ils convinrent qu'il valait mieux se séparer.

— C'est un soulagement, déclara Lee d'un ton égal. Oui, je suis soulagée.

Cependant, une fois rentrés, elle n'attendit pas qu'il ait coupé le moteur pour bondir hors de la voiture, marmonner quelques paroles inaudibles et disparaître à l'intérieur de la maison.

Le temps qu'il atteigne le perron, il entendit par la porte ouverte le bruit des pas de Lee qui grimpait l'escalier en toute hâte afin de se retirer dans le secret de sa chambre.

Il ne rentra pas.

Il en était incapable. Pas maintenant.

Il avait besoin d'air.

Ils étaient convenus de ne parler à personne de leur décision jusqu'au lendemain.

— Daisy vient juste d'arriver, avait dit Lee. Laissons-la prendre ses repères avant d'assener la nouvelle.

— Ce n'est pas à cause de Daisy, n'est-ce pas ? avait-il demandé.

Et les mots avaient eu un goût de mensonge dans sa bouche.

Etait-ce à cause de Daisy ?

Soit. Il refusait de rentrer maintenant de peur de croiser Daisy.

Il s'assit sur les marches du perron, les coudes sur les genoux, et resta là, à broyer du noir. Toutes sortes d'émotions l'agitaient, aussi violentes et capricieuses que les vagues qui grossissaient sur le lac quand le temps tournait à l'orage.

Il avait l'impression de vivre un changement de saison, comme à la fin de l'été, quand les feuilles tombent brusquement des arbres sous l'effet d'une rafale et que la température chute de cinq degrés en une heure pour dépasser vingt degrés le lendemain.

Il refusait de laisser ses émotions diriger sa vie. Pas après avoir vu la façon dont son père s'était comporté quand il avait appris sa maladie. Il s'était juré de ne jamais se laisser prendre à ce piège.

A la mort de son père, huit ans plus tôt, il en avait alors seize, il avait dû se hâter de grandir afin de soutenir les siens. Il avait pris deux emplois à mi-temps pour aider sa mère à boucler les fins de mois. C'était lui qui, le soir, essayait de décider avec elle si Mattie devait continuer ses études, ou si Carla était assez âgée pour avoir un petit ami sérieux. Il connaissait la valeur de la prudence et la sagesse qu'il y avait à considérer tous les aspects d'un problème.

— Tout cela n'a aucun sens, marmonna-t-il en s'adressant à l'univers.

Ce sentiment d'être à la croisée de son destin, l'attente d'un miracle, ce n'était que sottises.

Qu'est-ce que j'attends ? Un signe ?

A cet instant, il entendit un bruit de pas derrière lui.

Daisy.

Et son maudit cœur lui fit comprendre que c'était le signe qu'il attendait.

Il se retourna avec un peu trop d'empressement. Mais ce n'était pas Daisy, mais Mary Jane.

Il eut l'impression qu'il se vidait de son énergie. Son accablement fut si évident que Mary Jane ne put manquer de le remarquer.

— Tout va bien ? s'enquit-elle avec une légèreté dont il ne fut pas dupe.

Elle avait deviné que quelque chose clochait. Peut-être avait-elle vu Lee s'enfuir dans l'escalier… La fenêtre de Lee était plongée dans l'obscurité, nota-t-il. Mais la fenêtre voisine, celle de Daisy, était brillamment éclairée, et sa lumière se déversait sur le toit de la véranda.

— Ça va, grommela-t-il entre ses dents.

Mary Jane se tut, l'incitant par son silence à en dire davantage.

— Lee et moi avons parlé, reprit-il avec difficulté. Nous avons tout mis à plat. Ça va.

— Très bien.

La réplique était ferme, presque agressive. Elle hésita un instant, comme si elle allait ajouter quelque chose, puis elle tourna la tête vers l'intérieur. Toute la soirée, elle avait attendu un appel d'Alex, et il supposait que ce dernier n'avait toujours pas téléphoné. Quand il s'y déciderait, il se répandrait en excuses et, la prochaine fois qu'il la verrait, il lui apporterait des fleurs. N'empêche : il n'appréciait guère l'ami de son ex-future belle-sœur.

— Mary Jane, tu es là ? demanda la voix enjouée de Daisy par la fenêtre.

Elle souleva la moustiquaire et passa sa tête par la fenêtre, les cheveux tout auréolés par la lumière de la chambre. Il descendit la dernière marche du perron et leva la tête vers elle, tel Roméo contemplant sa Juliette.

« Elle parle ! Oh ! Parle encore, ange resplendissant, car tu rayonnes dans cette nuit au-dessus de ma tête comme… »

— Oh ! Tucker, désolée ! Je croyais que c'était Mary Jane.

Arrachant son regard à la fenêtre, il vit que Mary Jane le regardait fixement, comme si elle avait deviné son fantasme par son langage corporel bien plus que par les vers de Shakespeare.

— Elle est là, dit-il à Daisy d'une voix enrouée.

— Si ça ne te fait rien, Tucker, j'ai oublié ma brosse à cheveux dans sa voiture. Peux-tu aller la chercher et me la lancer ? Elle est fermée, Mary Jane ? demanda-t-elle plus fort.

Mary Jane toussota.

— Elle est ouverte. Je vais la chercher, Daisy, ajouta-t-elle d'un ton maussade.

— Je parie que Tucker lance mieux que toi !

— J'y vais, se hâta-t-il de dire.

La voiture était toute proche. Il trouva la brosse à cheveux sur le tableau de bord et la brandit en direction de Daisy.

— Tu veux vraiment que je…

— Bien sûr ! s'exclama-t-elle, se préparant à l'intercepter.

Il lança la brosse d'un geste net et précis, et elle la rattrapa en riant.

Immédiatement, il sut que cet instant resterait à jamais gravé dans sa mémoire.

Aujourd'hui

Encore aujourd'hui, il se le rappelait avec une troublante acuité.

Quittant l'allée pavée, il se dirigea vers sa voiture garée dans le parking privé. Assis dans son véhicule en attendant que le moteur chauffe, il observa Daisy, qui, en pantalon noir et veste bleu vif, déambulait dans les différentes aires de présentation, examinant et s'arrêtant dès que quelque chose retenait son attention.

Elle recula pour apprécier l'effet du soleil matinal sur l'eau qui jaillissait d'une fontaine, avança pour passer sa main sur un morceau d'ardoise bleu-gris, ramassa un pot de céramique contenant un bambou miniature et le posa sur l'ardoise comme pour tester l'harmonie des couleurs avant de le reposer exactement où elle l'avait trouvé.

C'était ce qui l'avait tant attiré chez elle autrefois, l'intensité de ses réactions à la beauté, l'énergie créatrice qui bouillonnait en elle, la lumière qui irradiait d'elle alors qu'il vivait encore dans l'ombre de la maladie de son père et de ses conséquences.

Le moteur était chaud, il n'avait plus aucune raison de s'attarder. Il fallait démarrer avant qu'elle ne remarque… sauf qu'elle était si absorbée par ce qu'elle regardait qu'elle paraissait oublier le reste du monde.

Au fond, il pouvait être fier d'une chose : il avait réussi à garder pour lui le formidable cataclysme déclenché par ses sentiments pour elle.

Lee n'avait rien deviné, pas plus que Marshall et Denise. Ils avaient tout compris de travers. Marshall l'avait abordé dans le secret du bureau de l'hôtel, après que tous les coups de téléphone avaient été donnés pour annuler la réception, les photographes, les fleurs, les invités.

— Je ne peux pas croire que tu te conduises ainsi, Tucker, avait-il dit. Ma courageuse petite fille prétend qu'elle désire aussi cette rupture, mais je ne suis pas fou. Tu en es responsable. Peut-être l'ignore-t-elle. Peut-être croit-elle vraiment qu'il s'agit d'une décision commune, mais j'ai bien vu ton comportement ces dernières semaines. Tu te détachais d'elle, si bien qu'elle a fini par se croire à l'origine du changement dans votre relation. Je sais à quoi ressemble un homme sincèrement épris de celle qu'il va épouser. Et si tu t'es détaché de ma fille parce qu'elle a été défigurée…

— Marshall, voyons ! Lee n'est pas…

Il n'avait pu se résoudre à prononcer le mot. *Défigurée.* Jamais il n'avait pensé à elle en ces termes.

— Le mot est trop cru pour toi, peut-être ? Tu refuses d'être confronté à tes motivations ?

La discussion lui déplaisait profondément, et il avait failli avancer le prénom de Daisy. Heureusement, il s'était ravisé et, si Marshall continuait à penser que l'accident de Lee constituait le cœur du problème, il s'agissait d'un inévitable dommage collatéral.

Il refusait de mêler Daisy à cette histoire. Pas question d'infliger une douleur supplémentaire à Lee ou d'aggraver encore la situation.

Il attendrait, avait-il décidé. Il ferait profil bas, et dans quelques mois, quand les tensions se seraient apaisées et qu'il aurait pris du recul, il agirait. Il reverrait Daisy, et s'il ressentait encore… si elle partageait son sentiment… s'il existait un moyen qu'ils puissent…

Rien de tout cela ne s'était produit.

Il quitta le parking, se rappelant le choc qu'il avait éprouvé quand, quelques jours après l'annulation du mariage, à la supérette du coin, il était tombé sur une Daisy en ébullition. Il avait caché sa joie de la revoir derrière ses lunettes noires.

— Tu sembles toute contente aujourd'hui, avait-il murmuré.

— Enchantée, tu veux dire ! Je pars demain pour la Californie faire un stage chez un chef pâtissier réputé. L'occasion s'est présentée si vite que je n'ai pas eu le temps de souffler ! La première personne de la liste s'est désistée, et il se trouve que j'étais en deuxième place ! Je n'arrive pas à y croire. Euh… je suis contente de te voir, Tucker, mais il faut que je me dépêche.

Elle était partie.

Il n'avait rien tenté. Comment croire à ces signes qui se contredisaient alors que, dès le départ, il ne croyait pas aux signes ? Comment poursuivre un mirage que sa raison rejetait ? Car son brusque attachement à Daisy n'était peut-être que le symptôme du malaise entre Lee et lui ? De toute façon, le destin faisait sans doute bien de l'arracher à une situation que personne, dans aucune famille, n'accepterait.

— Et dix ans plus tard…, marmonna-t-il tout en conduisant.

Dix ans plus tard, aussi incroyable que cela puisse paraître, il ressentait exactement la même chose qu'alors. Un bouleversement de tout son être qui laissait présager un chamboulement de tout le reste.

Magie, alchimie. Peu importait le nom qu'on lui donnait.

C'était tout aussi fort, et il s'en méfiait tout autant qu'autrefois. Il lui semblait avoir réussi à dissimuler son agitation lors de leur brève rencontre. Il l'espérait, en tout cas, parce que ses convictions et son sens moral étaient restés les mêmes. Il ne comptait pas céder à son attirance pour Daisy.

Pour s'en dissuader, il disposait de l'exemple de son père et d'un petit détail appelé « certificat de mariage ». On pouvait toujours le traiter de vieux jeu, il trouvait inadmissible, quelles que soient les circonstances, qu'un homme légalement marié à une autre poursuive une femme de ses assiduités.

4

— Aujourd'hui, j'ai vu ton demi-frère, annonça sa mère à Tucker ce soir-là.

Elle lui avait demandé de venir réparer une fuite du siphon de l'évier et changer l'ampoule de la lampe du palier.

En réalité, à soixante et un ans, elle était fort capable de le faire. Elle tondait la pelouse, payait ses factures en temps et en heure, changeait les ampoules à sa portée. Mais il lui avait interdit de changer celle du palier, car cela exigeait de grimper sur un escabeau et de se pencher au-dessus de la cage d'escalier.

Avec sa silhouette mince et énergique, ses cheveux gris argenté, elle aurait pu se remarier si elle l'avait désiré. Mais elle n'en avait jamais manifesté l'envie. A deux reprises, il avait eu envie de lui demander : « Tu aimais donc tellement papa ? » Ou, peut-être : « Papa t'a-t-il donc fait tant de mal ? » Mais finalement, il s'était tu.

— Ah bon ? dit-il prudemment, tu as vu Jonah ?

— Il travaille à Third Central, l'agence bancaire au coin de Maple et de la 22e Rue, et j'avais des chèques à déposer. D'habitude, je ne vais pas dans cette agence, mais j'avais une livraison à faire dans le coin.

Après avoir pris un emploi de vendeuse chez un fleuriste quand son père était tombé malade, elle avait fini par ouvrir sa propre boutique.

— Il paraît si adulte. Il doit avoir dans les vingt et un ans maintenant.

— A peu près.

— Il ne m'a pas reconnue, ajouta-t-elle, ou bien il a fait semblant, comme moi.

Il n'y avait pas grand-chose à dire. Jonah avait trois ans à l'enterrement de leur père ; c'était un petit garçon remuant qui ne comprenait rien à ce qui se passait. Sa mère avait été horrifiée en apprenant qu'Andrea tenait à ce qu'il assiste à la cérémonie. « Comment peut-elle faire ça ? » ne cessait-elle de répéter.

Déjà, de savoir qu'elle devrait compter sur la présence de la maîtresse de son mari à son enterrement l'avait anéantie. Le spectacle de Jonah pleurant et se débattant dans les bras de sa mère avait été trop pour elle, après tout ce qu'elle avait déjà enduré.

Sa mère avait découvert la liaison de son père trois mois après avoir appris qu'il souffrait d'un cancer et, trois mois plus tard, que sa maîtresse était enceinte de huit mois.

Evidemment, l'ordre dans lequel elle avait découvert l'histoire ne correspondait pas à celui des événements. Son père s'était su malade bien avant d'en parler à sa famille et, en réaction, il avait presque aussitôt entamé cette liaison. Encore aujourd'hui, sa justification rendait Tucker furieux.

« Je dois croire en ma bonne étoile, disait son père, et me laisser guider par mes sentiments. Ecouter ce que je ressens, moi, et personne d'autre. Je dois vivre à fond, tant que j'en ai encore la possibilité. »

Ta réaction est complètement absurde, papa. La maladie est censée te rapprocher des gens qui t'aiment, pas te lancer dans la quête égoïste et chimérique de ta jeunesse perdue !

Mais que dire de tout cela dix-huit ans après la disparition de l'intéressé ?

— Ce n'est pas la faute de Jonah, dit sa mère, comme elle l'avait déjà reconnu bien des fois.

A une époque, elle avait même fait part de son désir

d'apprendre à le connaître. « Il vous ressemble tellement à Mattie et toi à son âge. »

Mais c'était impossible. Trop de rancœur les animait, ainsi que la conscience d'un immense gâchis. Sa mère n'arrivait pas à pardonner à Andrea Lewers. Elle préférait reporter la faute sur la jeune femme plutôt que de se résoudre à blâmer son mari. Quant à Andrea, elle en voulait à sa mère de l'exclure, de refuser de reconnaître qu'elle aussi avait aimé son père et de prendre en compte son chagrin.

Finalement, il avait dissuadé sa mère d'entrer en rapport avec son demi-frère, si bien qu'ils le connaissaient à peine. Malgré tout, sa mère n'avait jamais renoncé à glaner de loin en loin des renseignements sur lui.

— Tu ne fréquentais pas cette agence parce que tu savais qu'il y travaillait, n'est-ce pas ? demanda-t-il, gentiment grondeur.

Elle le regarda et soupira.

— Non. Je l'ignorais. Depuis deux ans, je me surveille. Tu as raison quand tu dis que rien n'est possible entre nous. Jonah lui-même n'a pas besoin qu'on lui remette le nez dans cette histoire.

— Je pense vraiment que c'est l'attitude la plus raisonnable.

Il fut très soulagé de se rendre compte qu'il n'avait pas besoin d'argumenter avec sa mère sur ce point.

— Cependant, à propos de gâchis…, reprit-elle.

— Oui ?

Il l'entendit prendre sa respiration.

— Il y a deux jours, Emma m'a téléphoné, et nous avons parlé.

— Ah oui ? dit-il, sa méfiance éveillée.

Quand sa mère amenait la conversation sur Emma, l'échange était rarement détendu.

— Je ne crois pas qu'elle désire le divorce, Tucker, dit-elle d'un ton plaintif. Franchement, je ne comprends pas pourquoi vous n'avez pas fait davantage d'efforts pour que ce mariage marche.

— Parce que c'était convenu dès le départ, répliqua-t-il en soupirant. Tu le sais très bien.

— Un accord peut très bien se réviser. Je crois qu'Emma le désire au fond d'elle-même. A toi de t'efforcer de faire de ce mariage une véritable union, au lieu de baisser les bras.

— Emma ne le désire pas, maman.

Elle ignora la remarque.

— Vous vous entendriez tellement bien tous les deux, et tout le monde serait content. Tu as déjà rompu des fiançailles, et maintenant ce divorce. Je me demande bien ce que tu veux ! Franchement, je ne comprends pas pourquoi…

— Tu te trompes, maman.

— A propos de ton mariage ou de ce que veut Emma ?

— Des deux. Emma et moi avons longuement discuté de la question.

— Elle redoute de t'avouer la vérité. Il faudrait que cela vienne de toi.

— Non, maman. Nous avons été mariés trois ans. S'il y avait eu la moindre chance que nous tombions amoureux, ce serait déjà fait. Il n'existe aucune alchimie entre nous.

— Vous allez si bien ensemble…

— Parce que nous nous laissions suffisamment de liberté et que les choses sont claires entre nous depuis le début de cet arrangement.

Sa mère haussa les épaules d'un air navré, puis se résigna à changer de sujet :

— Veux-tu une tasse de café et une part de gâteau ?

— Bien sûr ! J'ai du temps devant moi. J'en serai ravi.

Tout en dégustant café et gâteau, ils parlèrent de Carla et de Mattie, qui se plaisaient beaucoup à New York, et du bonheur qu'ils leur feraient si l'un des deux ou, encore mieux, les deux revenaient s'installer plus près, puis d'émissions de télévision et du temps.

Quand il se retira, ce fut avec le sentiment familier d'avoir échappé in extremis à une crise émotionnelle.

Deux, même.

Son mariage et Jonah.

En réalité, il se montrait injuste, car sa mère avait renoncé relativement facilement à épiloguer sur ces sujets épineux. Si elle était capable de se montrer aussi raisonnable, il pouvait bien prendre exemple sur elle.

C'était sans doute une bonne chose que sa mère soit tombée sur Jonah : cela lui rappelait à point nommé son aversion pour les imbroglios affectifs. Se laisser aller à son attirance pour la sœur de son ex-fiancée alors que le mariage blanc contracté avec Emma pour qu'elle obtienne une carte de séjour était encore une réalité légale ne ferait que créer d'inutiles complications.

5

Tôt le mardi matin, leurs parents devaient conduire Mary Jane à l'aéroport d'Albany d'où elle devait prendre une correspondance pour Newark. Au moment du départ, Mary Jane et Daisy s'embrassèrent chaleureusement sans faire la moindre allusion à leur dissension de la veille à propos de Tucker Reid.

— Amuse-toi bien en Afrique ! souhaita-t-elle à sa sœur.

— J'y compte bien… en tout cas, je m'y efforcerai !

Tucker arriverait pour le rendez-vous prévu au moment où Mary Jane embarquerait pour son vol et, leurs parents ayant prévu de déjeuner à Saratoga, il serait depuis longtemps parti à leur retour.

Sans doute une bonne chose.

Après avoir décidé de se retirer de l'affaire, ses parents avaient choisi de s'installer en Caroline du Sud. « Comme ça, avaient-ils déclaré, nous n'interférerons pas dans vos décisions concernant l'hôtel. » Mais ils n'avaient pas encore déménagé et ne pouvaient s'empêcher de donner leur avis, tout en se répandant en excuses chaque fois.

Elle n'avait aucune envie que Tucker se trouve mêlé à une tempête familiale. Après tout, il n'avait pas fait partie assez longtemps de la famille pour se voir infliger cette épreuve.

A 9 h 58, elle entendit claquer une portière. Par la fenêtre du bureau, elle vit un camion portant sur le flanc le logo bleu et vert de Reid Landscaping et glissa en hâte ses notes dans un classeur.

Il lui paraissait utile de se munir d'un classeur et de notes qui mettaient l'accent sur le caractère professionnel de la rencontre. Et elle se rappela comment, chez Niche, elle avait pris l'habitude de serrer dans ses bras une pile de menus après que ses relations professionnelles et personnelles avec le chef et propriétaire du restaurant, Michael Drake, s'étaient dégradées.

Comme elle détestait y repenser !

Elle était tombée très amoureuse de lui, pratiquement dès leur première rencontre. Travaillant dur pour s'établir chef pâtissier, elle avait rarement l'occasion de sortir avec des hommes et commençait à souffrir de sa solitude affective. Bref, elle était mûre pour une relation sérieuse.

Le charme de Michael, qui la comblait de gestes romantiques, avait opéré, et leur idylle avait débuté sous les meilleurs auspices. Elle se souvenait d'avoir téléphoné un soir à Lee pour se répandre en louanges sur lui.

— Oh ! Lee ! Jamais je n'aurais cru ressentir un tel bonheur. Je vis un vrai conte de fées ! On prétend que personne n'est parfait, mais c'est faux. Michael l'est.

Oui, il était parfait. Trop parfait. C'en était accablant.

Rapidement, elle avait cessé d'être éblouie par les bouquets de fleurs, les coups de téléphone, les sourires rien que pour elle, les dîners aux chandelles et l'étalage public de leur intimité, et avait commencé à se sentir mal à l'aise. Les étoiles de son regard s'étaient éteintes, et des crevasses avaient lézardé la façade, révélant un ego monstrueux, une absence totale d'humour et une tendance à bouder pendant des jours si elle ne fondait pas de gratitude devant ses attentions.

Elle s'était détachée de lui aussi vite qu'elle s'en était éprise. Et elle s'en voulait terriblement d'avoir confondu romantisme de pacotille et amour avec un grand A. Elle avait rompu, ce qui s'était révélé insupportable pour l'amour-propre de Michael.

Elle lui avait expliqué que la rupture ne changerait rien à leur relation professionnelle, et il avait été d'accord. Sauf que cet acquiescement était aussi superficiel que son prétendu amour. En réalité, dès cet instant, il avait décidé de la punir, parfois subtilement, parfois grossièrement, selon qu'il était plus ou moins satisfait de sa dernière conquête.

Elle avait attendu qu'il se lasse de son petit jeu mesquin, pensant qu'il lui suffirait de se maintenir assez longtemps la tête hors de l'eau pour que tout redevienne normal. Mais Michael n'avait pas désarmé, et l'ambiance dans la cuisine était devenue irrespirable. Elle soupçonnait aussi Michael de ternir sa réputation dans son dos, si bien que ses chances de trouver une place équivalente à San Francisco s'en trouvaient compromises.

Cette débâcle l'avait amenée à se poser la question du sens de sa vie en Californie. Etait-ce si important d'y vivre ? Que désirait-elle vraiment ? Où se voyait-elle dans cinq ou dix ans ? Et elle avait décidé de revenir s'installer à Spruce Bay. A présent, elle ne pouvait s'empêcher de réexaminer les débuts de sa relation avec Michael pour tenter de déceler des signes qui lui auraient alors échappé, afin de ne pas refaire la même erreur avec un homme.

Idée qui la ramena au présent, et à Tucker Reid.

Elle sortit du bureau avec son classeur pour le trouver à côté de son pick-up, examinant le paysage derrière ses lunettes noires. Son regard allait des plantations d'arbustes mal taillés qui bordaient la route d'accès, à l'étendue semi-circulaire de pelouse qui s'étendait devant les deux ailes de l'hôtel, en passant par le rectangle dénudé de la piscine.

Elle devina ses pensées.

— Je sais, dit-elle, c'est démodé et défraîchi.

Il se tourna, ses cheveux noirs brillant au soleil matinal. Il était vêtu d'un jean et, malgré la fraîcheur de l'air, d'un polo bleu marine portant le logo bleu et vert de son entreprise.

— Désolé. Je ne pensais pas être aussi transparent.

Pour une fois, si !

— C'est tellement évident. L'idée d'une rénovation intimidait mes parents, et ils reportaient toujours la décision. Il est grand temps d'agir.

— C'est fréquent, surtout dans les entreprises familiales.

Il se pencha par la fenêtre de son pick-up et sortit une tablette électronique qu'il alluma.

Elle ne put s'empêcher de soupirer.

— Je crois qu'ils ne voyaient tout simplement pas l'urgence d'entreprendre des travaux. L'endroit leur est si familier.

Mary Jane bataillait depuis un certain temps pour les décider à envisager des travaux.

— En étudiant le taux d'occupation des sept dernières années, reprit-elle, j'ai constaté une chute sensible. Encore plus sur la dernière saison, et je ne crois pas que ce soit seulement lié à la crise.

Il hocha la tête tout en manipulant la tablette. Ses mains étaient fortes et bronzées. Probablement calleuses.

— Il est certain que, quand les gens prennent des vacances, dit-il, le dernier de leurs souhaits est de se voir rappeler la récession par des équipements hors d'âge.

— Vous avez raison.

Elle le considéra un instant avant de suggérer :

— Tu ne crois pas que nous pourrions revenir au tutoiement ?

Il leva les yeux de sa tablette et la dévisagea quelques secondes en silence.

— D'accord, dit-il enfin. Eh bien, fais-moi visiter. Montre-moi les espaces qui, selon toi, nécessitent d'être réaménagés en priorité. Cela m'aidera à établir un budget prévisionnel. Je vais laisser ce truc au bureau, ajouta-t-il en agitant la tablette, et nous entrerons les données au retour. Tu pourrais aussi laisser tes notes, non ?

Il jeta un regard critique au classeur qu'elle tenait serré contre elle, et son armure protectrice se désagrégea instantanément. Etrangement, elle se sentit soudain nue devant lui.

— Bien sûr, si tu penses qu'elles sont inutiles.

— Je préfère t'entendre parler de tes envies, même si elles sont imprécises.

Un sourire, Tucker. C'est donc trop demander ?

— Alors, je peux laisser ma tablette au bureau ? demanda-t-il quand il eut fini d'entrer quelques informations.

— Donne.

Elle emporta le tout et revint quelques minutes plus tard pour le trouver testant du bout de sa botte le bois partiellement pourri d'une jardinière dans laquelle végétaient des arbustes filiformes ou à demi morts.

— Ne ferions-nous pas mieux de regarder les choses en face ? demanda-t-elle soudain.

Il lui jeta un regard circonspect.

— Que veux-tu dire ?

— Est-ce qu'on ne rêve pas en imaginant qu'on peut redonner vie à cet endroit ? Il y a tant à faire. Il vaudrait peut-être mieux vendre et laisser les bulldozers régler le problème.

Elle détestait parler ainsi. Elle aimait l'hôtel beaucoup plus qu'elle ne l'avait cru quand elle avait quitté la Californie. Elle désirait que Spruce Bay renaisse de ses cendres, et être partie prenante de ce renouveau.

Elle regarda autour d'elle, le lac qui étincelait entre les arbres, le restaurant, un immeuble à part, avec sa terrasse-ponton de bois qui s'avançait hardiment au-dessus de l'eau, le bleu turquoise de la piscine, tristement prisonnière de son grillage de sécurité.

— Tu voudrais vendre ? s'enquit doucement Tucker.

— Pas du tout ! répondit-elle, ravalant des larmes qui ne demandaient soudain qu'à jaillir. Mes parents et Mary Jane en seraient malades.

— Et Lee ?

— Lee penserait que, ne participant pas à la gestion de l'hôtel, elle n'a pas voix au chapitre, mais je suis sûre qu'au fond de son cœur elle en serait attristée.

— Et toi ?

Il lui semblait qu'il la fouillait du regard, mais elle ne pouvait en être sûre à cause de ses lunettes de soleil.

— Je le détesterais aussi. J'aime vraiment cet endroit que j'avais un peu oublié. C'est ici que j'ai appris combien la beauté comptait pour moi, ici que j'ai fait mes débuts en cuisine, et compris que j'adorais ça. Ici, que j'ai trouvé l'énergie de faire coïncider mes projets avec mes rêves.

Il demeurait silencieux, l'observant toujours. Gênée par son regard inquisiteur, elle poursuivit son inventaire mental du paysage. L'aire de jeux, les barbecues, la salle de jeux d'intérieur, le ponton et le croissant de plage, invisible d'où elle se trouvait, mais qu'elle se représentait très nettement dans sa tête.

— Je crois que tu peux réussir, dit-il après un long silence. Ce n'est pas à la portée de tous. Tout le monde n'a pas ton…

Il se tut, reprit.

— Enfin, tu as la vision de ce que tu veux faire de Spruce Bay, et je suis sûre que tu réussiras, Daisy.

Elle ne demandait qu'à le croire. Un peu hâtivement, en y réfléchissant. Ils avaient à peine commencé à parler plans et budget, et n'avaient pas encore visité les terrains. Ils se tenaient simplement près d'une jardinière qui aurait eu besoin d'un coup de peinture et de voir sa terre renouvelée.

— Dis-moi, dit-il, si tu ne pouvais faire qu'une partie des travaux, par quoi commencerais-tu ?

Cependant, sans lui laisser l'occasion de répondre, il traversa l'allée principale légèrement défoncée et dont le gravier était piqueté de mauvaises herbes pour se diriger vers la piscine. Elle le suivit, envisageant de merveilleuses réalisations dans sa tête, mais elle les repoussa très vite. C'était trop sensationnel. Ce ne serait plus Spruce Bay.

— Je ne recherche pas le luxe pour le luxe, déclara-t-elle. Cet hôtel a pour vocation d'accueillir les familles et les couples des classes moyennes. Ici, on n'a pas besoin de sol en marbre ou en granit, de salles de bains avec robinetterie plaquée or ni d'espaces nécessitant une équipe de jardiniers à plein temps.

— Non ?

— Non. Il faut juste restituer au lieu sa beauté toute simple. Cela dit, la piscine et l'aire de jeux sont sinistres.

Elle quitta l'allée et traversa une étendue d'herbe négligée.

— Il faudrait des allées pour attirer les gens vers la piscine et le lac.

Elle accéléra l'allure.

— C'est terrible, tout a été jeté ici ou là, sans plan préconçu.

— Ce n'est pas l'œuvre de tes parents ?

— Non. L'hôtel avait déjà quinze ans quand ils l'ont acheté. Mais regarde. Avec sa clôture, la piscine ressemble à un dépotoir. Quant aux arbres et aux arbustes, ils auraient besoin d'une bonne taille. Et puis, j'aimerais que la terrasse du restaurant ait un accès latéral pour faciliter la circulation avec la piscine. Beaucoup de clients ignorent l'existence de cette belle terrasse au-dessus de l'eau. Je voudrais aussi que la piscine ait une forme plus agréable.

Elle se tourna de nouveau vers le triste rectangle sans imagination, entouré de béton, d'une bande d'herbe et de grillage.

— Je suppose que, lors de sa construction dans les années 60, on se souciait moins de paysagisme. Mais maintenant… En somme, il nous faut une nouvelle piscine et des plantations pour redonner son âme au lieu.

Elle se tourna vers lui, un peu essoufflée, et le découvrit quelques mètres en arrière, les mains dans les poches de son jean, hochant la tête avec un calme contrastant avec la précipitation de son débit et l'agitation de ses gestes.

Peu de temps avant, il avait dû sourire, car elle croyait voir un reste de gaieté dans le dessin de ses lèvres, comme lorsqu'en Californie elle surprenait les derniers feux du couchant juste avant la bousculade du dîner.

Ce florilège de couleurs lui semblait comme une faveur secrète au milieu de ces heures de labeur intense, et aujourd'hui le sourire de Tucker lui faisait le même effet. Un privilège personnel, rarement accordé, un joyau à conserver précieusement.

Enfin, elle était peut-être le jouet de son imagination, car, à vrai dire, de ce sourire, il ne restait rien.

— C'est réalisable, dit-il gravement, son ton professionnel contrastant avec son propre débordement d'énergie créatrice.

— Même la nouvelle piscine ?

— Tu n'en as pas forcément besoin.

— Mais…

Cette fois, il eut un franc sourire.

— Les formes rectangulaires ou carrées ne sont pas forcément à proscrire. On peut les rendre agréables à l'œil en mariant matériaux et couleurs.

Il franchit la porte de l'enclos de sécurité et se laissa tomber à genoux au bord. Plongeant son bras dans l'eau jusqu'au coude, il fit courir ses doigts sous le rebord.

— Que fais-tu ? s'enquit-elle.

— Je vérifie la solidité de la structure.

A mi-chemin entre la porte et le bord de la piscine, elle grimaça. Cette eau était glacée ! Il ne sembla pas s'en soucier et, quand il se redressa, il s'essuya simplement de son autre main.

Fascinée, elle l'observait. C'était fou. La manche mouillée de son polo collant à sa peau soulignait la puissance du biceps, et l'humidité renforçait l'éclat de son bronzage estival.

Il possédait des bras superbes.

Elle tressaillit. Qu'est-ce qui lui prenait de s'extasier sur les bras de l'ex-fiancé de Lee ?

— Elle doit être vidée, et il faudra procéder à un examen sérieux de la structure, dit-il, la forçant à se concentrer sur un sujet qui méritait son attention. Et, si tout va bien, on s'occupera du revêtement. On peut obtenir des effets superbes avec des motifs très simples.

— Tu t'occupes de piscine aussi bien que de paysagisme ?

— Nous travaillons en liaison avec un entrepreneur, mais ce sera inclus dans le devis. Tu pourrais aussi envisager d'investir dans un chauffage solaire.

Il avait maintenant la chair de poule, mais ça ne semblait pas le gêner, car il sourit en lui montrant ses bras.

Deux sourires en l'espace de quelques minutes, plus celui dont elle avait cru voir la trace, voilà qu'il s'humanisait ! A présent, soucieuse de l'intérêt qu'elle portait à son corps viril, c'était elle la plus sérieuse des deux.

— Désolée, dit-elle en grimaçant.

Mais le mot pouvait aussi tenir lieu d'une mise en garde adressée à elle-même.

Arrête de le fixer, Daisy ! Tu réagis comme si tu n'avais encore jamais vu d'homme bien bâti.

— Pas de problème, répliqua-t-il. On est en octobre, c'était prévisible. Ce n'est pas la première fois que je dois affronter l'eau froide dans mon métier.

— Tu penses donc que, pour la rénover, il suffirait de la carreler et d'installer un chauffage solaire ?

— Ce ne sont que des détails. Laisse-moi t'expliquer.

Il se mit à lui exposer ses idées avec des gestes qui englobaient tout l'espace. Pour voir les choses de son point de vue, elle devait se tenir près de lui, plus près qu'elle ne l'aurait souhaité.

— Il faudra enlever cette vilaine clôture, dit-il, et la remplacer par une plus vaste qui inclura l'aire de jeux. Cela permettra d'éviter les rectangles à répétition.

Et soudain, pendant que Tucker parlait, elle se trouva ramenée aux pénibles derniers mois passés à Niche, quand Michael se collait délibérément à elle pendant la préparation des desserts, comme pour lui rappeler qu'ils avaient autrefois été intimes.

Tucker était très différent. L'opposé, même. Il semblait avoir mis en place un champ de force qui la tenait à distance. Pas d'effleurement occasionnel, pas même de chaleur émanant de son corps pour chatouiller sa peau.

— Ajoute différents niveaux, des parterres surélevés, des aires de repos pour que les parents puissent surveiller leurs enfants de différents points de vue quand ils jouent ou se baignent, en leur laissant le choix de s'installer au soleil ou à l'ombre.

— J'aime beaucoup l'idée, dit-elle. La plupart des parents ont l'air en pénitence quand ils emmènent leurs enfants se baigner.

— A quoi sert la pièce à l'extrémité de ce bâtiment ?

— C'est la laverie.

Il désignait l'endroit le moins attractif de l'hôtel, à l'exception des remises où étaient stockés les équipements et les outils.

— Ce n'est pas possible de l'installer ailleurs ? On pourrait mettre en valeur cette pièce, poser des ardoises ou des carreaux au sol, des bancs, une douche chaude, l'agrandir avec des portes à double vitrage sur trois côtés. Bref, en faire une salle de spa qui donnerait sur l'extérieur en été et pourrait être utilisée l'hiver en fermant tout.

— Ce projet sort du cadre du paysagisme, non ?

— Tu veux dire que je m'éloigne de mon sujet ?

— Non. Je suis juste étonnée. Tu proposes beaucoup plus que je n'attendais.

— Tu croyais que mon univers se cantonnait aux azalées et aux bouleaux ?

— Tu n'as pas encore mentionné une seule plante.

— Installer des millions de plants sans changer la disposition des lieux reviendrait à jeter l'argent par les fenêtres. Il faut commencer par l'ossature.

Elle frissonna, car un nuage avait soudain caché le soleil. Que lui arrivait-il ? Elle se sentait vivante d'une manière qu'elle ne pouvait attribuer simplement au soleil ou aux projets pour Spruce Bay. Ses sens semblaient aiguisés, son esprit bouillonnait d'idées, et Tucker la dominait de sa présence. Elle se sentait déstabilisée. D'une manière ou d'une autre, il lui fallait rompre le charme.

— Pouvons-nous examiner le front de lac ? demanda-t-elle, éprouvant le besoin de bouger.

Et, sans lui laisser le temps de répondre, elle se hâta d'ouvrir la porte de l'enclos.

6

« Il faut commencer par l'ossature. »

Sans savoir pourquoi, les mots qu'il avait employés résonnaient dans sa tête tandis qu'il suivait Daisy le long du chemin tapissé d'aiguilles de pin menant au lac. Il essaya de penser au contrat relatif à Spruce Bay, la raison de sa présence ici.

Daisy avait raison : il faudrait élaguer les arbres. Pas trop cependant, et pas partout. Pas question de tout livrer à l'ardeur du soleil pour le bénéfice de quelques vues spectaculaires…

En réalité, il ne parvenait pas à se concentrer malgré ses efforts, parce que quelque chose l'atteignait au plus profond de son être, et il avait envie que ça s'arrête.

Je ne fais que mon métier, se sermonnait-il. Je ne dois pas me laisser déstabiliser parce que Daisy Cherry me fait le même effet qu'autrefois.

Il ne céderait certainement pas à une émotion passagère, si forte soit-elle. Son certificat de mariage aurait dû avoir sur lui un effet dissuasif, outre le souvenir des agissements de son père.

Naturellement, ceux-ci appartenaient au passé, mais son mariage était encore bien réel. Il avait épousé Emma pour lui faciliter la vie, et il avait veillé à ce que ce mariage reste ce qu'il était : un mariage blanc.

Heureusement, et en dépit des propos de sa mère, Emma était entièrement d'accord avec lui. Et maintenant que la procédure de divorce était engagée, s'il regardait en arrière, il se disait qu'ils pouvaient tous deux s'estimer heureux.

Heureux que tout ait marché comme prévu, sans attirance ni d'un côté ni de l'autre, heureux que cette histoire se termine sans le genre de complications qu'il détestait, heureux qu'ils aient tous deux été des gens bien, capables de garder les yeux fixés sur leur objectif.

— Il y a un point que je voudrais préciser, et j'espère que tu seras d'accord, avait-il dit à Emma quand ils avaient élaboré leur contrat. Pas d'autres histoires pendant que nous vivrons ensemble.

— Tu crois vraiment que je pense à ça en ce moment ?

Ses minces épaules s'étaient crispées pendant qu'elle regardait Max, son fils de sept ans, devant la télévision. Il était malade, et cela se voyait. Il avait perdu ses cheveux à cause de la chimiothérapie, et il était petit pour son âge.

— Non, bien sûr. Mais je préférais aborder le sujet.

— Nous sommes déjà d'accord, c'est un mariage blanc, pour le bien de Max. Mais tranquillise-toi, je ne ferai rien qui risque de jeter le trouble dans son esprit.

— Je suis heureux que nous soyons d'accord.

— Tu es un homme d'honneur, Tucker, qui fait passer la famille avant tout. C'est ce qui rend ce mariage possible.

Un homme d'honneur. Il n'aurait pas eu l'idée de se qualifier ainsi, mais, une fois qu'Emma eut prononcé ces mots de sa voix teintée d'une pointe d'accent anglais, il décida de faire en sorte d'en être digne.

Emma et lui savaient exactement où ils en étaient. Leur mariage serait serein, pas vraiment caché, mais pas exposé non plus. Connu seulement de ceux qui avaient besoin d'être au courant. Il donnerait une sécurité à Emma et à Max jusqu'à ce qu'ils n'en aient plus besoin. Ce qui était le cas à présent. Le but était atteint. Agé maintenant de dix ans, Max avait terminé son traitement et était en pleine rémission. Emma avait acquis la citoyenneté américaine, et tous deux pouvaient désormais vivre dans le pays que Max considérait comme le sien. Ç'aurait été terrible si la mère et l'enfant avaient dû quitter les Etats-Unis au beau milieu du traitement de Max pour démarrer une nouvelle vie en Angleterre où ils ne connaissaient personne. Citoyenne anglaise de par le métier de son père, Emma vivait aux Etats-Unis depuis l'âge de douze ans. Mais, ses parents ayant pris leur retraite en Turquie, elle ne bénéficiait plus d'aucun soutien familial. C'était pourquoi Tucker avait décidé de lui offrir la protection de son nom.

A présent que les formalités du divorce étaient remplies, celui-ci serait finalisé dans quatre mois environ.

Il n'avait donc pas pour habitude d'obéir à ses pulsions, se rappela-t-il. Il avait le sens pratique et était un homme d'honneur, ainsi qu'Emma l'avait souligné.

Malheureusement, aujourd'hui, son corps semblait d'un autre avis et clamait haut et fort que Daisy et lui étaient faits pour vivre ensemble, une nuit, une semaine ou la vie, il manquait de précision sur ce point.

Mais une chose était sûre, il ne laisserait pas ses désirs lui dicter sa conduite.

On pouvait critiquer son extrême défiance, il refusait de laisser son attirance pour Daisy, aussi brûlante soit-elle, lui gâcher sa vie. Qu'un sentiment soit fort ne signifiait pas qu'on doive y céder. Il l'avait appris très jeune, en voyant comment, sous prétexte de vivre pleinement les années qui lui restaient, son père avait trahi sa famille.

Daisy et lui passèrent encore une demi-heure à parcourir le terrain, demi-heure durant laquelle il avait veillé à garder un ton professionnel et à rester impassible, puis ils regagnèrent le bureau.

Ce matin, au moment de partir pour leur rendez-vous, il avait reçu un appel d'un client ajournant un chantier à peu près équivalent à celui de Spruce Bay et qui devait commencer dans moins de quinze jours. Une vacance d'un mois se présentait donc dans son calendrier ordinairement très chargé, vacance qui ne demandait qu'à être remplie. Mais il n'en avait pas encore parlé à Daisy.

Le moment était choisi ; pourtant, il n'en fit rien.

— Vas-tu prendre contact avec d'autres paysagistes ? demanda-t-il à la place.

Elle joua un instant avec une page cornée de ses notes.

— A vrai dire, quand je me suis renseignée, c'était toujours ton nom qui revenait.

— Nous travaillons beaucoup, confirma-t-il.

— Je suis allée voir certaines de tes réalisations. Elles m'ont beaucoup plu.

En d'autres termes, la famille Cherry n'envisageait pas de s'adresser à une autre entreprise. C'était une marque de confiance à laquelle il pouvait, devait, répondre par l'offre d'un début rapide des travaux.

Malgré tout, il continua de se taire.

Ils en avaient terminé pour le moment. Après lui avoir expliqué qu'il lui communiquerait le devis dès qu'il serait établi, il grimpa dans son camion et opéra ce qui ressemblait plus à une fuite qu'à un départ. Il avait l'impression de se consumer sous son polo, et il lui fallut les vingt minutes de trajet jusqu'à un site où il devait superviser des travaux pour que l'effervescence de son corps se calme.

Pour celle de sa tête, ce fut plus long.

A 16 heures seulement, il comprit qu'il devait téléphoner à Daisy pour l'informer de la possibilité de commencer très vite les travaux s'il ne tenait pas à ce que Jackie s'interroge sur son état mental.

Jackie, qui travaillait avec lui depuis la création de Reid Landscaping. Jackie, qui lui avait parlé d'Emma, en larmes, parce qu'elle risquait d'être expulsée alors que son fils était soigné pour la maladie de Hodgkin, ce cancer de la lymphe qui avait tué son père. Jackie, qui avait suggéré : « Pourquoi ne l'épouserais-tu pas, Tucker ? Un mariage réglerait le problème de sa citoyenneté. »

Il savait qu'il devrait rendre des comptes à Jackie s'il ne comblait pas très vite, avec un projet conséquent, ce trou d'un mois dans leur calendrier.

De retour à son bureau, il prit le téléphone et composa le numéro de Spruce Bay. Quand il entendit qu'on décrochait, son cœur se mit à battre à grands coups, comme celui d'un adolescent à son premier rendez-vous.

— Spruce Bay Resort, fit une voix féminine.

— Daisy ?

— Non, c'est Denise.

La mère de Lee. Après l'annulation du mariage, elle n'avait guère été bavarde, ce qui en disait long, car elle était de nature communicative. Durant leurs fiançailles, visiblement enchantée du choix de sa fille, elle s'était montrée extrêmement chaleureuse avec lui, l'accueillant au sein de la famille avec un enthousiasme qui aurait été presque étouffant si Lee n'avait conservé son sens de l'humour et de la mesure. « Il vaut mieux que je rationne tes entrevues avec l'élément féminin de ma famille, lui avait-elle dit, de peur de te voir périr étouffé. »

A présent, il se sentait terriblement oppressé. Denise Cherry, une femme charmante, le terrifiait parce qu'il avait déjà déclenché un séisme avec l'une de ses filles et qu'il n'osait imaginer sa réaction s'il recommençait avec une autre.

Cependant, avant qu'il reprenne assez d'aplomb pour prononcer son nom, elle disait d'une voix enjouée :

— Je vais la chercher. Un instant, s'il vous plaît.

Il poussa un énorme soupir de soulagement. Denise n'avait pas reconnu sa voix.

— Figurez-vous qu'un de ses clients s'est désisté, expliqua Daisy à ses parents. Les travaux pourraient donc commencer d'ici une dizaine de jours !

— C'est bien rapide, dit son père.

Sa réaction trahissait la méfiance instinctive qu'il éprouvait envers Tucker et qui réduisait les dix dernières années à quelques mois.

— Les équipes d'intérieur et d'extérieur travailleront ensemble sur le site, ajouta-t-il. N'est-ce pas gênant ?

— Je lui en ai parlé. Il dit que ce n'est pas un problème du moment qu'ils prennent soin de ne pas bloquer les accès ou de se mettre en travers du passage.

— Ça ne nous laisse guère de temps pour réfléchir, souligna son père. Tu ne crois pas qu'il vaudrait mieux attendre le printemps ?

— De plus, il s'agit de Tucker Reid, intervint sa mère. Si je m'étais doutée quand j'ai pris la communication ! Es-tu sûre que ce soit une bonne idée, Daisy ?

— Vous avez tort, Mary Jane et toi, d'en faire un problème personnel, répliqua-t-elle. D'autre part, le but n'est-il pas de réduire au maximum le temps de fermeture de l'hôtel ? Si nous étions en mesure de rouvrir mi-décembre, nous pourrions accueillir des clients pour Noël, ainsi que pour les festivals d'hiver de février. Ce qui arrangerait bien nos finances. Et les plantations seraient faites en avril durant notre mois habituel de fermeture…

Elle se tut, consciente de se montrer trop insistante. Elle parlait beaucoup pour éviter d'aborder le problème Tucker Reid.

Etourdis par ce flot d'arguments, ses parents hochaient la tête.

— Je vois que tu as réfléchi plus mûrement que nous à la stratégie à adopter, concéda son père, de guerre lasse.

— Nous étions tous d'accord pour dire que vous aviez bien mérité de vous reposer.

— Nous nous sommes trop focalisés sur les intérieurs. Mais tu as raison, l'aménagement des jardins est important, ainsi que le timing.

— Essentiel. Tucker a d'excellentes idées. Je ne crois pas que nous devrions nous priver de sa contribution à cause…

Elle préféra ne pas formuler le reste de la phrase.

A cause de Lee.

A cause de moi.

Ce qui était fou, car elle ne voyait pas en quoi Tucker représenterait un problème pour elle.

Ses parents hochèrent de nouveau la tête. Puis sa mère soupira.

— Heureusement que tu es là, Daisy. Je ne peux m'empêcher d'en faire une affaire personnelle.

— Eh bien, tu as tort, répliqua-t-elle vivement. Et ça ne posera aucun problème.

— Dans ce cas, vas-y. Il faut profiter du créneau qui s'offre avant qu'il ne soit pris par un autre client.

— C'est sûr que Reid Landscaping est très demandé.

Après le dernier soupir vaincu de sa mère, elle se dépêcha d'aller téléphoner à Tucker.

— Nous sommes d'accord pour saisir le créneau avant qu'il nous passe sous le nez, Tucker.

— Parfait, répondit-il d'un ton bourru. Merci d'avoir pris si vite votre décision. Je n'aurais pas pu garder ce créneau très longtemps.

— Naturellement. Il était évident que nous devions faire vite.

Incroyable. Ils fixaient une date de début des travaux avant même de s'être mis d'accord sur les plans et le devis.

Pour une raison inconnue, il semblait normal de procéder à l'envers et que tout se passe très vite. Pendant que Mary Jane escaladait le Kilimandjaro et prenait des photos de lions et d'éléphants, Daisy s'immergea dans le choix des dalles, carreaux pour la piscine, bancs, maçonnerie, revêtement de terrasses… jusqu'à en rêver la nuit.

Pendant les dix jours qui suivirent, elle vit Tucker ou lui parla au téléphone, au moins une fois par jour, quelquefois deux, et durant une mémorable période de quatre heures, alors qu'ils hésitaient quant à la disponibilité et au coût d'un modèle particulier de dallage pour le tour de la piscine, onze fois.

Ils s'expédiaient des fax, s'envoyaient des e-mails, des textos. Malgré tout, leur relation restait sur un plan formel dont elle ne voyait pas la nécessité.

Les travaux paysagers commencèrent exactement quinze jours après qu'elle avait pour la première fois prononcé le nom de Tucker devant Mary Jane.

7

Le début des travaux paysagers fut marqué par plusieurs incidents.

En Californie, étant donné l'heure tardive de fermeture du restaurant, Daisy avait l'habitude de se lever à 8 ou 9 heures. Depuis une semaine, comme l'équipe de réaménagement intérieur arrivait sur le chantier à 7 heures, elle avait décidé, à contrecœur, qu'il valait mieux être prête à 7 h 30.

Pourtant, la nuit précédant le début des travaux paysagers, elle avait mal dormi, et c'est d'une main tâtonnante qu'elle arrêta le réveil quand il sonna à 6 h 30. Et fut réveillée à 7 h 45, par un vacarme sur fond de rugissement de moteur.

Elle était maintenant tout à fait réveillée. Se demandant ce qui se passait, elle se leva et s'approcha de la fenêtre dont elle tira les rideaux. Au premier regard, elle ne décela rien d'anormal. Elle ouvrit la fenêtre et se pencha parce que le bruit venait de la gauche. Comme cela recommençait, elle se pencha davantage, cillant dans la lumière matinale.

C'était un bulldozer qui arrachait le grillage de la piscine. Elle vit Tucker donner un ordre à un ouvrier par-dessus le bruit du moteur, mais ne comprit pas ce qu'il disait. Quand il l'aperçut, il parut se figer, puis il lui adressa un petit signe de la main, le visage de marbre.

— Tout va bien ? cria-t-elle en lui rendant son salut.

Il ne parut pas l'entendre et haussa les épaules, toujours sans sourire.

Elle mit ses mains en porte-voix.

— Est-ce que tout va bien ? s'époumona-t-elle. Dois-je descendre ?

— Tout va bien ! cria-t-il en retour. Descends si tu veux.

Une invitation pas particulièrement chaleureuse. Tout en hochant la tête, elle réintégra sa chambre pour se rendre compte que l'encolure de son pyjama rose et blanc offrait une vue dégagée sur sa poitrine quand elle se penchait. Enfin, pas si dégagée que ça, essaya-t-elle de se rassurer. Elle espérait juste qu'il ne s'imaginerait pas qu'elle l'avait fait exprès.

Mais pourquoi aurait-elle agi ainsi ? Et pourquoi penserait-il une chose pareille ?

Pour une raison obscure, elle ne tenait pas à approfondir ces questions. Elle fila sous la douche, se savonna à toute vitesse avant de s'habiller, ses vêtements collant désagréablement à son corps parce qu'elle n'avait pas pris la peine de s'essuyer correctement.

Cinq minutes plus tard, elle était dehors.

Le grillage de la piscine gisait déjà à terre, et les ouvriers le chargeaient dans une benne. Une machine avait commencé à retourner la pelouse. Tucker se concertait avec le sous-traitant chargé de prolonger la terrasse-ponton du restaurant et de construire de larges marches de bois sur un côté pour permettre la circulation entre le restaurant et les jardins.

— Nous pouvons commander le bois supplémentaire aujourd'hui et le faire livrer demain avec le reste, dit le sous-traitant.

L'air satisfait, Tucker se tourna vers elle.

— Daisy, nous projetons d'installer des jardinières de bois tout le long des marches afin d'adoucir la transition entre la terrasse et les jardins.

— Quelle bonne idée !

Elle voyait déjà le résultat et, comme il s'agissait d'une vision beaucoup plus confortable que celle de l'encolure de son pyjama béant sur ses seins, elle s'y accrocha.

— Combien de places supplémentaires procurera l'aménagement de la terrasse ?

— Tu pourras ajouter au moins trois ou quatre tables.

— Je suis sûre que nous les remplirons quand les gens se seront passé le mot. Allez-y pour les jardinières !

— Je vous transmettrai les plans révisés dès que possible, dit le sous-traitant.

— Daisy, viens voir les pavés pour le tour de la piscine.

— Ils ont donc été livrés ? Désolée, je ne me suis pas réveillée, justement ce matin.

— Aucune importance.

Elle le suivit jusqu'à un camion, accélérant le pas pour rester à sa hauteur. Elle lui jeta un coup œil à la dérobée. Il regardait droit devant lui, le visage fermé comme d'habitude, et elle eut soudain une conscience si aiguë de lui qu'elle en perdit le souffle.

C'était une réaction physique, de désir. Et si soudaine.

En dépit de son attitude impersonnelle, il l'attirait comme un aimant. Et elle éprouvait une vive frustration parce qu'elle désirait davantage de lui.

Elle voulait le toucher. Elle voulait le regarder, et elle le regarda parce qu'elle fut incapable de résister. Il marchait si vite qu'elle ne pouvait voir que ses fesses, ses jambes moulées dans son jean, ses épaules à la carrure impressionnante sous la chemise de travail, et ses cheveux bruns, récemment coupés, qui effleuraient sa nuque et mettait en valeur la belle forme de sa tête.

— La couleur diffère un peu de celle des échantillons, dit-il. Ce sont des lots différents. Cela se produit parfois.

— Est-ce un problème ?

— Je préfère cette teinte, en fait. C'est un peu plus clair et plus chaud. Puisque tu as choisi un carrelage plus foncé pour la piscine, le contraste sera intéressant. Mais regarde. Si tu n'es pas satisfaite, on peut renvoyer la commande.

Il tira une dalle d'une pile entassée sur une palette, à

l'arrière du camion, et elle ne put s'empêcher d'observer le jeu de ses muscles.

— Alors ? dit-il d'un ton interrogateur.

Elle se rendit compte que, perdue dans sa contemplation, elle en avait oublié le but de la manœuvre.

— Est-ce que je peux le voir à plat, près de la piscine ? Il est dans l'ombre et me semble plus gros que prévu.

— Bien sûr.

Il se dirigea vers la piscine tandis qu'elle se demandait s'il ne la trouvait pas un peu trop pointilleuse.

Il était si poli, si insaisissable. Elle continuait d'espérer qu'il s'humanise, lâche une plaisanterie de temps à autre, une allusion à sa vie privée, mentionne une femme, une petite amie, un bébé, afin qu'elle sache qu'il était hors de portée, mais, en réalité, plus ils se voyaient et plus il se montrait distant.

Au bout de quelques pas, il fit demi-tour.

— Il en faut plusieurs, à mon avis.

Il en retira trois autres du camion.

— Et j'en prendrai deux autres de cette autre palette, ajouta-t-il. Ceux dont le bord est recourbé.

— Laisse-moi m'en occuper. Tu as déjà les bras chargés.

— Tu es sûre ?

Elle s'était déjà hâtée d'aller chercher les deux dalles. Elles étaient plus lourdes qu'elle n'avait cru, et dire que, sans effort visible, Tucker en portait quatre à la fois !

Près de la piscine, il les déposa sur le béton craquelé et les assembla habilement.

— Donne-moi les tiens.

Quand il les lui prit des mains, il faillit la frôler.

Elle sentit l'effleurement de sa manche contre la sienne et saisit une bouffée de son odeur, un mélange de musc, de bois et de terre fraîchement remuée. L'espace d'un instant, elle eut envie de fermer les yeux et de s'abîmer dans ce parfum.

— Imagine-les avec un carrelage plus sombre en dessous, suggéra-t-il, brisant le charme juste à temps.

Ou je me serais trahie, c'est certain, pensa-t-elle, déconcertée. Son corps vibrait et ses nerfs survoltés étaient à vif.

— Tu as raison, bredouilla-t-elle. Le résultat est superbe.

— Tes parents sont-ils dans le coin pour jeter un coup d'œil ?

— Ils sont partis passer le week-end en Caroline du Sud. Pour ne pas gêner.

— Les ouvriers…

Il lui jeta un regard de biais où on aurait presque pu discerner une trace de gaieté.

— … ou toi ? termina-t-il.

C'était la remarque la plus personnelle qu'elle ait jamais obtenue et elle en éprouva un grand plaisir. Elle ne put se retenir de rire.

— Oh ! les deux ! Malgré elle, ma mère trouverait toujours quelque chose à redire, et mon père essaierait de casser une dalle pour voir si elles ne sont pas trop fragiles.

— Elles sont solides. Et le résultat final supportera un examen critique.

— Félicite-toi qu'ils soient en Caroline, sinon, toutes les cinq minutes, mon père viendrait te harceler de questions sur la pose de ces dalles.

Elle lui adressa un sourire, espérant lui en arracher un en retour, mais elle en fut pour ses frais.

Elle aurait pu mettre son attitude sur une absence totale d'humour si elle ne l'avait entendu plaisanter avec Jackie et taquiner un membre de son équipe, la semaine précédente, pendant qu'elle examinait les plans.

Il avait le sourire et la plaisanterie faciles avec tout le monde, sauf avec elle.

Laisse tomber, se réprimanda-t-elle. Ce n'était pas parce qu'elle fantasmait… un peu trop sur lui qu'il devait lui rendre la pareille. C'était d'ailleurs infiniment préférable ainsi.

— Tu en as assez vu ? Nous pouvons rapporter ces dalles dans le camion ?

— Oui, c'est parfait.

Elle le regarda empiler les quatre dalles en plus des deux qu'elle avait apportées.

— Tu ne vas pas porter tout ça ! s'exclama-t-elle.

Il haussa les épaules.

— Pas de problème.

Et il semblait qu'il n'y en ait pas. Il était fort et habile et, quand ils arrivèrent au camion, il glissa les dalles sur la palette d'un mouvement si juste qu'elles s'empilèrent correctement. Elle se demanda s'il était aussi habile… dans un autre domaine.

Arrête, Daisy. Comment peux-tu être attirée par quelqu'un d'aussi distant ?

Quelqu'un qui a été fiancé à ta sœur ?

— J'ai à faire au bureau, déclara-t-elle brusquement, éprouvant le besoin de se dégager de son emprise.

Un travail ennuyeux l'attendait, malheureusement.

Il sembla deviner sa réticence.

— Je comprends. C'est pénible de devoir rester le nez collé sur un écran des heures durant.

— Pourquoi faut-il désormais en passer par là, quel que soit son métier ? Même en tant que chef pâtissier, je passais des heures en ligne à rechercher fournisseurs et tendances alimentaires à la mode.

— Nous nous rendons nous-mêmes esclaves de la technologie. Il faut dire que tracer des plans sur un ordinateur est tellement plus simple que sur papier.

Ils se séparèrent, et elle fut choquée du plaisir et de l'excitation ressentis juste parce qu'ils avaient échangé ces quelques mots.

Dans la cuisine familiale, elle se prépara du café et une tartine de confiture qu'elle emporta dans le bureau afin de se pencher sur la comptabilité de l'hôtel. Offrir un tarif spécial Noël blanc serait peut-être une bonne idée. Un meilleur taux de remplissage de l'hôtel contrebalancerait le coût moindre des chambres.

Elle eut la surprise de constater qu'elle s'immergeait facilement dans le travail. Le café et la tartine étaient depuis longtemps avalés mais, d'ici à une demi-heure, elle aurait de beaux alignements de chiffres à mettre sous la dent de Mary Jane à son retour de voyage. Et de ses parents, s'ils insistaient pour les voir.

A présent, si elle soulignait en gras certains de ces chiffres, la vision d'ensemble serait meilleure…

Un bruit de pas sous la véranda détourna son attention de l'écran. Levant les yeux, elle aperçut la silhouette de Tucker se découper par la fenêtre. Elle eut juste le temps de sauvegarder son travail avant qu'il entre.

Il se lança dans une explication compliquée à propos de la terre de la pente menant au lac qui se tassait et des travaux supplémentaires qu'exigerait la pose d'escaliers de pierre et d'allées.

— Cela va faire grimper la facture, conclut-il sans détour.

— Il vaudrait mieux que je vienne me rendre compte par moi-même, c'est ça ?

— Désolé pour le dérangement, dit-il plus bourru que jamais.

— Pas grave. C'est bien que je sois sur le site pour des cas comme celui-là.

Côte à côte, ils traversèrent ce qui avait été une pelouse et n'était plus qu'un champ de terre hérissé de machines diverses et de piles de matériel. Dans deux des bungalows, elle entendait les entrepreneurs travailler à la rénovation des salles de bains, des hommes avec qui elle se concertait depuis des jours, leur offrant de temps en temps du café, plaisantant à l'occasion.

Juste des hommes, comme Tucker.

Mais Tucker était différent. Dans le silence qui s'étirait entre eux, elle sentait grandir l'attirance qu'il exerçait sur elle et qui se manifestait par une sensation de chaleur dans tout son corps, une respiration irrégulière et un état de conscience aiguisée.

Cette dernière sensation était étrange, mais bien réelle. Elle sentait la façon dont le corps de Tucker remplissait l'espace à côté d'elle, la façon dont il bougeait, le rythme de ses pas.

De plus en plus, elle désirait provoquer en lui une réaction.

Elle voulait qu'il la remarque, qu'il la trouve séduisante. Elle commençait à souffrir de son indifférence, de le voir ainsi retranché dans sa tour d'ivoire.

Mais peut-être ne l'appréciait-il pas du tout ? A moins qu'il n'ait des règles strictes concernant ses rapports avec ses clients ? Ou encore, c'était à cause de Lee et de l'annulation de leur mariage. Et si Mary Jane avait raison ? Il n'était peut-être pas un personnage très recommandable.

Elle se faisait l'impression d'être redevenue une adolescente, ou la jeune femme de vingt et un ans qu'elle était lors de leur première rencontre, trop novice dans ces histoires d'adulte pour y comprendre quoi que ce soit. Ce qui était idiot, car elle avait à présent trente et un ans et n'y comprenait guère plus de choses.

Que ferait donc une femme de son âge, normalement constituée, dans sa situation ?

Réfléchis, Daisy.

Elle lui ferait savoir qu'il lui plaît.

Bien sûr. Il suffisait de laisser ses yeux parler pour elle, sa hanche l'effleurer d'un peu trop près et, s'il ne réagissait pas à ces menues avances, elle ferait machine arrière.

Elle pourrait alors abandonner l'idée. Mais pas maintenant, alors qu'elle ignorait quelle serait sa réaction. La tête commençait à lui tourner. Espoir, crainte. C'était un peu effrayant cette idée de se mettre ainsi à nu et de s'inscrire pour un tour de montagnes russes des sentiments. Mais elle détestait se réprimer. Comment pouvait-on se montrer avare de ses sentiments ?

Ils avaient atteint la pente que Tucker souhaitait lui montrer. L'endroit était tranquille, loin de l'agitation du chantier. On entendait juste le bruit étouffé d'un coupe-carreaux sous la véranda d'un bungalow et d'une pelleteuse remuant la terre près de la piscine. Mais c'étaient des bruits lointains qui ne dominaient pas le clapotis des vaguelettes léchant la coque des bateaux amarrés au bord du lac ni le murmure des feuilles d'automne que la brise emportait.

— Les plans prévoient une série de marches et de paliers, déclara Tucker. Mais le sous-sol est formé d'une poche de sable instable. Ces aménagements s'affaisseront à la longue.

— Et ce sera vilain à voir ?

— Mais surtout potentiellement dangereux.

— Quelles sont les options ?

— On peut opter pour des marches de bois à fixer sur des supports solidement ancrés dans le sol. Ou bien faire des travaux de terrassement pour stabiliser la pente et en rester à notre premier choix, pierre et gravier compacté.

— Je vois…

Il la distrayait, et l'idée de lui faire subtilement savoir qu'il lui plaisait, encore plus. Le moment était-il venu de passer à l'acte ?

Elle recula pour mieux le voir. Il s'était accroupi pour examiner la veine sableuse qu'il avait découverte. Elle aimait sa façon de bouger, sûre, économe de mouvements, souple et…

— Veux-tu étudier les prix avant de prendre une décision ? demanda-t-il, l'arrachant à sa rêverie.

— Euh… oui. Je suppose.

— Dans ce cas, je te les fournirai demain. Ça ira ?

— Ça sera parfait, Tucker.

Elle posa une main sur son bras, geste de remerciement… et moyen de le tester. Il baissa les yeux sur sa main. Sa peau était chaude à travers la manche de sa chemise. Elle baissa les yeux à son tour. On aurait dit que le temps s'était arrêté. Ils demeuraient immobiles, changés en statues par la simple vision d'une main posée sur un bras.

Son cœur battait. L'instant prenait une importance ridicule, comme si sa vie dépendait de la réaction de Tucker.

C'est une question, Tucker. Et j'attends ta réponse.

Allait-il l'embrasser ? Poser une forte main sur sa nuque et l'attirer contre lui ? Pousser un soupir de soulagement parce qu'il partageait son attirance, et qu'un des deux au moins avait fait le premier pas ?

Ou bien, faisant comme si de rien n'était, se contenterait-il d'une considération pratique sur le bois d'œuvre traité ou l'accès de la bétonnière ?

Rien de tout cela.

Les secondes s'écoulèrent, interminables, sans qu'ils détachent leurs yeux de cette main posée sur son bras.

Puis il souleva sa main. Il la prit avec délicatesse, comme il aurait chassé une feuille qui se serait posée sur son bras ou une coccinelle qu'il ne voudrait pas blesser, mais dont il voudrait se débarrasser. Il prit sa main et la lui rendit.

Voici ta main Daisy. Elle est tombée par inadvertance sur mon bras, où elle n'a rien à faire. Je la retire donc, avec précaution, comme tu peux le constater.

Quand elle recula maladroitement, la rougeur de ses joues la trahit mieux que son geste. A part son mouvement de rejet, Tucker n'avait pas bougé, pas dit un mot, son visage était resté inexpressif, et pourtant elle ne pouvait nier la réalité de ce qui venait de se produire.

Elle avait posé une question ; il y avait répondu.

Message reçu, Tucker.

Elle sentit une amère déception l'envahir.

8

Il était tard. Tucker revenait du Vermont où il avait rendu visite à un client, et l'entrevue s'était éternisée. Il manquerait ainsi le coulage de la chape de béton à Spruce Bay et avait envoyé un message à ses hommes pour leur dire de ne pas l'attendre.

Il arriva aux alentours de 13 heures. La bétonnière était partie, le béton partiellement lissé autour de la piscine, et Kyle, son nouvel employé, s'affairait sans grande efficacité sous les ordres de Brad, le chef de chantier de Reid Landscaping.

Kyle allait leur poser des problèmes.

Tucker s'approcha, prêt à intervenir. Kyle, environ vingt-deux ans, était mince mais bien charpenté, enjoué et distrait, bien intentionné mais malheureusement fort peu capable. En cet instant, il chancelait au bord de la piscine et agrippait Scott, dix-neuf ans, par le bras, risquant de lui faire perdre l'équilibre et de le faire tomber dans le béton frais.

— Tu as vraiment toujours voulu faire ce métier ? demandait Kyle.

— Arrête ! riposta Scott.

Manifestement, Kyle n'avait pas vu arriver Tucker. Il vacillait de plus en plus. Quelque chose n'allait pas chez lui. Ses mains tremblaient, il perdait l'équilibre.

Quand Scott finit par se dégager de son étreinte, Kyle partit en arrière, laissant des traces profondes dans le ciment frais, puis il tituba dans la direction opposée, vers la piscine qui avait été vidée quelques jours plus tôt en prévision de la réfection du carrelage. Avec un craquement sinistre, il atterrit dans les quelques centimètres d'eau boueuse restée au fond.

Tucker s'élança.

— Ce n'est pas vrai ! Comment va-t-il, Brad ?

— Il ne bouge pas, répondit Brad, franchissant d'un bond le bord de la piscine pendant que Scott ne cessait de jurer.

— J'appelle les secours, dit Tucker.

Il voulut prendre son téléphone dans sa poche mais se rappela l'avoir oublié sur le siège du passager du camion après avoir envoyé le texto à Brad.

— Ne le bougez pas, ordonna-t-il. La colonne vertébrale peut être touchée.

Il savait que Brad et Scott ne prenaient pas leur portable avec eux quand ils coulaient une dalle de béton.

— Je vais appeler du bureau ! cria-t-il en s'élançant vers l'hôtel.

Ayant compris qu'un accident s'était produit, Daisy en sortait.

— Que se passe-t-il ?

— Kyle est tombé dans la piscine. Il est inconscient.

— Est-il blessé à la tête ?

— Je l'ignore.

Elle fit demi-tour et courut au bureau. Le temps qu'il y entre, elle s'était emparée du téléphone. Il faillit le lui arracher des mains, mais s'aperçut qu'elle s'exprimait avec calme et précision.

Une semaine s'était écoulée depuis qu'au bord du lac elle avait posé une main sur son bras, et depuis il avait souvent repensé à cet instant. Ce qu'elle désirait alors était parfaitement clair.

Il s'était transformé en statue de pierre, essayant de contrôler sa réaction. L'aura de Daisy l'avait enveloppé comme du miel, ou une lumière surnaturelle. Il aurait pu si facilement s'y fondre, appuyer son front contre le sien, chercher ses lèvres et la serrer passionnément contre lui, mêlant ses soupirs aux siens.

En un instant, il avait tout vécu par anticipation, et même

davantage, puis il s'était repris et avait réprimé son désir. Il s'était contenté d'écarter la main de Daisy, les dents si serrées que c'en était douloureux, et il l'avait regardée s'éloigner piteuse, les joues rouges.

Elle avait à coup sûr reçu le message.

Merci. Tu ne m'intéresses pas.

Ç'avait été si difficile !

Depuis lors, ils s'évitaient. Ou plutôt, évitaient de se retrouver en tête à tête. Quand ils devaient se consulter, ils s'envoyaient des SMS et s'arrangeaient pour se rencontrer en présence de Brad, de Scott ou de Kyle.

Et maintenant, Kyle gisait au fond d'une piscine presque vide tandis que Daisy communiquait l'adresse de l'hôtel, ses jolies fesses perchées sur le bord du bureau.

Aujourd'hui, ses cheveux blonds étaient décoiffés, une tache d'encre bleue marquait sa joue de bébé et une autre ses doigts. Il la désirait tellement qu'il souffrait de se trouver dans le même espace qu'elle.

Il sortit respirer l'air froid et humide de l'après-midi d'automne. On n'annonçait pas de pluie, mais si elle tombait…

Daisy sortit à son tour.

— L'ambulance est en route.

— Peux-tu prendre des couvertures ? Il risque l'hypothermie.

— Tu as raison. J'aurais dû y penser, mais…

Elle se frappa la tête du plat de la main et ne termina pas sa phrase.

— Ne te tracasse pas pour ça, dit-il d'une voix enrouée, parce qu'il savait que l'excuse de Daisy concernait autant son attitude près du lac que l'oubli des couvertures. Elle pensait avoir mal agi et être la seule fautive.

Non, Daisy tu n'es pas responsable. Tu as agi en parfait accord avec la situation, bien plus que tu ne saurais l'imaginer. D'autres raisons m'ont dicté ma conduite. Des raisons compliquées qui se sont glissées en travers de notre chemin.

Elle s'éclipsa dans la réserve et revint avec une pile de couvertures.

— Je ne crois pas que la chute soit la cause de sa perte de connaissance, déclara-t-il, se rappelant la façon dont Kyle titubait. Je crois au contraire qu'il est tombé parce qu'il avait perdu connaissance. Il avait un comportement bizarre, ses mains étaient agitées de tremblements. C'est peut-être un malaise vagal, ou une crise de je ne sais quoi.

— De toute façon, il a besoin de secours.

— Bien sûr. Je leur communiquerai juste mon impression. Je vais appeler Jackie pour obtenir le numéro de téléphone de ses proches.

— C'est terrible…, murmura-t-elle.

Elle passa sa main libre dans ses cheveux semblables à des fils de soie emmêlés. Les fines mèches partaient dans toutes les directions, et ses doigts le démangeaient de les écarter de son front et de les repousser derrière ses oreilles.

— Il ne m'a pas fait trop bonne impression, reprit-elle, et je pensais t'en toucher un mot. Tu n'as pas été tellement présent la semaine dernière.

A ce moment, les mots lui manquèrent, comme si, une fois de plus, elle se rappelait le désagréable incident du bord du lac. Elle devait se demander si c'était pour cette raison qu'il ne s'était guère montré depuis. Elle supposait qu'il était trop embarrassé.

Il détestait cette situation, brûlait de lui avouer à quel point il la désirait. Qu'elle ne s'était pas trompée ! Qu'il était fou de désir pour elle et tremblait à force de se contenir. Mais comment lui expliquer ?

Je ne fais pas confiance à mes sentiments parce que mon père a choisi d'affronter son cancer en tournant le dos à un mariage heureux, en trahissant son épouse, ses enfants. Et, même si je leur faisais confiance, j'ai promis à ma femme de ne pas avoir de liaison tant que notre divorce n'est pas prononcé. Oh ! et, au cas où tu l'aurais oublié, j'ai aussi été fiancé à ta sœur.

Franchement, s'ouvrir ainsi à elle aurait été jouer avec le

feu, et il frémissait rien que d'y penser. A tout prendre, mieux valait qu'elle s'imagine qu'il l'avait rejetée.

— Je fais entièrement confiance à Brad pour diriger une équipe, dit-il, et je suis d'accord avec toi à propos de Kyle. Brad m'en a parlé aussi.

— J'espérais qu'il renoncerait à la place, et maintenant j'ai l'impression de lui avoir porté la guigne.

— Voyons, tu sais bien que c'est absurde.

— Tu crois ?

— J'en suis sûr.

S'il était certain d'une chose, c'était bien de l'innocuité des mauvaises pensées, car, s'il suffisait de souhaiter que les gens tombent malades pour leur porter malheur, Andrea Lewers serait couverte de pustules grosses comme des volcans et des crapauds lui sortiraient de la bouche : pendant des années, sa mère n'avait cessé de lui souhaiter les pires maux.

— Merci pour le réconfort, dit-elle.

— Je t'en prie.

Et soudain, son prénom fut sur ses lèvres sans qu'il puisse le retenir.

— Daisy…

— Oui ?

Devant son expression méfiante, il se détesta.

— Ecoute, la semaine dernière quand…

— Tucker, coupa-t-elle, si tu fais allusion à ce qui s'est passé au bord du lac, permets-moi de m'excuser. C'était déplacé, je le sais, et j'espère t'avoir clairement fait comprendre que cela ne se reproduira plus.

— Bien sûr. Je ne voulais pas…

Il jura entre ses dents, se demandant ce qui lui avait pris d'aborder le sujet.

— A mon tour de m'excuser, reprit-il. Je n'avais pas à remettre l'incident sur le tapis.

Elle eut un petit signe de tête.

— D'accord. N'en parlons plus.

La tension entre eux s'évanouit. Il n'y avait pas place pour elle désormais.

Ils se dirigèrent vers la piscine, Daisy en tête, les couvertures dans les bras.

— Il n'est pas revenu à lui, annonça Brad quand ils furent assez près.

Il était resté près de Kyle, et Scott lui avait passé leurs vestes pour le couvrir.

Daisy lança les couvertures à Brad.

— Couvrez-le. Je vais rester auprès de lui jusqu'à l'arrivée des secours. C'est chez moi que l'accident s'est produit, je suis responsable.

Elle descendit les marches peintes en bleu de la piscine et, sans se soucier de la boue qui stagnait au fond, s'agenouilla auprès du blessé toujours inconscient. Tout doucement, elle retira les vestes et étendit les couvertures sur lui.

Brad se redressa.

— Patron ?

Tucker savait ce qu'il ressentait. Le malaise venait de ce qu'aucun d'entre eux n'avait beaucoup apprécié Kyle, mais évidemment personne n'avait souhaité qu'il lui arrive un accident.

S'avançant pour examiner la scène, il éprouva un étrange soulagement à voir Daisy pencher sa tête blonde au-dessus du blessé.

— L'ambulance arrive, annonça-t-il, et je vais téléphoner à Jackie pour savoir qui prévenir. Scott et vous, remettez-vous au travail. Il n'y a rien de plus que nous puissions faire pour Kyle. Ne rajoutons pas au drame une dalle fichue et des blocs de ciment inutilisables.

Une équipe restreinte reprit le lissage du ciment, ménageant un passage pour permettre l'arrivée des secouristes. Pendant ce temps, le dos tourné, Tucker informait Jackie des derniers événements. Il nota le numéro de la mère de Kyle, mais, quand il essaya de l'appeler, son téléphone était coupé.

L'ambulance arriva dix minutes plus tard.

— Je vais l'accompagner, dit Daisy quand le blessé fut installé dans une coquille, après avoir été sorti, non sans difficulté, de la piscine.

En la voyant remonter de la piscine, les traits tirés, il songea qu'il était rare de la voir aussi troublée. Habituellement, son joli visage était souriant, plein de vie et de curiosité. De la voir ainsi lui donna l'envie de la décharger de ses responsabilités, mais il savait que ce n'était pas son rôle.

— As-tu prévenu quelqu'un ? lui demanda-t-elle.

— J'ai laissé un message sur le répondeur de sa mère.

— Donne-moi le numéro, j'essaierai de la rappeler de l'hôpital.

Elle sortit son portable et, abritant l'écran de la main pour se protéger du soleil, entra le numéro qu'il lui communiquait.

— Tiens-moi au courant, la pria-t-il. Je passerai le voir tout à l'heure.

— Je continue d'espérer une réaction, mais rien pour le moment. Pourvu que j'aie de meilleures nouvelles à donner à sa mère.

— A tout à l'heure, dit-il.

Et, cédant à son impulsion, il lui pressa l'épaule en signe d'encouragement.

Il sentit sous ses doigts les muscles fermes qu'exigeait le travail en cuisine. Dans sa hâte, elle n'avait pas pensé à enfiler une veste, et elle devait avoir froid après être restée immobile auprès de Kyle.

Il aurait voulu la prendre dans ses bras et la réchauffer, sentir ses seins fermes pressés contre son torse, remettre de l'ordre dans sa chevelure ébouriffée.

Son pouce glissa délibérément vers son cou.

Elle le fixa d'un air interdit.

Alors, maintenant, c'est toi qui me touches ? Toi qui envahis mon espace ?

Il laissa retomber sa main et serra le poing.

— Il est presque 16 heures, dit-elle. Je ne serai pas revenue avant votre départ. Peux-tu fermer le bureau, ou demander à Tony de le faire s'il est encore là ?

Elle le laissait toujours ouvert pour le cas où les ouvriers auraient besoin du fax ou du réfrigérateur.

— Bien sûr.

Quelques instants plus tard, elle quitta la propriété au volant de sa petite voiture rouge, faisant crisser le gravier de l'allée. Elle laissait derrière elle un homme en colère, qui se maudissait et maudissait Kyle.

9

— Que dire à sa mère en supposant que j'arrive à la joindre ? demanda Daisy à l'infirmière de la réception.

La salle des urgences était calme. Daisy était là depuis une heure, mais n'en savait pas plus. Elle avait essayé à plusieurs reprises de joindre la mère de Kyle, laissant des messages de plus en plus pressants, sans obtenir de réponse.

— Son état est stationnaire, répondit la jeune femme. Nous attendons le résultat des examens. Je ne peux vous en dire plus, car vous n'êtes pas de la famille. Nous aimerions voir un de ses proches. Vous n'avez pas d'autres contacts ?

— Non.

— Un de ses collègues en sait peut-être plus ? Il a peut-être une petite amie, ou un colocataire, quelqu'un à qui il aimerait faire savoir qu'il est ici.

— Apparemment, il ne travaille pas depuis longtemps pour Reid Landscaping. Je ne pense pas qu'ils sachent grand-chose sur sa vie privée, mais je vais les appeler.

Elle sortit dans le crépuscule pour téléphoner à Tucker. Malgré un ciel bas, il ne pleuvait pas.

— Je vais me renseigner auprès de Brad et de Scott, lui dit Tucker. Voir s'ils en savent plus long sur son compte.

— Comment va la chape ?

— Elle est finie. Nous sommes sur le point de partir. Tony et ses hommes ont quitté le chantier il y a une heure. Ils ont tout fermé. Attends un instant…

Elle entendit le murmure assourdi de la voix de Tucker s'adressant à ses ouvriers. Peu après, il reprenait la conversation.

— Scott dit qu'il a une petite amie. Son numéro doit être dans le portable de Kyle resté dans le camion. J'arrive tout de suite. Tu seras encore là ?

— Je ne partirai pas tant que Kyle n'aura pas un proche auprès de lui.

— Reid Landscaping est plus responsable que toi dans cette affaire.

— C'est ma piscine, mon hôtel. Je vais encore essayer de joindre sa mère.

— Espérons que cette fois-ci sera la bonne.

— Oui.

— A tout de suite.

Quatre petits mots. Quatre petits mots qui résonnèrent en boucle dans sa tête, et qu'elle enfouit au fond de son cœur. On dit « A tout de suite » aux gens avec qui on se sent à l'aise. Elle aimait l'idée que, peut-être, Tucker se sentait bien avec elle, en dépit de la réserve dont il faisait preuve.

De nouveau, elle composa le numéro de la mère de Kyle s'attendant à tomber sur le répondeur, mais cette fois une voix féminine lui répondit. Un peu déroutée, elle se rendit compte qu'elle ne connaissait pas le nom de son interlocutrice.

— Etes-vous la mère de Kyle ?

— Oui. Qui est à l'appareil ?

La voix était éraillée et absente. Daisy s'efforça d'expliquer ce qui s'était passé, mais l'échange n'était pas aisé, car son interlocutrice semblait avoir du mal à rassembler ses esprits.

— Vous voulez dire qu'il est à l'hôpital ? En ce moment ?

— Oui.

— Est-ce que je peux lui parler ?

— Malheureusement, je crains qu'il soit toujours inconscient.

— Vous voulez que je vienne ? Vous êtes infirmière ?

— Non, je… Il travaille chez moi sur un projet de Reid Landscaping. Et je…

Mais la mère de Kyle semblait peu disposée à entendre ses explications.

— Je crois que je vais venir. J'appelle un taxi, ou…

— Si vous avez besoin de…

Mais la femme avait raccroché sans lui laisser le temps de lui proposer de venir la chercher.

Il ne restait plus qu'à attendre.

Cependant, une heure s'écoula encore sans que n'apparaissent ni la mère de Kyle ni Tucker. Il était 19 heures passées, et l'on n'annonçait rien de nouveau du côté de Kyle.

Dans la salle d'attente, assise sur le bord d'une chaise en plastique, elle levait les yeux chaque fois qu'elle entendait le chuintement des portes d'entrée.

Enfin…

— Etes-vous la personne qui m'a appelée ?

Vêtue à la diable, la femme qui s'adressait à elle présentait une apparence négligée.

— Je faisais la sieste, expliqua-t-elle.

Daisy rectifia d'elle-même. La mère de Kyle sentait l'alcool à plein nez et son élocution était laborieuse.

Elle se leva et, songeant au fils blessé de la pauvre femme, passa un bras autour de ses épaules dans un élan de sympathie.

— Venez, nous allons chercher quelqu'un qui vous renseignera sur l'état de Kyle. Tout ce que je sais, c'est qu'il est stationnaire.

Cependant, la mère de Kyle — elle ignorait toujours son nom — regardait fixement en direction de la porte.

— Qu'est-ce que cette maudite bonne femme fabrique ici ? marmonna-t-elle.

Suivant son regard, Daisy s'aperçut que les portes automatiques s'étaient ouvertes, et son cœur fit un bond quand elle reconnut Tucker. Cependant, c'était la jolie jeune femme brune qui l'accompagnait qui avait retenu l'attention de la mère de Kyle.

— Elle n'a aucun droit d'être là ! Aucun !

Peut-être pas, mais Daisy remarqua que la jeune femme

avait pleuré et qu'elle paraissait bouleversée, alors que la mère de Kyle ne semblait pas avoir vraiment conscience de l'état de son fils.

Cette dernière s'élança comme une furie sur la jeune femme.

— Vous n'avez pas le droit d'être ici ! répéta-t-elle.

— Il est dans le coma, Annette, annonça la jeune femme d'un air las. Ne peut-on mettre de côté nos différends pour le moment ?

— Mettre de côté nos différends, bougonna l'autre. Vous en avez de bonnes !

— Essayez de vous souvenir que nous aimons toutes les deux Kyle.

— Taisez-vous donc ! Mademoiselle se croit parfaite, mais, si elle s'imagine qu'elle peut me donner des ordres, elle se met le doigt dans l'œil ! Vous m'avez volé mon fils…

— Je ne vous l'ai pas volé, dit patiemment la jeune femme. Vous l'avez jeté dehors. Comment s'étonner après ça qu'il ait des problèmes ?

— Tiens donc ! C'est ma faute s'il a des problèmes ? Avez-vous une idée du mal qu'il m'a donné ? Et son père n'est qu'un bon à rien ! Il me doit sept ans de pension. Et vous venez me dire que mon fils a des problèmes !

— Evidemment, votre alcoolisme n'est pour rien dans l'affaire, marmonna l'amie de Kyle.

Annette se tourna vers Daisy.

— Vous entendez comme elle me parle ! s'exclama-t-elle, indignée.

Daisy suivait de loin la dispute, intriguée par le comportement de Tucker. Celui-ci avait terriblement pâli, et sa mâchoire était si crispée que les muscles saillaient sous sa peau. Et sa tension était presque palpable.

— Ce n'est vraiment pas le moment, dit la jeune femme, exaspérée. Tout ce qui compte, c'est Kyle, pas cette femme stupide et possessive…

Elle s'interrompit, fit un effort sur elle-même pour se calmer et se tourna vers Tucker.

— Merci de m'avoir amenée. J'étais si choquée en apprenant l'accident de Kyle qu'il aurait été imprudent que je prenne le volant.

— C'est tout naturel, Rebecca.

Daisy vit qu'il s'efforçait de contenir son émotion pour parler calmement. Il prit les mains de la jeune femme et les serra.

— Si je peux faire quoi que ce soit, appelez-moi, d'accord ? C'est un accident du travail, il sera donc couvert par l'assurance. Si Mme Schramm…

Il se tourna vers Annette.

— … ou vous…

Il reporta son attention sur Rebecca.

— … avez besoin d'aide pour remplir les papiers, n'hésitez pas à m'appeler.

Annette lui jeta un regard assassin, sans doute furieuse qu'il se montre si aimable envers la petite amie haïe de son fils.

Celle-ci hocha la tête, puis se redressa.

— Je n'y manquerai pas. Merci encore.

Daisy ne put s'empêcher d'admirer la force de caractère de cette très jeune femme, surtout face à l'attitude de la mère de Kyle. Rebecca se dirigea vers le bureau de la réception, talonnée par Annette Schramm, visiblement désireuse de s'assurer que la jeune femme ne lui joue pas quelque mauvais tour.

Tucker et elle restèrent seuls. Il était sens dessus dessous, mais elle aurait été bien incapable de dire s'il était malade, s'il souffrait, ou s'il était sur le point de piquer une crise de nerfs.

— Je suis désolé d'avoir mis si longtemps à venir, articula-t-il avec difficulté. Quand j'ai joint Rebecca au téléphone, elle était si bouleversée que j'ai préféré passer la prendre.

— Tu as bien fait. C'est une bonne chose qu'elle soit ici. La mère…

— … est plutôt source de complications, termina Tucker.

Leurs regards se tournèrent vers la réception où une infirmière s'entretenait avec les deux femmes. Voyant Tucker toujours aussi mal à l'aise, elle proposa :

— Allons prendre l'air.

— Volontiers.

Il était déjà à la porte. Etait-ce la phobie du sang ou des piqûres qui le mettait dans cet état ?

— Est-ce que ça va ? demanda-t-elle quand ils furent dehors.

— Oui, oui.

— Je ne trouve pas. Tu n'es pas bien du tout, Tucker.

Elle ressentit pour lui un soudain élan de tendresse et regretta amèrement son impuissance à l'aider.

— Désolé. Ça ira mieux d'ici une minute.

Il se mit à marcher à grands pas le long du trottoir, et elle peina à rester à sa hauteur.

— Pas la peine de t'excuser, dit-elle. Tu veux qu'on s'assoie quelque part ? C'était une scène pénible.

— On peut le dire.

Il y avait un banc à quelques mètres. Sans attendre sa réponse, elle s'y assit. Il la rejoignit et s'y laissa tomber, comme s'il était épuisé. Ils demeurèrent un moment silencieux. Le cœur serré, elle comprenait que la réaction de Tucker révélait un profond malaise qui dépassait certainement le cadre de cet événement.

— Cette petite scène semble t'avoir choqué, hasarda-t-elle enfin.

— Oui. Désolé.

Il se massa les tempes.

— Sache que si tu as envie de parler…

— Ce n'est rien. Des souvenirs qui remontent.

— Les souvenirs ne sont pas rien.

— Je suppose que non.

Il y eut un nouveau silence, plus pesant. Et, une fois encore, elle brûla du désir de le toucher.

— Tu n'aimes pas les salles d'attente d'hôpital, suggéra-t-elle.

Cela paraissait si dérisoire.

— Non, répondit-il néanmoins.

Pendant quelques minutes, elle crut que ce serait tout ce qu'elle obtiendrait de lui, mais finalement il prit sa respiration et ajouta :

— Je déteste surtout les disputes dans les salles d'attente d'hôpital.

— Tu en as vécu ? demanda-t-elle d'une voix mal assurée, car elle craignait d'aller trop loin.

— Oui. Et l'échange entre la mère de Kyle et Rebecca a fait tout remonter.

Un silence, puis :

— Désolé, ce n'est pas que je refuse d'en parler. Quelque chose me dit même que je devrais.

— Tu sais que j'ai cru que tu allais t'évanouir tout à l'heure ?

— Oui. Je ne m'y attendais pas. D'un seul coup, je me suis cru projeté dans la même situation…

Les yeux clos, il secoua la tête, comme s'il cherchait à se débarrasser du mauvais souvenir.

— Je ne sais pas, reprit-il. Ça semble juste…

De nouveau, il s'interrompit et poussa un cri de colère.

— Bon sang ! Qu'est-ce qui m'arrive ?

— Pas de problème. Je t'écoute, Tucker.

— Ce n'est pas pour autant que je dois me conduire ainsi !

— Je ne suis peut-être pas la bonne personne…, suggéra-t-elle.

— Au contraire ! Tu es exactement la personne qu'il faut, répondit-il d'un air absent, l'esprit encore obnubilé par le souvenir.

Malgré tout, ces paroles la transportèrent d'une joie absurde qui la priva momentanément de parole.

« Tu es exactement la personne qu'il faut. »

Si simple, si évident.

Le soleil se lève à l'est. Le ciel est bleu. Tu es la bonne personne.

Des bulles d'excitation éclataient dans sa poitrine.

Arrête ça, Daisy. Ça n'a aucun sens.

Peut-être, mais c'est arrivé !

— Quand j'avais treize ans, mon père a eu un cancer, déclara-t-il tout à trac. Enfin, la maladie s'est certainement déclarée plus tôt, mais j'avais treize ans quand il nous a mis au courant.

— Il ne vous en a pas parlé tout de suite ?

— Non. En réalité, à cette occasion, il s'est comporté très bizarrement. Je sentais que ma mère était contrariée. Deux fois, je l'ai surprise en train de pleurer. Mon père rentrait tard, ou il disait qu'il était au bureau, mais, lorsque ma mère téléphonait, il n'y était pas. Et, lorsque j'ai appris sa maladie, malgré mon immense chagrin, j'ai été soulagé. Il rentrait tard parce qu'il était allé chez le médecin. Ses mensonges, c'était pour nous protéger. A présent, ma mère et lui allaient pouvoir se battre ensemble. Il guérirait, et tout redeviendrait comme avant. Je serais de nouveau un gosse normal, dans une famille normale.

— Sauf que ce n'est pas ce qui s'est produit.

— Pas du tout. Il a continué de mentir, même après la révélation de sa maladie. Puis nous avons appris qu'il avait une liaison, entamée à cause du cancer, avait-il expliqué. Il mettait tout sur le compte de la maladie, comme si elle justifiait son comportement. Comme si, sous prétexte qu'il était malade, on ne pouvait rien lui reprocher, si égoïste et blessant soit son comportement.

Il se tut. Cassant un rameau d'une plante ornementale qui poussait dans un parterre, à côté du banc, il entreprit de le briser en mille morceaux.

— C'était à propos de sa liaison, cette dispute dans la salle d'attente de l'hôpital ?

— Oui, et non. Mes parents ne se disputaient pas. C'était entre ma mère et Andrea que les querelles avaient lieu. Mon père n'avait pas cessé de la voir. En fait, maintenant que leur liaison était connue, il la voyait davantage. Andrea était enceinte, et elle a mis au monde un petit garçon.

— Oh ! Tucker…

— Nous avons passé les trois années qui ont précédé la mort de mon père à jongler avec sa maladie et la seconde famille qu'il se sentait parfaitement en droit d'avoir. Nous n'avions qu'à accepter, comme on accepte que la personne qu'on aime perde ses cheveux à cause de la chimiothérapie. Mais cela relève-t-il vraiment de la même chose ?

Il n'attendait pas de réponse, mais elle lui en fournit une quand même.

— Non. Pas du tout.

— Mon père faisait comme s'il était le seul à décider. Il aurait deux familles, ce n'était pas négociable. Personne d'autre que lui n'avait le droit de poser des limites ou d'exprimer ses sentiments. Andrea voulait être à son chevet, et que son fils… leur fils voie son père. Ma mère avait de la peine pour cet enfant… Jonah, mon demi-frère… parce qu'il n'était pour rien dans l'histoire. Mais cela voulait dire que nous étions bien obligés de croiser Andrea qui nous en voulait comme nous lui en voulions, d'où ces incessantes disputes…

— A l'hôpital ?

— Oui.

Maintenant qu'il avait ouvert les vannes, il ne semblait plus en mesure d'endiguer le flot des souvenirs. Il lui raconta les disputes entre les deux femmes, chacune affirmant son droit d'avoir une entrevue avec les médecins, les tentatives de son père pour ramener le calme.

— Tout tournait toujours autour de lui. Il m'exaspérait, et je me sentais coupable. Il avait un cancer, tout tournait vraiment autour de lui. Mais il semblait toujours tellement sûr de son bon droit…

Il lui raconta qu'un jour son père avait demandé à sa mère d'emmener Jonah boire un milk-shake pour qu'il puisse avoir un peu d'intimité avec Andrea. Le même soir, sa mère s'était rendue chez Andrea et avait crevé les quatre pneus de sa voiture.

— Et j'ai compris son geste. Tu sais, j'aurais volontiers pris un canif pour l'aider, parce que tout ça me faisait trop mal. J'essayais d'agir correctement, de protéger mon frère et ma sœur, mais j'avais une telle colère en moi… J'ai dû aller trouver Andrea pour la supplier de ne pas porter plainte. Elle savait que ma mère était responsable. Quant à mon père, il s'est contenté de dire : « Ne porte pas plainte, par égard pour moi. » Nous devions tous nous conduire correctement, par égard pour lui. Parce qu'il souffrait d'un cancer, il était le centre du monde.

— Tucker…, murmura-t-elle.

Mais qu'aurait-elle pu dire qui ait pu être à la hauteur de cette terrible histoire ?

— Et aujourd'hui, l'hostilité entre Rebecca et Mme Schramm a fait tout remonter, alors que je ne m'y attendais pas. Ce que je veux dire, c'est que c'est vieux tout ça. Ça remonte à plus de dix-huit ans. Cette scène m'a pourtant ramené à cette période où j'ai dû grandir avant l'heure. Je ne m'attendais pas à une réaction aussi forte, et je te prie de m'en excuser.

— De quoi t'excuserais-tu, Tucker ? Tu n'es pour rien dans cette histoire !

— J'ai manqué de pudeur en t'ouvrant ainsi mon cœur.

— Tu as bien fait, Tucker. Lee ne nous en avait pas parlé.

Il y eut une pause, puis il dit simplement :

— Lee n'était pas au courant.

Il tourna la tête vers elle, et ils se regardèrent. Et ce fut comme un éblouissement de lumière quand le soleil filtre à travers les feuilles. Puis il baissa les yeux sur ses doigts qui continuaient de déchiqueter le rameau.

— Oh…, murmura-t-elle.

Elle n'arrivait pas à oublier son regard si troublant par son intensité.

— C'est juste que… je ne me sentais pas capable de lui raconter. Andrea. Jonah. Elle savait qu'il y avait eu de la mésentente entre mes parents avant la mort de mon père. J'ai juste…

Il haussa les épaules.

— Je suppose que c'était encore trop frais. J'avais vingt-quatre ans, mais pas encore les mots pour le dire. A moins que Lee et moi n'ayons pas eu une relation permettant ce genre de confidences. Nous étions passionnés de sport d'extérieur, ski, randonnée, escalade, et peu portés sur les discussions. Tu comprends ?

— Oui… bien sûr.

— Ce manque de communication aurait peut-être dû nous mettre la puce à l'oreille. Si nous n'étions jamais sereins, ce n'était peut-être pas à cause de l'accident, ni des projets de mariage, comme nous l'avons toujours cru. Nous aurions dû voir les signes plus tôt.

— C'était il y a dix ans, Tucker. Tu dois oublier cette histoire.

— Je me pose des questions, parce que Lee est ta sœur, dit-il doucement.

— Tu penses qu'il faut de la sérénité dans un couple ?

Personnellement, elle n'avait jamais réfléchi à la question.

— Je pense, répondit-il, cherchant ses mots comme si cette conversation était un champ de mines à traverser avec précaution, que si l'on a l'impression que tout est parfait et juste…

Il s'interrompit brusquement et eut un mouvement d'humeur.

— Mais qu'est-ce que j'en sais ! s'exclama-t-il d'un ton impatient.

— Eh bien, je suppose qu'on commence à avoir des idées sur la question quand on atteint trente ans…

C'est pourquoi ça me tue que nous restions assis là, comme deux étrangers. Il existe un lien entre nous, je le sens, je le sais ! Et pourtant, il y a ce mur. Tu avances et tu recules en même temps, et je n'y comprends rien !

Ils demeurèrent silencieux, lui, plongé dans son désarroi, elle, dans l'incertitude. Elle entendait le souffle de la respiration de Tucker, profond et égal à présent. Le désir de le toucher la torturait. Ç'aurait été si naturel après la façon dont il lui avait ouvert son cœur. Juste une main sur son épaule, ou sur sa cuisse. S'appuyer tranquillement contre lui…

Elle ne bougea pas. Impossible. Ils étaient déjà passés par là. Au bord du lac, elle avait posé une main sur son bras, et il l'avait repoussée. Et, s'il avait voulu que leur relation change, il en aurait donné le signal. Il y avait un accord tacite entre eux, pas de geste d'appropriation, pas de droit sur la personne.

Alors, pourquoi suis-je la bonne personne d'après lui ?

Ces contradictions la fatiguaient. Il avait réussi à lui parler de choses qu'il n'avait pas confiées à Lee alors qu'ils étaient à quatre jours de se marier, mais, quand elle avait voulu le toucher, il avait retiré sa main.

Et puis, il la contemplait avec une expression de quasi-adoration.

Tout cela n'avait aucun sens.

Ils restaient assis là, dans un silence de plomb, alors qu'il prétendait qu'un homme et une femme devaient apprendre la sérénité. C'était absurde.

Les minutes s'écoulaient. Il murmura quelques paroles décousues, s'excusa de nouveau de lui infliger ça, de la retenir. Elle répondit qu'il n'y avait pas de problème. Il n'avait pas besoin de s'excuser. Il n'était pas tenu de parler ou d'agir s'il n'en avait pas envie.

Et puis, alors qu'elle commençait vraiment à se demander que faire, parce que, si elle restait assise à côté de lui sans le toucher… sans l'embrasser, sans qu'il l'embrasse… elle allait finir par exploser, quelqu'un passa, balançant un carton de pizza à bout de bras, et la bonne odeur de pâte, de tomate et d'épices les enveloppa.

A cet instant, elle se rendit compte qu'elle mourait de faim. Si elle ne pouvait avoir un baiser, qu'on lui accorde au moins une pizza !

— Au fait, ça fait combien de temps que je te retiens là à écouter mes histoires ? marmonna-t-il. J'ai l'impression qu'on n'a pas mangé depuis une éternité.

— Tu as raison, dit-elle brusquement, je vais rentrer.

Elle fit le geste de se lever, mais fut prise d'un étourdissement. Avec un claquement de langue, Tucker se précipita pour lui saisir le coude.

Le coude, juste le coude.

— Ce n'est pas ce que je voulais dire !

Elle fit effort pour vaincre sa faiblesse, qu'il ne se sente pas obligé de la soutenir.

— Il faut que tu manges, dit-il.

— Désolée.

— Tu n'es pas responsable.

Il serra son coude, son stupide coude, et se pencha sur elle.

— De quoi ne suis-je pas responsable ?

— De rien. Rien n'est ta faute.

De nouveau, l'atmosphère sembla s'alourdir, en raison de la sensation extrême qu'elle avait des endroits de son corps qu'il refusait de toucher, des façons dont il aurait été tout naturel qu'il la soutienne, le temps qu'elle surmonte son malaise.

— Je crois que ça va maintenant, dit-elle.

— Je suis désolé.

Il était si proche qu'elle percevait la chaleur de sa peau. Leurs lèvres n'étaient qu'à quelques centimètres, mais leurs regards ne se croisèrent pas, parce qu'elle n'osait pas lever les yeux sur lui, et le seul contact entre eux était la main de Tucker sur son coude.

— Je suis tellement désolé, Daisy.

— Ça va, Tucker, je t'assure. Tu peux me laisser maintenant.

Il lâcha son coude.

— Tu es sûre ?

— Il faut juste que je mange.

— Je t'offre à dîner.

— Mais non. Ne te sens pas obligé.

— Je nous offre à tous deux à dîner. D'accord ?

— Tucker…

— Ecoute, il est tard, et il n'y a pas que toi qui meurs de faim. Je te reconduirai à ta voiture après le restaurant.

— Franchement, c'est trop alléchant pour que je refuse, dit-elle faiblement.

Alléchant, c'était le mot, et son désir passionné de passer du temps avec lui coûte que coûte l'effrayait.

Je devrais avoir plus d'amour-propre, ne pas me montrer aussi émotive, savoir poser des limites.

Mais, ce soir-là, amour-propre et limites n'étaient pas au rendez-vous.

10

Ils trouvèrent une pizzéria non loin de l'hôpital.

— Ils font aussi des pâtes, dit Tucker, consultant le menu.

— Mais je veux de la pizza !

— C'est à cause de ce type qui est passé près de nous en balançant son carton de pizza ?

— Exactement !

— Il ne sait pas quel risque il a pris.

— Je n'ai jamais été si près de commettre une agression.

— Tu aurais dû me le dire. A deux, nous en serions vite venus à bout.

Elle éclata de rire.

— Tu crois ?

— Je lui aurais maintenu les bras pendant que tu lui aurais arraché sa pizza. Il ne semblait pas en avoir autant besoin que nous.

— Tucker Reid et Daisy Cherry, les Robin des Bois de la pizza, suggéra-t-elle, ils volent aux repus pour donner aux affamés.

— Sauf que nous l'aurions dévorée tout seuls.

— Oui, évidemment.

— Je crois qu'elle venait d'ici. Je reconnais l'odeur. Champignons et oignons, ça te convient ?

— Et comment !

La pizza arriva sur leur table, immense. Ils n'en laissèrent pas une miette.

Quand on est affamé, on a beaucoup moins tendance à se laisser embarrasser par des choses telles que la conscience de l'autre. Ou à se laisser envahir par des émotions concernant des histoires du passé. On ne peut aborder des sujets sérieux quand on se livre à des activités aussi triviales que manger de la pizza.

Ils parlèrent sport. Elle voulut savoir si Tucker pratiquait toujours le ski et la randonnée qu'il aimait tant.

— Quand je peux, répondit-il. Ce qui est trop rare à mes yeux. Et toi, en Californie ? Est-ce que tu pratiquais des sports aussi assidûment que Lee ?

— Oh ! non, et de loin ! Je skie un peu. J'aime marcher, mais pas avec un sac de dix kilos sur le dos. Il y a de belles possibilités de balades à San Francisco.

— Tu sembles pourtant avoir une énergie inépuisable. Comme Lee.

— C'est différent. Je ne suis pas aussi athlétique. Mais c'est vrai que je m'ennuie si je ne m'active pas. L'énergie de Lee est physique, la mienne, créative. Il faut que je fasse quelque chose de mes dix doigts, ou que j'apprécie ce que d'autres font. J'aime le vent de changements qui souffle sur l'hôtel. Et, en esprit, je suis avec les ouvriers qui passent au marteau-piqueur le vieux béton, parce que je suis impatiente de voir ce que ça va donner.

— Ta sœur rentre bientôt.

— Après-demain.

— Et tes parents ?

— Ils doivent être déjà en route. S'ils s'en tiennent à leur projet, ils passeront la nuit quelque part et seront là demain, pour le déjeuner. J'aurais aimé qu'ils restent là-bas plus longtemps, mais ils tenaient à voir Mary Jane dès son retour. C'est du moins le prétexte. A mon avis, ils tiennent surtout à superviser mes choix de dallage !

Il rit en se renversant en arrière, et elle eut envie de se pencher par-dessus la table et de l'attirer à elle, pour qu'il lui sourie et pose sa bouche sur la sienne.

Submergée par la puissance de son désir, elle ferma les yeux. Pas question de lui en laisser deviner l'étendue.

Quand elle les rouvrit, il avait les yeux baissés vers ses doigts qui tapotaient la table, et son expression était sévère et tendue.

— Allons-y, dit-il. Il est tard. Je vais te reconduire à ta voiture.

Il jeta des billets sur la table pour régler la note et, quand elle protesta qu'elle voulait payer sa part, il la fit taire.

— Je t'ai invitée, Daisy. Tu ne serais pas ici sans l'accident de Kyle.

Il semblait si sûr de lui, et si sombre, tout à coup, qu'elle se contenta de hocher la tête en silence.

Dévider un chapelet d'injures dans sa tête n'était pas le meilleur moyen de tenir à distance ses réactions physiques, décida Tucker.

Tu la reconduis simplement à sa voiture. Tu lui dis bonsoir rapidement et poliment, et tu la regardes partir.

Ce n'était pourtant pas si compliqué. Le parking visiteurs de l'hôpital étant presque désert, il put se garer près de la voiture de Daisy. Elle n'avait plus qu'à sauter du siège du passager, le remercier et grimper dans sa voiture.

Mais évidemment, avec Daisy, les choses ne se passaient jamais comme prévu.

— Je voudrais prendre des nouvelles de Kyle, annonça-t-elle en descendant du pick-up. Il y a peut-être du nouveau.

Dire qu'il avait complètement oublié Kyle ! Une fois de plus, il maudit son attirance pour Daisy qui lui faisait oublier ses priorités.

— Je vais me renseigner aux urgences, ajouta-t-elle. A moins que Rebecca ne soit encore dans les parages.

— Je m'en occupe, dit-il. Je t'enverrai un texto si j'en sais davantage.

— Allons-y ensemble.

Ils n'eurent pas besoin d'entrer dans l'hôpital, car, en approchant de la porte principale, ils virent Rebecca qui fumait une cigarette. En les reconnaissant, son visage s'éclaira d'un sourire.

— Il est sorti du coma !

— Bonne nouvelle ! s'exclama Tucker.

— Il ne parle pas, mais il a ouvert les yeux et m'a serré la main pour me signifier qu'il me reconnaissait.

Sa voix se brisa, et elle essuya une larme.

— Les médecins pensent qu'il va s'en sortir sans séquelles.

— Fantastique !

— On n'a pas idée d'être aussi idiot, reprit la jeune femme.

— Ce n'est pas sa faute, Rebecca.

— Si, en partie. Ou bien celle de sa mère, comme vous voudrez. Il vous a caché qu'il était épileptique de peur que vous refusiez de l'engager. C'était l'idée d'Annette, bien sûr, précisa Rebecca avec amertume. Ne jamais dire la vérité quand on peut raconter n'importe quoi à la place. Bref, il était à court de médicaments depuis un jour ou deux — il faut toujours qu'il attende le dernier moment. Au lieu d'aller à la pharmacie comme je le lui avais conseillé, il a demandé à sa mère de passer chercher ses médicaments et, naturellement, elle ne l'a pas fait.

Rebecca secoua la tête d'un air las.

— Je l'aurais tué. Pourquoi lui avoir demandé à elle et pas à moi ? N'a-t-il pas encore compris ? J'aurais été à la pharmacie en cinq minutes.

Soudain, elle leur adressa un pauvre sourire.

— Je vous prie de m'excuser. Je gâche votre soirée d'amoureux avec mes problèmes. Désolée, vraiment.

Il sentit Daisy sur le point de rectifier, tout comme lui, mais finalement ni l'un ni l'autre ne releva.

— Je suis si heureuse que les nouvelles soient bonnes, assura Daisy.

Elle prit les mains de Rebecca et les serra dans les siennes.

Le contact paraissait si simple, si naturel. Il ressentit un pincement de jalousie et d'envie.

Touche-moi. Prends mes mains, et serre-les au lieu des siennes.

— Je vais retourner auprès de lui, dit Rebecca. Heureusement, Annette a filé.

Elle se pinça les lèvres comme pour se retenir d'en dire trop.

Il la comprenait. Adolescent, lui aussi s'était censuré. Encore maintenant, il se contrôlait vis-à-vis d'elle, tout en lui le poussant et le retenant dans toutes les directions à la fois.

— Tenez-nous au courant surtout, dit-il. Bien sûr, il ne reprendra le travail que quand les médecins le jugeront apte.

— Vous voulez dire que vous le reprendrez ? demanda Rebecca, stupéfaite.

Des larmes brillèrent dans ses yeux.

— Je pensais que… C'est vraiment gentil. Bien sûr, je ne pensais pas que vous le congédieriez à cause de l'épilepsie, mais parce qu'il ne vous en avait pas parlé. C'est vrai qu'il peut se conduire en parfait idiot quand il écoute sa mère plutôt que moi. Vous auriez pu sauter sur l'occasion de vous débarrasser de lui. Encore merci !

— Ce n'est rien, Rebecca.

— Profitez bien de votre soirée !

Elle se hâta de rentrer dans l'immeuble sans attendre de réponse, l'ambigüité de son souhait vibrant entre eux comme une note de musique qui tarde à s'éteindre.

Si c'était un rendez-vous amoureux, je l'embrasserais sur-le-champ !

Il n'y avait personne sur le parking, ni fumeur ni conducteur se rendant à sa voiture. Rebecca avait disparu par les doubles portes automatiques. Daisy était devant lui, belle, indécise, transie dans son pull, son corps raidi implorant la chaleur de ses bras.

Pourquoi restait-elle là, comme si elle attendait…

Et, brusquement, il lui parut trop douloureux d'agir correctement. Il n'avait tout simplement plus ni la force ni la volonté de résister à son attirance et, s'il avait d'excellentes raisons de ne pas passer à l'acte, elles s'étaient dissoutes devant l'insistance de son corps.

Il détestait l'idée qu'elle se soit crue rejetée au bord du lac. Il détestait avoir tant partagé avec elle ce soir et faire d'autant plus preuve de retenue. Il détestait ne pas lui avoir avoué combien il aimait sa compagnie, son rire, son appétit à dévorer une pizza.

Et à présent, elle le regardait, les lèvres légèrement écartées, comme si…

— Je ne peux plus tenir, murmura-t-il.

Alors, il la prit dans ses bras et l'embrassa avec une passion qui reflétait l'intensité de son dilemme intérieur.

Ce fut un baiser dévastateur, qui ne laissait place à aucune question. Il tenait le visage de Daisy dans ses mains, les doigts dans ses cheveux soyeux et odorants, et il savourait sa douceur et son corps pressé contre le sien.

Elle n'avait pas hésité, pas un instant. Un gémissement de plaisir monta de sa gorge, et elle écarta les lèvres pour mieux s'offrir à son baiser. Elle avait posé ses mains sur sa taille et l'étreignait avec une liberté qui lui faisait perdre un peu plus la tête.

Elle se cambra comme pour implorer ses mains sur sa poitrine, et il accéda volontiers à sa demande. Il saisit ses seins fermes et ravissants, et sentit au creux de sa paume les pointes durcies qui saillaient à travers le soutien-gorge et le pull, puis il la reprit dans ses bras avec emportement.

Ils finirent par manquer d'air et se séparèrent fugitivement. Quand il eut repris sa respiration, il fit glisser ses lèvres le long de son cou avec le désir de descendre plus bas, vers la vallée qui séparait ses seins, vers son ventre plat, et plus bas encore. Il aurait voulu lui arracher ses vêtements pour explorer le moindre centimètre carré de sa peau. Où pourraient-ils aller ? Y parviendraient-ils assez vite ? Si ce mur rugueux derrière eux avait été un lit, il ne se serait arrêté pour rien au monde. Même un sol de cuisine ou un escalier d'immeuble auraient fait l'affaire !

Mais ils se trouvaient sur le parking d'un hôpital, par une fraîche nuit d'automne. Le lieu était mal choisi, d'autant qu'il y avait certainement des caméras de sécurité. D'un instant à l'autre, un vigile en uniforme allait surgir, leur enjoignant de se trouver une chambre. Et il n'était pas question de voir ces précieux moments traînés dans la boue.

Elle soupira et écarta sa bouche sans le lâcher. Baissant les yeux, il vit ceux de Daisy tout embrumés de désir et ses lèvres rouges et enflées.

— Pourquoi ai-je cru avoir tout compris de travers ? murmura-t-elle. La semaine dernière, au bord du lac, j'étais sûre que tu me disais…

Il soupira à son tour.

— Oui, je te le disais, reconnut-il parce qu'il était grand temps de lui fournir quelques éclaircissements.

— Ah…

Elle fronça les sourcils. En réalité, il ne faisait qu'embrouiller les choses.

— Je t'ai repoussée, dit-il avec effort. Tu ne t'es pas trompée.

— Qu'est-ce qui a changé depuis ?

— Rien, avoua-t-il.

Et pourtant, il était là, la serrant contre lui, ne laissant rien ignorer des manifestations physiques de son désir. Elle nageait en pleine incompréhension, et il pouvait difficilement le lui reprocher.

Il chercha les mots justes, tâtonna, renonça.

— Ecoute, Daisy… tu me plais infiniment. Tu t'en es forcément aperçue. Mais il y a des empêchements. Des choses me retiennent.

Elle ouvrit de grands yeux.

— Mais quoi ?

Par quel bout commencer ? Après la façon dont il lui avait tout jeté, son père, Andrea, Jonah, sa mère, pouvait-il se permettre d'entamer un nouveau chapitre d'une vie privée encyclopédique ?

Il n'avait jamais été très bavard. Il se méfiait des mots. C'était trop facile de leur faire dire n'importe quoi. Dans ses rapports professionnels, plus les gens cherchaient à justifier un retard de paiement ou une erreur dans une commande, moins il les croyait. Daisy réagirait-elle de la même manière s'il se lançait dans de longues explications ?

— Je suis marié, dit-il.

— Quoi ?

Elle s'arracha à son étreinte avec une brusquerie qui le laissa pantois.

— Pour le moment, précisa-t-il.

— Tu es marié pour le moment, répéta-t-elle avec une lourde ironie.

— Ecoute, ce n'est pas ce que tu crois…

L'imbécile ! Dans cette situation, pouvait-il trouver pire cliché ?

— Oh ! bien sûr.

Elle éclata d'un rire amer. Tournant les talons, elle s'éloigna en courant.

— C'est ce que les hommes disent toujours ! jeta-t-elle par-dessus son épaule.

Devait-il la rattraper ? Il était si crispé que poser une main sur son épaule aurait produit l'effet d'une agression. Il avait gâché cet instant, et tout ce qu'il pourrait dire n'y changerait rien. Peut-être valait-il mieux la laisser regagner sa voiture. Leurs deux véhicules paraissaient si solitaires avec leurs yeux éteints tournés vers l'hôpital.

Non ! Impossible d'en rester là. Elle courait, les bras serrés contre sa poitrine pour se protéger du froid. Elle paraissait si furieuse, si fragile, si malheureuse. Il se serait battu tant il s'en voulait.

Au moment où il s'apprêtait à s'élancer derrière elle, deux vigiles en uniforme approchèrent.

— Que se passe-t-il ? demanda l'un d'eux.

— Tout va bien, répondit-il précipitamment. Une petite dispute.

Ces hommes, qui avaient vu pire, rentrèrent dans l'immeuble, mais il savait qu'ils gardaient l'œil sur eux pour le cas où la situation déraperait. Il prit son élan et rattrapa Daisy au moment où elle ouvrait sa portière et s'installait sur son siège.

— Je te dis que ce n'est pas ce que tu crois, dit-il en se glissant dans l'entrebâillement de la portière, l'empêchant de la fermer. Il faut que tu m'écoutes.

Elle tourna vers lui un visage qui, quelques instants plus tôt, exprimait la passion. Désormais, il était ravagé par la colère.

— Qu'est-ce qu'il y a ? Ta femme ne te comprend pas, c'est ça ?

— Non…

Il voulut se pencher vers elle, mais son regard l'en dissuada.

— Tu comptes lui dire que tu veux divorcer, mais tu attends le bon moment ? Que les enfants partent à la fac, par exemple ?

— Daisy !

Il se redressa, découragé, et scruta le parking désert comme si quelqu'un allait surgir pour lui offrir son aide. Mattie ou Carla, peut-être, pourraient dire à Daisy quel frère extraordinaire il était et que, réellement, ce n'était pas du tout ce qu'elle croyait.

— Bon. Alors, vous venez de vous séparer et avez opté pour l'union libre, reprit-elle d'une voix lourde de sarcasme.

— Peux-tu arrêter une seconde avec tes clichés ?

— C'est toi qui as commencé !

— Parce que je ne savais pas quoi dire. Commencer depuis le début aurait été trop long.

— Commence donc par la fin !

— D'accord. Eh bien, nous allons divorcer. La procédure est lancée.

— Encore un cliché ! Ta femme est au courant, au moins ?

— Naturellement. C'était prévu depuis le début. Ecoute, je reconnais que j'ai été maladroit. J'aurais dû m'expliquer avant de t'embrasser. Nous avions un accord : pas d'histoire tant que nous serions mariés.

— Nous ?

— Emma et moi. Pour Max.

— Max, maintenant.

— Son fils. Je sais. C'est compliqué.

— Evidemment. C'est toujours compliqué pour des types comme toi.

— Je ne suis pas l'un de ces types.

— Et pourtant, Emma et toi avez ressenti le besoin de vous interdire les aventures extraconjugales. Ce qui, j'aurais cru, allait de soi dans les couples mariés. Alors, tu vois, je crois que tu es bien l'un de ces types. Ce qui nous ramène au point de départ.

Voyant qu'elle mettait la clé dans le contact, il posa une main sur la sienne pour l'empêcher de démarrer. Elle le repoussa, essaya de refermer la portière, mais il tint bon.

— Nous avions un accord, Emma et moi, et je me suis efforcé de le respecter en n'entamant pas une histoire avec toi. Ce soir, j'ai perdu la bataille, mais, comme le divorce est sur le point d'être prononcé, ce n'est sans doute pas si grave.

— Je serais curieuse de voir les papiers !

— Si tu veux, je te les montrerai. C'est sûr, j'ai géré tout ça en dépit du bon sens.

— Non, tu crois ?

— Quoi que tu penses, j'ai essayé de faire de mon mieux.

— Qu'est-ce que ç'aurait été dans le cas contraire !

Il recula, écœuré par son incapacité à s'expliquer. Pouvait-il affirmer que seul son mariage l'empêchait de donner libre cours à sa passion ? En toute honnêteté, il n'en était pas certain. Comment, dans ces conditions, lui assurer que tout s'arrangerait après son divorce, qu'il n'aurait alors plus aucune hésitation ? En réalité, la force de ses sentiments l'emplissait de doute. Dix ans plus tôt, sa vie avait basculé à l'instant où il avait posé les yeux sur Daisy. Et où cela l'avait-il mené ? Nulle part. Et maintenant, cela allait-il recommencer ?

Il n'aurait jamais dû l'embrasser.

Mais il n'avait eu ni la force ni la volonté de s'en empêcher.

Un beau gâchis. Comme son père était capable d'en créer.

Son mouvement de recul permit à Daisy de claquer la portière au moment où il disait :

— Nous reparlerons quand nous serons calmés.

Si bien qu'elle n'entendit pas la fin de sa phrase. Sans perdre un instant, elle mit le contact.

Deux possibilités s'offraient à lui : soit il se jetait sur le capot de sa voiture, comme dans un film d'action, soit il la regardait partir.

Il opta pour la seconde solution. Inutile de sombrer dans le mélodrame. Ce n'était pas la fin du monde. Demain, il s'expliquerait. En attendant, il ferait aussi bien de réfléchir à ce qu'il allait dire.

11

Quand Daisy arriva devant la résidence familiale, elle aperçut une voiture familière garée dans l'allée.

— Nous sommes rentrés un jour plus tôt que prévu, annonça sa mère, soulignant l'évidence.

— Vous auriez dû m'appeler !

— Nous ne voulions pas te causer de stress.

— Du stress ? Et pourquoi aurais-je été stressée ?

— Eh bien, à cause de l'état du site.

— Mais pourquoi aurais-je réagi ainsi ?

Elle savait qu'elle faisait preuve d'agacement, mais elle n'arrivait pas à se contrôler. Elle était fatiguée, en colère, et agitée d'émotions contradictoires. Elle n'avait qu'une envie, se laisser tomber sur le canapé et regarder n'importe quoi à la télévision pour éviter de ressasser ce qui venait de se passer. Et voilà qu'elle se retrouvait face à ses parents et qu'elle devait faire des efforts pour ne pas leur laisser deviner son trouble.

— Tu aurais pu faire un peu de ménage pour nous, reprit sa mère. Parce que c'est un vrai chantier.

— A ce stade des travaux, le contraire serait étonnant. Cela te contrarie ?

— Nous craignions surtout que tu sois contrariée que nous puissions l'être.

Sa mère s'interrompit, consciente de l'absurdité de la conversation.

— Excuse-moi, je suis ridicule. Bon, nous n'avons pas

appelé, et nous sommes là. Et nous étions un peu inquiets de ne pas te trouver.

— Vous venez d'arriver ?

— Il y a cinq minutes.

Quelques secondes s'écoulèrent durant lesquelles ses parents semblèrent se rappeler qu'elle avait trente ans passés, et qu'ils n'avaient pas à lui demander d'où elle venait à 23 heures. Au prix d'une lutte évidente, ils gardèrent un silence héroïque.

Elle eut pitié d'eux. De toute façon, elle devait leur faire part de l'accident survenu l'après-midi.

— J'étais à l'hôpital, expliqua-t-elle. Un des employés de Reid Landscaping a eu une crise d'épilepsie et il est tombé dans la piscine.

— C'est grave ?

— Il a repris connaissance, et sa famille est auprès de lui. Apparemment, son état n'est plus préoccupant, mais il nous a fait une belle peur.

Elle choisit de passer sous silence l'attitude de la mère de Kyle et son différend avec la petite amie de son fils.

— Tucker aussi était à l'hôpital. Et comme il était tard, nous sommes allés manger une pizza.

— Une longue journée, dit son père.

— Oui. Désolée. Ce soir, je ne suis pas à prendre avec des pincettes.

— Tu es tout excusée, chérie.

C'était gentil de leur part. Elle était bel et bien sur les nerfs et ne se calmerait pas tant qu'elle n'aurait pas dormi. Elle souhaita donc une bonne nuit à ses parents et monta se coucher.

Et elle resta allongée sur son lit, incapable de trouver le sommeil.

Tucker était marié.

Il l'avait embrassée, et ç'avait été comme un avant-goût du paradis. Mais quand il avait dit : « Je suis marié », elle avait été projetée en enfer.

L'ennui, quand on avait trente et un ans et qu'on était célibataire, c'était qu'on avait déjà entendu mille variations sur le thème. Pour son compte personnel, à travers les récits d'amies, ou simplement en regardant des émissions de télé-réalité. Certains hommes semblaient considérer que les liens du mariage étaient d'une élasticité à toute épreuve, et que leur infidélité se trouvait toujours justifiée.

Bien sûr, les mariages pouvaient aussi prendre fin. A l'en croire, Tucker était sur le point de divorcer. Mais pouvait-elle le croire ?

Parce que certains hommes étaient des menteurs invétérés. Tucker appartenait-il à cette catégorie ? Son cœur lui disait que non, mais pouvait-elle lui faire confiance, alors que son jugement était faussé par ses désirs ?

Ce soir, ils s'étaient embrassés. Juste embrassés. Rien de plus. Dans un lieu public pas des plus romantiques, par une température pas vraiment idéale. Et cependant, ce baiser l'avait transportée, et son émotion renaissait chaque fois qu'elle y pensait, comme les braises d'un incendie de forêt reprenaient vie dès que le vent soufflait.

Elle sentait encore le contact de ses lèvres sur les siennes, respirait encore son odeur, percevait sa chaleur. Son corps vibrait de désir pour lui, palpitait de son insistance à affirmer que c'était juste. Quelque chose qui paraissait si évident devait être juste. Juste et important.

Son corps et son cœur parlaient ainsi, et elle résistait à l'envie de les croire. Parce que l'idée de perdre le contrôle l'effrayait. Elle ne se rappelait que trop bien l'état d'exaltation qu'elle avait éprouvé au début de sa liaison avec Michael. Comme si son existence était balayée par un courant puissant. C'était une sensation grisante, et pourtant l'histoire avait mal fini. Et pour rien au monde, elle ne voulait revivre ça.

A 4 heures du matin, son drap entortillé autour d'elle, elle ne dormait toujours pas. En maugréant, elle se leva et gagna la cuisine pour boire un verre d'eau. Puis elle revint se coucher, et s'endormit enfin.

Après ce qui lui parut cinq minutes de répit, elle fut réveillée par des coups frappés à la porte. Jetant un coup d'œil à son réveil, elle s'aperçut qu'il était 9 heures passées.

— Désolée de devoir te réveiller, fit la voix de sa mère. Jackie Bennett de Reid Landscaping est au téléphone. Dois-je lui dire que tu rappelleras plus tard ?

— Non, je la prends.

Elle se leva d'un bond, ouvrit la porte et s'empara du téléphone que sa mère lui tendait.

— Bonjour, Daisy, fit la voix amicale de Jackie. Pardon de vous réveiller. C'est que nous avons un petit problème. Le fournisseur des briques que vous avez choisies pour l'aire de jeux n'est plus en mesure de livrer la commande, et je me demandais si vous pourriez passer.

— Bien sûr. Je serai chez vous dans une heure.

Ce serait le diable si Tucker s'y trouvait aussi.

Il ne s'y trouvait pas.

Elle régla le problème en un quart d'heure, optant pour un autre modèle. Si elle avait réglé l'affaire en moins de temps, elle aurait manqué la suite.

— Emma ! s'exclama Jackie alors que la porte livrait passage à une élégante jeune femme brune. Quel plaisir de te voir !

La femme de Tucker, sans aucun doute.

— Plaisir partagé !

Elle était soignée, grande, élancée, une allure de modèle. Daisy la détesta au premier coup d'œil.

Et ce fut un choc horrible de s'en rendre compte. Elle se détesta d'éprouver ce sentiment.

— Que puis-je faire pour toi, mon chou ? demanda Jackie.

— Rien. Je passe juste déposer ces papiers.

Joignant le geste à la parole, Emma posa sur le bureau une grande enveloppe au nom de Tucker.

— Est-ce que c'est…

— Oui. Plus tôt que prévu.

— Eh bien, tant mieux. Enfin, je le suppose…

Emma éclata de rire.

— Tu en doutes ?

— Tu sais que j'aurais préféré que ça se passe autrement.

— Tu es une incurable romantique. La vie n'est pas si simple, vois-tu.

— Je ne vois pas pourquoi elle serait forcément compliquée !

— C'est pour cette raison que je t'aime, Jackie ! A quarante et un ans, tu crois encore aux contes de fées.

— Si tu n'y crois pas, tu as encore plus besoin de moi que je le pensais.

— En fait, je suis heureuse en ce moment. J'ouvre un nouveau chapitre de ma vie, et j'ignore comment il se terminera. C'est peut-être juste un intermède. Je ne tiens pas à m'engager tout de suite. Pour le bien de Max, j'ai mis ma vie en veilleuse pendant trois ans et… Mais parlons d'autre chose !

— Malheureusement, Tucker n'est pas là, dit Jackie.

— Ce n'est pas grave. Assure-toi juste qu'il récupère ces papiers. Je sais que je peux avoir confiance en toi.

Se pouvait-il qu'il s'agisse des fameux papiers de divorce dont Tucker avait parlés ?

— Il faut que je me sauve, ajouta Emma.

— Tu ne veux pas une tasse de café ? demanda Jackie, déçue.

— J'aimerais bien, mais je ne suis pas seule.

D'un geste, elle désigna le parking.

Regardant dans cette direction, Daisy distingua la silhouette d'un homme au volant d'une voiture blanche.

— Appelle-moi vite, dit Jackie. J'ai l'impression que tu as des choses à me raconter !

— Oh ! certainement ! s'exclama Emma. Si nous déjeunions ensemble mercredi ?

— Très bien !

— Alors, à bientôt !

Emma n'avait pas plus tôt franchi la porte que Jackie se tournait vers l'écran de son ordinateur.

— Parfait, la commande est validée. Ils livreront vendredi.

— Très bien. Merci.

— C'est normal. Tucker passera sur votre site aujourd'hui ou demain.

Daisy salua Jackie en espérant avoir réussi à dissimuler son trouble d'avoir rencontré la femme de Tucker.

Enfin, son ex-femme, apparemment.

En sortant, saisie par la fraîcheur de l'air, elle s'arrêta pour remonter le col de sa veste. Et, pour être honnête, inspecter le parking. L'homme était descendu de voiture. Il accueillit Emma avec un grand sourire, la prit dans ses bras et l'embrassa sur les lèvres. Elle blottit son visage dans son cou, puis, levant la tête, dit quelque chose qui le fit rire. Après s'être de nouveau embrassés, ils finirent par remonter en voiture. Le temps que Daisy réintègre la sienne, ils étaient partis.

Elle se sentait tellement dépassée, ses émotions pareilles à un bateau à la dérive, balloté par les vagues.

Daisy n'était pas rentrée du siège de Reid Landscaping quand Tucker se présenta à Spruce Bay. Il savait qu'elle y était allée pour régler le problème des briques, Jackie l'en avait informé.

Daisy ne tarderait donc pas à revenir. Et l'idée le rendait nerveux.

Denise et Marshall étaient rentrés. Impatients d'évaluer les changements intervenus en leur absence, ils lui compliquaient la tâche. Bien sûr, dans son métier, il avait l'habitude des fâcheux, et les parents de Daisy n'entraient pas réellement dans cette catégorie, mais il aurait préféré voir Daisy en tête à tête, parce qu'il voulait s'expliquer. Et il craignait qu'elle profite de la présence de ses parents pour l'éviter.

Elle arriva peu après, se gara juste devant le bureau et y disparut instantanément. Naturellement, elle lui en voulait toujours, à cause de ce qui s'était passé la veille.

Pourtant, elle ne s'attarda pas au bureau. Il se rendit compte qu'elle s'était approchée de la piscine en entendant Brad lui jeter un bref :

— Patron ?

Il leva les yeux et découvrit Daisy, vêtue d'une veste matelassée dont le rouge sombre mettait en valeur la blondeur de ses cheveux.

— As-tu une minute, Tucker ? demanda-t-elle.

Elle semblait plus crispée que véritablement en colère.

Il se redressa et lâcha immédiatement son mètre.

— Bien sûr.

Elle l'entraîna sur l'allée défoncée qui menait au ponton, à si vive allure que, pour une fois, la longueur de ses enjambées ne lui donnait pas l'avantage.

— Daisy, dit-il, si tu ne me laisses pas marcher auprès de toi, personne ne croira que tu voulais me consulter pour le dallage.

A contrecœur, elle ralentit. Et, malgré la tension qui régnait entre eux, il ne put s'empêcher de sourire. Elle ne faisait jamais les choses à moitié. Le rouge, couleur de la passion, semblait parfait pour elle aujourd'hui, et il se demanda si elle l'avait choisi à dessein.

— Je viens de voir Emma, dit-elle quand ils atteignirent le ponton.

— Oh…

Ce n'était pas du tout ce à quoi il s'attendait.

— Elle est passée déposer des papiers pendant que j'étais là… Tucker, je n'ai pu m'empêcher d'entendre. A ce que j'ai compris, il s'agissait des papiers du divorce.

— Vraiment ?

La nouvelle lui fit plus d'effet que prévu. L'apprendre de la bouche de Daisy, et aujourd'hui, en plus…

Il était divorcé. Le chapitre était clos.

S'il croyait aux présages… mais il n'y croyait pas.

— Emma ne m'a pas appelé, et Jackie ne m'en a rien dit.

— Elles semblaient préférer t'en parler de vive voix.

— Bien sûr… Ces papiers arrivent plus tôt que prévu.

— C'est ce qu'Emma a dit. Je n'arrive pas à savoir si je dois me réjouir ou non d'avoir assisté à la conversation.

Elle s'arrêta au beau milieu de la plate-forme de bois et tourna vers lui un regard implorant.

— Tucker, je t'en prie. Explique-moi. Je n'y comprends rien.

La phrase se termina dans un murmure, et il contempla, fasciné, ses lèvres douces.

Cette fois, il lui devait une explication correcte. Et il se devait à lui-même de reconquérir cette belle bouche généreuse avant de se consumer de désir.

— Bien sûr, je vais tout t'expliquer, répondit-il simplement. Emma travaillait chez Reid Landscaping avec un visa limité. Son fils souffrait d'un cancer, la même maladie de Hodgkin qui a emporté mon père. Pris à temps, ce cancer est d'un bon pronostic chez les enfants. Malheureusement, n'ayant pas la nationalité américaine, Emma ne pouvait rester légalement dans le pays. Elle ne voulait pas retourner en Angleterre alors que Max était en plein traitement. D'autant qu'elle n'y avait ni famille ni réseau d'entraide. En réalité, elle avait vécu un peu partout dans le monde, mais très peu en Angleterre. Alors Jackie a eu l'idée d'un mariage blanc entre nous.

— Max n'est pas ton fils ?

Elle l'observait de ses beaux yeux bleus encore incertains. Dans son désir de se rassurer, elle était suspendue à ses lèvres, et de la voir ainsi l'émut profondément.

— Non. Emma et son père se sont séparés quand il était bébé. Ils ne se voient plus. Il faut que tu saches qu'Emma et moi n'avons jamais eu de relation amoureuse. Et, si tu ne me crois pas, demande-le-lui. Ou demande à Jackie.

— Elles sont amies.

— Oui.

— Pourquoi ne m'as-tu pas expliqué ça hier soir, Tucker ? Pourquoi ? Alors que ça te lavait de l'accusation d'infidélité.

— Je voulais le faire, mais je m'y suis mal pris.

— C'est simple pourtant.

— Bien sûr. Aujourd'hui, sachant que les papiers du divorce sont signés, ça me paraît simple. Je me sens…

« Délivré » était sans doute le plus proche de ce qu'il ressentait, mais il ne trouvait pas les mots.

Elle posa une main sur son bras, comme elle l'avait fait l'autre jour, presque au même endroit. Elle demandait une seconde chance, parce qu'elle était sûre que la situation avait changé.

Et elle avait raison. Ses papiers de divorce étaient sur le bureau de Jackie, et devant lui se tenait la femme qu'il désirait plus que tout au monde, depuis une éternité, et, s'il existait une raison de ne pas répondre à la douce invitation de sa main, il ne se rappelait pas laquelle.

— Daisy ! s'exclama-t-il d'une voix étranglée.

Et il la prit dans ses bras.

12

Si quelqu'un les voyait…

Elle s'en moquait pas mal !

Le baiser de Tucker, son corps dur contre le sien, sa voix murmurant son prénom…

Il avait travaillé ce matin, et son corps était chaud sous la chemise de travail qui sentait le ciment et les feuilles mortes. Elle glissa les doigts dans l'épaisseur de ses cheveux, resserrant leur étreinte, se délectant de son corps musclé. Mais par-dessus tout, c'était sa bouche contre la sienne qui l'enivrait.

Il la buvait comme s'il devait s'abreuver à sa source pour rester en vie. Et elle s'abandonnait à lui, yeux clos, oubliant le reste du monde. Peu lui importait qu'on les voie, peu lui importait ce qui se passait sur le chantier. Le corps de Tucker était fort et tiède, déjà familier. C'était un cadeau, une promesse. Et c'était si merveilleux qu'elle se sentit toute faible et s'appuya contre lui. Il approfondit son baiser, et elle trembla, cédant au plaisir. Comment un simple baiser pouvait-il la troubler à ce point ?

Et combien de temps s'écoulerait-il avant qu'ils prennent conscience qu'ils devaient arrêter ? Une minute, ou l'éternité ? Elle n'en avait aucune idée.

Quand il laissa ses lèvres et recula, elle sentit le froid l'envahir. Mais il prit ses mains et appuya son front contre le sien.

— Quand puis-je te voir ? murmura-t-il dans un souffle.

— Quand ? Mais je serai au bureau.

— Tu sais ce que je veux dire. Seule. Sans personne autour, rien pour nous déranger.

— Ah…

— S'il te plaît.

— Ce soir, si tu veux.

— Chez moi ?

— Au-dessus de la salle d'exposition, c'est ça ?

— Oui. On peut s'y retrouver et, si tu veux, on ira manger quelque part, ou voir un film…

— Ou alors on restera chez toi, répondit-elle trop impatiente d'être seule avec lui pour faire des manières.

— Ça me convient parfaitement !

Il comprenait qu'elle lui offrait la promesse d'une nuit d'amour. L'idée la fit défaillir. Deux corps enlacés, ses cheveux frôlant le torse nu de Tucker, le corps de Tucker sur le sien.

Il la reprit dans ses bras et la serra avec fougue, trop heureux pour garder sa joie pour lui. Il était tendu comme une corde de violon et joyeux comme un enfant tandis qu'il semait une pluie de baisers sur ses cheveux et frottait sa joue râpeuse contre la sienne.

— Viens dès que tu peux, dit-il. Je serai chez moi vers 18 heures. Je ne sais pas comment je tiendrai jusque-là !

— Moi non plus ! J'apporte quelque chose ?

— Je prends tout en main.

— J'attends de voir ça, le taquina-t-elle, les lèvres dans son cou.

Le son du rire de Tucker la transporta de joie. Il était fier, viril, triomphant. Certainement, il voulait prendre les choses en main.

— Nous devrions retourner là-bas, dit-il. Je n'en peux plus d'être tout contre toi et de devoir me contrôler.

— Je sais…

L'essoufflement de sa propre voix la surprit. Et elle eut un peu peur en se rendant compte de sa vulnérabilité face à lui.

Bien sûr, Tucker s'exposait aussi en dévoilant son bonheur, mais pouvait-elle lui faire confiance ?

Il y avait autre chose. Cette effervescence, cette euphorie, avait quelque chose de familier. L'éclat de toute chose, la perfection du moment, le puissant courant d'émotions vous emportant ailleurs. N'avait-elle pas ressenti tout cela avec Michael ?

Incapable de s'arracher à leur étreinte, Tucker reprit ses lèvres et, quand ils finirent par quitter le ponton, elle décida de laisser ses craintes derrière elle.

— Tu as du courrier, annonça Jackie quand Tucker passa au bureau au milieu de l'après-midi avant d'aller voir un client à Saratoga.

Daisy ne s'était pas trompée. Il s'agissait bien des papiers du divorce signés en bonne et due forme.

Jackie le regarda soupeser dans sa main la liasse symbolisant la fin de son mariage. Mariée et heureuse en mariage, elle était du même avis que la mère de Tucker et aurait souhaité que son mariage avec Emma devienne une réalité.

— Ne dis rien, dit-il d'un ton de mise en garde.

— Je m'en garderais bien.

— Tu n'en penses pas moins.

— Tu surveilles mes pensées, maintenant ?

— Ne commence pas…

— Je ne peux pas m'en empêcher. Je vous aime tellement tous les deux, et ç'aurait été si merveilleux. Je crois que je le regrette plus qu'Emma et toi.

— C'est bien le problème. Emma et moi ne regrettons rien. Appelle ma mère si tu tiens à te morfondre.

— Inutile. Nancy m'a déjà téléphoné.

— Elle est donc au courant ?

— Je suppose qu'Emma l'a avertie.

— Je suis surprise qu'elle ne m'ait pas encore appelé. Ma mère, je veux dire. Emma aussi, d'ailleurs.

— Elle a d'autres choses en tête, dit Jackie d'un ton lourd de sous-entendus.

— Ah bon ?

— Un nouvel ami. Il l'attendait dans la voiture quand elle est passée.

La nouvelle le surprit désagréablement. Ce qui était injuste. Il ne put néanmoins s'empêcher de s'exclamer :

— Comment ? Elle sort du tribunal, et une demi-heure après elle est avec quelqu'un ?

— Allons, Tucker. Il n'y a pas de quoi se formaliser.

— Tu as raison. Je suis idiot.

— A mon avis, il y avait anguille sous roche depuis un moment. Emma dit qu'elle célèbre sa liberté. Même si je regrette que vous ne soyez pas restés ensemble, c'est bon de la voir heureuse.

Il ne sut que répondre. En somme, il avait lutté contre son attirance pour Daisy, ce qui rendait celle-ci malheureuse, parce qu'il tenait à respecter un contrat qu'Emma avait déjà rompu.

Il savait ce qu'Emma répondrait. Qu'ils étaient divorcés depuis deux mois, même sans l'aval de la loi, et que, dès lors, leur accord ne tenait plus. Ils avaient mis Max au courant de leur séparation, et il savait que ce n'était pas un drame, que sa vie continuerait comme par le passé, et qu'il verrait Tucker quand il le désirerait. Ils restaient amis, ce qu'ils avaient toujours été, pas père et fils.

En d'autres termes, l'accord initial entre Emma et lui était devenu obsolète et, depuis qu'ils avaient rempli les papiers du divorce, elle était libre d'agir comme elle l'entendait.

Et pourtant…

Emma avait une propension à revendiquer sa liberté à des moments qu'il considérait malvenus. Tout cela le dérangeait, et il commit l'erreur d'interroger Jackie.

— Quelle a été la réaction de ma mère ?

— Elle pense que vous allez regretter d'avoir divorcé, et elle est enchantée qu'Emma fréquente quelqu'un…

— Tiens, c'est curieux !

— … parce qu'elle est persuadée qu'il ne peut pas rivaliser avec toi et qu'Emma va vite se rendre compte de ce qu'elle a perdu…

— Elle n'a rien perdu du tout.

— … tout comme toi, et que, d'ici six mois, vous serez de nouveau ensemble et ferez le projet de vous marier pour de vrai. Ce n'est pas pour te faire peur, mais je pense que Nancy cherche déjà un lieu pour la réception.

Il étouffa un juron.

Encore sous le coup de la joie de ce qui s'était passé le matin même avec Daisy, et dans l'anticipation de leur soirée, il était sur un petit nuage et voulait que tout soit simple et vrai. Il n'était pas comme Emma, à nouer une liaison dans le seul but de célébrer une liberté dont il n'avait pas joui depuis trois ans. Ou comme son père, en poursuivant égoïstement la satisfaction de ses besoins sans se soucier de ceux des autres.

Il voulait un amour pur et sincère. Mais comment être sûr que c'était bien le cas ?

— Ne te tracasse pas, dit gentiment Jackie. Tu ne vas tout de même pas attacher de l'importance aux réactions de deux fleurs bleues ? Tu es un homme bien, Tucker, tu peux me croire. Tu as le droit de vivre et de prendre du bon temps.

— Là, je crois que tu as raison.

Il chassa son humeur changeante et prit la route de Saratoga, dans l'espoir d'avaler les heures qui le séparaient du moment de revoir Daisy aussi vite que les kilomètres.

A 18 h 30, il entendit la voiture de Daisy se garer sur le parking désert. La nuit était tombée depuis une heure, et il avait allumé la lumière extérieure dès son arrivée. Pas seulement la lumière extérieure d'ailleurs, mais aussi les spots qui éclairaient les massifs et auréolaient les plantations de magie. Daisy méritait bien un peu de magie.

Il regarda par la fenêtre, la vit descendre de voiture et sentit son pouls s'accélérer. C'était ainsi qu'elle lui était apparue à son retour de France, descendant de voiture, avec ses cheveux qui accrochaient la lumière des lampes tandis qu'il la regardait sans être vu d'une fenêtre à l'étage.

L'espace d'un instant, l'idée lui fit peur. Que cherchait-il ? Une porte magique ouvrant sur le passé ? Y avait-il quelque chose de malsain dans ce qu'il éprouvait au contact de cette femme ? Comme alors, le moment était-il mal choisi ?

Il l'ignorait, mais devant sa beauté il décida de remettre à plus tard ces épineuses questions.

Elle portait une jupe taillée dans un de ces tissus aux couleurs vives qu'elle affectionnait, ainsi que des hauts talons coquins, un haut moulant avec des manches descendant pudiquement aux poignets et un décolleté qui n'avait rien de pudique. Comme elle ouvrait le coffre de la voiture et se penchait, il aperçut le pâle renflement de ses seins. Et impossible de détourner les yeux !

Puis la vue de son corps lui fut dissimulée par un carton de provisions.

— Ne t'ai-je pas demandé de ne rien apporter ? dit-il quand elle atteignit sa porte.

— Si, mais je n'avais pas dit que j'étais d'accord !

Etait-elle encore allée trop loin ? C'était probable. Elle lui tendit le carton et pénétra dans l'appartement.

Elle avait été surexcitée tout l'après-midi à l'idée de rejoindre Tucker, tout à la fois adolescente, princesse et femme de l'âge de pierre. Elle songeait qu'elle était la fille la plus chanceuse de la planète. Elle n'arrivait à penser à rien d'autre.

Quand elle avait prévenu ses parents qu'elle ne dînerait pas avec eux, sa mère avait ouvert la bouche, s'apprêtant à s'enquérir de ses projets, mais son père était vivement intervenu en disant qu'ils en profiteraient pour aller au restaurant en amoureux.

Pour échapper à l'effervescence de ses émotions autant qu'à la curiosité de sa mère, elle s'était rendue au supermarché, au départ pour acheter une bouteille de vin et un dessert, et en était finalement ressortie avec un carton plein à craquer. Vin, eau minérale, jus de fruits exotiques, et ingrédients pour un tiramisu.

— Ce n'est pas que je m'en plaigne, dit Tucker en lui prenant le carton des bras, mais combien de temps comptes-tu rester ?

— Aussi longtemps que tu voudras de moi !

— Ce sera après l'heure de ton coucher, c'est sûr.

Il posa le carton sur une table et la prit dans ses bras. Et l'adolescente, la princesse et la femme de l'âge de pierre s'unirent dans une merveilleuse anticipation.

— Ce soir, l'heure de mon coucher risque d'être avancée, murmura-t-elle.

Un sourire coquin apparut sur les lèvres de Tucker, mélange d'exaltation et d'anticipation qui faisait écho à ce qu'elle ressentait. Elle mourait d'envie qu'il l'embrasse, mais il différait l'instant, fixant sa bouche avec un regard si ardent qu'elle en sentait la brûlure.

Instinctivement, elle s'humecta les lèvres. Alors, il fondit sur elle, effleurant ses lèvres, puis reculant, l'agaçant si bien qu'elle émit un gémissement de protestation, ce qui le fit sourire.

— Comment peux-tu te conduire ainsi ? dit-elle. Fais les choses correctement.

Elle prit son visage et le tint dans ses mains, mais il réussit à s'échapper après un baiser furtif.

— Tu n'as jamais entendu parler de satisfaction différée ?

— Si, mais je ne l'ai jamais expérimenté.

— Tu as tort. C'est très bon. Je vais t'y initier, murmura-t-il contre ses lèvres.

— Pas ce soir, j'espère ?

Pour toute réponse, il lui donna le baiser tant attendu. Ce fut comme un embrasement entre eux, et le carton de provisions resta, abandonné, sur la table. Il lâcha ses lèvres pour promener sa bouche sur son cou, son oreille, ses cheveux. Puis il suivit l'encolure de son haut, s'attardant sur la pointe du décolleté où un soutien-gorge à balconnet offrait le meilleur de ce qu'elle possédait.

Oui, elle le portait à dessein, et non, elle ne voulait pas qu'il arrête. Il fit glisser le haut et la bretelle du soutien-gorge de son épaule, et embrassa sa peau dénudée, puis il fit de même avec l'autre épaule. Elle sentit le glissement du tissu et la ferme pression de ses lèvres sur sa peau nue.

Affamée de contact, elle le prit par les hanches et se cambra. Son haut glissa, entraînant le soutien-gorge de dentelle noire. Il trouva la pointe d'un sein, s'en empara avec avidité, et elle tressaillit tandis que ses lèvres et sa langue attisaient sa flamme au point qu'elle se sentait prête à exploser.

C'était si bon…

Une soudaine sensation de froid quand il lâcha le mamelon la fit de nouveau tressaillir. Mais il trouva son autre sein et lui fit subir le même voluptueux traitement tandis que son pouce traçait de petits cercles autour du mamelon humide qu'il venait d'abandonner. Jamais elle n'avait connu pareille volupté.

— Lève ton pied, dit-il doucement.

Se baissant, il fit courir sa main le long de sa jambe et lui retira son escarpin.

— Je les aime, dit-il en jetant l'extravagante chaussure qui atterrit au sol avec un bruit sourd. L'autre maintenant, dit-il d'une voix étranglée.

Et il l'envoya rejoindre sa jumelle. Il revint à ses seins, enfouissant son visage entre leurs rondeurs, les enveloppant dans ses mains, ses grandes paumes durcies par le travail manuel incroyablement tendres tandis que sa bouche se faisait délicieusement brutale.

— Je t'en prie, déshabille-toi pour moi, souffla-t-il.

— Toi aussi. Sinon, ce n'est pas juste…

Il souleva sa chemise et s'en débarrassa d'un geste rapide. Puis il la regarda avec des yeux avides déboutonner sa jupe et la faire glisser le long de ses hanches. Le soutien-gorge et le haut disparurent également. Elle ne portait plus qu'une culotte de dentelle, faussement modeste, car sa transparence ne laissait rien ignorer de ce qu'elle était censée cacher.

Il glissa ses mains sous le tissu élastique et pétrit ses fesses. De son côté, elle tâtonna à la recherche du bouton de son jean, mais il posa une main sur la sienne.

Tout d'abord, elle ne comprit pas pourquoi. N'étaient-ils pas censés se déshabiller ? Mais, quand elle entendit son souffle désordonné, elle comprit. Il craignait de perdre trop tôt le contrôle. Car il était très excité. Voyant le renflement de son sexe sous son jean, elle brûla de le libérer, mais là encore il l'en détourna en lui prodiguant des caresses des mains et de la bouche jusqu'à ce qu'il lui soit impossible de penser à autre chose qu'au plaisir qu'il lui donnait.

Elle sut à peine comment elle avait atteint le lit. Il avait dû la porter, ou la tirer, elle avait trébuché, s'agrippant à lui comme elle pouvait. Elle finit par tomber en arrière sur l'épaisseur moelleuse d'une couette, et il lui allongea les bras au-dessus de la tête et les maintint d'une main tout en couvrant de baisers ses lèvres et son cou, ses épaules, ses seins, son ventre. Puis il explora la dentelle noire et palpa son sexe à travers le tissu. Elle était en feu, si excitée qu'elle perdait patience, et elle l'attira à lui, désireuse de sentir son corps peser sur le sien.

Il s'allongea sur elle en gémissant. Cette fois, ce fut lui qui se battit avec la ceinture de son jean. Un instant plus tard, il était nu contre elle et si près de jouir que chaque souffle était un gémissement.

Elle le voulait en elle.

Il sortit un sachet du tiroir de la table de nuit, mais le rejeta et roula sur lui. Toute palpitante de désir, elle lui caressa le dos.

— Que se passe-t-il ?

— Rien du tout.

Il s'assit au bord du lit.

— Je veux juste que ce soit parfait. Ne pas finir avant d'avoir commencé.

— J'en meurs d'envie, Tucker.

Il se rallongea sur elle et la caressa jusqu'à ce qu'un son, à mi-chemin entre le chant et le gémissement, sorte de sa gorge. Elle était si proche de la jouissance qu'elle ne pensait pas que ce fut possible sans exploser. Il fallait qu'il la prenne, tout de suite, qu'il lui fasse l'amour et la mène à l'orgasme. Elle ne supportait plus cette torture. Vraiment il fallait qu'il…

— Tucker, je t'en prie.

Il ne répondit pas. Elle referma ses doigts sur son sexe tendu et le sentit se cabrer. Lui aussi était proche de la conclusion. Si seulement il voulait bien s'abandonner…

Mais il s'arracha à sa caresse. Hors d'elle, elle le fit rouler sur le dos, s'installa à califourchon sur lui et frotta les pointes durcies de ses seins contre son torse. Elle voulait lui faire perdre tout contrôle, qu'il oublie ses idées de faire durer interminablement les préliminaires et qu'il la pénètre. C'était devenu un jeu fantastiquement érotique et douloureux.

Qui serait le gagnant ? Celui qui perdrait le premier son sang-froid ou, au contraire, celui qui le garderait ?

Enfin, il prit le préservatif, l'enfila et la pénétra sans effort tant elle était prête. Un cri s'échappa de ses lèvres tandis qu'il allait et venait furieusement en elle.

Quelques minutes plus tard, tous deux se consumèrent dans un orgasme si intense qu'il dura… l'éternité. Elle en émergea hors d'haleine, épuisée, au bord des larmes.

13

Ils demeurèrent immobiles de longues minutes, dans un silence que seule leur respiration venait rythmer. Finalement, Tucker demanda dans un murmure :

— Tu dors ?

— Non…

— Tu as faim alors ?

— Un peu.

— Sauf que je suis incapable de bouger le petit doigt.

— Moi aussi.

Ils restèrent allongés jusqu'à ce que les caresses de Tucker se fassent plus précises et que leur désir renaisse. Cette fois, ils firent l'amour avec tant de douceur qu'elle crut rêver. Elle flottait sur un petit nuage de sensations, et la jouissance la surprit comme une vague balayant la plage un beau jour d'été.

— J'ai des progrès à faire pour ce qui est de prendre mon temps, marmonna-t-il en retombant près d'elle.

— Tu as failli me tuer en prenant ton temps la première fois !

— Peut mieux faire. Attends que je récupère, et je te montrerai.

Il se leva, attrapa son jean, et elle rit de sa soudaine détermination.

— Tu as quelque chose à prouver, Reid ?

— Je ne sais pas. Attendons de voir.

Il baissa des yeux rieurs sur elle, la dominant de tous les muscles de son torse puissant.

— J'ai l'impression d'avoir besoin de récupérer, moi aussi, dit-elle.

— Inutile de prendre la peine de nous rhabiller.

Il lui lança un peignoir accroché derrière la porte de la salle de bains. Il était beaucoup trop grand, et elle se sentait délicieusement perdue dedans.

— Inutile aussi de nous donner la peine de cuisiner.

— Alors là, j'ai pris de l'avance sur ta proposition.

Il avait acheté du fromage, de la charcuterie, des olives, des tomates cerises, des crackers, des gressins et une bouteille de vin rouge. Elle l'aida à installer le tout dans des assiettes sur la table basse, et ils mangèrent avec appétit, riant d'eux-mêmes. Ensuite, elle découpa des morceaux de gâteau, équeuta les fraises, les disposa dessus et, à l'aide de fourchettes, ils les plongèrent dans une crème au chocolat agrémentée d'irish cream.

Ce qui se passa ensuite était assez prévisible.

Alors qu'il portait une fraise à la bouche de Daisy, il laissa tomber des gouttes de crème sur son sein gauche. Il se pencha pour les lécher puis, relevant la tête, il lui adressa un sourire diabolique.

— Désolé.

— Dois-je l'être aussi ?

Elle plongea un doigt dans la crème, l'étala sur le torse de Tucker et le lécha.

Ce fut l'escalade, et les choses se terminèrent exactement comme ils le souhaitaient. Et, quand elle rentra subrepticement chez elle, bien après minuit, elle n'eut pas besoin d'entendre la voix endormie de sa mère qui s'inquiétait de son retour tardif pour comprendre que les ennuis commençaient.

Elle était chez elle, il était tard, et elle se languissait déjà des bras de Tucker.

Denise et Marshall allèrent chercher Mary Jane à l'aéroport d'Albany, et tous trois arrivèrent à Spruce Bay en fin de matinée. Mary Jane leur fit des récits enthousiastes de son voyage, menaçant de leur montrer des tonnes de photos, mais elle semblait heureuse d'être rentrée. Elle avait fêté son trente-cinquième anniversaire autour d'un feu de camp, dans un parc africain, avec les rugissements des lions en arrière-plan sonore. Elle était bronzée, et ses cheveux châtains avaient pris des reflets dorés sous le soleil africain.

— Je suis surexcitée à la perspective des travaux ! s'exclama-t-elle.

Et elle entreprit une visite des lieux, suivie par ses parents et Daisy.

— J'adore les salles de bains. Sont-elles toutes terminées ?

— Dans l'hôtel, oui, répondit Daisy. Mais pas celles des bungalows.

— Les travaux ont bien avancé, souligna son père.

— Nous allons donc pouvoir commencer à préparer les chambres pour l'inauguration ! s'exclama Mary Jane. Retirer les housses de protection des meubles et entreprendre un grand ménage.

— Nous mettrons la musique à fond, dit Daisy. Ce sera drôle.

Ils se retrouvèrent ensuite dans l'appartement familial, et leur mère sortit les sandwichs qu'elle avait préparés pour le déjeuner tandis que leur père allait chercher un pot de pickles dans la réserve.

— Et la rénovation du restaurant ? s'enquit Mary Jane.

— Elle est en bonne voie.

— Nous devrions ouvrir pour Thanksgiving, déclara abruptement Mary Jane.

— Tu veux dire pour Noël ? N'est-ce pas ce qui a toujours été prévu ?

— Non. Je parle de Thanksgiving.

Mary Jane paraissait soudain agitée, comme si elle avait besoin de se dépenser pour lutter contre le désenchantement du retour.

— C'est possible, n'est-ce pas ? reprit-elle. Nous n'ouvririons pas tout, juste une aile avec des chambres et quelques bungalows. Nous axerions la publicité sur l'inauguration avec un grand dîner spécial Thanksgiving.

— C'est-à-dire… c'est un peu juste. Il y a encore beaucoup à faire.

Daisy s'attendait à ce que son père ou sa mère donne son avis sur la question, mais ils gardèrent le silence. Ils se préparaient vraiment à leur laisser les rênes de l'hôtel, et c'était très bien.

— Je désire vraiment ouvrir à cette période, insista Mary Jane. Peu importe si nous devons travailler dur. Il nous reste quelques semaines. Lançons-nous à fond.

— Eh bien, je vais réfléchir.

— Non. Il faut que nous nous fixions l'échéance, sinon jamais nous n'y arriverons.

Elle préféra ne pas argumenter.

— Si tu y tiens…

Si Tucker ou l'un des entrepreneurs annonçaient que c'était impossible, Mary Jane serait peut-être mieux préparée à entendre raison quand elle aurait défait ses valises et récupéré du décalage horaire.

Mary Jane se dirigea vers une fenêtre.

— Je n'ai pas envie d'aller voir maintenant les travaux paysagers.

— Tu sais, ça va être très bien, dit-elle. Est-ce que tu veux voir les plans ?

— Pas maintenant.

Suivie de Daisy, elle se dirigea vers sa chambre et se laissa tomber sur le lit tandis que leur mère parlait d'emporter son linge sale à la laverie et que leur père repartait à la recherche de pickles, décidément difficiles à dénicher.

— Maman, j'ai trente-cinq ans, je peux faire ma lessive toute seule ! protesta Mary Jane.

Puis elle se reprit.

— Excuse-moi, c'est la fatigue.

Leur mère se retira, et Daisy s'attarda un peu sur le seuil de la chambre de sa sœur.

— Tu es juste fatiguée, Mary Jane ? Tu n'as tout de même pas été déçue par ton voyage ?

En effet, sa sœur ne semblait pas seulement lasse, mais aussi découragée, sans énergie, et même son bronzage ne parvenait pas à dissimuler son manque d'entrain.

Mary Jane soupira.

— C'était exactement comme décrit dans la brochure, et ça m'a beaucoup plu.

— Vraiment ?

— Et maintenant, je suis rentrée. C'est terminé. Tu sais pourquoi j'entreprends ces maudits voyages, Daisy ? Pour me persuader que je mène une existence fantastique ! Mais, en réalité, je n'aime pas tant voyager que ça, Daisy.

Sa sœur lui adressa un regard la suppliant de comprendre.

— Mais tu fais un grand voyage par an ! Voire deux.

— J'appréhende le départ, et j'ai le mal du pays tout le temps ou presque. Et, pendant les trois quarts du séjour, je me persuade que je prends du bon temps, parce que je me figure que je dois en prendre. Je devrais peut-être renoncer.

— Franchement, oui, si c'est un pensum.

— Tous les ans, je me dis que ce sera mon dernier voyage. Et puis, je me représente ce qu'est ma vie aux yeux des gens. Et aux miens.

— Tu fais drôlement bien semblant, ma grande, dit doucement Daisy.

— Je sais. Mary Jane Cherry, la grande voyageuse. Ça ressemble à un one-woman show. Mais j'en ai par-dessus la tête de feindre. Je ferais sans doute mieux de reconnaître que j'ai envie de me marier et d'avoir des enfants. Ou, au moins, qu'un compagnon de voyage partage mon lit. J'ai trente-cinq ans, et rien ne se profile à l'horizon. C'est peut-être déjà trop tard ?

— Tu ne fais pas tes trente-cinq ans. Malgré le décalage horaire, avec tes cheveux tout éclairés par le soleil et ton bronzage, tu es superbe.

— Possible, mais mon appareil reproducteur ne peut pas feindre la jeunesse, lui.

— Tu ne rencontres jamais personne au cours de tes voyages ?

— Si, parfois. Mais ça ne paraît jamais très réel. C'est comme si c'était un peu obligatoire en voyage d'avoir une aventure. Dès mon retour, les souvenirs s'estompent. Et comment veux-tu entretenir une relation avec un type de l'Ohio, de l'Illinois ou d'Ecosse si un véritable lien ne s'est pas créé ?

— Ah, Mary Jane…

— Je ne m'attends pas à ce que tu me comprennes, Daisy.

— Pourquoi ?

— Parce que, avoir trente et un ans et trente-cinq, ce n'est pas la même chose. Parce que tu as vécu dix ans en Californie. Tu n'es pas toujours restée dans le cocon familial, comme moi. On sent que tu as confiance en toi. Tu irradies, Daisy !

Le petit sourire de sa sœur disait qu'elle était capable de se moquer d'elle-même, même déprimée.

C'était bon signe, pensa Daisy. Mais elle ne savait comment l'aider. Mary Jane était une fille géniale, mais il existait de par le monde quantité de filles géniales et célibataires.

Elle pensa à Tucker.

Rien que de formuler son prénom dans sa tête, elle ressentit une bouffée de chaleur. Puisque Mary Jane et elle parlaient à cœur ouvert, devait-elle avouer ce qu'elle avait fait cette nuit ? Lui expliquer qu'elle n'était peut-être plus célibataire ?

Elle était très tentée.

J'ai passé une nuit incroyable, tu sais, Mary Jane. J'ignorais que le courant entre deux êtres puisse être aussi fort, mais j'ai un peu peur. Et s'il perd de sa force d'ici quelques semaines ? Et si je me suis encore une fois trompée ? Si je me laisse éblouir par du toc ?

Mary Jane souhaitait-elle vraiment entendre de tels propos ?

— Daisy ? Tu as entendu ce que j'ai dit ?

La voix impatiente de sa sœur se fraya un chemin dans sa bulle.

— Non, désolée.

— Tu sembles à des millions d'années-lumière.

— Euh… oui. Le site Web me préoccupe. Je…

Elle laissa mourir sa phrase, espérant que Mary Jane avalerait l'explication sans sourciller.

— Que disais-tu ?

— Je me demandais si je ferais mieux ou non de rester éveillée jusqu'à ce soir.

— C'est généralement la meilleure chose à faire quand on vient de l'est. Tu dîneras tôt et tu tomberas comme une masse avant 18 heures.

— Tu as raison. 18 heures me paraît vraiment très loin, mais peut-être que les sandwichs de maman m'aideront à tenir le coup.

Mary Jane bondit sur ses pieds.

— Avant tout, je vais m'occuper de ma lessive, sinon maman s'en chargera, et puis tu me montreras ton travail sur le site Web, et le planning des menus parce que, si ce projet de Thanksgiving doit se réaliser, il est vrai que le temps presse.

Afin de respecter un délai décent, Tucker patienta interminablement avant d'envoyer un message à Daisy.

Quand puis-je te voir ?

Elle ne répondit pas tout de suite. Il attendit dix minutes garé sur le bas-côté sous prétexte de revoir les notes prises pour établir un devis à la suite d'une visite sur un chantier. Après avoir aligné des chiffres, il parvint à la somme de soixante-cinq mille dollars, à prendre ou à laisser. Que le client laisse, si ça lui chantait ! Tout ce qui comptait, c'était de savoir quand il aurait de nouveau Daisy dans son lit.

Elle n'avait toujours pas répondu à son texto, et il bouillait d'impatience. Ce qui était parfaitement ridicule. Il ne s'imaginait tout de même pas qu'elle était pendue à son téléphone dans l'attente de ses nouvelles ?

Tout de même, ce serait drôlement bien, si c'était le cas, parce qu'il n'était pas arrivé un instant à se la sortir de la tête.

Il la sentait sur sa peau, dans ses bras, et un sourire éclairait son visage chaque fois qu'il repensait à quelque chose qu'elle avait dit ou fait, ou à ces moments où ils avaient léché la sauce au chocolat sur leurs corps, riant à perdre haleine parce que c'était si bête et si excitant.

Il la voulait dans son lit, ce soir. Sur ce point, il se sentait terriblement égoïste et irrationnel. La patience, les idées raisonnables, la prudence, très peu pour lui !

Sa sœur revenait aujourd'hui, se rappela-t-il.

Peut-être la raison pour laquelle elle ne vérifiait pas ses appels toutes les cinq minutes.

Il eut un instant d'inquiétude. Pourvu que Mary Jane ne leur mette pas de bâtons dans les roues. Ce n'aurait pas été plus mal que son voyage en Afrique se prolonge au moins d'une semaine. Et, tant qu'il y était, il aurait volontiers renvoyé Denise et Marshall en Caroline du Sud. Et ces clients qui lui faisaient perdre son temps, au purgatoire !

Il voulait Daisy pour lui tout seul, que leur temps libre soit entièrement consacré l'un à l'autre — aller au cinéma, se retrouver dans un lit, au restaurant, retourner au lit, paresser et rire, faire des projets, et refaire l'amour dans un lit.

Son téléphone émit une petite mélodie. Il consulta précipitamment l'écran. C'était un message de Daisy !

Ce soir ou ce week-end ?

Pourquoi pas les deux ?

Et tant pis s'il ne la jouait pas cool !

Ça me va !

Soudain pris d'une envie frénétique d'entendre sa voix, il composa son numéro. Elle répondit au bout de trois sonneries.

— Tucker ? demanda-t-elle à voix basse.

— C'est moi.

— Une minute, chuchota-t-elle. Je ferme la porte.

Il aima entendre cela, tout comme le son de sa respiration

légèrement haletante tandis qu'elle se déplaçait, le téléphone à l'oreille.

— Tu serais d'accord pour que je t'emmène au restaurant ce soir ? Un endroit un peu plus raffiné que Joe's pizza ?

— Je n'ai rien contre Joe's pizza !

— Tu sais ce que je veux dire.

— Oui.

— Je réserve et passe te prendre, d'accord ?

Il avait envie de la gâter. Il imaginait déjà le décor. Vue sur le lac, nappe blanche et bougies, ou peut-être musique et grésillement de la viande qui cuit.

— Mes parents et Mary Jane seront là, dit-elle d'un ton dubitatif.

— C'est grave ? Ah, tu veux dire que vous avez prévu un dîner de retrouvailles ?

Il y eut une pause.

— Non, pas vraiment, dit-elle enfin. Mary Jane est épuisée par le décalage horaire et compte se coucher tôt. Oh ! et puis, tu as raison ! Peu importe que mes parents te voient.

L'idée sembla même l'égayer.

— 19 heures, alors ?

— 19 heures.

Et les deux simples petits mots résonnèrent comme une promesse chargée de sensualité.

— Mets-toi sur ton trente et un, dessus et dessous, dit-il d'une voix légèrement étranglée parce qu'il venait de se rappeler ses sous-vêtements de dentelle noire.

— Pareil pour toi. Le short de travail, la chemise de flanelle et le caleçon sont sexy, je le reconnais, mais j'aimerais une tenue plus raffinée.

— Tu vas être étonnée.

— Je meurs d'impatience.

Quand il raccrocha, il se demanda comment il se faisait que le téléphone ne se soit pas mis à fumer.

Il se sentit emporté par un courant de joie et d'énergie si puissant qu'il ouvrit sa portière et descendit de voiture parce qu'il se sentait trop à l'étroit à l'intérieur. L'air était frais et pur, tout parfumé de l'odeur de résine des pins, le ciel bleu, traversé de quelques nuages qui s'effilochaient et suggéraient que le temps pourrait bien changer. Un petit torrent dévalait gaiement la pente à travers bois, pressé d'atteindre le lac qu'on voyait scintiller à travers les branches. Le bruit de l'eau ressemblait à une musique entraînante qui lui donna envie de danser. Il poussa un cri d'allégresse, puis éclata de rire. Le conducteur d'une voiture qui passait le dévisagea avec inquiétude.

C'était le bonheur. La voix qui portait et son écho se réverbérant dans l'air froid. Le corps qui débordait d'énergie et le cœur menaçant d'éclater de joie. Il devenait fou, et ça lui était bien égal.

Après être remonté en voiture, il téléphona à l'Adirondack Steak House et réserva pour deux, essentiellement parce qu'il existait des recoins sombres dans cet établissement. Et, s'il ne disposait pas d'un peu de pénombre pour dîner avec Daisy, il pourrait bien être arrêté pour attentat à la pudeur avant la fin de la soirée.

14

— Je ne serai pas là pour dîner, annonça Daisy.

Elle avait d'abord envisagé d'attendre que Mary Jane se couche pour prévenir, mais ç'aurait été hypocrite. Et Tucker avait si clairement manifesté son impatience d'être avec elle qu'elle n'avait plus envie de dissimuler.

De toute façon, il faudrait bien, tôt ou tard, qu'elle mette ses parents au courant ; alors, pourquoi pas maintenant ?

Tous trois la dévisagèrent, et elle vit que sa mère se retenait tant bien que mal de laisser éclater sa curiosité. Elle prit pitié de son calvaire.

— Je dîne avec Tucker, reprit-elle. Il va passer me prendre.

— Tu dînes avec Tucker ? répéta Mary Jane.

Leurs parents restèrent silencieux, mais elle les voyait additionner mentalement deux et deux. Elle avait passé la soirée de la veille avec Tucker, et celle de l'avant-veille.

— Mais oui, dit-elle à sa sœur d'un ton léger.

Mary Jane hocha lentement la tête, puis, après quelques instants, se leva.

— Je suis trop fatiguée pour aborder le sujet ce soir, dit-elle, mais, Daisy, en as-tu parlé à Lee ?

Et, sans attendre de réponse, elle se dirigea vers la porte.

— Je vais me coucher. Je tombe de sommeil.

— Je vais finir de trier le dernier carton de papiers, annonça son père.

Sa mère attendit que le bruit de leurs pas s'estompe avant d'attaquer.

— Daisy… je ne voulais rien dire devant Mary Jane… elle est toujours très en colère contre Tucker à cause de la rupture avec Lee…

— Elle prétend que papa et toi lui en voulez.

— A l'époque, sans doute, mais, dès que je suis allée rendre visite à Lee au Colorado et que j'ai vu combien elle était heureuse, j'ai compris que c'était sans doute mieux.

— De quoi voulais-tu me parler ?

Sa mère soupira.

— Es-tu sûre de savoir ce que tu fais, chérie ?

— Non, pas du tout… Maman, sais-tu pourquoi cette histoire irrite tellement Mary Jane ? Tu crois que ça lui rappelle sa liaison avec Alex ?

— Je ne sais pas. Ta sœur est plutôt secrète. Quand Lee et toi êtes parties, ton père et moi étions heureux qu'il nous reste une fille, impliquée, qui plus est, dans notre affaire. Mais je me demande maintenant si nous n'aurions pas dû la décourager de rester. Je ne sais pas comment nous aurions fait pour diriger l'hôtel sans elle, mais là n'était pas la question.

— Elle aime cet endroit, et c'est une excellente administratrice.

— Pourtant…

— Oui, je sais…, murmura-t-elle. Quand papa et toi repartez-vous pour le Sud ?

— Après-demain. Nous ne serons pas de retour avant Noël. Ces allers-retours sont fatigants. Mary Jane et toi ouvrirez pour Thanksgiving et la saison d'hiver sans nous.

— Pas d'inquiétude. Nous nous investirons à fond.

— As-tu dit à Lee que tu sortais avec son ex ?

— Pas encore. Pour le moment, il n'y a rien de sérieux. Je lui ai demandé ce qu'elle pensait du fait que nous chargions l'entreprise de Tucker de l'aménagement paysager, et elle m'a assuré que cela ne lui posait aucun problème.

— Excuse-moi, mais lui confier des travaux et sortir avec lui, ce n'est pas tout à fait la même chose.

— Et il y a toute une série d'étapes entre voir quelqu'un et s'engager sérieusement.

L'idée de devoir expliquer la situation à Lee l'embarrassait. Elle se rappelait s'être extasiée auprès de sa sœur sur la qualité de sa relation avec Michael et se voyait mal chanter à présent les louanges de Tucker.

— N'attends pas trop longtemps, dit sa mère.

— Non, promit Daisy.

Après tout, l'expression « pas trop longtemps » était suffisamment vague pour ne pas être trop contraignante.

Après s'être douchée et changée, elle apparut dans la cuisine familiale à 18 h 50. Sa mère, qui préparait des spaghettis, ouvrit de grands yeux en découvrant sa robe noire moulante, ses chaussures à talons vertigineux, son maquillage et ses bijoux.

— Eh bien ! C'est une vraie sortie.

— Oui, bien sûr, répondit-elle.

On entendit une voiture se garer dans l'allée.

— Salue-le pour nous, dit sa mère.

— Je le ferai.

Elle leur souhaita un rapide bonsoir, puis descendit en hâte et sortit, le cœur battant. Elle se glissa sur le siège du passager, notant l'éclat passionné et tendre des yeux de Tucker.

— Tu es superbe, dit-il.

Il lui donna un rapide baiser, tout frémissant de la promesse d'autres, plus sensuels. Il sentait bon, une odeur virile et acidulée.

Tandis qu'ils roulaient, l'intérieur sombre de l'habitacle formait un cocon protecteur autour d'eux. Le temps s'était refroidi, et la météo prévoyait de possibles chutes de neige. Cela se sentait dans l'air piquant et froid. Mais dans la voiture de Tucker, il faisait bon. Aucun des deux ne se montra très bavard. Daisy berçait en elle le précieux sentiment de ne faire qu'une avec lui.

— Où allons-nous ? demanda-t-elle après un moment.

— L'Adirondack Steak House.

— Il ne doit pas y avoir grand monde.

— C'est l'idée.

Il lui jeta un regard malicieux.

— Un coin sombre, dans un restaurant tranquille.

— Oh !

Et, quand ils furent assis, il l'embrassa par-dessus la table avant même l'arrivée de leurs menus. Durant les deux heures qui suivirent, ils demeurèrent perdus dans une contemplation mutuelle, parlant de tout et de rien, riant et évoquant leur passé. Daisy lui raconta son année à Paris, la sensation grisante de confectionner de merveilleux desserts pour cent personnes. Tucker lui parla des années de vaches maigres, quand il avait créé son entreprise.

— Nous étions deux, un autre gars et moi, et nous n'avions pas de bureau. Je faisais la paperasse dans mon camion. Ce camion a été mon plus gros investissement. Flambant neuf, avec mon logo peint sur les flancs. Parce que je savais que, si je conduisais le pick-up poussif que j'étais, en réalité, juste capable de m'offrir, personne n'aurait voulu faire appel à moi.

— Tu as combien de camions maintenant ?

— Quatre. Et, même si deux d'entre eux ont un certain nombre de kilomètres au compteur, ils sont régulièrement repeints et présentent bien.

— La première impression, c'est important.

— Très important…

Il lui adressa un sourire.

— Tu sais, je dois te dire…

A ce moment, leurs steaks arrivèrent, encore tout grésillants et accompagnés de champignons et d'une sauce au poivre. Daisy se pencha pour mieux en humer les délicieux arômes. Elle regarda Tucker. Il s'était renversé contre le dossier de sa chaise et il la contemplait, sourcils légèrement froncés.

— Que voulais-tu me dire ?

Il secoua la tête.

— Rien d'urgent. Parle-moi plutôt des nouveaux menus que tu concoctes pour le restaurant de Spruce Bay.

Les steaks étaient fondants et juteux à point. Ensuite, ils s'attardèrent devant un dessert et un café jusqu'à ce qu'ils s'aperçoivent qu'il ne restait plus qu'eux dans la salle. Tandis qu'ils se dirigeaient vers le pick-up, Tucker demanda d'un ton léger :

— Alors, chez moi ?

— Oui, s'il te plaît.

— Exactement ce que je voulais entendre !

Il l'attira à lui, et ils traversèrent, enlacés, le parking. Pourtant, ils s'arrêtèrent avant d'atteindre le pick-up : dix bonnes minutes s'étaient écoulées depuis qu'ils s'étaient embrassés.

— Nous n'arriverons jamais chez toi si nous nous laissons distraire ainsi, murmura-t-elle contre ses lèvres.

— S'embrasser n'est pas de la distraction. En revanche, le trajet est pure perte de temps.

— C'est un bien grand camion, dit-elle, et un parking bien sombre.

— Et une nuit bien froide. De plus, il commence à neiger !

De fait, de petits flocons s'étaient mis à voltiger autour d'eux. Ils se séparèrent et coururent au véhicule, main dans la main. Ils roulèrent dans un tourbillon blanc et atteignirent l'appartement de Tucker, les sourcils et les cheveux poudrés de neige.

Ils se réchauffèrent de la meilleure façon possible.

Tucker se déshabilla le premier, faisant passer sa chemise par-dessus sa tête, et elle s'interrompit pour mieux admirer son torse musclé. Puis elle se trémoussa pour se débarrasser de sa robe et vit que lui aussi s'était arrêté pour l'observer. Ils se sourirent, et elle se sentit envahie par un bonheur presque douloureux.

— Tu es encore toute froide, murmura-t-il.

— Réchauffe-moi.

— Comme ça ?

Il s'était glissé derrière elle et l'enveloppait, caressant tout ce qu'il pouvait atteindre. Ses seins, son ventre, le creux de ses cuisses.

— Ce n'est pas du tout froid là.

— Euh… non, en effet.

Ils cessèrent de parler et la chaleur se mit à irradier de tous les endroits où Tucker posait les mains. Elle courait sur sa peau, palpitait en elle, l'enveloppa tout entière quand il la fit pivoter et la pénétra, brûlant d'impatience.

Leur besoin l'un de l'autre était si puissant qu'elle en aurait pleuré. Elle s'accrochait à lui, appuyait ses lèvres au creux de son cou. Et la jouissance les emporta telle une puissante vague. Elle ne savait plus où elle en était, parvenait tout juste à respirer.

Quand ils s'étendirent, serrés l'un contre l'autre, il se montra très tendre.

— Ça va ?

Il écarta avec délicatesse ses cheveux de son visage. Glissant une mèche derrière son oreille, du bout du doigt, il suivit le contour de celle-ci, puis la vallée entre la joue et le cou.

— Mieux que tu ne saurais l'imaginer…

Leurs respirations s'étaient faites plus régulières. Elle sentait le mouvement de sa poitrine contre son dos, si intime.

— C'était incroyable, tu ne trouves pas ?

— Tu n'as rien de mieux qu'incroyable ? demanda-t-elle par jeu.

— Rien.

Ils s'endormirent. Elle s'éveilla la première, avec une sensation de profond bien-être. Au réveil de la table de nuit, elle vit qu'il était plus de 2 heures et fut surprise de découvrir qu'il était si tard. Elle dormait si bien dans les bras de Tucker. Depuis combien de temps n'avait-elle goûté un sommeil aussi réparateur et ne s'était-elle réveillée avec un tel sentiment de bien-être ?

Depuis les débuts de sa liaison avec Michael. Le souvenir la fit grimacer.

Ils avaient assisté à une somptueuse soirée caritative où il semblait connaître tout le monde, personnalités politiques, stars hollywoodiennes, chefs célèbres. Elle avait été éblouie de se retrouver en pareille compagnie, d'avoir été choisie par un homme qui évoluait dans de tels cercles. A deux reprises, elle avait disparu dans les luxueux lavabos pour dames afin d'envoyer des textos à ses amies et à Lee.

Tu ne devineras jamais qui je viens de rencontrer ! Je passe une soirée fantastique.

Ensuite, Michael l'avait emmenée chez lui, et ils avaient fait l'amour sans une fausse note. Comblée, elle s'était endormie et réveillée dans les bras de son amant dans le même état de félicité qu'aujourd'hui.

Elle avait caressé le torse parfaitement lisse de Michael, notant pour la première fois qu'il était épilé. Mais on était en Californie. Cette pratique était sans doute usuelle dans cet Etat…

Puis elle s'était rendu compte que Michael était également réveillé et qu'il l'observait avec un sourire satisfait. Il semblait persuadé qu'elle devait mesurer sa chance de partager son lit.

— Tu peux m'apporter un verre d'eau, chérie ? avait-il demandé.

C'était alors que la première fissure était apparue dans ce qui avait eu toutes les apparences de la perfection.

— Tu vas bien ?

Tucker, également réveillé, ne s'était pas aperçu qu'ils étaient trois dans le lit : Daisy, lui, et le souvenir de Michael.

— Parfaitement bien.

Et elle était sincère.

Or ce souvenir l'emplissait d'appréhension. Existait-il une différence entre ce qu'elle ressentait aujourd'hui pour Tucker et ce qu'elle avait autrefois ressenti pour Michael ?

Bien sûr ! Mais comment en être sûre ?

— Peux-tu me raccompagner chez moi ?

— Tu ne veux pas rester ?

Il étendit un bras pour la ramener contre lui et lui donner immédiatement vingt bonnes raisons de ne pas le quitter.

— J'aimerais bien, mais il ne vaut mieux pas. Pas ce soir.

Elle avait besoin d'espace pour respirer. C'était tellement désagréable cette impression de ne pouvoir faire confiance à ses sentiments. Il fallait qu'elle redescende sur terre.

— Vraiment ? Tu es sûre ?

— Oui.

Elle s'arracha à la chaleur du lit, et Tucker la regarda s'habiller avec une expression indéchiffrable.

— Comment, plaisanta-t-elle, tu comptes me reconduire chez moi nu ?

— Non.

Il roula sur lui-même, atterrit sur ses pieds et saisit jean et chemise. Il était habillé et glissait ses pieds dans ses tennis pendant qu'elle bataillait encore avec la fermeture de sa robe.

— Je vais t'aider, proposa-t-il.

La chaleur de son corps derrière elle, et le frôlement délibéré de ses doigts sur sa peau nue menacèrent d'anéantir sa détermination. Mais elle reprit assez d'emprise sur elle-même pour vaincre la tentation.

— Je ne veux pas me couvrir de honte en rentrant chez moi au matin dans cette tenue, les yeux cernés, expliqua-t-elle.

— Tu peux te refaire une beauté dans la salle de bains.

— Je sais, mais…

— Mais ? Allez, Daisy, reste…

Il lui adressa un sourire tentateur. Il connaissait son pouvoir, et il avait très envie de la convaincre. Il semblait même qu'il était certain d'y parvenir.

Sa résolution se fit plus forte.

— Ecoute, je pense vraiment qu'il faut que je rentre.

Il ne put cacher sa déception. Il avait beau se taire, elle sentit son changement d'humeur. Il trouvait ridicule qu'elle agisse en adolescente effrayée à l'idée d'être surprise faisant le mur. Mais que dire pour le détromper ?

J'adore être avec toi, mais je crains que la bulle éclate et qu'il n'en reste plus rien. C'est déjà arrivé, et c'était horrible. Je suis malade rien que d'y penser.

Ils sortirent. Il avait cessé de neiger, mais un tapis blanc couvrait le sol. Il y avait peu de circulation à cette heure et, quand ils tournèrent sur l'allée de Spruce Bay, après un trajet silencieux, le pick-up de Tucker imprima les premières traces dans le revêtement immaculé. Au matin, ces traces raconteraient leur histoire, si quelqu'un se souciait de la connaître.

Il s'arrêta devant le bureau, coupa le moteur et se tourna vers elle. Elle vit alors qu'il était en colère. Ou plus exactement, terriblement frustré.

Elle éprouva en retour un désagréable sentiment de culpabilité. Ne sachant que dire, elle posa un rapide baiser sur sa joue.

— On se voit bientôt ? demanda-t-elle.

— A quelle heure le couvre-feu, cette fois ?

— Voyons, il ne s'agit pas de ça.

— De quoi s'agit-il, alors ? Moi, ce que je vois, c'est que je te ramène subrepticement au beau milieu de la nuit. Vas-tu escalader le mur pour rentrer dans ta chambre par la fenêtre ? Retirer tes chaussures sous la véranda et te glisser dans la maison sur la pointe des pieds ? Ton père se tient-il derrière la porte, prêt à braquer un fusil sur moi ?

— Qu'est-ce que tu vas imaginer ?

— Est-ce que tu ne craindrais pas le regard des tiens à cause de ce qui s'est passé il y a dix ans ?

Soit, c'était peut-être en partie la cause de son attitude. Tucker avait déjà rompu avec une des filles Cherry, pourquoi pas avec deux ? Pas question de faire repasser sa famille par cette épreuve.

— Peut-être un peu, reconnut-elle. Je veux leur laisser le temps de s'habituer à l'idée. Surtout…

— Mary Jane ?

— Comment as-tu deviné ?

— Mon instinct. Je sens qu'elle désapprouve.

— Non. Elle est seule.

— Seule ?

— Nous en avons parlé aujourd'hui. Elle voudrait un mari, des enfants. Ses voyages lointains ne sont qu'un exutoire à sa tristesse. Mais ne rejette pas tout le blâme sur elle. J'ai… besoin de temps.

— Tu peux en avoir, à condition que tu le passes avec moi.

Il essayait de plaisanter, en vain.

— Tucker…

— C'est bon. N'ajoute rien.

Avec un soupir, il se frotta les yeux.

— C'est mon mode bulldozer qui est en cause. Navré.

— Laissons tomber cette conversation.

A 3 heures du matin, ils n'étaient pas en état de discuter raisonnablement.

— Je t'appellerai, dit-il. Nous en reparlerons tranquillement.

— Tu m'appelles vite ?

Il eut un sourire contraint.

— Tu me connais, je n'ai aucune patience.

— Ça me plaît. La plupart du temps.

— Descends de ce pick-up avant que je t'attrape et que nous reprenions au point de départ.

Elle souriait encore en se glissant dans la maison par l'entrée de service. Tucker attendit de voir la porte s'ouvrir pour démarrer et tracer un cercle tout frais dans le tapis neigeux. Elle lui adressa un signe de la main, mais ne put voir s'il le lui retournait.

Son sourire ne s'effaça pas pour autant.

A l'étage, elle vit de la lumière dans la salle de séjour. En approchant, elle entendit des bruits dans la cuisine également allumée. Mary Jane préparait du café.

— Tu es déjà debout ? s'étonna Daisy.

— J'ai dormi presque neuf heures. Et puis j'ai entendu le pick-up de Tucker.

— Ta fenêtre ne donne pas sur la façade. Comment sais-tu que…

— En passant sur le palier, j'ai jeté un coup d'œil dehors et j'ai aperçu le logo de Reid Landscaping. Mais je ne vous ai pas épiés, si tu veux savoir. Je suis venue me faire du café. Tu en veux une tasse ?

— Non merci.

Un silence embarrassé retomba.

— Tu ne m'avais pas avoué que vous en étiez là, reprit Mary Jane.

— Que veux-tu dire ?

— Tu le sais très bien ! Que vous en étiez au point que tu rentres subrepticement à 3 heures du matin, toute décoiffée, les vêtements en vrac !

— Ça te choque ?

— Bien sûr.

— Parce que c'est Tucker ?

— Mais non !

Mary Jane poussa un petit cri agacé et rectifia.

— Oui, parce que c'est Tucker. Il a patiemment attendu, et maintenant…

Elle se tut brusquement et secoua la tête.

— Aucune importance, c'est mon problème. Quand vas-tu informer Lee ?

— Quand je jugerai que nous en sommes à ce point.

— Tu veux dire que vous n'y êtes pas ?

— Laisse-moi en être juge, s'il te plaît, Mary Jane. Ne peux-tu admettre que j'aime Lee autant que tu l'aimes, et que j'ai besoin de savoir où mène cette relation avant de lui en parler ?

— Tu veux dire… qu'elle pourrait ne pas durer ?

— Je n'en sais rien ! Comment savoir au bout d'une semaine ? Tu voudrais vraiment que je me creuse la cervelle sur cette question à 3 heures du matin ?

— Non, je suppose que non. Va te coucher.

— Seulement si tu me promets de ne pas m'en vouloir.

— Bien sûr que je ne t'en veux pas. Tu n'y es pour rien. C'est moi.

Mary Jane se tourna vers la cafetière avec une expression butée, et il ne resta plus à Daisy qu'à lui souhaiter une bonne nuit avant de se retirer dans sa chambre.

15

— Tucker, tu as une minute ? fit la voix de sa mère au téléphone.

— Je suis garé au bord de la 9N.

Il avait terminé l'étude d'un projet pour un bed and breakfast à Lake Luzerne, et il comptait les minutes avant d'arriver à Spruce Bay.

Le chantier touchait à sa fin. Après des jours et des jours de travail intensif, il ne restait plus que des détails à peaufiner, et l'attention de l'équipe de Reid Landscaping se tournait déjà vers un autre projet. Kyle avait repris sa place au sein de l'équipe. Son attitude s'était nettement améliorée, et le prénom de Rebecca revenait souvent dans sa conversation. Avec Marshall et Denise en Caroline du Sud, Daisy et Mary Jane s'étaient affairées comme des forcenées pour que tout soit prêt pour la réouverture partielle de l'hôtel, pour Thanksgiving, la semaine suivante.

— Tu peux passer ?

Sa mère paraissait impatiente de lui parler, et un peu agitée. Il la connaissait ; elle avait besoin de lui.

— Que se passe-t-il ?

— Oh ! rien de grave. Je t'expliquerai de vive voix.

— Parce que tu es sûre que je vais venir ?

— Tu ne m'as jamais laissée tomber, Tucker.

Du chantage affectif, pensa-t-il. Elle n'y recourait pas souvent, mais quand ça se produisait, il ne savait pas résister.

Oui, il était un bon fils. Il avait toujours été là pour elle et comptait bien continuer ainsi.

— Je serai là dans une demi-heure.

Pourvu qu'il s'agisse simplement d'une fuite de la machine à laver ou de papiers d'assurance sur lesquels elle souhaiterait qu'il jette un coup d'œil.

Espoir déçu.

En remontant l'allée de la maison de sa mère, il aperçut la voiture verte d'Emma. Ils ne s'étaient vus qu'une fois depuis l'officialisation de leur divorce, quand il avait emmené Max au cinéma, dix jours plus tôt. Aujourd'hui, Max courut à sa rencontre. Il savait que Tucker allait le soulever dans ses bras et le faire tourbillonner, et il ne le déçut pas.

— Que fais-tu là, fiston ? demanda-t-il en le reposant.

— J'ai passé l'après-midi avec Nancy. Maman était occupée.

— Ah, bon. Nancy te garde ?

— Juste pour cet après-midi. Maman est revenue me prendre.

— J'ai vu sa voiture.

— Elles sont dans la cuisine.

Il se prépara à affronter les deux femmes qui faisaient volontiers front commun contre lui. Emma lui offrit sa joue à embrasser. Il nota qu'elle avait les yeux rouges, et il se demanda si elle avait pleuré. Elle était la seule femme qu'il connaisse qui restait jolie quand elle pleurait.

Il y avait deux tasses à café vides sur la table ainsi qu'un plat où ne subsistaient que des miettes de gâteaux.

Il n'avait pas plus tôt embrassé sa mère qu'elle demandait :

— Tu n'as pas de projets pour ce soir, n'est-ce pas ?

— Possible que si, répondit-il prudemment.

C'était la vérité. Daisy et lui ne se donnaient plus de rendez-vous formels, mais il escomptait qu'ils passent la soirée ensemble, comme d'habitude. Ce soir, il goûterait probablement les recettes qu'elle envisageait de proposer à ses clients pour Thanksgiving. Ce qui lui convenait parfaitement. Tant qu'il était avec Daisy, tout lui convenait.

Elle était revenue sur ses positions et passait désormais la nuit chez lui.

— Oh ! très bien ! s'exclama sa mère, traduisant « possible que si » par « non ».

— Que se passe-t-il ?

— Je ne sais pas par où commencer.

— Pas de panique, Tucker, intervint Emma. C'est peu de chose.

Habituellement, il ne remarquait pas son accent, un mélange d'anglais teinté de sud-africain, mais ce soir il lui parut très prononcé. Exotique, charmant. Elle en jouait toujours quand elle désirait obtenir quelque chose. A vrai dire, elle employait peut-être inconsciemment ce petit artifice qui ne le gênait pas. Il ne s'était jamais senti manipulé par elle. Il accédait simplement à ses désirs, du moment qu'ils étaient raisonnables.

— Dis-moi.

— Emma et Rob se sont disputés, résuma sa mère.

— Pas disputés, Nancy, rectifia Emma. Il s'agit juste d'un petit accrochage. Nous devions emmener Max faire du kart à Lake George, manger des pizzas et du pop-corn, et puis Max aurait choisi le film qu'on regarderait ce soir à la maison. Et voilà que Rob a prétexté un rendez-vous d'affaires pour prendre l'avion cet après-midi.

— Pour commencer, qui est Rob ?

Grâce à Jackie, il en avait une petite idée, mais il n'avait aucune envie de faciliter la tâche aux deux femmes qui le contemplaient avec de grands yeux, comme s'il était leur sauveur. Manque de chance, il ne voulait être le sauveur que de Daisy. Il ne l'avait pas vue depuis 6 heures du matin, et le temps lui paraissait beaucoup trop long.

— Emma fréquente Rob depuis deux mois, expliqua sa mère.

Il songea à mentionner l'accord passé avec Emma, consistant à n'avoir aucune aventure tant qu'ils ne seraient pas divorcés, à demander pourquoi il était apparemment la dernière personne à être mise au courant, et pourquoi elle ne lui avait rien dit quand il avait emmené Max au cinéma.

Il songea aussi à creuser les antécédents de Rob. Ferait-il un bon beau-père pour Max ?

Mais il se ravisa. D'une part, il ne pouvait interdire à Emma de sortir avec qui elle voulait. D'autre part, il serait toujours là pour Max, et pour Emma, s'ils avaient besoin de lui. Seulement, il n'était pas question qu'il accoure au moindre pépin.

— Et donc, Rob a annulé votre soirée.

— Il ne peut pas faire ça ! se récria Emma. Il faut qu'il change l'ordre de ses priorités maintenant que c'est sérieux entre nous. Il aurait très bien pu prendre un vol tôt demain matin. Il aurait pu insister pour que la réunion reste à l'heure prévue au lieu d'être avancée !

— Il est parti cet après-midi parce que l'heure de la réunion a été avancée ?

— Il aurait dû expliquer qu'il lui était impossible d'arriver plus tôt ! s'insurgea Emma. Qu'il était engagé ailleurs.

— Je ne t'imagine pas agir ainsi, Tucker, dit sa mère.

Il l'ignora.

— Il est donc parti…

— Et nous sommes supposés passer une soirée en famille sans lui. Je suis nulle sur un kart. Max ne va pas s'amuser du tout.

— J'ai dit à Emma que tu ferais des tours de kart avec lui, dit sa mère.

— C'est que…

— Et que tu les accompagnerais pour la pizza, le pop-corn et le film.

Non ! Non ! Trois fois non !

Il avait été sur le point de dire qu'il pouvait éventuellement s'arrêter à la piste de kart et faire quelques tours avec Max. Pour cela, il n'aurait eu qu'à envoyer un texto à Daisy pour la prévenir qu'il serait en retard, mais passer la soirée avec Emma et Max, c'était trop.

D'ailleurs, en y réfléchissant, l'idée était mauvaise. Si sa mère tentait de prouver par ce moyen qu'Emma, Max et lui formaient une meilleure famille qu'Emma, Rob et Max, elle pouvait tout de suite abandonner l'idée.

— Tu n'aurais pas dû me demander de venir pour ce genre de choses, maman.

— Mais tu t'es toujours soucié du bonheur de Max.

A long terme, oui. Mais il n'était pas question qu'il le couve à tout instant.

— Emma, je suis désolé, je ne suis pas libre ce soir. C'est ennuyeux que Rob vous fasse faux bond, mais il semble avoir une bonne raison pour ça. Et puis, Max a dix ans ; il est assez grand pour comprendre qu'on peut avoir des empêchements dans la vie. Laisse-lui le choix. Ce soir, soit il va faire du kart et regarde un film avec toi, soit il attend que Rob soit disponible.

Emma le regarda avec ses grands yeux de biche aux paupières rougies, et il sentit qu'elle allait en rajouter et le faire passer pour un salaud, y compris à ses propres yeux. Et soudain, il comprit avec une clarté aveuglante pourquoi leur mariage n'en était jamais devenu un, ainsi que sa mère le souhaitait tant.

Il avait toujours mis ça sur le compte de l'absence d'alchimie entre eux, mais il y avait davantage.

Il tenait beaucoup à Emma et à Max, mais s'il s'était épris d'Emma au point de se placer en position de vulnérabilité affective vis-à-vis d'elle, il aurait vécu l'enfer, et par ricochet eux aussi.

Il se rendit compte que Daisy n'avait jamais essayé de le manipuler. Comme il mourait d'envie de la retrouver.

Tout le monde se taisait. Il avait exprimé le fond de sa pensée et n'avait rien à ajouter. A présent qu'il était clair que sa ruse avait échoué, sa mère se gardait bien d'interférer. Quant à Emma, elle espérait que ses yeux rougis et son air malheureux le convaincraient d'accéder à ses désirs si elle se tenait tranquille.

— Je vais y aller, dit-il en consultant sa montre, impatient de quitter les lieux.

Le détour par chez sa mère avait déjà rallongé de quarante-cinq minutes le trajet entre Lake Luzerne et Spruce Bay.

En comprenant qu'il tenait bon, et qu'il allait vraiment se retirer, Emma parut offusquée. Avec une sorte de petite plainte, elle se leva, mais cette fois sa mère intervint.

— Je suppose que Tucker a raison, Emma, dit-elle. Max est assez grand pour prendre son mal en patience un jour ou deux. Rob sera de retour demain soir.

Elle regardait attentivement Tucker, et il se demanda si elle voyait sur son visage le bouleversement apparu dans sa vie.

Une part de lui aurait aimé crier son amour pour Daisy au monde entier, mais une autre part se félicitait que leur relation si neuve puisse s'épanouir dans la clandestinité. C'était peut-être une excellente chose.

Il embrassa sa mère, fit valser Max jusqu'au plafond. Emma croisait obstinément les bras sur la poitrine comme pour dire : « Tu ne me toucheras pas si tu te conduis ainsi. »

Sans se soucier de sa réaction, il lança un au revoir à la ronde et sortit. Il démarra sur les chapeaux de roues, mais, quand il parvint enfin à Spruce Bay, Mary Jane sortit du bureau et lui fit signe. Rageant intérieurement, il dut arrêter le pick-up alors qu'il avait prévu de filer jusqu'au parking adjacent au restaurant. Les fenêtres en étaient illuminées, et il imaginait Daisy en train de terminer les préparatifs du repas. Vivement qu'ils puissent expérimenter ses recettes, et ensuite…

Au moins, Mary Jane alla droit au but.

— Je voudrais juste m'assurer que j'ai bien fait de louer les bungalows trois et quatre.

— Je te l'ai dit hier.

— Sauf que j'ignore si l'allée qui les dessert sera terminée d'ici là.

— Elle le sera.

— Et la pergola ?

— La pergola aussi. Les fondations sont en place, et la charpente sera posée demain. Et, si la météo est incertaine la semaine prochaine, nous la peindrons le week-end. Il va faire sec et doux.

— Sera-t-il possible d'avoir quelques plantations ?

— Si tu le désires. Elles ne seront pas permanentes, l'hiver est trop proche. Mais il existe des solutions temporaires.

Faut-il vraiment régler ces détails maintenant ?

Et soudain, il demanda avec impatience :

— Daisy est au restaurant ?

— Oui, toujours en cuisine. Elle veut que nous dînions là-bas ce soir, que lui donnions nos impressions…

— Super !

Il s'apprêta à démarrer, mais Mary Jane n'en avait pas terminé avec lui.

— Sauf qu'elle est un peu en retard sur ses prévisions, et je ne suis pas sûre que ce soit une bonne idée que tu assistes au repas. Ta présence la distrait, et si nous ne finalisons pas ces recettes…

— Ma présence la distrait ?

— Il est préférable que nous goûtions les plats toutes seules. Peux-tu patienter deux heures et revenir quand nous aurons terminé ?

— Tu veux que je m'en aille ?

Tout son corps se rebellait contre le diktat. N'avait-il déjà pas attendu assez longtemps le moment de voir Daisy ?

Avait-elle le droit de lui infliger cette torture supplémentaire ?

— Tu veux que je m'en aille parce que je représente une distraction ?

— Nos premiers clients arrivent dans moins d'une semaine, souligna-t-elle bien inutilement.

— N'as-tu pas dit que Daisy désirait mon aide ?

Mary Jane éclata de rire.

— Ton aide ?

Son pouce et son index dessinèrent un zéro.

— C'est possible, reprit-elle, mais ce genre d'aide est inutile.

Brusquement, recroquevillée contre la fraîcheur du soir,

l'air mauvais, elle offrit à ses yeux l'image d'une femme aigrie, déversant son amertume sur tout ce qui passait à sa portée.

— Ce soir, nous n'avons pas de temps à perdre, Tucker, ajouta-t-elle.

— Qu'est-ce que tu me reproches ? demanda-t-il.

Il voyait les fenêtres du restaurant tout illuminées, imaginait Daisy s'activant dans la chaleur de la cuisine, enveloppée des délectables arômes des plats, et tout ce qu'il voulait, c'était être avec elle. Etait-ce trop demander ?

La tenir dans ses bras, enfouir son visage dans ses cheveux, rire avec elle…

Laver ses casseroles, établir la liste des commandes d'épicerie, si nécessaire.

Il souffrait de frustration dans sa chair.

— Je t'explique juste pourquoi je ne souhaite pas ta présence. Daisy est en retard. Nous sommes en retard. Et si c'est pour avoir des clients mécontents la semaine prochaine…

— Je ne te parle pas de ton opposition à ce que j'aille retrouver Daisy ce soir ! coupa-t-il avec impatience. Bien que ça me contrarie beaucoup. Je te parle de ma relation avec Daisy, en général. Tu n'en veux pas, et je ne sais pas si c'est au nom de Lee ou du tien.

— Elle n'a pas encore averti Lee.

Il ne se méprit pas sur le sens de la remarque.

Elle n'a pas averti Lee parce que tu ne comptes pas autant que tu l'imagines.

— Et tu t'en réjouis, avoue, accusa-t-il.

Ses tempes battaient à lui faire mal.

— Comment peux-tu te montrer aussi garce ? tonna-t-il.

Il était si aveuglé par la colère qu'il ne se souciait plus de se montrer poli ni gentil. Son désir d'être avec Daisy était comme une addiction et, après les tentatives de sa mère et d'Emma, il se sentait sur le point d'exploser.

— Pourtant, toi, entre toutes, tu devrais comprendre, Mary Jane.

Se souvenait-elle ?

Daisy penchée à la fenêtre de sa chambre, auréolée par la lumière, Tucker les yeux levés, en adoration devant l'incarnation de Juliette, Mary Jane le surprenant, et lui voyant qu'elle l'avait surpris. Tous deux sachant et se taisant…

S'en souvenait-elle ?

Il lut sur son visage que oui, elle savait exactement à quoi il faisait allusion.

— Tu comprends, dit-il avec force, mais tu veux faire capoter notre histoire !

— C'est faux !

— C'était pareil il y a dix ans ! Comme tu étais malheureuse avec Alex, tu refusais aux autres tout droit au bonheur, surtout à ta petite sœur ! Tu n'aurais pas supporté qu'elle soit heureuse si tu ne l'étais pas, et dix ans plus tard rien n'a changé !

— Tu es injuste, Tucker.

Les joues rouges, les yeux étincelants, elle le regardait comme s'il l'avait frappée. Mais il était si remonté qu'il s'en moquait.

Mais c'était son problème !

Il mit le contact, et le pick-up bondit, projetant une salve de graviers sous ses pneus. Devant lui, la lumière dorée des cuisines se déversait par les fenêtres embuées, et son impatience s'accrut.

Il arrêta le pick-up sur le parking, grimpa quatre à quatre les marches menant à l'entrée de service, et poussa la porte.

Daisy était là, et elle lui adressait un grand sourire. Debout devant le vaste plan de travail, une paire de maniques rouges aux mains, elle posait une tarte fumante à refroidir sur une grille.

— Bonsoir ! Tu veux goûter ?

— Je préférerais te goûter toi, d'abord, gronda-t-il.

Il s'avança, l'enveloppa dans ses bras et respira sa douce odeur de fruit et de sucre. Une petite tache rouge et collante ornait sa joue. Il y posa les lèvres. Ça sentait la canneberge.

Sa bouche aussi sentait la canneberge, acide, sucrée, délicieuse. Et son corps contre le sien était si doux, si tiède, que son désir s'éveilla instantanément. Elle en perçut la réalité contre son ventre et y répondit en ondulant des hanches sur un rythme qui le rendit fou. Ils étaient si étroitement enlacés qu'on aurait dit qu'ils ne faisaient qu'un.

Il palpait chaque partie de son corps qu'il pouvait atteindre, sa nuque, son dos, ses jolies fesses. Elle semblait parfaitement bien dans ses bras, se souciant fort peu de ses recettes.

Et de Mary Jane, qu'il avait probablement contrariée.

Mais, franchement, c'était elle qui avait commencé !

— Mmm…, murmura Daisy.

Il l'embrassa dans le cou qu'il sentit vibrer de soupirs sensuels. Quand elle cuisinait, elle rassemblait ses cheveux en un chignon lâche d'où s'échappaient de petites mèches. Tout en dévorant sa bouche, il en sentit le picotement contre sa joue et glissa ses doigts dans ses cheveux pour en ôter l'élastique. Ils retombèrent autour de son visage, doux comme une caresse.

Il la désirait tant qu'il envisageait de la renverser sur le plan de travail ou, mieux, dans le salon du petit bar. Il y avait là-bas une banquette de cuir flambant neuf…

Soudain, elle s'écarta.

— Qu'est-ce que c'est que cette voiture ?

— Quelle voiture ?

— J'ai entendu une voiture démarrer à toute vitesse, comme dans les courses-poursuites de films. Mary Jane est seule là-bas. Si un cinglé s'amuse à faire des dérapages sur notre parking…

Elle se hâta de sortir du restaurant et il lui emboîta le pas.

Le bruit de moteur ne provenait pas de la voiture d'un inconnu. Ils arrivèrent à temps pour voir s'allumer les feux de freinage de la voiture bleue de Mary Jane. Un animal avait dû traverser l'allée, un écureuil, ou un raton laveur, et elle avait freiné pour l'éviter.

— Il est arrivé quelque chose, dit Daisy. Papa et maman, ou…

Elle s'apprêtait à courir vers le bureau quand elle se retourna.

— Mais pourquoi n'est-elle pas venue me trouver ? A moins

qu'elle n'ait envoyé un texto que j'aurais manqué. D'habitude, elle conduit prudemment.

— C'est ma faute, dit-il.

— Ta faute ?

— Je me suis arrêté au bureau avant de venir te trouver. Elle voulait me parler.

— Ah…

— Elle ne voulait pas que je te dérange pendant que tu étais en cuisine, ni que j'assiste au repas. Nous nous sommes un peu disputés à ce sujet.

— J'imagine, dit-elle d'un ton léger dans lequel il perçut néanmoins une certaine inquiétude.

— Je suis allé trop loin, reconnut-il.

— Comment ça ?

Je mourais d'envie de te voir, et elle m'envoyait promener. Alors je lui ai dit que sa vie était un désastre, pour qu'elle s'écarte de mon chemin.

Oui, présenté comme ça…

Non. Il se donnait le beau rôle.

— C'est un vrai gâchis, murmura-t-il.

Tout allait si vite. En quelques secondes, il était passé du moment où il désirait tellement Daisy qu'il ne pensait qu'à lui arracher ses vêtements à celui où il se rendait compte qu'il s'était comporté comme un… salaud.

Voilà, il l'avait pensé, mais n'en était pas pour autant soulagé.

Pourquoi avait-il agi ainsi ? Bien sûr, Mary Jane était irritante avec ses exigences, et sa bouche pincée, mais enfin… Pourquoi avoir laissé son impatience le priver de toute décence humaine ?

La question avait un petit air familier.

Son père.

Son père avait agi ainsi un nombre incalculable de fois. Il avait fait preuve de la même vision étroite et impitoyable de son bonheur durant les quatre années qui avaient précédé sa mort. Il était tombé passionnément amoureux, bouleversant l'univers des siens sans se préoccuper du mal qu'il faisait. Il n'avait vu que ses propres besoins.

Et à présent, je fais la même chose.

— Je suis navré, Daisy. Je l'ai blessée. Je lui ai dit… des horreurs…

— Que lui as-tu dit ?

Il n'avait plus le choix, il devait tout avouer. Il opta pour un résumé aussi bref que possible.

— Je lui ai dit qu'elle n'avait pas de vie, et que, pour cette raison, elle s'efforçait de gâcher la mienne.

16

— Tu lui as dit quoi ?

— Ne m'oblige pas à répéter, dit-il, détournant la tête.

— Pourquoi ?

— Tu as très bien entendu.

— Ce n'est pas ce que je veux dire ! cria-t-elle, impatientée. Pourquoi lui as-tu dit quelque chose d'aussi blessant ?

— Parce que je voulais te voir et qu'elle s'est mise en travers de mon chemin. Je lui ai dit qu'elle était une garce.

Tout était parfait, et voilà qu'apparaissait la première fissure.

Son cœur sombra. Etait-ce lui le vrai Tucker, égocentrique et cruel ? Il avait déjà rompu ses fiançailles avec Lee, et maintenant il avait blessé atrocement Mary Jane.

Elle était terriblement choquée à l'idée qu'elle ait pu se tromper à ce point sur son compte. C'était comme de se voir brutalement dépossédée de quelque chose d'infiniment précieux.

Elle n'arrivait pas à y croire. Toute la journée, elle avait rêvé du moment où elle le retrouverait, et maintenant…

— Sais-tu combien Mary Jane déplore le vide de sa vie ? demanda-t-elle, ravalant des larmes de déception et de colère. C'est la solitude qui la rend aigrie et jalouse, parfois.

Il ne répondit pas. Il regardait le sol en se frottant les mains.

— Elle déteste être comme ça, elle déteste ne pas parvenir à se contrôler. Je t'ai dit qu'elle se sentait seule, Tucker. J'ai partagé avec toi ses confidences… Je n'aurais pas dû t'en parler… Mais aussi, je n'aurais jamais imaginé que tu t'en servirais contre elle.

— Je vais m'excuser, Daisy.

Il leva enfin les yeux et croisa son regard. Le sien était plein de détermination.

— Auprès d'elle ou de moi ?

— D'elle d'abord.

Il avait une mine épouvantable, presque comme ce soir, quelques semaines plus tôt, quand la mère de Kyle Schramm et sa petite amie s'étaient affrontées à l'hôpital, pleines d'hostilité et de dédain l'une pour l'autre.

Il donnait la même impression d'être rejeté dans un passé douloureux. Une part d'elle souffrait pour lui, mais elle refusa de se laisser aller à l'attendrissement.

— Ensuite, je m'excuserai auprès de toi, dit-il. Ou d'abord, mais vite, car il faut que je parte à la recherche de Mary Jane.

— Ne perds pas de temps à t'excuser auprès de moi.

— Non ?

— Et ne reviens pas après avoir parlé à ma sœur. N'appelle pas, et n'espère pas me revoir.

On aurait dit qu'il venait de recevoir un coup de massue. Elle s'attendit à ce qu'il proteste, l'attire dans ses bras et tente de la convaincre que tout allait bien.

Michael aurait agi ainsi. Michael l'aurait accusée de mesquinerie et d'irrationalité. Il lui aurait reproché de faire une montagne d'une taupinière.

Tucker ne dit pas un mot pour sa défense. Très pâle, il se contenta d'incliner légèrement la tête, comme s'il n'attachait pas assez d'importance à leur relation pour se donner la peine de se justifier.

Elle venait de rompre, et il n'essayait même pas de discuter. C'était pire que tout.

— Je vais arranger les choses avec Mary Jane, dit-il. Même si c'est impossible… si je n'ai pas le droit… de les arranger avec toi.

Au lieu de repasser par la cuisine, il descendit les marches et contourna le bâtiment pour regagner son pick-up. Il démarra, et en un clin d'œil ses feux arrière s'évanouirent dans la nuit.

Soudain, elle tressaillit. Le gratin de courges et de fromage de chèvre !

Elle courut dans la cuisine et sortit le plat du four, juste à temps. Il était un peu brûlé sur les bords, sans que ce soit catastrophique.

Comme si ç'avait la moindre importance…

Elle éteignit le four et contempla l'étalage de mets qu'elle avait préparés avec tant d'amour tout l'après-midi.

En plus de la tarte à la canneberge et du gratin de courges, il y avait une dinde dorée à point avec sa farce aux champignons et au jambon de Parme, une tarte à la citrouille, aux noix et au gingembre, des haricots verts, des fenouils et des poireaux braisés, une soupe onctueuse au chou-fleur et aux pommes de terre, ainsi qu'un gratin dauphinois.

Certes, elle était spécialisée en pâtisserie, mais elle excellait également dans les autres domaines culinaires. Ce serait un menu fantastique. Il y aurait aussi une salade verte et un plat d'ignames qu'elle n'avait pas préparés.

Elle les avait imaginés, Tucker, Mary Jane et elle, installés à une table du restaurant, goûtant chaque plat. Elle avait noté scrupuleusement proportions et temps de cuisson ; il ne lui restait plus qu'à recevoir l'avis de convives.

Mais à présent, plus rien ne lui semblait avoir de l'importance.

Devait-elle téléphoner à Mary Jane pour la prévenir que Tucker était à sa recherche ?

Elle prit son portable et regarda l'icône représentant la photo miniature de sa sœur. Il lui suffisait de l'effleurer. Sauf que Mary Jane ne répondait jamais au téléphone quand elle conduisait, et elle pouvait conduire des heures.

Et puis, que lui dirait-elle ? Cette histoire concernait Tucker et Mary Jane, et elle risquait d'aggraver les choses en s'en mêlant. Ils étaient tous les deux malheureux, mais, si Tucker parvenait à faire des excuses décentes, du moins Mary Jane se sentirait-elle moins anéantie.

Le nettoyage de la cuisine l'appelait. C'était tout ce à quoi elle pouvait penser. Elle était seule ici, il fallait qu'elle s'occupe. Elle commença par ranger certains ustensiles dans le lave-vaisselle industriel, en lava d'autres à la main, jeta les détritus et nettoya à fond les plans de travail.

Et pendant ce temps, les plats refroidissaient.

Tôt ou tard, Mary Jane reviendrait, mais pas Tucker.

En entendant un bruit de moteur, elle se précipita à la fenêtre. Son cœur se mettant à battre la chamade, elle maudit ses émotions contradictoires. Et si c'était Tucker ? Elle venait de rompre. Renouerait-elle aussi facilement s'il l'en implorait ?

Mais c'était la rapide petite voiture bleue de Mary Jane qui se gara derrière le restaurant, et non le gros pick-up de Tucker. Combien de temps s'était-il écoulé depuis qu'il s'était garé là. Une heure ?

Mary Jane en jaillit. Daisy l'attendait, mille questions aux lèvres.

— Est-ce que ça va ? As-tu vu… Est-ce que Tucker t'a trouvée ? Il est parti à ta recherche.

— Il m'a trouvée, répondit laconiquement sa sœur.

— Où ?

— En face du chemin de randonnée. Je n'aurais pas dû partir comme ça. J'ai dérapé sur une plaque de verglas et failli quitter la route. Ça m'a permis de me ressaisir, et je me suis arrêtée.

— Et alors ? Qu'a-t-il fait ?

— Il s'est excusé.

— Bon.

Mary Jane hocha la tête.

— Il m'a dit qu'il t'avait tout raconté.

Elle se pinça les lèvres. Elle n'avait pas l'intention de s'étendre sur leur conversation.

— Il paraît que tu as… mis fin à votre relation.

— Oui.

— Tu n'y étais pas obligée. Pas pour moi.

— Tu t'imagines que je vais rester avec un homme qui a traité ma sœur de garce ?

— Il s'est excusé.

— Ça ne suffit pas.

Elle chercha à adopter un ton désinvolte et finit d'une voix tremblante.

— Une chance que je n'ai pas encore parlé à Lee, n'est-ce pas ?

Mary Jane lui jeta un bref regard.

— Tu ne penses pas ce que tu dis.

— Non.

— Tu l'aimes.

— Je le croyais.

— Tu ne l'aimes pas ?

— Je suis furieuse contre lui. C'est… c'est comme ça que je me suis détachée de Michael. Tout était parfait, et une petite fissure s'est ouverte, puis tout l'édifice s'est effondré. Le processus de guérison a été long et douloureux. Alors, tu peux me croire, je ne recommencerai pas l'erreur de négliger la première fausse note. Rompre est ce qu'il y a de mieux.

Pourtant, elle ne se sentait pas mieux.

Mary Jane eut un petit claquement de langue.

— En es-tu sûre, Daisy ?

— Comment ? Tu craignais tellement que cela pose problème à Lee et, maintenant que l'affaire est réglée, tu voudrais que je reconsidère ma décision ?

— Tu semblais si heureuse.

— Je croyais l'être.

— C'était… super à voir. Je reconnais que j'ai éprouvé parfois de la jalousie — je m'en suis tellement voulu ! —, mais à d'autres moments j'étais… vraiment heureuse pour toi.

Elle se tut un moment, puis reprit :

— C'est un type bien, Daisy. J'ai du mal à l'avouer, mais c'est vraiment quelqu'un de bien. Il est amoureux de toi depuis dix ans, il mérite d'être heureux avec toi. Bien sûr, il y a cette petite fissure… forcément, il n'est pas parfait. Mais qui l'est ? Et cette fissure est en grande partie ma faute. Je me suis vraiment conduite comme une garce. Et je ne peux pas croire qu'une dispute entre lui et moi suffise à détruire votre couple.

— Une seconde ! Qu'est-ce que tu as dit ?

— Eh bien…

— Tu prétends qu'il est amoureux de moi depuis dix ans ? C'est impossible ! Impossible !

Mary Jane haussa les épaules.

— C'est pourtant vrai. Il est tombé fou amoureux de toi au premier regard. Tu ne t'en souviens probablement même pas.

— Je m'en souviendrais si c'était vrai !

— Tu ne te rappelles donc pas ce soir-là ?

— Quel soir ? Quand je suis revenue de Paris ? Que s'est-il passé ? Il ne s'est rien passé.

— Lee et lui sont sortis après dîner. Quand ils sont rentrés, elle est montée directement dans sa chambre et a fermé la porte. A mon avis, ça n'allait pas très bien entre eux. Tu étais dans ta chambre et tu t'es penchée par la fenêtre pour me demander d'aller chercher ta brosse à cheveux qui était restée dans ma voiture et de te la lancer.

— Oui, je m'en souviens.

— Or c'était Tucker et non moi qui était en dessous. Je me trouvais sur les marches. J'ai vu son visage quand il a levé la tête vers toi, et j'ai compris. Il n'épousait pas la bonne, et il le savait. Ils ont annulé le mariage le lendemain.

Dans sa tête, les pensées tourbillonnaient, plus embrouillées que jamais.

— Mais il ne s'est jamais rien passé… rien ! Pas un regard, ni un frôlement, ni…

— Il se serait passé quelque chose si tu n'étais pas partie aussi vite pour la Californie.

— Il n'a jamais fait allusion à une quelconque attirance…

— Qu'aurait-il pu dire ?

— Tu ne m'en as pas touché un mot.

— Bien sûr, j'allais créer une situation qui allait vous brouiller à jamais, Lee et toi ! La vie s'est chargée de vous entraîner dans des directions différentes.

— Et puis, la vie m'a ramenée ici, et tu refusais que je fasse appel à Reid Landscaping.

— Je craignais que quelqu'un écope dans l'histoire.

— Et tu avais raison.

— Non. Je… j'avais juste peur.

— Peur ?

— Peur de ma réaction devant l'éclosion d'un jeune amour.

De nouveau, cette amertume dans sa voix.

— Le coup de foudre, comme autrefois. Roméo et Juliette se retrouvant tout naturellement, un dénouement heureux, cette fois, pendant que moi…

Elle eut un geste de dépit.

— Je me déteste ! reprit-elle en éclatant d'un rire strident.

Mais Daisy voyait qu'elle retenait ses larmes.

Elle posa une main sur le bras de sa sœur.

— Je me suis efforcée de lutter contre cette maudite jalousie, de ne pas me laisser empoisonner par elle…

Mary Jane prit sa main et la serra.

— Et maintenant, tu me dis que votre couple n'existe plus, pour l'amour de moi ?

— C'est vrai. Je suis désolée.

— Et moi donc…

Elles s'étreignirent. Puis, après quelques minutes, l'esprit pratique de Mary Jane reprit le dessus.

— Nous devrions goûter tes plats, dit-elle en tendant la main vers le comptoir où Daisy avait préparé les assiettes.

— Je n'ai pas le cœur à ça.

Mon cœur est mort.

— Moi non plus. Mais songe à l'avenir de notre hôtel.

17

Fourchette, fourchette, couteau, cuillère. Fourchette, fourchette, couteau, cuillère…

Daisy disposait l'argenterie sur les nappes immaculées des tables du restaurant, de chaque côté des assiettes de porcelaine étincelantes. Dans la cuisine, le personnel s'activait à la préparation du somptueux menu de Thanksgiving du lendemain. Les réservations étaient complètes, gens du coin, clients de l'hôtel et touristes.

Que ce soit l'époque, le menu ou l'appât de l'inauguration qui avait rendu l'événement si populaire, elle l'ignorait. Ce n'était d'ailleurs peut-être rien de tout cela. Il semblait que dans la région on apprécie la famille Cherry. A plusieurs reprises, lors de réservations, des gens l'avaient priée d'exprimer à ses parents leurs meilleurs vœux pour leur retraite et leurs amitiés à Mary Jane. Les gens leur souhaitaient la réussite.

Et moi aussi, je la souhaite. J'aimerais juste me sentir mieux.

La pensée de Tucker l'obsédait. Il lui manquait énormément, et elle remettait en question sa réaction de la semaine précédente. Depuis, elle avait vu Tucker presque tous les jours, et pourtant elle avait l'impression de ne pas l'avoir vu depuis une éternité. Ils étaient tous deux très occupés par les préparatifs de l'inauguration et le repas de fête, Daisy à l'intérieur, Tucker au-dehors.

Aujourd'hui, au moins trois fois, elle avait regardé par les fenêtres du restaurant en entendant un bruit de moteur, espérant voir un des camions de Reid Landscaping avec la silhouette familière de Tucker au volant. La veille, elle avait visité les bungalows pour disposer serviettes et savons dans les salles de bains flambant neuves, et elle avait entendu sa voix en provenance des rives du lac où escaliers et allées étaient pratiquement terminés.

Molly, une nouvelle aide-cuisinière, apparut, un plateau supportant des verres à vin dans les mains, au moment où un camion de Reid Landscaping se dirigeait vers le lac, Tucker au volant.

— Auront-ils fini à l'heure ? s'enquit Molly. Il n'y a pas encore de jardinières sur la terrasse-ponton.

— Ils auront fini, assura-t-elle.

La veille, Tucker était parti à la nuit. Et elle savait que ce soir, si nécessaire, il serait là jusqu'à minuit, et à l'aube, le lendemain matin.

— Ils m'ont tout l'air de former une bonne équipe, dit Molly, de tempérament plutôt volubile. Tucker est un chic type. J'ai parlé avec lui hier, pendant qu'il remplissait les jardinières de terreau. C'est un homme de terrain.

— Oui. Et c'est un chic type, Molly.

Très différent de Michael, en réalité. Michael ne se serait pas comporté avec la discrétion de Tucker au cours de la semaine écoulée. Il aurait été constamment dans ses jambes, essayant par tous les moyens de lui prouver qu'elle était entièrement responsable de la situation. Tucker était différent.

Bien sûr, il avait commis une erreur en s'en prenant à Mary Jane, mais il s'en était excusé. Et elle commençait à penser qu'elle en avait commis une bien plus grave. Elle avait laissé une mauvaise expérience passée obscurcir son jugement actuel.

Tucker n'était pas Michael.

Elle désirait lui donner une seconde chance ; elle le désirait passionnément. Le pire, dans cette situation, était que lui ne semblait pas le désirer.

— C'est quelqu'un de bien, répéta-t-elle. Drôle, intelligent et travailleur. Essayant toujours de faire au mieux pour les gens qui lui tiennent à cœur. Et quand il commet une erreur, il la reconnaît.

Je dois également reconnaître la mienne et donner une chance à notre couple. Nous sommes trop heureux ensemble pour tout laisser tomber sans se battre. Et je me battrai contre lui s'il se désintéresse de moi. C'est trop douloureux.

Elle entendit le pick-up revenir.

— Pouvez-vous finir, Molly. Je dois parler à Tucker.

Elle posa le plateau d'argenterie sur la table, sortit par la terrasse et dévala l'escalier. Le pick-up était déjà à mi-chemin de l'endroit où l'allée disparaissait entre les arbres. Elle courut mais, voyant le camion accélérer, faillit renoncer.

Il se trouva que Tucker finit par l'apercevoir dans le rétroviseur. Il s'arrêta, et elle le rattrapa, hors d'haleine.

Il baissa sa vitre et appuya son coude sur le rebord, l'air dur.

— Excuse-moi, je ne t'avais pas vue. Je vais chercher des plants pour les jardinières. Il y a un problème ?

— Je voudrais te parler.

— Si tu veux.

— Pas comme ça.

— Comment alors ?

— Je ne sais pas.

L'intimité entre eux existait toujours, elle la sentait frémir dans l'air malgré la froideur de Tucker.

— Viens t'asseoir dans le pick-up, suggéra-t-il, quoique à contrecœur. Je vais me garer.

Il fit quelques mètres pour se ranger sur le bas-côté de l'allée et coupa le moteur. Puis, les bras sur le volant, il se tourna vers elle, ses yeux bleus pleins de tristesse, et ils restèrent silencieux dans l'espace confiné de l'habitacle.

Ne sachant par où commencer, elle alla finalement droit au but.

— Tu as commis une erreur, certes, mais j'ai eu tort de réagir aussi violemment. Tu as présenté tes excuses à Mary Jane, et maintenant c'est à moi de te présenter les miennes. Je suis vraiment désolée, Tucker. Je sais que tu n'aurais jamais dit des choses pareilles sans le regretter. Tu étais fatigué, tu n'avais pas les idées en place.

Elle posa une main sur son bras. Une fois, ç'avait été un point de départ pour eux, mais aujourd'hui il ne réagit pas.

— Cesse de t'excuser, maugréa-t-il.

— Je te dis que je comprends.

Elle retira néanmoins sa main, car elle sentait qu'il ne désirait pas son contact.

— Impossible, dit-il, l'air dur et fermé.

— Explique-moi, alors.

— Je t'ai déjà suffisamment parlé de mon père.

— Et… qu'est-ce que ton père a à voir avec nous ?

— Il a fait beaucoup de mal autour de lui à cause de son égocentrisme et de la liberté qu'il s'est octroyée pour satisfaire tous ses désirs. Je me suis surpris à agir comme lui, et je refuse que ça se reproduise.

— Tu t'es excusé auprès de Mary Jane.

— Combien de fois aurai-je un tel comportement ? A qui vais-je encore faire du mal ? Jusqu'où irai-je avant de te faire souffrir, toi ? Que ressentiras-tu alors ? Continueras-tu à me tendre la perche comme aujourd'hui ?

— Tu noircis ton portrait, Tucker. Tu n'es pas un monstre.

— Si, dit-il en serrant les dents.

— Comment peux-tu en être aussi sûr ?

— Parce que je vis avec ça depuis longtemps. J'ai vu le phénomène en action. Je sais à quel point on peut faire preuve d'égoïsme quand le cœur dicte vos actes. On ne peut pas se fier aux sentiments pour diriger sa vie.

— Parfois, ils sont peu fiables, c'est vrai, mais pas quand ils sont en accord avec la raison et le respect des autres.

— L'être humain a besoin d'autre chose. Il a besoin des notions de bien et de mal, de règles et de… de préceptes. Par exemple : « Faites à autrui ce que vous voudriez qu'on vous fasse. » L'être humain a besoin de tout ça !

Il frappa le volant si fort qu'il dut souffrir, mais ce n'était rien, apparemment, comparé à sa souffrance intérieure.

Et soudain, elle comprit. Elle comprit pourquoi il se montrait si entier, si obstiné.

Elle continua malgré tout d'argumenter.

— Et tu as tout cela, n'est-ce pas ?

— Oui et, si je veux le conserver, tu dois descendre de ce véhicule.

Il tremblait de ses efforts pour vaincre ces émotions dont il se méfiait tant. Il se torturait autant qu'il la brisait.

— Je te reconduis si tu veux, proposa-t-il, si froidement poli qu'elle en aurait ri dans d'autres circonstances.

Elle aurait ri si elle n'avait été si proche des larmes.

— Non, merci. Je vais marcher.

Elle ouvrit la portière et ne tenta même pas de le toucher, parce qu'elle savait qu'il refuserait le contact. Il réussissait très bien à la tenir à distance quand il le voulait.

— Sérieusement, je peux.

— Sérieusement, Tucker, je préfère marcher. J'ai besoin de prendre l'air.

Ses joues la brûlaient et, sous la douleur de son échec, sa colère grondait. Un genre différent de colère que celle qu'elle avait éprouvée la semaine passée en apprenant l'altercation entre Tucker et Mary Jane.

Elle comprenait beaucoup plus de choses à présent, et elle en voulait désespérément, passionnément au père de Tucker.

Terminé.

Tucker tassa le terreau autour du dernier plant de la dernière jardinière de la terrasse-ponton et se redressa pour étirer son dos. Cette fois, il avait vraiment terminé. Les allées étaient nettes, les ampoules clignotantes en place sur la pergola et la balustrade, les reliquats de matériaux évacués et les outils rangés à l'arrière du pick-up.

Le reste de l'équipe de Reid Landscaping avait congé pour Thanksgiving, mais il avait tenu à ne partir que lorsque tout serait terminé. Il avait commencé à 7 heures, ce matin, avant le lever du soleil. Les lumières brillaient déjà dans la cuisine du restaurant.

Daisy, probablement.

Il était maintenant 11 heures passées, et d'autres personnes étaient venues prendre leur service. Il entendait des bruits de voix et le tintement des casseroles. Il sentait aussi les délectables arômes d'oignons, de bacon et de dinde rôtie.

Il devait prévenir que son travail était terminé, et cette perspective faisait battre son cœur. Il irait frapper à la porte de service du restaurant, et ce serait peut-être Daisy qui ouvrirait. Il voulait que ce soit Daisy et se reprochait de le désirer aussi fort.

Un peu de courage, Tucker. Annonce que c'est fini et va-t'en.

Il devait être chez sa mère à midi.

Il frappa, et, oui…

Daisy.

En veste de cuisine blanche, pantalon à carreaux bleus et blancs, l'air affairé, une tache de farine sur la joue et de petites mèches s'échappant de sa résille.

— Terminé, dit-il après s'être éclairci la gorge. J'y vais. Jackie t'enverra la facture par mail. Et, s'il y a le moindre problème, nous viendrons d'urgence.

Elle hocha la tête.

— D'accord. Merci.

Il resta figé sur place.

Elle semblait atteinte du même symptôme. Immobiles, ils se regardaient. C'était horrible, et il ne savait que dire ou faire.

— Dis que tu ne veux plus de moi, Tucker, lâcha soudain Daisy. En es-tu capable ? Ose prétendre que nous ne sommes pas indissolublement liés !

Bien sûr qu'ils l'étaient, mais il ne s'agissait pas de ça.

— Je suis désolé que tu sois fâchée…

Elle ne le laissa pas terminer.

— Tu es peut-être désolé, mais tu ne sais pas pourquoi je suis en colère. Tu sais quel est ton problème, Tucker ? Tu sais ce qui se passe vraiment ? Je vais te le dire. Comment peux-tu te battre contre un ennemi qui n'est plus ?

— Comment ça ?

— Tu n'es peut-être pas prêt à l'entendre, et peut-être ne le seras-tu jamais, mais c'est ainsi. Tu ne cesseras jamais de te fustiger parce que tu n'as pas pu fustiger ton père.

— Que veux-tu dire ?

— Tu te tortures et tu t'es torturé toute ta vie d'adulte parce que tu n'as jamais pu dire son fait à ton père.

Sa voix s'adoucit.

— Et, comme tu n'en auras jamais l'occasion, il me semble que tu devrais trouver le moyen d'avancer. J'ai dû apprendre que tu étais différent de l'homme qui m'a fait tant de mal en Californie. Tu dois apprendre que tu n'es pas ton père, et que tu auras beau t'infliger toutes les souffrances possibles, jamais, jamais, tu ne régleras tes comptes avec lui.

Ces paroles faisaient mal.

S'en prendre à son père…

A son père.

Eh bien, oui !

Il vit la scène. Lui, à dix-huit ans, hurlant, cognant les murs, frappant son père au visage, le frappant à terre, le frappant sur son lit d'hôpital.

Naturellement, il n'avait pas touché à un de ses cheveux ; il en avait juste eu envie, et il en avait éprouvé des remords. Comment Daisy avait-elle deviné ?

Elle attendait sa réaction, son doux corps plein d'empathie, de compréhension, tremblant de tout ce qui tremblait en lui.

Il n'arrivait pas à parler. C'était trop neuf, trop choquant. Trop vrai ?

— Jackie t'enverra la facture, répéta-t-il d'une voix fêlée.

Il fit demi-tour, descendit les marches et se dirigea machinalement vers son pick-up.

Elle le regardait. Sans avoir besoin de se retourner, il savait qu'elle se tenait sur le seuil de la porte, la main sur la poignée, le regardant partir, ne sachant trop si elle avait bien ou mal agi.

Lui-même l'ignorait.

Lui ouvrait-elle les portes de la guérison ?

Le précipitait-elle en enfer ?

Il passa chez lui prendre une douche, le bureau, la salle d'exposition et les jardins de l'entreprise dont il était si fier déserts et silencieux.

Il arriva chez sa mère à l'heure prévue. Mattie et Carla étaient là. Carla avec Adam et les enfants, Mattie accompagné d'une nouvelle petite amie qui semblait charmante.

A qui pourrais-je en parler ?

Ce n'était ni le lieu ni l'heure. Et pourtant, quand ils s'installèrent à la table du déjeuner et qu'il regarda les siens, les paroles de Daisy prirent tout leur sens. Il avait voulu frapper son père qui avait jeté un voile sinistre sur son adolescence, et il n'avait pas pu. Alors, depuis, il se menait la vie dure, exigeant de lui une perfection impossible à atteindre.

Tu vois, papa, tu es incapable d'agir correctement, mais moi, je peux. C'est comme ça qu'on doit se comporter, papa. Je te montrerai…

Il eut soudain l'impression grisante d'une lumière projetée sur ses rouages intimes.

Voilà pourquoi certaines choses semblaient impossibles. En réalité, je ne suis pas obligé de payer pour mon père. Je dois arrêter de me punir.

Daisy savait, elle.

Ce fut un repas agréable, interminable et paisible, et copieux. Carla et Mattie étaient devenus des gens bien. Adam, le mari de Carla, adorait sa femme et ses enfants. Alice, la nouvelle petite amie, riait aux propos de Mattie, mais ne manquait pas de lui renvoyer ses plaisanteries. Il aida à ranger et s'attarda jusqu'à 17 heures, mais résista aux prières de sa mère et de Mattie qui voulaient qu'il regarde le match de football avec eux.

Il était incapable de différer plus longtemps le moment de parler à Daisy.

Il faisait nuit quand il arriva à Spruce Bay. Il y avait encore de la lumière au restaurant, et la terrasse illuminée ressemblait exactement à ce qu'il avait imaginé, un lieu sympathique, beau et accueillant. En descendant du pick-up, il entendit des rires, un brouhaha de conversations et de la musique.

Avait-il eu tort de venir ?

En un sens, oui, puisqu'il ne savait pas très bien ce qu'il allait faire. Remercier Daisy ?

Présenter des excuses ? *Encore…*

Il emprunta le vaste escalier de bois conduisant à la terrasse et se tint là, regardant à l'intérieur. Il vit Daisy qui servait les desserts. Sans faire de manières, elle posait les tartes sur les tables, découpait les parts, et les disposait ensuite sur les assiettes avec glace ou crème fouettée, selon les goûts. Elle semblait très occupée, les joues rouges, souriante.

Il n'avait pas besoin d'entendre les commentaires pour comprendre que le repas avait été un succès, et elle recevait modestement les compliments tout en se faufilant entre les tables pleines de monde, dans son uniforme de chef qui lui allait si bien.

Il n'arrivait pas à s'arracher à sa contemplation.

Elle ne l'avait pas aperçu, mais Mary Jane, si.

L'espace d'un instant, elle s'immobilisa, puis elle lui désigna du doigt l'arrière du restaurant avant de disparaître dans la cuisine et de réapparaître par la porte de service.

Il n'avait aucune idée de l'aspect qu'il présentait, mais Mary Jane dut déceler quelque chose dans son comportement.

— Tu es venu pour Daisy.

C'était une affirmation, pas une question.

— Mary Jane… j'ai besoin… j'ai besoin de ta permission.

Il y eut un silence.

— Non, dit-elle enfin. Tu as besoin de celle de Lee.

— Lee ?

— Oui. Si tu as besoin d'une permission, c'est celle de Lee. Je ne te dis pas que tu doives l'obtenir, mais tu sembles avoir besoin de quelque chose, pour aller de l'avant.

— C'est vrai.

— Alors, téléphone à Lee. Viens, je t'accompagne au bureau. Tu y seras tranquille.

Il obtint la communication à la deuxième sonnerie.

— Bonsoir, Lee. C'est Tucker.

Du seuil, Mary Jane écouta la conversation, bras croisés, comme sa mère faisait parfois quand, enfant, il devait ranger sa chambre. Quand la conversation se termina, après une longue confession de sa part et de bonnes paroles de celle de Lee, Mary Jane souriait.

— Tu comprends pourquoi je ne veux pas la voir souffrir ?

— C'est une femme merveilleuse. Je n'en ai jamais douté.

— Simplement, elle ne t'était pas destinée.

— Exact. Mais Daisy, oui. Elle m'a dit quelque chose tout à l'heure… elle a vu en moi…

Il secoua la tête. Il ne pouvait en parler à personne qu'à Daisy. Il allait hurler s'il ne le faisait pas !

De la tête, il désigna le restaurant.

— Est-elle encore très occupée ?

— Elle sert les tartes. Je vais prendre le relais, si tu veux.

— Merci. Tu es la meilleure.

— Sors, je referme.

Elle le poussa hors du bureau comme un petit animal perdu, et il s'élança en courant vers le restaurant parce qu'il mourrait s'il ne disait pas à Daisy, à l'instant…

Quand Daisy le vit apparaître dans la cuisine alors qu'elle déposait une pile d'assiettes dans l'évier, ses yeux s'écarquillèrent. Mais ses lèvres prirent un pli tendre qui emplit son cœur d'espoir.

— Je te prie de m'excuser, dit-il.

— De quoi ?

Après s'être essuyé les mains, elle s'écarta de l'évier en portant une main à ses cheveux. Et il eut le désir brûlant de lui arracher sa résille et d'enfouir son visage dans leur masse dorée.

Mais non. Pas maintenant. Il fallait d'abord parler.

— Tu sais bien. Pour avoir mis si longtemps à me comprendre, pour t'avoir fait du mal. Ce que tu m'as dit… est vrai. Je n'ai pas pu exprimer ma rage à mon père. Tout découle de là. J'ai voulu le punir à travers moi. C'est pourquoi je me suis fiancé à Lee alors que nous aurions dû rester amis, pourquoi j'ai épousé Emma pour les aider, elle et son fils, et me suis senti ensuite coupable vis-à-vis de ma mère, de Max, et même de Jackie, de n'avoir pas su faire d'un mariage blanc un vrai mariage, alors qu'Emma n'en voulait pas non plus.

— Oh ! Tucker…

Elle le regarda au fond des yeux et fit ce qu'elle avait si souvent fait auparavant, elle posa une main sur son bras. Une façon de le questionner. Et la réponse était oui.

Oui, Daisy. Je te veux. Je t'aime.

— Et ce que tu m'as dit, reprit-il, ça a été comme un rayon de soleil perçant les ténèbres. Un déclic s'est produit dans ma tête comme celui de la clé qui tourne dans la serrure d'un prisonnier. J'ai passé Thanksgiving avec ma famille, avec ces pensées qui tournaient en rond dans ma tête et qui me paraissaient de plus en plus sensées. Et je suis revenu ici parce que… eh bien… tu n'imagines pas dans quel état ça m'a mis. J'ai appelé Lee.

— Lee ?

— Il le fallait. Mary Jane m'a aidé.

— Et Lee…

— Formidable. Mais elle n'est pas toi.

— Ainsi…

— Apparemment, je n'avais pas besoin de son absolution, mais je l'ai eue quand même, et me voici.

— Tu ne peux pas savoir comme je suis heureuse…

Elle lui sourit, si tendrement.

— Je te veux dans ma vie, Daisy. Pour toujours. Je veux t'épouser, s'il n'est pas trop tard.

— Oh ! non !

— N'est-ce pas dix ans trop tard ?

— Non plus !

— Alors, dis-le-moi ! Dis qu'on va se marier…

Il se pencha et effleura ses lèvres d'un baiser.

— … parce que je vais devenir fou si…

Elle lui donna un vrai baiser et murmura :

— Je t'aime, Tucker. Est-ce qu'on peut se marier, et vite ?

Il l'embrassa avec un mélange de tendresse et de passion, tandis que se poursuivait la célébration de Thanksgiving derrière les portes closes.

— Je te veux pour femme, Daisy Cherry. Toi, et personne d'autre.

— Moi aussi, je te veux, chuchota-t-elle. Pour toujours.

Et, tandis qu'il la serrait contre lui, il sut ce que son cœur savait depuis longtemps. La place de sa Juliette était dans ses bras.

LILIAN DARCY

Troublants lendemains

INTÉGRALE

COUP DE FOUDRE SOUS LES FLOCONS

Traduction française de
FRANÇOISE HENRY

SAGAS

HARLEQUIN

Titre original :
THE BABY MADE AT CHRISTMAS

Ce roman a déjà été publié en 2014

1

Nord de l'Etat de New York. Fin mars

— Je suis très en colère contre toi, Lee.

Mac se tenait au bas des marches. Sa silhouette se découpait devant les arbres aux branches dénudées et les crocus jaune vif et violets qui étincelaient sous la glace face à un ciel d'un bleu très pur.

Ses cheveux étaient un peu trop longs, et il avait dû les rejeter en arrière avec ses doigts, car ils formaient des vagues irrégulières au sommet de son crâne. Un rayon de soleil jouait sur son visage et soulignait les cernes sous ses yeux d'un noir profond. Ses épaules paraissaient impressionnantes sous la chemise, et ses pieds, fermement plantés dans le sol, laissaient présager une humeur batailleuse.

Elle le trouva si beau qu'elle sentit son cœur se serrer.

Il ne l'avait pas avertie de sa venue. Son pick-up bleu foncé était garé non loin de là, maculé de boue et de sel charriés par les routes de montagnes du Colorado. Un voyage de trois mille kilomètres au bas mot.

Toutes ces heures au volant lui avaient laissé amplement la possibilité de l'appeler. Qu'il se présente chez elle à l'improviste lui semblait être une atteinte intolérable à son indépendance, et elle se demandait avec un peu d'inquiétude ce qui avait bien pu le pousser à agir ainsi. Avec l'impression d'avoir été piégée, elle hésitait entre la colère et le désir de tomber dans ses bras. S'il existait une troisième alternative, pour le moment, elle ne la voyait pas.

Ce n'était pas supposé devenir sérieux…

Il était 10 heures du matin. Elle portait encore sa confortable robe de chambre molletonnée, l'estomac noué depuis qu'elle avait quitté son lit douillet à 7 heures.

Elle ne se sentait pas à son avantage avec ses cheveux châtain doré qui tombaient sans grâce autour de son visage défait. En venant répondre aux coups frappés à sa porte, elle s'attendait à une livraison de linge propre, de boissons, ou d'épicerie en gros.

Actuellement fermé, Spruce Bay Resort se préparait aux saisons de printemps et d'été. Une chance, comme on était lundi, l'équipe de paysagistes ne travaillait pas, et ses parents avaient repris le chemin de leur nouvelle résidence en Caroline du Sud. Après un mariage en comité restreint, le samedi précédent, sa sœur Daisy et Tucker étaient partis en voyage de noces, et Mary Jane, l'aînée, l'avait quittée la veille pour passer quelques jours dans un centre de remise en forme du Vermont.

— Tu ferais mieux d'entrer, dit-elle.

La tenue de Mac, jean et chemise bleue aux manches retroussées, était parfaite pour conduire, mais un peu légère pour la fraîcheur de l'air.

— Je suis très en colère. Tu peux comprendre.

Elle se força au calme.

— Oui, mais nous en avons parlé. Ce n'est pas comme si je t'avais menti ou dissimulé quelque chose.

— *Tu* as parlé. Personnellement, j'étais trop assommé pour réagir. Et, le temps que je me reprenne…, tu avais tout simplement fichu le camp.

Ils n'avaient jamais parlé d'avenir, pourquoi est-ce que cela changerait à présent ?

— Veux-tu du café ?

— C'est tout ce que tu as à m'offrir ?

— C'est un début, non ?

Ça l'avait été pour eux, quelques mois plus tôt.

— Il faut qu'on parle des raisons de ta venue, reprit-elle. Du temps que tu comptes rester. Et comme il fait froid, nous serons mieux à l'intérieur à siroter une tasse de café. Nous aimons tous les deux le café.

— Tu me rends fou.

— Je sais.

— Tu n'es pas du tout comme ma sœur…

— Je le sais aussi.

— Ou comme ma mère…

— Tu me l'as déjà dit.

— Ou comme n'importe quelle femme de ma connaissance !

Elle était pareille à un chat, lui avait-il confié le lendemain de leur rencontre, et l'idée lui avait plu. La personnalité du chat lui convenait à merveille. Indépendance, amour du confort et de la chaleur, le tout pimenté d'une curiosité certaine et du goût de l'aventure.

— N'est-ce pas ce que tu aimes chez moi ? demanda-t-elle en hasardant un sourire.

Mais il ne semblait pas d'humeur à se laisser attendrir aussi facilement.

— Dans l'immédiat, je ne suis pas sûr d'apprécier quelque chose chez toi, Lee Cherry.

Il grimpa les marches, traversa la véranda en deux enjambées et passa devant elle, la forçant à se coller contre le montant de la porte. Puis il regarda autour de lui.

— C'est un bureau ?

— Oui, qui fait office de salle d'accueil pour l'hôtel. Au fond, il y a un escalier qui mène à l'appartement.

— Tu vis au-dessus de la salle d'accueil de l'hôtel, toute seule ?

Il la dominait de toute sa hauteur, trop grand, trop fort, trop débordant de santé pour l'espace un peu sombre et confiné.

Il la fixa de son regard noir et impénétrable, puis baissa les yeux sur ses lèvres qu'elle sentit soudain sèches et brûlantes.

Quand il détourna la tête, c'était presque comme s'il l'avait embrassée. Elle aimait ses baisers.

— Pour le moment, j'y habite avec ma sœur Mary Jane, dit-elle d'une voix qu'elle découvrit, avec une désagréable surprise, mal assurée. Mais elle est partie pour le week-end.

Ils avaient parlé. Elle ne s'était pas enfuie en douce. Elle lui avait exposé la situation dans son entier, ses décisions, ses projets, supposant qu'il envisageait l'avenir sous le même angle qu'elle. Ce qui avait paru être le cas.

Oui, ç'avait été le cas ! Et il n'avait émis aucune objection, n'avait pas manifesté le moindre désir de poursuivre leur relation.

— C'est plus grand qu'il n'y paraît, dit-elle, tout en se rendant compte qu'elle s'étendait inutilement sur l'appartement familial des Cherry. C'est un vrai foyer, Mac, pas simplement « un appartement au-dessus de l'accueil ».

En vérité, elle faisait la conversation, s'efforçant de ne pas penser au corps de Mac, à sa présence. A sa colère. A son attitude ombrageuse. A l'insidieuse éventualité qu'elle se soit trompée.

— Cuisine, salle de séjour, quatre chambres, deux salles de bains, poursuivit-elle. Nous y avons grandi.

— Ce sont tes parents et tes deux sœurs qui dirigent l'hôtel. Tu es l'aînée ?

— La cadette.

Tu vois. Comment veux-tu que ce soit sérieux entre nous, alors que tu ne connais même pas ma place dans la famille ?

Il ignora la rectification.

— Le café, c'est à l'étage ?

— Oui.

Elle ouvrit le chemin, soulagée qu'il revienne à des choses plus terre à terre.

Il la suivit, et elle se rappela toutes les fois où, grimpant derrière elle un escalier, il lui avait caressé les fesses ou l'avait étreinte, interrompant ainsi leur ascension avant de l'embrasser.

C'était bon de le voir. Ça lui donnait envie de pleurer,

mais pas question de se laisser aller à l'attendrissement. Elle avait décidé de trancher dans le vif, parce que c'était mieux ainsi. Elle ne voulait pas d'une relation qui sombre peu à peu dans la laideur, les complications, et s'éternise pour de mauvaises raisons.

Mieux valait rompre une bonne fois pour toutes.

Mais à présent, il était devant elle, et, malgré tout, elle était heureuse de sa présence.

A l'étage, il la suivit dans la cuisine. Ses mains tremblaient si fort qu'elle eut quelque difficulté à préparer deux cafés dans la machine à expresso rapportée du Colorado, le tout dans un silence qu'il ne tenta pas de dissiper. La cafetière se mit à éructer et à siffler, produisant les seuls et uniques bruits de la pièce.

Chaque fibre de son être était consciente de sa présence. Si la salle d'accueil de l'hôtel avait paru trop petite pour sa carrure, la cuisine semblait encore plus exiguë. S'appuyant à l'évier, il croisa ses bras musclés. Du temps de leur liaison, elle serait allée à lui et aurait employé les grands moyens pour le persuader de l'embrasser.

Ce qui aurait pris environ une demi-seconde, et aurait été fantastique. Et, une chose en entraînant une autre, ils se seraient retrouvés au lit, car l'amour physique était le fondement de leur relation.

Tu te souviens, Mac ?

Sinon, elle pouvait lui rafraîchir la mémoire.

Elle le devrait, car le fait que leur relation repose presque entièrement sur le sexe comptait beaucoup dans l'affaire.

Elle avait clos l'espace entre eux sans volonté consciente ni délibérée. Leur relation avait pris cette tournure par habitude. L'habitude de le désirer et de s'épanouir dans la délicieuse certitude qu'il la désirait aussi, et qu'ils s'entendaient de la meilleure des manières qui soit.

S'approchant, elle glissa sa main entre ses bras fermés pour les ouvrir et les faire retomber le long de son corps.

Elle referma alors les siens autour de sa taille et se laissa aller contre lui.

Elle ne chercha pas ses lèvres et resta simplement immobile, son ventre contre son sexe qu'elle sentit durcir. Elle leva son regard vers les profondeurs de velours de ses yeux. C'était très simple, comme ça l'avait toujours été. Ils se plaisaient, se désiraient, et il n'y avait rien de répréhensible à cela. Il existait un lien électrique entre eux… comme une reconnaissance de l'autre dans sa totalité.

Ils étaient connectés, tout simplement, et ils aimaient cela.

Il jura, ou gémit, elle ne sut. Il était toujours en colère malgré le trouble qui faisait trembler son corps. Elle le lisait dans son regard, dans le pli dur de sa bouche. Il la serra contre lui. Elle ne portait rien sous sa robe de chambre dont la ceinture se desserrait, découvrant peu à peu ses seins.

Quand il baissa les yeux, à son expression, on aurait cru qu'il les voyait pour la première fois, et il demeura comme paralysé. A son tour, elle baissa la tête. Certes, ils avaient grossi alors qu'ils avaient déjà une taille plus que correcte au départ. Il les aimait. Par le passé, il leur avait prodigué d'interminables caresses.

Elle leva les yeux et posa doucement une main sur sa joue. Elle aimait jouer avec son désir, l'obliger à patienter, ou bien, au contraire, à se montrer entreprenante, le provoquant parfois de façon éhontée et aimant qu'il la provoque en retour.

S'étirant, elle planta un baiser sur sa bouche toujours maussade, sans pour autant réussir à le dérider. Elle insista, appuyant ses lèvres contre les siennes qui restaient obstinément closes.

Et soudain, il lui rendit son baiser, avec âpreté, et l'étreinte de ses bras se fit d'acier autour d'elle.

Tu veux un baiser, Lee, tu vas l'avoir, semblait-il dire. *Tu auras mes mains sur ton corps, ma langue dans ta bouche, et mon odeur sur toi, et oui, c'est sacrément bon, nous le savons tous les deux.*

Il n'avait pas dû se raser depuis son départ du Colorado. Sa barbe de trois jours lui piquait la peau, mais c'était délicieux. Fantastique, même. Il sentait bon, un mélange de pastilles de menthe, de cacahuètes salées et de neige. Elle mit tout son cœur dans leur étreinte. Glissant ses doigts à ses cheveux, elle inclina le visage de Mac sur le côté pour lui donner un baiser torride.

D'ici quelques instants, elle allait commencer à le déshabiller, et il la débarrasserait de sa robe de chambre en un tour de main, et cela finirait comme toujours.

Mais non. Il s'obstinait à la punir en la serrant si fort qu'elle n'arrivait pas à atteindre les boutons de sa chemise. Puis il saisit ses hanches dénudées et les attira contre le tissu rêche de son jean, l'étreignant à lui faire mal.

Mais soudain, il écarta les lèvres, prit son poignet pour retirer sa main de son visage, et la repoussa.

— Non, Lee, pas ça ! s'écria-t-il en rabattant les pans de sa robe de chambre sur elle.

Au passage, il effleura ses seins et, l'espace d'une seconde, elle crut qu'il allait transformer le frôlement en caresse, mais il n'en fit rien. Ce devait être un effet de son imagination, ou bien il s'était ressaisi.

Il ramassa la ceinture de sa robe de chambre, la passa autour de sa taille et la noua solidement.

— Nous n'avons encore jamais fait l'amour sous l'effet de la colère, dit-il, et je n'ai pas l'intention de commencer.

Elle recula.

— On n'est pas obligés de faire l'amour en colère.

Elle avait tellement envie de lui qu'elle n'arrivait plus à penser clairement.

Je suis donc heureuse de sa venue ?

Très heureuse ! Trop heureuse. C'en est effrayant.

— Je suis en colère, répéta Mac.

— Que faudrait-il pour te calmer…

Elle prit sa respiration.

— Et pour que tu partes ?

Qu'elle retrouve enfin la paix de ses émotions.

Il expira l'air de ses poumons avec une telle force qu'elle eut la sensation de recevoir un coup. Il se détourna et s'appuya au plan de travail. Il semblait soudain très las, et elle se demanda combien de temps il lui avait fallu pour parcourir les trois mille kilomètres qui séparaient Spruce Bay Resort du Colorado. Sans arrêt, il fallait bien compter au moins trente heures. Plus. Deux jours, ou trois ? Avait-il conduit la nuit ? S'était-il arrêté dans un motel ?

— Tu veux que je parte ? gronda-t-il.

Elle souleva le menton.

— Si tu es en colère, oui. Si nous ne pouvons pas parler entre gens civilisés, il vaut mieux que tu t'en ailles. Tu ne crois pas ?

— Je ne partirai pas.

— Tu veux donc que nous parlions ?

— Ce que je veux…

Il s'interrompit.

— Tu ne m'as pas laissé le temps de réfléchir, reprit-il avec rancune. Mais depuis ton départ, j'ai pu remettre un peu d'ordre dans mes idées.

— Tu ne me l'as pas demandé. Tu n'as même pas manifesté la moindre indication que tu pourrais avoir besoin de temps.

— Parce que j'étais sous le choc. C'est… c'est énorme tout de même. Tu ne sais pas… tu ne peux pas savoir… Tu avais quatre ou cinq jours d'avance sur moi, et c'était injuste de ta part d'exiger que je réagisse au quart de tour. Peut-être que je ne sais pas m'exprimer, mais je ne pense pas que tu sois plus douée.

Ses yeux noirs étincelaient.

— J'ai essayé.

— Moi aussi.

Ils se dévisagèrent sans aménité, et il tira sur le col de sa chemise comme s'il le gênait. Une mèche de cheveux se glissa dans l'interstice, et, instinctivement, elle avança la main pour la remettre en place. Elle aimait ses cheveux. Et elle apprécia qu'il oublie de la repousser alors qu'elle n'avait plus le droit de le toucher ainsi.

— Fais-moi donc part de tes réflexions, dit-elle.

Il prit une inspiration.

— Je veux qu'on se donne une chance et qu'on fasse notre possible pour que ça marche.

Que voulait-il dire ? Une chance de quoi ? D'être amants ? Ils l'avaient été. C'était justement le problème. Ils n'avaient été qu'amants.

Ils s'entendaient si bien sur le plan physique... Seulement, maintenant, leurs idées de la suite à donner à leur relation ne coïncidaient sûrement pas.

— Tu peux préciser ta pensée ? demanda-t-elle néanmoins.

— Je vais déménager dans l'Est. Rectification. C'est déjà fait.

— Tu...

— Toutes mes affaires sont là. Je n'ai pas grand-chose. Je déferai mes bagages quand nous aurons bu ce café.

— Tu... déferas tes... bagages. ?

Il se tourna vers elle. Son humeur avait changé. Une lueur perverse s'était allumée dans ses yeux d'obsidienne, et une ombre de sourire joua sur ses lèvres.

— Tu n'as pas dit que l'appartement comportait quatre chambres ?

2

Colorado, trois mois plus tôt

J'aurais peut-être dû rentrer à la maison pour Noël.

La famille Narman passait ses vacances dans son luxueux chalet d'Aspen, ce qui signifiait que Lee, qui veillait sur la propriété en leur absence, était libre de son temps. En échange de ce gardiennage, ils mettaient à sa disposition un petit appartement au rez-de-chaussée du chalet, mais se montraient généreux en lui permettant d'occuper, en leur absence, tout l'espace qu'elle voulait.

Elle se montrait généreuse en retour en allant au-devant de leurs attentes. Elle aérait dès que possible les immenses chambres et tenait la maison parfaitement propre. Elle la garnissait de bouquets, changeait les draps et remplissait réfrigérateur et placards quand ils annonçaient leur arrivée.

Disposer de cet endroit confortable, au pied des pistes des Aspen Highlands, avait changé sa vie, et elle n'avait pas l'intention d'y renoncer de sitôt.

Cette année, les Narman avaient prévu d'y séjourner durant toutes les fêtes de fin d'année, et ils avaient invité de nombreux parents et amis, si bien que, même du confortable appartement où elle se réfugiait quand ils occupaient les lieux, elle entendait un brouhaha joyeux, le tapage des enfants et le lourd piétinement des chaussures de ski au-dessus de sa tête.

Elle essaya de prendre son mal en patience. Il était 18 heures, les choses n'allaient pas tarder à se calmer. Mais cris, rires, musique, portes qui claquaient, hurlements occasionnels persistaient, complétés par les bruyants soubresauts des canalisations d'eau qui traversaient le plafond au-dessus de sa tête.

Autant oublier son livre, impossible de se concentrer dans ce vacarme. Elle alluma la télévision, mais ne trouva aucun programme intéressant. Pourquoi ne pas se préparer à dîner ? Il y avait des pâtes et de la sauce dans le réfrigérateur. Elle avait prévu un bon bain chaud, un repas arrosé d'un verre de vin pris en lisant… Bref, une soirée tranquille.

— Je peux y renoncer, dit-elle tout haut.

A vivre seul, il arrive qu'on parle tout seul. Rien de mal à ça.

Il y avait juste un mois que Tucker, son ex-fiancé, à présent fiancé à sa sœur cadette, lui avait téléphoné pour lui demander plus ou moins la permission d'être amoureux de Daisy. Et si elle avait apprécié le geste, si elle n'éprouvait aucun regret — leur rupture datait de dix ans —, une petite part d'elle avait trouvé la situation… étrange.

Elle se réjouissait sincèrement de leur bonheur. Si elle tentait d'imaginer à quoi aurait pu ressembler un couple avec Tucker, à leur vie en parallèle parce que l'entreprise de paysagisme de Tucker et sa carrière à elle de monitrice de ski et de guide de montagne auraient laissé peu de temps à l'intimité, elle frémissait à l'idée de l'erreur monumentale qu'elle avait failli commettre.

En d'autres termes, elle était réellement heureuse de leur bonheur.

Malgré tout, cette année, elle avait préféré ne pas passer Noël en famille, et c'était pourquoi elle était seule en ce soir de fête. Bien sûr, elle avait dressé un petit sapin dans un coin, avec des présents joliment emballés dessous, et elle déjeunerait le lendemain avec des amis. Il n'empêchait que…

Elle avait trente-trois ans, elle vivait seule et appréciait son indépendance, peut-être un peu trop. Et si elle s'embourbait dans la routine ?

— D'accord, vous avez gagné, dit-elle à la horde des Narman, au-dessus de sa tête. Je sors !

Au bain, elle préféra une douche éclair, enfila l'élégant pantalon noir et le haut scintillant qu'elle avait prévu de porter le lendemain soir. Puis elle se maquilla rapidement, suspendit des boucles en forme de sapin de Noël à ses oreilles, saisit un chaud manteau d'hiver, passa à ses pieds ses boots en fausse fourrure et sortit parcourir dans la neige les huit cents mètres qui la séparaient du Waterstreet Bar, son lieu de prédilection.

Personne.

Enfin, personne de sa connaissance, car le bar était bondé de touristes. Pas un moniteur de ski en vue, pas un membre des services d'entretien des équipements, ou des équipes hôtelières, aucun des permanents qu'elle croisait durant les calmes périodes estivales. Où étaient-ils tous passés ?

L'idée lui traversa l'esprit que, sans la présence des Narman, elle serait restée tranquillement chez elle et n'aurait pas eu conscience qu'elle passait un réveillon un peu trop solitaire, que tout le monde, amis et connaissances, avait des projets pour la soirée.

Elle alla au bar et commanda une bière et des ailes de poulet épicées accompagnées de crème aigre. Il lui semblait connaître de vue le serveur, sans doute un saisonnier croisé sur les pistes, à qui elle avait peut-être même donné des cours. S'ils bavardaient, elle pourrait rester au comptoir pour manger son poulet et boire sa bière.

Toutefois, elle se rendit rapidement compte qu'il était très occupé. En outre, n'ayant pas vingt-cinq ans, il devait préférer la compagnie de gamines à peine sorties de l'adolescence ou de femmes riches cherchant une aventure à celle d'une trentenaire plus athlétique que féminine.

Pour la première fois depuis longtemps, elle eut conscience de la cicatrice ancienne qui marquait son cou. Elle portait rarement des tenues décolletées, mais n'avait pas su résister à l'attrait de ce haut original et joli.

Les amis qu'elle devait retrouver le lendemain savaient pour ses cicatrices, et ils avaient l'habitude. Elle se les était faites en s'aspergeant d'huile bouillante dans la cuisine du restaurant de Spruce Bay quand elle avait à peu près l'âge du barman, et avait passé de nombreuses heures à l'hôpital à affronter la douleur et les infections, et à subir des greffes de peau.

C'était de l'histoire ancienne, et pas très gênant pour une femme qui passait sa vie en anorak ou en chemise de randonnée boutonnée jusqu'au cou.

Pourquoi donc attachait-elle soudain de l'importance à ses cicatrices ? Elle aimait son haut, et si quelqu'un les remarquait et trouvait inconvenant de les exhiber, eh bien, tant pis. Ce serait son problème, pas le sien.

— Jolies boucles d'oreilles, fit une voix toute proche.

Elle tourna la tête vers l'homme assis au bar, sur le tabouret voisin du sien.

— Oh ! merci !

Il lui sourit.

— Si vous voulez savoir si elles accrochent la lumière, je vous répondrai qu'elles étincèlent. J'en ai encore des éclats lumineux au fond des yeux.

Elle lui rendit son sourire.

— J'adore aveugler les gens !

— Inutile de porter des sapins de Noël si personne ne les remarque, n'est-ce pas ?

— Exact.

Le jeune barman posa bruyamment deux bols d'ailes de poulet sur le bar, un devant elle, l'autre devant l'admirateur de ses boucles d'oreilles, puis il retourna au passe-plat chercher deux jattes de crème aigre qu'il revint placer devant eux.

— Ça alors ! fit l'inconnu.

— Quelle coïncidence, n'est-ce pas ?

— Peu de gens apprécient la crème aigre, souligna-t-il. Cela ramène nos chances de nous entendre à six contre un environ, et si vous ajoutez la bière…

Elle n'avait pas remarqué la bière posée devant lui, mais oui, ils buvaient la même marque provenant d'une petite brasserie locale. C'était une coïncidence notable, puisque l'établissement ne proposait pas moins de cinquante-six marques.

Et puis, s'il lui était inconnu, son anorak de ski rouge, posé sur le dossier de son tabouret, avait quelque chose de familier. Elle possédait exactement le même, logo compris.

— Vous travaillez ici, dit-elle, éprouvant un ridicule soulagement à l'idée d'avoir trouvé un compagnon d'armes, de son âge environ.

— Depuis trois jours, oui.

Il portait son anorak, mais avait échangé fuseau et chaussures de ski contre jean et confortables chaussures de jogging.

— Moi aussi. Ecole de ski, mais depuis sept ans.

— J'ai donc choisi le bon bar.

Elle eut un peu de mal à suivre sa logique.

— Tout dépend de ce que vous cherchiez.

— Eh bien, si vous vivez ici depuis sept ans et que vous avez choisi ce bar, ce n'est sûrement pas un piège à touristes.

— Ah, oui, bien sûr ! Le Waterstreet n'est pas assez chic pour la plupart d'entre eux.

— L'endroit me plaît. Les gens ont l'air aimable.

Cependant, il ne regardait pas la foule, mais elle.

Quelque chose passa entre eux. Un courant qu'elle n'avait pas ressenti depuis longtemps, mais qu'elle reconnut tout de suite. Et elle fut choquée par la force de cette attirance et la rapidité avec laquelle elle se produisit.

— Vous êtes nouveau, et personne ne vous fait visiter le coin ? demanda-t-elle prudemment.

— J'ai fini tard. Après avoir fait une chute, une personne du groupe a perdu connaissance en haut de la piste, et la redescente a pris trois quarts d'heure. Un collègue, Everard…

— Je le connais, un type sympa, coupa-t-elle.

Elle s'occupait avec lui du groupe des adolescents.

— Il l'est. Il a accompagné le reste de mon groupe jusqu'en bas. Le temps que nous arrivions, tout le monde était parti, et il était pressé de rentrer chez lui où sa femme l'attendait. Ma cliente a voulu m'emmener prendre un verre, nous en avions bien besoin, mais le bar ne me plaisait pas. Alors, quand elle est… euh… partie, j'en ai cherché un autre.

— Et vous l'avez trouvé.

— C'est ça.

De nouveau, ce courant entre eux qui lui coupait le souffle. Effet de son imagination ? Elle en doutait. Il ne semblait pas pressé de rompre le silence, chargé, à vrai dire, de sous-entendus. Il but une gorgée de sa bière et fixa sur elle, par-dessus son verre, ses yeux très noirs.

Tout cela allait beaucoup trop vite. Jamais elle ne s'était conduite ainsi. Sa dernière relation amoureuse remontait à trois ans, et elle avait duré deux mois. Avant… Comment ? Encore deux ans ? Etait-il possible qu'elle n'ait eu que deux petits amis en cinq ans ? Deux petits amis plutôt insipides, et les relations insipides ne mènent jamais bien loin.

Celui-ci, pourtant…

Quoi ? Tu as déjà décidé que…

Pour commencer, elle ne savait rien de lui.

A moins qu'elle en sache trop. Il exerçait le même métier qu'elle, était nouveau en ville et seul dans un bar, un soir de réveillon. Désirait-elle vraiment un flirt avec un moniteur de ski ?

Et pourquoi pas ?

— Elle est… partie ? répéta-t-elle.

Il haussa les épaules tout en lui adressant un sourire d'excuse.

— Disons qu'elle avait envie de davantage qu'un verre avec moi.

— Est-ce qu'il vous arrive de…

— Elle était mignonne, mais non. Jamais avec des clients.

En quelques mots, ils s'en étaient beaucoup dit. Elle avait appris qu'il aurait pu avoir une aventure avec une jolie femme, mais qu'il l'avait repoussée au nom de ses principes.

S'il n'avait pas été si strict, il aurait pu avoir une nouvelle femme dans son lit tous les soirs. Car il était mignon. Cependant, loin d'être désireux de ramener une conquête chez lui, il avait simplement accepté d'aller boire un verre avec une cliente qui venait de vivre une expérience pénible.

— Vous ? reprit-il.

Il avait baissé la voix, créant un bulle d'intimité autour d'eux.

Elle secoua la tête. Elle non plus ne sortait pas avec les clients. Cette attitude ne pouvait engendrer que des catastrophes. Et elle n'était jamais sortie non plus avec un collègue. Ce genre de complication pouvait se révéler encore pire.

Alors, pourquoi est-ce que je l'envisage ? Je ne connais même pas son nom.

— A propos, je m'appelle Mac, dit-il comme s'il avait lu dans ses pensées. Mac Wheeler.

— Lee Cherry.

— J'ai vu votre nom sur le tableau d'affichage de l'école de ski. Nous avons dû assister ensemble aux réunions préparatoires des deux derniers jours, mais je ne me rappelle pas vous avoir vue.

— C'est une grande école.

— Je cherche encore mes marques. Une nouvelle ville. Retour au monitorat. Je n'ai pas enseigné depuis un certain temps.

— Ah bon ?

— Dernièrement, j'ai travaillé dans l'administration d'une station que je ne nommerai pas pour le moment.

— Ah…

Elle ne demandait pas d'explication, mais il lui en fournit néanmoins une.

— J'étais en conflit avec le patron à cause d'un problème personnel, et j'ai jeté le gant au mauvais moment. Mais je ne regrette rien.

— « Jeté le gant »… c'est ainsi que vous vous exprimez ?

— Je suis en train de lire un très, très, long roman de chevalerie, et le vocabulaire commence à m'imprégner ! J'ai démissionné, si vous préférez, et rien d'autre ne se présentait pour moi à Sn… Je vous dirai le nom quand nous nous connaîtrons mieux.

— D'accord, *si* nous nous connaissons mieux, dit-elle d'un ton détaché, peu désireuse d'encourager ses suppositions.

Même si ses suppositions sont correctes…

Il lui adressa un lent sourire.

— Si ?

Puis il n'y eut plus rien de lent chez lui.

Trois heures plus tard, ils étaient toujours au bar. Un record, pour elle. La suite des événements paraissait évidente, mais ils n'étaient pas pressés. Ils partagèrent une autre assiette d'ailes de poulet grillées accompagnées de frites et prirent une seconde bière avant de passer au soda.

Il se trouvait qu'il venait de Cœur d'Alene, dans l'Idaho. Sa mère était enseignante, son père travaillait dans l'administration. Il avait une sœur restée là-bas, mariée, avec deux enfants.

Elle lui exposa de façon succincte les éléments principaux de son histoire. Des parents, deux sœurs. Originaire de l'autre bout du pays, mais beaucoup de similitudes entre eux, malgré tout. Tous deux étaient nés dans une région montagneuse, avaient grandi dans des villes offrant des vues spectaculaires sur des lacs et des sommets. Tous deux skiaient depuis l'enfance et avaient fait de leur passion pour ce sport leur métier.

— Est-ce que ce serait déplacé de vous demander ce qui vous est arrivé ? demanda-t-il soudain en désignant son cou.

— Pas du tout. C'est un accident en cuisine. De l'huile bouillante, il y a presque onze ans.

Il hocha la tête.

— Il me semblait bien qu'il s'agissait d'une brûlure. Vous avez dû terriblement souffrir.

— On me donnait des médicaments efficaces.

Il hocha la tête, et ils passèrent à autre chose.

Ils parlèrent longtemps, détendus en apparence, même si ni l'un ni l'autre n'était dupe de ce qui se jouait en dessous de cette conversation à bâtons rompus. La façon dont l'épaule de Mac frôlait la sienne quand il tendait la main vers son verre, celle dont elle s'abandonnait au contact au lieu de s'écarter.

Les sourires sensuels lui donnant l'impression d'être une enfant devant un arbre de Noël.

Le brouhaha du bar s'évanouissait dans le lointain. En réalité, plus il se faisait bruyant, et plus, obligés de se pencher davantage l'un vers l'autre pour parler, ils semblaient enfermés dans leur petit cocon. Ils étaient à l'aise ensemble, ils l'avaient tout de suite été.

Ce fut lui qui murmura finalement, à quelques centimètres de ses lèvres :

— On y va ?

— Allons-y.

— Mais où ? demanda-t-il tandis qu'ils se faufilaient entre les tables bondées.

Il restait derrière elle, sans la toucher pour signaler à tous sa bonne fortune comme elle avait vu tant d'hommes le faire dans ce bar. Discrétion qu'elle apprécia.

— Chez moi ? proposa-t-elle, une fois dehors.

Il acquiesça.

— Ce sera mieux que chez moi. Je n'ai pas de meubles décents. Je dors sur le canapé d'un ami.

— Tu t'es vraiment installé ici en catastrophe.

— Je déteste les accusations injustifiées, déclara-t-il d'un ton acerbe.

— Oui ?

— Mon patron était persuadé que je courais après sa femme, ce qui était faux.

— Et elle, qu'en pensait-elle ?

— Elle lui a confirmé que je ne lui avais jamais fait d'avances, mais après qu'il a essayé de me frapper. Alors, pour moi, c'était trop tard. Il boit beaucoup, et est très nerveux. Il n'aurait jamais laissé tomber et m'aurait épié à tout moment. Il valait mieux pour tout le monde que je disparaisse.

— Mais cette histoire a fichu ta vie en l'air.

— Je la remettrai sur ses rails.

Il paraissait confiant, et elle le croyait. C'était le genre d'homme de qui se dégageait une impression de force et de sérénité.

C'est peut-être pourquoi…

Pourquoi elle invitait un quasi-inconnu chez elle sans éprouver la moindre appréhension. Et pourquoi, en premier lieu, elle désirait sa présence.

La neige crissait sous la semelle de leurs chaussures.

— Dis donc, tu habites les beaux quartiers ! fit-il remarquer quand il prit note de la direction dans laquelle elle l'entraînait.

A un moment, ils passèrent un virage et le chalet des Narman apparut, magnifique et tout illuminé.

Il s'arrêta net.

— C'est là ?

— Oui, mais…

Il la considéra, interdit.

— Je croyais que tu étais monitrice.

— Je le suis. J'habite ici, mais ce n'est pas ma maison. Evidemment que non ! Je n'aurais même pas l'idée d'en posséder une pareille. Je fais office de gardienne, en quelque sorte.

— De gardienne ?

— Mais oui. Je m'occupe de la maison en l'absence des propriétaires, j'appelle pour le ménage, les réparations. Je suis femme à tout faire, en quelque sorte. En échange, je dispose d'un petit appartement au rez-de-chaussée, et les bruits de tuyauterie n'ont plus de secrets pour moi, et ce sera bientôt ton tour.

Elle lui adressa un sourire enjoué.

Il éclata de rire.

— Lee, je t'adore !

3

A l'étage, la fête des Narman battait son plein. Ils contournèrent discrètement la maison pour gagner la porte de son appartement. De chaque côté de l'entrée qu'elle avait dû déblayer trois jours plus tôt, la neige formaient des murs d'un blanc bleuté luisant doucement dans la pénombre. Personne ne les remarqua. Les tentures étaient ouvertes, mais la joyeuse bande était trop occupée pour prêter attention à ce qui se passait au-dehors.

— Est-ce toi qui dois nettoyer ensuite ? s'enquit Mac en attendant qu'elle trouve sa clé.

— Pas personnellement. Mais je me chargerai de faire venir une équipe de nettoyage demain matin, à la première heure. Cette réception n'était pas prévue, malheureusement.

— Tu ne vas pas avoir de difficulté à trouver quelqu'un ? Demain est un jour férié.

— J'ai des accords avec des agences locales. Nettoyage, traiteurs, réparateurs, épicerie. Ils connaissent la routine, et les Narman paient bien. Et puis ce genre de grande réception ne se déroule qu'une ou deux fois par an.

Elle avait ouvert la porte. Il la suivit dans l'appartement, et, soudain, la réalité la frappa.

Elle se trouvait dans son espace privé, avec un homme dont elle ignorait tout quand elle avait quitté son nid douillet, quatre heures plus tôt. A cette idée, elle éprouva un moment de panique. Et puis elle ne savait que faire quoi dire.

Elle se retourna, sur le point de bafouiller n'importe quelle excuse pour lui demander de partir, mais quand elle le vit, les mains dans les poches de son anorak rouge pareil au sien, elle se sentit gagnée par un grand calme. Loin de se jeter sur elle, il examinait tranquillement les lieux, ses étagères de livres, sa cuisine bien nette, avec pour seul luxe, une coûteuse machine à expresso.

— Je comprends pourquoi tu vis seule, dit-il. Il n'y a pas de place pour deux.

— Ça me convient. Je passe mes journées sur les pentes, et c'est agréable d'avoir un terrier bien chaud où se réfugier le soir.

— Je suppose. Tu ne te sens pas seule ?

— Non. J'aime la solitude. Et toi ?

— J'ai beaucoup vécu en colocation, avec des gars assez convenables même s'ils n'étaient pas des accros du ménage. J'aimerais bien trouver un arrangement comme le tien.

— Ce genre de gars existe vraiment ?

Il éclata de rire, puis son regard tomba sur la porte ouverte de sa chambre qui laissait apercevoir un grand lit recouvert d'une couette moelleuse et d'oreillers aux vives couleurs. Détestant dormir dans une chambre chauffée, elle fermait le chauffage le soir et se réjouissait de se blottir sous une couette vaporeuse.

Peut-être pas ce soir. Ce soir, la couette tomberait à terre et ils auraient besoin de la chaleur des radiateurs…

Il se tourna vers elle.

— Jolie machine à expresso, dit-il.

— Elle fait du délicieux café.

— Tu m'en préparerais une tasse ?

— Bien sûr. Aide-moi.

Elle aimait qu'il partage sa nervosité et cherche à détendre l'atmosphère en prenant son temps. Il la suivit dans la cuisine.

— Que veux-tu que je fasse ?

— Que tu choisisses les tasses. Sur l'étagère du haut, ou suspendues aux crochets.

— Tu ne me fais pas confiance pour la partie technique ?

— C'est plus pratique d'être seul pour s'en occuper.

Elle s'affairait, le dos tourné, et entendait le cliquetis des tasses.

— Tu as trop de tasses pour une cuisine aussi petite, fit-il observer.

— J'en suis fan. Je traque les jolies, originales, idiotes.

Bien sûr qu'elle en avait trop. Elle en possédait au bas mot une soixantaine, qui naturellement prenait beaucoup de place.

En se retournant, elle s'aperçut qu'il en avait choisi deux d'une série qu'elle aimait tout particulièrement.

— Elles sont sympas, dit-il. Ce sont des couvertures de romans ?

— Dessins originaux des Penguin Classics poches.

— Pourquoi pas celles-ci ? suggéra-t-il en examinant une tasse violet et blanc ornée d'une reproduction de la couverture d'*Une chambre à soi* de Virginia Woolf et une vert et blanc reproduisant la couverture d'*Un cadavre dans la bibliothèque* d'Agatha Christie.

— J'en ai d'autres. *Orgueil et Préjugés. Les Grandes Espérances.* Malheureusement, ma collection n'est pas complète.

— Ainsi tu n'as pas besoin de lire les romans, il te suffit d'acheter les tasses.

— Je n'achète que celles dont j'ai lu le roman !

— C'est la règle ? On ne peut pas boire dans une tasse sans avoir lu le roman ?

Elle sourit.

— Exactement.

En réalité, ce n'était pas vraiment un principe, juste une idée amusante.

— Je suis très stricte avec mes invités sur ce chapitre, ajouta-t-elle.

— Dans ce cas, je vais en choisir une autre. J'espère avoir de la chance et ne pas être obligé de boire dans…

Il examina les différentes possibilités.

— Un panier de chatons, ou bien celle avec une grenouille

au fond, tandis que toi, avec tes grands airs d'intellectuelle, tu boiras dans Virginia Woolf… Ah ! Très bien, ça. Je prends !

Et il posa sur le comptoir une tasse orange et blanc affichant *1984* de George Orwell.

A l'étage au-dessus, quelqu'un changea la musique, et les bruits de pas ralentirent. Mac et elle se faisaient face en attendant que le café passe. Il posa une main sur la cicatrice de son épaule.

— Ça t'ennuie que je te touche ici ?

— Plus maintenant. J'y suis habituée.

Il hocha la tête, sa main posée, légère, sur son épaule. Elle attendit plus, mais rien ne vint. Elle appréciait qu'il ait abordé le sujet au lieu de feindre de ne rien remarquer, et qu'il reste sobre, sans manifestations exagérées de sympathie.

— On est bien, dit-il. Tu ne trouves pas ?

Il n'eut pas besoin de préciser à quoi il faisait allusion pour qu'elle comprenne. Tout était simple entre eux. La conversation, leur proximité, le naturel avec lequel ils abordaient une situation qui aurait pu être gênante, le fait qu'ils ne se sentent pas obligés de remplir à tout prix les silences, le sens de l'humour de Mac choisissant une tasse ornée de la couverture d'un livre qu'il avait lu.

— Oui, répondit-elle.

Quelque chose vibra dans l'air entre eux. Ils étaient si proches à présent que leurs cuisses se touchaient, et si elle s'était penchée, elle se serait appuyée contre son torse.

Elle en avait très envie, mais pour des gens qui s'étaient rencontrés quatre heures plus tôt, il ne fallait pas précipiter les choses. Il posa son pouce sur ses lèvres, se pencha et les effleura d'un baiser.

— Charmant, murmura-t-il. Nous allons passer des moments très sympathiques.

Elle apprécia qu'il ne promette pas de lui décrocher la lune. En remerciement de sa simplicité, elle lui rendit un baiser plus appuyé, plus tendre, avant de s'écarter.

Il sourit avec une sorte de soulagement. Soulagement qu'elle partageait.

Bon, jusqu'ici, pas de fausse note. Restons prudents, et voyons si nous réussissons à poursuivre dans ce registre. Ou même à améliorer la performance.

— Le café est prêt, annonça-t-elle.

— Goûtons-le, dans ce cas.

Il poussa vers elle Virginia Woolf et George Orwell. Elle passa les tasses à l'eau chaude puis les remplit du riche et sombre breuvage.

Ils restèrent debout, adossés au comptoir, pour boire leur café, un bras de Mac passé sur ses épaules, le sien autour de sa taille.

— Il est excellent, dit Mac.

— Je ne dois pas trop en boire, sous peine de rester éveillée une partie de la nuit.

— Cette idée n'est pas pour me déplaire.

— Ça rend l'expérience plus intéressante.

— Tu as de la mousse sur la lèvre, fit-il observer, leurs cafés presque terminés.

— Oh…

Elle l'essuya d'un revers de la main.

— C'était à moi de te l'ôter avec la langue, dit-il, taquin.

— En réalité, je n'avais pas du tout de mousse sur les lèvres !

— Si, mais malheureusement, tu l'as essuyée.

— Tu sais, tu n'as pas besoin de prétexte pour m'embrasser…

— Remarque pertinente.

Il reposa sa tasse vide, lui ôta la sienne des mains et la posa. Puis il s'écarta du comptoir et la prit dans ses bras.

Ils auraient pu s'embrasser durant… des heures. Elle se sentait devenir toute molle, chaque cellule de son corps éveillée à la sensualité.

Elle n'avait jamais expérimenté pareil baiser. Aussi passionné, aussi érotique, aussi parfait. C'était une expérience à laquelle tout le corps participait. On sentait que Mac n'était pas plus pressé qu'elle de parvenir à ses fins. Après tout, peut-être qu'on n'avait rien inventé au-delà du baiser. Peut-être que le baiser était une fin en soi, l'apogée du plaisir.

Ou peut-être pas.

Finalement, il lâcha ses lèvres.

— On dirait qu'ils se sont calmés, là-haut, dit-il.

Elle écouta, par-delà les battements sourds de son cœur. On n'entendait plus de musique, plus de cris, ni de rires. Seuls quelques bruits de pas qui allaient et venaient, et des voix assourdies.

— Je croyais que la fête allait durer plus longtemps, dit-elle d'une voix un peu enrouée. Quelle heure est-il ?

Par-dessus son épaule, Mac regarda l'heure à l'horloge du micro-ondes.

— Minuit. Enfin, minuit vingt.

Sa voix elle aussi était rauque, comme si s'embrasser trop longtemps avait mis à rude épreuve leurs cordes vocales.

Elle tenta de rassembler ses idées.

— Demain, c'est Noël. Sans doute que les parents vont déposer les cadeaux sous le sapin pour que les enfants les découvrent à l'aube.

— C'est aujourd'hui Noël, rectifia-t-il.

— Il est minuit passé. Tu as raison.

Il lui sourit.

— Alors, joyeux tout !

— Comment ?

— A vrai dire, comme à l'instant, même Noël n'est pas ma préoccupation première, je laisse la porte ouverte à toutes les choses joyeuses qui, je l'espère, vont arriver bientôt.

— Eh bien, joyeux tout à toi aussi !

— Jusqu'ici, c'est plutôt réussi.

Il appuya sa joue contre la sienne, puis tournant la tête, l'embrassa sur les lèvres.

— Tu as la meilleure bouche… et le meilleur corps que je connaisse, chuchota-t-il.

— Tu n'es pas mal non plus.

— Comme tu y vas ! Je te fais un supercompliment et tu me réponds que je ne suis pas mal ?

— Ce n'est pas une compétition, répliqua-t-elle d'un ton léger.

— Et pourtant, j'aimerais beaucoup gagner.

Elle sentit son souffle chaud sur son oreille.

— Moi aussi.

— Je vais te retirer ton haut.

— Pas si je le retire d'abord.

— Tu aimes gagner, mais cette fois, tu en seras pour tes frais !

La prenant par surprise, d'un geste habile, il fit passer son haut par-dessus sa tête. Quand, au passage, il effleura les formes généreuses de ses seins déjà sensibilisés, elle tressaillit et oublia de résister. Comment un simple frôlement pouvait-il être aussi excitant ?

Il chercha la fermeture de son soutien-gorge tout en masquant sa maladresse sous des caresses. Mais les agrafes refusaient obstinément de coopérer.

— Je vais gagner ! s'écria-t-elle parce qu'elle connaissait les bizarreries du sous-vêtement et savait les vaincre.

Quelques secondes plus tard, les bretelles glissaient le long de ses épaules, et il prenait fébrilement ses seins nus dans ses paumes.

— Délicieux, murmura-t-il.

Il les caressa un moment avant de se pencher et de prendre une pointe entre ses lèvres. Elle sentit une décharge de plaisir faire palpiter son sexe.

Il y avait quelque chose d'intensément érotique dans le fait d'être nue jusqu'à la taille tandis qu'il était habillé. Mais au bout d'un moment, bouillant d'impatience, elle lui arracha son T-shirt avec presque autant d'habilité que celle dont il avait fait preuve pour lui ôter son haut. Son torse était chaud et doux, et quand elle y pressa ses seins, elle ne put étouffer le gémissement qui monta du plus profond d'elle.

— Le lit ? demanda-t-il.

— Oui.

Ils gagnèrent la chambre en se débarrassant en chemin du reste de leurs vêtements. La lumière n'était pas allumée, mais celle provenant de la salle de séjour jetait une lueur dorée dans la pièce. On n'y voyait pas assez, en tout cas, pour déceler une éventuelle expression d'inquiétude sur le visage de l'autre.

Parce qu'à bien y regarder, l'aventure avait un petit côté angoissant.

— Maintenant, murmura-t-il.

Elle se glissa tout contre lui. Il la prit par la taille, caressa doucement ses fesses, puis ses cuisses, et, les yeux fermés, elle demeura un long moment immobile, grisée par l'odeur virile de sa peau, le contact de son corps nu contre le sien, de ses lèvres dans son cou, sur son épaule et sur la rondeur du sein.

C'était beau. Le seul mot qui lui venait pour décrire la scène. Drôle, sincère, et… beau. Ils étaient maintenant allongés sur le lit, lui au-dessus d'elle, soulevé sur ses coudes, lui laissant sentir tout à loisir à quel point il était prêt.

— Dis-moi ce que tu veux, demanda-t-il doucement.

— Rien de très original, répondit-elle, essayant de plaisanter.

— Non ?

Il déposa de petits baisers au coin de ses lèvres.

— Pourquoi ? Tu veux, toi ?

Qu'aimes-tu, Mac ?

— Rien de trop original non plus. Laissons-nous une marge pour progresser.

— Nous pourrions commencer un peu fort, même sans fantaisie.

— Nous pourrions.

Ils se sourirent dans la lumière tamisée. Le poids de son corps qu'elle accueillait entre ses cuisses écartées, la musculature de son torse serré contre sa poitrine, tout cela était si bon qu'il n'était pas nécessaire de faire preuve d'inventivité.

Non, pas besoin d'accessoires, de jeux de rôle, ni de positions acrobatiques. Pas ce soir, en tout cas. Pas pour la première fois.

Car il y aurait d'autres fois, elle le pressentait, et il semblait le savoir aussi.

Il la fit basculer de manière à ce qu'elle se retrouve sur lui. Elle se cambra pour lui offrir ses seins, et il leur porta une grande attention, les caressant, les titillant des lèvres et de la langue. Il porta d'ailleurs une grande attention à tout son corps et lui fit découvrir des endroits qu'elle n'aurait jamais jugés érotiques auparavant.

Quand il la pénétra, elle était toute mouillée, et la sensation de son sexe glissant en elle lui arracha un cri de plaisir. Mais soudain, il se retira en jurant sourdement.

— Nous n'avons rien oublié ? grommela-t-il.

Elle se mordit la lèvre, comprenant où il voulait en venir.

— J'ai quelques préservatifs.

— Tant mieux, parce que moi, non.

— J'espère qu'ils ne sont pas périmés.

— Moi aussi. Encore que, ajouta-t-il après quelques instants, je suis content qu'il y ait une possibilité qu'ils le soient.

— Comment ?

Elle s'étirait pour atteindre la table de nuit, mais il la ramena contre lui.

— Tu es content qu'ils soient peut-être inutilisables ?

— Oui. Parce que euh…

Il hésita.

— Oh ! écoute, reprit-il, j'espère que tu ne vas pas me trouver vieux jeu. Je suis content que tu ne sois pas coutumière des aventures d'un soir. Est-ce que je peux me permettre de le dire ?

— Bien sûr, puisque c'est la vérité.

— Nous entrons donc dans le domaine du sexe pur et de la sincérité ?

— Ça me convient.

— Très bien, acquiesça-t-il d'une voix bourrue.

— De mon côté, je peux donc dire que je suis heureuse que tu n'emportes pas de préservatifs partout où tu vas ?

— Je n'en ai pas eu besoin depuis… six mois.

Il réfléchit et précisa :

— Non, plus longtemps.

— C'est bon à savoir.

Ils restèrent allongés un moment sans bouger.

— Encore que cette discussion semble avoir cassé l'ambiance, reprit-elle.

— Rien ne peut casser l'ambiance, affirma-t-il.

— Rien ?

— Puisque je te le dis ! Tu les trouves ?

Elle les trouva au fond d'un tiroir. Et ils n'étaient pas périmés, à une semaine près.

— Tu vois ? dit-il quand elle le lui apprit.

— Je vois quoi ?

— Que tous les deux, c'était écrit.

— Maintenant que tu le dis…

L'intermède n'avait pas tout gâché, il avait juste modifié leur humeur. Et, finalement, le baiser si passionné et si sérieux de la cuisine aboutit à une bataille d'oreillers en règle. Draps et couette valsèrent, les oreillers se retrouvèrent à terre, et quand ils se laissèrent retomber sur le lit, ils étaient hors d'haleine tant ils avaient ri et chahuté.

Puis, encore une fois, il se retrouva sur elle, la fixant de son regard noir si intense, son sexe en érection cette fois prudemment gainé d'un préservatif. Elle le contempla un moment, repoussa d'une caresse les mèches de cheveux bruns qui tombaient sur son front, traça de l'index les contours de ses lèvres entrouvertes, et l'observa tandis qu'il s'allongeait sur elle, la pénétrait et allait et venait en elle dans un rythme terriblement excitant.

Ils ne se quittèrent pas des yeux. Elle ignorait jusque-là que se regarder puisse être une expérience si intime. Elle agrippa son dos, arrima ses jambes à ses hanches, comme si le fil tendu entre leurs regards risquait de se briser si elle ne s'accrochait pas très fort à lui. Elle vit monter son plaisir sur son visage, mais même à ce moment, ils ne détournèrent pas le regard.

Il se pinça les lèvres, ferma les yeux une fraction de seconde, ses cils sombres ombrant sa joue, et la vague du plaisir de Mac rencontra sa propre jouissance. Elle cria et gémit contre sa bouche qui vint s'écraser sur la sienne.

Le silence retomba sur eux. Elle demeurait immobile sous le poids de son corps qu'elle tenait toujours entre ses bras et ses jambes. Au bout d'un moment, il bascula sur le côté comme s'il avait deviné qu'il commençait à devenir trop lourd.

Il la toucha légèrement, presque méthodiquement, comme pour vérifier qu'elle était bien là, tout entière, prenant ses seins dans ses mains, l'un après l'autre, dessinant des chemins le long de ses flancs, passant sa main sur son ventre plat, sa paume s'attardant sur son sexe gonflé et encore sensible.

— Nous avons vécu quatre saisons en une journée, tu ne crois pas ? dit-il doucement. C'est comme le climat des montagnes.

— Un peu, oui. En quelle saison sommes-nous ? demanda-t-elle en s'étirant contre lui.

— En été, répondit-il sans hésiter. Le soleil nous chauffe la peau. On se sent las et heureux.

— Mmm, j'aime l'été. Et l'hiver.

— J'aime toutes les saisons.

— Moi aussi. J'aime le moment où le temps change. La première neige, la première approche de l'automne, ce n'est qu'un frémissement, mais il annonce un réel bouleversement.

— Oui. Quand on sent ce frémissement dans l'air et qu'on sait que ce n'est qu'un début.

Parlait-il des saisons ? Elle n'en était plus très sûre.

Délibérément, elle revint à des détails plus concrets, qui ne laissaient nulle place à l'ambiguïté.

— J'aime la fonte des neiges qui gonfle torrents et rivières.

— J'aime une bonne gelée qui fait tomber les feuilles en une nuit.

— Et marcher à travers ces tas d'or quand l'air sent la tourbe et l'air frais.

— Tu es une vraie fille d'extérieur.

— Oui.

— J'aime les sportives.

Ils bavardèrent encore un moment avant de sombrer dans le sommeil.

4

Ceci était le jour un.

Noël occupa la majeure partie du deuxième jour.

Elle s'éveilla tôt le matin et entendit Mac qui, dans la cuisine, parlait d'une voix feutrée en téléphonant à sa famille dans l'Idaho.

— Allez, frangine, je sais que tu es debout à cause des enfants, l'entendit-elle dire.

A l'étage, les Narman et leurs invités étaient également debout, et elle devait monter les voir pour savoir ce qu'ils envisageaient de commander chez le traiteur pour les prochains jours. Elle appela d'abord l'agence de nettoyage afin de s'entendre confirmer leur disponibilité et leur demanda de venir à 8 heures du matin. Il n'était que 6 heures et demie, mais le patron fut content d'avoir de ses nouvelles. Une intervention un matin de Noël valait son pesant d'or.

Après une douche rapide, elle s'habilla prestement. Mac était toujours au téléphone.

— Je monte, articula-t-elle silencieusement en désignant le plafond.

Il hocha la tête.

Les Narman furent enchantés d'apprendre que l'équipe de nettoyage serait là sous peu. La plupart des invités étaient encore au lit, mais deux couples de parents en pyjama et robe de chambre, les yeux rouges de sommeil, regardaient leur progéniture défaire, excités, leurs paquets cadeaux.

Grâce aux courses qu'elle avait faites, ils n'avaient pas besoin des services du traiteur aujourd'hui, lui apprirent les Narman, et ils avaient prévu de dîner à l'extérieur le soir même.

Ils discutèrent encore de quelques détails. Ils voulaient un dîner pour vingt personnes dans la semaine, et la vitre de la douche d'une salle de bains avait été cassée. Pourrait-elle s'arranger pour la faire remplacer ? Ensuite, Lee réunit bouteilles, boîtes et cartons de pizza vides et remplit quatre sacs.

Elle emportait le dernier dans le local à poubelles quand M. Narman vint la trouver pour lui présenter une liste de huit autres *petits détails* requérant son attention. Encore des courses, des réparations, des réservations dans différents restaurants.

— C'est toujours ainsi quand ils sont là ? s'enquit Mac lorsqu'elle lui expliqua qu'elle en aurait pour une bonne partie de la journée, et qu'ensuite elle avait prévu de dîner avec ses amis.

— En gros, oui. Mais ils sont courtois, et l'arrangement est avantageux pour moi. C'est très confortable, et en leur absence, je profite de leur luxe.

— Ah bon ?

Elle sourit.

— Oui. Je peux me prélasser devant un bon feu de cheminée ou boire du champagne dans le Jacuzzi.

Elle ôta ses boots et s'étira en prévision des coups de téléphone qu'elle allait devoir passer.

— Tu as été chat dans une vie précédente, dit-il. Je le vois à la façon dont tu t'étires et ronronnes. Sans compter que tu essaies discrètement de te débarrasser de moi parce que j'envahis ton espace.

— Comment ?

Ce n'est pas impossible.

Il lui souriait, appuyé d'un coude au chambranle de la porte. Il ne semblait pas du tout fâché.

— Pas de problème, ajouta-t-il. J'ai aussi de quoi m'occuper.

— Ecoute… je ne te mets pas dehors.

Elle se sentait confuse qu'il ait pu lire aussi facilement en elle.

— Pas de problème, je te dis.

Et ce devait être vrai, car il continuait de sourire.

— C'était…

Elle chercha ses mots. Ainsi, elle était un chat. Aimait-il les chats ?

— J'ai adoré la soirée, la nuit, dormir auprès de toi et que tu sois toujours là ce matin, dit-elle. C'était très agréable, vraiment.

— Tout va bien, dit-il patiemment.

— J'ai envie de te revoir, lâcha-t-elle.

Puis elle se mordit la lèvre, craignant d'en avoir trop dit. C'était à cause de lui aussi ! Gênée qu'il mette le doigt sur son besoin d'indépendance, elle avait cru bon de se montrer honnête.

Elle aurait été mieux inspirée de se taire.

Il sourit.

— Moi aussi. On peut décider tout de suite quand, si tu veux. Ou bien, si tu ne sais pas quand tu repasseras de l'état félin à l'état humain, nous verrons plus tard.

— Décidons maintenant. Je ne me sens déjà plus tellement chat.

— Ah, c'est un aveu ?

Il s'approcha brusquement et la prit dans ses bras. Les mains au creux de ses reins, il la fit aller d'un côté et de l'autre.

— Je le savais ! Je savais que tu étais un chat !

— Est-ce que… tu les aimes ?

— Qui ça ?

— Les chats.

— Bien sûr, répondit-il doucement. Ils sont doux au toucher et, si tu les traites bien, ils ronronnent pour toi.

Il la caressa sous le menton, et elle faillit bien ronronner ! Elle avait envie de fermer les yeux, de se frotter contre lui, de s'enrouler sur elle-même et de s'endormir.

Elle rouvrit les yeux et s'aperçut qu'il la regardait avec attention.

— Et puis leurs yeux se dilatent quand quelque chose d'excitant se présente.

— Les tiens aussi, chuchota-t-elle.

Ils devenaient très grands et très sombres.

— De plus, ce sont d'extraordinaires athlètes. Minces et agiles, ils se déplacent avec une souplesse phénoménale. Et ils savent tirer parti de leur corps. J'ai toujours aimé cette qualité chez… les chats.

Il parlait d'elle, pas du tout des chats, et son esprit se mit à vagabonder. Elle l'imaginait descendant sans effort dans la poudreuse, les épaules perpendiculaires à la pente, ses jambes musclées agissant comme des ressorts.

— Allons skier ensemble, dit-elle soudain. Est-ce que ça peut faire partie de nos projets ?

— Et parfois, ils sont juste désopilants.

— Que…

— Lee ! Je me livre à une véritable entreprise de séduction, et tu me parles de dévaler les pentes.

— Non, je…

Et voilà, j'ai tout ruiné. Bien sûr qu'il cherche à me séduire.

— Nous avons le temps, insinua-t-il d'une voix de velours.

— Tu crois ?

— Oui, en faisant vite et simple. Je mets ma montre à sonner.

— Combien de temps ? demanda-t-elle en riant.

— Dix minutes. Un quart d'heure si on compte le temps de remettre nos chaussures.

— Tu es sérieux ?

— Absolument !

Ils se déshabillèrent en riant comme des fous, tombèrent sur le lit et firent l'amour de la façon la plus dépourvue d'artifices qui soit.

Et c'était bon. Rapide, mais plein de passion. Délicieux. Elle savait qu'en y repensant, ils en riraient, mais la vérité était qu'on pouvait faire l'amour vite et bien.

L'alarme de la montre de Mac se déclencha alors qu'il tendait la main vers ses chaussettes.

— Nous n'avons pas eu le temps d'enfiler nos chaussures ! s'exclama-t-il.

— Presque.

— Presque, ce n'est pas suffisant. Il faudra nous améliorer.

— Pour la rapidité, ou…

— Tu n'as pas aimé ?

— Si.

— Je le sais, déclara-t-il d'une voix sensuelle.

Oh ! oui, elle avait aimé ! Il ne pouvait se remémorer les instants passés avec elle sans se sentir transporté de joie. Et il ne cessait d'y penser.

A quoi bon se raconter des histoires ? Il était heureux, voilà tout. Lee était une femme qui faisait battre son cœur. Franche, directe, incapable de chantage affectif.

Il ne faisait jamais de promesse qu'il n'envisageait pas de tenir. Ce qui signifiait, la plupart du temps, qu'il ne faisait pas de promesse du tout. Mieux valait être sain et sauf que désolé. Et Lee semblait avoir adopté la même philosophie.

A vrai dire, il ne s'était pas installé à Aspen avec l'idée de se lier sur-le-champ, et il était un peu surpris de ce qui se passait. Ainsi, il avait couché avec une femme, et tout semblait bien se passer.

Parfait.

Malgré tout, il demeurait méfiant, parce que même l'aventure la plus décontractée en apparence pouvait réserver de mauvaises surprises si l'on n'y prenait garde…

Lors du dîner, Lee ne parla pas de Mac à ses amis, mais elle le vit ensuite tous les jours de la semaine. Il avait trouvé un petit appartement à environ une demi-heure, plus bas dans la vallée, mais il lui annonça qu'elle ne le verrait que quand il l'aurait un peu aménagé. Ils se retrouvaient donc toujours chez elle. Il téléchargea et lut *Une chambre à soi* sur son iPad, ce qui lui permit d'utiliser une tasse supplémentaire de sa collection. Elle lui dit qu'il était idiot, et cela devint une plaisanterie récurrente entre eux.

Les Narman partirent le lendemain du nouvel an, ce qui donna à Lee beaucoup de travail, entre son emploi d'enseignante à temps plein et la remise en état de la maison. Elle s'y consacra jusqu'à 11 heures passées ce soir-là, et il lui restait encore à faire le lendemain. C'était seulement quand les Narman étaient en résidence qu'elle avait recours à l'agence de nettoyage. En leur absence, elle préférait faire le ménage elle-même ; ainsi, elle était sûre du résultat.

Seul ennui : il ne lui restait plus de temps pour Mac.

Deux jours plus tard, les portes des chambres d'amis refermées, les placards remplis de provisions non périssables et le linge expédié au pressing, elle réussit à passer quelques instants avec lui dans le bureau de l'école de ski.

— Tu sais quoi ? lui dit-elle. Nous avons enfin la maison pour nous tout seuls.

— Toute la maison ?

— Oui. D'habitude, je n'utilise qu'une chambre et une salle de bains, mais ils ne reviennent qu'à la fin du mois. Nous pouvons prendre nos aises.

— J'ai peur de me perdre, dit-il en souriant. C'est tellement grand. Tu crois que nous serons obligés d'envoyer des textos pour nous localiser ?

— Utilisons plutôt un cor des Alpes. Tu sais, ceux qui font deux mètres cinquante de long.

— Ou des talkies-walkies.

— Ou un système d'Interphone des années 1970.

Un moniteur surprit cette dernière phrase.

— C'est drôle, il y en avait un à la maison ! Mes parents s'en servaient pour nous torturer !

Il rit en secouant la tête.

— Il y avait de la musique d'ambiance dans toutes les pièces.

Puis il s'éloigna.

— Heureusement que nous n'abordions pas de sujets plus intimes, murmura Mac à l'oreille de Lee.

— Je suis prête à en parler ce soir, chuchota-t-elle en retour.

— Quand ?

— Quand tu veux.

D'avoir le chalet pour eux les métamorphosa en gosses devant la vitrine d'un magasin de bonbons. Mac alla faire des courses et revint avec du champagne, du saumon fumé, du caviar et d'autres produits de luxe ayant attiré son œil. Lee remplit le Jacuzzi, alluma du feu dans la cheminée, et ils tirèrent les rideaux.

— On peut mettre de la musique ? demanda Mac.

— Vas-y.

Dans la pièce voisine se trouvait un superbe équipement audio. Il mit un CD de compilation de rock dans le lecteur.

— Ça leur est vraiment égal ? demanda-t-il, revenu dans la cuisine.

— En fait, ils m'ont demandé d'occuper la maison pour qu'elle ait l'air habitée. Les lumières de mon appartement ne se voient pas de la route.

— Comment as-tu trouvé ce boulot ?

— Je les ai connus en leur donnant des leçons particulières de ski. J'ai appris qu'ils cherchaient un gardien pour leur chalet, alors que ma colocataire avait envie que son copain emménage avec elle. J'ai sauté sur l'occasion. Il y a plusieurs années de ça maintenant, et l'arrangement me convient toujours.

— Mon plan caviar va très bien te convenir aussi ! dit-il en ouvrant le couvercle du pot. Seule question : mangeons-nous dans le Jacuzzi ou devant le feu ?

— D'expérience, je peux te dire que manger dans le Jacuzzi n'est pas aussi drôle qu'il y paraît. Des débris de nourriture finissent par flotter sur l'eau et se collent à la peau, et le caviar n'est pas mon parfum de lotion hydratante préféré.

Elle sortit d'un sac isotherme une bouteille emperlée de buée.

— En revanche, champagne dans le Jacuzzi…

Ils burent donc leur champagne dans le bain bouillonnant, dans des coupes de plastique destinées à cet usage.

— Les Narman ont la hantise qu'on casse des verres, expliqua-t-elle, se laissant bercer par les jets d'eau écumante.

De l'autre côté de la vaste baignoire, Mac s'étirait également avec délice.

— Je comprends pourquoi ils t'apprécient, dit-il. Tu respectes leurs règles même en leur absence.

— Ce sont des gens gentils, bien qu'ils en fassent un peu trop.

— Pourquoi es-tu si loin ?

— Parce que je dois servir le champagne et que la bouteille est derrière moi !

— Mais maintenant, le champagne est servi, et la distance devient un problème.

— Quoi ? Tu penses qu'il faudrait un cor des Alpes pour communiquer ?

— Je te veux juste près de moi.

Il se redressa et tendit un bras vers elle. Elle vint à lui, toute glissante d'écume, et il referma son bras sur sa taille pour la tenir.

— Tu es belle, Lee…

— Moi ?

Il était exceptionnel qu'on parle d'elle en ces termes. On disait qu'elle avait un visage énergique, un corps d'athlète, de beaux cheveux. Qu'elle possédait un physique intéressant. Parfois, qu'elle était jolie, ce qu'elle savait très exagéré, ses traits étant trop affirmés pour mériter ce qualificatif.

— Oui, toi. Tu es belle, répéta Mac, avec tes yeux qui hésitent entre le bleu et le vert, ton sourire si vivant, ton rire superbe. Et je me souviendrai toujours de tes boucles d'oreilles qui scintillaient sous les lumières quand tu remuais la tête tant tu étais animée, le soir de notre rencontre.

— Vraiment ?

Elle chercha sa bouche et lui vola quelques baisers.

— Franchement, tu m'as fait une grosse impression avec

tes cheveux d'or foncé qui voltigeaient dans tous les sens, et cette expression sur ton visage…

— Et nous avons bavardé comme si nous nous connaissions depuis toujours.

— J'en avais l'impression. Et maintenant, nous nous connaissons vraiment.

Il la prit par les hanches et l'installa sur lui pour qu'elle mesure l'effet qu'elle produisait sur lui.

— Nous nous connaissons vraiment, murmura-t-elle.

Ce qui se produisit ensuite était tout à fait prévisible.

Et, chaque fois, nouveau, différent, extraordinaire.

Ce soir-là, il passa la nuit chez elle, ce qui n'était pas systématique. Au fil des jours, ils apprenaient à sentir les moments où l'un ou l'autre avait besoin d'espace. Il devait aménager son appartement ; quant à elle, elle s'était vu échoir la lourde tâche d'entraîner des skieurs juniors en prévision d'un circuit de compétitions qui devait avoir lieu en Europe en février.

— Février ? répéta Mac quand elle le lui apprit. Quand en février ?

— Nous partons le 3.

— Le 3, et tu me le dis seulement maintenant ?

— Tout le monde en parle, je te croyais au courant.

— Eh bien, non.

— Désolée.

— Pas grave. Combien de temps seras-tu partie ?

— Trois semaines.

— Si longtemps ?

— C'est un gros projet. Une équipe triée sur le volet, un peu plus jeune que d'habitude.

— J'espère que des parents t'accompagnent ?

— Oui, mais je ne m'occupe pas du volet organisation.

— Que devient le chalet dans l'histoire ?

Ils étaient étendus devant le feu, sur une carpette en peau de mouton, et dînaient de crackers et de fromage tout en buvant du vin rouge. Le mois de janvier était bien avancé, et les Narman étaient attendus pour un week-end de trois jours. En se livrant à un rapide calcul, elle fut très surprise de constater que Mac et elle étaient… se voyaient, depuis plus d'un mois.

Ils ne disposaient pas de nom pour qualifier leur relation, ni de date limite. Rien. Peut-être se montraient-ils encore plus prudents qu'au début. Les moments passés ensemble étaient plus intenses et, en même temps, plus détendus. Et quand ils étaient séparés…

Elle s'arrangeait pour avoir de longs moments de solitude, parce que, si elle n'en disposait pas, elle commençait à s'effrayer des idées qui tournaient dans sa tête. Quand on était avec quelqu'un pour de mauvaises raisons, le pire était à craindre.

Pour le moment, elle préféra se concentrer sur la question de Mac.

— Mon amie Alyssa va venir s'y installer. C'est déjà arrivé, et les Narman l'apprécient. Si je laissais tomber, elle me remplacerait, c'est sûr. Elle est un peu plus jeune que moi, vingt-neuf ans, et nous avons des points communs. Nous sommes toutes les deux célibataires et ravies de l'être.

Il ne commenta pas cette déclaration d'indépendance. En y repensant, elle la trouva un peu abrupte, comme une sorte de mise en garde. Si elle avait pu reprendre sa phrase, elle l'aurait adoucie. C'était surtout Alyssa qui n'envisageait pas de renoncer à son célibat.

Personnellement, je ne suis pas de pierre. Sur ce point, nous sommes différentes.

— Où vas-tu aller en Europe ? demanda Mac après quelques instants.

— Val-d'Isère, Chamonix, Sestrières, et encore d'autres endroits.

— Programme plutôt chargé.

— C'est sûr.

— Es-tu impatiente de partir ?

— Oui.

— Tu me manqueras.

— Toi aussi.

Il se redressa et s'appuya sur un coude, menaçant de renverser son verre.

— Tu n'es pas obligée de répéter ce que je dis, tu sais ?

— Ton choix de mots me convient, dit-elle en écartant le verre pour éviter une catastrophe.

— J'essaierai de me montrer plus créatif la prochaine fois, dit-il d'une voix traînante.

— Puisque je te dis que ça me convient.

Elle était distraite par le pli sensuel de ses lèvres.

— Convenir n'est pas assez bon. Je voudrais que tu sois extatique devant mon choix de mots. J'aime gagner, souviens-toi.

A présent, un coin de sa bouche se relevait, appelant le baiser.

— Je me souviens, dit-elle, solennelle. Moi aussi, j'aime gagner.

— Alors, tu devrais essayer de me dépasser. Tu vas me manquer. Je te manquerai cruellement.

A présent, il souriait ouvertement. Elle lui rendit son sourire.

— Tu vas cruellement me manquer, Mac.

Pour tout dire, elle redoutait un peu que ce soit vrai. Il se pencha vers elle.

— C'est mieux. Cruellement, ça me plaît. Et tu le dis avec tant de sentiments.

— Tu vas me manquer éperdument, atrocement, désespérément.

— Pas désespérément. Il s'agit juste de trois semaines. Mais continue, c'est bien.

Il se rapprocha sensiblement. Elle sentait son poids sur son flanc.

— Tu vas manquer à chaque fibre de mon être, renchérit-elle.

Elle posa un bras sur son avant-bras si musclé qu'elle résistait rarement à l'envie de caresser.

— Peut encore mieux faire.

— Tu crois ?

— Montre-moi, si tu n'arrives pas à le dire. Un peu d'entraînement ne peut pas faire de mal.

Elle connaissait ce regard. Il allait l'embrasser.

Elle se nicha tout contre lui afin de lui faciliter la tâche.

— La semaine prochaine, il y aura une interrogation sur cette matière, prévint-il.

— La semaine prochaine, je serai à Zermatt.

5

La semaine suivante, il restait encore quelques jours avant son départ. Ou plutôt, quelques nuits qu'il passa avec elle. Ils déjeunèrent deux fois ensemble, au sommet des pistes où la nourriture était hors de prix et pas très bonne.

— Si nous regardions la compétition de snow-board en mangeant nos hot-dogs ? suggéra Lee, le dernier jour qu'ils passèrent ensemble.

Il ne devait pas rester le soir, parce qu'elle décollait très tôt le lendemain matin, avec son équipe.

— Si tu veux.

— Ce sont les qualifications Super Pipe masculines.

— Ces types sont fous.

— Dit celui qui me confiait l'autre soir sur l'oreiller que skier dans une avalanche était amusant !

— Oui, mais c'était du bluff, parce que, près de toi, je voulais passer pour un mec viril. Mais sur le coup, je n'étais pas fier.

— Ces types doivent avoir peur.

— Ils aiment ça, pas moi.

— Non ?

— Je suis pour le risque minimum.

— Ils portent des casques.

— Insuffisant.

Mac souriait, mais ses remarques étaient acerbes. Certaines personnes ne juraient que par leur sport préféré, songea-t-elle.

Mac était skieur, pas snow-boarder, et elle lui pardonnait aisément son manque d'enthousiasme, d'autant qu'elle-même ne pratiquait pas le snow-board.

— Je pensais juste que ce serait sympa de regarder ces descentes impressionnantes au lieu de rester assis dans un endroit bondé. Mais si tu préfères…

— Non, allons-y. Tu as raison, ça vaut le coup d'œil.

Ils chaussèrent leurs skis et glissèrent leurs hot-dogs soigneusement emballés dans la poche frontale de leurs anoraks où ils resteraient au chaud pendant les quelques centaines de mètres de descente. Les amateurs étant peu nombreux pour assister à la compétition, ils trouvèrent sans difficulté un point de vue intéressant, et ils avalèrent leurs hot-dogs, les skis au pied.

Mary Jane et Daisy ne comprenaient pas son goût pour cette vie sportive. Lee adorait respirer l'air pur, sentir son corps en parfaite condition physique, passer une journée sur les pistes et se délecter le soir d'un bain bien chaud, ou d'une soirée au coin du feu qui se terminait au lit avec un bon livre avant de s'endormir comme une bûche.

Et aujourd'hui, elle trouvait même son hot-dog mangeable.

Les spectateurs s'extasiaient devant les difficultés qu'affrontaient les sportifs, et le speaker commentait avec enthousiasme les impressionnantes figures.

Entre deux bouchées, Lee poussait des cris de joie quand les snow-boarders s'élevaient à trois ou quatre mètres au-dessus de la rampe avant d'y replonger. Beaucoup plus sobre, Mac se contentait de laisser échapper un sifflement de temps à autre ou un cri de surprise.

— Ils n'accomplissaient pas de telles performances il y a un an, dit-il.

— Non. Ils progressent d'année en année. Tu ne regardes jamais les retransmissions à la télé ?

— Non. Ce n'est pas mon truc.

— Désolée de t'avoir attiré ici.

Il tourna vers elle un visage un peu crispé.

— Ne t'excuse pas. C'est une préférence personnelle, pas

de quoi en faire un drame. Nous ne sommes pas soudés, ce qui est… commode, n'est-ce pas ?

Tout en parlant, il la détailla de haut en bas avec ce regard qui la déshabillait et qu'elle aimait tant. Elle sourit.

— Très commode. Sinon, il faudrait nous séparer à la hache. Tu as du ketchup au coin des lèvres.

— Tu veux le retirer ?

Ainsi, ils manquèrent une épreuve particulièrement impressionnante. Elle songea qu'il avait peut-être raison : regarder des épreuves de snow-board ne valait pas certains petits plaisirs à deux.

— Envoie-moi un texto de Zermatt, dit-il quand vint le moment de se séparer.

En redescendant la piste, elle décida qu'elle était vraiment très heureuse de le connaître.

Zermatt, Sestrières, Clavière, Chamonix, Val-d'Isère…

Les jeunes passaient d'excellents moments et, stimulés par la nouveauté des terrains et des conditions, accomplissaient des progrès sensationnels. La plupart d'entre eux étaient bien élevés, et les deux couples de parents accompagnateurs aidaient Lee et Everard à faire régner la discipline.

Malgré tout, l'aventure était épuisante.

Le soir, elle tombait dans son lit comme une pierre et plongeait instantanément dans un profond sommeil au point que quand elle se réveillait, elle ne savait plus dans quel pays elle se trouvait, ni la date.

Elle s'était procuré un portable avec une carte de crédit prépayée pour que Mac et elle puissent se parler sans dépenser des sommes folles, mais ils finissaient souvent par s'envoyer des SMS, parce que, avec le décalage horaire et leurs activités, ils étaient rarement en mesure de parler tranquillement.

Quand elle arriva à l'aéroport de Genève pour prendre le vol de retour, elle lui envoya un texto.

Serai à la maison demain soir vers 9 heures, heure du Colorado. Mais il me faudra bien deux jours pour redescendre.

Elle dut couper son portable durant le vol et n'eut la réponse qu'à son arrivée à Denver.

Pas de problème. Nous en avons déjà discuté. Souviens-toi que je t'aime éveillée.

Les jours qui suivirent, le décalage horaire provoqua chez elle des réveils intempestifs, mais Mac ne semblait pas gêné qu'elle le dérange. A 3 heures du matin, en glissant furtivement sa main sur son corps jusqu'à ce qu'il remue, soupire, roule sur lui-même, la prenne dans ses bras et enfouisse en gémissant son visage dans ses cheveux. A 4 heures du matin, en se collant contre son dos et en embrassant sa nuque et ses épaules. A 5, en chuchotant :

— Mac, tu dors ?

— Plus maintenant.

— Ça t'embête ?

— Tout dépend de ce que tu proposes…

— Eh bien, comme habitude.

— Alors, je suis content.

Dix jours après son retour, ce fut au tour de Mac de s'absenter. Il devait passer un entretien pour un poste de direction à Barrier Mountain, dans l'Idaho, et avait décidé d'en profiter pour rendre visite à sa famille.

— Tu espères retourner t'installer dans l'Idaho ? avait-elle demandé quand il lui avait fait part de ses projets.

Ils déjeunaient dans le restaurant bondé et bruyant du haut des pistes, où le sol était trempé de la neige fondue dégoulinant des chaussures des skieurs, et le menu était moins alléchant que celui d'un routier.

— J'irai là où je trouverai une bonne place. Celle-ci se présente inopinément.

— Qu'appelles-tu une bonne place ?

— Un travail à l'année, dans une ville agréable avec des

perspectives intéressantes. Ecotourisme, meilleur programme d'été, possibles prises de risques de gestion. Et si je peux obtenir une telle place dans l'Idaho, ce sera un plus.

Quelqu'un heurta sa chaise en se faufilant entre les tables et lui adressa de brèves excuses.

— Tu aimes ta famille ? demanda-t-elle.

— Oui.

Il rapprocha sa chaise de la table pour faciliter une conversation un peu trop sérieuse pour le quart d'heure dont ils disposaient entre les cours.

— Et toi ? Est-ce que tu songes à quitter Aspen pour te rapprocher de ta famille ?

La suggestion la choqua.

Enfin, pas tant la question que sa propre réaction.

— L'idée ne m'a pas effleurée.

— Tu n'aimes donc pas les tiens ?

— Mais si ! Je les aime beaucoup.

Mais j'aime aussi mon indépendance.

Cela signifiait-il qu'elle aimait *davantage* son indépendance que ses parents et ses sœurs ?

Il la regardait comme s'il attendait quelque chose. Sans doute un « mais ».

J'aime ma famille, mais ils ne me comprennent pas.

J'aime ma famille, mais après deux jours passés avec elle, je deviens folle.

J'aime ma famille, mais je ne veux pas perdre de vue qui je suis. J'ai toujours voulu être sûre de ce que je fais, et pourquoi je le fais.

— Alors ?

— Je ne sais pas. S'il y avait une bonne raison pour que je retourne là-bas…

— Si tes parents étaient malades, par exemple ?

— Mes parents viennent de s'installer en Caroline du Sud, mais oui, ce serait une raison.

Cette fois, quelqu'un se cogna à la chaise de Lee. Ils avaient fini leur repas, et la pause était presque terminée.

La neige s'était mise à tomber à gros flocons, et la visibilité quasi nulle allait sérieusement compliquer ses cours. Perdu dans l'épaisseur neigeuse, on suffoquait presque. Mac planta un baiser rapide et froid sur ses lèvres, et ils emprisonnèrent de gros flocons entre leurs corps. Il faisait trop froid pour qu'ils fondent.

— Je te verrai à mon retour, dit-il.

— Nous nous parlerons d'ici là.

— Bien sûr.

Tout en s'adressant de grands signes de la main, ils s'élancèrent dans des directions différentes.

Un soir, comme elle consultait le calendrier pour se voir confirmer qu'elle devrait bien se passer de Mac pendant encore quatre jours, il lui apparut soudain qu'elle n'avait pas eu ses règles depuis un moment.

— Pas de panique, dit-elle à l'immense réfrigérateur à deux portes des Narman, parce que, oui, elle parlait toujours toute seule quand Mac n'était pas là.

Les coudes sur le comptoir, elle réfléchit. Elles auraient dû venir à Sestrières. Ou peut-être Chamonix.

Trois semaines de retard.

Elle avait perdu l'habitude de s'en tenir à un décompte strict, d'autant que ses cycles étaient plutôt irréguliers.

Mais trois semaines…

Et il était 21 heures.

Comme elle ne se sentait pas de symptômes particuliers, elle décida de remettre au lendemain le soin de réfléchir au problème, si d'ici là rien n'arrivait.

Au matin, la situation restait inchangée. Elle décida qu'elle passerait acheter un test de grossesse à la pharmacie le soir même, en rentrant. Elle n'en avait jamais utilisé, mais ce ne devait pas être sorcier.

Il lui fallut un moment pour les trouver dans un rayon du drugstore. Ensuite, il apparut qu'il existait une kyrielle de marques, chacune se vantant d'un processus plus rapide et de résultats plus fiables que les autres.

Elle finit par en choisir un. A vrai dire, elle avait davantage l'impression d'un jeu que d'une réalité. Elle fut néanmoins soulagée de voir une jeune fille inconnue à la caisse. Soulagée aussi de savoir Mac dans l'Idaho et de n'avoir pas à se cacher pour procéder à cette vérification stupide.

Elle espérait que son corps lui enverrait un message sans équivoque avant même qu'elle sorte le test de son emballage.

Il n'en fit rien.

— Je vais en rire dans cinq minutes, dit-elle à son reflet qui la regardait dans le miroir orné de fioritures de la salle de bains des Narman.

Ou bien en pleurer.

— Qu'est-ce que ça signifie ? se demanda-t-elle un peu plus tard, considérant le bâtonnet barré de deux traits roses.

Elle ne rit ni ne pleura, car les choses lui semblaient totalement irréelles. On était le 6 mars. Elle connaissait Mac depuis deux mois et demi, et voilà qu'elle porterait son enfant ?

L'idée était devant elle, intacte, et elle ne savait par où commencer pour l'analyser. Elle laissa tomber le test dans la poubelle de la salle de bains, sortit et erra à travers le chalet, se réjouissant qu'il soit si vaste.

C'est impossible.

Impossible.

La seule pensée qui lui traversait l'esprit était : *Une chance que Mac ne soit pas là. Dieu merci, je ne le verrai pas avant dimanche.*

C'était stupide. N'aurait-elle pas dû, au contraire, souhaiter sa présence ?

Or, son absence lui laissait du temps, et c'était déjà ça.

Du temps pour permettre à la nouvelle de s'implanter dans son cerveau. Du temps pour comprendre qu'il s'agissait d'une réalité, de la sienne.

Elle avait quatre jours pour comprendre comment cet événement s'inscrivait dans sa vie, reprendre le contrôle de la situation, et décider de la meilleure attitude à adopter.

— Tu es sûr de ne pas vouloir manger quelque chose avant de partir ?

Mac regarda sa mère, qui devant l'évier lavait des pommes de terre, ses cheveux noués en queue-de-cheval. Elle approchait des soixante ans, mais la coiffure lui seyait. Des fils d'argent striaient ses cheveux, qui étaient encore en majorité bruns, ce dont elle était fière.

— Si je les teignais, disait-elle, on penserait qu'ils sont tout gris en dessous, et je veux que tout le monde sache que c'est faux !

Il était 17 h 30, le samedi. Il était assis à la table de la cuisine de la maison de son enfance pendant que sa mère préparait le dîner pour son père et elle, sa sœur Lisa et sa famille qui devait leur rendre visite.

Il avait vu Lisa, Andy et les enfants la veille, quand ils étaient sortis dîner ensemble, et, ce matin, il était allé assister à un match de hockey sur glace auquel participait le jeune Liam âgé de neuf ans. Ce soir, il avait décidé de consacrer sa soirée à ses amis.

Mais comme Liam et la petite Krista, cinq ans, étaient de chouettes gosses, et qu'il s'entendait également bien avec sa sœur et son beau-frère, il songea que ce serait agréable de partager un repas de plus avant qu'il s'envole le lendemain pour le Colorado, même s'il ne s'attardait pas.

— Je suppose que les gars ne passeront pas me prendre avant 20 heures, dit-il. A quelle heure as-tu prévu le repas ?

— Vers 18 h 30. En général, les enfants meurent de faim à ce moment-là. Ils vont arriver d'un instant à l'autre.

— Dans ce cas, je vais grignoter un morceau avec vous.

— Je suis contente que tu rattrapes le temps perdu avec tes amis, dit sa mère.

— Je vais peut-être m'installer plus près d'ici si je trouve un emploi.

Le visage de sa mère s'illumina.

— Tu l'envisages sérieusement ?

— Ne t'excite pas trop, maman. Je n'aurais même pas dû te dire que c'était la raison de ma venue.

— Je croyais que tu étais installé dans l'Utah. Ensuite, j'apprends que tu es dans le Colorado et, à présent, tu penses encore à déménager ?

— C'est un reproche ?

— Je me demandais juste…

— Tu te demandais quoi ?

— Est-ce que toute cette histoire… avec Sloane…

Elle s'interrompit de nouveau.

— Enfin, reprit-elle, est-ce que cette histoire t'a à tout jamais dissuadé d'avoir une relation sérieuse ?

Il lui déplaisait beaucoup que sa mère aborde le sujet. Le sachant, elle se le permettait rarement, ce qui expliquait ses hésitations.

— Je n'en sais rien, répondit-il sincère. Sérieusement, maman, je ne sais pas.

L'image de Lee lui traversa l'esprit, et il réprima un sourire. Ils s'étaient envoyé plusieurs SMS, mais ne s'étaient pas parlé au téléphone. Il appréciait qu'elle ne le harcèle pas et qu'elle ne lui demande jamais plus que ce qu'il était prêt à donner. A vrai dire, elle semblait même plus indépendante que lui.

Leur relation avait-elle un avenir ?

Il ne voyait pas la nécessité de se poser maintenant la question, et apparemment, elle non plus. Même s'il obtenait le poste dans l'Idaho, et s'il décidait de le prendre, il ne quitterait pas Aspen avant deux mois. D'ici là, ils auraient eu le temps de réfléchir, de se quitter bons amis ou bien d'envisager quelque chose de plus sérieux.

— J'aimerais que tu me répondes, dit sa mère, mélancolique.

— Je sais bien, mais pour l'instant, c'est impossible. Je sauterai peut-être le pas le moment venu.

— Et le moment ne se profile pas à l'horizon ?

— Je ne crois pas. Je vois quelqu'un, ajouta-t-il après quelques instants, mais je ne pense pas que ce soit sérieux.

En réalité, il avait délibérément dit : « Je ne pense pas que ce soit sérieux » au lieu de : « Je ne sais pas si c'est sérieux » pour que sa mère n'entretienne pas de faux espoirs. Mais comme elle était optimiste par nature, ses précautions se révélèrent superflues.

— Tu ne pensais pas que c'était sérieux avec Sloane.

— Et ça ne l'était pas.

— Elle…

Il s'empressa de la couper.

— Oui, et c'était une erreur. Et la seule raison pour laquelle nous étions ensemble à la fin. Et encore, nous n'étions pas vraiment ensemble.

Sa mère soupira. Avec l'âge, sa rigueur morale s'était assouplie, mais malgré tout, son père et elle étaient mariés depuis trente-six ans. Elle croyait à la monogamie, à l'engagement et aux mariages romantiques, et il voyait bien qu'elle se mordait parfois la langue pour se retenir de le supplier de faire les choses correctement.

Trouver la femme qui lui conviendrait, l'épouser, fonder une famille.

Et, de ce point de vue, son père était encore plus exigeant.

— Sois prudent, Mac, je t'en prie.

— C'est promis, maman.

Mais en son for intérieur, il se demanda comment faire pour se montrer prudent. Devait-il faire remplir un questionnaire à Lee concernant son état d'esprit ?

Il entendit sonner son portable posé sur la table basse de la salle de séjour et alla répondre avant que le répondeur se mette en route. C'était son ami Sam.

— Salut, Mac. Est-ce que je peux passer te prendre plus tôt ? Brandon a fini son jeu. Il vient d'appeler du bar, alors, je pense que je vais le rejoindre. Ça te dit ?

— Oui, d'accord.

— Je suis là dans dix minutes.

Il revint dans la cuisine.

— Changement de programme. Sam passe me prendre maintenant.

— Alors, finalement, tu ne dîneras pas avec nous, constata sa mère, déçue.

— Désolé.

En réalité, il ne l'était pas. Il n'avait pas envie de subir un nouvel interrogatoire sur les événements du passé ou ses projets d'avenir. Et si sa mère était dans cette humeur, elle n'arriverait pas à contenir sa curiosité.

Mac sembla très heureux de la revoir à son retour d'Idaho. Et cela lui fit énormément plaisir. Il ne feignait pas, ne jouait pas de ses émotions pour gagner du pouvoir sur elle ou la laisser dans le doute. Quand il était heureux, cela se voyait. Tout comme quand il s'ennuyait ou qu'il était fatigué.

Il arriva dans la soirée, ayant pris un vol de Spokane à Denver *via* Seattle. A Denver, où il avait retrouvé son pick-up sur le parking. Il avait envoyé à Lee un texto avant de partir.

J'arrive à 8 heures. Trop tard pour toi ?

Elle s'était empressée de lui répondre.

8 heures, c'est parfait !

Ce n'est qu'après réflexion qu'elle se demanda pourquoi elle ne s'était pas accordé un peu plus de répit. Elle avait pris sa décision, et il n'y avait pas de raison de penser qu'elle déplairait à Mac. Il serait même sans doute soulagé. Malgré tout, l'idée de parler d'eux l'angoissait.

Comment annoncer la nouvelle ? Et comme des amis des Narman venant passer un week-end prolongé au chalet, ils se retrouveraient coincés dans son petit appartement. Il y avait si peu de place ici pour les épanchements d'émotion.

Il lui sourit dès qu'il l'aperçut, et, après avoir déposé son sac, la prit dans ses bras.

— Je suis épuisé, dit-il. C'est bon d'être de retour. J'ai plein de choses à te raconter.

— Moi aussi, je suis heureuse de te voir. Très, très, heureuse. Et moi aussi, j'ai plein de choses à te raconter.

Elle se hissa sur la pointe des pieds et lui donna le baiser qu'il attendait. Un de ces longs baisers ardents qui lui arrachaient des grognements de satisfaction.

Elle appréciait tant son odeur qu'elle serait volontiers restée blottie contre lui, sans bouger, le restant de la soirée. Sans même se déshabiller, faire l'amour, ou parler, ou quoi que ce soit d'autre. Elle avait juste envie de rester serrée dans les bras de Mac à respirer son odeur familière, sentir sa force et sa chaleur, se savoir désirée.

Se doutait-il qu'un événement majeur s'était produit ? Elle se sentait nerveuse, hypersensible, déboussolée, et, malgré le schéma qu'elle s'était tracé pour son avenir avec le bébé, toute cette histoire lui semblait encore irréelle.

Elle attendait un enfant.

Aurait-elle dû rester dans l'expectative et ne prendre aucune décision avant d'avoir d'abord parlé à Mac ?

Je ne lui parlerai pas ce soir. Il a dit qu'il était épuisé…

— Tu as faim ? s'enquit-elle.

Sa décision de remettre la conversation cruciale la délivrait d'un poids.

— J'aurais dû prendre le temps de manger quelque chose…

— Mais tu ne l'as pas fait.

— J'ai raté une sortie près de l'aéroport où il y avait quantité de fast-food et, plutôt que de faire demi-tour, j'ai préféré filer directement ici.

— Tu n'as donc pas mangé depuis…

— Quelques biscuits salés et un soda dans l'avion, il y a des heures de ça.

— Des œufs au bacon, ça te dirait ?

— Tu es fantastique !

Elle gagna la cuisine et ouvrit le réfrigérateur pendant qu'il se laissait tomber sur le canapé.

— Tu as passé de bons moments en famille ? s'enquit-elle.

Mac, je suis enceinte.

— De très bons moments. Et j'ai passé la soirée d'hier avec mes amis. Je me suis couché à 3 heures du matin ! Et j'étais debout à 6. Mon père devait me conduire à l'aéroport de Spokane, et il déteste se presser. Puis le vol pour Seattle a eu du retard.

— Pas étonnant que tu sois fatigué !

Je suis enceinte. C'est pourquoi, moi, je suis fatiguée. Et mes seins commencent à me faire mal.

— Sûr.

— Et le poste à Barrier Mountain ?

— Rien de définitif encore. J'en saurai plus dans le courant de la semaine.

— Mais tu penses que l'entretien s'est bien passé ?

— On ne peut jamais être sûr, mais j'ai l'impression que oui. Et les gens que j'ai rencontrés étaient très bien. Ils ont des projets intéressants. Si j'obtiens le poste et que je l'accepte, ce serait un avancement certain dans ma carrière. Plus ambitieux que tout ce que j'ai fait jusque-là.

— J'espère que tu auras bientôt de bonnes nouvelles.

— Moi aussi.

Je suis enceinte, et tu vas peut-être aller t'installer dans l'Idaho.

— Comment veux-tu tes œufs ? Brouillés ? Au plat ?

— Le plus simple. Tu veux de l'aide ?

— Avec tes trois heures de sommeil, tu peux rester sur le canapé !

Et je ne te parlerai pas de choses sérieuses ce soir.

— Combien en veux-tu ?

— Oh ! six ? Sept ? Douze ?

— Décide-toi, dit-elle en riant. Mais je te préviens, je n'en ai pas douze !

— Quatre. Avec trois tranches de pain grillé et six morceaux de bacon. Je meurs de faim !

— Je peux ajouter des tomates si tu veux.

— Parfait !

Il ferma les yeux. Elle s'attarda un instant sur le seuil de la cuisine pour le contempler avant de se mettre à l'ouvrage. Il lui parut si beau avec son corps splendide, même avachi comme une poupée de chiffon sur le canapé, et ses cils noirs projetant leur ombre sur sa peau bronzée.

Lors d'une de leurs conversations nocturnes, elle lui avait demandé d'où il tenait ses yeux noirs et son teint mat. Il lui avait alors raconté l'histoire de sa grand-mère basque espagnole et de son arrière-grand-père italien, arrivés dans l'Idaho au tournant du XXe siècle pour travailler à la construction du chemin de fer de Pocatello.

— Tous les deux sont mes ancêtres maternels, avait-il précisé.

— Ce qui explique pourquoi tu portes le nom de Wheeler et pas un nom à consonance exotique.

— Malheureusement, il n'y a rien d'exotique chez moi.

Il se trompait. En le regardant, elle ressentit le même coup au cœur que la première fois. Il la touchait. Ils se connaissaient depuis peu, elle ne cherchait rien de sérieux, et lui non plus, apparemment. N'empêche qu'il l'émouvait et qu'elle ne savait pas ce que ça signifiait.

— Ainsi, tu accepterais le poste ? demanda-t-elle de façon abrupte.

Il ouvrit des yeux ensommeillés dans un visage marqué par la fatigue. Et la vue des petites rides qui marquaient ses paupières l'attendrit.

— Je déciderai le moment venu.

— Ce n'est pas une réponse.

— C'est la seule que je puisse donner. Je suis tenté, mais je suis à Aspen depuis si peu.

— Ce serait donc facile pour toi de partir ?

Est-ce que ce serait facile pour moi de partir ? Je vis ici depuis des années.

— Ou bien je me sentirai comme un nomade incapable de se fixer.

— Pas si tu pars pour rentrer dans ta ville natale.

— C'est vrai.

Il bâilla.

— Mais si quelque chose se présentait ici, dans la gestion des espaces de montagne…, ajouta-t-il.

Il la regarda, une soudaine vivacité dans le regard.

— Et toi, qu'en penses-tu ?

— Je pense que je vais préparer les œufs avant que tu tombes de sommeil.

— Bien vu.

En cinq minutes, son repas fut prêt, et il le dévora à peu près dans le même laps de temps. A 21 heures, il était couché. Peu après, elle se glissa à son côté. Ils se serrèrent l'un contre l'autre, et il s'endormit presque instantanément.

Tant mieux, pensa-t-elle. Parce que s'il avait été suffisamment réveillé pour faire l'amour, il l'aurait été aussi pour parler, et l'idée la rendait malade.

Elle percevait le va-et-vient régulier de sa poitrine à chaque respiration, le mur de son corps contre elle, et une vague de tendresse à pleurer la submergea.

— Si ça ne t'ennuie pas, je vais faire une petite pause, annonça Mac, le lendemain, tandis qu'ils faisaient la queue pour acheter leur déjeuner au self-service.

— Une pause ?

— Je vais rentrer chez moi me reposer. J'ai fait un peu trop la fête dans l'Idaho.

La nouvelle la contraria à double titre. Tout d'abord, parce qu'il prenait pour acquis qu'elle veuille le voir et éprouvait le besoin de s'excuser de ce qu'il considérait comme un abandon. Ensuite, cette histoire de fête. Elle lui découvrait un penchant de célibataire pour les sorties arrosées entre copains.

— Tu as donc une double personnalité, dit-elle en essayant de plaisanter. Ici, tu ne sors pas.

Il haussa les épaules en lui adressant un sourire penaud.

— Juste des retrouvailles avec de vieux amis. Ils m'ont débauché.

— En fait, hier soir, tu avais tout simplement la gueule de bois.

— Peut-être un peu. Mais surtout, j'avais l'esprit occupé par cette histoire de travail à Barrier Mountain. Le bacon et les œufs étaient excellents, merci. Je n'aurais pas dû stresser comme ça.

Apparemment, elle avait réussi à lui faire comprendre qu'il lui devait des excuses. Et il avait obtempéré.

J'ai pris la bonne décision. Je suis peut-être prête à avoir un enfant… peut-être… Mais ce qui est sûr, c'est que nous ne sommes pas prêts à unir nos deux vies. Nous le ferions pour de mauvaises raisons.

Il lui accordait un nouveau répit avant cette conversation qu'elle redoutait tellement. Mais son soulagement et sa frustration étaient presque plus lourds à porter que son appréhension.

Quand des amis l'appelèrent pour lui proposer de partager une pizza avec eux, tandis qu'Everard et deux moniteurs qui attendaient pour commander leur repas lançaient Mac dans une conversation sur le basket-ball, elle se contenta de le quitter en lui adressant un petit signe de la main. C'était sans doute pure lâcheté.

Elle aurait dû insister pour avoir avec lui une discussion en tête à tête.

Mac aimait voir Lee froncer le nez quand elle était mécontente, comme maintenant. Son petit geste d'adieu disait : « Ils insistent pour que j'aille manger une pizza avec eux, comment refuser ? » Seul son petit froncement de nez contredisait cette assertion.

Je préférerais être avec toi.

Pareil pour moi, Lee, sauf que je sais que je me conduirais en ours mal léché avec, ce soir, un terrible mal de tête. Et là, maintenant je n'ai aucune, mais alors, aucune, envie de parler de basket-ball. J'en ai discuté à peu près quatre heures samedi, avec les copains.

— Northwestern décline, dit quelqu'un.

— Non, Michigan.

— Tu plaisantes ?

Les paroles s'évanouirent à l'arrière-plan tandis qu'il mangeait son hamburger.

Après tout, peut-être devraient-ils quand même se voir ce soir ? Lee pourrait venir chez lui. Elle ne venait que rarement, parce que, franchement, à quoi bon faire des kilomètres quand on dispose d'un somptueux chalet sur la montagne ? Ce soir, pourtant… Ils pourraient acheter des plats à emporter. Elle rentrerait tôt, et il l'aurait vue tout en récupérant un peu de sommeil en retard.

Il laissa la discussion sur le basket-ball glisser sur lui et ne prit aucune décision quant au programme de la soirée. Et quand il regarda en direction de sa table, Lee n'était plus là. Dans l'après-midi, il donna deux cours à des groupes débutants, avec des jeunes hommes qui se prenaient pour des skieurs-nés et des jeunes femmes ne possédant aucune confiance en elles, et si les deux sexes avaient pu trouver un juste milieu, il y aurait eu moins de chutes et de collisions sur la piste.

Il reprit le chemin de la vallée en fin d'après-midi pour retrouver un petit appartement de célibataire dépourvu de charme, et ce n'était pas la photographie d'art accrochée au mur qui y changeait quoi que ce soit. En prévision de la venue de Lee, au cas où il l'appellerait, il changea les draps, mit en route une machine et passa l'aspirateur. Quand il eut terminé il était 18 heures passées.

Devait-il l'appeler ?

Il prit son portable et faillit composer son numéro en pensant à son froncement de son nez qui indiquait qu'elle n'était pas tout à fait aussi indépendante qu'il l'aurait cru. Il devait aussi lui parler plus sérieusement de l'Idaho, discuter avec elle s'il devait ou non accepter le poste si on le lui offrait. Mais entretenaient-ils le genre de relation où l'on doit consulter l'autre s'agissant de décisions ou de projets ?

Il devait lui parler. Mais pas maintenant.

A l'idée de mettre ses idées en forme, une grande lassitude l'envahit, et sa tête, où les vapeurs de l'alcool ne s'étaient pas encore tout à fait dissipées, devenait lourde.

Il décida de remettre au lendemain la conversation avec Lee, quand il aurait les idées claires.

6

Ce soir-là, Lee appela M. Narman pour l'avertir de son prochain déménagement. Car, quel que soit le résultat de sa conversation avec Mac, elle n'avait pas l'intention de passer sa grossesse à Aspen et d'y accoucher.

Sans chercher à en savoir davantage, M. Narman passa très vite à ce qui lui importait.

— Est-ce que votre amie serait susceptible de vous remplacer ?

— J'en suis presque sûre.

— Demandez-le-lui. Elle nous a donné toute satisfaction lors de vos remplacements. Proposez-lui le même arrangement. Puis-je vous charger de régler la question et de me faire savoir s'il y a un problème ?

— Oui, bien sûr.

Elle s'attendit à ce qu'il la remercie de ses efforts au fil des ans, et lui exprime les regrets de sa famille, mais il se contenta de dire :

— Envoyez-moi un texto quand l'affaire sera réglée.

Elle téléphona à Alyssa, qui bondit de joie et accepta sans la moindre hésitation. Le mardi, elle eut une entrevue avec le directeur de l'école de ski pour lui remettre sa démission. Elle souhaitait qu'elle prenne effet à la fin du week-end suivant, qui, elle le savait, serait chargé.

— Si c'est trop tôt, Chris, je peux rester encore quinze jours, proposa-t-elle, mais, dans la mesure du possible, je préférerais partir assez vite. Je projette de retourner dans l'Est. Ma petite sœur se marie dans quinze jours. Si je peux finir dimanche, je partirai en voiture lundi et serai à la maison à temps au lieu de prendre un vol aller-retour.

Il hocha la tête.

— Je me souviens que tu avais posé des jours de congé pour ce mariage.

— C'est que mes projets se trouvent bouleversés et que je prévois de quitter définitivement Aspen.

— Pas de gros ennuis, j'espère ?

Elle avait préparé son histoire.

— Non. Mes parents partant en retraite, mes sœurs ont repris la gestion de l'hôtel familial, et comme il faut procéder à une rénovation complète, il se trouve qu'elles ont besoin de mon aide.

C'est surtout moi qui ai besoin de leur aide.

— Très bien, dit-il sans insister davantage. Pars quand ça t'arrange. Nous avons des moniteurs à temps partiel qui ne demandent qu'à passer à temps plein. Si tu veux, ajouta-t-il, je peux demander à deux gars de t'aider à faire tes bagages. Et si tu veux partir plus tôt, le programme junior est en de bonnes mains avec Everard. Nous serons désolés de te perdre, vraiment désolé, mais je comprends que tu aies d'autres projets.

— Merci. Vous me manquerez… Aspen me manquera.

Et cependant, une petite voix lui disait qu'elle n'y laisserait pas tant de souvenirs. Une poignée de gens la regretteraient, mais elle prenait conscience qu'elle n'avait pas planté ici de racines très profondes.

— Tu dois beaucoup aimer tes sœurs, dit Chris.

Elle hocha la tête et sourit, la tête pleine de toutes les choses qu'elle dirait ce soir à Mac.

Mac qui n'aurait pas dû être le dernier à connaître sa décision, mais qui, *de facto*, l'était.

— Si nous sortions ? suggéra-t-il quand ils se retrouvèrent à la fin de leur journée de travail.

— Tu veux sortir ?

— On ne s'est pas vus depuis longtemps. J'aimerais qu'on passe de bons moments ensemble.

— Nos bons moments, nous les passons généralement à l'horizontale.

— Ça n'empêche pas…

Il sourit et tendit la main vers elle, mais elle s'écarta comme si elle n'avait pas remarqué. Elle ne pouvait pas l'embrasser et faire comme si de rien n'était. Le poids de son secret se faisait plus lourd d'heure en heure, et l'incertitude dans laquelle elle se trouvait la rendait nerveuse et malheureuse.

Aurait-elle dû aborder la question plus tôt ? Aurait-elle dû différer toute démarche jusqu'à ce qu'ils aient parlé ?

— Allons, reprit Mac, je pensais que nous pourrions apporter un peu de fantaisie dans nos habitudes, mais si tu n'y tiens pas, nous resterons assis sur un tabouret du Waterstreet, comme toujours. Je mangerais bien un steak. Nous n'avons qu'à y aller tout de suite, boire une bière et manger. Nous serons chez toi à 7 heures et demie.

Elle ne répondit pas. Un bar était le dernier endroit où avoir une conversation aussi importante que celle qu'elle avait en tête. Maintenant qu'elle était fermement décidée à parler à Mac, elle éprouvait le besoin de se jeter à l'eau une bonne fois pour toutes.

— Avec ces gens qui envahissent notre espace, on n'a pas le choix, reprit Mac.

— Ils partent aujourd'hui, mais je ne sais pas à quelle heure.

A vrai dire, après une journée sur les pentes glacées, la perspective d'un dîner préparé à la va-vite n'était pas particulièrement réjouissante. Elle finit donc par accepter de s'arrêter au Waterstreet pour y dîner, comme souvent au cours des deux derniers mois. Leur liaison était connue, car ils n'avaient pas cherché à la cacher. Quand des amis de Lee lui demandaient si c'était sérieux, elle haussait les épaules et répondait qu'elle n'en savait rien, mais qu'ils s'entendaient bien. Ce que disait Mac à ses amis, elle l'ignorait.

— Tu n'es pas drôle ce soir, dit Mac en l'attirant à lui et en plantant un baiser sur ses lèvres.

Cette fois, elle ne put se retenir de le lui rendre.

C'était délicieux, comme toujours.

— Désolée, dit-elle.

Elle avait très envie d'un steak avec un accompagnement conséquent de légumes et d'un dessert. Une chose était sûre, elle ne souffrait pas de ces nausées, qui, disait-on, empoisonnaient les débuts de grossesse. Elle avait un appétit féroce et dormait, la plupart du temps, comme une bûche.

Dix minutes plus tard, installés sur des tabourets au bar, ils commandèrent. Elle choisit une côte première, des pommes de terre et une salade, avec une soupe de clams pour commencer. Quant à Mac, il avait commandé des ailes de poulet grillé à déguster avant son steak.

— Ce que j'ai faim ! s'exclama-t-il en piochant dans son entrée.

— Moi aussi.

— Tu veux un peu d'ailes de poulet ?

— Non, merci. La soupe est parfaite. Je m'y tiendrai.

— Deux bières, s'il vous plaît, commanda-t-il à la serveuse sans demander son avis à Lee.

C'était leur boisson habituelle.

— Et une carafe d'eau ! ajouta Lee.

Il la considéra avec surprise.

— Je meurs de soif, expliqua-t-elle.

Deux amis de Lee vinrent alors les saluer. Ils ne les avaient pas plus tôt quittés que la serveuse posait devant eux leurs boissons. Mac poussa une bière vers Lee qui l'écarta.

— Je me contenterai d'eau.

— Dis donc, c'est moi qui dois surveiller mon foie, pas toi !

— Tu ne boiras pas les deux bières ?

Il secoua la tête.

— Après ce que j'ai bu dans l'Idaho, pour ce soir, une bière sera amplement suffisant.

— J'aurais dû changer la commande. Désolée.

— Tu n'as pas à t'excuser.

— Désolée.

— Arrête avec ça !

— Je sais, je…

Elle prit sa respiration.

— Euh… Mac ?

— Oui ?

— J'ai quelque chose à te dire.

Immédiatement, son visage prit une expression inquiète. Quand une femme prononçait ces mots, la suite n'était généralement pas très réjouissante.

Parle, Lee. Arrête de jouer avec vos nerfs.

— J'ai fait un test de grossesse quand tu étais dans l'Idaho.

L'expression de Mac s'assombrit un peu plus. Inutile apparemment de préciser que ce test s'était révélé positif. La conclusion paraissait évidente. Et il semblait aussi surpris qu'elle l'avait été.

— Je n'y crois pas ! dit-il entre ses dents.

Il offrait l'image d'un trentenaire célibataire qui voit se profiler sous ses yeux un pavillon de banlieue grouillant d'enfants au lieu du poste d'avenir qu'il convoitait.

C'était là tout ce qu'il ressentait ?

Sa réaction avait au moins le mérite de la clarté, songea-t-elle.

Elle crut déceler une autre émotion dans les profondeurs de ses yeux noirs sans parvenir toutefois à l'analyser. Il marmonna quelques paroles inintelligibles. Si son expression choquée ne la surprenait pas, elle n'en éprouva pas moins un profond sentiment de solitude. De façon certainement irrationnelle, elle avait secrètement espéré une réaction différente.

Laquelle ? Elle l'ignorait.

— Je suis… navrée, Mac.

— Si tu pouvais arrêter avec tes excuses à répétition !

Qu'avait-elle espéré, voulu ? Bien que l'effet du choc se soit dissipé, il paraissait évident que cette nouvelle ne le comblait pas de joie.

Au même instant, un moniteur prénommé Adam s'avança

vers eux. Il incarnait pour Lee toutes les raisons qu'elle avait d'éviter les aventures passagères avec de jeunes mâles profitant de leur célibat.

Mac appartenait-il à cette catégorie d'hommes, ce qui expliquait-il sa réaction ? se demanda-t-elle.

— J'ai eu quelques jours pour réfléchir, dit-elle très vite.

— Pas moi, et je n'arrive pas à y croire…

— Je sais, mais tu peux te détendre. J'ai bien réfléchi à la question.

— Oui ?

L'espace d'une seconde, elle eut l'impression qu'il allait éclater de rire. Un rire amer.

— Il n'est pas question que cette histoire te gâche la vie, dit-elle.

— Mac ! Mon pote, comment vas-tu ?

— Bien.

Adam et Mac échangèrent des bourrades viriles, et dans ces retrouvailles exagérées, elle comprit que Mac se forçait un peu.

— Ecoute, vieux, dit Mac, nous sommes en pleine discussion, Lee et moi.

— Pas de problème. A plus !

— Sortons d'ici, dit Mac quand Adam se fut éloigné. Ce n'est pas possible d'être tout le temps interrompus.

Il se leva, jeta quelques billets sur la table et la regarda descendre de son tabouret. Ils n'avaient pas fini leurs plats, mais leur appétit s'était envolé.

Ils se retrouvèrent dehors, dans la neige.

— Où veux-tu aller ? demanda-t-elle.

— Chez toi. Pas question d'en parler au milieu de la rue.

Pourtant, après une minute de silence, il reprit :

— Tu t'en doutais donc ? Je veux dire, si tu as fait un test, je suppose que tu avais un retard et des symptômes. Nausées, seins douloureux… Pourquoi ne m'en as-tu pas parlé ? As-tu attendu mon départ pour l'Idaho pour agir en douce ?

— Non, dit-elle avec force. Quand tu es parti, je n'avais pas encore fait le calcul. Je n'ai rien cherché à dissimuler, Mac.

Elle était choquée qu'il l'accuse d'avoir agi derrière son dos, comme si tout était sa faute. Comme si le mot « faute » avait un sens dans leur situation. Jusqu'à présent, elle n'aurait pas imaginé qu'il soit homme à jeter le blâme sur autrui.

— Je n'ai pas pensé que je pouvais être enceinte avant ton départ. Avec tous mes voyages, j'avais perdu le compte des dates. Je ne ressens aucun symptôme particulier, sauf de la fatigue. Mais je ne m'inquiétais pas parce que je travaillais beaucoup et que nous ne dormions pas assez.

Elle lui jeta un coup d'œil de biais, mais il ne releva pas l'allusion.

— A combien en es-tu ?

— Je n'en sais rien. Quelques semaines.

— Quelques semaines ? Ça ne veut rien dire ! Il faut compter depuis les dernières règles. Quand les as-tu eues ?

Difficile à dire. Mi-janvier ? Elles avaient été presque inexistantes, en tout cas.

— Un médecin voudra savoir pour préciser la date de l'accouchement, insista Mac.

— Eh bien, il devra se contenter d'une approximation, répliqua-t-elle sèchement, lasse de se sentir mise en accusation.

— Tu devrais cesser tes cours, reprit-il. Parles-en à Chris.

— C'est fait, et…

— Très bien. Nous sommes au moins d'accord sur un point.

— Sur quoi ne sommes-nous pas d'accord ?

Il y eut un silence.

— N'en parlons pas maintenant.

— C'est ce que tu as dit tout à l'heure, et puis tu t'es mis à me harceler de questions.

— D'accord. Plus de questions jusqu'à ce que nous soyons à la maison.

L'expression sonnait faux. Ils n'habitaient pas ensemble, n'avaient même jamais abordé le sujet. Enfin, jamais… le mot était bien grandiloquent dans la mesure où ils se connaissaient depuis moins de trois mois.

Quelques minutes plus tard, ils arrivaient en vue du chalet des Narman. Elle fut soulagée de le trouver plongé dans l'obscurité. Les visiteurs du week-end étaient partis.

En voyant voleter un rideau, elle nota qu'une porte-fenêtre donnant sur la terrasse de bois qui dominait les pentes était restée ouverte.

— Il va falloir tout vérifier, dit-elle à Mac. Ils n'ont pas fermée correctement le chalet. A moins qu'un intrus se soit introduit. Ils ont peut-être oublié de brancher l'alarme.

— Tu veux t'en occuper maintenant ?

— Impossible de laisser les choses en l'état.

— Je suppose. N'importe qui a pu remarquer ce rideau.

— J'espère que non.

Il attendit avec impatience qu'elle ouvre la porte principale. Au premier coup d'œil, il était évident que le ménage n'avait pas été fait. Des cartons de plats à emporter et de pizza traînaient un peu partout, ainsi que de la vaisselle, des verres, des miettes, des emballages de bonbons, des serviettes mouillées sur le sol des salles de bains. Et le carrelage de la cuisine était tout collant de saleté.

— Laisse ça, dit Mac comme elle évaluait les dégâts.

— Je crois que rien n'a été cassé ni abîmé, et il n'y a pas de signe d'effraction.

Elle alla à la porte-fenêtre, tira le rideau à l'intérieur et la referma.

— Malgré le chauffage, il fait un froid de canard ici, constata-t-elle. Ce doit être ouvert depuis des heures.

— Ecoute, Lee, nous avons à discuter de choses importantes, et tu me parles désordre et sécurité. Assez de tergiversations.

— Désolée.

— Et assez d'excuses, ajouta-t-il d'une voix adoucie.

— Oui, oui, d'accord. Je ne sais pas pourquoi je fais ça.

— Tu disais que tu avais pris des décisions.

Le choix des mots semblait le placer en dehors du problème.

En dehors de l'idée d'un enfant et d'un nouveau lien qui se tisserait entre eux. Il y avait une dureté dans son ton, une rigidité qu'elle ne s'expliquait pas. En tout cas, tout portait à croire qu'elle avait eu raison de penser qu'il ne désirerait pas s'impliquer.

Comprenant à demi-mot son point de vue, elle adopta un ton froid et ferme.

— Je vais retourner dans l'Est.

Avait-elle vraiment une autre solution ? Si elle restait, il faudrait définir les droits de chacun et mettre en place un système de garde compliqué, tout cela pour un enfant qui n'était même pas né, et alors qu'ils n'avaient jamais envisagé l'avenir.

— Dans ma famille, précisa-t-elle. Je n'ai pas envie d'élever toute seule un enfant à Aspen.

Il garda le silence. Elle le regardait, son visage pareil à du marbre. Il ramassa un carton à pizza posé sur une table basse, puis un autre sur le bras d'un canapé.

— Quand comptes-tu partir ? demanda-t-il d'un ton neutre alors qu'elle s'apprêtait à l'imiter.

— Dès que j'aurais fait mes bagages.

— Comment, dès ce soir ?

Le ton était sarcastique, glacé.

— Non, pas ce soir. Evidemment, Mac ! Faut-il vraiment que tu te montres si hostile ? Si tu désires que les choses se passent autrement, exprime-toi.

— Tu veux que je m'exprime ? marmonna-t-il.

— Oui, dit-elle sans trop savoir dans quoi elle s'engageait.

Ils avaient beaucoup de mal à aborder les sujets sérieux, car ils n'avaient aucune expérience de couple en ce domaine.

— Bon, quand pars-tu ? répéta-t-il.

— Peut-être vendredi.

Elle réfléchissait à la question depuis que Chris lui avait donné son accord pour une démission immédiate. Vendredi, ce n'était pas mal. Maintenant qu'elle avait pris conscience de ne laisser que peu de choses derrière elle, elle était impatiente de quitter Aspen.

Elle ne cessait de penser à Mary Jane et à Daisy, et au bonheur que ce serait de partager leur vie, pas seulement à l'occasion de Thanksgiving ou de Noël, mais au fil des jours.

Se réunir autour d'une tasse de café.

Regarder ensemble une émission de télévision.

Se disputer entre sœurs à propos de petits riens, puis rire de leur sottise.

Daisy et Tucker étaient sur le point de se marier. Peut-être l'enfant à l'existence encore irréelle qui grandissait en elle aurait-il très bientôt un petit cousin ou une petite cousine. Ne serait-ce pas merveilleux ?

Elle ressentait comme jamais depuis des années le besoin de resserrer les liens familiaux.

— Vendredi, répéta Mac. Probablement quand j'aurai des nouvelles pour ce poste..., murmura-t-il comme pour lui-même.

— Si j'arrive à tout régler d'ici là.

— Ce n'est pas possible ! s'écria-t-il tout à coup.

Il semblait perdu avec ses cartons de pizza dans les bras. Tout son être semblait focalisé sur une douleur intime qu'elle ne comprenait pas.

— C'est tout simplement impossible !

— Mais si.

Elle lui prit doucement les cartons de pizza des bras sans qu'il proteste.

— Es-tu en train de dire que je devrais agir différemment ? demanda-t-elle.

— Je ne sais pas ce que je dis. Je ne dis rien. Je dis que tu dois prendre la situation au sérieux.

— Bien sûr. Nous ne nous connaissons que depuis onze semaines, Mac.

— Oui, oui, je sais.

Il la regarda ramasser un carton de pizza qu'elle ajouta à la pile.

— Tu veux vraiment ranger maintenant ? demanda-t-il.

— C'est toi qui as commencé. Et puis on est déjà mardi soir, et j'ai pas mal à faire en deux jours.

— J'imagine.

— Je suis désolée.

Cette fois, il ne repoussa pas l'excuse.

— Si ça ne te fait rien je ne t'aiderai pas. J'ai besoin d'être seul.

7

Nord de l'Etat de New York, avril

— Nous n'en avons pas terminé, dit Mac.

— Tu n'as rien fait pour m'empêcher de partir. Tu n'as pas protesté quand je t'ai dit que je m'en allais à des milliers de kilomètres.

Lee resserra les pans de sa robe de chambre autour d'elle. Elle regrettait de n'être pas habillée. 10 heures et demie du matin n'était pas une heure pour se promener en robe de chambre. Devant Mac, elle éprouvait une impression de laisser-aller qui la désavantageait, alors qu'il avait si belle allure en jean et chemise.

— Nous nous sommes dit au revoir.

Leurs adieux avaient été tout bonnement horribles. Ils n'avaient pas eu un moment d'intimité, après qu'il l'eut laissée seule, le mardi soir, dans le chalet Narman en désordre. Entre ses derniers cours, elle avait été très occupée à faire ses cartons et à trier ce qu'elle expédiait dans l'Est, ce qu'elle emportait avec elle et ce qu'elle donnait, vendait ou jetait.

Sa collection de tasses, qu'allait-elle en faire ? Elle finit par les emballer dans du papier bulle, les ranger dans des cartons et les emporter avec elle sur le siège arrière de sa voiture. Les tasses n'étaient pas importantes. Elle ne savait plus ce qui était important ou non.

Elle avait évité Mac, et il devait l'avoir évitée aussi, car leurs chemins ne s'étaient pas croisés. Puis, le jeudi soir, quand tout fut prêt, elle se rendit à l'école de ski afin de récupérer des papiers et dire au revoir, et elle se retrouva face à Mac.

Le moment n'était pas plus mal choisi qu'un autre. Après tout, qu'étaient-ils censés faire ? Créer une occasion spéciale pour leurs adieux ? Ce serait pire que tout.

Ils s'étaient donc dit au revoir devant six personnes, avec un petit baiser sur la joue et quelques paroles anodines. C'était facile de nos jours de rester en contact par texto, téléphone, e-mail ou Skype, mais aucun des deux n'y fit allusion. Toujours sous le choc, Mac semblait se débattre avec de gros problèmes qu'il n'avait pas l'intention de partager avec elle.

Elle avait quitté Aspen le vendredi matin et avait fait le trajet en cinq jours, en raison d'une fatigue grandissante et de nausées matinales qui se faisaient maintenant sentir, exacerbées par la nourriture peu raffinée qu'elle grappillait dans les fast-food de bord de route. Elle comprit vite qu'il lui fallait se reposer correctement et chercher des magasins où trouver des fruits, du pain correct, des jus de fruits frais et des salades, parce que les hamburgers-frites et les sodas ne convenaient pas à son état.

Elle était arrivée à Spruce Bay le mardi après-midi, il y avait six jours, pour trouver Daisy sereine et pimpante à la perspective de son mariage qui approchait à grands pas. Toute gêne résiduelle à propos du fait que Tucker, son fiancé, avait autrefois projeté d'épouser Lee fut rapidement évacuée.

Ces événements remontaient à dix ans. Dès le début, envisager une relation amoureuse entre Tucker et elle avait été une erreur. Ils étaient amis, rien de plus. Aujourd'hui, Tucker semblait en adoration devant l'énergie brillante, créative et très féminine de Daisy, et Lee se rendait compte qu'elle n'était pas le genre de femme qu'il lui fallait. Pas plus, d'ailleurs, qu'il n'était son genre d'homme. Si quelqu'un lui manquait cruellement, c'était Mac, ce qui n'avait pas de sens puisqu'il n'avait jamais été question d'amour entre eux. Ils avaient simplement savouré leur histoire au présent, sans se poser de question.

En observant Daisy et Tucker durant la cérémonie toute simple du mariage, avec la fiancée si belle dans sa robe au charme irrésistible, et le fiancé incapable de cacher son amour, Lee avait essayé d'imaginer Mac et elle à leur place. Sans y parvenir.

Il n'avait pas cherché à la contacter. Sans doute avait-il reçu une réponse positive pour ce poste à Barrier Mountain, et il devait maintenant préparer son départ pour l'Idaho. Qu'avaient-ils partagé qui puisse lui faire espérer un avenir avec lui ? Des fleurs, un voile et la promesse d'un amour éternel ? Rien. A aucun moment, ils n'avaient formé un couple.

— Mais nous n'avons pas véritablement mis fin à notre relation, répéta-t-il.

— Non, en effet.

— Et si tu n'étais pas tombée enceinte, que se serait-il passé ? Avais-tu déjà prévu de rompre avec moi ?

— Mais non, pas à ce moment-là. Je…

— Pas à ce moment-là ?

— Nous nous sommes rencontrés dans le bar d'une station de ski, Mac. Ce n'est pas à proprement parler le cadre propice à une relation à long terme.

— J'ignorais que tu étais aussi cynique…, reprit-il après un bref silence. Tu étais prête à rompre au cas où les choses deviendraient plus sérieuses ?

— Non ! J'étais vraiment bien avec toi, si tu veux savoir. Vraiment bien !

J'avoue que ça m'a fait un peu peur, et que je me suis demandé une ou deux fois si je ne me laissais pas embarquer dans une histoire qui me dépassait.

— Alors pourquoi as-tu préféré rompre parce qu'un événement imprévu surgissait ?

— Un énorme événement, souligna-t-elle.

— Oui. Un événement dont nous aurions dû parler, et

à propos duquel nous aurions dû réfléchir ensemble. Un événement…

Il reprit sa respiration.

— … Un vrai défi, conclut-il.

— Un défi ?

— Oui ! Pour moi. Je ne peux pas parler pour toi. Et tout cela arrive justement au moment où j'ai des décisions à prendre pour mon avenir. Et puis, avant que je puisse réfléchir, tu pars !

— Es-tu en train de dire que tu aurais songé à abandonner ta joyeuse vie de célibataire ?

Elle vit qu'il marquait le coup, mais il se reprit vite.

— Joyeuse vie de célibataire, comme tu y vas ! Je ne m'appelle pas Adam Panik !

Elle ignora sa remarque.

— Es-tu en train de me dire que tu cherchais autre chose qu'une aventure pour la saison ? reprit-elle. Même pas pour toute la saison, à vrai dire, puisque tu projetais de tout planter là et de partir pour l'Idaho. L'idée t'excitait. Tu disais que tu n'avais pas encore pris ta décision, mais quand tu en parlais, tu laissais entendre que tu accepterais le poste si on te le proposait. Tu avais passé d'excellents moments avec ta famille et tes amis, et tu avais très envie de les retrouver. A propos, que s'est-il passé ? Tu as obtenu le poste ?

— Oui. Ils m'ont appelé vendredi après-midi, cinq heures environ après ton départ. Ils voulaient que j'aille finaliser avec eux les derniers détails.

— Dans ce cas, que fais-tu ici ?

— J'ai refusé le poste.

— Mais pourquoi ?

— Bon sang, Lee ! s'exclama-t-il en frappant le comptoir de son poing. Pour te rejoindre dans l'Est, être père !

— Ça t'a pris comme ça ?

— Non, pas comme ça ! Toi-même, tu n'as pas quitté Aspen pour revenir t'installer ici ?

— J'y ai de la famille.

— Moi aussi. J'ai un enfant.

— Pas encore.

— Si, déjà.

Il s'approcha et posa une main sur son ventre par-dessus l'épaisseur molletonnée de la robe de chambre. La possessivité du geste et le contact de sa main lui coupèrent le souffle, et elle sentit son aura l'envelopper, chaude et bienfaisante.

— J'ai un enfant, là, en toi, dit-il. Réel et bien vivant, et qui a besoin de ma protection. Que pouvais-je faire d'autre ?

Son cœur fit un bond dans sa poitrine. C'était une déclaration si énorme sur son intention de s'impliquer dans l'existence de l'enfant qu'elle se sentait toute désorientée. Cette vague de soulagement, par exemple, était-elle une illusion ? Qu'attendait-elle de lui ? Son ton exprimait plus de colère que d'amour, et elle ne savait que penser.

Il glissa un bras autour de ses épaules, et elle éprouva le violent désir de se laisser aller contre son torse. Mais cela ne résoudrait rien.

Il avait laissé sa main sur son ventre, là où le bébé ne se manifestait pas encore. Bientôt, ses muscles s'assoupliraient pour permettre à son corps de s'étirer et de gagner en volume.

— Est-ce que tu le sens ? demanda-t-il, comme si ses pensées suivaient la même direction que les siennes.

— Pas encore.

— Tu as vu un médecin ?

— J'ai rendez-vous demain.

— J'arrive donc au bon moment.

Elle se retourna et l'observa.

— Tu fais comme si tout était simple, mais c'est faux, dit-elle.

— Ça l'est pour moi. Du moins, en partie.

— C'est impossible.

Les yeux noirs de Mac étincelèrent.

— Tu oublies que c'est aussi *mon* enfant. Tu n'as pas le droit de m'écarter. J'ai mon mot à dire dans les décisions à prendre à son sujet, et tu ne continueras pas à faire comme si de rien n'était. Je suis venu mettre les choses au point.

Il paraissait si déterminé qu'il lui fit un peu peur. Et qu'il l'irrita aussi.

— Tu n'as pas besoin d'agir comme si nous étions en conflit, Mac. Qu'est-ce qui te fait penser que je continuerai ma vie comme si de rien n'était ? Je prends cette grossesse très au sérieux, et je ne vois pas pourquoi tu supposes le contraire.

— J'ai peut-être tort, grommela-t-il. Ça reste à voir.

Elle lutta pour garder son sang-froid et prit une inspiration.

— Deux choses bien distinctes sont en jeu, dit-elle. D'une part, il y a le fait que nous allons avoir un enfant ensemble, et, de l'autre, la question de savoir si nous avons une relation, et je refuse de les mélanger.

— Ne le sont-elles pas déjà ?

— Non ! Je ne commettrai pas l'erreur de croire que le fait que tu comptes t'impliquer par rapport à l'enfant signifie que nous sommes ensemble. Ce serait une grave erreur. Tu ne peux pas habiter ici, Mac ! Tu ne peux pas faire irruption dans ma vie et exiger d'être logé alors que nous ne savons même pas si nous sommes ensemble.

— Bien sûr que non.

Tout en maugréant, il se mit à arpenter la cuisine.

— Mais tu disais…, murmura-t-elle.

— Tu ne me tiens pas en très haute estime, n'est-ce pas ?

— Mac…

— Autrement que comme partenaire sexuel, bien sûr.

— Tu disais…

— Je n'étais pas sérieux. Imagines-tu vraiment que je vais t'imposer ma présence avant que nous ayons trouvé un arrangement ?

— Non, je…

Il la dévisagea.

— Attends un instant ! Tu te figurais peut-être que j'allais m'incruster chez toi et te courtiser jusqu'à ce que tu me jures un amour éternel ?

— Je ne sais pas ce que je me figurais, dit-elle faiblement, car dans sa bouche tout devenait ridicule. C'est toi qui as dit que tu t'installais ici.

— Je n'étais pas sérieux, répéta-t-il. Je suis venu souligner un point important.

— Quel point ?

— Que j'existe et que je suis partie prenante dans l'affaire.

— Alors, où vas-tu aller, comment vas-tu te débrouiller, que vas-tu faire ?

La colère de Mac avait encore monté d'un cran. A présent, le regard étréci entre ses paupières, la bouche mauvaise, il était furieux. Et pas question de le ramener à de meilleurs sentiments avec un baiser qui lui rappellerait ce qu'ils avaient partagé au Colorado.

— Que tu me croies ou non, je ne suis pas à la rue, Lee.

— Je n'ai jamais dit…

— J'ai des économies, un CV qui tient la route, et comme aime le répéter ma mère, je ne suis pas paresseux. Je n'avais aucune intention de vivre à tes crochets ou de m'installer dans ton canapé pour regarder la télé toute la journée.

— Mac, je n'ai jamais dit…

— Je trouverai un logement et je chercherai du travail. J'ai été plutôt flatté de constater que les gens de Barrier Mountain tenaient vraiment à m'engager. Ce ne devrait pas être trop difficile de trouver quelque chose dans la région.

— Non, bien sûr.

— Et il semble que tu aies raison. Quelque chose s'est terminé entre nous au Colorado. Ce qui remet en question notre relation, mais pas mon implication. Parce que je ne serai pas le père d'un enfant qui disparaîtra de ma vie.

Sa voix se fêla.

— Je ne te laisserai pas non plus vivre ta grossesse sans moi. Je n'irai pas vivre à des milliers de kilomètres. Je ne sais pas ce que j'ai dit ou fait qui a pu te mettre cette idée en tête.

Il avait raison sur ce point. Complètement raison. Et elle en était malade de honte.

— Je n'aurais pas dû faire de telles suppositions.

— Non, tu n'aurais pas dû. Tu aurais mieux fait de me laisser du temps. Finalement, je ne prendrai pas de café.

Il se dirigea vers la porte. Il était en haut des marches quand il se retourna.

— Envoie-moi par texto le nom du médecin, l'heure et le lieu de ton rendez-vous de demain. Je te verrai là-bas.

8

Les mains dans les poches, les épaules voûtées, Mac faisait les cent pas devant le cabinet de l'obstétricienne quand Lee arriva, le lendemain matin.

Le groupement de praticiens avait élu domicile au milieu d'un jardin splendide, dans une belle maison victorienne ornée de tourelles, de fenêtres en saillie, de vérandas courant le long des façades. Lee pensa que, pour ses rendez-vous prénataux, ce serait un bel endroit, qui lui permettrait d'observer le passage du printemps et de l'été tandis que son corps se modifierait et que le bébé grandirait.

Mac paraissait différent de la veille. Rasé, reposé, il avait bien meilleure mine. De plus, il s'était habillé pour l'occasion avec plus de recherche que d'habitude.

Elle ne lui connaissait pas cette veste de daim, ce pantalon noir, cette chemise d'un bleu gris raffiné, ni ces élégantes chaussures noires. Elle l'avait toujours vu, soit en pantalon, chaussures de ski et anorak, soit en jean, T-shirt et tennis.

Il s'était habillé pour l'entrevue avec le médecin, afin de prouver qu'il était à la hauteur de son rôle de futur père. Il aurait été difficile de le décourager, même si elle l'avait voulu.

Et elle ne le voulait pas.

Dans ce domaine, il restait beaucoup à explorer, mais en dépit de leur dispute de la veille, au fond d'elle-même, elle était émue et heureuse qu'il ait fait tous ces kilomètres pour la rejoindre.

— Ecoute, Lee, je reconnais que j'y suis allé trop fort hier, dit-il dès qu'ils se furent salués.

Les mots s'étaient précipités sur ses lèvres, comme s'il les tenait prêts depuis des heures.

— J'étais fatigué. Et en colère, ajouta-t-il après quelques instants. Et angoissé.

— Pourquoi angoissé, Mac ?

Le ciel était gris ce matin-là, et un petit vent froid soufflait. Il n'aurait pas dû l'attendre dehors.

— L'idée que tu puisses avoir mis plus de trois mille kilomètres entre nous parce que tu ne voulais pas que j'ai mon mot à dire m'angoissait.

— Seulement parce que je pensais que tu n'en avais pas envie ! Et je ne voulais pas élever mon enfant seule à Aspen, risquant de croiser dans la rue un père qui ne voudrait même pas le regarder, et…

Voyant resurgir la colère de Mac, elle se tut et leva une main en signe d'apaisement.

— Je sais, je n'aurais pas dû faire de telles suppositions, mais… je suppose que j'avais peur, moi aussi. C'est si nouveau, si inattendu et si loin de moi aussi.

Sa voix s'était enrouée. Il la dévisagea avec curiosité.

— Si loin de toi ?

— Je n'avais jamais envisagé la maternité. J'étais heureuse, je menais la vie que je désirais.

— Tu n'avais pas envie d'avoir d'enfant ?

Il y avait quelque chose dans son expression qu'elle ne comprenait pas bien, mais puisqu'ils semblaient chercher un terrain d'entente, elle décida de jouer franc jeu.

— Je pensais que j'en aurais envie un jour, répondit-elle. Dans ma tête, je situais ce moment dans un avenir lointain. Je pensais que je soupèserais la question, que j'en parlerais longuement avec mon compagnon, lorsque nous aurions déjà passé beaucoup de temps ensemble et que nous serions sûrs de notre amour…

— Tu envisageais, après mûre réflexion, de faire un enfant avec un homme sans visage ?

— Oui. J'ai toujours pensé qu'il était très important de bien réfléchir, d'être sûre que je franchissais cet énorme pas pour de bonnes raisons.

— Et voilà que ça te tombe dessus sans prévenir, et que, au lieu de l'homme idéal avec qui tu aurais vécu une merveilleuse relation, tu te retrouves avec un pauvre diable que tu connais depuis deux mois et trois semaines pour père.

Il enfonça plus profondément ses mains dans ses poches et son dos se voûta davantage.

— Ce n'est pas ce que je veux dire, Mac. Tu es aussi coincé avec moi comme mère de ton enfant que je le suis avec toi comme père. Et… je suis vraiment désolée de m'être si mal conduite dans cette affaire.

— Coincée avec mon ADN, mon faible revenu et mes idées bizarres sur l'éducation des enfants…

Il cherchait à la dérider, mais elle n'y était pas tout à fait disposée. Il avait peut-être des idées bizarres en matière d'éducation, mais peut-être qu'elle aussi.

— Nous n'avons pas réfléchi à grand-chose, Mac.

— Pas encore.

— Je veux dire, pour ce que j'en sais, tu pourrais avoir déjà un enfant.

— Non, dit-il après un bref silence. Non, je n'ai pas d'enfant.

Il la dévisagea.

— Est-ce que ce serait un problème ?

— J'aurais un très long entretien avec la mère.

Elle s'attendit à ce qu'il rie ou, du moins, sourie, mais il resta de marbre. L'air sombre, il fixait un point au loin, et elle se rendait compte qu'il se passait quelque chose de douloureux en lui. Il avait affirmé qu'il n'avait pas d'enfant, mais après un moment de flottement. Soudain, elle se demanda si elle devait le croire. Lui mentirait-il sur un sujet aussi important ?

— Pourquoi restons-nous dehors ? demanda-t-il d'un ton abrupt.

— Parce que tu t'es lancé dans une grande discussion avant que nous ayons franchi la porte.

— Il le faut bien, non ?

— Oui, mais ce n'est ni le lieu ni l'heure.

— C'est vrai.

— Y a-t-il autre chose que tu souhaites me dire maintenant ?

Il y avait autre chose, elle le sentait.

Il secoua la tête.

— Quelle heure est-il ? demanda-t-elle.

Il sortit son portable de sa poche et consulta l'écran.

— Nous ferions mieux d'entrer. Il doit y avoir une tonne de formalités à remplir.

— Où as-tu dormi cette nuit ? demanda-t-elle comme ils montaient les marches de bois.

Elle avait l'impression d'être une épouse jalouse cherchant à connaître les faits et gestes de son mari.

— J'ai trouvé un établissement qui loue à la semaine des cottages de vacances, et j'en ai retenu un. Je préfère ne pas louer d'appartement tout de suite. Si je trouve un emploi plus au nord, à Whiteface ou Titus Mountain, je chercherai par là.

— Bonne idée.

Whiteface était à deux heures de route, Titus Mountain encore plus loin. Trouver à se loger près des pistes était coûteux, mais on pouvait trouver des loyers abordables si l'on acceptait de s'éloigner un peu.

Mac lui ouvrit la porte et s'effaça pour la laisser passer. Elle réfléchissait encore à ses projets qui semblaient si indépendants des siens. Dans une semaine, il se pourrait qu'il vive à deux heures de route de Spruce Bay, et pourtant, il affirmait sans la moindre hésitation vouloir l'accompagner tout au long de sa grossesse et s'occuper de l'enfant.

— Qu'allons-nous dire aux gens ? demanda-t-elle quand ils furent installés dans la salle d'attente après avoir rempli les différentes formalités.

— Ça ne les regarde pas.

— Mais la question sera forcément soulevée. Le Dr Cartwright voudra le savoir. A moins qu'elle ne soit de ces personnes qui appellent toutes les femmes enceintes « la maman ».

— Laisse-la dire. « Votre mari, votre compagnon, le papa ». Ça m'est égal.

Pas à moi.

Cela l'ennuyait qu'ils puissent se retrouver dans des rôles qui ne reflétaient pas la vérité. Mari et femme, ou même ex-compagnons entretenant des relations amicales. Qu'étaient-ils l'un pour l'autre, et que seraient-ils ?

Même s'ils ne formaient pas un couple, ils seraient liés de façon intime. Pour elle, cette situation était étrange et plutôt inconfortable.

Elle se rappelait l'aisance avec laquelle elle avait désiré Mac, quand ils s'étaient connus au Colorado, et la décontraction de leurs rapports.

Désormais, plus rien ne semblait aisé ni naturel. Elle avait une conscience aiguë du corps de Mac près du sien, alors qu'ils patientaient dans la salle d'attente. Le moindre de ses gestes la troublait. Quand il croisait et décroisait les jambes, se frottait la joue, soupirait d'ennui. Il était agacé et ne parvenait pas à trouver un magazine qui retienne son attention.

Elle avait envie de poser son épaule sur la sienne, de lui donner un baiser impertinent, plein de promesses pour plus tard, de lui demander où ils iraient déjeuner, bref, de se comporter avec lui comme avant.

Quand ils s'entendaient si bien.

Il ne semblait plus rien avoir de commun entre avant le test de grossesse et maintenant. Elle avait l'impression d'avoir basculé dans un nouvel univers dont elle ignorait les règles, tout comme, autrefois, elle n'avait pas su endosser le rôle de fiancée de Tucker.

Mac n'était pas seul en cause, elle en avait conscience. Peut-être même ne l'était-il pas du tout. Ainsi qu'il l'avait dit, elle était un chat qui n'avait aucune envie qu'on l'accompagne sur son chemin.

Qui sait ? Peut-être finirait-elle par donner le jour à son chaton sur une pile de journaux, au fond d'un placard ?

Pouvait-elle partager cette plaisanterie avec lui ? En rirait-il ?

Elle en doutait. Son intuition lui disait que c'était trop proche de la réalité pour être drôle.

De toute façon, elle n'en avait plus le temps car une infirmière l'appelait.

— Tout s'est bien passé, constata Mac.

Une fois de plus, ils se retrouvaient devant la maison victorienne qui abritait le cabinet de la gynécologue, hésitant à se séparer de façon abrupte.

Elle percevait le soulagement de Mac. Il semblait un peu dépassé, comme s'il avait craint quelque chose de différent, et comme elle se sentait à peu près dans le même état d'esprit, elle décida de ne pas le questionner plus avant.

Elle acquiesça en souriant.

— Oui. C'était bien.

Mieux que bien.

Le terme de sa grossesse était fixé au 23 septembre, et ils avaient reçu quelques éclaircissements. Tout d'abord, la gynécologue leur avait expliqué que les préservatifs retrouvés au fond du tiroir étaient sans doute trop proches de la date limite d'utilisation pour être fiables. Quant au semblant de règles qu'elle avait cru avoir en janvier, il s'agissait en fait d'un léger saignement susceptible de se produire en début de grossesse. Elle en était donc presque à trois mois.

— J'ai l'impression de sortir du bureau du principal sans avoir été puni, déclara Mac.

— Ça t'arrivait souvent ?

— Qu'on me colle des retenues ? Très souvent ! D'y échapper, pratiquement jamais.

— Tu étais donc un vilain garnement ?

— Oh ! ce n'était pas bien méchant. En tout cas, la police n'a jamais eu à intervenir.

— C'est bon à savoir. Qu'as-tu fait de pire ?

— Mettre le feu aux vestiaires des filles.

— L'établissement n'a pas appelé la police ?

— C'était un accident ! protesta-t-il avec de grands yeux innocents.

— Je n'oserai pas mettre ta parole en doute.

Ils se sourirent, heureux de retrouver un peu de l'aisance de leurs anciens rapports. C'était un vrai soulagement. Ils continuèrent de se sourire, plus tendrement, et ils échangèrent un long regard brûlant. Il était si beau. Elle aimait tout chez lui, son corps souple et musclé, sa peau mate, ses yeux qui reflétaient son âme. Elle eut un pincement au cœur. Elle ne voulait pas de distance entre eux, elle ne voulait pas oublier le bonheur qu'ils avaient connu ensemble.

Il ne semblait pas non plus le désirer, et il soutint son regard. Peu à peu, il s'apaisa, et quand elle s'approcha sans même y penser, il lui tendit les mains. Elle les prit, et leurs doigts s'étreignirent. Puis il se pencha et posa sur ses lèvres un baiser si bref qu'elle n'eut pas le temps d'y répondre.

— Tu sais, aujourd'hui non plus, je ne suis pas un mauvais garçon.

— Tu peux être un peu méchant, si tu veux…

— Ah bon ?

— J'aime bien les mauvais garçons.

Ce fut leur meilleur moment ensemble depuis l'annonce de sa grossesse. Si seulement ils pouvaient retrouver la légèreté de leurs rapports, au Colorado…

— Tu veux boire un café ? proposa-t-il.

— J'aimerais bien, mais j'attends une livraison, et il faut absolument que je sois présente.

La consultation avait duré plus longtemps qu'elle avait prévu. Pure naïveté de sa part. Mac, lui, n'avait pas été surpris du nombre de questions posées par l'obstétricienne. Mais sa sœur avait des enfants, se rappela-t-elle. Apparemment, il avait glané à son contact deux ou trois informations.

A vrai dire, elle ignorait tout de la grossesse. Elle n'appartenait pas à cette catégorie de femmes capables de calculer la date de leur terme avant de se rendre chez le médecin, et qui avaient lu quantité d'ouvrages sur le sujet.

Peut-être ferait-elle bien de s'en procurer au moins un.

— Dans ce cas, offre-moi un café chez toi, suggéra Mac.

— Si c'est sur ta route.

— Je n'ai rien d'important de prévu, aujourd'hui, à part peut-être un ou deux coups de téléphone. Ce n'est donc pas un problème.

— Dans ce cas, d'accord.

Ils eurent tous deux un moment d'hésitation. Elle aurait aimé se blottir dans ses bras, mais ce genre de gestes était désormais exclu de leur accord. A vrai dire, ils n'avaient pas vraiment d'accord. Ils avaient juste décidé la veille, dans un moment de rancœur, qu'ils ne formaient plus un couple. En réalité, elle ne l'avait pas encore intégré.

— Tu ne trouves pas que c'était formidable de voir son cœur battre ? demanda-t-il soudain.

— Si ! J'ignorais que ce soit déjà possible.

— Vraiment ?

— Oui ! Quand elle a posé le truc sur mon ventre, je n'arrivais pas à croire à ce que nous voyions, mais quand elle a trouvé le cœur et que nous l'avons vu battre, alors…

— Je sais. C'est incroyable.

Ils se sourirent et rassemblèrent leur courage pour se tourner le dos et regagner leurs voitures respectives.

— A tout de suite, dit-elle.

— D'ici une demi-heure !

Elle l'aimait bien. Beaucoup, même.

Si je n'étais pas tombée enceinte, nous aurions pu continuer notre histoire sans pression. Et alors, pas question de décisions, de projets, de compromis ou d'étiquettes. Nous n'aurions pas eu à nous interroger sur nos sentiments ou nos raisons d'être ensemble. C'est ma grossesse qui nous vaut tous ces ennuis.

Un instant, elle ressentit de l'irritation en songeant au gâchis qu'était devenue sa vie, et un élan de ressentiment contre elle-même la saisit pour n'avoir pas seulement songé à se débarrasser de son fardeau. Puis elle se figea, effrayée par la violence de ses pensées. Une vie gâchée, un enfant dont il fallait « se débarrasser ».

Non, jamais !

Un cœur battait en elle.

Un minuscule être, d'un sexe encore inconnu, travaillait d'arrache-pied à grandir, à se développer, et à devenir une personne dont la survie dépendait entièrement d'elle, de chaque bouchée qu'elle avalait, de chaque gorgée de boisson.

Dire qu'il lui gâchait la vie ? Jamais !

Petit bébé chéri, ce n'est pas le fond de ma pensée. Je ferai tout pour que tu deviennes grand et fort, je te le promets. Je t'aime.

Sous le coup d'une intense émotion, elle ravala ses larmes et emprunta la voie lente tant sa vue était brouillée. Elle savait que, quoi qu'il arrive dorénavant, elle ne souhaiterait jamais que cet enfant retourne au néant. Elle éprouvait un tout nouveau besoin de le protéger et de le chérir. Et c'était une sensation… merveilleuse, qui dépassait de loin tout ce qu'elle aurait pu imaginer.

Mac l'attendait devant le bureau de Spruce Bay Resort. L'équipe de paysagistes de Tucker était venue le matin préparer les parterres en vue des plantations de printemps, mais ils étaient repartis, et il n'y avait pas trace des camions de livraison de vin, bières et spiritueux pour le bar-restaurant.

Comme la veille, ils s'engagèrent dans l'escalier menant à l'étage. Elle avait l'impression de sentir sa chaleur, à moins que ce soit les déplacements d'air engendrés par ses mouvements. L'hostilité de la veille s'était évaporée.

Prendre le café ensemble dans la cuisine familiale des Cherry leur offrait une seconde chance de se conduire en êtres raisonnables. La veille, elle en avait préparé, mais dans la tourmente de leur discussion, ils ne l'avaient pas bu.

— Tu as déballé tes tasses, fit-il remarquer.

— Oui, mais Mary Jane m'en a fait remettre la moitié dans les cartons, parce qu'il n'y a pas assez de place.

— En tout cas, je vois que la collection « couvertures de livres » est disponible. Est-ce que la même règle s'applique toujours ?

— Oui, bien sûr !

— Tant mieux. Parce que j'ai ajouté une lecture à ma liste.

Elle éclata de rire.

— Tu es fou !

— Que veux-tu, avec ma tablette, le monde des livres m'appartient ! Ces tasses valent bien n'importe quel guide pour me conseiller dans mes choix !

— C'est vrai. Alors, à quel nouveau titre as-tu droit ?

— *Un cadavre dans la bibliothèque,* un classique de la reine du crime.

— C'est de la triche, tu choisis les livres les plus faciles ! Il faut que je révise mes règles.

— Bon, si tu y tiens, je lirai ensuite *Les Grandes Espérances.* Mais, au passage, je te ferai remarquer qu'*Une chambre à soi* n'est pas spécialement facile, même si c'est court.

— Tu es vraiment fou !

— C'est un trait de caractère que tu apprécies chez moi.

— Exact.

Ils oublièrent qu'ils avaient rompu. Cela paraissait si naturel de se rapprocher, de se laisser aller l'un contre l'autre et de se regarder dans les yeux. Il appuya son front contre le sien et posa un baiser chaste sur ses lèvres, mais en s'attardant un peu plus longuement que précédemment.

— Promets-moi…, murmura-t-il.

— Que veux-tu que je te promette ?

Elle lui prit le visage dans ses mains, redécouvrant la texture de sa peau, la forme de sa mâchoire, et elle songea qu'il n'existait pas sur Terre un homme qui puisse autant lui plaire.

Il écrasa son sourire sur ses lèvres, les ouvrit pour mieux explorer sa bouche.

— Que tu prendras bien soin de toi, dit-il en s'écartant

juste le temps de prononcer ces quelques mots. Et que tu me laisseras aussi te gâter.

— Je ne devrais pas autant aimer l'idée.

Et je ne devrais pas aimer caresser ton dos, parce que ça me distrait.

— Pourquoi ?

— Parce que je suis un chat, souviens-toi. Je suis indépendante.

Elle frotta sa joue à la sienne.

— Les chats aiment être dorlotés, dit-il.

— Seulement quand ils l'ont décidé.

— Et que faut-il pour que tu le décides ?

— Mmm, question intéressante…

— Sérieusement, Lee.

Il recula pour la regarder.

— Sérieusement quoi ?

— Sérieusement, promets-moi de faire attention à toi. Et au bébé. Très, très, attention.

— Bien sûr, Mac. Tu peux avoir confiance en moi.

Elle caressa de nouveau son visage.

— Je ne sais pas. Mais si tu es sûre de toi, promets.

— Je te le promets, Mac. Au début, j'étais angoissée, c'est vrai. Mais à présent, j'aime ce bébé de tout mon cœur. Quand j'ai vu son minuscule cœur battre, ce matin…

Une fois encore, elle refoula ses larmes.

— Je te crois, dit-il doucement.

Mais il lui sembla qu'il doutait encore. Une larme roula sur sa joue, et il l'effleura délicatement du bout du doigt, comme s'il s'était agi d'une pierre précieuse.

— J'ai confiance en toi. De toute façon, ajouta-t-il d'une voix qui sonnait un peu faux, je n'ai pas le choix.

Il l'embrassa, comme s'il cherchait une confirmation, puis la passion reprit ses droits. Et elle mit tout son cœur dans son baiser en espérant lui insuffler sa confiance.

Oui, Mac, je prendrai soin de moi, et du bébé. Sens mon étreinte, sens mes baisers, et crois-moi.

Elle glissa les mains sous sa chemise et caressa son dos musclé. Comme cela lui avait manqué ! Tout lui avait manqué. La distance entre eux, la brouille des derniers jours au Colorado, et puis l'interminable voyage avaient estompé sa nostalgie, mais maintenant qu'il était là, elle se rappelait tout, et elle avait terriblement besoin de lui.

— C'est si bon de t'embrasser, murmura-t-il.

— Allons au lit, chuchota-t-elle contre ses lèvres. S'il te plaît.

Il poussa une sorte de grognement de fauve affamé.

— Comment veux-tu que je refuse une pareille proposition ?

Il la souleva dans ses bras comme si elle ne pesait pas plus que le chat qu'elle avait peut-être été dans une autre vie, et lui fit franchir le seuil telle une jeune épousée.

— Quelle chambre ? demanda-t-il.

— Celle-ci.

— Mais c'est un lit de célibataire, Lee…

Il baissa sur elle des yeux noirs brillant de désir.

— Il fera l'affaire, dit-elle, le souffle coupé par la passion qu'elle lisait dans son regard.

— Pour ce que je veux te faire, il ne suffira pas tout à fait.

Il la posa à terre et glissa une main entre ses jambes.

— Nous nous serrerons, dit-elle.

— Es-tu toujours aussi positive ?

Il suivit la couture du jean derrière laquelle se dissimulait son sexe déjà humide.

— Oui, quand il s'agit de coucher avec toi, répondit-elle d'une voix tremblante d'impatience. J'ai appris que ça en vaut toujours la peine.

— Voyons, dans ce cas.

Il dégrafa son jean et le fit glisser le long de ses jambes. Ensuite, il lui ôta son haut et son soutien-gorge tout en embrassant ce qu'il trouvait de peau dénudée. Puis il s'agenouilla devant elle et pressa son visage contre la toison de son sexe, lui maintenant solidement les hanches avec ses fortes mains tandis qu'elle emmêlait convulsivement ses doigts à ses cheveux.

Il faut que ça change...

Il n'aurait pas dû y songer, pas pendant que Lee et lui étaient en train de faire l'amour, mais les pensées qui roulaient dans sa tête l'empêchaient de se détendre. Il aimait le corps de Lee, il aimait ses muscles fermes et déliés, et, par contraste, la douceur de ses seins pleins et de ses fesses rebondies. Il aimait sa souplesse, la profondeur de son souffle et la merveilleuse sensation d'être en elle quand elle s'étirait pour l'accueillir.

Il avait toujours eu un faible pour les femmes athlétiques et néanmoins féminines, et dans le passé, cela lui avait coûté cher. Ebloui par un beau corps, il avait oublié de prêter attention au reste, jusqu'à ce qu'il subisse un retour de manivelle dont il n'était pas encore guéri.

C'était fini et bien fini avec Sloane. Mais le reste de l'histoire ne l'était pas.

Il ferait mieux de ne pas y penser maintenant.

Lee est différente. Elle est plus âgée, moins hystérique. Nous avons davantage en commun. Nous rions plus ensemble. Elle est plus gentille, plus généreuse, et...

— Hé, murmura-t-elle, tu n'es pas avec moi, ou c'est une impression ?

Elle fixait sur lui ses yeux bleu-vert, et ses lèvres pincées lui donnaient un air sévère. Il aurait voulu l'embrasser jusqu'à ce qu'elles s'entrouvrent pour soupirer et balbutier son nom.

— Que se passe-t-il, Mac ?

— Rien. Le médecin n'a pas parlé des dangers éventuels des relations sexuelles ?

— Ecoute, Mac, elle nous aurait avertis si nous devions nous abstenir de faire l'amour. Je suis sûre que le monde est plein de femmes enceintes qui se livrent à des ébats sexuels. Personnellement, j'aime me sentir différente. Ça m'excite.

— Oui ?

— Je me sens plus douce...

Elle s'agita un peu sur lui.

— Plus ronde..., ajouta-t-elle.

— Tu n'as encore rien de rond.

Il ne put s'empêcher de poser une main sur son ventre. Chaque fois, c'était la même promesse renouvelée.

Je te protégerai, mon bébé. Tu peux compter sur moi. Tu n'as pas seulement une maman, tu as aussi un papa. Et, cette fois, je ferai n'importe quoi pour te garder sain et sauf.

— Ici, je suis ronde, dit-elle en lui prenant la main et en la posant sur un sein. Sens. J'adore. Ils ont grossi, n'est-ce pas ?

Il prit chaque sein l'un après l'autre et les soupesa. La peau de Lee était douce comme du satin, et les pointes qui durcissaient soudain semblèrent jaillir contre sa paume. Les mamelons étaient plus sombres et plus gros, eux aussi, constata-t-il.

— Tu ne les aimes pas ? lui souffla-t-elle.

— Je dois avouer que… si, je les aime, beaucoup, beaucoup.

Il enfouit son visage entre les tendres rondeurs.

Dieu, que c'était bon !

Puis il prit les pointes dans sa bouche et les excita des lèvres, de la langue et des dents tandis que la respiration de Lee s'accélérait. Et comme le mouvement de va-et-vient de sa poitrine soulevait ses seins de façon provocante, ses caresses redoublèrent d'ardeur.

— J'aime que tu les aimes, dit-elle d'une voix mal assurée.

Il titilla les pointes en les frottant avec les jointures de ses doigts repliés. Avec un petit cri, elle se cambra, et il la fit basculer sur lui. Puis il les reprit entre ses lèvres, son sexe en érection pressé contre elle.

Ensuite, il l'attira contre lui et caressa ses fesses. Elles étaient si fermes, si douces. Il les adorait.

— Bon, mettons notre programme à exécution. C'est ce que tu veux, n'est-ce pas ? chuchota-t-il.

— Oui !

Il se plia de bonne grâce à ses volontés.

9

— Pourquoi tends-tu l'oreille ? lui demanda Mac un peu plus tard.

— J'ai cru entendre le camion de livraison de boissons. Mais c'est un bateau sur le lac.

Ils étaient allongés sur son lit, comblés et heureux. Elle n'osait pas parler de peur de gâcher ces instants magiques.

Elle ne savait trop comment interpréter ce qui venait de se passer, jusqu'à quel point elle devait croire à une réconciliation. Ils semblaient être revenus à l'époque du Colorado, mais elle savait bien que c'était impossible. Trop de choses avaient changé.

— Quand ta sœur revient-elle ? s'enquit Mac.

— Laquelle ?

— Celle qui vit ici. Mary Jane.

— Demain.

— Je regrette qu'elle ne soit pas partie plus longtemps.

— Tiens donc !

— En dépit de sa taille inadéquate, je dois dire que ton lit est plus confortable que celui du cottage de la sortie 21.

— Est-ce que ça signifie que tu comptes y revenir bientôt ?

Sous des dehors de plaisanterie, la question n'était pas anodine, et il mit un peu trop de temps à y répondre.

— Hier, j'étais en colère, dit-il enfin. Et j'avais peur.

— Peur ?

— C'est angoissant d'avoir un enfant. C'est tellement

important. J'ai réagi trop vivement, et je te prie de m'en excuser. Nous pourrions peut-être laisser venir et voir où cela nous mène.

— A vrai dire, cela nous mène toujours au même endroit.

— Un endroit bien agréable.

— Je ne te contredirai pas sur ce point.

Elle se blottit plus étroitement contre lui, traçant du bout de l'index des dessins sur son torse, puis s'aventurant plus bas.

— Comment les tiens ont-ils pris la nouvelle de ta grossesse ? demanda-t-il après quelques instants.

— Je ne leur en ai pas parlé.

Dès qu'elle eut prononcé ces mots, elle comprit que l'ambiance allait se dégrader. De fait, elle le sentit se crisper.

— Tu ne leur as pas dit ?

— Pas encore.

Il prit l'air méfiant.

— Comment expliquent-ils ton retour définitif ?

Cela non plus, je ne leur ai pas encore dit.

Elle resta muette, mais son silence était éloquent. En la voyant arriver en voiture, quatre jours avant le mariage de Daisy et Tucker, plutôt que la veille, en avion, ses parents et ses sœurs avaient été surpris, et un peu inquiets.

Elle avait alors expliqué qu'elle avait besoin de faire une pause. Naturellement, elle devrait sous peu soulever la question de son installation à Spruce Bay. Savoir s'il existait une possibilité qu'elle obtienne un salaire en aidant Mary Jane et Daisy à tenir l'hôtel, ou si elle devrait chercher du travail ailleurs. Elles devraient tenir conseil pour débattre de ces sujets.

Daisy avait déménagé ses affaires dans le très agréable appartement de Tucker, au-dessus des locaux commerciaux de son entreprise paysagiste. Elle continuerait cependant à s'occuper du restaurant de Spruce Bay, partiellement ouvert durant la morte saison, mais tournant à plein l'été. Elle serait donc ici presque tous les jours. Quant à Mary Jane, elle s'occupait de l'administratif, rôle qu'elle avait peu à peu hérité de leurs parents, désireux de passer la main, les dernières années.

A présent, les travaux de rénovation étaient presque terminés, et le résultat dépassait leurs espérances. Le nombre de réservations avait grimpé en flèche, et elles avaient plus de travail que jamais. Mais Lee tenait-elle vraiment à participer à l'affaire avec ses sœurs ? En avait-elle terminé avec la montagne, son métier de guide et de moniteur de ski ? Difficile de combiner ces activités avec la grossesse, mais une fois que le bébé serait né ?

— Je préfère ne pas leur en parler tout de suite, dit-elle fermement. Il y a encore trop de décisions à prendre.

— Par qui ? Par toi ou par nous ?

— Eh bien, par moi d'abord, et puis…

Elle se tut.

Il se redressa, s'assit au bord du lit étroit, entraînant le drap qui la découvrit jusqu'à la taille, et se tourna vers elle.

— Tu es très forte pour prendre seule des décisions sans que personne n'ait son mot à dire, tu sais ça ?

— En as-tu parlé à quelqu'un ? riposta-t-elle.

Question destinée à le réduire au silence, mais qui manqua son objectif.

— Naturellement ! J'en ai parlé à mes parents, à ma sœur et à mon beau-frère ainsi qu'à leurs enfants.

— Tu les as appelés avant de quitter le Colorado ?

Elle remonta le drap sous le menton. Quand ils faisaient l'amour, elle se sentait tellement en confiance que, même nue, elle n'avait pas l'impression d'être vulnérable. Mais quand ils se disputaient, tout devenait différent, et elle avait besoin du rempart d'une couverture.

— Non. Je suis allé les voir, et nous avons eu une grande discussion à ce sujet. Ce que ça signifie, ce que je ressens. Ce qu'eux ressentent. L'idée d'avoir un petit cousin ou une petite cousine a enchanté mes neveux. Pour mes parents, c'est… plus compliqué.

— Tu es allé d'Aspen à Cœur d'Alene ? Il y a bien quinze heures de route.

— Seize. Seize et demie, exactement.

Il était rentré dans sa coquille, elle le sentait. Elle le voyait même. Sans lui accorder un regard, il entreprit de se rhabiller tout en continuant de parler d'une voix glaciale. Elle se sentait minable. Au Colorado elle avait éprouvé le besoin de maintenir une certaine distance entre eux, et cela n'avait pas semblé le contrarier.

— Je voulais leur apprendre la nouvelle de vive voix, poursuivit-il. Ce n'est pas le genre de chose à annoncer par téléphone.

— Quelquefois, on y est bien obligé.

Elle-même avait prévu de téléphoner à ses parents.

— Quelquefois. Mais c'était hors de question pour moi. Une semaine seulement s'était écoulée depuis que j'avais dit à ma mère que je n'envisageais pas de fonder une famille de sitôt. Oui, il y a seize heures de route d'Aspen à Cœur d'Alene, mais il y en a presque quarante de Cœur d'Alene à ici. Un jour, je leur fais miroiter l'espoir de retourner m'installer près d'eux, le lendemain, j'annonce que je pars deux fois plus loin.

Elle était stupéfaite d'apprendre qu'il avait parcouru tous ces kilomètres pour parler aux siens. C'était… déconcertant, et réconfortant. Pas étonnant qu'il ait paru exténué, la veille, en arrivant. Mais il y avait davantage dans sa démarche que le désir d'avoir un tête-à-tête avec les siens. Il lui cachait quelque chose, elle en était persuadée.

— Quand as-tu quitté le Colorado ?

— Il y a une semaine. Je suis arrivé chez mes parents mercredi, et reparti vendredi pour l'Est. J'avais prévu d'arriver dimanche, mais je n'ai pas réussi, bien que toute ma boîte d'allumettes y soit passée.

— Pour quoi faire ?

— Pour garder les yeux ouverts ! Comme je n'en pouvais plus, je me suis arrêté dans un hôtel de Syracuse. Je t'ai dit hier que j'étais fatigué.

— Je m'en suis rendu compte. Mac, pourquoi était-ce si important de parler de vive voix à ta famille ?

Il y avait un mystère là-dessous. Elle en aurait mis sa main au feu.

Il y eut un silence.

— Pourquoi est-ce si important de ne pas parler aux tiens ? riposta-t-il enfin.

— Je ne refuse pas de leur parler !

— Je pense que si.

— C'est juste que je veux attendre d'avoir toutes les réponses.

— Tu penses vraiment qu'avoir un enfant, c'est répondre à un certain nombre de questions ?

— A ce stade de ma grossesse, oui, en partie.

— Non ! Il n'y a pas de réponses.

La voix de Mac s'éleva.

— Un bébé n'est pas un obstacle que tu dois franchir, ni un désagrément que tu dois pallier, ni un accessoire à utiliser pour affirmer ton style !

— Mac, je veux cet enfant. Qu'ai-je fait ou dit pour te faire croire que c'est à mes yeux un obstacle, un désagrément ou un accessoire ?

Elle s'assit, le drap serré contre sa poitrine.

— Avoir un enfant, c'est énorme, dit-il, ignorant sa remarque. Et ça ne prend pas effet à la naissance, mais bien avant.

— Comment le sais-tu ?

— Comment je le *sais* ?

— Ecoute, Mac, je ne veux pas me disputer.

Elle entendit sa voix la trahir. D'habitude, elle était capable d'argumenter et se montrait plutôt directe. De son regard noir, Mac semblait la faire douter de tout.

— Tu as raison, avoir un enfant, c'est énorme, reprit-elle. J'en ai déjà conscience. Mais pourquoi parles-tu comme si tu savais tout sur le sujet et que tu en faisais une affaire personnelle ? Tu m'as dit que tu n'avais pas d'enfants. M'aurais-tu menti ? Y a-t-il en ce moment une femme à Cœur d'Alene qui élève ton enfant ?

— Bien sûr que non, maugréa-t-il. Je n'ai pas l'habitude de mentir.

— Alors, que me caches-tu ?

Il secoua la tête et pinça les lèvres. Au moment où il enfilait ses chaussures, elle entendit un bruit de moteur. Le camion de livraison venait d'arriver.

— Tu me caches quelque chose, Mac. Alors, tu ferais mieux de réfléchir à la façon dont tu vas t'expliquer, parce que c'est important. Je le vois à ton expression. Mais pour le moment, il faut que j'aille expliquer aux livreurs où déposer les boissons.

— J'y vais. Habille-toi pendant ce temps. Le restaurant, c'est bien cette belle construction de bois avec le ponton-terrasse au bord du lac ?

— Oui, mais je suis prête dans une minute.

— Quand ils seront partis, nous parlerons. Tu as raison. Il le faut.

Elle sentit son cœur se serrer. Cela semblait de très mauvais augure.

Tout en se dépêchant de s'habiller, elle entendit le pas de Max dans l'escalier, puis des voix masculines et le ronronnement du moteur comme il dirigeait le chauffeur vers le restaurant. Elle prit la clé de la réserve, ainsi qu'une veste, car de la neige était annoncée, et la température avait chuté. Quelques minutes plus tard, elle supervisait le déchargement des caisses de boissons.

Comme Mac lui demandaient où il fallait les ranger, elle lui désigna la cave. Il commença à y transporter les caisses et à les y empiler. Quand elle suggéra qu'ils pourraient les ranger plus tard, que le plus urgent était de ne pas faire attendre le chauffeur, il secoua la tête.

— C'est idiot. Je préfère m'en occuper tout de suite plutôt que de manipuler deux fois les caisses.

— Dans ce cas, je vais t'aider.

— Pas question.

— Mac, je peux soulever un carton de six bouteilles ! Tu connais ma force.

Il la considéra, et elle devina le combat qu'il se livrait.

— Occupe-toi des petits cartons, dit-il finalement. Je ne comprends pas pourquoi tu en fais un drame.

— Ce n'est pas moi !

— Peut-être pas, grommela-t-il.

Le moment était mal choisi pour avoir cette conversation, et ils se turent, s'affairant en silence. Bien qu'il ait ôté sa veste et retroussé ses manches de chemise, Mac n'avait pas la tenue adéquate pour ce genre de travail. C'était une des choses qu'elle aimait chez lui, il ne rechignait jamais à donner un coup de main, que ce soit pour essuyer la vaisselle ou déblayer la neige des marches du chalet des Narman.

Enfin, au bout de ce qui avait semblé une éternité, les caisses de boissons furent rangées, et le bruit du moteur du camion s'évanouit dans le lointain. En réalité, un quart d'heure seulement s'était écoulé. Elle referma la porte de service et mit la clé dans sa poche. Quand elle se retourna, elle s'aperçut qu'il l'observait.

— Marchons, proposa-t-il. J'aimerais voir le lac.

— Maintenant ?

— Il faut que je te parle, Lee. Et je déteste avoir des conversations sérieuses assis sur un canapé.

Ils avaient en commun ce besoin de grand air et d'espace.

— Tu as raison. Marchons.

Ils remontèrent le col de leurs vestes et enfouirent leurs mains au fond de leurs poches, car un ciel de neige pesait sur le paysage, et le froid gagnait d'heure en heure. Ils empruntèrent la nouvelle allée qui circulait entre les bungalows et descendait à la plage. Des vaguelettes léchaient les rochers et le sable.

Il gardait le silence, et comme elle ne savait pas comment aborder la conversation, elle aussi restait silencieuse.

— Je n'ai pas d'enfant, déclara brusquement Mac. Mais j'ai cru un jour en avoir un.

— Comment ça, tu as cru ?

— J'avais une petite amie. C'était il y a six ans…

Il réfléchit quelques instants.

— Presque sept, rectifia-t-il. Oui… sous peu, ça fera sept

ans. J'avais vingt-cinq ans, Sloane vingt-deux. Nous avons commis une erreur… Non, ce n'est pas exact. Elle m'avait dit qu'elle prenait la pilule, mais elle l'oubliait une fois sur deux… Je raconte très mal, mais c'est difficile…

Il poussa un soupir agacé.

— Continue, dit-elle d'un ton encourageant.

Comme ils atteignaient un promontoire rocheux difficile à escalader si l'on n'était pas correctement équipé, ils firent demi-tour.

— C'était une surfeuse professionnelle, reprit-il, mais elle s'intéressait aussi au snow-board. C'est à la montagne que nous nous sommes rencontrés. Elle voulait pratiquer les deux sports, ce qui était très ambitieux de sa part.

— C'est le moins qu'on puisse dire.

— Quoi qu'il en soit, Sloane est tombée enceinte. C'était la personne la plus motivée et la plus entêtée que j'aie jamais connue. Elle croyait sincèrement qu'elle pourrait mener sa grossesse sans rien changer à son mode de vie et à ses projets. Elle a refusé de se marier. Mes parents auraient aimé, pour le « bien du petit » disaient-ils, mais je savais que ç'aurait été une catastrophe. Sloane ne supportait pas les conventions.

— Est-ce que tes parents l'aimaient bien ?

— Ils appréciaient sa compagnie, mais son comportement les inquiétait. A vrai dire, il m'inquiétait aussi. Figure-toi qu'elle tenait à continuer la compétition tout en s'entraînant au snow-board. Et pas question de lui faire lever le pied. J'ignore comment elle envisageait la suite. S'imaginait-elle que je voyagerais avec elle et que je m'occuperais du bébé pendant qu'elle participerait aux épreuves ?

Ils étaient arrivés au ponton. Mac prit appui sur la rambarde, et ils écoutèrent le clapotis de l'eau contre les piliers de bois. Le lac était paisible, les bateaux étant encore remisés pour l'hiver. Seul, un canot à moteur faisait le tour d'une île.

Elle rejoignit Mac à la rambarde.

— J'essayais de la ramener à des considérations pratiques, reprit-il, penché au-dessus de l'eau, mais elle se contentait de dire qu'elle n'élèverait pas un enfant en ville, que les femmes avaient porté leur enfant sur leur dos pendant des siècles, ce genre de choses. Que nous n'avions pas besoin de berceau, que le bébé dormirait avec nous. Pas de poussette non plus, mais une écharpe de portage. Elle me reprochait de sous-estimer ses capacités, de toujours voir les choses par le petit bout de la lorgnette. Elle prétendait que je me rendrais compte qu'elle avait raison quand l'enfant serait né.

Il hocha la tête.

— Nous n'avons malheureusement pas eu l'occasion d'en arriver là.

— Que s'est-il passé, Mac ? demanda-t-elle, le cœur serré par l'appréhension.

— Sloane refusait d'abandonner le snow-board. Elle était enceinte de six mois et ne cessait de répéter que le corps d'une femme était fait pour protéger le bébé pendant la grossesse et que rien de mal ne pouvait lui arriver. Un jour, elle faisait une piste de demi-lune…

Lee se rappela la fois au Colorado où ils avaient assisté ensemble à une compétition de snow-board masculine. Elle se souvint de l'ambivalence de Mac, de son discours sur les risques, et elle eut très peur de ce qui allait venir.

— J'étais présent, dit-il, mais je n'ai pas discuté.

— Tu t'en veux…

— Parfois. Je ne peux m'empêcher de penser que si…

Il soupira, secoua la tête.

— Mais à cette époque, j'avais renoncé à argumenter. Je savais que si je tentais de la raisonner, elle ne ferait que s'entêter. Elle irait encore plus vite, prendrait encore plus de risques. Elle était comme ça.

Les eaux du lac avaient pris une teinte grise sous le ciel de plomb.

— Elle avait un tel goût du risque, et elle était tellement têtue…

Un peu comme toi, sembla-t-il ajouter en silence. Têtue,

elle l'était incontestablement, mais elle n'avait pas le goût du risque.

— Peut-être que j'aurais dû quand même... Je ne sais pas... la forcer à abandonner la montagne.

— Tu crois qu'elle se serait laissé faire ?

— Non, bien sûr. Malgré tout...

Il marqua une pause. Sans doute repassait-il dans sa tête tous les scénarios imaginables.

— Quoi qu'il en soit, reprit-il, elle a fait une grosse chute. Elle s'est immédiatement relevée, prétendant que tout allait bien, qu'elle était juste un peu contusionnée. Elle a même refusé de se laisser examiner, affirmant qu'elle sentait l'enfant bouger. Je ne sais pas si elle le sentait vraiment ou si elle voulait s'en persuader. Elle était furieuse parce que je la harcelais pour que nous allions consulter, mais enfin, le lendemain, elle a accepté d'aller voir le médecin. Le bébé ne bougeait plus. Il était... Ils ont dû provoquer le travail.

— Oh ! Mac...

— C'était un garçon, minuscule et parfait. Sans l'accident, il serait venu à terme sans problème. Je me dis que, peut-être, après sa chute, elle l'a vraiment senti bouger, et que si nous étions tout de suite allés à l'hôpital, peut-être que... enfin, la médecine fait des miracles maintenant. Ils auraient peut-être pu le sauver. Je ne sais pas... je ne le saurai jamais...

— Mac...

— Mes parents n'ont pas cessé de me répéter que je ne devais pas culpabiliser, ni ressasser les « si » et les « peut-être », et je commence tout juste à y arriver. Je suis capable de trouver des dérivatifs. Mais parfois, je n'y peux rien, je suis obsédé par mes idées noires.

— Je comprends.

Elle se demanda ce qu'il entendait par « dérivatif ». Faire l'amour, par exemple ?

— Vous avez rompu, Sloane et toi ?

— Comment aurions-nous pu nous supporter après un tel drame ? La semaine dernière, quand tu m'as appris ta grossesse, j'ai compris que je ne pouvais pas apprendre la nouvelle à mes parents au téléphone. Elle faisait remonter de trop mauvais souvenirs, pour eux, comme pour moi.

— Où est Sloane maintenant ?

— La dernière fois que j'ai eu de ses nouvelles, elle vivait à Hawaii et surfait toujours. Nous ne sommes pas en contact. Je n'ai aucune envie d'entendre parler d'elle. Je déteste quand elle essaie de me joindre.

— Je vois.

— C'est à cause de cette histoire que je te presse de prendre soin de toi, que je fais une montagne d'un rien, comme si une grossesse était quelque chose de très compliqué. Je sais que parfois j'en fais trop, mais je ne peux pas m'en empêcher.

— Je ne suis pas Sloane, dit-elle doucement.

— Non, mais tu es quand même sportive, comme elle.

— Je n'ai pas le goût de la compétition. J'ai juste envie de m'activer au grand air.

— Que vas-tu faire ?

— Je suis monitrice de ski, rappelle-toi. La saison est presque terminée, et le bébé doit naître au début de l'automne. J'ai le temps de voir venir.

— Ce n'est pas une réponse. En été, tu es guide de montagne et tu enseignes l'escalade.

— Tu t'imagines vraiment que je vais faire la folle sur des rochers à six mois de grossesse ?

— Je pose juste la question, Lee.

— Et je te réponds : je ne suis pas Sloane.

— Ne crois-tu pas que j'ai le droit de poser la question dans ma situation ?

— Bien sûr que si ! Mais tu n'as pas le droit de faire des suppositions.

— Je n'ai eu aucun moyen de contrôler les agissements de Sloane alors qu'il s'agissait de mon enfant. Même alors que je savais qu'elle prenait de gros risques, confirmés par son médecin.

— Je suivrai à la lettre les recommandations de la gynécologue, Mac.

Cependant, obsédé par son idée, il ne l'écoutait pas.

— Elle voulait dévorer la vie à pleines dents, mais notre enfant n'aura même pas eu la chance de naître parce qu'elle avait quelque chose à prouver, et c'est horrible. Vraiment horrible. J'ai souffert comme un damné, et pendant longtemps. J'éprouvais un sentiment de perte mêlé à la culpabilité et à la colère. Et mes parents qui me conseillaient de me montrer plus prudent la prochaine fois que je rencontrerai quelqu'un… Il fallait que je sache comment tu voyais les choses. Il le fallait absolument.

Quand il posa sur elle son regard intense, elle eut la sensation qu'un gouffre la séparait de lui. Il s'était mis à nu en lui racontant son drame, et elle éprouvait le besoin de se protéger, de se recroqueviller dans sa coquille.

Et pourtant, elle devait relever le défi. C'était vital pour eux deux, et pour le bébé.

Instinctivement, elle posa une main sur son ventre où grandissait un enfant qu'elle ne sentait pas encore, et elle inspira profondément.

— Tu as parfaitement le droit de poser la question. J'ai mal pour toi, Mac, et je ne sais comment te le montrer, ni quels mots utiliser. Je ne sais pas non plus comment te persuader que jamais je n'agirai comme elle. C'est pourtant la vérité. Jamais, tu m'entends, jamais je ne mettrai la vie de notre bébé en danger.

Les premiers flocons de neige se mirent à tomber, et elle les regarda étoiler les cheveux bruns de Mac. Sans un mot, il la regardait, essayant de lire au fond de son âme.

— Est-ce que ça te suffit ? demanda-t-elle.

— Je ne comprends pas.

— Je n'ai pas d'autres moyens de te prouver ma sincérité. C'est pour t'assurer que je prends soin du bébé que tu as roulé pendant quarante heures, n'est-ce pas ?

— On peut le dire comme ça. Je suis ici parce qu'il s'agit

de notre enfant, pas seulement du tien. Sloane agissait toujours comme si je n'étais pas concerné, et ç'a été encore pire quand nous l'avons perdu. Elle s'est refermée sur elle-même, imperméable à tout reproche, en colère contre moi, comme si elle se protégeait ainsi de son chagrin et de ses remords. Et par la suite, pleurant au téléphone deux fois par an, et attendant de moi que je la réconforte. Comme si je ne me souffrais pas autant qu'elle…

Il s'interrompit, comme s'il n'en pouvait plus.

Elle avait l'impression de ressentir sa blessure dans son propre corps. Elle posa une main sur son épaule. La neige tombait de plus en plus drue.

— Je ne te tiendrai pas à l'écart, Mac, je te le promets. Je tiendrai compte de ce que tu me diras. Je comprendrai que tu en fasses un peu trop. D'une manière ou d'une autre, nous surmonterons les difficultés. Nous aurons notre enfant, Mac, je te le promets.

Il l'attira à lui et posa son menton sur sa tête.

— Je te le promets aussi.

Ils restèrent enlacés en silence jusqu'à ce que le froid pique leurs oreilles et que leurs cheveux se couvrent de neige fondue.

10

Le lendemain, en fin de matinée, Mary Jane rentra de son séjour dans le Vermont.

Installé dans le bureau, Mac téléphonait depuis son portable à ses amis et connaissances de l'école de ski, ainsi qu'aux centres de gestion de montagne de la région pendant que Lee consultait sur l'ordinateur les modifications que Daisy avait apportées au site de Spruce Bay. L'amélioration était indéniable. Le site semblait plus attrayant et plus facile d'utilisation que l'ancien.

En entendant la voiture de Mary Jane se garer, elle regarda par la fenêtre et vit sa sœur jaillir d'un bond du véhicule, sortir ses bagages du coffre et grimper allègrement les marches. Elle franchit la porte de l'hôtel, fraîche et reposée, et pleine d'énergie.

— Je suis là ! s'écria-t-elle.

Lee songea alors à l'image que devait donner Mac. Il semblait chez lui. Il se balançait dans le fauteuil pivotant, les pieds sur un bureau d'appoint, et se massait la nuque d'une main, tout en tenant son portable dans l'autre.

Mary Jane écarquilla les yeux.

Lee se leva pour aller embrasser sa sœur.

— Euh… c'est Mac, dit-elle, un peu embarrassée.

— Enchantée, Mac, dit Mary Jane.

Comme il était toujours au téléphone, il se contenta de lui adresser un signe de la tête et un sourire.

— Est-ce qu'il vit ou travaille ici ? demanda Mary Jane à mi-voix.

— Ni l'un, ni l'autre.

Lee ne pouvait en vouloir à sa sœur de poser la question. Il se dégageait de la pièce une atmosphère intime.

La veille, avec la neige qui tombait de plus en plus dru et qui commençait à tapisser le sol, ils étaient revenus du lac serrés l'un contre l'autre. Juste avant qu'ils rentrent, il avait dit :

— Tu as dû prendre un sacré coup avec mon histoire.

— Il fallait que tu m'en parles. Et je te remercie de m'avoir fait confiance.

— Cela explique certaines de mes réactions un peu trop abruptes.

— Certainement.

— Sommes-nous d'accord maintenant ?

— D'accord sur quoi ?

— Je ne comprends pas ta question.

— Nous avons rompu hier, lui rappela-t-elle. Et ce matin, nous avons… enfin, comme d'habitude.

— Il semblerait donc que nous n'ayons pas rompu.

Il la prit par la taille dans un geste possessif.

— Tu souhaites rompre ? demanda-t-il.

— Non. J'aime être avec toi, et t'avoir pour père de mon enfant n'est certainement pas la pire des choses.

Un peu court pour une déclaration d'amour, mais elle se méfiait de ses sentiments, tout comme lui.

Des années auparavant, elle avait été à quatre jours de se marier avec un homme qui venait d'épouser sa sœur, et elle frissonna en pensant à ce qui serait arrivé si ce mariage avait eu lieu. Tucker et Daisy auraient-ils eu une liaison passionnelle dans son dos ? Se serait-elle rendu compte de son erreur et enfuie à des milliers de kilomètres, laissant derrière elle un monstrueux gâchis ? Même sans le mariage, elle était partie s'installer à plus de trois mille kilomètres de Spruce Bay, parce qu'elle avait besoin de s'éloigner pour remettre de l'ordre dans ses idées.

Elle trouvait inquiétant de repenser à Tucker et à elle, à quel point ils avaient été sur le point de commettre une grossière erreur. De s'être liée aussi intimement avec quelqu'un pour se rendre compte ensuite que ce n'était pas la bonne personne donnait à réfléchir. Elle ne voulait surtout pas que cela se reproduise ; si elle devait se lier de nouveau avec un homme qui ne lui était pas destiné, il lui serait bien difficile de reprendre confiance ensuite.

— J'en ai autant à ton service, mon cœur, avait répliqué Mac, d'un ton plein d'entrain.

S'il trouvait que sa déclaration manquait de ferveur, il n'en laissa rien paraître. Lui aussi devait préférer la prudence.

— Ne m'appelle pas comme ça.

— Même dans un moment romantique comme celui-ci ?

— Oui.

— Bon, c'est noté.

L'atmosphère de légèreté et de tendresse persista le reste de la journée, ainsi que la nuit, même si, par instant, elle était teintée de mélancolie, en raison du drame que Mac avait évoqué.

Et Mary Jane venait d'arriver, ignorant tout des derniers événements.

— Lee, je ne suis partie que trois jours, dit-elle du même ton feutré.

— Certes, mais j'ignorais qu'il avait entrepris le voyage depuis le Colorado *via* l'Idaho.

— Et tu es heureuse de sa venue, souligna Mary Jane, fine mouche.

— Euh, oui…

Très heureuse, même, depuis qu'ils avaient clarifié la situation, ce qui ne manquait pas de l'inquiéter.

Mac avait terminé son appel. Il ôta ses pieds du bureau, se leva et tendit la main à sa sœur.

— Egalement ravi de faire votre connaissance, Mary Jane. Dis-lui, ajouta-t-il à l'intention de Lee.

— Que doit me dire Lee ?

— Explique à Mary Jane les raisons de ma présence.

Lee tenta de cacher son irritation.

— Laisse-moi une minute, veux-tu ?

Qu'est-ce qui lui prenait ? Elle comprenait que la douleur de la perte de son enfant continue de lui peser, mais pas que sa demande ressemble à un ordre. L'intimité retrouvée après leur conversation de la veille ne lui donnait pas ce droit.

Certes, il était concerné. Après la tragédie qu'il avait vécue avec Sloane, il voulait que cette grossesse se passe au mieux, mais cela ne signifiait pas pour autant qu'il ait le droit de lui dicter sa conduite.

D'autant qu'il se comportait comme si le bébé était tout ce qui importait. Avant d'annoncer la future naissance à sa sœur, elle aimerait bien lui apprendre qu'elle avait un compagnon, puisqu'il semblait que ce soit le cas.

— Que dois-tu me dire, Lee ? répéta Mary Jane.

— Déjeunons d'abord, proposa-t-elle avec entrain.

— Dis-le, gronda Mac. Sinon, c'est moi qui m'en charge. Tergiverser ne sert à rien.

A présent, elle était vraiment irritée.

— Vas-y, si tu y tiens !

Mais ne t'attends pas à ce que je fasse chorus avec toi.

Apparemment, il ne saisit pas le message que lui adressaient ses yeux.

— Lee est enceinte, dit-il. C'est pour cette raison qu'elle est revenue dans l'Est, pour avoir le soutien de sa famille. Et je l'ai suivie parce que je ne veux pas qu'elle ait cet enfant seule.

Un silence stupéfait suivit la révélation.

— Ça alors ! s'exclama Mary Jane après quelques instants. Ça alors ! répéta-t-elle.

Et soudain, elle prit Lee dans ses bras et l'étreignit chaleureusement.

— C'est vrai ? Tu vas avoir un enfant ? C'est vraiment, vraiment vrai ?

— C'est vrai.

— Ça alors ! Depuis combien de temps ?

— J'en suis presque à trois mois. J'ai eu un mauvais passage au début. Je n'arrivais pas à y croire.

— Ça alors ! Je suis tellement contente pour toi !

— Merci.

La réaction de sa sœur avait balayé sa rancœur. Maintenant, elle était… heureuse ?

— Attention, Mary Jane, dit-elle avec un rire un peu tremblant, si tu répètes encore une fois : « Ça alors ! », tu as un gage !

— Oh ! arrête.

Mary Jane recula pour la regarder bien en face, et elle vit des larmes briller dans ses yeux.

— Tu te rends compte ? Je vais être tante ! Ce n'est pas une bonne nouvelle ?

Elle aussi avait les yeux embués.

— Si, c'est une bonne nouvelle.

Elle se rendit compte alors que c'était la première fois qu'elle pensait à sa grossesse dans ces termes. Elle avait dédié son amour à son enfant en observant les battements de son cœur, et promis à Mac de prendre soin d'eux, mais c'était de l'ordre de l'intime. A présent, elle prenait conscience qu'elle pouvait se réjouir avec d'autres de la grande joie qu'elle vivait.

Déjà, annoncer la nouvelle à sa sœur avait été bien différent de ce à quoi elle s'était attendue. Tout d'abord, elle n'avait pas imaginé que l'annonce de sa grossesse lui procurerait un tel bonheur, car ce n'était un secret pour personne, au sein de la famille Cherry, que Mary Jane souhaitait fonder un foyer. Un foyer traditionnel, avec mariage en blanc et kyrielle d'enfants.

Et pourtant, Mary Jane se réjouissait sincèrement. C'était une révélation fantastique !

Mac ne cessait d'insister sur le fait qu'attendre un enfant était compliqué, capital, sérieux, et il avait raison. Mais c'était aussi un événement joyeux et magique, une affirmation de la vie. Et ni lui ni elle n'y avait pensé en ces termes.

Ils n'avaient pas fêté l'événement, et voilà que c'était Mary

Jane qui aurait pu éprouver un peu d'amertume, qui leur montrait la voie.

Elle semblait au comble de la joie.

— Bon, j'imagine qu'il y a encore beaucoup à dire. Quand je pense que je vais être tante ! Tante Mary Jane… Mac, je suis heureuse de faire votre connaissance. Ça alors ! Euh… désolée. C'est que je n'aurais jamais cru qu'en rencontrant le compagnon de ma sœur, j'apprendrais en même temps qu'elle était enceinte ! Nous devrions nous asseoir autour d'une table et déjeuner en fêtant l'événement. Dois-je préparer quelque chose ?

— Nous ne sommes pas obligés de faire un vrai repas, Mary Jane.

— Bien sûr que si ! Parce que, dans ce centre de remise en forme, ils ont oublié les vertus d'un bon déjeuner ! A 1 heure de l'après-midi, on n'a encore qu'un fruit dans l'estomac.

— Tu as pourtant bonne mine. Le régime n'a pas dû être si spartiate.

— A vrai dire, les fruits étaient délicieux, et les massages fabuleux. Et je ne parle pas des enveloppements de boue, des exercices de yoga, des cours où l'on apprend à bouger, et des retraites de silence !

— Tu as fait tout ça en trois jours ?

— Et j'ai dormi comme une souche. S'il te plaît, laisse-moi préparer un vrai repas.

— Bien sûr ! dit Lee en riant.

— Je vous appelle dès que c'est prêt. Et puis nous parlerons. Je veux tous les détails !

Sur ces mots, Mary Jane ramassa ses bagages et disparut dans l'escalier.

— Elle veut tous les détails, répéta Mac d'un ton sarcastique.

— Nous pouvons lui en fournir quelques-uns, dit-elle prudemment.

— Ecoute, je serais de trop. C'est une affaire entre sœurs.

Elle ne pouvait en disconvenir.

— Tu as raison.

Elle se sentit soulagée, la perspective d'être prise en sandwich entre une sœur débordante d'enthousiasme et un futur père excessivement protecteur n'ayant rien de particulièrement réjouissant.

Un père protecteur qu'elle appréciait beaucoup.

Simplement, elle ne pouvait tout faire à la fois, s'impliquer dans une relation amoureuse, devenir une mère radieuse et une administratrice confinée dans un bureau, soigner avec attention son corps. Quatre mois plus tôt, elle menait la vie indépendante et insouciante d'une célibataire qui passait ses journées au grand air, n'ayant à se préoccuper que de ses envies, sans devoir analyser ses motivations. Mac semblait tellement focalisé sur le bébé qu'elle avait l'impression de n'être plus qu'un réceptacle.

Pourtant, elle existait !

— Va dire à ta sœur que vous ne serez que deux à déjeuner, dit-il. Je vais aller à Whiteface pour examiner les lieux, si tu es d'accord.

Il la prit dans ses bras et, comme toujours, l'air sembla se réchauffer et vibrer sous l'effet du courant qui passait entre eux. C'était merveilleux. Pourtant, une part d'elle éprouvait le besoin de respirer. Une chance qu'il ait la bonne idée de s'en aller !

— Bien sûr que c'est d'accord.

— Un ami qui travaille là-bas veut me mettre en rapport avec des employeurs.

— C'est le coup de téléphone de tout à l'heure ? Tu semblais content.

— Je n'aime pas rester inactif.

— Moi non plus.

— Bon, c'est d'accord, alors ? Nous sommes sur la même longueur d'ondes ?

Il lui effleura les lèvres et l'embrassa rapidement.

— Mary Jane voudra te connaître, dit-elle, mais je suis heureuse que nous ayons d'abord une conversation en tête à tête.

— Mac ne déjeunera pas avec nous, annonça-t-elle à Mary Jane quand elle la rejoignit à l'étage.

— Oh ! et pourquoi ?

— Il est parti à Whiteface rencontrer des gens pour un poste éventuel.

— Whiteface ? Mais c'est à deux heures de route d'ici ! C'est long, surtout en hiver.

— Il envisage peut-être de s'y installer.

Mary Jane ouvrit de grands yeux.

— Je ne comprends pas, dit-elle en glissant les morceaux de champignons qu'elle venait de découper et du bacon dans une poêle huilée.

— Qu'est-ce que tu prépares ?

— Omelette-champignons-bacon et salade verte. Ça te convient ?

— Parfaitement.

— Tu dois te nourrir correctement. Des fibres et des vitamines.

— Moi qui projetais de m'empiffrer de cochonneries pendant six mois !

— Tu n'y couperas pas en plaisantant, ma petite. Tu ne m'as pas expliqué pourquoi Mac a traversé le pays pour venir te rejoindre et qu'il compte ensuite habiter à deux heures d'ici. Tu cherches aussi à t'installer à Whiteface ? Comment envisages-tu l'avenir ? Allez-vous vous marier ? Tu ne m'avais même pas parlé de lui. Vous vous connaissez depuis longtemps ?

— Je crois que je vais faire une overdose de questions.

— Commence donc par répondre à une ! dit Mary Jane, sortant une boîte d'œufs et une salade du réfrigérateur.

— C'est vrai que je ne vous ai pas expliqué que j'avais définitivement quitté le Colorado. Tu comprends, je ne voulais pas interférer avec le mariage de Daisy. En plus d'être ex-fiancée, j'étais demoiselle d'honneur.

— Daisy et Tucker n'y pensent pas. Pour eux, c'est de l'histoire ancienne.

— Je sais. C'était un beau mariage, dit-elle, et de l'histoire ancienne pour moi aussi. Pour en revenir à ta question, je ne cherche pas à m'installer à Whiteface. J'aimerais vivre ici, participer à la gestion de l'hôtel. Il faut que nous nous réunissions toutes les trois pour en discuter. Parce que j'ignore s'il y a une place pour moi à Spruce Bay. Quelle est la question suivante ?

— Je ne me souviens plus. Comptes-tu te marier, peut-être ?

— Non. Nous ne nous connaissons que depuis trois mois.

— Tu es donc tombée enceinte à la minute où vous vous êtes rencontrés ?

— Les médecins calculent à partir du premier jour des dernières règles, si bien que je suis tombée enceinte *avant* de rencontrer Mac.

— C'est un peu surréaliste pour moi.

— Apparemment un problème de latex. Ne m'en demande pas plus. Pour ce qui est de comment je vais me débrouiller, à vrai dire, je n'en sais rien. Le bébé n'était pas prévu, comme tu peux t'en douter.

— Evidemment. Mais tu en es heureuse.

Soudain l'expression de Mary Jane se fit grave.

— Lee, il faut absolument que je sache : tu es heureuse d'avoir cet enfant, n'est-ce pas ?

Elle prit sa sœur dans ses bras et la serra contre elle.

— Je suis très heureuse, Mary Jane. Un peu angoissée, mais heureuse. Et je suis ravie que la nouvelle te réjouisse ! J'adore te voir surexcitée à l'idée d'être tante, j'adore tous tes « Ça alors ! » Je les adore vraiment. Zut, voilà que je pleure.

— Moi aussi.

Dans son dos, Mary Jane coupa le gaz sous la poêle.

— Pourquoi veux-tu tellement savoir si je suis heureuse ? demanda Lee en essuyant ses larmes d'un revers de manche.

— Parce que ce serait trop injuste si tu ne l'étais pas ! J'ai toujours voulu me marier, avoir des enfants, et toi, tu haussais les épaules, et tu disais : « Un jour, peut-être… » Et maintenant, c'est à toi que ça arrive et pas à moi ! Et si tu continuais à dire que tu ne sais pas si tu en as envie, je finirai par te détester.

— Oh ! non, pas ça !

— C'est la pire chose au monde de voir quelqu'un mépriser ce que tu désires désespérément.

De nouveau, Lee sentit les larmes lui brûler les paupières.

— Nous étions si proches, enfants, reprit Mary Jane. Je ne supporterais pas de te haïr, parce que maintenant que tu es de retour, nous serons de nouveau ensemble, toutes les trois, et j'en suis folle de joie.

Lee éclata de rire tout en continuant de pleurer. Un tour de ses hormones, sans doute.

— J'en suis également folle de joie.

— J'ai des mouchoirs, dit Mary Jane en lui passant une boîte posée sur le réfrigérateur.

— Merci.

Elles se mouchèrent en chœur.

— Y a-t-il une place pour moi ici, Mary Jane ? demanda-t-elle.

— Evidemment qu'il y a une place pour toi à Spruce Bay ! Je pensais justement engager quelqu'un pour le secrétariat, parce que je ne peux pas être partout à la fois, et nous avons beaucoup plus de réservations que l'an dernier à la même époque.

— J'espérais bien pouvoir faire l'affaire.

— Tu feras mieux que ça ; tu seras fabuleuse ! Est-ce que nous ne nous amusions pas bien ici quand nous étions petites ? Tu te rappelles comme nous étions tous heureux ?

— Bien sûr !

— Et les travaux de rénovation ont donné d'excellents résultats. J'attends avec impatience l'été.

— Moi aussi…

Elles rirent, soupirèrent, et se sentirent plus légères.

Mary Jane se remit dans la cuisine.

— Si j'ai bien compris, dit-elle après quelques instants, tu vivras ici, et Mac à deux heures de route. L'éloignement ne t'ennuie pas ?

— Non.
— Et ça ne t'ennuie pas que ça ne t'ennuie pas ?
— Non plus.
Le haussement d'épaules de Mary Jane en disait long quand elle se retourna vers la gazinière. Et Lee se dit qu'elle n'avait jamais pris la mesure de tout ce que pouvait exprimer le haussement d'épaules d'une sœur aînée.
— Pourquoi penses-tu que ça devrait m'ennuyer ?
Elle regarda sa sœur remuer avec énergie les champignons et le bacon dans la poêle. Ce geste aussi exprimait quantité de choses.
— Ce n'est pas ce que j'ai dit !
Mary Jane entreprit de casser les œufs dans un bol.
— Tu veux laver la laitue ? demanda-t-elle.
— Bien sûr.
Lee emporta la salade à l'évier tandis que Mary Jane sortait une essoreuse à salade d'un placard et la lui tendait.
— Tu n'as pas besoin de le dire, Mary Jane. Le seul fait de poser la question suffit. Deux heures, ce n'est pas le bout du monde. Nous pourrons nous voir autant que nous le désirerons.
— Ou aussi peu.
— Aussi, c'est vrai. C'est bien que nous soyons libres. Pas question de nous étouffer, ou de nous empêcher de vivre.
— Ah bon…
Le visage de Mary Jane exprimait la désapprobation.
Lee actionna l'essoreuse avec énergie, et le volume sonore fut tel qu'il devint impossible de parler.
Une bonne chose, car elle ne le souhaitait plus.

11

Mac revint de Whiteface à la nuit tombante. Accompli pour moitié sur de petites routes de montagne, le trajet n'était pas très aisé, et même l'autoroute pouvait se révéler impraticable en hiver pour peu qu'une tempête de neige bloque la circulation.

Malgré tout, l'après-midi avait dépassé ses attentes. Il avait décroché un emploi et devait commencer dans deux semaines et demie, et il avait même une piste pour une maison à louer. Il en avait vu des photos, mais il devrait la visiter rapidement s'il ne voulait pas qu'elle lui passe sous le nez.

Louer cette maison résoudrait le problème des trajets. Jay se trouvait à une demi-heure de Whiteface.

Mais à deux heures et demie de Spruce Bay.

Il se demanda comment s'était passée la conversation entre les deux sœurs. Il savait que Lee n'avait pas apprécié qu'il la bouscule pour qu'elle annonce la nouvelle à Mary Jane, mais il faudrait qu'elle comprenne qu'il ne se laisserait pas mettre sur la touche.

Il ne recommencerait pas cette erreur.

Il frémit en se rappelant le refus de Sloane d'acheter berceau, poussette, ou même sac à langer, sous prétexte que tout ce « bazar » ne ferait que les encombrer. Et quand Sloane parlait de l'arrivée de l'enfant dans leur vie, c'était toujours en supposant qu'il serait à son image et qu'elle en ferait ce qu'elle voudrait.

Devant baptiser le bébé pour l'enterrement, ils l'avaient

nommé Kelly, en hommage au champion de surf. Mais quand il n'était encore qu'un minuscule être d'un genre inconnu, Sloane l'appelait Microbe. Elle prétendait que Microbe, mâle ou femelle, décrocherait la médaille d'or de snow-board aux jeux Olympiques. « Il sera pratiquement né sur une planche, disait-elle, mi-rieuse, mi-sérieuse. Ce sera une seconde nature chez lui. »

Le plus horrible était que le petit Kelly était effectivement pratiquement né sur une planche, et mort dessous.

L'enfer.

C'est arrivé. Lee et moi allons avoir un enfant.

Pourquoi les choses doivent-elles se passer ainsi ?

Une part de lui aurait aimé qu'ils se marient, car ainsi, il aurait davantage contrôlé la situation. Il n'aurait pas été obligé de surveiller Lee en permanence pour s'assurer qu'elle ne commette pas d'imprudence. A l'idée des dangers qui guettaient l'enfant s'il n'y mettait pas bon ordre, son sang se glaçait dans ses veines.

Epouse-moi, Lee.

Epouse-moi, que je puisse t'obliger à faire les bons choix sans que tu discutes !

Comme si c'était une raison pour se marier…

Comme si le mariage vous donnait ce pouvoir…

Ce désir l'effrayait. Il ne voulait pas devenir un homme du passé, déniant le droit de vote à sa femme, ou même celui de parler. Il n'était pas ce genre de personne.

Mais, en l'occurrence, il avait envie de l'être.

Ce serait la pire des catastrophes si Lee et lui se mariaient alors qu'il se trouvait dans cet état d'esprit. Elle songeait peut-être aussi au mariage, mais sûrement pas dans cette optique.

De retour dans son cottage, il lui téléphona avec l'envie de renouer avec leur relation libre et légère d'avant.

— Tu veux venir voir ma maison ? demanda-t-il d'une voix chargée de sous-entendus. Elle ne vaut pas le chalet d'Aspen, mais elle tient la comparaison. Avec une salle de bains au lieu de sept et pas de Jacuzzi, mais c'est un détail.

— Tu sais y faire… Comment s'est passé ton voyage à Whiteface ?

— Bien. Je te raconterai.

Il souriait comme un idiot au téléphone.

— Je n'ai pas encore dit que je venais, il me semble ?

— Tu viens ?

— J'ai les clés de la voiture en main.

— Attends. As-tu dîné ?

— Non. Le déjeuner de Mary Jane m'a calé. Je commence juste à avoir faim, et j'attendais pour le cas où tu appellerais.

— Et j'ai appelé.

— Oui. Tu veux que j'achète une pizza en chemin ?

— Une pizza, ce serait parfait. Tu connais mes goûts.

— Facile. Ce sont les mêmes que les miens !

— Ce qui est pratique.

— Je serai là dans une demi-heure.

Une demi-heure plus tard, il entendit une portière claquer et, par la fenêtre, il la vit avancer, un carton à pizza à la main, les joues rosies de froid.

Elle portait un jean et, sous sa veste ouverte, un haut moulant presque du même ton blond foncé que ses cheveux. Et, pour la première fois, il lui sembla apercevoir un début de renflement sous son jean. Plus haut, en tout cas, deux seins bien ronds bondissaient sous le tissu.

— Voici la commande, dit-elle.

Il aimait son visage quand elle souriait, la vie qui brillait dans ses yeux.

— Si c'était autre chose que de la pizza, je te déshabillerais avant tout.

— Une pizza se mange à la sortie du four, c'est un principe sacré.

Elle passa à côté de lui, le carton à la main, et profita de l'occasion pour lui caresser le torse, prélude aux délices à venir. L'odeur de la pizza, champignons, oignons, olives et anchois, lui mit l'eau à la bouche. Ils s'installèrent sur le canapé, la pizza devant eux sur une table basse, et firent un sort aux huit parts tout en regardant un film policier à la télévision pendant que le vent soufflait au-dehors et que de la neige fondue se mettait à tomber. On était si bien à l'intérieur. L'ambiance rappelait les soirées dans le petit appartement du rez-de-chaussée de Lee, à Aspen, à l'époque où tout était si simple entre eux.

Si seulement ils pouvaient revenir en arrière.

Peut-être que s'ils faisaient semblant… ou s'ils en parlaient… ou s'ils ne parlaient pas du tout, mais juste…

Impossible. Tout était désormais trop compliqué.

— Tu ne m'as pas raconté Whiteface, dit Lee, quand ils eurent terminé la pizza.

— Je veux d'abord savoir qui est l'assassin.

— C'est la femme.

— Ce serait trop simple.

— C'est un piège des scénaristes. Ils savent bien qu'on se méfierait parce que c'est trop évident.

Elle se trompait, ce n'était pas la femme, mais la petite amie. Mais, en réalité, que ce soit l'une ou l'autre importait peu. Ils avaient à discuter de choses sérieuses.

— Ça s'est très bien passé. J'ai probablement trouvé un emploi et une maison à louer.

— Les deux t'intéressent ?

Elle se nicha contre lui et posa la tête sur son épaule.

— L'emploi, sûrement. Pour la maison, je réfléchis encore.

— Elle est bien ?

— Sur les photos, oui. Il faut que je me décide vite, mais ce n'est pas facile. Nous devons en parler pour décider de la meilleure solution.

— Oui ? dit-elle, le menton au creux de son cou.

— Nous devons bien réfléchir avant de prendre des décisions, répéta-t-il. Pas question de se laisser coincer.

— C'est drôle, je me suis fait la même réflexion, mais à quoi penses-tu ?

— A la possibilité que nous finissions par nous marier sans être convaincus que cela soit une nécessité.

Elle se redressa brusquement.

— Nous marier ? Quelle drôle d'idée !

— Tu n'y as pas pensé ?

Elle paraissait sincèrement abasourdie.

— C'est une curieuse façon de parler mariage, ajouta-t-elle.

Elle serrait ses bras contre son ventre, faisant saillir ses seins auxquels il pensait avec tant de passion peu avant.

— Je parle non-mariage, Lee.

— Tu en parles comme si c'était une option.

— Je dis tout le contraire, que ce serait une erreur.

Il commençait à regretter d'avoir parlé trop vite et de s'être si mal exprimé.

— Ce serait catastrophique de le faire pour de mauvaises raisons, tu ne crois pas ? insista-t-il néanmoins. Les gens ont tant de mal à rester ensemble pour le bien de leurs enfants. Se marier pour eux au départ, ne serait vraiment pas une bonne chose. Tu dois t'en rendre compte.

Elle le regardait sans un mot, l'air mécontent.

Finalement, le silence devint si pesant qu'il éprouva le besoin de le rompre.

— Eh bien ?

— Que veux-tu dire par : « Eh bien » ?

— Allez, Lee ! Tu me regardes comme s'il m'avait poussé deux têtes.

— Je n'ai jamais prononcé le mot « mariage », dit-elle froidement. C'est toi qui as mis cette idée sur le tapis. Et maintenant, tu fais comme si j'avais essayé de te mettre le grappin dessus. Après ça, tu t'étonnes que je reste sans voix ?

— Tu n'y as pas pensé du tout ?

— Mais non ! Je suis entièrement d'accord avec toi. Du moins, je l'étais avant que tu m'assènes que je « devrais me rendre compte que se marier serait une erreur ». Bien sûr que je m'en rends compte !

Ses yeux verts étincelaient de fureur. Il se serait bien excusé, mais il ne savait pas trop de quoi.

Désolé, je m'aperçois que je ne comprends rien à la psychologie féminine.

Elle se leva soudain.

— Je n'aurais pas dû manger si vite, dit-elle en grimaçant. Je ne me sens pas bien. J'ai mal à l'estomac et…

Elle se dirigea en courant vers la salle de bains.

— Attends !

— Ce n'est pas le moment, Mac.

Elle disparut dans la pièce dont elle claqua la porte derrière elle.

Quel imbécile ! Il avait mené cette discussion tout de travers. Après quelques instants, il entendit couler l'eau du lavabo.

— Ça va ?

— Pas vraiment. Laisse-moi un instant.

— Tu veux que…

— Sors ! Je préfère que tu n'entendes pas.

Il enfila sa veste et sortit sous la véranda. Un endroit sans doute très agréable un mois ou deux auparavant, mais ce soir, avec la neige qui tombait sur les silhouettes dépouillées des arbres se balançant dans le vent, elle était plutôt sinistre. Il frissonna malgré sa veste.

Il se sentait impuissant et stupide. Lee était une femme forte et indépendante, et il l'avait traitée en poupée fragile. A qui s'adressait exactement son discours ? A lui. C'était lui qui pensait au mariage et cherchait des arguments pour s'en dissuader.

D'une certaine façon, Lee ressemblait à Sloane. Au Colorado, son attitude ne prêtait pas à conséquence, mais dans les circonstances actuelles, elle ne le rassurait pas. Naturellement, elle se défendrait d'avoir des points communs avec Sloane. Et elle aurait sans doute raison.

Pourtant… Il y avait son goût de l'indépendance, son endurance, son côté sportif. Il avait toujours apprécié ces qualités chez une femme, seulement, Lee lui faisait un peu peur. La situation entière lui faisait un peu peur. Comment protéger l'enfant à naître sans détériorer ses rapports avec sa mère ? Comment apprendre à faire la différence entre une prudence fondée, et une réaction épidermique ?

Il finit par rentrer. La porte de la salle de bains était toujours fermée, et il entendait le robinet couler.

— Comment te sens-tu ? demanda-t-il à travers la porte.

— Mieux, répondit-elle au bout d'un moment. Je sors dans une minute.

Peu après, la porte s'ouvrit. Elle était toute pâle et serrait une serviette dans ses bras comme un enfant son doudou. Pour une femme forte, elle lui parut plutôt fragile. Il la prit dans ses bras, lui frotta le dos.

— Tu veux quelque chose ?

Une atmosphère de douceur les enveloppa. Il lui embrassa le front. Elle tremblait légèrement.

— Quoi, par exemple ?

— Manger des crackers, boire une tisane ?

— Est-ce qu'il faut que pour ça tu ailles à l'épicerie ?

— Oui.

— Pas question de te faire ressortir à cette heure.

— Si tu arrêtais de te montrer aussi têtue ?

Il la lâcha, sortit les clés de son pick-up de la poche de sa veste. Et, comme elle ne protestait pas, il comprit qu'elle était vraiment malade.

— Dis-moi ce qui te ferait plaisir. Des fruits ? De la soupe ?

Elle soupira.

— Tout. Crackers, tisane, bananes, thé, soupe, chips bien salées…

— Tu ne sais pas ce que tu veux.

— Je ne sais pas ce qui passera. Jusqu'ici, je n'ai eu que quelques nausées matinales, tu comprends. En tout cas, je sais une chose, la pizza n'est pas bonne pour les femmes enceintes !

— J'y vais.

— Merci du fond du cœur.

— Tu sais, je regrette pour tout à l'heure. Tu as raison, je discutais avec moi-même.

Elle hocha la tête.

— Excuses acceptées.

Quand il revint une demi-heure plus tard avec un sac plein de provisions, elle était recroquevillée sur le canapé. Elle avait passé un gros pull gris qui lui appartenait et dont les manches lui couvraient les mains.

— Tu aurais dû monter le chauffage, dit-il.

— Je n'avais pas froid. Juste besoin de réconfort.

En constatant qu'elle avait trouvé du réconfort dans un de ses vêtements, il ressentit un élan de tendresse, et une envie de la protéger qu'il réprima de peur de l'agacer.

— Alors, que désires-tu parmi cet assortiment ? s'enquit-il.

— Euh… un thé normal, pas trop fort, avec un peu de lait. Et peut-être quelques crackers, si tu en as acheté.

— Bien sûr. Je vais préparer le thé.

Il fit bouillir de l'eau, sortit un sachet de la boîte et une tasse très laide du placard.

— Je peux t'en prêter de plus jolies, proposa-t-elle.

— Je ne dis pas non. A ce propos, nous n'avons toujours pas parlé de la maison de Jay, et je dois prendre rapidement une décision.

— A vrai dire, nous avons été un peu distraits. Désolée.

— Voyons tu n'as pas à t'excuser. La maison n'est pas meublée. C'est l'inconvénient.

— Et l'avantage ?

— Elle est située à une demi-heure des pistes et est moins chère que je ne le craignais.

— Sauf que tu devras acheter des meubles.

— C'est ça.

— Nous ne possédons pas grand-chose, ni l'un, ni l'autre, n'est-ce pas ?

— Non.

Ils se regardèrent. La bouilloire se mit à siffler, et il versa l'eau dans la tasse. Il s'attendait à ce que Lee tienne le discours qu'il avait déjà entendu, à savoir qu'on n'a pas besoin de gadgets pour élever un bébé, que ce sont des attrape-nigauds, des pièges pour jeunes parents.

— C'est que, jusque-là, nous n'avons pas éprouvé le besoin de nous installer, dit-elle.

— Jusque-là ?

— Mac, je vais te faire un aveu…

Elle lui adressa un sourire malicieux.

— J'ai l'intention d'acheter tout un tas de trucs. Je ne veux pas que mon bébé… notre bébé, dorme dans un tiroir.

Il éclata de rire. C'était un tel soulagement d'entendre cette déclaration.

— Qu'y a-t-il de drôle ?

— Rien, dit-il, prudent. Je suis heureux, c'est tout !

Elle lui sourit.

— Tu sais quoi ? Moi aussi, je suis heureuse.

En définitive, ce fut une très agréable soirée.

12

Le vendredi, Lee accompagna Mac pour la visite de la maison. C'était un petit chalet de rondins tout simple à l'atmosphère accueillante. De plus, la cuisine et la salle de bains avaient été rénovées, et il disposait d'une jolie terrasse de bois à l'arrière.

— Tu crois que je devrais la prendre ? demanda Mac. Il faut que je me décide aujourd'hui. Une autre personne est intéressée.

Ils se regardèrent. C'était comme de se trouver au bord d'un précipice. Quelle influence aurait la distance géographique sur leur relation ?

— Prends-la, dit Lee, le cœur battant un peu plus vite. Tu t'engages pour combien de temps ?

— Six mois.

Six mois. L'époque de la naissance. La fin de l'été paraissait lointaine, située après une saison qui risquait d'être exténuante, pour Mary Jane et Daisy surtout, car, bien sûr, elle se ménagerait.

D'un autre côté, six mois, ce n'était rien du tout. Deux fois le laps de temps écoulé depuis qu'elle connaissait Mac. Six semaines de plus que la saison de ski à Aspen. Le temps pour un bébé de passer de sept centimètres à cinquante.

— Renouvelable, dit Mac. Ce n'est donc pas un problème.

Songeait-il aussi qu'elle devait accoucher dans six mois,

et que, alors, il ne serait guère en mesure de chercher un nouveau logement ?

Depuis l'accrochage au sujet du mariage, le mercredi soir, ils s'entendaient très bien. Il n'aurait pas dû s'exprimer ainsi ; elle n'aurait pas dû réagir aussi vivement. Les torts étaient partagés. L'avantage de cette dispute était qu'elle semblait avoir clarifié la situation.

Ils ne souhaitaient pas se marier.

Cependant, il restait des décisions à prendre, mais par un accord tacite, ni l'un ni l'autre n'aborda le sujet. Elle en fut soulagée parce qu'elle détestait l'idée que la venue de l'enfant crée une tension entre eux. Pis, elle craignait qu'il finisse par lui tenir rigueur des complications qu'il apportait à sa vie.

— Prends-la, répéta-t-elle. Je t'aiderai à acheter des meubles, si tu veux.

— Ça pourrait être drôle. Nous testerons les matelas.

— Et les tapis.

— Et les canapés !

Ils se rendirent ensuite à l'agence immobilière, et Mac signa le bail. Lee pensait que ce serait agréable de venir ici l'été, quand ils auraient du temps libre. Ils prépareraient des barbecues sur la terrasse, s'allongeraient sur des serviettes pour dorer au soleil, feraient la grasse matinée.

Si Mac venait lui rendre visite, ils iraient faire du bateau sur le lac, ou randonner dans les bois avec un pique-nique, ramasseraient des myrtilles sur Prospect Mountain…

Le dimanche après-midi, on attendait Daisy et Tucker, de retour de leur lune de miel aux Bahamas. Mac était retourné à Whiteface dans l'intention de faire du ski et d'apprendre à connaître la région.

Mary Jane et Lee furent sollicitées par des clients qui voulaient deux paniers pique-nique que Spruce Bay Resort proposait à ses clients avec des menus concoctés par Daisy. Et, voulant examiner le contenu, ils avaient renversé du vin rouge sur le tapis tout neuf de la salle de séjour de leur bungalow.

— Ne t'inquiète pas, dit Mary Jane en soupirant, quand Lee lui rapporta la mésaventure. Ce n'est pas la première fois que ça arrive. Je vais m'en occuper.

— Pourquoi ne demandes-tu pas à l'entreprise de nettoyage de s'en charger ?

— Parce que si on n'arrive pas à récupérer le tapis, je veux être sûre que tout a été fait dans les règles. C'est curieux comme les tapis neufs attirent les taches de vin. De vrais aimants !

Armée de deux seaux et de bidons de détergent, elle partit d'un pas décidé pour le bungalow. Elle n'avait pas plus tôt disparu au bout de l'allée que la voiture des jeunes mariés s'arrêtait devant la maison.

Elle allait avoir également beaucoup de choses à leur raconter. Poussée par Mary Jane, elle avait téléphoné à ses parents pour leur annoncer sa grossesse. Et ils avaient été enchantés d'apprendre qu'ils allaient être grands-parents.

Mais, bien sûr, ils n'avaient pas pu s'empêcher de faire allusion à son célibat. « Mac et moi cherchons les meilleures solutions », leur avait-elle dit, de manière qu'ils sachent qu'il s'agissait d'un projet à deux et non d'un champ de bataille.

Sa mère parlait déjà de séjourner quelque temps à Spruce Bay au moment de la naissance, et de nouveau, Lee eut le sentiment que six mois représentaient tout à la fois une longue et une très courte période.

Etrange.

Sans compter que le retour de voyage de noces d'une sœur qui venait d'épouser un ex-fiancé avait également quelque chose d'étrange. Durant la cérémonie, il y avait eu assez de monde autour d'eux pour éviter tout malaise, mais à présent, il n'y avait plus qu'eux trois, les jeunes mariés approchant, tout bronzés, l'air heureux, et elle, les attendant sous la véranda par ce beau jour ensoleillé.

A vrai dire, ni Daisy ni Tucker ne semblaient éprouver la moindre gêne. Elle observa Tucker et le trouva très bien, sans ressentir toutefois la moindre attirance pour lui. Et l'idée qu'elle avait été à deux doigts de l'épouser renforça sa détermination de se montrer prudente à l'avenir.

Comment avait-elle pu faire fausse route à ce point ?

La rupture de leurs fiançailles, pratiquement au pied de l'autel, avait été un choc. Elle s'était rendu compte qu'elle ignorait qui elle était et que jamais elle ne le découvrirait si elle restait dans le giron familial.

Durant plus de dix ans, elle avait mené une vie de rêve au Colorado. Et maintenant, elle était de retour au pays, probablement pour y rester, mais il n'était pas question de retour en arrière. Elle aimait la femme active, libre, indépendante, qu'elle était aujourd'hui. Et les autres semblaient aussi l'apprécier.

Mac l'appréciait, en tout cas.

Mais qu'adviendrait-il si cette nouvelle femme ne trouvait pas les conditions adéquates pour s'épanouir à Spruce Bay ? Si ce retour troublait son jugement et lui faisait commettre une erreur de plus ?

Etrangement, le spectacle du bonheur de Daisy et Tucker semblait susciter en elle de bien sombres pensées.

Sa sœur la serra affectueusement dans ses bras.

— C'est bon de te voir. Au mariage, nous avons à peine eu l'occasion de nous parler ! Quand repars-tu pour le Colorado ?

— Je ne repars pas. Vous arrivez directement de l'aéroport ? Je vois vos bagages à l'arrière.

— Nous voulions juste passer dire un petit bonjour avant de rentrer chez nous. Comment ça, tu ne retournes pas au Colorado ?

— J'ai beaucoup de choses à raconter. Mais pas maintenant.

— Mais si, maintenant ! insista Daisy. Où est Mary Jane ?

— Partie se battre contre une tache de vin sur le tapis d'un bungalow. Allez donc défaire vos bagages. Et vous reposer.

— Tu me chasses, Lee ?

Exactement. Mais Daisy n'était pas d'humeur à se laisser faire.

— Nous nous sommes arrêtés pour boire un café, et nous le boirons !

Sur ces paroles énergiques, elle se dirigea vers la maison, suivie de Tucker, qui souriait comme un idiot. Jolie blonde aux allures évaporées, Daisy se montrait souvent péremptoire, mais avec une telle grâce qu'on ne pouvait lui en vouloir.

Dans la cuisine de l'appartement, Daisy regarda autour d'elle.

— Eh bien, je vois que tu emménages pour de bon. Tu as apporté ta collection de tasses !

— Laquelle veux-tu pour ton café ? s'enquit Lee.

Daisy éclata de rire.

— N'essaie pas de changer de sujet avec ce genre de détail !

— Puisque c'est ainsi, tu auras les licornes sous la lune. Elles sont mignonnes à gerber.

— S'il te plaît, ne plaisante pas avec ça ! s'exclama Daisy, posant une main sur son ventre.

Puis elle ajouta, l'air faussement effarouché :

— Nous avons une grande nouvelle à vous annoncer.

— Je croyais que nous devions garder le secret quelque temps, chérie, grommela Tucker.

— C'est toi qui voulais que nous le disions tout de suite, répliqua Daisy.

— Mais tu ne voulais pas. Et voilà que tu changes d'avis en deux secondes !

— Une minute, Daisy, intervint Lee. Qu'essaies-tu de dire ? Dois-je comprendre que…

Daisy haussa les épaules, l'air radieux.

— J'ai fait un test de grossesse à Nassau. Quel est le problème ? ajouta vivement sa sœur, la voyant d'effondrer sur une chaise.

— Mary Jane n'y survivra pas.

Daisy s'assit à son tour.

— Je sais bien qu'elle aimerait fonder une famille, mais c'est une bonne personne. Elle ne peut que se réjouir de l'arrivée d'un bébé.

— Possible. Mais deux, cela risque de faire beaucoup pour elle.

Lee poussa un soupir.

— Ce n'est pas exactement ainsi que j'avais envisagé cette conversation. Vous n'avez même pas rencontré Mac.

— Lee ! Est-ce que j'ai bien compris ? Tu es… enceinte, toi aussi ?

— Oui.

— Et qui est… Oh ! je suppose que c'est ce Mac. Mais qui est-il ? D'où sort-il ? C'est sérieux entre vous ? Vous avez des projets ? Qu'est-ce que tu vas…

— Reprends ta respiration, Daisy. Je vais tout vous dire. Mais auparavant, toutes mes félicitations.

— Merci ! dit Daisy avec un grand sourire. Même chose pour toi, ma vieille.

Elles se sourirent un peu gauchement.

— Quand dois-tu accoucher ? demanda Lee.

— Mi-novembre.

— Et moi, fin septembre.

— Ça alors !

— C'est en gros ce qu'a dit Mary Jane. La nouvelle l'a ravie, mais une demi-heure plus tard, elle s'est hérissée de piquants en découvrant que Mac et moi n'avions pas l'intention de nous marier ni de vivre ensemble. Il faut croire que la grandeur d'âme de notre sœur aînée a ses limites.

— C'est pourquoi il vaudrait mieux que j'attende un peu avant de lui assener ce deuxième coup…

— Exactement.

— Je ne suis pas d'accord, objecta Tucker.

— C'est dur, reconnut Lee.

— C'est donc parce que tu es enceinte que tu reviens t'installer ici ? demanda Daisy. Pour être entourée des tiens ?

— L'idée m'a paru bonne.

— Et Mac ?

— Il vient également s'installer dans la région.

— Tu dois le dire le plus tôt possible à Mary Jane, dit fermement Tucker à sa femme.

— Tu crois ?

— Les secrets, ce n'est jamais bon.

Daisy hocha la tête.

Lee compris que la réaction de Tucker était due au drame qu'il avait vécu dans son adolescence. Son père malade avait eu une liaison dont était né un fils, beaucoup plus jeune que Tucker. Il ne lui en avait pas parlé, ce qui en disait long sur leur relation. C'était Daisy qui le lui avait appris.

— Dans ce cas, je vais choisir le moment, déclara celle-ci.

— Mais si tu n'en trouves pas de bon, dis-le-lui quand même, insista Tucker. Tu ne dois pas tergiverser.

— Tu crois que c'est bien d'informer Mary Jane avant les parents ? Lee, tu leur as annoncé ?

— Je leur ai téléphoné il y a deux jours. Si j'avais su, je t'aurais laissé la priorité.

— Aucune importance. Rien n'est jamais parfait.

— Daisy, reprit Tucker, ne laisse pas Mary Jane penser qu'elle est la dernière au courant. Ce serait très pénible pour elle. Elle croirait que tu cherches à la protéger.

Au même instant, ils entendirent la porte d'entrée de l'hôtel s'ouvrir et se refermer, un bruit de pas dans l'escalier, et Mary Jane entra avec une expression guerrière.

— A la lumière du jour, on la distingue encore un peu, annonça-t-elle. Quand ce sera sec, je mettrai un fauteuil dessus pour la camoufler. Hé ! Bonjour, vous deux. Vous voilà donc de retour ! Bienvenue à Spruce Bay. Le café est-il prêt ?

— Ce n'est pas le moment, chuchota Daisy à l'oreille de Lee.

C'était aussi son avis.

13

— Je ne vois pas pourquoi une femme enceinte ne pourrait pas peindre un bateau ! déclara Lee par une belle matinée au bord du lac.

— Il est un peu tard pour défendre ton point de vue, objecta Daisy, puisque nous sommes déjà au travail.

— Pas tout à fait. Nous ponçons, pour le moment.

— Je déteste poncer, principalement à cause du masque.

Daisy remit le sien qu'elle avait ôté le temps d'une pause.

Pour un début avril, il faisait un temps magnifique, et le moment était venu de sortir canots et canoës. Mais ils avaient besoin d'un coup de peinture. Les travaux de l'hôtel avaient été menés de main de maître, et Spruce Bay Resort présentait maintenant un aspect pimpant avec la terrasse-ponton du restaurant, la piscine, les parterres de fleurs, les allées desservant les différents pôles d'attraction. Le résultat avait dépassé leurs espérances.

Les ponceuses électriques troublèrent la paix du lac pendant encore une demi-heure, puis les coques de deux canoës furent prêtes à peindre. La flotte de l'hôtel comptant huit embarcations au total, Daisy et Lee avaient décidé d'étaler la tâche sur quatre jours.

— Je préfère peindre plutôt que poncer, déclara Daisy. C'est plus tranquille.

Elle ouvrit un pot et mélangea le contenu. Leur père avait choisi pour les bateaux un bleu ciel qui évoquait irrésistiblement à Lee les étés au bord du lac et le bruit du clapotis de l'eau contre la coque.

— Oh ! Ça sent mauvais ! s'exclama Daisy.

— Tourne la tête, ça ira mieux.

— Tu as raison.

— Tu n'as pas encore parlé à Mary Jane, n'est-ce pas ? demanda Lee au bout de quelques minutes passées à peindre.

Cela semblait si étrange que sa sœur et elle soient enceintes en même temps, quoique dans des circonstances différentes. Daisy aurait pu être contrariée d'avoir été devancée. L'annonce de la venue d'un bébé était plutôt l'apanage des jeunes mariées radieuses que des célibataires indépendantes. De plus, le père de son enfant était un quasi-inconnu de la famille.

— J'essaie toujours de trouver le bon moment.

— Ce n'était pas possible l'autre jour, quand vous êtes allées acheter des fournitures pour la piscine ?

— C'était tellement sympa, je ne voulais pas tout gâcher. Nous sommes allées boire un café et manger un gâteau, et nous avons beaucoup ri.

— Il faut que tu lui dises, Daisy. Je partage l'avis de Tucker, et Mac aussi.

— C'est que Mary Jane n'est pas leur sœur.

— Justement. Ils voient les choses plus clairement. Imagine, si elle savait que nous sommes là, en train de discuter de la meilleure manière de procéder pour ne pas heurter ses sentiments, elle détesterait.

— Evidemment. Mais je ne sais pas quoi faire.

— Jette-toi à l'eau, c'est le seul moyen.

— Si tu lui disais, toi ?

— Ce serait pire. Ce n'est vraiment pas à moi de le faire.

— Je sais, convint en soupirant Daisy.

Mary Jane les rejoignit une heure plus tard, alors qu'elles avaient presque terminé.

— J'ai préparé des sandwichs pour le déjeuner. Je vous les apporte ou est-ce que vous rentrez ?

— Apporte-les, dit Lee. Il fait si beau aujourd'hui.

— Quand on s'active ! Sinon mieux vaut porter une veste.

Mary Jane avait dû passer la matinée dans le bureau, à s'occuper des réservations pour l'été.

— Eh bien, mets une veste ! Le temps que tu reviennes, nous aurons nettoyé les pinceaux, lavé nos mains, et nous serons prêtes à pique-niquer.

— Toutes les trois, comme au bon vieux temps ! s'exclama Mary Jane. Il y a si longtemps. L'été, vous n'êtes jamais là. Du moins, pas ensemble.

— Elle nous le sert sur un plateau, dit Daisy quand Mary Jane se fut éloignée.

— Et tu ne parles pas de sandwichs.

— Non, du moment.

N'ayant plus de raisons de se défiler, Daisy se lança alors qu'elles étaient installées sur le ponton, leurs jambes se balançant dans le vide, un sandwich au poulet à la main.

— Tu sais quoi, Mary Jane, Tucker et moi avons du nouveau.

— Ah ?

— Nous allons avoir un bébé à l'automne !

Le sandwich de Mary Jane s'arrêta à mi-chemin de sa bouche.

— Comment ? Toi aussi ?

— Oui. Un mois et demi après Lee.

— Tu en as déjà parlé à Lee, apparemment.

— Ce n'était pas prémédité, mais c'est sorti tout seul.

— Ce matin, je parie, dit Mary Jane. Vous étiez tranquilles toutes les deux ici.

Non, pas ce matin, mais dimanche après-midi, faillit répondre Lee. Cependant, avant qu'elle ait pu ouvrir la bouche, Mary Jane s'écriait :

— C'est une nouvelle fantastique ! Je suis vraiment heureuse pour vous.

Devant sa joie sincère, Lee songea qu'il était inutile de lui faire savoir qu'elle était la dernière avertie.

— C'est fabuleux, poursuivit Mary Jane.

Cette fois, Lee perçut une petite fêlure dans la voix de

son aînée. Même si Mary Jane s'efforçait de se comporter décemment, la pilule n'en était pas moins amère.

Mary Jane embrassa Daisy, qui était assise au milieu. Elle voulut savoir quand, exactement, elle devait accoucher, ce que ressentait Tucker, s'ils préféraient un garçon ou une fille. Et elle répéta sur tous les tons combien elle était heureuse.

— Je vais être deux fois tante ! conclut-elle, c'est vraiment cool !

Une performance remarquable, ma chère sœur.

Son cœur saignait pour elle, mais il n'était pas question de lui manifester sa sympathie. Mary Jane n'aurait pas supporté d'être démasquée.

Daisy l'imita en cachant qu'elle n'était pas dupe de l'enthousiasme de leur sœur.

C'était parfois la meilleure attitude à adopter quand on aimait quelqu'un.

— Alors, Daisy et moi avons dissimulé que nous voyions que Mary Jane était bouleversée.

Lee et lui s'étaient retrouvés chez lui, en fin d'après-midi, et elle lui racontait la conversation avec Mary Jane.

Il était lui-même un peu… décontenancé d'apprendre que Daisy et Lee avaient passé des heures à poncer et peindre les bateaux, et le fait que Lee ait fait une sieste après le repas n'apaisait pas ses craintes.

Demain, si le temps le permettait, il les aiderait. Traduction : il prendrait la relève. Il ne savait trop si Lee en éprouverait de la contrariété, ou s'il avait tort en supposant que ce genre d'activité était néfaste dans son état. Cependant, ayant réglé cet après-midi les dernières formalités pour son emploi et la location du chalet, il avait du temps. Et comme il détestait rester sans rien faire, autant repeindre les bateaux. Ce qui lui éviterait, en plus, de ruminer ses angoisses.

Voyons, elle n'est enceinte que de trois mois. Et puis elle est au grand air, les vapeurs de peinture peuvent se dissiper. Elle porte un masque quand elle ponce, elle fait des pauses et boit de l'eau. Il s'agit juste de peindre, pas de s'envoler dix mètres en l'air sur une planche au-dessus d'une piste neigeuse...

— Et comment as-tu compris qu'elle était bouleversée ? demanda-t-il.

— Je l'ai bien senti.

— Tu aurais pu lui dire que tu comprenais que ce soit difficile pour elle.

— Impossible. La compassion nous fait horreur, à toutes les trois.

— J'imagine.

— Parfois, ce n'est pas si mal de feindre.

Comme moi quand je fais semblant de trouver normal que tu repeignes les bateaux.

Le téléphone sonna avant qu'ils aient décidé s'ils sortaient dîner. Il y avait aussi une autre option, celle d'oublier le repas et de se mettre tout de suite au lit.

— Mac ?

— Maman, bonjour. Comment vas-tu ?

— Pas très bien, à vrai dire. Je suis un peu triste, tu comprends, même si nous ne le connaissions pas très bien. Ronnie Halpern est mort.

— Oh ! désolé.

Il attendit quelques instants, mais comme rien ne venait, il demanda :

— Qui est Ronnie Halpern ?

Il fit signe à Lee que la conversation risquait de durer.

Ronnie Halpern, un veuf âgé de quatre-vingt-neuf ans, vieil ami de son grand-père, était décédé paisiblement dans une maison de retraite de Pittsburgh, entouré de sa famille, et ses parents comptaient assister à l'enterrement.

— Et comme nous ne serons pas très loin, conclut sa mère, nous envisageons de passer un jour ou deux avec toi. Nous avons les horaires d'avion. Nous pourrions partir de Pennsylvanie demain soir et revenir chez nous dimanche. Nous voulions nous assurer que ça te convenait avant de réserver.

— C'est parfait. Je serai très heureux de vous voir.

Envoyez-moi les précisions par mail. J'irai vous chercher à l'aéroport. Vous arrivez à Albany ?

— C'est ça.

Il y avait décidément quelque chose de louche dans cette histoire. Toutes ces heures de vol pour assister à l'enterrement d'un quasi-inconnu ?

Puis il se rappela la date.

Samedi, c'était le septième anniversaire de la mort du petit Kelly.

Il sentit sa gorge se serrer et comprit que les mots s'étrangleraient dans sa gorge s'il leur disait qu'ils n'avaient pas besoin de se déplacer pour le soutenir.

A l'occasion de cet anniversaire, il recevait en général une carte, ou un e-mail de Sloane, disant des choses qu'il ne voulait pas entendre. A deux reprises, elle lui avait téléphoné, et ç'avait été encore pire.

Cette fois, pourtant, cet anniversaire serait différent, et ses parents le savaient. Cette fois, il était de nouveau futur père, et dans la même situation ambiguë d'être engagé vis-à-vis de la mère, mais sans projets à long terme.

Il faillit leur conseiller de remercier Ronnie Halpern de leur avoir fourni un prétexte pour venir dans l'Est, mais se ravisa. L'humour noir n'était pas de mise.

— Tu es toujours là, Mac ? fit la voix de sa mère.

— Oui. Je réfléchissais juste où j'allais vous loger.

— Un instant. Ton père veut justement te toucher deux mots à ce sujet.

Il y eut des frôlements, de petits heurts, puis il entendit la voix de son père.

— Trouve-nous un bon hôtel, fils.

— Vraiment ?

D'habitude, sa mère cherchait l'économie en les logeant dans des chambres de motel ou des gîtes.

« Inutile de jeter l'argent par les fenêtres ! » entendit-il justement sa mère dire à l'arrière-plan.

— Ne t'occupe pas d'elle, Mac, dit son père.

Il entendit la voix de celui-ci s'éloigner quand il s'adressa à sa mère.

— Laisse-toi gâter pour une fois, Gina.

Sa mère revint au bout du fil.

— Je suivrai l'avis de papa, maman. Il a raison. Tu mérites ce qu'il y a de mieux.

— J'avoue que cette attention me fait plaisir.

Quand il reposa son portable, il expliqua la situation à Lee, sans toutefois évoquer la date anniversaire.

— Alors, demanda-t-elle quand le sujet de la venue de ses parents fut épuisé, nous sortons ou nous dînons ici ?

— Sortons.

— Maintenant ?

— Je commence à avoir faim.

C'était un mensonge, mais il avait besoin de prendre l'air.

Ne devait-il pas expliquer à Lee les véritables raisons de la venue de ses parents ? se demandait-il tout en craignant que ça ne facilite pas la prise de contact entre eux.

Ils viennent me rendre visite parce que tu es enceinte. Et comme c'est l'anniversaire de la mort de leur petit-fils, ils craignent que je sois malheureux. Ils sont mal à l'aise de ne pouvoir mettre un nom sur notre relation. Ils n'ont pas oublié ce qui s'est passé, il y a sept ans, quand Sloane était si avide de liberté, et ils veulent savoir s'ils peuvent te faire confiance.

Pas franchement enthousiasmant.

— Allons dans un endroit sympa, suggéra-t-il.

— L'Adirondack Steakhouse ?

— Bonne idée. Un steak est toujours le bienvenu. Au fait, je vais vous aider à peindre demain.

— Tiens ? Pourquoi ?

— Je n'ai rien à faire, et avec la visite de mes parents, je ne pourrai pas vous aider pendant deux jours.

— Tu n'y es pas obligé.

— Tu sais que déteste ne rien faire.

— Ce n'est pas plutôt parce que tu détestes que je peigne alors que je suis enceinte ?

— Ça aussi, reconnut-il sans difficulté.

Il lui sourit. Parfois, feindre était le mieux à faire.

— Je suis contente que tu aies voulu sortir, déclara Lee, pendant qu'ils dînaient. J'ignorais que j'avais autant envie d'un steak jusqu'à ce que le serveur le pose devant moi !

— Tu devrais peut-être prendre des compléments de fer.

— Pas la peine. Il y en a dans les pilules multivitaminées que la gynéco m'a prescrites. Ce soir, je meurs juste de faim !

–J'espère que nous n'allons pas réitérer l'aventure de la pizza.

— Je me sens beaucoup mieux depuis deux jours. En pleine forme !

— Tant mieux.

Il sourit, mais il y avait quelque chose dans l'assurance de Lee qui lui donnait l'impression d'assister à une performance très réussie, mais une performance quand même.

— C'est la peinture, n'est-ce pas ? demanda-t-elle. Tu ne veux pas que je peigne.

Il demeura un moment silencieux.

— C'est vrai, finit-il par avouer. Mais je reconnais que ce n'est ni rationnel ni raisonnable, et j'essaie de lutter contre mes pulsions. Je sais bien qu'il serait inutile, et même néfaste, de te mettre dans du coton.

A travers la table, elle posa une main sur la sienne.

— Je te suis infiniment reconnaissante d'essayer de trouver un juste milieu.

Pendant qu'ils revenaient à leurs steaks, elle réfléchit.

Il essayait sincèrement de ne pas l'étouffer, mais combien de temps lui faudrait-il avant qu'il ait enfin confiance dans la vie, et en elle ? Que se passerait-il s'il n'y parvenait jamais ? Et s'il faisait passer leur relation en second parce qu'il était trop focalisé sur le bien-être du bébé, si les sentiments qu'ils éprouvaient l'un pour l'autre s'effilochaient sans qu'ils aient seulement eu la chance de découvrir leur vraie nature ?

Elle ressentit l'impression d'étouffement que sa famille

lui donnait généralement, et que Tucker lui avait donnée au temps de leurs fiançailles, lorsqu'elle souffrait de sa brûlure.

Laissez-moi tranquille, que je puisse rester moi.

Etre elle-même était devenu très important au fil des ans. Et pourtant, elle savait que celle qu'elle était changerait quand elle aurait un enfant. C'était inévitable. Etre parent changeait les gens ; elle ne serait plus jamais la même personne. Seulement, elle voulait trouver son chemin vers la maternité toute seule, sans que Mac, ses sœurs, ou quiconque lui dicte sa conduite.

Et c'était la même chose avec leur couple, si couple il y avait. Pas question que le fait d'être parents soit l'unique base de leur relation.

— Nous pourrions faire un tour en bateau quand ils seront repeints, suggéra-t-elle.

Etre ensemble, rien que tous les deux…

— Oui ?

— Je te laisserais pagayer. Ce lac est merveilleux à explorer. Il y a plein de petites baies, et des îles. On voit des choses qu'on n'aperçoit pas de la route ou du rivage. S'il fait encore beau demain, nous peindrons le matin et irons faire un tour en canoë l'après-midi.

— Il y a aussi des canots à moteur, non ?

Il paraissait un peu réticent.

— Je préfère le canoë, même si on se mouille davantage. Et puis Daisy et moi en avons peint deux hier.

— Gilets de sauvetage ?

— Ils sont dans la remise à bateaux.

— Nourriture et eau ?

— Nous avons des poches imperméables pour les conserver.

— Trousse de première urgence ?

— Dans les poches.

— Téléphones portables ?

— Les ondes passent, figure-toi, sur la majeure partie du lac.

— GPS tracker, pistolet lance-fusées ?

— Eh bien… euh… je suppose qu'on peut… Bon, de qui te moques-tu, Mac ?

— De moi. Je t'assure, de moi, dit-il d'un air embarrassé.

— Bonne réponse. Tu n'appréhendes tout de même pas à ce point une promenade en canoë ?

— Tant de choses peuvent arriver, répondit-il avec réticence.

— Bien sûr, même sans femme enceinte à bord. Nous préviendrons Mary Jane et Daisy, et ne nous éloignerons pas trop du bord. Et puis c'est toi qui pagaieras la majeure partie du temps. Je ne me fatiguerai même pas !

Elle se pencha par-dessus la table pour planter un baiser sur sa bouche.

— J'aime que nous parlions ainsi, dit-elle, chacun faisant la moitié du chemin.

— Oui, marmonna-t-il.

Il lui rendit son baiser, mais elle sentait que le cœur n'y était pas. Il faisait un effort ; elle aussi. Que deviendrait leur relation si ces efforts ne suffisaient jamais ?

N'y pense plus pour le moment.

Ils en avaient sans doute suffisamment discuté. Mieux valait lui dire ce qu'elle projetait de lui faire au retour, et il sembla beaucoup plus apprécier ce sujet de conversation.

Le temps restant au beau, Daisy, Lee et Mac passèrent la matinée à poncer et à peindre. Puis Daisy alla s'occuper des menus pour le restaurant. Restés seuls, Lee et lui enfilèrent leur gilet de sauvetage, emballèrent pique-nique et objets de première nécessité dans les poches imperméables et partirent sur le lac dans un canoë bleu ciel.

Tout semblait si simple aujourd'hui, se disait-il. Assise devant lui, elle indiquait la direction pendant qu'il pagayait, un peu maladroitement au début, parce qu'il n'avait pas pratiqué depuis longtemps, puis avec de plus en plus d'assurance.

Ils portaient short, pull et, par-dessus leur veste imperméable, l'encombrant gilet de sauvetage. Pour parachever sa tenue, Lee avait mis un bonnet aux couleurs des New York Giants, rouge, bleu et blanc, et surmonté d'un gros pompon multicolore. Elle était parfaitement ridicule, et il ne pouvait s'empêcher de rire en la regardant. Heureusement, elle ne pouvait pas le voir, sinon il aurait été sommé de s'expliquer.

Le contraste entre Lee la tigresse, la veille au lit, et Lee l'amoureuse du grand air qui s'enthousiasmait en lui montrant les lieux qu'elle avait fréquentés dans son enfance lui plaisait beaucoup.

Il aimait qu'elle soit féminine sous des dehors trompeurs. Il aimait que les hommes ne détournent pas la tête sur son passage, parce qu'ils ne savaient pas voir ce qui comptait vraiment, et il aimait être plus malin qu'eux. Parce qu'il savait qu'elle était exceptionnelle, belle, drôle, sous le bonnet tricoté, la veste et le gilet, il se sentait membre star d'un club très privé qui ne compterait qu'une personne.

Quand ils abordèrent un îlot inhabité et qu'elle sauta du canoë, il admira ses longues jambes souples et musclées, et la courbe de son postérieur moulé par le short. Il aima la voir partir à l'assaut du chemin, marquer une pause à un moment, et fermer les yeux pour mieux respirer l'air chargé des senteurs de la terre, des pins et du printemps précoce.

Il aima son expression passionnée quand elle proposa :

— Il y a des rochers derrière les pins. On pourrait y pique-niquer. On sera au soleil et on aura une vue superbe sur le lac.

Ils avaient emporté des sandwichs au thon, des beignets, des bananes et du jus de fruits. Elle s'était montrée un peu optimiste quant à la chaleur régnant sur les rochers, et il constata très vite que, les jambes nues, elle avait la chair de poule.

— Tu as froid, dit-il en repoussant les restes du pique-nique pour se faufiler près d'elle et glisser un bras autour de ses épaules.

Elle lui adressa un petit sourire.

— Ça va. J'ai chaud en haut, et toi ?

Elle renversa la tête pour le regarder, sa bouche à quelques centimètres, si rose, si pleine, vue sous cet angle. La grossesse lui allait vraiment bien.

— J'ai des poils pour me protéger. Toi, tu es si lisse…

Il passa une main sur sa cuisse, là où la peau était si douce.

Elle était merveilleuse, une femme profonde, authentique, bien réelle.

Je l'aime. J'aime simplement tout d'elle.

L'idée, plutôt inquiétante, fit basculer son univers. Que faire de cette révélation ? Son cœur se mit à battre à coups redoublés, et il faillit lui avouer son amour sur-le-champ. Mais une semaine plus tôt seulement, ils avaient eu cette désastreuse conversation sur le mariage, et il craignait sa réaction.

L'idée l'avait tellement mise en colère. Elle lui avait reproché de la considérer comme une femme attachée aux traditions qui attendait une demande en mariage de sa part. A vrai dire, il comprenait que la supposition lui ait déplu.

Est-ce qu'une déclaration d'amour entrait dans la même catégorie ?

Pas sûr.

Une déclaration d'amour parlait du présent, et non de l'avenir. Ce devait être moins périlleux. A ceci près qu'elle pouvait passer pour une forme de possessivité, ou une sorte de chantage affectif…

Si elle pensait que c'était uniquement par rapport à l'enfant…

Et si c'était le cas ?

Etait-ce parce qu'elle portait son enfant qu'il éprouvait ce soudain élan d'amour ?

Peut-être valait-il mieux éviter toute déclaration intempestive ?

Elle prit sa main et l'attira à l'intérieur de sa cuisse, et il faillit éclater de rire en songeant qu'il s'interrogeait sur l'amour et le mariage alors qu'à cet instant, elle ne pensait manifestement qu'au sexe. Un vrai renversement des rôles traditionnels. Mais s'il riait, elle voudrait savoir pourquoi. Et alors, ce ne serait plus drôle du tout.

Ils se connaissaient depuis moins de quatre mois. Sa sœur Lisa était sortie avec Andy trois ans avant qu'ils se fiancent, et une année encore s'était écoulée avant leur mariage.

Pour Sloane et lui, dix-huit mois séparaient leur rencontre de leur séparation dans des circonstances dramatiques. Et s'il avait dit qu'il l'aimait et voulait l'épouser dans l'intervalle, la situation aurait été encore plus compliquée.

Samedi, sept ans se seraient écoulés depuis ces événements. Le triste anniversaire et la visite de ses parents venus le soutenir influaient-ils sur ses sentiments ? Une chose était sûre : il ne savait comment démêler tous ces fils.

Dois-je parler à Lee de l'anniversaire ?

Il ne se faisait pas encore confiance sur ce point. Ni sa tête ni son intuition n'étaient capables de le renseigner. Il nageait en plein brouillard, ne sachant ce qu'il voulait, ni ce qu'attendait Lee de l'avenir, à six mois quand le bébé naîtrait, à un an ou à dix…

En revanche, en cet instant, elle semblait parfaitement savoir ce qu'elle voulait : un peu d'action, un petit avant-goût de ce qui pourrait bien se passer plus tard. Le lit de son cottage faisait un creux au milieu, ce qui les précipitait dans les bras l'un de l'autre pendant la nuit. Il y était très attaché.

Peut-être ne devrait-il penser aussi qu'au sexe. Tout autre sujet présentait trop de ramifications. Et, pour ce qui étaient des ramifications de l'amour physique, ils avaient déjà donné, si bien que, d'une certaine façon, ils ne risquaient plus rien. Un des avantages de la grossesse était qu'il n'y avait plus à se préoccuper de contraception.

— Tu as raison, tu n'as pas froid, dit-il comme elle emprisonnait sa main en serrant les cuisses. En remontant là et là, tu es bouillante.

Tout en la caressant, il appuya sa joue contre la sienne, puis il tourna la tête afin que leurs lèvres se rejoignent dans un ardent baiser.

14

Mac devait aller chercher ses parents à l'aéroport d'Albany à 18 h 30, le vendredi soir. Il avait réservé à l'Adirondack Steakhouse pour quatre personnes, et Lee ne se plaignait pas d'y dîner pour la deuxième fois de la semaine. En ce moment, elle était folle de viande rouge. Et Mac l'avait taquinée à ce propos.

— Quand je pense à ce qu'on raconte sur les femmes enceintes qui se bourrent de chocolat, de crème glacée ou de cornichons, toi, tu as des envies plutôt masculines.

— Tu penses que c'est un garçon ?

— Non. Je suis juste fier de toi.

— Fier parce que j'ai envie de viande rouge ?

— Juste fier.

Et d'ici à une heure, il la présenterait à ses parents. Après les avoir accueillis à l'aéroport, il avait prévu de s'arrêter à l'hôtel pour qu'ils déposent leurs bagages et de les emmener ensuite au restaurant où ils la retrouveraient.

Elle se prépara pour la soirée avec la hantise de faire bonne impression. Difficile quand on était déjà enceinte et que nulle promesse de mariage ne se profilait à l'horizon. La réflexion la choqua. Le mariage n'était qu'un bouclier de protection, et elle n'en avait nul besoin. C'était même un argument de plus à ajouter à sa liste des mauvaises raisons de se marier.

En attendant, sa garde-robe n'était pas très féminine, et la ceinture de la plupart de ses pantalons commençait à la serrer. Elle finit par choisir un jean en tissu élastique dont elle n'attacha pas le bouton supérieur et une tunique blanche, suffisamment longue pour dissimuler la fraude. Ensuite, elle passa des chaussures à talon, se maquilla et ajouta un collier en or à sa tenue pour lui donner un aspect plus habillé.

Comme elle ne voulait pas être en retard, elle arriva à l'Adirondack Steakhouse avec dix minutes d'avance, tandis que Mac mettait un peu plus de temps que prévu à montrer leur hôtel à ses parents. Elle attendit donc plus d'une demi-heure au bar du restaurant avec pour seule distraction les textos qu'il lui expédiait.

Nous venons juste de quitter l'hôtel.

Erreur, ma mère change de sac.

Enfin, quand pour la cinquième fois, elle tourna la tête en entendant la porte s'ouvrir, son attente prit fin. Elle se laissa glisser du tabouret en se demandant quand, pour la dernière fois, elle avait été aussi nerveuse.

Mac vint à sa rencontre.

— Tu devais te demander quand nous arriverions, lui chuchota-t-il à l'oreille.

Il passa un bras autour de ses épaules et fit les présentations.

— Papa, maman, voici Lee.

Et, comme il ne la lâchait pas, sa mère qui se préparait manifestement à la prendre dans ses bras dut se contenter d'une poignée de main.

Le père de Mac se tenait légèrement en retrait.

— Quelle joie de faire votre connaissance, Lee, dit-il en lui tendant la main.

M. Wheeler avait les cheveux blancs et les yeux bleus, mais la même silhouette athlétique que son fils et presque la même voix.

En revanche, Mac avait hérité de sa mère son teint mat, ses cheveux noirs, tout juste touchés de gris chez elle, et ses yeux d'encre. L'espace d'un instant, elle se demanda comment ces traits génétiques se marieraient avec les siens chez son bébé.

Une fois de plus, elle eut conscience de l'importance de l'instant. Ces personnes avaient perdu un petit-fils qui avait été conçu par accident, dans le cadre d'une relation non établie. Elle se rendait compte qu'ils pouvaient très bien se méfier d'elle ou exiger des choses qu'elle ne pourrait leur donner. La pression était énorme.

Il portait un costume sombre, elle, une robe gris foncé et blanc. Sans doute les tenues choisies pour l'enterrement.

— Je vous présente mes condoléances pour…

Cependant, dans son trouble, elle ne put se rappeler le nom de leur ami décédé. Un prénom désuet… Ronnie… C'était ça. Ronnie Halpern.

— … le décès de M. Halpern.

— C'était un bel enterrement, dit Mme Wheeler.

Gina. Elle s'appelait Gina, et le père de Mac, Paul.

Devait-elle les appeler par leur prénom ? Ils ne l'avaient pas proposé, et elle ne voulait pas commettre d'impair.

Elle avait l'impression d'être lâchée sur une scène sans texte, et elle sentait le sang battre à ses oreilles.

— Plutôt une célébration, reprit Gina. Ses filles disent qu'il était prêt à partir.

— C'est plus facile quand on a eu une longue vie, dit Paul.

Une serveuse les conduisit à leur table. Lee s'assit à côté de Mac, en face de sa mère. L'apparition du menu fut un soulagement. Elle put au moins se dissimuler derrière les feuilles plastifiées en faisant semblant d'hésiter à choisir.

Une heure et demie plus tard, elle ne s'était toujours pas détendue alors que tout se passait au mieux. Gina lui avait même demandé de les appeler par leur prénom.

Elle semblait plus chaleureuse que son mari, ou alors elle savait mieux feindre, ou trouver des sujets de conversation susceptibles de dissiper la gêne.

Les parents de Mac semblaient encore plus anxieux qu'elle. Ils ne cessaient d'étudier les réactions de leur fils et parlaient de généralités sur un ton un peu trop animé qui suggérait qu'ils avaient d'autres idées en tête.

Ce n'était pas sa grossesse qui les préoccupait. Ils avaient abordé le sujet. Gina lui avait demandé comment elle se sentait, et Paul lui avait assuré d'un ton bourru qu'elle pouvait faire confiance à Mac pour s'occuper d'elle parce qu'il avait été bien élevé.

Mais quand les gens étaient bien élevés et qu'ils attendaient un enfant, ils se mariaient généralement, ou, du moins, manifestaient la volonté de s'engager à long terme.

Etait-ce la source de la contrariété des Wheeler ? Ils tenaient probablement à ce que la situation se clarifie.

— Quel est le programme pour demain ? demanda Paul à Mac après avoir réclamé l'addition.

Il paraissait agité, pressé d'avoir une réponse concrète.

— Il doit y avoir de belles promenades à faire dans la région, reprit-il. Ou bien, nous pourrions faire un tour en bateau sur le lac. Tu sais combien je déteste rester inactif.

— Paul ! protesta Gina. C'est vraiment ainsi que tu veux passer ton temps avec Mac et Lee pendant notre visite ? A faire du tourisme ?

— Pourquoi pas ? J'espère que tu ne suggères pas que nous allions faire du shopping ou nous asseoir dans un café pendant des heures ?

En riant, Gina lui donna un petit coup sur le bras.

— Je suis mariée depuis trop longtemps avec toi pour te proposer des choses pareilles ! Après tout, tu as raison. Prévoyons de faire une promenade si Mac et Lee sont d'accord.

— Je viens si Lee est partante, dit Mac.

— Lee, qu'en pensez-vous ? demanda brusquement Paul.

Elle comprenait son impatience. Ce repas avait été une épreuve pour tous, et si le malaise devait subsister, autant le masquer derrière une activité physique.

— Quand j'ai le choix, je préfère les activités d'extérieur, déclara-t-elle.

Ils convinrent de pique-niquer le lendemain, à la pointe de Tongue Moutain, où la ligne de crête rejoignait le lac.

Au moment de sortir du restaurant derrière ses parents, Mac retint Lee.

— Tu viens chez moi ? demanda-t-il.

— Si tu veux de moi.

— Bien sûr que je veux de toi ! Ça n'a pas été trop pénible ?

— Ils sont sympas. Je retrouve un peu de toi en eux.

— L'atmosphère était un peu tendue, surtout au début. Ils…

— Je ne vois pas comment il aurait pu en être autrement. Qu'allais-tu dire quand je t'ai interrompu ?

— Rien de particulier. Mais ce n'est pas le moment de discuter, ils m'attendent pour que je les raccompagne à leur hôtel. J'en ai environ pour une demi-heure.

— Je chauffe le lit en t'attendant !

Il lui avait remis une clé de sa maison, ce qu'elle appréciait beaucoup.

— J'aime bien trouver mes draps chauds, dit-il en l'embrassant.

15

Mac attendit que ses parents aient attaché leur ceinture pour démarrer. Soudain, sa mère rompit le silence.

— Elle semble très gentille, Mac. Je l'aime bien. Elle me plaît.

— Tant mieux, parce que moi aussi, je l'aime bien.

Il attendit que l'un d'eux fasse allusion à ses futurs projets, mais rien ne vint. Sachant qu'ils devaient mener un rude combat intérieur, il aurait aimé les rassurer, mais ne voyait pas comment.

Une fois à l'hôtel, il les déposa, et reprit sans tarder le chemin de sa maison. Son cœur battit un peu plus vite en voyant de la lumière briller à travers les rideaux.

Il trouva Lee en peignoir de bain, les cheveux humides.

— J'ai décidé de prendre une douche et je me suis un peu attardée. Tu as fait vite.

— Je n'ai même pas coupé le moteur.

Il la prit dans ses bras et respira sa bonne odeur de propre.

— J'en suis secrètement heureuse, murmura-t-elle à son oreille.

— Secrètement ? Tiens donc.

— Je ne dirai qu'à toi ce que j'ai en tête.

— J'attends.

— Je tenais à être réveillée à ton retour…

— Tu me proposes de faire l'amour, vite et bien, ou longuement et voluptueusement ?

— Tout ce que tu voudras.

— Je peux prendre les deux options ?

— D'accord.

— Nous ferions mieux de nous y mettre, dans ce cas.

Il découvrit ses épaules nues, et les baisa avant de laisser tomber le peignoir à terre. Ensuite, il se déshabilla et la rejoignit dans le lit où elle l'attendait.

Pris de l'envie de la traiter en porcelaine fragile, il couvrit son visage et son cou de doux baisers, tout en promenant ses mains sur sa gorge et sur ses seins. Et elle gémit en réclamant davantage.

— Tu es une dévergondée, lui dit-il.

— Tu m'apprécies ainsi, souligna-t-elle.

— Je t'apprécie sous tous tes angles.

— Et si, ce soir, j'avais envie de me déchaîner ?

— Ne te gêne surtout pas !

En riant, elle roula sur lui. Elle lui parut incroyable, lourde et ronde, mais, sécurité oblige, il n'était pas question qu'il la laisse faire des sottises.

Et soudain, un grand froid l'envahit.

— Que se passe-t-il ? chuchota-t-elle.

Devait-il lui parler de l'anniversaire ?

— Rien, dit-il, espérant gagner du temps.

Il gisait sur le dos, le souffle court, tandis qu'elle se laissait retomber près de lui. La tête au creux de son bras, une jambe glissée entre les siennes, elle lui caressa le torse, le ventre et le sexe.

— Il y a quelque chose, dit-elle fermement.

Lui parler de l'anniversaire, ce serait comme inviter une tierce personne dans leur lit.

— Ça va, je t'assure. Je suis juste confus.

C'était exact, mais ambigu. Cependant, elle s'en contenta, pensant qu'il faisait allusion à sa panne.

Laquelle se trouva être temporaire, car les doigts de Lee opérèrent leur magie. Sa tête suivit, et il oublia tout pour s'abandonner aux délices de l'amour avec Lee et s'endormir en la serrant contre lui.

Il s'éveilla au milieu de la nuit et décida de ne pas lui parler de la date anniversaire avant le départ de ses parents. Il ne s'agissait pas de cachotteries. C'était préférable pour elle, pour ses parents, pour lui.

Cette décision le soulagea et, chassant ses idées noires, il posa une main sur le ventre de Lee. Il se réjouit de le trouver bombé, première manifestation de l'existence du bébé.

C'était différent de sa première expérience.

Très, très différent, et beaucoup mieux.

— J'aime bien aussi le sexe ensommeillé, fit la voix endormie de Lee à son côté.

— Comment sais-tu que je ne dors pas ?

— Parce que tu as posé ta main sur mon ventre.

— Je t'ai réveillée.

— Ne t'excuse pas.

— Je n'en ai pas l'intention.

— J'adore quand tu mets la main sur le bébé.

— Et moi, je suis très heureux de t'avoir suffisamment réveillée pour envisager de te faire paresseusement l'amour.

Il se mit à la caresser comme elle aimait, et elle s'étirait, produisait de petits bruits langoureux. C'était parfait, et il ne devait songer à rien d'autre qu'à ce bonheur.

Ce fut une belle promenade, sur un chemin plat la majeure partie du temps, et tapissé d'aiguilles de pin par endroits. Le soleil brillait, et l'on sentait frémir dans l'air la promesse du printemps.

Il était beaucoup plus facile d'apprendre à connaître les parents de Mac de cette façon. Ils s'intéressaient à la faune et à la flore de la région, et comme elle était capable de disserter pendant des heures sur le sujet, ils louèrent ses talents de guide de randonnée. Elle remisa l'idée dans un coin de sa tête, se disant qu'elle y réfléchirait après la naissance du bébé, car elle n'était pas certaine que travailler à long terme à Spruce Bay lui convienne.

Ils pique-niquèrent dans une clairière dominant le lac. Ensuite, Paul, toujours plein d'énergie, proposa une promenade en canot à moteur. Ils passèrent ainsi une partie de l'après-midi à explorer le lac, et là encore, Lee, qui le connaissait par cœur, fut une précieuse source d'informations.

Il était 17 heures quand ils ramenèrent le canot. Le temps avait brusquement changé, promettant une averse printanière de neige. Tandis que les nuages masquaient le soleil et qu'un vent froid se mettait à souffler, Lee prit conscience de sa fatigue.

Mac s'en aperçut également. Il lui prit la main et mêla ses doigts aux siens, et elle fondit d'émotion parce que c'était un geste tendre et intime.

— Si tu veux, proposa-t-il, tu peux sauter le dîner avec mes parents et aller te reposer. Maman a raison, depuis ce matin, tu n'as pas eu un moment de répit.

— J'ai passé une excellente journée.

— Ce n'est pas la question. Je vais te ramener à la maison. Nous t'achèterons en route quelque chose à manger et tu pourras te détendre devant la télé. Et, plus tard, je me glisserai dans le lit pendant ton sommeil.

— Encore un peu de sexe ensommeillé ?

— Je suis démasqué ! Alors, s'il te plaît, tu es d'accord ? Je m'inquiète parce que tu as l'air au bout du rouleau. Et tu sais, tu as été formidable avec mes parents.

— Je les aime bien.

Elle était sincère. C'était le genre de personnes qu'elle appréciait. Et si la situation était tendue, ce n'était pas uniquement de leur fait. De toute façon, aujourd'hui, les relations s'étaient considérablement améliorées.

— Tu as quand même droit à une soirée tranquille.

— Je veux bien, dit-elle, car la fatigue se faisait de plus en plus sentir.

Quand il la laissa chez lui, elle appela sa sœur, car elle n'était pas réapparue à Spruce Bay depuis le dîner de la veille.

— En effet, tu sembles avoir besoin de repos, dit Daisy. Je commence à connaître cette impression. A bientôt, sœurette. A propos, tu sais qu'on annonce de la neige pour cette nuit.

— Oui. J'ai senti le changement de temps quand nous sommes revenus de la promenade en canot.

— Mets-toi au chaud, parce que la température va chuter. Ça ne durera pas, heureusement.

Elle dîna en peignoir de bain, installée dans le lit devant la télévision, et s'endormit rapidement. Elle n'entendit même pas Mac la rejoindre, quelques heures plus tard.

16

Elle s'éveilla au son du portable de Mac. La mélodie commença par se mêler à ses rêves, et le temps qu'elle comprenne de quoi il s'agissait, il avait pris l'appareil.

— Allô, coassa-t-il.

Il était 2 heures du matin.

A cette heure, les coups de fil n'annonçaient généralement rien de bon.

— Oui, c'est moi…

Il écouta, assis au bord du lit.

— Je dormais, c'est pourquoi j'ai la voix enrouée. Où es-tu ?

Il y eut une pause.

— Tu sais quelle heure il est ?

Nouvelle pause.

— Non, parce que je ne suis pas dans ce fuseau horaire, où, quoi qu'il en soit, il doit être minuit.

Elle entendait pratiquement tout ce qu'il disait bien qu'il se soit réfugié dans la salle de bains dont il avait fermé la porte.

— Je sais, dit-il. Crois-tu vraiment que j'aurais pu oublier ? Que veux-tu que je fasse, Sloane ? Ne nous sommes-nous pas tout dit ? Ne nous sommes-nous pas assez flagellés et déchirés l'un l'autre ?

A vrai dire, elle aurait pu cesser d'écouter en se mettant la tête sous l'oreiller tout en essayant de penser à autre chose.

— Non, je ne veux pas, disait-il. Je ne crois pas que ça soit d'un grand secours… Oui, je sais que tu as bu… Pas de problème si ça t'aide à surmonter… Non, ne t'excuse pas d'avoir appelé, tu ne pouvais pas savoir. Je pense juste que ces appels et ces e-mails à cette date, tous les ans… Oui, *presque* tous les ans, oui, j'ai remarqué… Je ne te conseille pas de passer à autre chose, juste…

Tous les ans, à cette date.

C'était Sloane qui appelait parce que c'était l'anniversaire de la mort de leur enfant. Et pourtant, Mac ne lui en avait pas parlé. C'était le chagrin de ce deuil qui provoquait les sentiments complexes qu'elle avait devinés chez les parents de Mac et qui lui échappaient.

Elle comprit alors que ce triste anniversaire était, en réalité, la raison de la visite de ses parents. L'enterrement d'un vieil homme qu'ils connaissaient à peine leur avait fourni le prétexte dont ils avaient besoin pour venir s'assurer que leur fils allait bien, et que la future mère prendrait soin de la santé du bébé, contrairement à Sloane.

Et Mac ne lui avait rien dit.

Elle devinait sans peine pourquoi.

Il voulait la protéger de la tension qu'aurait créée en elle le fait de savoir la vérité.

Elle ne l'en aimait que mieux. C'était un peu effrayant et agaçant à la fois. Il régnait une telle confusion dans ses idées, elle était agitée d'émotions si violentes qu'elle se sentait perdue.

Il était 2 heures du matin.

2 heures passées, en réalité, parce que Mac et Sloane parlaient depuis un moment.

Elle éprouva une sensation d'enfermement si vive qu'elle plaqua l'oreiller sur sa bouche pour contenir ses gémissements.

Elle ne voulait pas rester ici. Dans ce lit. Dans cette chambre.

Ce n'était plus désormais un cocon douillet, mais une prison. Elle voulait s'en aller quelque part où elle pourrait respirer, et réfléchir, et trouver le moyen de sortir de son désarroi émotionnel.

Elle s'assit au bord du lit, affreusement triste pour Mac qui devait affronter un si douloureux souvenir.

Certes, elle comprenait le besoin qu'avait éprouvé Sloane de lui parler, mais cela n'en était pas moins difficile à accepter. Mac avait été lié à une autre femme. Bien sûr, ce lien s'était distendu ; néanmoins, il ne disparaîtrait jamais complètement. Colère et récriminations les liaient tout en les éloignant, et elle dut reconnaître que l'idée éveillait bel et bien sa jalousie.

Mais il y avait autre chose.

Leur enfant à Mac et elle, le précieux petit être qui grandissait en elle était déjà façonné par la mort de ce demi-frère survenue sept ans plus tôt. A cause de cette disparition, Mac serait un père différent. Gina et Paul seraient des grands-parents différents, avec des attentes et des craintes différentes.

Mac avait beau essayer de parler à voix basse, elle entendit de nouveau sa voix s'élever.

— Tout ce que je t'aie jamais demandé, c'est de reconnaître…

Sa voix retomba, et elle n'entendit pas la suite.

Il la protégeait en se taisant, et elle détestait ça. Elle l'aimait et détestait ce qu'il faisait.

Une minute. Elle *l'aimait* ?

En cet instant, la vérité ne lui était que plus douloureuse. Elle n'avait jamais osé se l'avouer jusqu'ici, parce qu'un jour elle avait cru aimer Tucker Reid et qu'elle s'était trompée.

Cette fois, pourtant, c'était différent. Ce qu'elle ressentait pour Mac, elle ne l'avait jamais ressenti pour personne. La joie et la sérénité goûtées près de lui, la compréhension immédiate qu'elle avait de lui, ces petits riens qui les unissaient…

Elle l'aimait et elle lui en voulait. Elle souffrait pour lui et elle ne supportait plus son désir obsessionnel de la protéger. Il était si focalisé sur le bébé… Savait-il seulement ce qu'il ressentait pour elle, la mère ?

Il lui avait tu le drame qu'il avait vécu, et cette omission n'aurait peut-être pas autant compté sans la visite de ses parents et l'appel téléphonique de Sloane.

La protéger était aussi une façon de l'écarter. C'était un geste de tendresse, mais dénué de respect. Et si Mac ne pouvait la respecter pour ce qu'elle était, une femme forte, capable d'écouter et de comprendre, s'il ne l'aimait pas pour elle-même, pour eux et pour ce qu'ils partageaient en tant que couple, ils allaient droit à l'échec.

Elle éprouvait le besoin de quitter cet endroit pour tenter de se ressaisir. Mais elle ne pouvait pas agir ainsi. Ce serait mettre Mac hors de lui, et elle l'aimait trop pour ça.

Elle alla à la fenêtre et vit que la neige printanière dont lui avait parlé Daisy tombait à gros flocons serrés. Impossible de prendre la voiture. Mac serait fou d'inquiétude.

Elle s'enveloppa donc plus étroitement dans le peignoir et retourna se coucher. Le murmure de la voix de Mac s'enflait par moments, baissait ensuite, et enfin s'éteignit. Il ne vint pas tout de suite la rejoindre. Elle l'attendait, guettant le bruit de la porte, mais les minutes s'écoulaient sans qu'il paraisse.

Enfin, il sortit sans faire de bruit de la salle de bains et gagna le lit sur la pointe des pieds. Il posa son portable sur la table de nuit, et elle sentit le matelas bouger quand il s'allongea près d'elle.

Il la croyait endormie, et elle ne le détrompa pas. Elle se rendait compte qu'il était bien éveillé, allongé sur le dos. Sans doute fixait-il le plafond en ruminant de tristes pensées.

Sloane, son enfant mort, le deuil. Et pour l'avenir, l'obligation de la protéger, elle, à tout prix, parce qu'elle portait son enfant.

Finalement, après un très long moment, elle n'y tint plus. Roulant sur le côté, elle posa une main sur son torse.

— Désolé, dit-il. Je t'ai réveillée.

— Je suis réveillée depuis des heures.

Il y eut un silence.

— Je croyais que tu dormais, dit-il enfin.

— Je faisais semblant. Quand tu es revenu dans le lit, j'ai essayé de me rendormir, mais impossible. Et j'ai vu que toi non plus.

— C'est le téléphone qui t'a réveillée. Tu as entendu la conversation.

C'était si évident qu'elle ne prit pas la peine de répondre.

— Pourquoi ne m'as-tu pas parlé de cette date anniversaire ?

Elle sentit la poitrine de Mac se soulever et s'abaisser quand il soupira.

— Parce que je… enfin, avec la visite de mes parents, il m'a semblé…

— Pas la peine de t'expliquer. Je sais pourquoi. Tu voulais me protéger.

Il dut sentir que l'idée lui déplaisait, car il se défendit.

— Qu'y a-t-il de mal à ça ? Pourquoi le désir de vous protéger, l'enfant et toi, serait-il critiquable ?

— Parce que ce n'est pas ce que j'attends de toi.

— Mais enfin… qu'est-ce que tu attends de moi ? demanda-t-il doucement.

— Rien de particulier. Juste ce que nous avons.

— Ce que nous avons ne me suffit pas, Lee !

Il roula sur le côté pour lui faire face dans la pénombre.

— Je t'aime. Je veux t'épouser. Nous allons avoir un bébé et je…

— Tais-toi.

— Non. Je l'ai compris ce soir. C'est la seule solution.

— La semaine dernière, tu m'expliquais en quoi, justement, ce n'en était pas une. Alors que je n'y avais jamais fait allusion, tu en as fait toute une histoire.

— C'est vrai, et je m'égarais. Un mariage serait l'aboutissement logique de notre histoire. Quand Sloane et moi avons raccroché, je savais juste que je ne pouvais pas… Je ne peux pas continuer comme ça, Lee ! Au jour le jour, sans réel projet d'avenir. Il ne suffit pas de se promettre de tout faire pour le bien de l'enfant, et de se rassurer en affirmant que nous jouons dans la même équipe…

— Ce n'est pas le cas ?

— Non. Nous vivons chacun de notre côté. Notre lien est éphémère. Nous sommes incapables de parler sérieusement d'avenir parce que nous craignons de nous tromper. Nous freinons des deux pieds, par pure lâcheté. Lee, étant donné les circonstances, nous devons nous engager à cent pour cent.

— Parlerais-tu ainsi si Sloane n'avait pas appelé, si tes parents n'étaient pas venus, si ce n'était pas la date anniversaire de la mort de ton enfant ?

— Peut-être pas. Mais n'est-ce pas ainsi qu'on prend parfois conscience de certaines choses, comme sous l'effet d'un choc ? Quelquefois, la vie vous frappe en plein visage et, soudain, ce que vous voulez devient une évidence. Je veux qu'on se marie.

Il la prit dans ses bras et la serra contre lui, et elle sentit la force de sa volonté. Il le voulait vraiment, mais il se trompait sur le bien-fondé de son envie.

— Non, Mac. La réponse est non. Je t'aime, mais non.

Prononcer cette condamnation définitive faisait mal. Quand on aime quelqu'un, on veut le rendre heureux. Mais elle devait se montrer raisonnable.

— Tu m'aimes, je t'aime, et tu refuses quand même qu'on se marie ?

— Ce serait une erreur, tu l'as dit toi-même. Tout tourne autour du bébé.

— Pas seulement du bébé. Je t'aime, Lee. Et de toute façon, le bébé est important.

— Il est incroyablement important, et c'est pourquoi je refuse. Je ne prendrai pas le risque de me marier juste parce que la bienséance l'exige, que tes parents le désirent, et que tu souhaites une relation plus stable que celle que tu avais avec Sloane. Je t'aime, Mac, et je ne t'épouserai pas.

Il demeura silencieux durant ce qui sembla une éternité.

— Je te connais assez pour savoir qu'il est inutile d'argumenter, dit-il enfin.

— Merci. Parce que ça me tient à cœur.

Il retomba dans un silence qu'elle devinait peuplé de sombres pensées.

— Seulement, je ne peux pas continuer comme ça, reprit-il, accablé. Tu es dans mon lit. Nous avons fait l'amour quelques heures auparavant, et c'était fabuleux, comme toujours. Et ça n'a aucun sens.

Il s'assit au pied du lit et chercha ses vêtements.

— Que fais-tu ? demanda-t-elle, le cœur lourd.

— Je vais faire un tour, répondit-il en s'habillant.

— Où vas-tu ?

— Il est presque 6 heures. Je prendrai un café à l'hôtel en attendant que mes parents se lèvent.

— Tu veux que je t'accompagne ?

— Non.

— Pourquoi ?

— Lee, dit-il entre ses dents, il faut arrêter ça.

— Arrêter quoi ?

— Revenons-en à ce que nous avions tout d'abord décidé. Que nous resterions en relation pour l'enfant tout en gardant notre indépendance. De mon point de vue, c'est la seule solution possible.

— Arrêter ça…, murmura-t-elle.

Elle redoutait de comprendre car elle aimait tout de leur relation, le comprenait-il ? Faire l'amour, rire et se sentir proches. Sûrement, s'il y réfléchissait…

— C'est fini, Lee. Je ne peux pas continuer ainsi.

Sa voix se fêla.

— Etre à moitié ensemble, reprit-il, à moitié non. Etre ensemble aujourd'hui, mais peut-être pas demain. Ensemble dans le lit, mais pas sur le papier. Partager un enfant, mais pas nos existences, et repousser tout ce qui pourrait ressembler de près ou de loin à un engagement à long terme parce que tu as si peur que ce soit seulement pour le bébé. Si nous ne nous engageons pas pleinement vis-à-vis l'un de l'autre et de notre avenir, alors nous ne sommes pas du tout ensemble. Point à la ligne.

Sa voix avait la dureté du diamant…

— Je ne peux pas faire autrement, ajouta-t-il.

Le flot de ses paroles se tarit, et il attendit sa réponse. Elle lui en devait une, naturellement. C'était si difficile, si cruel, si horrible. Mais elle non plus n'avait pas le choix.

Il n'était pas question de sortir du lit, de se jeter dans ses bras, et de dire qu'elle l'épouserait juste parce qu'elle ne voulait pas le perdre. Ce serait faire exactement ce qu'elle redoutait. Elle ne voulait surtout pas faire peser sur son enfant le poids d'un mariage contracté pour de mauvaises raisons.

Elle prit sa respiration.

— D'accord, dit-elle.

— Comment ?

— Je dis : d'accord, Mac Je… je comprends que c'est la seule solution.

Ils se regardèrent, ivres de chagrin, impuissants, stupéfaits d'en être si vite arrivés au point de rupture.

— C'est la seule, confirma-t-il.

Elle le regarda dans un silence mortel passer ses chaussettes et ses boots sans lui accorder un regard.

Ce ne fut qu'à la porte qu'il se retourna.

— Je te verrai en temps voulu.

Elle demeura interloquée.

— Que veux-tu dire ?

— Pour la naissance.

Puis il partit.

La situation semblait irréelle. Quand elle avait quitté le Colorado, elle laissait ce qui ressemblait à un intermède, un intermède plaisant, mais qui n'était pas destiné à faire partie de sa nouvelle existence. Quand il l'avait suivie dans l'Est, elle s'était imaginé qu'ils pouvaient continuer comme avant, même avec un bébé en route. Mais il avait raison. C'était impossible. Il voulait tout ou rien, et elle ne pouvait lui donner tout quand les raisons étaient mauvaises.

Et voilà où ils en étaient arrivés.

Elle l'entendit mettre en route son pick-up et démarrer. La couche de neige couvrant le sol étouffait les bruits, et elle tendit l'oreille pour l'entendre tourner sur la route. Le bruit du moteur s'amplifia quand il prit de la vitesse puis, lentement, décrut. Bientôt, ce fut le silence.

Elle se sentait vide, démunie, perdue. Elle était loin de la représentation qu'elle s'était faite de son retour dans l'Est.

Des retrouvailles heureuses avec ses sœurs, une vie indépendante et agréable avec son enfant. Pourquoi avait-elle cru ce rêve possible, elle l'ignorait. Mais aujourd'hui, si cruel que ce soit, il fallait commencer à tout mettre en œuvre pour en faire une réalité.

Pour commencer, sortir de son lit.

Elle se sentait pareille à une vieille femme, se déplaçant, toute raide, vers la salle de bains. La salle de bains de Mac, avec ses affaires de toilette, son nécessaire de rasage près du lavabo, son shampoing sur le bord de la baignoire. Elle prit une douche, avec l'impression d'avoir une pierre sur l'estomac. Elle s'habilla, s'assura qu'elle n'avait rien laissé derrière elle parce qu'elle savait qu'elle quittait pour de bon cette maison.

Puis, sous la neige qui s'était remise à tomber, elle prit la route de Spruce Bay. Mary Jane et Daisy s'apprêtaient à servir un petit déjeuner comprenant les corbeilles de muffins confectionnés par Daisy, des œufs brouillés et autres merveilles. Elle proposa de les aider, bien qu'elles ne soient pas débordées.

— Vous aurez besoin de moi quand il y aura davantage de clients, dit-elle à ses sœurs. Autant que je m'entraîne.

— Que se passe-t-il ? Tu n'as pas l'air en forme, fit remarquer Mary Jane.

— Je n'ai pas très bien dormi, c'est tout.

Elle allait devoir aussi s'entraîner à détourner les questions concernant Mac. Il y en aurait de nombreuses, sans aucun doute, et elle finirait bien par être obligée d'avouer qu'ils avaient rompu. Mais elle n'y était pas encore prête.

Elles servirent une table de dix personnes venues pour une partie de pêche. Tout en nettoyant la salle à manger et la cuisine avec Mary Jane et Daisy, pour la première fois, elle eut l'intuition qu'elle sortirait vivante, sinon heureuse, de l'épreuve. Il régnait une chaude ambiance dans le restaurant et la cuisine tout illuminés. Au-dehors, les nuages se dispersaient, laissant entrevoir le soleil, et elles bavardaient et plaisantaient tout en s'activant.

— Avons-nous quelqu'un cette nuit ? demanda Daisy à Mary Jane.

— Non. Aucune réservation jusque mercredi. Je suis impatiente de voir le temps se réchauffer et les clients affluer ! Je veux voir les gens flâner dans les jardins, se prélasser au bord de la piscine qui est devenue si accueillante, descendre jusqu'au lac par les allées bordées d'arbustes et de fleurs.

— Aujourd'hui, j'aime la neige, déclara Daisy. C'est si beau quand elle scintille au soleil !

— Elle ne durera pas, lâcha Lee.

Tout en faisant la réflexion, elle se rendit compte qu'elle se montrait bien rabat-joie, mais Daisy choisit de la tourner en dérision.

— Je sais, Reine des pentes ! Mais il y a une vie après la neige, tu sais !

Et une vie après Mac ?

Daisy profita tout à loisir de la neige ce matin-là. Quand Tucker arriva, elle se précipita à sa rencontre. Tout en dressant des tables situées près de la fenêtre, Lee les vit se jeter dans les bras l'un de l'autre, et elle ressentit si douloureusement la perte de Mac que, prise de vertige, elle dut se raccrocher à la table.

Elle n'arrivait pas à détourner le regard du spectacle qu'offrait le couple amoureux. Tucker faisait tourbillonner Daisy dans ses bras, et ils se dévoraient des yeux. Il se pencha pour l'embrasser, et elle lui prit le visage dans ses mains. Lorsqu'ils se sourirent, Lee dut ravaler ses larmes. Quand elle regarda de nouveau au-dehors, ils étaient en train de faire un bonhomme de neige.

Le spectacle lui rappela Mac et elle au Colorado, et tous ces moments passés ensemble dans l'air glacé des montagnes, quand ils se réchauffaient en se serrant dans les bras l'un de l'autre.

Elle désirait sa présence, et il n'était pas là. Son absence apparaissait aussi radicale et définitive que la mort. Elle voulait qu'il revienne, juste qu'il revienne. Ne plus endurer cette souffrance comparable au deuil.

— Et ça n'a rien à voir avec le bien de l'enfant, murmura-t-elle. C'est lui. Juste lui. Je l'aime. Je veux vivre avec lui, toute ma vie. Ce ne sont pas de mauvaises raisons. Ce sont, au contraire, d'excellentes raisons ! Pourquoi ne l'ai-je pas compris plus tôt ?

— Tu as fini ? Nous pouvons fermer ? cria Mary Jane de la cuisine.

Lee examina la table. Il manquait les serviettes, mais elle n'avait pas envie de s'en occuper maintenant.

— Tu es sûre que ça va ? s'enquit Mary Jane. Tu n'es pas toi-même ce matin. Tu n'as pratiquement pas ouvert la bouche.

— Je crois que ça va.

— Mais tu n'en es pas sûre ?

— Je veux me marier avec Mac, lâcha-t-elle en refoulant ses larmes. Maintenant, j'en suis sûre. C'est d'ailleurs à peu près ma seule certitude…

Elle essaya de rire, n'y parvint pas.

— Il me l'a demandé, et je l'ai repoussé. Qu'est-ce que je vais devenir si c'est trop tard ?

— Tu as refusé, répéta Mary Jane, incrédule.

— Oui. J'avais peur que ce soit pour de mauvaises raisons. Je me pose toujours des questions depuis Tucker.

— Mais à présent, tu es sûre de toi ?

— Oui. Pendant tout ce temps, je pensais au bébé, et que nous ne devions pas nous marier pour son seul bien. Mais Mac me manque tellement, et il ne s'agit pas de l'enfant ! Je veux Mac, et, tout précieux qu'il soit, le bébé n'est pour rien dans mon désir. En tout cas, pas pour moi. Mais il est peut-être trop tard…

— Attends, j'aimerais y voir plus clair. Quand t'a-t-il demandé de l'épouser ?

— Ce matin.

— Il y a à peu près trois heures, et tu crains que ce soit trop tard.

Oui, je suis désespérée. Ce sont les trois plus longues heures de ma vie.

— Je veux le voir ! J'ai besoin de lui !

— Appelle-le. Va le trouver.

— Si ça pouvait être aussi simple !

— Mais ça l'est ! En réalité, tu compliques tout dans ta tête parce que vous ne vous connaissez pas depuis longtemps, que tu as la responsabilité d'un enfant à venir, que tu as un jour commis une grosse erreur et que tu es indépendante. Mac te plaît. Tu plais à Mac. Vous avez tous les deux la trentaine maintenant, et si, à votre âge, vous ne savez pas reconnaître le bon partenaire, vous n'avez rien appris de la vie. Mac et toi êtes faits l'un pour l'autre, Lee. Mac et toi, c'est *bien. Juste.* Va te réconcilier avec lui ou je me fâche.

— Me réconcilier avec Mac…

— S'il te plaît !

Elle partit à la recherche de Mac, glacée d'appréhension, les idées en déroute. Où pouvait-il être ? Encore à l'hôtel avec ses parents ? Avait-elle le droit de le piéger ainsi ?

Elle se rendit malgré tout à l'hôtel. La neige fondait déjà et de grosses gouttes tombant des branches étincelaient au soleil.

Elle le vit qui traversait le vaste hall, portant les bagages de ses parents qui marchaient devant lui. Quand il l'aperçut, il posa les valises à terre. En la voyant, ses parents échangèrent un regard, et elle comprit qu'il avait dû leur parler des événements du matin.

— Est-ce que je peux lui parler ? implora-t-elle.

— Bien sûr, dit poliment Gina tandis que son mari inclinait la tête.

— Je m'en charge, dit-il à l'intention de Mac en prenant les valises.

Mac ne répondit pas. Il demeurait immobile, avec sur son visage l'expression qu'avait eue Lee, des années-lumière plus tôt en regardant par la fenêtre du restaurant un couple d'amoureux jouer dans la neige.

— Sortons, dit-il.

Il l'entraîna à travers le bar vers une terrasse d'où partait un escalier menant à une allée bordée de pommiers décoratifs.

— J'ai changé d'avis, annonça-t-elle, quand ils furent en bas des marches.

Et elle éclata en sanglots.

Il la prit dans ses bras. Elle pleurait si fort qu'elle n'arrivait pas à articuler une parole.

— A quel sujet ? finit-il par demander prudemment.

— Je veux t'épouser !

Un silence de mort s'ensuivit. Mary Jane s'était trompée, constata-t-elle, le cœur serré.

— Si tu veux encore de moi, ajouta-t-elle, désespérée.

Il éclata de rire.

— Lee ?

— C'était comme si tu étais mort ! Comme si jamais je ne te reverrais et que je devrais porter ton deuil le restant de mes jours ! Et que je m'inflige une telle souffrance parce que, peut-être, tu voulais m'épouser pour de mauvaises raisons, cela m'a soudain paru complètement stupide. Il n'y a qu'une raison. Tu l'as dite, et je ne voulais pas l'entendre, parce que, un jour, il y a très longtemps, j'ai commis l'erreur d'envisager de me marier avec quelqu'un qui ne m'était pas destiné. Et depuis, je fais très attention à ne pas m'égarer et je pèse soigneusement mes décisions. Je t'aime, Mac. Tu avais raison. Oh ! marions-nous, s'il te plaît ! Si tu le veux toujours.

— Heureusement que je ne mets pas en doute ma virilité, dit-il en riant, parce que là, c'est toi qui me demandes en mariage !

— Tu avais commencé.

— Mais je n'ai pas été bien reçu.

— Je ne me débrouille pas mieux, c'est ça ?

— Non. Tu gagnes quelques points avec les pommiers en fleur et la neige, mais c'est à peu près tout.

— Tu voudrais que je le dise avec des roses ?

— Ah, Lee, je voulais juste l'entendre ! Et maintenant, tu me le dis, et c'est tout ce qui compte.

— C'est exactement ce que j'essayais de te prouver, dit-elle avec un total mépris de la vérité.

— C'est tout ce qui compte, répéta-t-il en la serrant contre lui. Ça m'est égal les sottises que tu racontes.

— J'adore quand nous disons n'importe quoi. C'est une des choses…

— Des choses ?

— Qui m'ont tellement manqué… Nos rires, notre entente, les activités que nous partagions. Et je sais que j'avais envie de vivre avec toi pour cela, et pour rien d'autre. Ce sera très bien pour le bébé que nous nous mariions, mais je le voulais pour toutes les autres raisons.

— Toutes les autres raisons, et celle-là, rectifia-t-il doucement.

Et, une fois encore, elle reconnut qu'il avait raison.

— Toutes les autres raisons, et celle-là, répéta-t-elle.

Et c'était si évident qu'il n'y avait plus rien à ajouter. Juste à s'embrasser, avec le soleil qui chauffait la peau et faisait fondre la neige.

17

— Prévenez-nous dès que possible de la date du mariage, dit Gina à Lee en la serrant dans ses bras. Que nous puissions préparer notre voyage.

— Est-ce que ce sera avant ou après la naissance du bébé ? demanda à son tour Paul.

Ils se trouvaient tous les quatre, Gina, Paul, Lee et Mac dans le hall de départ de l'aéroport d'Albany, attendant l'annonce du prochain embarquement.

Lee et Mac se regardèrent.

— Laissez-nous souffler ! dit Mac en riant. En une demi-journée, nous sommes passés de la rupture au mariage, et nous n'avons pas encore repris nos esprits. La date fera l'objet d'une annonce ultérieure.

— Nous sommes si heureux, répliqua Gina en essuyant une larme. Lee, j'ignore si vous savez qu'il y avait une raison précise à notre visite…

— Mac m'a dit.

— Je crains que nous n'ayons pas été très honnêtes envers vous. Nous étions inquiets, malheureux. Nous avons tant souffert, il y a sept ans. Nous n'étions pas d'accord avec les choix de Sloane, et nous avions peur que l'histoire recommence.

— Je sais, dit Lee. Mac le craignait aussi, et son appréhension a créé une tension entre nous. Mais je crois que nous avons en grande partie dépassé le problème.

— Je suis heureuse de l'entendre. Vous allez si bien ensemble.

— Espérons-le !

On annonça l'embarquement, et Gina et Paul ne s'attardèrent pas, car ils devaient encore passer le contrôle de sécurité. Quelques instants plus tard, Mac et Lee se retrouvèrent seuls.

— Que veux-tu faire ? demanda-t-il. On rentre directement ou on s'arrête à Saratoga pour acheter à manger ?

— Ne prévoyons rien. Roulons et voyons ce qui nous fera envie. Je flotte sur un petit nuage à l'idée que nous allons nous marier, Mac. Et tout ce qui compte, c'est que je sois avec toi.

Elle lui caressa la joue, d'un geste légèrement possessif. Ce qui ne parut pas le gêner. Il glissa un bras autour de ses épaules et ils traversèrent le hall pour gagner la sortie.

— Toi, quand tu changes d'avis, on peut dire que c'est radical ! fit-il remarquer.

— N'en change pas.

Elle s'appuya contre son grand corps qu'elle aimait tant.

— Aucune chance ! J'ai l'intention de t'aimer et de te fabriquer un nid bien douillet, dans le petit chalet de Jay, pour commencer.

— Nous achèterons une maison quand nous en aurons les moyens.

— Quelque part, pas trop loin des pistes et de Spruce Bay. Avec un jardin pour nos enfants.

— *Nos* enfants ?

— Au pluriel, absolument.

— Où ils pourront jouer…

— Oui.

— Ils joueront aussi à Spruce Bay. Ils adoreront. J'y ai passé une enfance de rêve.

— Lee, je veux qu'on reste sur…

— Notre petit nuage ?

— C'est bon, non ?

— Merveilleux !

— Promettons-nous de ne jamais le perdre de vue.

— Tu sais que j'aime viser haut.

— Nous sommes déjà gagnants.

— Tous les trois, dit Lee avec l'assurance que donnait le bonheur.

Et Mac la serra un peu plus fort contre lui tandis qu'ils sortaient de l'aéroport, en route vers leur avenir.

LILIAN DARCY

Le parfum du souvenir

INTÉGRALE

COUP DE FOUDRE SOUS LES FLOCONS

Traduction française de
FRANÇOISE HENRY

SAGAS

HARLEQUIN

Titre original :
IT BEGAN WITH A CRUSH

Ce roman a déjà été publié en 2014

1

M. Capelli n'allait pas être content.

En s'engageant sur l'allée de *Capelli Auto*, Mary Jane repassait dans sa tête les excuses qu'elle pourrait invoquer pour avoir tant tardé à lui confier sa petite voiture bleue qui faisait un drôle de bruit depuis un moment, il fallait bien l'admettre. Le bruit s'étant considérablement amplifié, à présent, impossible de prétendre l'avoir ignoré tout ce temps.

Evidemment, avec le début de la saison d'été, ses sœurs et elle avaient été très occupées à *Spruce Bay Resort*, mais l'argument sonnait faux à ses propres oreilles. La famille Cherry fréquentait le garage de M. Capelli d'aussi loin que ses souvenirs remontent, et elle connaissait par cœur le regard gentiment réprobateur dont il gratifiait ses clients insouciants.

Situé dans une rue tranquille, le garage était un lieu suranné et rassurant, et Art Capelli, qui exposait franchement les problèmes, sans en rajouter, aurait bien raison de lui reprocher sa coupable négligence vis-à-vis de sa voiture. Dans ce domaine, elle se montrait en dessous de tout et, à présent, elle s'adressait d'amers reproches.

Elle se gara devant le bâtiment sur le mur duquel un panneau aux vives couleurs indiquait « Capelli Auto » et descendit de voiture en laissant les vitres ouvertes et la clé sur le contact. Le bureau était vide, mais elle entendit du bruit en provenance de l'atelier. Elle s'y dirigea, et il lui fallut quelques instants avant que ses yeux s'adaptent à la relative pénombre.

Une paire de jambes emprisonnées dans un bleu de travail maculé d'huile noirâtre émergeait de dessous un pick-up rouge.

— Monsieur Capelli ? demanda-t-elle en hésitant.

Un son inarticulé provint de dessous le véhicule qu'elle traduisit par un probable : « Un instant ».

Elle attendit, pleine de remords. Vraiment, le bruit de son moteur était devenu horrible ces derniers temps. Il avait commencé à se faire entendre par intermittence depuis… depuis son séjour dans un centre de remise en forme du Vermont, à la mi-mars, soit trois mois plus tôt.

Le problème était que, quand le bruit s'arrêtait quelques jours, elle s'imaginait volontiers que sa voiture… eh bien, qu'elle avait guéri toute seule.

Comment ? Les voitures ne guérissent pas spontanément ?

Il y eut un nouveau grognement, puis les jambes dans leur bleu de travail se trouvèrent propulsées vers elle, et de grosses chaussures de sécurité s'immobilisèrent à quelques centimètres de ses tibias.

— Bonjour, monsieur Ca…

Elle s'interrompit brusquement. Il ne s'agissait pas d'Art Capelli, avec son visage marqué des rides de ses soixante et quelques années, ses cheveux gris et raides et ses bons yeux marron, mais de Joe, son fils.

Joe qu'elle n'avait pas revu depuis au moins quatorze ans. Joe, beau comme un dieu, avec son épaisse chevelure noire et son corps parfait à la peau très mate, sans parler de tout un tas d'autres attributs si désirables que c'en était un péché.

Joe, prétentieux, sûr de lui, égocentrique, connaissant trop bien son pouvoir de séduction et en jouant sans vergogne.

Elle se sentit rougir.

— Bonjour, dit-il.

Ils se regardèrent. Puis il souleva la tête du chariot.

— Mary Jane ?

— Oui.

— J'ai vu ton nom sur le registre.

Naturellement. Sinon, il ne l'aurait probablement pas reconnue.

— Où est ton père ? demanda-t-elle.

Sitôt formulée, la question lui parut à la fois brutale et maladroite.

Il ne répondit pas tout de suite, occupé à relever son grand corps du chariot.

— Je lui donne un coup de main. Sa santé n'est pas très bonne en ce moment.

Une fois qu'il fut debout, elle le vit mieux. Il n'avait pas changé, conclut-elle après un examen rapide. Il était aussi beau qu'à l'époque du lycée. Plus beau, même. Son propre regard sur le physique masculin ayant mûri avec les années, elle aimait les rides de gaieté au coin de ses yeux et de ses lèvres.

— Je suis désolée de l'apprendre. Enfin, que ton père ne se sente pas très bien, pas que tu l'aides, évidemment.

Du calme, Mary Jane. Du calme.

Cent questions fusaient dans sa tête. Qu'était devenu le projet hollywoodien de Joe ? Etait-il revenu pour de bon ou bien s'agissait-il d'un arrangement provisoire ? Quelqu'un pouvait sûrement prendre la relève. Que s'était-il passé ?

C'était ridicule d'être aussi bouleversée de le revoir et de constater qu'en un éclair elle avait renoué avec ses dix-huit ans, quand ils fréquentaient le même lycée et qu'elle le détestait plus qu'aucun autre garçon.

Oui. Elle le détestait.

Tu ne crois pas que tu en fais un peu trop, Mary Jane ?

Moi ? Jamais de la vie !

Elle détestait encore bien plus les émotions qu'il déclenchait chez elle. Il était alors si présomptueux, si charismatique, si sûr du brillant avenir qui l'attendait.

Elle avait essayé de résister à son charme, tellement puissant qu'il faisait battre plus vite son cœur quand ils se croisaient simplement dans les couloirs, qu'il la faisait rougir et ricaner sottement dès qu'il lançait une remarque impertinente en cours.

Impertinente et généralement stupide, parce qu'il refusait d'étudier. Et s'il la surprenait en train de le regarder après un de ces commentaires, elle baissait vivement les yeux de peur qu'il n'aille s'imaginer qu'elle avait le béguin pour lui.

Et aujourd'hui, il était là, dans le garage vétuste de son père, où il l'aidait quand il était adolescent, les mains pleines de cambouis, le front emperlé de sueur, réparant des voitures pour gagner de l'argent.

Tandis qu'elle se creusait la cervelle pour trouver quoi dire, il replia le bleu de travail sur sa taille, découvrant un T-shirt bleu marine qui moulait son torse et, au passage, exhibait biceps et abdominaux d'acier. Puis il s'empara d'une bouteille d'eau posée sur un établi, en but une gorgée, et s'essuya le front avec une serviette.

Elle aurait dû probablement le plaindre de se retrouver à son point de départ, dans le garage paternel, ou peut-être, avec malveillance, se réjouir de voir où l'avaient mené ses ambitions de gloire et de fortune à Hollywood.

Cependant, au lieu de ces sentiments, ce furent la curiosité et le sentiment de l'ironie du sort qui l'envahirent.

— La vie nous joue parfois de drôles de tours, n'est-ce pas ? dit Joe avec un petit sourire.

Elle sentit de nouveau le rouge monter à ses joues. Depuis combien de temps n'avait-elle pas rougi ? Au moins un siècle.

— Euh… oui. C'est vrai.

Elle prit sa respiration et reçut une bouffée de son eau de toilette acidulée, irrésistiblement masculine, et un relent d'huile de moteur qui, pour une mystérieuse raison, ne déparait pas l'ensemble.

Par quel miracle réussissait-il ce tour de force ? Moins d'une minute en sa compagnie, et elle se pâmait déjà.

Elle s'éclaircit la gorge et se força à revenir sur un terrain professionnel. Elle ne lui poserait certainement pas toutes les questions qui la démangeaient à propos de ce qu'il avait fait depuis la fac, et pourquoi il n'était pas la coqueluche de Hollywood à l'égal de George Clooney, Bradley Cooper ou

Johnny Depp, ou bien un directeur de casting tout-puissant ou un réalisateur connu.

De son côté, il ne semblait pas vraiment désireux de le lui expliquer.

— Alors, cette voiture ? dit-il. Visite de contrôle agrémentée de quelques petits problèmes, si j'ai bien compris ?

— Elle fait un bruit.

Il prit l'expression de son père, indulgente, mais néanmoins réprobatrice, avec en plus une pointe de langueur séductrice que M. Capelli n'avait certainement jamais affichée de sa vie. Sans le vouloir, elle se trouva ramenée à l'époque du lycée, ce qui la rendit furieuse contre elle-même. A l'époque, elle pensait qu'il le faisait exprès — et peut-être était-ce le cas —, parce que les filles tombaient devant lui comme des mouches.

Aujourd'hui pourtant, elle n'avait pas l'impression qu'il s'agissait d'une pose. Cette expression semblait lui appartenir en propre, comme une sorte de tic sans signification particulière.

— Donc elle fait un bruit, répéta-t-il patiemment.

— Oui…

Elle tenta de reproduire le craquement.

— Quelque chose comme ça.

A son grand soulagement, il ne rit pas.

— Je vais y jeter un coup d'œil, se contenta-t-il de répondre. Je t'appelle quand j'ai une idée plus précise.

— D'accord, Cap. Merci.

Il y eut un silence quand elle se rendit compte qu'elle avait utilisé son surnom du lycée.

— Tu peux m'appeler Joe maintenant, dit-il.

— Désolée.

— Cap est… Bref, Cap, c'est fini.

— Désolée, répéta-t-elle.

— Pas de quoi en faire un drame. Veux-tu que je te conduise quelque part ?

— Ma sœur va passer me prendre. Elle devrait arriver d'une minute à l'autre.

— Bien. On fait comme on a dit.

— Merci. Et… salue ton père de ma part. Présente-lui mes vœux de rétablissement.

— Je n'y manquerai pas.

Elle sortit de l'atelier, ravie d'échapper aux relents d'huile dans l'air de juin, au moment où sa sœur Lee arrêtait sa voiture devant le garage.

Lee était fiancée et enceinte de cinq mois et demi. Entre un premier trimestre fatigant et ponctué de nausées et un troisième trimestre qui se révélerait probablement pénible à cause de la prise de poids, elle apparaissait pour l'heure radieuse et débordante d'énergie.

— Alors, ce bruit ? demanda Lee quand elle se fut glissée sur le siège du passager.

— On ne sait pas encore. Il regarde et m'appelle.

— Il n'est pas trop vieux pour s'allonger sous les voitures ? demanda Lee qui n'était revenue habiter dans la région que depuis quelques mois.

— Ce n'était pas M. Capelli mais son fils Joe.

— Joe ? Ça alors ! s'exclama Lee. Je le croyais à Hollywood, en route pour devenir acteur.

— Tu t'en souviens ? Tu avais deux ans de moins que nous.

— Tout le lycée était au courant des projets de Joe Capelli ! Et tout le monde y croyait.

— Vraiment ? répliqua-t-elle, s'efforçant d'infuser du scepticisme dans sa voix, afin de sauver les apparences.

En réalité, elle y avait cru comme les autres. Elle y avait même cru au point que, pendant des années, elle avait cherché son visage dans des séries télé ou dans des films. Une fois, elle avait cru le reconnaître sur un écran, jouant l'homme de main d'un gangster et mourant abattu d'un coup de feu sans avoir prononcé une ligne de texte.

— Tu te souviens de lui dans *West Side Story* ? demanda Lee. Dans la salle, toutes les filles poussaient des soupirs à fendre l'âme.

— Pas moi.

— Bon, tu n'étais pas du genre à te pâmer, c'est sûr. Il était quand même excellent. Je me demande bien pourquoi il n'avait pas obtenu le premier rôle.

— Pas le bon registre de voix. Il est baryton, pas ténor.

— Quelle mémoire !

— Mais tu as raison, se dépêcha-t-elle d'ajouter. Je n'étais pas du genre à me pâmer. De toute façon, je ne pouvais pas le sentir.

— Je crois me rappeler qu'il se prenait pour un don de Dieu vis-à-vis de la gent féminine ! Quand on songe à ses rêves de gloire, c'est drôle de penser qu'il a atterri ici.

— Je trouve ça plutôt triste, mais il n'a que trente-cinq ans. Sa vie n'est pas finie.

— Tu le défends drôlement bien ! remarqua Lee.

— Parce que je suis sûre que beaucoup se réjouissent de son échec. Il était un peu salaud peut-être, un peu arrogant et prétentieux, mais il ne mérite pas ça. Ce n'était pas type un mauvais. Juste…

— Un peu égocentrique, non ? N'est-ce pas la définition du pauvre type ? Tu veux dire qu'il ne mérite pas que les gens pensent que travailler dans le garage de son père n'est pas exactement ce qu'il attendait de la vie ?

— Ce que nous attendions tous pour lui.

— C'est vrai. Quand quelqu'un prétend qu'il va devenir star, on lève les yeux au ciel, mais, dans son cas, on y croyait.

— On levait les yeux au ciel pour d'autres raisons.

— A cause de son arrogance.

— Exactement. Quoi qu'il en soit, je n'ai jamais douté de sa réussite.

Comme elle-même n'avait jamais douté de son propre avenir. Rien de très original dans son cas, juste l'habituel triplé : un bon mariage, une maison accueillante et des enfants en bonne santé. Dans la loterie de la vie, cela lui paraissait le summum du bonheur.

Mais, jusqu'à présent, elle n'avait tiré qu'un numéro sur trois.

Quelques minutes plus tard, alors que Lee s'engageait

sur l'allée menant à *Spruce Bay Resort*, elle se dit qu'elle pouvait difficilement rêver d'un plus bel endroit où vivre. Environné par une neige immaculée en hiver, et jouissant d'une vue superbe sur les montagnes, les forêts et le lac le reste de l'année.

Et pourtant, elle aurait échangé en un clin d'œil ce cadre superbe pour un deux pièces si elle avait obtenu en échange un mariage heureux et des enfants en bonne santé.

C'était triste, et douloureux. Une situation beaucoup plus embarrassante que celle de Joe Capelli revenant travailler dans le vétuste garage de son père.

Oui, c'était terriblement embarrassant de ne pouvoir obtenir quelque chose d'au fond si conventionnel et banal.

Elle ressentait de cet échec un profond sentiment d'amertume. Parfois, elle devait rassembler tout son courage pour ne pas s'attrister de voir ses deux jeunes sœurs amoureuses, mariées ou fiancées, et enceintes.

Elle avait passé un accord secret avec elle-même et se décernait mentalement un bon point pour les journées qui s'écoulaient sans qu'elle ne ressente la morsure de l'envie ou ne s'apitoie sur son sort.

Bien qu'elle eût quelques bons points à son actif, elle détestait devoir fournir tant d'efforts pour rester digne, et, même si elle avait détesté… enfin, essayé de détester « Cap » Capelli au lycée, elle ne le comprenait que trop bien quand il disait que la vie nous jouait parfois de drôles de tours.

Mary Jane Cherry appartenait à cette catégorie de femmes qui sont plus jolies à trente-cinq ans qu'à dix-huit, se dit Joe.

Au lycée, elle avait souvent des boutons, portait un appareil dentaire et souffrait d'un léger embonpoint. Et puis, ses cheveux châtains étaient trop longs. A présent, coupés à hauteur d'épaule, ils arboraient des reflets dorés, son teint était lisse et frais, et ses rondeurs s'étaient métamorphosées en formes appétissantes.

Il trouva un peu bizarre de se la rappeler aussi nettement, mais il fallait dire qu'à cette époque il avait effectué une étude très complète des filles du lycée. S'il allait à une réunion d'anciens élèves, ce qui ne faisait aucunement partie de ses projets, il les reconnaîtrait toutes.

Il démarra la voiture de Mary Jane, entendit le bruit et comprit qu'elle aurait dû lui faire passer une visite de contrôle depuis belle lurette. En procédant à un examen plus approfondi, il conclut que la voiture nécessitait dans l'immédiat trois réparations importantes.

Mary Jane pouvait s'estimer heureuse que sa voiture ne l'ait pas laissée en plan dans un nuage de fumée. Il allait devoir commander des pièces et démonter le moteur pour les changer. On était mardi. Elle ne récupérerait pas sa voiture avant vendredi au plus tôt.

Il procéda à un graissage et à une vidange sur un autre véhicule, puis à un réglage du parallélisme et à une rotation des pneus sur un troisièmc. Comme les deux clients allaient revenir très vite prendre possession de leurs voitures, Mary Jane devrait attendre l'appel lui annonçant les mauvaises nouvelles.

Ennuyeux, car ce délai l'empêchait de chasser la jeune femme de son esprit.

Quelle surprise avait été la sienne en découvrant qu'elle vivait toujours dans la région. D'une élève aussi brillante qu'elle avait été, il se serait attendu à ce qu'elle parte à la recherche d'horizons plus vastes.

Au lycée, les filles étaient divisées en deux groupes : celles qui le trouvaient beau et avaient le béguin pour lui, et celles qui le trouvaient séduisant et ne le supportaient pas. Naturellement, Mary Jane se rangeait dans le deuxième groupe, et, naturellement, il ne s'intéressait qu'aux filles du premier.

Il était sorti avec au moins cinq ou six d'entre elles. Les plus jolies, les plus délurées et les plus populaires, parce que c'étaient les moins farouches et qu'elles vous gagnaient le respect et l'admiration des autres garçons en affirmant votre position de type le plus génial du lycée.

En regardant vers ces années, il comprenait à quel point il avait provoqué le destin. Parfois, il aurait aimé retourner en arrière et donner un bon coup sur la tête de l'adolescent qu'il avait été. Mais il avait bêtement gâché sa chance.

Sans son excessive confiance en lui, il aurait été peut-être aujourd'hui le héros d'une série télévisée, ou il aurait eu le choix entre différents scripts pour des films susceptibles de lui valoir un oscar. Comme il l'avait dit à Mary Jane, la vie vous jouait parfois de drôles de tours.

Il avait eu toute une série de rappels l'invitant à passer des auditions pour un premier rôle dans une série policière, d'où il avait été finalement évincé par son rival, aujourd'hui célèbre. Puis il y avait eu le sourire d'une très belle femme, décoché au cours d'un dîner. Au lieu de l'ignorer, il lui avait souri en retour. Et ces deux événements avaient suffi à donner à sa vie une tournure totalement différente de celle qu'il avait envisagée.

Il ne devait pourtant pas se laisser aller à voir les choses sous cet angle, parce que de ce fiasco avaient émergé deux petits êtres précieux sans lesquels il ne pourrait imaginer vivre désormais.

Les propriétaires des voitures se présentèrent en même temps, et il était presque 16 heures quand il s'aperçut qu'il n'avait pas encore téléphoné à Mary Jane Cherry. Il s'apprêtait à soulever le téléphone quand son père parut sur le seuil du bureau, tenant par la main deux petites filles de sept ans, rigoureusement identiques.

Les précieux petits êtres, naturellement.

— Tu vas me dire que tu préfères cent fois réparer des voitures plutôt que de t'occuper de ces deux petits monstres, dit-il à son père.

— Mais non. Nous avons passé une bonne journée.

Bonne, mais fatigante. Il le devinait à la mine de son père.

— Qu'avez-vous fait ?

— Nous avons joué sur la plage au bord du lac, fait une partie de minigolf et mangé une glace.

Souffrant d'un cancer de la prostate, son père ne tiendrait pas ce rythme tout l'été. Mais, bonne nouvelle le médecin affirmait que cette maladie était en voie de rémission.

A vrai dire, il commençait à mettre en doute la parole du médecin, mais peut-être était-ce le contraste avec l'énergie des deux petites filles qui accusait la fatigue de son père.

— Je vais leur trouver une activité pour les vacances promit-il. Un camp ou quelque chose du genre.

— Un camp d'équitation ? demandèrent en chœur les deux fillettes d'une voix où vibrait le même espoir.

Joe soupira.

— Peut-être. Nous allons regarder ce qui est proposé.

Il ignorait d'où leur venait cette passion des chevaux. Elles partageaient un abonnement à un magazine sur les poneys et couvraient les murs de leur chambre de photos de chevaux, avaient toute une étagère de livres traitant d'équitation et de manuels expliquant comment seller, soigner et s'occuper de son poney. Elles possédaient tout un centre équestre miniature, des poneys en peluche avec lesquels elles dormaient et des chaussettes ornées de licornes — apparemment, les licornes appartenaient à la catégorie des poneys —, ainsi que des bracelets en fers à cheval et des T-shirts et des pyjamas imprimés de poneys.

A présent que ses filles et lui avaient quitté la Californie pour s'installer dans l'Est, il devait être possible de leur faire rencontrer un ou deux poneys en chair et en os.

— Je ne veux pas que tu les inscrives dans le premier camp de vacances venu juste pour me ménager, protesta son père.

— On veut un camp de poneys ! On veut un camp de poneys ! insistèrent les fillettes.

— Je ne les inscrirai que si je trouve quelque chose de vraiment bien, promit-il tout en sachant qu'il serait peut-être amené à revoir ses exigences.

Il n'était pas envisageable que son père s'occupe à temps

plein des filles tout un été, cinq jours et demi par semaine. Joe avait pris le relais au garage pour permettre à Art de faire une pause avant de décider s'il vendait l'établissement ou le mettait en gérance. Laisser les filles aux bons soins de son père était une solution de dépannage en attendant que tous les trois s'installent, parce qu'ils étaient arrivés de Californie depuis quinze jours seulement et que leurs bagages n'étaient pas complètement déballés.

Depuis qu'il avait obtenu la pleine garde de Holly et Maddie, quatre ans plus tôt, les fillettes avaient passé la moitié de leur temps en garderies et centres aérés parce qu'il n'avait pas le choix. Même ainsi, tout mode de garde était préférable à la vie qu'elles menaient avant de venir habiter avec lui. Pour le ménager, il avait épargné à son père les détails sordides et trouvait rafraîchissant qu'en toute innocence celui-ci voie dans les gardes d'enfants professionnelles une piètre solution.

Ce soir, quand les filles et son père seraient au lit, il mettrait un peu d'ordre dans leurs affaires afin qu'Art n'ait pas à affronter le désordre. Pour tout dire, il ne pouvait guère s'offrir le luxe de consacrer une précieuse soirée à fouiller dans des cartons. Il devait étudier. Mais s'il ne prenait pas soin de son père…

— Prêt à fermer la boutique ? lui demanda ce dernier, trahissant son désir de rentrer prendre un peu de repos.

— Pas tout à fait. J'ai un coup de téléphone à donner, et la cliente voudra probablement que je lui prête une voiture. Emmène donc les filles à la maison et mets-les devant un dessin animé. Si elles ont mangé une glace, elles n'auront pas faim tout de suite.

— Si ! On a faim ! s'exclamèrent-elles, une fois encore à l'unisson.

C'était tellement habituel qu'il n'y prêtait pas attention. La moitié du temps, il ne s'en rendait même pas compte. Les femmes en âge d'être grands-mères trouvaient cette habitude « adorable », mais quand il s'agissait de réclamer des leçons d'équitation, elle doublait leur pouvoir de harcèlement. Dans ses moments les plus sombres, il considérait les vrais jumeaux comme une calamité plutôt qu'une bénédiction, mais il vouait pourtant à ses filles un amour sans faille.

— D'accord, elles ont faim, admit-il. Il y a un paquet de croquettes de pommes de terre au freezer. Tu en passes la moitié au four. Ça les fera patienter. Les filles, si grand-père n'entend pas la sonnerie de la minuterie du four, vous le prévenez, d'accord ? Surtout n'essayez pas de les sortir toutes seules.

Il savait qu'elles le feraient s'il ne le leur interdisait pas formellement. S'agissant de tâches pratiques, elles se montraient ambitieuses. Ne les avait-il pas surprises en train d'essayer de se faire des œufs au plat à l'âge de deux ans ?

Son père, Holly et Maddie repartis, il téléphona à Mary Jane en espérant qu'elle serait joignable.

Il ne voulait pas laisser son père trop longtemps seul avec les filles.

2

— Me prêter une voiture ? répéta Mary Jane, comme si elle tombait des nues.

Elle digérait déjà la nouvelle que sa petite voiture bleue nécessitait pas mal de réparations et ne serait prête que le vendredi suivant.

— Oui. Papa a une jolie petite voiture qu'il prête à ses bons clients quand il doit immobiliser plusieurs jours leur véhicule, expliqua Joe d'une voix trop grave et trop voilée pour chanter : « Mari-i-i-aa ! » dans *West Side Story*.

— A vrai dire, elle me serait bien utile en effet, dit-elle après réflexion.

La saison d'été battait son plein à *Spruce Bay Resort*, et elle était sans cesse par monts et par vaux pour acheter divers articles manquants, produits d'entretien pour la piscine récemment rénovée, ou produits frais pour le restaurant quand leurs producteurs habituels étaient à court de marchandises. Et, la semaine précédente, elle avait dû conduire un client aux urgences.

— Je peux être chez toi d'ici vingt minutes environ. Si tu pourrais me raccompagner, ça m'arrangerait.

— Tu habites toujours North Street ?

Elle ignorait par quel miracle, après tant d'années, elle se souvenait de ce détail, mais le fait était là.

S'il fut surpris, il le cacha bien.

— C'est ça. Chez mon père.

— Pas de problème.

Elle réfléchissait, tout en parlant, au moyen de se libérer. Si Lee n'était pas déjà partie pour Jay où Mac, son fiancé, et elle louaient une maison, elle assurerait l'intérim. Et, si elle était rentrée chez elle, ce ne serait pas non plus un drame. Nickie pourrait tenir la réception et Piri, qui souhaitait justement obtenir des heures supplémentaires, serait ravie de passer un peu plus de temps au restaurant.

— Dans vingt minutes ? répéta-t-elle.

— Environ.

— Parfait. Tu connais le chemin ?

— Bien sûr.

Dix-neuf minutes plus tard, Joe se garait devant l'entrée du bureau. La petite voiture rouge, qui semblait trop exiguë pour lui tandis qu'il s'extrayait du siège du conducteur, lui conviendrait parfaitement.

Nickie étant déjà au téléphone, assurant à un client qu'on allait lui fournir les serviettes supplémentaires qu'il réclamait, Mary Jane se hâta de le rejoindre. Joe avait échangé son bleu de travail taché de graisse contre un jean usagé et un T-shirt propre mais assez fin pour qu'à travers le tissu elle puisse distinguer les taches sombres du duvet qui ornait son torse.

Il s'était lavé les mains et le visage, elle le voyait à ses cheveux encore humides qui sentaient le savon. Il en avait même une trace sous l'oreille. Et elle éprouva la stupide envie de sortir un mouchoir en papier de son sac pour l'essuyer.

— Tu peux conduire jusque chez toi, proposa-t-elle.

Il fit signe que non.

— Je préfère que tu te familiarises avec la voiture en ma présence.

— Comme tu voudras.

Bien que le siège du passager fut repoussé au maximum, il y semblait encore plus à l'étroit qu'au volant. Sa beauté mâle empêchait Mary Jane de se concentrer. Et, comme il n'éprouvait pas le besoin d'entretenir la conversation, elle récapitula mentalement la liste des courses à faire pour remplir le réfrigérateur de son appartement situé au-dessus du bureau. Elle n'avait tout simplement pas eu le temps d'y réfléchir ces derniers jours.

Lee ne travaillait que quatre jours par semaine à *Spruce Bay*, ce qui l'éloignait trop de son fiancé. Mac et Lee avaient prévu un modeste mariage à la fin juillet, et sa sœur cesserait de travailler début septembre pour se préparer à la naissance de leur enfant. Toutefois, Mary Jane pensait lui proposer d'arrêter plus tôt.

Lee et Mac nageaient maintenant dans un bonheur bien mérité car, après un court temps de latence, leur histoire avait démarré sur les chapeaux de roue. Lee était tombée enceinte si tôt dans leur relation qu'ils avaient beaucoup à rattraper. Et puis, il leur fallait décider de l'endroit où ils s'installeraient à long terme. D'ailleurs, à ce sujet, Mary Jane devait refréner son impatience d'en savoir plus long.

Décide-toi une fois toutes que je sache où j'en suis avec ton poste !

Non. C'est injuste. Je n'ai pas le droit de penser ainsi. Il ne s'agit pas de moi, mais d'eux.

Seulement, parfois, elle avait le désagréable sentiment qu'il ne s'agissait jamais d'elle.

— Là, dit soudain Joe.

— Comment ? Oh ! Désolée.

Perdue dans ses pensées, elle avait oublié qu'elle devait ralentir pour s'arrêter devant chez Joe. Elle dut donc freiner brutalement et éprouva un certain dépit de se montrer aussi piètre conductrice avec un mécanicien garagiste assis à son côté.

— Quelle maison ?

— Celle-ci, sur la droite.

— Oh ! mais elle est magnifique !

— Merci, dit-il d'une voix traînante.

Et elle se rendit compte, trop tard, de ce que sa surprise pouvait avoir de désobligeant.

Elle était passée de nombreuses fois devant cette maison sans savoir qu'il s'agissait de celle des Capelli. Une classique maison de bardeaux blancs à un étage, avec des volets verts, modeste par ses proportions, mais parfaitement entretenue. Un porche courait tout autour et, à cette époque de l'année, les plates-bandes du jardin débordaient de fleurs aux vives couleurs tandis que les arbres arboraient un feuillage luxuriant.

Comme elle avait ralenti un peu trop tard pour s'engager sur l'allée de briques, elle prit un virage un peu serré, empiéta sur l'herbe et fit gémir les pneus en rattrapant la piste.

Sa confusion grandit. Maltraiter la voiture de M. Capelli après avoir négligé l'entretien de la sienne, s'étonner que Joe habite une jolie demeure alors qu'il se souvenait, sans doute, qu'à l'époque du lycée elle ne lui adressait pas la parole et détournait la tête quand, par hasard, ils se croisaient... Quelle abominable image elle lui offrait !

— Merci de me prêter cette voiture, dit-elle. Et je te prie de m'excuser de conduire aussi mal.

— Tu conduis très bien. Je te préviendrai quand ta voiture sera prête. Voici ma carte, au cas où tu souhaiterais prendre des nouvelles pour savoir où j'en suis.

Il semblait assez pressé d'en finir. Normal. Pourquoi diable aurait-il éprouvé l'envie de s'attarder ?

Un rapide au revoir, et il se dirigeait déjà vers la maison, ses longues enjambées soulignant la puissance de ses jambes et son postérieur moulé dans le jean...

Arrête ça, Mary Jane !

Avant qu'il ait atteint les marches du porche, elle effectuait un demi-tour, espérant qu'il n'ait pas remarqué la maladresse de sa manœuvre en descendant du trottoir.

Ou bien qu'elle regardait ses fesses avec concupiscence.

Direction le supermarché. De quoi avait-elle besoin, déjà ? Beurre, lait, pain, œufs, fromage, salade, peut-être un peu de pâtes et un pot de sauce, ou du steak et des légumes pour confectionner une poêlée asiatique. Avait-elle du riz ? Et Daisy lui avait demandé d'effectuer également quelques achats pour le restaurant. Elle essaya de se remémorer la conversation. « Nous sommes à court de... »

Pas moyen de se rappeler quoi.

Réfléchis un peu, Mary Jane !

Sur la voie rapide, elle accéléra. Cette voiture était si semblable à la sienne qu'elle ne prêtait même plus attention au changement.

Elle se concentra sur la liste de Daisy, la revoyant énumérer les produits sur ses doigts. Mais son esprit demeurait obstinément rétif.

De la crème et… deux autres produits. Sans doute à durée de vie limitée, les seuls susceptibles de manquer entre deux livraisons. De la crème et…

Ni fromage, ni lait.

En sortant de la voie rapide, elle aperçut un feu rouge qui, à son grand soulagement, passa immédiatement au vert. Parfait. Elle ne serait pas retardée. Malheureusement, la voiture qui la précédait mit plus de temps que prévu à démarrer. Le conducteur, qui téléphonait, n'avait pas remarqué le changement de couleur et, dans sa hâte de démarrer, cala. Le feu passa à l'orange, le conducteur renonça à avancer et, avant que Mary Jane comprenne ce qui se passait…

Un sinistre bruit de métal froissé retentit quand la voiture prêtée par M. Capelli emboutit celle qui la précédait, projetant celle-ci quelques mètres plus loin, au milieu de l'intersection. Le feu passa au rouge, laissant les deux véhicules bloqués au milieu d'un concert de klaxons.

Tremblant comme une feuille, elle descendit sur la chaussée et constata que l'avant de sa voiture était sérieusement endommagé. Dieu merci, personne n'était blessé, mais l'autre conducteur, dont le véhicule semblait pourtant avoir beaucoup moins souffert, fulminait. Il exigea ses coordonnées, qu'elle inscrivit d'une main hésitante sur un morceau de papier trouvé dans son sac. Si seulement ç'avait été la liste de courses, elle aurait évité bien du désagrément.

Car l'incident avait été causé par sa distraction. L'esprit ailleurs, elle conduisait une voiture qui, pour être presque semblable à la sienne, n'était pas sa stricte réplique. Par exemple, la course de la pédale de frein était plus longue que sur sa voiture.

Des gens s'étaient arrêtés pour leur venir en aide, et quelqu'un avait dû appeler la police, car un fourgon approchait, gyrophare en action. Cependant, quand les policiers lui demandèrent de se ranger sur le bas-côté, il lui fut impossible de démarrer et ils durent la pousser.

— Il va falloir la faire remorquer, dit l'un d'eux. Et qu'on vienne vous chercher. Avez-vous quelqu'un à appeler ?

— Oui.

Malheureusement.

Les petites étaient dans le bain quand le téléphone sonna. Joe courut chercher son portable. Même à présent qu'elles avaient sept ans, il répugnait à les laisser trop longtemps sans surveillance dans l'eau et trouvait généralement à s'occuper dans la chambre voisine, à plier du linge ou à vérifier ses comptes sur internet.

— Joe ? fit une voix féminine tout tremblante.

La réception était mauvaise et, pendant un horrible instant, il crut qu'il s'agissait de la mère des filles. C'était la seule façon à laquelle il pensait à elle désormais. La femme qui les avait mises au monde, point à la ligne.

— Joe. C'est Mary Jane Cherry.

— Que se passe-t-il ?

— Joe, c'est terrible. J'ai… j'ai eu un accident avec la voiture.

— Que s'est-il passé ?

— J'ai embouti l'arrière d'une voiture à un feu. L'avant est en miette. Elle ne démarre plus et il faut la remorquer. Alors j'ai pensé que tu pourrais me conseiller une entreprise de remorquage.

Elle paraissait vraiment bouleversée et ne méritait certainement pas la rage soudaine qui bouillonna en lui.

— Tu n'as rien ?

— Je suis juste secouée. La police a pris ma déposition. C'est entièrement de ma faute.

Il ravala sa colère. L'incident était plus ennuyeux pour elle que pour lui, et ces choses arrivaient aux meilleurs, pour peu qu'on soit dans un mauvais jour.

— Ne te rends pas malade. La voiture est assurée.

— Il n'empêche. Je suis vraiment, vraiment navrée. Je paierai la franchise, bien sûr.

— Je vais te donner le téléphone d'une compagnie de remorquage. Tu la feras rapatrier ici. As-tu quelqu'un pour te raccompagner chez toi ?

— N-non…

A présent, elle était au bord des larmes. Deux secondes plus tard pourtant, elle se ressaisissait.

— Mais je vais appeler un taxi.

— Je viens te chercher.

— Inutile. Je peux me débrouiller toute seule. Franchement.

— Je veux voir la voiture.

— Oui, bien sûr.

— Où es-tu ?

Elle le lui expliqua.

— Je suis là dans cinq minutes, promit-il.

— Merci, Joe. Du fond du cœur, merci !

Dans un concert de protestation, il fit sortir du bain les filles qui jouaient avec leurs poneys aquatiques, une nouvelle invention qui permettait aux animaux de sauter comme des poissons volants, ce qui causait immanquablement une inondation de la salle de bains.

Son père sommeillait sur le canapé du salon et il n'avait aucune intention de lui demander de surveiller le bain des filles. De toute façon, elles trempaient depuis si longtemps qu'elles avaient la peau des doigts toute fripée et que l'eau était tiède.

Il les enveloppa de serviettes éponge et les expédia dans leur chambre passer leur pyjama pendant qu'il s'efforcerait de réparer les dégâts occasionnés par Mary Jane.

— Je dois aller dépanner quelqu'un qui a eu un accrochage, leur dit-il depuis le seuil de leur chambre.

— C'est quoi un accrochage ?

— Des voitures qui se rentrent dedans, mais il n'y a pas de blessés. Juste des dégâts matériels. Seulement, comme la conductrice est un peu secouée, je vais filer m'occuper de cette histoire. Vous avez mangé des croquettes de pommes de terre, vous n'avez sûrement pas faim tout de suite.

— Si, on a faim !

— Eh bien, vous attendrez. Je vais faire aussi vite que possible. Jouez dans votre chambre et ne dérangez pas grand-père, d'accord ? Sauf s'il y a urgence.

— Quel genre d'urgence ?

— Un incendie ou si vous vous blessez et qu'il y a du sang partout. Mais débrouillez-vous pour que de telles choses ne se produisent pas, ou gare à vos fesses !

Devait-il réveiller son père ? Il se montrait surprotecteur vis-à-vis de ses filles, il le savait. Mais qui aurait pu le lui reprocher étant donné leur passé ? Il s'efforçait de lâcher prise, se répétant qu'elles ne s'attireraient pas forcément tous les ennuis de la terre. Elles avaient sept ans, étaient vives, quoique raisonnables la plupart du temps. Au cours de l'année écoulée, elles avaient fait beaucoup de progrès. Elles se montraient moins impulsives et acquéraient peu à peu le sens du danger qui leur faisait totalement défaut jusqu'alors. En outre, si, pour une raison quelconque, elles pleuraient, son père les entendrait. Il avait soixante-cinq ans, pas quatre-vingt-cinq, et il était juste un peu fatigué.

— Expliquez la situation à grand-père et dites-lui que je reviens vite.

— Mais tu as dit de ne pas le réveiller.

— Expliquez-la-lui s'il se réveille.

Comme souvent, il se demanda pourquoi une simple conversation avec ses filles entraînait un nombre effarant de questions imprévues. Enfin, après d'ultimes recommandations, il quitta la maison et gagna le vieux garage, une construction à l'ancienne avec des portes de bois.

Son minivan était encore chaud de la journée passée au soleil sur un parking du bord du lac, tandis que le pick-up de son père était garé dehors, dans la cour. Art insistait beaucoup pour qu'il en soit ainsi, disant que le minivan qui servait à transporter les jumelles devait absolument être mis à l'abri, et il n'avait pas protesté.

Il ouvrit les portes qui grinçaient, sortit le précieux véhicule et retourna fermer le garage, car le vieil édifice contenait des outils datant de Mathusalem et auxquels son père tenait comme à la prunelle de ses yeux.

Largement plus de cinq minutes s'étaient déjà écoulées avant qu'il ne prenne la route.

3

Et s'il ne venait pas ?

« Je suis là dans cinq minutes », avait dit Joe. Et, comme il s'était montré si ponctuel en venant la chercher à *Spruce Bay*, elle s'accrochait à ces cinq minutes et sa nervosité augmentait à mesure que le temps passait et qu'il ne paraissait pas.

Il y avait maintenant un bon quart d'heure qu'elle attendait. La dépanneuse était venue charger la voiture de M. Capelli sur un plateau. Après avoir déposé, les témoins étaient repartis, et le conducteur de l'autre véhicule avait depuis longtemps quitté les lieux, de même que les policiers.

Elle était donc abandonnée à elle-même au milieu d'un carrefour désert. Seule consolation, on était en juin et, à 18 heures, il faisait encore grand jour. Cependant, des nuages s'étaient rassemblés dans le ciel, et une petite brise soufflait. Et elle se mit à frissonner, de froid, mais sans doute aussi à cause du contrecoup.

Elle se sentait misérable, oubliée au bord d'une route où les voitures se succédaient, indifférentes à sa détresse. Elle songeait à appeler un taxi quand un minivan ralentit et vint s'arrêter à sa hauteur.

Etait-ce bien… Oui ! Et elle éprouva un vif soulagement en reconnaissant Joe Capelli au volant du véhicule.

— Je vous emmène faire un tour, belle étrangère ? demanda-t-il d'une voix gouailleuse, un coude sur sa portière dont la vitre était baissée. Navré, ajouta-t-il d'un air confus. J'ai mis plus de temps que prévu.

— Pas de problème. Je suppose que tu as tes occupations.

Malgré tout, elle avait bien du mal à maîtriser ses tremblements. Elle avait l'impression qu'un étau lui comprimait les tempes, et puis, elle n'avait mangé qu'une banane et une poire à midi, et son estomac vide se soulevait.

— Tu as froid, constata-t-il en coupant hâtivement l'air conditionné pour activer le chauffage tandis qu'elle se contentait d'incliner la tête pour toute réponse. J'aurais dû y penser. Il faisait chaud dans la voiture parce qu'elle était restée toute la journée au soleil et je sors de la maison. Je ne m'étais pas rendu compte que la température avait fraîchi.

— Je vais vite me réchauffer.

Il ne parla pas de la raccompagner et, au vu de la direction qu'il prenait, elle comprit qu'il retournait au garage. Tant pis, elle lui demanderait un verre d'eau pour avaler des antalgiques. Quand ses migraines commençaient, elle savait d'expérience qu'il fallait agir très vite.

Le conducteur de la dépanneuse garée devant le garage était en train de descendre le véhicule accidenté dont l'allure lui parut catastrophique. Qui aurait cru qu'une collision à faible vitesse puisse occasionner tant de dégâts ?

— Je suis vraiment désolée, répéta-t-elle, de plus en plus nauséeuse.

— Ne te tourmente donc pas. Cette voiture n'est pas de la première jeunesse.

— Est-ce que je pourrais avoir un verre d'eau ?

— Tu as mal à la tête ?

— Oui.

— Tu veux de l'aspirine ?

— J'ai ce qu'il faut. Juste de l'eau.

— Je vais t'en chercher. Ne bouge pas.

Il sauta à bas du minivan et alla échanger quelques mots avec le conducteur de la dépanneuse. De plus en plus indisposée, elle se pencha en avant et se força à respirer calmement, inspirant par le nez et expirant par la bouche, et essayant de focaliser son attention sur un objet.

En l'occurrence, ce fut un petit poney de plastique rose, oublié sur le tapis de sol du minivan.

Joe Capelli avait donc une famille.

Ses remords redoublèrent en l'imaginant arriver en retard pour le dîner et s'excuser auprès d'une ravissante jeune femme à la taille ceinte d'un tablier et de leur adorable progéniture aux yeux noirs.

Elle ignorait d'où lui venait l'idée du tablier. Après réflexion, elle trouva difficile d'imaginer l'épouse de « Cap » Capelli munie d'un accessoire aussi trivial.

Il revint, un verre d'eau à la main. Avec un luxe de précaution, elle sortit les comprimés de son sac.

— Es-tu sûre que ce n'est pas un traumatisme cervical ? s'enquit-il quand elle les eut avalés.

— C'est une migraine. Ça m'arrive quand je suis tendue.

— Je comprends.

Il remonta dans le minivan.

— Tout va bien ? demanda-t-elle.

— Pas de problème. Je voudrais savoir : as-tu quelqu'un pour s'occuper de toi à ton retour ?

Elle ne répondit pas, cherchant désespérément comment lui expliquer qu'elle passait ses soirées seule, soit dans le bureau de la réception, soit pour de courts passages à l'étage, où l'attendait un réfrigérateur vide, sans passer pour une créature misérable.

Daisy et son équipe seraient trop occupées au restaurant pour se soucier d'elle, et Nickie reprendrait sa liberté dès son retour. De toute façon, avec ses dix-huit ans, Nickie n'avait pas exactement le profil d'une mère poule.

— Pas vraiment, répondit-elle de façon évasive.

— As-tu faim ?

— Le fait que je n'ai pas correctement déjeuné est sûrement en partie responsable de ma migraine, reconnut-elle.

— Viens à la maison. Tu dîneras avec nous. D'ici là, ton

mal de tête se sera peut-être estompé, et nous réfléchirons à la manière de te procurer un moyen de locomotion jusqu'à vendredi.

— Il n'en est pas question, Joe ! Je t'ai causé bien assez de soucis.

— Je te trouverai quelque chose, répliqua-t-il d'un ton si ferme qu'elle n'eut pas le courage de discuter. Et j'insiste pour que tu viennes dîner avec nous.

North Street n'était qu'à quelques minutes du garage. Elle ferma les yeux durant le trajet et ne les rouvrit que quand elle sentit le minivan obliquer sur une allée, précisément celle qu'elle avait raté tout à l'heure. Il s'arrêta devant une construction de bois et se tourna vers elle.

— Ça va mieux ?

— Pas tout à fait.

— Mes filles feront peut-être un peu trop de bruit pour toi. Veux-tu rester dans le minivan le temps que tes médicaments agissent ? Et, si tu veux, je t'apporte tout de suite quelque chose.

— Non, non. Ça ira. Tu as raison. Je vais rester un peu dans la voiture.

— Un jus de fruits? Des crackers ?

— Non, rien. Vraiment.

— Très bien. Viens dès que tu t'en sentiras capable. Inutile de frapper. La porte sera ouverte.

Il referma tout doucement la portière, et elle apprécia qu'il ménage sa tête où battait un tam-tam.

Quelques secondes plus tard, il disparaissait dans la maison, et elle se retrouvait seule dans son minivan, stationné à l'entrée du garage.

« Mes filles », avait-il dit. Il en avait donc deux, ou plus, des adolescentes peut-être, ou des bébés, mais le poney rose suggaérait plutôt un âge intermédiaire.

Cela, elle le découvrirait bientôt.

Elle reprit ses exercices de respiration tout en efforçant de détendre ses épaules et son cou, et se demanda s'il pourrait avoir raison concernant le traumatisme cervical. Elle espérait bien que non.

Vingt minutes plus tard, son état s'améliorait suffisamment pour qu'elle envisage de répondre à l'invitation de Joe.

— Voulez-vous de la sauce à la crème ou de la sauce tomate ? demanda Joe aux filles.

Elles se regardèrent, et ce simple échange suffit, comme d'habitude, à sonder leur mutuelle opinion, car elles annoncèrent en chœur :

— A la crème !

Il espéra que le choix conviendrait à Mary Jane. Il avait enfourné deux pains à l'ail précuits, achetés à la supérette, sorti un paquet de raviolis au fromage du freezer et préparé une salade verte. Les filles adoraient ce plat et en auraient volontiers mangé trois fois par semaine. Restait juste à espérer qu'il y en aurait assez pour cinq personnes.

Mary Jane entra dans la cuisine, encore un peu pâle, mais avec tout de même meilleure mine que tout à l'heure. Elle avait une jolie peau, claire et lisse, c'était évident à la lumière électrique. Un peu de couleur revenait à ses joues et ses lèvres semblaient moins sèches. Elle était vraiment jolie. Dix ans plus tôt, il n'aurait pas prêté attention à un physique comme le sien, mais il avait mûri depuis.

— Les antalgiques ont agi ? demanda-t-il.

— Ils commencent à faire effet.

Il disposa des crackers dans une assiette qu'il posa sur la table.

— Ils t'aideront à attendre le dîner. Tu veux un verre de jus de fruits?

— Volontiers.

— Les verres sont là-haut, indiqua-t-il en désignant un placard du menton pendant qu'il râpait du parmesan. Je sais, ajouta-t-il, voyant qu'elle l'observait avec curiosité, on en trouve du râpé dans le commerce, mais je ne porte pas un nom italien pour rien ! Le jus de fruit est au réfrigérateur.

— Je peux t'aider ?

— Non, non, j'appelle mes filles. Elles sont censées mettre le couvert. Quand ce sera fait, le repas sera prêt. Raviolis au parmesan avec une sauce à la crème et aux champignons.

— Ça paraît délicieux.

— Ce n'est pas fait maison, prévint-il.

— Oh ! je ne m'attendais pas… Je sais bien que tu n'as pas le temps de cuisiner.

Devait-il lui donner des explications sur sa situation matrimoniale ? Il la devinait indécise, ne sachant trop où elle mettait les pieds. Cependant, il détestait tellement aborder le sujet qu'il décida de la laisser découvrir toute seule son état de père célibataire.

La sentant un peu empruntée, il cherchait quoi dire pour la mettre à l'aise quand, par chance, Holly et Maddie firent irruption dans la cuisine, en pyjamas imprimés de poneys.

— C'est prêt ?

Deux voix pour une seule pensée.

— Dès que vous aurez mis la table. Mary Jane, je te présente mes filles, Holly et Maddie.

Tout en faisant les présentations, il les vit un instant avec des yeux étrangers, une paire d'enfants fluettes, dotées de cheveux bruns et de grands yeux, deux mignons petits pois vêtus de rose issus de la même cosse.

— On m'a fait un lot, comme tu peux le voir.

Mary Jane éclata de rire. A l'instar de la plupart des gens, elle était séduite. Ses joues rosirent, elle se pencha afin de se mettre à leur hauteur. Elles étaient petites pour leur âge.

— Bonjour, Holly, bonjour Maddie. Je parie que votre père a fait une bonne affaire !

En réalité, non. Depuis leur naissance, elles lui avaient coûté les yeux de la tête en médicaments et frais de justice, et il payait encore ses dettes. Mais, bien sûr, il n'allait pas lui raconter une telle horreur. Quant aux petites, elles riaient à l'idée d'avoir été un lot intéressant, et il n'était pas non plus question de leur dire la vérité sur leur naissance et leur enfance.

Il attendrait pour cela qu'elles soient plus grandes et posent la question.

En réalité, elles l'interrogeaient de temps à autre, à leur manière enfantine.

— Dis, papa, pourquoi est-ce qu'on n'a pas de maman ?

— Parce que la vôtre ne pouvait pas prendre soin de vous.

— Pourquoi elle pouvait pas prendre soin de nous ?

— Elle ne pouvait pas. C'est tout.

Parce qu'elle était droguée, qu'elle fréquentait des gens dangereux, petits amis compris.

— Alors, avait-il repris, nous avons décidé que je m'occuperais de vous tout seul.

Enfin, une série de juges en avaient décidé ainsi, et le procès avait duré plus longtemps que nécessaire.

— Où elle est notre maman ?

— Loin, très loin.

Dans son monde et, croyez-moi, vous n'auriez aucune envie de le partager avec elle.

— Est-ce qu'elle est malade ? C'est pour ça qu'elle ne peut pas s'occuper de nous ?

Une fois, de guerre lasse, il leur avait répondu qu'elle était malade.

— Oui, elle est malade, répétait-il depuis.

Parce que l'addiction à un tel niveau de destruction était bel et bien une maladie.

— Est-ce qu'elle va guérir ?

— Non, mes chéries. Elle n'en a pas envie, et c'est tout le problème. Si elle le désirait, les choses seraient différentes.

— Comment c'est possible qu'elle ne veuille pas guérir ?

Cette question le laissait chaque fois démuni.

— Nous en reparlerons quand vous serez plus grandes, d'accord ? finissait-il par répondre. C'est trop difficile à expliquer à votre âge.

Mary Jane comprendrait, mais elle risquerait d'être choquée. Il valait mieux se taire.

Dans la salle à manger voisine, les fillettes comptaient les assiettes.

— Une pour papa, une pour grand-père, une pour la dame… Euh…

Il y eut des chuchotements. Visiblement, elles avaient oublié son prénom.

— Mary Jane ! cria-t-il.

— Une pour Mary Jane, dit Holly.

— Une pour moi, répéta Maddie.

— Et une pour moi, finit Holly.

— Désolée, je serais incapable de les différencier, dit Mary Jane.

— C'est difficile pour tout le monde, tant qu'on ne les connaît pas. Il y a pourtant un truc. Maddie a une cicatrice à la racine des cheveux.

— J'essaierai de m'en souvenir !

L'eau des raviolis bouillait et ceux-ci commençaient à remonter à la surface. Il éteignit le gaz, en préleva un qu'il tendit à Mary Jane.

— Tu veux goûter si c'est cuit ?

Elle eut un sourire un peu hésitant.

— Oui, bien sûr.

Elle s'approcha, approcha les lèvres vers la cuillère et souffla sur le ravioli. Ce fut seulement alors qu'il se rendit compte que ce n'était pas des façons d'agir quand vous receviez à dîner une presque inconnue de trente-cinq ans, que vous trouviez bien jolie par-dessus le marché. C'était avec les filles qu'on se conduisait ainsi.

Et les filles ne soufflaient pas sur les aliments trop chauds avec une bouche si généreuse qu'elle attirait le baiser.

Soudain, resurgies d'une époque ancienne, des pensées insidieuses envahirent son esprit, et il se retrouva en train d'évaluer les possibilités d'entraîner Mary Jane au lit et les attraits qu'elle lui réserverait alors.

Chassez le naturel, il revient au galop. Car il avait été un séducteur invétéré de l'adolescence à l'âge de vingt-six ans.

Il la trouvait attirante, bien qu'elle ne fût pas son genre, mais en avait-il encore un ? Il se dégageait d'elle une sorte d'innocence et de mélancolie, comme si la vie n'avait pas comblé ses désirs. Bref, elle possédait un charme bien réel et, ce qui n'était pas à négliger, un très joli corps, mince, mais pourvu d'agréables formes. Et il était presque sûr que, en dépit des regards glacés qu'elle lui décochait autrefois, il réussirait à l'attirer dans son lit pour peu qu'il le veuille.

Ne t'avise pas de t'aventurer sur ce terrain, Capelli !

Malgré ses moments de solitude, il ne cherchait pas d'aventure, ni à court ni à moyen terme, pas plus que de relation durable. Il se montrait beaucoup plus prudent qu'autrefois, et beaucoup trop impliqué dans la vie de ses filles et leur avenir. Il avait désormais des responsabilités, et il n'était pas question de faire souffrir un autre être ou lui-même, de jeter la confusion dans l'esprit de ses enfants, ou de donner des sources d'inquiétude à son père.

— La cuisson me semble parfaite, constata Mary Jane.

Il se ressaisit. Les lèvres de Mary Jane s'arrondissant si joliment pour souffler sur le ravioli n'étaient que des lèvres, après tout.

— Dans ce cas, je vais les égoutter. Le pain à l'ail est au four. Si tu veux bien, sors-le et apporte-le sur la table. Il y a une manique à côté.

Là non plus, ce n'étaient pas des façons de recevoir une invitée adulte avec qui il n'entretenait pas de rapports intimes. Mais Mary Jane s'intégrait avec tant de naturel à son cadre…

— Les filles, appelez grand-père ! cria-t-il.

Bien qu'il ne rentrât plus couvert de graisse du garage, son père se douchait rituellement, tous les soirs, à la même heure. Quand il était adolescent, les habitudes bien ancrées de ses parents le rendaient fou. Il trouvait leur routine parfaitement ennuyeuse.

Il s'était promis de quitter cet endroit dès que possible et de partir pour la Californie. Mais sa mère était tombée malade l'année où il avait obtenu son bac, et il savait que son départ lui aurait brisé le cœur. Il était plutôt égoïste et centré sur lui-même à l'époque, cependant il possédait un sens de la famille bien italien, suffisamment implanté en lui pour qu'il bride son ego du moment qu'il s'agissait de sa mère.

Il était donc resté et avait obtenu un diplôme de maintenance automobile pour faire plaisir à ses parents. « Comme ça, tu auras toujours une solution de repli si tu ne réussis pas au cinéma », avaient-ils coutume de dire.

Naturellement, il s'était secrètement juré de ne jamais y recourir.

Il avait travaillé au garage avec son père pendant un an encore, après la mort de sa mère, avant de partir faire fortune à Hollywood. Il avait vingt-deux ans. Il n'abandonnait pas son père à la solitude. Ses trois frères aînés, Danny, comptable à Albany, John, infirmier urgentiste à Burlington et Franck, avocat à New York, ne vivaient pas très loin de là.

Treize ans plus tard, ses frères exerçaient les mêmes professions dans les mêmes villes, vivaient au sein de la famille qu'ils avaient fondée des années plus tôt, et son père se douchait toujours avant le dîner. Mais, à présent, ces vies bien réglées lui semblaient infiniment précieuses et rassurantes comparées aux sept années d'angoisse, de chaos et de colère qu'il venait de traverser.

S'il réussissait à construire une vie semblable pour ses filles et lui, il s'estimerait le plus heureux des hommes. Il avait passé six ans à se battre jusqu'à l'épuisement pour passer à temps partiel un examen de droit californien tout en travaillant pour gagner sa vie et celle des filles. Et aujourd'hui, il comptait se présenter au difficile examen d'entrée au barreau de l'Etat de New York à la fin de juillet. Ayant peu travaillé au lycée, il passait à présent en une seule nuit plus d'heures à son bureau, une fois les enfants au lit, qu'en un mois dans sa jeunesse.

Vraiment, la vie vous jouait parfois de drôles de tours.

Après avoir déposé le pain sur la table de la salle à manger,

Mary Jane réapparut sur le seuil de la cuisine. Elle se tenait, un peu gauche, comme si elle attendait qu'il lui confie une autre tâche, mais il n'en avait pas d'autre pour elle.

— Assieds-toi, dit-il. Nous allons manger.

A aucun moment il ne fut fait allusion à une quelconque mère.

Mary Jane s'attendait pourtant à ce que son nom soit prononcé. Forcément, elle allait l'entendre à un moment où à un autre et le contexte lui apporterait quelques éclaircissements, mais rien ne vint.

Les petites filles de Joe étaient absolument adorables. A présent, elle distinguait la petite cicatrice dont Joe lui avait parlé, et elle étudia attentivement les enfants pour être certaine de ne plus les confondre à l'avenir.

Mais qui pouvait dire si elle les reverrait ? Il s'agissait d'une soirée ponctuelle, pas d'un commencement.

Elle n'arrivait pas à croire qu'elle dînait à la table des Capelli où se côtoyaient trois générations dans une ambiance chaleureuse. A leur contact, elle sentait se réchauffer dangereusement son cœur.

Avant de venir, elle avait téléphoné à Daisy pour lui expliquer la situation, et celle-ci lui avait conseillé de prendre son temps. Et elle l'avait rassurée. Elle se débrouillerait très bien sans crème, framboises et cannelle, ingrédients qui devaient servir à l'élaboration du petit déjeuner. Mais, comme elle avait changé de menu, le mot d'ordre était de se détendre.

Elle se détendait donc. Un peu trop, peut-être. Son mal de tête n'était qu'un souvenir, le repas se révélait délicieux et M. Capelli… enfin, Art, se montrait charmant et paternel.

— Encore un peu de pâtes, Mary Jane ? Mangez, voyons ! Il ne faut pas faire de manières !

Et il avait réagi de façon très compréhensive à propos de l'accident survenu à sa voiture. Quant à Joe, c'était un père merveilleux.

Je n'arrive pas à croire que je pense une chose pareille à propos de Joe Capelli !

Il engagea ses filles à surveiller leurs manières à table, avec dans les yeux beaucoup de patience et une lueur d'humour. A un moment, Holly ayant fait une remarque inconsciemment drôle, et il avait lancé à Mary Jane un regard amusé par-dessus les têtes brunes, si bien qu'elle avait senti une intense chaleur l'envahir, exactement comme du temps du lycée.

Il est beau, il a de délicieuses petites filles, et il me sourit !

En plus d'être mignonnes, les petites étaient bavardes. En un rien de temps, elle connaissait la date de leur anniversaire, les noms des amis laissés en Californie, la couleur des cheveux de leur précédente institutrice et toute la liste de leurs plats préférés. Plus le fait qu'elles lisaient un roman intitulé : *Cheval Joyeux et ses amis,* et n'aimaient ni les poupées ni les fusils.

A aucun moment toutefois, elles ne mentionnèrent leur mère. Pas plus qu'Art ou Joe. Et cette absence de présence maternelle paraissait un peu étrange. Au milieu du repas, alors que les fillettes reprenaient leur respiration pour ingurgiter une bouchée de raviolis, la conversation dévia sur *Spruce Bay.* Les deux hommes, qui avaient entendu parler des travaux de rénovation de l'hôtel, désiraient en apprendre davantage.

— Le résultat dépasse nos espérances, expliqua-t-elle, et nous fonctionnons actuellement au maximum.

— Ainsi, vous faites le plein, dit Art, qui se réjouissait visiblement pour elles.

— Nous sommes complets jusqu'à début septembre. Notre site web attire les gens qui constatent que la décoration est soignée et le cadre riant. Le spa et le chauffage solaire pour la piscine sont des plus, ainsi que l'extension et le réaménagement de la terrasse du restaurant donnant sur le lac.

— Je trouvais triste que la fréquentation de *Spruce Bay* décline, dit Art. Et je suis heureux d'apprendre que vous recevez les bénéfices de vos efforts. Parce que les bienfaits d'une entreprise florissante ne manqueront pas de rejaillir sur nous tous.

— Je suppose.

Indirectement, *Capelli Auto* était aussi dépendant du tourisme que *Spruce Bay*, parce que, dans l'économie d'une petite ville, tout se tenait. Gagnant mal leur vie, les gens hésitaient à faire exécuter des réparations sur leur voiture.

A vrai dire, Mary Jane n'aimait pas beaucoup s'engager dans ce genre de réflexions qui la ramenaient à sa propre négligence. Si elle s'était occupée plus tôt de son véhicule, elle n'aurait sans doute pas eu besoin de s'en faire prêter un et, par conséquent, n'aurait pas embouti…

Assez. Mieux valait penser à autre chose.

— Vous reprenez l'école ici en septembre, les enfants ? demanda-t-elle.

Elles hochèrent la tête en chœur.

— Mais nous ne savons pas encore dans laquelle.

— Je me renseigne, expliqua Joe.

— Et qu'allez-vous faire cet été ? Je parie que vous avez des tas de projets.

— Un camp de poney ! s'exclamèrent-elles d'une seule voix.

Incroyable le nombre de fois où elles sortaient la même phrase, avec la même intonation, exactement au même moment.

— Un camp de poney ! C'est drôlement sympa.

— C'est-à-dire…, intervint Joe, légèrement embarrassé, ce n'est pas encore fait. Je ne suis pas certain d'arriver à m'organiser.

— Papaaaa !

— J'ai compris. Vous avez très, très, envie de participer à un camp de poney. Mais j'ignore ce qui est proposé dans la région, ni même s'il en existe. Tu pourrais peut-être m'aider, Mary Jane. Tu dois sans doute répondre à ce genre de question face à tes clients ?

— Bien sûr.

— Tu connais l'offre ? J'ai vu qu'il y avait deux centres axés sur la promenade, mais je ne sais pas s'ils organisent des séjours.

— L'un d'eux le fait. Mais, en toute sincérité, je ne te le

recommande pas. J'y ai envoyé deux fois des clients qui en sont revenus mécontents.

Elle s'interrompit, hésitant à mentionner une idée qui lui était venue. Si elle aiguillait Joe sur cette piste, cela créerait entre eux un lien qu'il vaudrait peut-être mieux éviter. Malgré tout, elle se lança.

— Il y a un endroit qui pourrait éventuellement convenir…

Pour plus d'une raison, elle n'était pas certaine de bien faire. Tout en dirigeant un centre équestre réputé, Penelope Beresford refusait pour son établissement toute publicité autre que le bouche à oreille. C'était une ancienne cavalière olympique d'origine anglaise, ses qualités d'instructrice en dressage et en saut d'obstacles étaient très appréciées, et des cavaliers de haut niveau venaient régulièrement s'entraîner chez elle. Elle emmenait de temps à autre des gens en promenade et envisageait d'organiser des séjours de vacances pour enfants, mais tout cela sans régularité, à sa convenance.

Comme elle n'offrait le gîte et le couvert qu'aux chevaux, les cavaliers de haut niveau qui fréquentaient son établissement logeaient à l'hôtel le plus proche, c'est-à-dire à *Spruce Bay* où ils recevaient un accueil soigné.

Il se trouvait qu'actuellement un couple de cavaliers professionnels de concours complet y séjournait. Ils avaient confié pour un mois leurs meilleurs chevaux à Penelope et occupaient un bungalow avec leurs deux enfants, une fillette de huit ans et un petit garçon de six, ainsi que leur nurse, Lucy.

Tous les jours, celle-ci emmenait Jessica et Simon monter des poneys chez Penelope. Si M. et Mme Richardson ainsi que Penelope étaient d'accord, contre rémunération, Lucy accepterait peut-être de se charger en sus des jumelles de Joe.

Mary Jane réfléchissait vite. Si elle réussissait à conclure un tel arrangement, elle se sentirait moins redevable vis-à-vis de Joe et de son père d'avoir détruit leur voiture cet après-midi alors que, pour toute punition, ils l'avaient invitée à dîner.

— Mais je dois me renseigner auparavant, dit-elle lentement. Je ne voudrais pas vous donner de faux espoirs.

— C'est déjà fait, articula-t-il à son intention.

Et elle vit que Holly et Maddie la contemplaient avec de grands yeux brillants d'espoir.

Elle grimaça.

— Désolée…, murmura-t-elle.

Devant l'expression de Joe, si complexe qu'elle n'arrivait pas à la déchiffrer, elle souhaita ardemment aplanir ses problèmes. Elle semblait avoir perdu toute maîtrise d'elle-même, car il n'était plus question de reculer désormais.

En l'espace de quelques heures, elle s'était mise dans les ennuis jusqu'au cou. Et, tout cela à cause de « Cap » Capelli et de ses deux adorables petites filles.

4

Joe la déposa à *Spruce Bay* tout de suite après le dîner. Elle avait insisté en ce sens, certaine — disait-elle — qu'il avait à faire. Sur le trajet du retour, il s'était de nouveau excusé de n'avoir pas d'autre véhicule à lui offrir. Elle avait répété qu'étant donné la situation elle ne l'aurait pas accepté, et affirmé une fois de plus qu'elle prendrait la franchise à sa charge.

— Nous en avons déjà parlé, dit-il.

— Oui, et c'est ainsi.

— Et si j'attendais quelque chose de toi que je serais heureux d'échanger contre la franchise…

Faisait-il allusion à… ?

— Je parle, précisa-t-il très vite, de cette histoire de camp de poney.

Evidemment, il ne s'agissait pas d'acheter son corps. Juste pour que les choses soient claires.

Mais qu'est-ce qui te prend, ma pauvre Mary Jane ?

Comme si elle ne le savait pas…

— Si j'ai bien compris, il faut passer un marché avec la propriétaire de l'établissement équestre, reprit-il. Et, dans l'éventualité où tu m'aides dans cette démarche, tu me retireras une grosse épine du pied, et ça vaudra bien la franchise.

— J'appellerai Penelope demain et je parlerai aussi aux Richardson.

— Rappelle-moi dès que tu en sais plus long, insista-t-il.

— Bien sûr.

— Je suis désolé de t'importuner avec cette histoire, mais, pour l'instant, papa et moi, nous tenons le garage et nous relayons pour nous occuper des filles. Mais je me rends déjà compte que c'est une charge trop lourde pour lui.

— Je comprends. Elles sont mignonnes, mais débordantes d'énergie !

Cela sonnait creux. Que connaissait-elle aux enfants alors qu'elle ne fréquentait que ses petits clients de *Spruce Bay* ? Certains pouvaient se montrer odieux, mais qu'elle continue à en désirer après avoir vu certains phénomènes gratinés témoignait de son profond désir d'enfant.

Les jumelles de Joe étaient franchement mignonnes. Mais qu'est-ce qui la touchait tant ? L'homme ou les petites filles ? Attention. Rien ne prouvait qu'elles n'aient pas de mère… Celle-ci s'était peut-être seulement absentée quelque temps, et c'était pur hasard que son nom ne soit pas intervenu dans la conversation.

Cet homme et sa famille étaient peut-être inaccessibles. Et même s'ils ne l'étaient pas…

Je me fais peur. Ressentir des choses pareilles, et si vite.

— Il n'est pas question que je me contente de les expédier dans un quelconque camp de vacances, expliquait Joe. Aux yeux de mon père, ce ne serait pas assez bien. Tandis qu'un camp de poney constituerait pour elles la réalisation d'un rêve, et après…

Il s'interrompit brusquement, marmonna quelques mots entre ses dents avant d'ajouter :

— Enfin, je te passe les détails.

Pourtant, elle était prête à écouter tout ce qu'il voudrait bien lui raconter.

Dangereux. Très dangereux.

Elle attendit qu'il en dise plus long mais, comme rien ne venait, elle éprouva de la déception. Elle avait envie de tout savoir de lui, et de l'entendre de sa voix grave et caressante à la fois.

Une vraie catastrophe. Elle était pitoyable.

Ils émergèrent de l'allée bordée d'arbres de *Spruce Bay* et il s'arrêta devant le bureau, laissant le moteur tourner.

— Merci pour tout ce que tu as fait pour moi aujourd'hui, murmura-t-elle. J'espère pouvoir mener mon plan à bien, mais ce ne sera encore qu'un piètre remerciement.

— Laisse tomber, répondit-il avec un parfait accent malfrat.

Et elle se demanda une fois de plus pourquoi il n'avait pas réussi une carrière d'acteur. Il avait le physique, la voix et un charme d'enfer.

— Je t'appelle dès que j'en sais plus, dit-elle.

— Parfait.

Elle était si décidée à ne pas s'attarder dans la voiture qu'elle en descendit avec une hâte qui manquait d'élégance. Il redémarra sur un dernier signe de la main. Après qu'il eut disparu derrière les arbres, elle demeura longtemps immobile, songeuse, agitée d'une vague nostalgie, et furieuse contre elle-même.

Cependant, cette dernière émotion lui était si familière qu'elle savait comment la gérer. Quand vos pensées prenaient une direction déplaisante, il suffisait de s'occuper suffisamment l'esprit pour les ensevelir sous le nombre.

Elle pénétra en coup de vent dans le bureau pour trouver Nickie affalée dans le fauteuil pivotant, genoux remontés, occupée à se vernir les ongles, le téléphone coincé contre l'oreille.

— Tu es sérieuse ? s'écria-t-elle de sa voix haut perchée d'adolescente. Elle a vraiment dit ça ?

Apparemment, elle ne s'adressait pas à un client.

En l'apercevant, Nickie coupa précipitamment la conversation et se redressa comme pour parer à une réprimande. Pourtant Dieu sait que Mary Jane n'avait pas envie de passer pour un dragon.

— Il y a du monde ? demanda-t-elle d'un ton léger.

— Les clients du bungalow 12 ont inondé la salle de bains, et ceux de la chambre 4 n'arrivent pas à brancher l'air conditionné.

— C'est probablement qu'ils doivent actionner deux commandes contradictoires.

Les appareils installés au cours de la rénovation des lieux pouvaient souffler le chaud comme le froid. Cependant, même s'il faisait un peu frais à présent, les bungalows, ayant bénéficié du soleil toute la journée, auraient dû jouir d'une température agréable, pas trop chaude, et certainement pas trop froide.

— Je sais.

Comme Nickie lui souriait d'un air entendu, elle sentit tomber ses écailles de dragon.

— J'ai dû leur demander ce qu'ils voulaient parce que la pièce me paraissait à la bonne température, ajouta Nickie.

— Tu l'as donc fait fonctionner ?

— Nous l'avons réglé sur vingt-trois degrés, et il s'est mis à chauffer. En plein été, ils voudront probablement quinze degrés ! Est-ce que je peux partir ?

— Reste encore cinq minutes, si tu veux bien, le temps que j'aille jeter un œil au restaurant. Mais, à moins d'une catastrophe, tu pourras partir ensuite.

— Merci, dit Nickie tout en regardant son portable. A quelle heure demain ?

— Disons midi.

A cet instant, le téléphone du bureau sonna. Nickie décrocha.

— *Spruce Bay Resort*. Que puis-je pour vous ?

Au restaurant, le service ralentissait. Tout s'était bien passé, lui assura Daisy. En réalité, on n'avait plus besoin d'elle. Avec une équipe composée de gens expérimentés désormais, le restaurant pouvait fonctionner indépendamment de l'hôtel.

— Relax, Mary Jane, lui conseilla sa sœur.

— Et toi ? N'aimerais-tu pas rentrer chez toi et retrouver ton mari avant de surélever tes pieds ?

Daisy écarta une mèche de cheveux blonds de son visage rosi par l'activité.

— C'est bon. J'ai fini d'ici une demi-heure.

— Je me demande où tu puises toute cette énergie.

Daisy sourit.

— Il paraît que je dois profiter du présent, parce que le troisième trimestre sera pénible.

— Avec qui en as-tu parlé ?

— Dans la salle d'attente du gynéco, avec une femme qui attend son cinquième enfant.

Elle ignora le stupide pincement d'envie qui lui mordit le cœur.

Cette mère experte, élevant de main de maître une grande et belle famille, ç'aurait dû être moi.

Ce n'était sans doute pas l'ambition ni l'espoir de toute femme, mais c'étaient les siens, et son rêve ne s'était pas réalisé.

En regagnant le bureau, elle se rappela les premiers temps avec Alex, douze ans plus tôt, quand elle avait commencé à penser au mariage. Elle avait vingt-deux ans, et vingt-trois quand elle avait pensé que c'était l'homme de sa vie.

Leur relation était sérieuse, au point qu'elle pensait qu'il allait la demander en mariage et qu'elle serait mariée à vingt-quatre ans. Elle attendrait peut-être deux ans avant d'avoir son premier enfant vers vingt-six ans et, quand approcherait la quarantaine, elle aurait six beaux rejetons. Six lui semblait un bon nombre, de quoi remplir un minivan à huit places.

Elle se voyait en *mamma* cool et attentive à la fois, le genre de mère que les autres femmes regardaient avec respect et envie, avec sa kyrielle d'enfants parfaitement adaptés et heureux.

Elle s'imaginait cuisinant, faisant pousser ses légumes, s'occupant avec amour de la décoration de son intérieur, emmenant ses enfants à leurs cours de musique et de sport, leur lisant des histoires le soir.

A ses yeux, épouse, mère et femme d'intérieur était la plus belle carrière à laquelle une femme puisse rêver, absorbante, enrichissante et pleine de défis à relever.

« Je ne sais pas comment tu te débrouilles avec cette nichée ! » lui aurait-on dit, et elle aurait eu cette réponse simple et sage toute prête : « Il suffit de s'organiser et de garder le sens de l'humour », ou bien : « J'ai choisi le meilleur des pères. Ça aide ! »

Sauf qu'Alex était loin d'être le meilleur des pères. Il n'était le meilleur en rien, en fait.

Comme il ne parlait pas mariage, elle avait fini par aborder le sujet. Il avait répondu que rien ne pressait. N'étaient-ils pas heureux ? Et puis il l'avait bercée d'illusions, distraite avec un projet de voyage à Cancún qu'elle avait interprété comme une façon de sceller leur engagement.

Un an plus tard — elle avait vingt-six ans et se trouvait déjà en retard sur son planning —, elle avait posé la question des enfants. Souhaitait-il en avoir ?

Quand le moment viendrait, avait-il répondu. Rien ne pressait, n'est-ce pas ? Elle avait encore sept ou huit ans devant elle avant de s'inquiéter de son horloge biologique. Pourquoi se mettre tout de suite des responsabilités sur le dos alors qu'ils prenaient tellement de bon temps ?

Possible, mais elle n'arriverait jamais à en avoir six si elle ne se dépêchait pas un peu !

Naturellement, elle n'avait pas avancé cet argument. Inutile de l'effrayer avec la perspective d'une famille nombreuse. Après tout, elle n'avait peut-être pas besoin d'en avoir six. Quatre feraient l'affaire. Ou même trois, s'il préférait.

Le temps avait passé. Elle approchait la trentaine et rien ne se précisait. Parfois, elle se demandait s'il l'aimait parce qu'il se montrait souvent distrait. Mais quand ils se chamaillaient à ce sujet, il se faisait pardonner en lui offrant des fleurs ou un bijou. Pour ce qui était des gestes romantiques, il était imbattable.

Et puis, un mois après son trentième anniversaire, une grave querelle les avait opposés et, avant qu'il puisse passer à la phase d'apaisement, elle lui avait lancé un ultimatum. Allaient-ils se marier, oui ou non ?

Non.

Elle se rappelait encore, mot pour mot, les prétextes invoqués.

« Regardons les choses en face. Nous n'avons jamais envisagé le mariage, n'est-ce pas ? » avait-il répondu, amical et pragmatique. A l'entendre, ils avaient toujours été en accord sur ce point, et elle n'avait jamais envisagé de fonder un foyer avec lui. Mais c'était faux ! Totalement faux ! A plusieurs reprises, elle avait abordé le sujet, et il avait louvoyé, lui laissant supposer des choses qui n'existaient pas.

Il lui avait menti.

Très éprouvée par ce qu'elle considérait comme une trahison, elle avait brutalement rompu. Ensuite, elle avait attendu un mois et demi qu'il vienne ramper à ses pieds avant de comprendre qu'il ne reviendrait jamais.

Moins d'un an plus tard, et c'était peut-être ce qui lui avait fait le plus de mal, elle avait appris qu'il s'était marié. Obsédée par l'idée qu'Alex avait entamé une liaison du temps où ils étaient encore ensemble, elle avait eu alors des velléités de lui demander des comptes, mais elle avait réussi à se contenir, ce dont elle n'était pas peu fière.

Quand elle avait compris que tout était fini entre eux, elle s'était exhortée à aller de l'avant. Deux fois par an, quand *Spruce Bay* fermait pour les pauses saisonnières, elle faisait un grand voyage. Elle s'efforçait de rester active et dynamique, elle lisait, s'informait, se tenait au courant de l'actualité. Elle s'occupait de son corps et de son esprit, entretenait de bonnes relations avec ses amis, ses sœurs et ses parents, à présent retraités en Caroline du Sud. Et puis, elle s'ingéniait à entretenir et améliorer *Spruce Bay*. Bref, elle vivait sa vie aussi pleinement que possible, bien que celle-ci différât radicalement de l'existence dont elle avait rêvé.

Presque cinq ans plus tard, elle en avait fini avec Alex, mais pas avec l'impression d'avoir été trahie, avec la perte de son rêve qui lui avait paru si près de se réaliser, ni avec le sentiment d'avoir perdu plus de sept ans de sa vie avec quelqu'un qui l'avait utilisée comme bouche-trou, parce que c'était pratique en attendant qu'une meilleure occasion se présente.

Elle aurait trente-six ans en octobre.

Et le beau Joe Capelli avait deux adorables petites filles, mais pas de femme en vue.

Aucun rapport entre ces deux faits !

De retour au bureau, elle libéra Nickie et s'assit devant son ordinateur pour consulter ses e-mails. Le téléphone sonna quelques instants plus tard. D'après les lumières du tableau, elle vit que l'appel provenait d'un bungalow.

— Bonsoir, Mary Jane. C'est Vanessa, du bungalow 7. Je voulais savoir si nous pourrions avoir davantage de serviettes.

— Bien sûr. Je vous en apporte tout de suite. Combien en voulez-vous ?

— Eh bien… quatre, si possible. Désolée, mais rien de tel que l'exercice à cheval pour vous faire transpirer.

Je pourrais lui parler maintenant de ce projet de stage de poney et rappeler Joe ce soir pour le tenir au courant…

Prenant une fois de plus conscience de l'importance démesurée qu'elle accordait à cette histoire, elle se contenta d'apporter les serviettes avec un petit mot gentil pour Vanessa et Phil.

L'affaire du stage de poney attendrait demain.

5

— Est-ce que la dame nous a trouvé un camp de poney ?

— Elle s'appelle Mary Jane, rappela-t-il à ses filles.

— Est-ce que Mary Jane nous a déjà trouvé un camp de poney ?

— Probablement pas encore puisqu'il n'est même pas 7 heures et que je l'ai déposée chez elle à 20 h 30 hier soir. Et il n'y aura pas de camp de poney du tout si vous continuez à me casser les pieds !

— On te cassera plus les pieds, lui promirent aussitôt ses jumelles.

Mais il ne les crut pas une seconde.

Il eut aussi la tentation d'insister auprès de Mary Jane parce que, si son plan ne marchait pas, il allait devoir trouver autre chose, et vite.

Mais, pour l'heure, il devait surtout s'organiser pour la journée à venir.

— Ce matin, vous allez faire des devoirs de vacances, décréta-t-il.

— Des devoirs ? s'exclama Holly.

— Mais on est en été ! renchérit Maddie.

— Ce sera amusant, vous verrez. Vous allez vous occuper tranquillement pendant que je suis au garage. Ensuite, vous me rejoindrez avec grand-père et nous irons pique-niquer au parc. Après quoi, vous reviendrez regarder tranquillement la télé pendant que grand-père se reposera. D'accord ?

Apparemment, elles l'étaient. Il ne restait plus qu'à leur trouver des activités amusantes pendant qu'il préparerait le pique-nique.

Il pourrait leur demander de s'inspirer de l'histoire de *Cheval Joyeux* pour dessiner, ou encore leur donner colle, ciseaux et vieux magazines pour réaliser des collages.

Bien sûr, cette activité ne les occuperait probablement pas toute la matinée, mais elle procurerait du moins un peu de répit à son père. Holly et Maddie débordaient d'énergie, et elles aimaient les activités d'extérieur. Il fallait vraiment qu'il trouve de quoi les canaliser.

Autant dire qu'il souhaitait au moins autant que ses filles voir se réaliser le projet de Mary Jane.

La matinée se passa à peu près suivant ses plans, et, quand son père arriva au garage, ses petites-filles chéries dans son sillage, il paraissait moins fatigué que la veille. Ils se rendirent au parc pour déguster sandwichs poulet-salade et parts de gâteau, et, le repas terminé, Holly et Maddie s'en donnèrent à cœur joie dans l'aire de jeux et sur les rochers d'escalade jusqu'à ce qu'il doive sonner le rappel car, l'heure tournant, il risquait d'être en retard pour un rendez-vous avec un client.

Les filles remontaient dans le minivan quand il les entendit supplier leur grand-père de retourner au parc.

— D'accord, mais seulement un quart d'heure. Grand-père a besoin de se reposer, entendit-il celui-ci répondre.

Oubliant son client quelques instants, il se précipita au-dehors pour expliquer à ses filles que leur grand-père avait besoin de se reposer maintenant, pas dans un hypothétique quart d'heure. Et puis, le téléphone sonna : c'était Mary Jane. Et il fut soulagé, et un peu trop heureux, d'entendre sa voix, chaleureuse et sans mièvrerie.

— Je pense avoir la solution, dit-elle. J'ai parlé avec Vanessa, Philip et leur nurse, et ils trouvent très bien l'idée de réunir les enfants pour les initier au poney. Mais Penelope voudrait d'abord rencontrer les filles.

— Quand ?

Il était si soulagé que la question avait jailli avec une brusquerie choquante. Mais Mary Jane ne parut pas s'en formaliser.

— Eh bien, je sais qu'elle est libre cet après-midi, et je peux me libérer aussi. Mais ce n'est peut-être pas pratique pour toi…

— Si, si ! Cet après-midi, c'est parfait !

S'il pouvait terminer rapidement les réparations des deux voitures promises pour l'après-midi, et si son père voulait bien tenir ensuite le bureau…

— Est-ce que 15 h 30, ça te conviendrait ?

— Je vois avec Penelope et je te rappelle juste au cas où ça ne marcherait pas.

— Donc, si tu ne rappelles pas, je passe te prendre à 15 h 30 ?

— C'est ça. Et les Richardson m'ont demandé de te faire passer le message suivant : il faut que les filles mettent des chaussures fermées, pas des sandales, sinon Penelope aura une attaque, littéralement.

— Des chaussures fermées, pas des sandales, c'est noté.

Apparemment, l'heure convenait à Penelope, car il ne reçut pas de coup de téléphone supplémentaire de Mary Jane. Aussi, peu après 15 heures, son père lui amena-t-il deux fillettes complètement surexcitées, solidement chaussées, le visage fendu d'un sourire jusqu'aux oreilles.

Par la fenêtre du bureau, Mary Jane vit Joe et ses filles descendre de leur minivan. Les deux petites, pareillement vêtues d'un T-shirt blanc, de leggings bleu marine, un sac à dos à l'effigie de Mickey arrimé à leurs épaules, se précipitèrent vers l'aire de jeux nouvellement aménagée.

Ayant décidé que le conseil de porter de bonnes chaussures s'appliquait aussi bien à elle qu'aux fillettes, elle avait passé des tennis, et une jolie blouse paysanne bleue et blanche sur un jean. Quant à Joe, avec son pantalon de toile marron et sa chemise bleue sous laquelle on apercevait l'encolure d'un

T-shirt noir, il avait l'allure respectable d'un mauvais garçon reconverti en père de famille. A cette idée, un frisson de désir la parcourut et elle se sentit rougir violemment.

Comme elle sortait à leur rencontre, laissant à Nickie la charge de la réception, elle ne put s'empêcher de remarquer qu'ils allaient bien ensemble, tous les quatre, dans leur camaïeu de bleu.

Elle s'était légèrement maquillée, ce qu'elle ne faisait normalement jamais les jours de semaine, et elle avait mis un collier et un bracelet pour impressionner Joe.

Non, c'était plus compliqué.

Plus compliqué, mais pas plus avouable.

Elle voulait ressembler aux filles séduisantes et populaires avec lesquelles il sortait autrefois.

Et elle avait honte d'elle-même !

— Bonjour, dit-il avec une esquisse de sourire. Nous ferions mieux d'y aller. Je suis un peu en retard. Désolé. C'est parfois difficile de s'en tenir au programme.

— Il n'est que 15 h 30 passées de quelques minutes.

— Je ne voudrais pas faire mauvaise impression.

Il avait vraiment envie que le camp de poney marche, et son anxiété l'émut malgré elle. Tout ce qu'elle découvrait chez lui montrait combien il avait changé depuis le lycée, et cela l'intriguait plus que de raison.

Tout le monde avait changé ; ce n'était pas une surprise. Tant d'années s'étaient écoulées.

Cependant, dans le cas de Joe, elle avait envie de savoir quand il avait changé, et pourquoi. Si le changement lui avait été imposé ou si, au contraire, il avait bataillé pour l'obtenir. Avait-il reçu des coups de la vie ?

Elle détestait éprouver une telle curiosité à son encontre mais, dès qu'elle se retrouvait en sa présence, chaque fois qu'elle regardait ses filles, sa faim de détails revenait l'assaillir.

Il conduisit rapidement, mais prudemment, et, suivant ses indications, ils quittèrent le bord du lac pour emprunter la route de forêt qui menait à la verdoyante propriété de Penelope

Beresford, avec les fillettes qui s'agitaient impatiemment sur le siège arrière, surexcitées à l'idée de rencontrer pour la première fois des poneys.

— Quand je verrai mon poney, annonça Holly, j'irai droit sur lui, je passerai les bras autour de son encolure et je le serrerai très fort.

— Moi aussi, dit Maddie. J'irai droit sur lui, je monterai dessus et je partirai en promenade.

— Moi, je sauterai, et je le ferai galoper !

— Non, répliqua fermement Joe, vous ne vous conduirez pas ainsi. Pas d'embrassades, ni de galop, de saut ou de promenade. Ce serait la meilleure façon de voir s'évanouir votre rêve.

L'effervescence à l'arrière baissa d'un cran.

— Pourquoi, papa ?

— Parce que vous ne connaissez les poneys qu'à travers vos lectures. Vous ferez exactement ce qu'on vous dira de faire pour apprendre les rudiments. Il faut beaucoup de temps et de patience pour monter correctement à cheval.

Après un moment de silence, il jeta un bref coup d'œil à Mary Jane.

— J'espère que ce n'est pas une mauvaise idée, murmura-t-il. Ne sont-elles pas trop jeunes ? Trop exubérantes ? Peut-être que leur passion pour les poneys va disparaître quand elles se retrouveront devant des tas de crottin ou qu'elles se feront accidentellement marcher sur le pied.

— Ce sera à Penelope de décider. Elle sait que les jumelles ont sept ans et aucune expérience équestre.

Il poussa un soupir de soulagement.

— Du moins n'y aura-t-il pas tromperie sur la marchandise.

— Voici l'entrée, sur la gauche.

Comme il ralentissait, elle ne put s'empêcher de regarder son bras sur le volant, nu jusqu'au coude puisqu'il avait retroussé ses manches, bronzé, musclé, couvert d'un fin duvet brun, et elle se demanda quel effet il produirait refermé sur elle, ou si elle le caressait.

Comment ce serait de voir ces bras s'ouvrir pour l'accueillir, manier une hache ou un marteau ? A quoi ressemblait-il en se savonnant sous la douche ? Il pouvait tout faire avec ces bras, et ces cuisses, et ce torse dur et plat, et ces fortes mains, et elle aimerait voir ce qu'il était capable de faire.

Oh ! Mary Jane !

Elle ne pouvait pourtant s'empêcher de fantasmer. Son seul espoir était que cet intérêt passe inaperçu.

Joe s'arrêta devant un portail clos qui se dressait au milieu d'une barrière de bois peinte en blanc. Elle sauta du minivan pour aller l'ouvrir, et attendit qu'il soit passé pour la refermer.

— Vous allez devoir apprendre à manœuvrer le portail, les filles, dit Joe.

Et cette simple remarque attisa l'excitation des jumelles.

— Il faut toujours laisser les portes comme on les a trouvées, énonça sentencieusement Maddie. Si elles sont fermées, on ne doit jamais, jamais, les laisser ouvertes.

— Pareil pour les boxes, ajouta Holly. Il faut les nettoyer à fond tous les jours.

— Je leur lis des manuels sur les soins à donner aux chevaux, expliqua Joe. Elles ne s'en lassent pas.

— Elles connaissent au moins la théorie !

— Que savez-vous encore, les filles ?

— On ne doit jamais passer derrière un cheval sans le prévenir, récita Holly. Sinon, il peut prendre peur et donner un coup de sabot.

— Mettre sa main bien à plat, le pouce collé à la paume quand on offre des carottes à un cheval, enchaîna Maddie, sinon, il peut t'attraper le doigt par erreur.

— Nous n'avons pas de carottes, dit Joe.

— Si ! On en a plein ! Grand-père nous a permis de les prendre. On les a mises dans nos sacs à dos.

— J'aurais dû m'en douter, grommela Joe.

Elle réprima un sourire.

Elle appréciait beaucoup trop l'aventure, sans parler de

Joe et de sa relation avec ses filles. Et il semblait qu'elle soit impuissante à rompre le charme.

— On a pris aussi nos maillots de bain et des serviettes, au cas où on irait ensuite à la plage ou à la piscine, ajouta Holly. Grand-père a dit qu'on aurait peut-être le temps.

— C'est pour ça que nos sacs sont si lourds, expliqua Maddie.

— J'ai l'impression que grand-père m'envoie un message comme quoi il n'a pas envie que vous rentriez trop tôt, marmonna Joe.

Mary Jane dissimula un nouveau sourire.

Penelope, qui faisait trotter un cheval à la longe dans un rond de dressage, tourna la tête en entendant la voiture arriver. Elle parla alors à l'immense créature à la robe noire et luisante qui, obligeamment, ralentit et passa au pas avant de se tourner vers elle, de s'approcher et de s'immobiliser.

Prises d'une brusque timidité, les filles descendirent de voiture en hésitant, au grand soulagement de Joe qui observait chacun de leurs gestes derrière les verres teintés de ses lunettes de soleil, comme s'il craignait qu'elles essaient leurs tours sur le premier cheval venu.

Penelope appela une jeune femme qui s'activait près d'une vaste écurie et vint aussitôt prendre le relais. La maîtresse des lieux avança alors à leur rencontre.

— Penelope, je te présente Joe Capelli et ses filles Holly et Maddie.

Mary Jane désigna tour à tour les deux fillettes, espérant ne pas se tromper. Elle était fière d'être capable de les distinguer, ce qui était ridicule. Ce n'était pas franchement un exploit, et elle savait très bien de quoi il retournait. Il s'agissait de se faire valoir auprès de Joe.

— Bonjour ! dit Penelope d'un ton plein d'allant. Voici donc les petites filles en question.

— Nous sommes jumelles, dit Maddie. Mais mes cheveux ne sont pas plantés pareil sur mon front. C'est comme ça qu'on nous reconnaît.

D'un geste, elle écarta ses cheveux.

— Vous voyez ?

Mary Jane reçut un choc en découvrant la taille de la cicatrice. Joe en avait parlé incidemment, la mentionnant comme moyen de différencier les deux fillettes, mais il ne s'agissait pas d'une simple égratignure. Comme il n'avait pas expliqué la cause de cette blessure, cela raviva sa curiosité.

Maddie laissa ses cheveux retomber sur son front, dissimulant en partie la cicatrice.

— Je vois que vous êtes jumelles, dit Penelope. Bonjour Maddie, bonjour Holly et bonjour Joe.

Elle lui tendit la main après l'avoir essuyé sur son jodhpur.

— Désolée. Pas très propre.

— Je suis mécanicien auto, répondit Joe. Je connais le problème.

— Puisque vous êtes jumelles, lança Penelope aux petites filles, je vais devoir vous trouver des poneys assortis.

— Mais on veut des poneys différents ! protesta très sérieusement Holly. J'en veux un noir et Maddie un gris. C'est ce que nous avons décidé.

— Holly…, commença Joe en grimaçant.

Cependant Penelope ne parut pas le moins du monde rebutée par les manières de Holly.

— Nous en avons un noir, mais pas de gris. Nous avons aussi des paint poneys. Vous savez ce que c'est ?

— Ils sont tachetés, répondit Maddie.

— Exactement. Leur robe comporte de larges taches de couleur. Mais, pour commencer, vous allez partager le noir.

Elle sortit un portable de sa poche et expédia un texto.

— Je vais vous donner une leçon, chacune son tour, sur notre chère vieille Suzie. C'est un poney Shetland. Laura, une stagiaire, va vous trouver des bottes d'équitation et des bombes. Nous avons toutes sortes de tailles, je pense que vous trouverez votre bonheur.

— Maintenant ? dirent les filles en chœur. Nous allons avoir une leçon ?

— Mais oui. Vous n'avez pas envie de commencer ?

— Si ! s'exclamèrent-elles en bondissant de joie et en frappant dans leurs mains.

— Je pensais que nous parlerions surtout des modalités, dit Joe.

— J'aimerais juste les observer un peu avant de prendre une décision, dit fermement Penelope.

— Elles n'ont jamais monté à cheval.

— Pas de problème.

Comme Penelope souriait, Mary Jane eut la nette impression qu'elle savait très exactement ce qu'elle faisait.

Un quart d'heure plus tard, les deux fillettes étaient munies de bottes et de bombes à leur taille. Mary Jane s'attendait à trouver Suzie déjà sellée, mais le poney gambadait encore dans un pré et devait être attrapé et pansé.

Penelope emmena Holly et Maddie avec elle pour qu'elles l'« aident » et demanda à Mary Jane et à Joe d'attendre près du rond de dressage d'où le grand cheval, qui avait terminé son entraînement, sortait.

C'était étrange d'attendre là avec Joe. Un observateur inconnu les aurait pris pour un couple de parents accompagnant leurs deux mignonnes petites filles. Ils devaient offrir l'image de la famille idéale telle qu'elle apparaît dans les publicités télévisées.

Son cœur se mit à battre un peu plus fort.

C'était exactement ce qu'elle désirait, ce qu'elle avait toujours désiré. Avec confiance, d'abord, puis amertume, lassitude, et, enfin, sans illusion.

Elle ne pouvait pas désirer vivre ce bonheur avec Joe qu'elle connaissait à peine. C'était forcément un désir abstrait. Il n'empêchait, la facilité à laquelle elle semblait capable de greffer son vieux rêve de famille sur ce bel homme et ses mignonnes jumelles l'effrayait quelque peu.

Mauvaise idée, très mauvaise. Joe, Maddie et Holly n'étaient pas des rêves devenus réalité, mais des gens de chair et d'os, complexes, avec leurs qualités et aussi leurs défauts.

Tout comme elle. Et, en cet instant, elle ressentait cruellement ses défauts.

Joe examinait les environs. Il paraissait ridiculement impeccable dans cet environnement et, à présent qu'elle mettait de côté ses propres problèmes, elle devina sa tension.

— Pourquoi es-tu nerveux, Joe ?

— Je crains qu'elles échouent.

— Parce que c'est un test ?

— Bien sûr, et tu le sais !

Il secoua la tête et émit un sifflement.

— Penelope a raison. Si elles se conduisent en sales gosses, ce sera impossible.

— Elles ne sont pas comme ça !

— Elles peuvent l'être.

Il demeura un instant songeur avant d'ajouter :

— Enfin, ce sont des gosses avec de l'énergie à revendre, une forte envie de se débrouiller toutes seules et qui n'ont pas encore compris que, s'il existait des règles, elles avaient une raison.

— Tu crains qu'elles ne sautent vraiment sur le poney comme elles l'avaient annoncé ?

— Oui, répondit-il simplement. Ou pire. Leur mère n'avait pas le moindre contrôle sur ses impulsions. Si je vois apparaître chez elles des éléments de sa personnalité…

Il s'interrompit.

C'était la première fois qu'il mentionnait la mère de ses filles, et au passé. Qu'est-ce que cela signifiait ?

— Parfois, l'hérédité fait peur, ajouta-t-il.

Il s'appuya, bras croisés à la barrière, un pied sur son barreau inférieur, et fixa l'espace poussiéreux devant lui. Elle avait une conscience aiguë de chacune des lignes de son corps, de chacun de ses gestes. L'aura qui émanait de Joe semblait modifier son corps à elle. Quand il se penchait, elle remuait, quand il soupirait, elle prenait une profonde inspiration.

— Je suppose, dit-elle, consciente de perdre pied.

Elle s'appuya à son tour à la barrière, mais de biais, pour

lui faire face. Elle était incapable de s'empêcher de le regarder. Et, en touchant le bois de la barrière, elle avait l'impression d'entrer en contact avec lui.

Il n'y avait toujours pas de signe de Penelope, des filles, ou du poney.

— C'est un cas dramatique, dit-il soudain. C'est pour cette raison que j'ai la garde exclusive des filles.

— C'est triste, commença-t-elle, avant d'ajouter précipitamment, se sentant rougir : Je veux dire que son cas soit dramatique, pas que tu aies…

— J'avais compris.

Il lui jeta un regard qui lui fit prendre conscience de leur proximité.

— Tu t'es probablement posé des questions l'autre soir, reprit-il. Nous ne représentons pas exactement la famille classique.

— C'est vrai, j'étais intriguée.

— J'aurais dû t'expliquer, mais je ne sais jamais comment aborder la question.

— Ça ne me regarde pas.

— Ecoute, tu m'aides pour cette histoire de camp de poney, tu as bien le droit de savoir. Au cas où ça ne se passerait pas bien, où elles auraient des problèmes comportementaux. Elles ont connu de sales moments avant de venir vivre avec moi, et j'ai dû me battre pour elles.

— Te battre ?

— Pour les mettre en sécurité. A présent, elles vont mieux mais, de temps à autre, leur stress remonte. Elles font des cauchemars, ou bien elles s'énervent, se montrent capricieuses, entêtées. Et quand elles sont surexcitées… eh bien, j'ai peur.

A ce moment, une fillette de sept ans, coiffée d'une bombe, apparut au coin des écuries, menant un poney noir, hirsute et obèse. Elle arborait une expression sérieuse et attentive tandis que sa sœur marchait quelques pas derrière, un large sourire aux lèvres. De l'autre côté du poney, Penelope gardait un œil d'aigle sur la procession.

Il semblait, pour le moment, que Joe n'ait pas de souci à se faire.

Quand elles furent assez proches, Mary Jane reconnut en Holly la petite fille souriante, même avec les cheveux de Maddie dissimulés par la bombe.

Incroyable ! J'arrive à les reconnaître sans marque distinctive.

Cela semblait un véritable exploit, et elle tenait à en faire part à Joe, même si elle ne comprenait pas par quel miracle elle arrivait à faire la différence. Et pourtant, elle en était certaine. Maddie tenait le poney au licol et Holly marchait derrière.

— J'ai eu mon tour avant, expliqua Holly. Maintenant, c'est à Maddie.

— Je vois ça, dit Joe.

— On s'y prend très bien. C'est Penelope qui l'a dit.

— Etes-vous supposées appeler Mme Beresford par son prénom ?

— Oui, intervint en souriant Penelope. Je le leur ai demandé. A partir du moment où l'on s'exprime avec respect, l'usage du prénom est tout aussi poli que celui du nom de famille.

Elle se tourna vers les filles.

— Maintenant, je vais ouvrir la porte. Nous ferons entrer Suzie dans le rond de dressage et nous l'attacherons le temps de la brosser et de la seller. Vous pouvez m'aider à rapporter le matériel de pansage et sa selle de la sellerie si vous voulez.

— Oui ! s'écrièrent-elles.

Elles avaient visiblement envie de bondir de joie, mais Penelope avait dû leur expliquer qu'il ne fallait pas faire de mouvements brusques auprès d'un poney sous peine de l'effrayer car elles se continrent. D'une manière générale, elles semblaient plus calmes et dans un état d'esprit plus propice à l'apprentissage que précédemment.

Penelope attacha la longe du poney à une ficelle nouée à la barrière.

— Savez-vous pourquoi on n'attache pas directement la longe à la barrière ? demanda-t-elle aux fillettes.

— Non, répondirent-elles, très désappointées.

Joe observait et écoutait si intensément que Mary Jane craignit qu'il n'oublie de respirer. Elle-même retenait son souffle.

— Parce ce que si Suzie prend peur et tire sur la longe, il vaut mieux qu'elle casse la ficelle plutôt que de se blesser en se débattant ou en démolissant la barrière.

— Elle pourrait vraiment le faire ? s'enquit Joe.

— Non pas Suzie mais, s'ils se sentent coincés, mes chevaux au sang chaud ou mon étalon pourraient se blesser sérieusement en essayant de se libérer sans y arriver.

— Est-ce que certains n'ont pas compris à quel point c'était facile de rompre la ficelle ?

— Il y a toujours des petits malins, mais ceux-là trouvent généralement plus simple d'apprendre à défaire le nœud de la longe ! A vrai dire, la plupart restent tranquilles. Ils aiment le partenariat avec les humains et puis, ils savent que, quand ils auront travaillé, ils auront droit à un bon pansage et à une ration de grains !

Quand Penelope s'éloigna avec les filles, Mary Jane et Joe restèrent seuls une fois de plus.

— Je devrais t'en dire plus long sur leur mère, murmura alors Joe.

Comme il changeait de position et se tournait, elle le trouva trop proche, pour son goût en tout cas. Elle sentait presque la chaleur de son corps, mais ne voulait pas s'écarter de peur qu'il pense que… qu'il pense que sa présence la mettait mal à l'aise ou bien, au contraire, qu'elle lui plaisait trop.

Qu'il se rende compte qu'en réalité elle désirait se rapprocher un peu plus de lui.

— Tu n'y es pas obligé.

— Bien sûr que non. Ecoute, ce n'est pas une histoire très gaie, mais tu pourrais avoir besoin d'en toucher deux mots à Penelope, ou aux parents des autres enfants s'ils doivent jouer et monter ensemble. Je ne me vois pas leur déballant de but en blanc toute l'histoire, mais ils habitent ton hôtel et tu connais Penelope depuis un certain temps. Il vaut mieux que ça vienne de toi, quand tu sentiras que le moment est propice. Il faut que d'autres que papa et moi soient au courant.

— Si tu penses que c'est nécessaire, je t'écoute.

— Elles ont subi de mauvais traitements quand elles étaient petites. Un des petits amis drogués de leur mère s'en prenait à elles. Cela durait depuis un moment quand je l'ai appris. Et, même quand j'ai su, il a fallu un certain temps avant que je puisse les tirer de façon permanente de cette situation.

— Mais c'est horrible !

— Oui.

Il demeura un moment silencieux, cherchant visiblement comment poursuivre.

— C'est de cette période que Maddie tient sa cicatrice. Et leur mère ne valait pas mieux que son petit ami. Elle était même pire, à sa façon. Elle les négligeait complètement, ajouta-t-il en secouant la tête d'un air écœuré. Elle ne changeait leurs couches que quand elle y pensait et, quand elle était à court de lait en poudre, elle le remplaçait par du soda dans leur biberon. Tu imagines ce que ces quantités de sucre ont pu produire sur leurs dents, sans parler des carences alimentaires.

— C'est affreux.

— Quand elles avaient deux ans, leurs dents n'étaient que caries. A force de me battre, j'ai fini par obtenir la garde exclusive, mais leur mère avait encore des droits, et le tribunal lui a accordé plus de possibilités de rencontre que je n'aurais souhaité.

Il poussa un grognement agacé.

— Je ne raconte pas dans l'ordre, ni de la bonne façon. Bon sang ! Leurs caries, ce ne sont que des détails !

— Elles ajoutent une touche au tableau. Les femmes aiment les détails, tu l'ignorais ?

Elle lui adressa un petit sourire qu'il lui rendit, mais le retour de Penelope et des filles mit fin à ce bref moment d'intimité. Holly portait une sorte de boîte à outils de plastique noir, Maddie un tapis de selle et un filet, et Penelope une selle.

— Pourrons-nous trouver un moment ? demanda Joe.

Il fixait sur elle un regard grave et douloureux dans lequel elle retrouvait malgré tout le charme qui faisait craquer les filles à l'époque du lycée.

— Pour parler, précisa-t-il. Je veux te raconter l'histoire correctement, pas par bribes. Et en privé.

— Bien sûr.

— Peut-être quand je te déposerai chez toi. Les filles pourraient se baigner, et nous parlerions en les surveillant.

— Bien sûr, répéta-t-elle.

— Je m'arrêterai acheter un café à emporter ou une boisson. Puisque je mobilise ton temps, c'est bien le moins que je puisse faire.

— J'ai cassé ta voiture, lui rappela-t-elle.

— C'est vrai.

Il sourit de nouveau, et son cœur bondit comme celui d'une adolescente.

— Quand tu verras la façon dont je vais exploiter cette histoire, tu vas le regretter.

En réalité, elle ne regretterait rien mais serait, au contraire, très heureuse qu'il s'occupe d'elle. Elle avait honte de l'avouer.

Ils regardèrent Penelope montrer aux filles comment brosser le poney, lui curer les sabots, positionner correctement le tapis de selle puis la selle sur son dos et mettre le filet.

— Elle est si petite ! s'écria Holly.

— Est-ce qu'elle va grandir ? s'enquit Maddie.

— Non. Elle a sa taille adulte et, d'ailleurs, elle n'est plus toute jeune. Elle a vingt ans…

Penelope regarda dans leur direction.

— Et elle est très tolérante, ajouta-t-elle, ses yeux bleus pétillant de gaieté. Maintenant, laquelle de vous va monter en premier ?

— Holly, répondit immédiatement Maddie.

— Est-ce que tu es d'accord, Holly ?

— Oui, je veux bien monter d'abord !

Mary Jane s'était aperçue que Holly prenait souvent la

direction des opérations tandis que Maddie se montrait plus frileuse.

Penelope montra à la fillette comment enfourcher le poney en plaçant un pied dans l'étrier, puis en passant une jambe par-dessus la croupe. Bientôt, Holly se retrouva assise sur la selle, un grand sourire aux lèvres. Quant à Suzie, elle restait immobile, solide comme un roc.

Ce fut une leçon très agréable. Mary Jane sentait Joe se détendre en constatant que ses filles se montraient attentives, qu'elles suivaient scrupuleusement les indications de leur instructrice et s'efforçaient de faire de leur mieux.

— La prochaine fois, nous trotterons, dit Penelope.

Joe laissa échapper un discret soupir de soulagement.

— Elles ont réussi leur test, murmura-t-il.

— Elles ont été super, déclara Mary Jane.

Elle trouvait difficile de détacher ses yeux des fillettes et de l'expression qu'arborait Joe quand il les observait. C'était si mignon de voir une enfant de sept ans s'appliquer pour faire au mieux ce qu'on attendait d'elle !

Quant à Joe…

Son regard s'allumait dès que Penelope félicitait l'une des petites, et il se faisait intense quand on leur demandait un exercice nouveau. Et, chaque fois que l'une des fillettes se tournait vers lui, le visage radieux, en disant : « Regarde, papa ! », son visage s'illuminait aussi, et il répondait : « Je vois ! »

Elle apprécia qu'il profite simplement du moment, sans les mitrailler de photos, que ce soit avec un appareil ou avec son téléphone. Elle avait remarqué que certains clients de l'hôtel, surtout des hommes, étaient obsédés par le désir de capturer chaque instant, de sorte qu'ils n'étaient jamais vraiment présents. Joe était différent, et ça lui plaisait.

Quand Maddie descendit de poney, la leçon n'était pas terminée. Penelope leur demanda de l'aider à desseller puis à brosser l'animal. Ensuite, elles durent retirer à l'aide d'une pelle le crottin laissé par Suzie dans le rond de dressage et, tandis que Penelope ramenait l'animal au pré, Holly et Maddie accomplirent leur besogne avec le plus grand soin.

Ils notèrent qu'à son retour Penelope inspecta le travail. Allait-elle se montrer satisfaite ? Apparemment oui.

— C'est bien, leur dit-elle.

Puis elle s'approcha de Joe.

— Ce sont de bonnes petites. Je serai heureuse de les avoir. Les Richardson sont encore là pour trois semaines. Mary Jane me disait que vous aviez conclu un arrangement avec leur nurse.

— Oui. Nous ne sommes pas entrés dans les détails, mais ils seraient heureux que leurs enfants aient des compagnes de jeux. Evidemment, nous attendions d'avoir votre accord.

— Jusqu'à présent, les enfants montent le matin sous le contrôle de leur nurse et d'une stagiaire pendant que j'entraîne Vanessa et Phil. Cela prend un moment parce qu'ils ont amené huit chevaux. Parfois, ils les emmènent ensuite en promenade.

— Maddie et Holly ne seront pas prêtes pour l'extérieur, fit remarquer Joe.

— Bien sûr, mais cela viendra bien plus vite que vous ne l'imaginez. L'après-midi, Lucy organise une sortie pour les enfants, ou bien elle les remmène à *Spruce Bay* où ils peuvent se baigner ou jouer pendant que leurs parents terminent leur travail ici. Je suppose que ce sera le futur programme, si cela vous convient, Joe.

— C'est parfait, dit-il. Je vous remercie infiniment. Vous ne pouvez pas savoir combien c'est important pour moi.

— Je déteste voir des enfants passer leurs journées devant le poste de télé, ajouta Penelope. L'amour des chevaux a sauvé la vie de beaucoup d'entre eux. Littéralement. Cela leur donne une passion et un exutoire quand, sinon, ils se seraient perdus dans la drogue ou la criminalité. Et j'ai vu des enfants atteints d'autisme ou de paralysie cérébrale s'éveiller à la vie sur un cheval, alors que leur infirmité les enfermait dans leur corps.

Comme Joe hochait la tête, Mary Jane pensa n'être pas la seule à avoir perçu sa tension en entendant mentionner drogue et criminalité, car Penelope était remarquablement perspicace.

— Merci, répéta-t-il après quelques instants.

Il demeura très calme durant le trajet de retour, tout comme ses filles. Quand ils s'arrêtèrent chez *Bolton Landing* pour acheter des cafés à emporter, il leur fit remarquer :

— Je pensais que vous seriez intarissables sur votre expérience.

— On réfléchit, dit Holly.

— A propos de poneys ?

— On révise notre leçon.

— Pour ne pas oublier comment panser et seller la prochaine fois.

— On est au paradis, expliqua Holly.

— Vraiment ?

— C'était merveilleux, papa ! renchérit Maddie dont l'excitation était soudain revenue.

— C'était tellement merveilleux qu'on n'arrive même pas à en parler.

— On est plus amoureuses des poneys que jamais, déclara Holly avec emphase.

La remarque était si solennelle que Joe ne put s'empêcher de demander :

— Vous avez lu ça dans un livre ?

— Oui. Dans *Laura aime les poneys*, répondit Holly.

— Chapitre quatre, quand elle revient d'une promenade avec ses amies, Ella et Gracie, et Poppy, leur nouveau poney, expliqua Maddie. Tu te rappelles, papa ?

— Rafraîchis mes souvenirs.

— Elle est fatiguée et heureuse, et elle regarde le soleil se coucher dans des tons de mauve, jaune, rose et or. Et le livre dit que, tandis que Poppy mange avec joie son avoine et son foin, Laura est plus amoureuse des poneys que jamais…

— Tu as raison, répondit Joe, imperturbable. Maintenant, je me souviens.

Mary Jane savait ce que ressentaient Laura, Maddie et Holly. Sauf qu'elle n'était pas sûre que le sentiment qui gonflait son cœur s'adresse juste aux poneys.

6

— Tu dois te demander comment j'ai pu laisser une telle situation s'installer, dit Joe.

Il s'était lui-même posé maintes fois la question sans obtenir de réponse.

Naturellement, Mary Jane essaya de le mettre à l'aise. Installée dans un fauteuil Adirondack au bord de la piscine de *Spruce Bay*, elle savourait son café crème pendant que Holly et Maddie se baignaient dans la piscine chauffée à l'énergie solaire.

Elle lui dit qu'il n'était pas responsable, qu'il avait sans doute fait de son mieux, que c'étaient des choix douloureux, et ainsi de suite.

Mary Jane était trop bonne, trop gentille, trop indulgente. Bref, beaucoup trop bien pour lui. Il n'était jamais sorti avec une femme attentionnée. Et d'ailleurs, à bien y réfléchir, il n'était probablement jamais sorti avec une femme du tout. Ses conquêtes étaient toutes des écervelées, affectionnant les tenues ouvertement sexualisées.

— Franchement, je me demande, répliqua-t-il, l'air sombre.

Elle ne releva pas, se contentant de demander d'un ton égal :

— Alors, qu'est-il arrivé ?

— La grossesse était un accident, évidemment.

— Raconte depuis le début.

Quand tout cela avait-il commencé ? Tout en soupirant, il tenta de rassembler ses souvenirs.

— Oui. Eh bien, tu sais sans doute qu'autrefois je voulais devenir acteur.

— Tout le lycée était au courant.

— Aïe !

Elle se redressa et se tourna vers lui.

— Mais non. Ne le prends pas comme ça.

D'une main distraite, elle repoussa une mèche de cheveux de son front barré d'un pli et, pour la première fois, il nota la façon dont son haut bleu et blanc moulait ses formes et combien ses ongles étaient jolis. Presque aussi jolis que sa bouche. Des ongles aux contours nets, d'un ovale parfait et, aussitôt, l'image embarrassante de ces ongles griffant une peau masculine passa sous ses yeux.

Sa peau.

— Non ? grommela-t-il, luttant pour chasser l'image incongrue de sa tête.

— Vraiment. Nous t'avions tous vu dans *West Side Story* et *Le Fantôme de l'Opéra*, et tu étais formidable.

— Productions de lycée, et d'un lycée pas très riche, encore.

— Productions lycéennes, peut-être, mais tu étais remarquable.

— Merci.

En réalité, il ne souhaitait pas évoquer les comédies musicales du lycée. Pas plus qu'il ne voulait penser aux jolis ongles de Mary Jane et à ses formes attirantes.

— Nous nous égarons, dit-elle.

C'est moi qui m'égare.

— Exact.

Dans la piscine, les filles s'amusaient comme des folles avec deux autres enfants, et le soleil étincelait sur l'eau bleue bien qu'il fût presque 18 heures. Dommage que ces enfants ne soient pas les petits Richardson. La relation que les filles entretiendraient avec Jessica et Simon restait une inconnue. Que se passerait-il si Holly et Maddie la sabotaient par leur comportement ? Et si Vanessa et Phil décrétaient qu'elles avaient une mauvaise influence sur leurs enfants ? Faisait-il preuve de paranoïa en évoquant cette hypothèse ?

Parles-en, Joe. Explique à Mary Jane pourquoi ce pourrait être un problème.

— Mon bac en poche, je brûlais de partir pour la Californie, reprit-il. Mais maman est tombée malade et, comme je savais que mon départ lui crèverait le cœur, j'ai renoncé. Alors, en attendant, je me suis spécialisé en mécanique automobile. Ce qui s'est révélé plus utile que je ne l'imaginais alors.

Il détesta le rire amer dont il accompagna cette remarque.

— J'ai su pour ta mère, dit-elle. Cela m'a beaucoup attristée.

— Je te remercie, mais c'est si loin maintenant. Enfin, après son décès, mon père m'a poussé à réaliser mon rêve. Il a beaucoup insisté sur ce point, et ça a été le déclencheur. Je suis parti pour Los Angeles, j'ai travaillé dur. Théâtres de banlieue, petits rôles, extra, figuration, publicités pour des marques de dentifrice ou de boissons énergétiques. Le jour où j'ai obtenu ma première ligne de texte dans une publicité télévisée, je flottais sur un petit nuage.

Elle rit.

— Que faisais-tu ? J'aimerais vraiment savoir !

— Ouaouh !

— C'est-à-dire ?

Il éclata de rire à son tour.

— C'était mon texte. Je disais « Ouaouh ! » Mais à cela se sont ajoutés d'autres petits rôles, si bien que j'ai commencé à gagner ma vie.

— Seulement commencé ?

— C'est un métier ingrat.

— J'en suis persuadée !

— Beaucoup de gens auraient tué père et mère pour arriver là où j'étais.

Il lui raconta les auditions en vue d'obtenir un rôle dans une série policière où il s'était finalement fait battre sur le poteau.

— Cette série passe toujours ! dit-elle.

— Oui, mais l'acteur a eu des propositions plus intéressantes et il a fini par l'abandonner.

— Ç'aurait pu être toi.

— Je n'y pense pas trop. De toute façon, c'est à cette époque que j'ai rencontré la mère des filles.

Il ne se résolut pas à prononcer son nom. C'était stupide, pourtant il n'y arrivait pas. Elle s'appelait Victoria, mais il ne le disait jamais tout haut. Il s'interdisait même d'y penser, s'il pouvait l'éviter.

— Une part de moi souhaite que ce ne soit jamais arrivé.

Mary Jane le regarda avec sympathie. Ses yeux étaient vraiment beaux, d'un bleu vert brillant, très grands, et exprimant une compassion immense. Elle était trop gentille. Il ne méritait pas ça. De toute façon, il ne demandait rien et n'avait rien à offrir.

Concentre-toi, Joe. Raconte-lui correctement ton histoire. Tu le lui dois bien.

— Elle essayait comme moi de faire sa place à Los Angeles. Elle avait été modèle à New York où, je l'ignorais à l'époque, elle avait commencé à se droguer. Elle était très jeune au début de sa carrière et un peu perdue, loin de sa famille. C'était une beauté brune aux yeux noirs et à la peau très claire, très imbue de sa personne.

Mary Jane hocha la tête.

— Elle avait vingt-deux ans quand je l'ai rencontrée, poursuivit-il. J'en avais vingt-six.

— Dans quelles circonstances ?

— Par hasard, au cours d'un dîner. Nous nous sommes souri et mis à parler. Je ne me doutais pas de l'enfer qu'elle avait vécu. Ses parents étaient intervenus, l'avaient tirée de la drogue et aidée à s'installer sur la côte Ouest pour qu'elle quitte le mannequinat et s'oriente vers le métier d'actrice. Ils pensaient que le changement l'aiderait, et cela a été le cas pendant un certain temps. Quand nous nous sommes rencontrés, elle était clean, mais j'ignorais le combat qu'elle avait dû mener pour en arriver là. Et la facilité avec laquelle

elle pouvait replonger. Je la croyais aussi motivée que moi, pourtant c'était en réalité une motivation bien différente. Elle avait faim de vivre, de saisir la moindre miette, disait-elle, mais son comportement était destructeur. La plupart du temps quand elle sortait, au lieu de chercher des contrats, elle se droguait.

Il s'arrêta, reprit sa respiration tout en espérant ne pas avoir à s'étendre trop longuement sur le sujet. Sans savoir pourquoi c'était si important, il voulait que Mary Jane comprenne la situation du mieux possible. Elle savait écouter, en tout cas, mais si les filles se lassaient de la piscine, ses confidences prendraient fin.

— A cette époque, toutefois, elle usait de la drogue de façon intermittente parce qu'elle passait des auditions, faisait encore un peu de mannequinat. La première année, ces activités l'occupaient et lui donnaient au moins l'envie de rester forte. Et puis, elle est tombée enceinte.

Il lui sembla voir une étrange expression passer sur le visage de Mary Jane. Se pouvait-il qu'elle soit choquée ?

— Elle n'en a pas été heureuse ? demanda-t-elle d'une voix sourde.

Il choisit l'honnêteté. A quoi bon enjoliver la réalité ?

— La nouvelle ne nous a ravis ni l'un ni l'autre. Nous n'étions pas préparés à un tel événement, et ç'a été encore pire quand nous avons appris qu'il s'agissait de jumeaux. Nous avons tourné en rond pendant des mois. J'essayais de trouver le plus d'engagements possibles pour mettre de l'argent de côté. Je pensais que, si l'un de nous avait la chance de décrocher un rôle dans un film ou une série, nous aurions assez d'argent pour prendre une nurse, comme le Tout-Hollywood. Je nous voyais en joli couple béni des dieux, genre Brad Pitt et Angelina Jolie. On nous adorerait.

Il secoua la tête.

— Ce que je pouvais être naïf…

— Mais ça ne s'est pas passé ainsi, dit-elle doucement.

Ecoutait-elle tout le monde avec cette attention ? se demanda-t-il fugitivement.

— En effet. Les filles sont nées, prématurées de deux mois. Toutefois, comme elles se portaient bien, elles ne sont restées que quelques jours à l'hôpital. Seulement, quand nous les avons ramenées à la maison, elles ne dormaient pas. Elles ont pleuré pendant des semaines. Nous n'avions plus d'argent et, deux mois après la naissance, leur mère n'a rien trouvé de mieux que de s'évader dans la drogue. Ses perspectives de carrière s'éloignaient. Elle ne croyait plus à sa bonne étoile, c'était l'essentiel du problème. Depuis ses quatorze ans, on lui avait répété sur tous les tons qu'elle était une star et, soudain, plus personne ne lui tenait ce discours. Le problème de l'addiction prenait de plus en plus d'ampleur. Tu ne peux pas savoir comme la spirale s'accélère vite. Enfin, si : si l'un de tes proches…

— Non. J'ai mené une vie très protégée.

Il vit son sourire un peu amer et entendit dans sa voix tout un monde de regrets et de reproches.

— C'est une chance, répliqua-t-il en toute honnêteté.

Il ne voyait pas pourquoi elle devrait s'excuser d'avoir mené une vie protégée. D'être normale, en somme.

— Nous avons fini par nous séparer, reprit-il. J'ignorais alors tout des rechutes. Bon, je raconte encore mal, parce que je lui ai laissé les enfants alors que je savais qu'elle se droguait.

Attention, Joe, Attention à ce que tu lui laisses croire.

— Mais non, Joe, voyons…

— D'accord. Nous nous sommes séparés parce que ça n'allait pas du tout entre nous. Finalement, tout ce qui nous liait, c'était le fait que nous étions deux beaux jeunes gens avides de gloire. N'est-ce pas délirant ?

— Pas vraiment, répondit-elle.

Mais soudain, il ne put plus supporter la limpidité du regard de Mary Jane. Et l'aveu sortit, brutal et noyé de l'habituelle culpabilité.

— J'ai menti en prétendant ignorer qu'elle se droguait

après la naissance des enfants. J'ai eu des soupçons et je lui en ai fait part, mais elle a nié catégoriquement, et je l'ai crue. Je voulais tellement la croire. Je me suis persuadé que je la croyais.

Allons, autant passer à la vérité nue.

— J'ai fait semblant de la croire, tu comprends ? Bon sang ! Il fallait que je sois tombé sur la tête.

Il serra les poings de rage, d'impuissance.

— Ne te torture pas, dit-elle.

Son visage exprimait ce chaleureux intérêt, cette émotion qu'il lui avait déjà vus. Il en éprouva presque de la colère, parce que, ces sentiments magnanimes, il ne les méritait vraiment pas.

— Tu ne sais pas. Je voulais la croire, contre toute évidence parce que je voulais égoïstement retrouver ma vie d'avant ! Voilà la vérité. J'aimais mes enfants, bien sûr, mais c'était tellement dur. Et puis elle était leur mère, et une mère garde son bébé quand ses parents se séparent juste après une naissance.

— Quel âge avaient-elles ?

— Trois mois. Elles étaient encore si petites, et je les lui ai laissées. Je ne me le pardonnerai jamais.

— Et ses parents ?

— Ils étaient de mon côté. Aujourd'hui encore. Ils lui ont donné tant d'amour. Ce sont des gens très généreux, avec un solide bon sens. Mais rien n'y a fait. A la fin, ils ont dû abandonner. Ils vivent actuellement en Louisiane, à proximité de leurs deux autres enfants et de leurs petits-enfants. Nous ne nous voyons donc pas souvent, mais nous restons en relation.

— Donc les filles ont vécu avec leur mère quand elles avaient trois mois…

— Oui. Et elles n'en avaient pas cinq quand son dealer s'installait chez elle. Ne fais pas ça ! s'écria-t-il brusquement, incapable de supporter le regard de compassion dans les grands yeux bleu vert de Mary Jane. Ne me dis rien de gentil, s'il te plaît. N'essaie pas de me déculpabiliser.

— D'accord, désolée.

Ses joues avaient rosi.

— Et ne t'excuse pas, je t'en prie.

— Je vais essayer.

— Merci… Quand les filles ont eu neuf mois, — je ne suis plus très sûr de leur âge exact —, elle emménageait chez son souteneur. A ce moment-là, je savais que je devais les récupérer à tout prix et les emmener loin de ce bourbier, leur donner un père et un avenir valable. Mais ce n'était pas gagné. Alors j'ai commencé des études de droit. C'est ce qui m'a retenu en Californie, même quand on m'a enfin confié la garde exclusive des enfants. J'ai obtenu mon diplôme en mai dernier.

— Félicitations !

Ce n'était pas un exploit à ses yeux. Il l'avait fait pour ses filles, parce qu'il n'avait pas été à la hauteur quand elles étaient des bébés.

— Il m'a fallu six ans d'études à temps partiel. Je suis revenu ici dès que j'ai pu, pour être près de mon père et de mes frères. Et protéger les petites. Je me présente bientôt à l'examen d'entrée au barreau de New York, j'espère que je le réussirai.

Le problème, c'était qu'il ne disposait pas d'autant de temps qu'il l'aurait voulu pour ses études.

— Je suis sûre que oui, l'assura-t-elle.

Naturellement. Devant la certitude qui brillait dans son regard, il en aurait presque pleuré. Pourquoi manifestait-elle une telle confiance en lui ? Il n'en était pas digne. Jamais il ne se départirait de la culpabilité que lui inspirait le mal qu'il avait fait à ses filles.

— Mon diplôme de droit m'aide à comprendre la bataille judiciaire qui m'a opposé à la mère des filles. C'était horrible. Et long, coûteux. Je n'entrerai pas dans les détails, c'est un tel imbroglio que je ne me rappelle même pas tout.

— Elles ne l'ont jamais revue ?

— Non. Elle a eu un temps un droit de rencontre sous tutelle, mais elle l'a violé si souvent qu'elle a fini par le perdre.

Et c'est très bien ainsi. Si tu la voyais… Tu n'imaginerais pas qu'elle ait pu être modèle. C'est… Non, je ne laisserai pas les filles l'approcher. Je fais encore des cauchemars où il s'agit de leur sécurité. Tu sais, dans le genre horrible, quand tu t'efforces de courir et que tes pieds sont rivés au sol. J'ai rêvé que je les perdais dans un aéroport. Une autre fois, elles traversaient une voie ferrée quand un train fonçait sur elles. J'essayais de les prévenir, mais je n'avais plus de voix.

— Joe !

Voilà qu'elle recommençait. Elle n'avait pas la beauté spectaculaire qu'avait autrefois la mère de Holly et Maddie mais, en cet instant, elle lui parut la plus jolie femme du monde grâce à l'émotion qui brillait dans ses yeux, à l'espoir qui animait ses traits, et à la santé que reflétaient son corps, sa peau et ses cheveux.

Mais pourquoi parlait-il d'espoir ?

La veille, au dîner, il l'avait soupçonnée d'être attirée par lui, peut-être inconsciemment.

« Méfie-toi, Mary Jane », eut-il envie de lui dire.

Elle était trop gentille, trop généreuse. Il l'appréciait trop pour s'abandonner à ce qui avait été autrefois une seconde nature et répondre à l'invite de son regard. Cette époque était définitivement révolue.

Depuis la naissance des filles et sa séparation d'avec leur mère, c'est-à-dire en sept ans, il avait eu très exactement une petite amie. Il y avait cinq ans de ça.

Leur liaison avait duré trois mois avant qu'elle ne se lasse de le voir travailler vingt-quatre heures sur vingt-quatre, se démener pour trouver une bonne garderie, s'effondrer le soir sur ses livres de cours, laisser tout tomber pour la prochaine comparution devant le tribunal.

Il avait été un séducteur ? Vraiment ?

Il lui apparut soudain qu'il avait complètement oublié comment séduire une femme. C'était si loin, et il était si différent alors. Ce qu'il lisait dans les yeux de Mary Jane pouvait être le fruit d'une imagination de célibataire en mal de relation, une triste réminiscence de sa popularité de lycéen depuis longtemps envolée.

Se reprenant à temps, il ne leva pas la main qui brûlait de la toucher, ne lui adressa pas le sourire charmeur qui marchait très bien autrefois. Il se serait battu d'y avoir seulement songé.

L'émotion qui brillait dans le regard de Mary Jane s'adressait à Maddie et Holly, pas à lui, et c'était très bien ainsi.

Pour le nouveau Joe Capelli, celui qu'il était maintenant, et non sept, dix ou seize ans auparavant, tout était toujours pour ses filles.

7

Mary Jane se rendit compte que Holly et Maddie commençaient à avoir froid. Le soleil déclinait peu à peu derrière les arbres, laissant la piscine dans une ombre tachetée d'éclats miroitants, et, bien que l'eau fût réchauffée de quelques degrés par le chauffage solaire, ce n'était pas suffisant pour compenser l'effet de la brise chaque fois qu'elles en sortaient pour y replonger.

Enveloppés dans leurs serviettes aux couleurs vives, leurs nouveaux amis leur adressèrent des signes de la main en franchissant le portillon.

— Il est temps de rentrer, dit Joe.

— Oui, avant que leurs lèvres deviennent toutes bleues.

— Tu crois qu'elles sont gelées ? se força-t-il à plaisanter.

Il s'était confié avec une honnêteté étonnante, prêtant le flanc aux critiques, et il le regrettait probablement. Souvent, les gens réagissaient ainsi après des confidences intimes.

C'était son cas à elle, en tout cas.

Non, elle ne regrettait pas. Le mot était trop fort. Elle doutait plutôt de ses réponses et de ses réactions. Devinait-il tout ce qu'elle avait pu lire entre les lignes ? Sa ténacité, sa détermination et son amour pour ses enfants dépassaient certainement ce qu'il avait bien voulu en dire. Il se jugeait trop sévèrement. Et avait-il conscience de n'avoir jamais prononcé le nom de la mère de Holly et Maddie ?

Elle supposa que la réponse à cette dernière question était

affirmative, car cela ressemblait à un acte délibéré. Comme si prononcer son prénom eût été trop douloureux. Pendant très longtemps, elle avait pour sa part été incapable de prononcer le nom d'Alex.

A présent, ça lui était égal.

Alex. Alex. Alex. Voilà ! Ce prénom avait perdu le pouvoir de la faire souffrir.

Pour Joe, c'était différent. La blessure était sans cesse ravivée parce que cette femme était la mère de ses filles et qu'il devait vivre avec cette réalité.

— Elles ne sont peut-être pas encore rigides, répondit-elle, essayant d'adopter à son tour un ton léger.

— Il est temps de sortir, les filles ! cria-t-il. Tu dois avoir raison, ajouta-t-il comme elles émergeaient de la piscine sans protester.

— Un chocolat chaud avant de rentrer serait le bienvenu, non ? suggéra-t-elle.

En les voyant frissonner dans leurs serviettes, il hocha la tête.

— Si ça ne te cause pas trop de dérangement. Je vais leur dire de se dépêcher de s'habiller.

— Qu'elles viennent comme elles sont. On va monter chez moi et elles pourront utiliser une salle de bains pour s'habiller.

Enveloppées dans leurs serviettes, les fillettes caracolèrent à leurs côtés. Et elles laissèrent les empreintes de leurs petits pieds mouillés dans l'escalier, comme Mary Jane et ses sœurs quand elles étaient enfants. Ensuite, elles disparurent dans une salle de bains avec les sacs à dos contenant leurs vêtements tandis que Joe la suivait dans la cuisine.

Cette cuisine qu'elle connaissait depuis l'enfance, qui lui avait toujours paru spacieuse devint soudain ridiculement exiguë.

Heureusement, elle dut tourner le dos à Joe pour fourrager dans les placards à la recherche du chocolat en poudre. Elle découvrit au passage un paquet de marshmallows roses et blancs, mais dut ensuite se retourner vers lui pour sortir le lait du réfrigérateur.

Elle en versa dans deux tasses, avec une conscience aiguë

du regard de Joe qui l'observait, appuyé d'une épaule au coin du réfrigérateur. Et son cœur se mit à battre plus fort.

— Merci pour tout, marmonna-t-il d'une voix bourrue. Pour t'être occupée d'arranger le stage, pour m'avoir prêté une oreille attentive et prendre soin des petites.

— Pas de problème, vraiment.

Enfin, si, il y avait un problème, mais pas dans le sens où il l'entendait. C'était comme si quelque chose s'était rallumé en elle. Elle ressentait une chaleur oubliée depuis des années, depuis que l'amertume avait remplacé sa joie de vivre.

Il y eut un nouveau silence tandis qu'il suivait ses mouvements des yeux. Puis il changea de position et elle se dit qu'il devait être épuisé par ses confidences.

Pourquoi ne trouvait-elle pas de sujet de conversation ? Ils avaient parcouru tant de chemin aujourd'hui. Elle avait l'impression de le connaître beaucoup mieux.

C'était peut-être pour cette raison. Ce qu'ils avaient partagé aujourd'hui ne fournissait pas matière à une conversation décontractée.

Trouve quelque chose à dire, Mary Jane ! Il ne faut pas qu'il pense avoir fait une erreur en te parlant. Débrouille-toi.

Elle prit les tasses pour les placer au micro-ondes et leva les yeux sur lui. Erreur fatale. Ils se burent du regard, et chacun voyait dans l'autre le reflet de son désir et de son impuissance à le juguler.

C'était juste arrivé. L'instant d'avant, tout allait bien, elle s'apprêtait à mettre les tasses aux micro-ondes et, la seconde d'après, elle les reposait sur le comptoir pour que Joe et elle se retrouvent étroitement enlacés.

Il effleura d'abord ses lèvres, avec une légère hésitation, puis ils s'étreignirent avec passion et s'embrassèrent sans retenue.

Il embrassait comme dans un rêve, tendrement, résolument. On aurait dit que ce baiser était la seule chose qui comptait sur terre, et qu'il y mettait tout son cœur.

Elle connaissait son secret, bien sûr : une longue carrière de séducteur, mais ça lui était bien égal. Tout cela appartenait au passé et s'il était toujours ce type, alors, elle était toujours la stupide jeune femme qui avait attendu des années qu'Alex se décide à fonder une famille.

Et elle savait très bien que cette jeune femme était loin.

Pour l'heure, elle désirait ardemment l'étreinte et le baiser brûlant de ce bel homme. Quant aux conséquences, elle y réfléchirait plus tard.

Ou pas.

Elle embrassait Joe Capelli et rien d'autre ne comptait. C'était un moment merveilleux, figé hors du temps. Bien que son cœur saignât encore pour lui, cela n'avait rien à voir avec ses confidences. Elle désirait ce qui lui arrivait, lui aussi, et c'était bon.

Resserrant son étreinte, elle sentit la manifestation de son désir contre son ventre. Sans doute embarrassé, il essaya de se dégager, mais elle le retint et étouffa sous un baiser un sourd gémissement dont elle perçut la vibration dans sa poitrine.

Il prit ses seins dans ses paumes, les enveloppa, les palpa, les caressa, avec bonheur, semblait-il. Mais soudain, de façon impromptue, il s'arracha à ses lèvres.

— Je suis navré, murmura-t-il.

— Mais pourquoi ?

— Je ne voulais pas agir ainsi. Je me l'étais interdit.

— Tu y avais donc pensé ?

— Oui, avoua-t-il d'une voix sourde.

— Pas de problème. Moi aussi, j'y ai pensé. Et j'en ai envie.

— Tu es trop douce.

Il essaya de la repousser, mais elle résista.

— Et si je n'avais pas envie d'être douce ?

Elle l'attira fermement, savoura la fermeté de son corps.

— Tu n'as pas tellement le choix, répliqua-t-il. Tu es douce, c'est comme ça.

Elle suivit du doigt le contour de sa joue râpeuse de barbe, puis le tracé de sa lèvre supérieure, prit son visage dans ses mains. C'était comme si elle avait attendu cet instant toute sa vie. Il avait donné le signal, mais elle y avait répondu avec enthousiasme, et elle ne le laisserait pas prétendre que ce n'était pas bon pour elle.

Car c'était merveilleusement bon.

— C'est pour cette raison que tu m'embrasses, chuchota-t-elle à quelques centimètres de sa bouche, parce que je suis douce ?

— Non, répondit-il abruptement. Je t'embrasse parce que tu me plais infiniment. Tu es la femme la plus sexy que j'aie jamais rencontrée. Je ne sais pas où tu dissimules toute cette passion, parce qu'elle ne se voit pas, mais tu viens de m'en donner une preuve stupéfiante.

— Tais-toi, s'il te plaît.

Il marmonna quelque chose entre ses dents et écrasa sa bouche sur la sienne. Comme elle riait, il voulut savoir pourquoi.

Elle ne pouvait pas le lui dire.

Elle riait parce que c'était bon, et parce que, pour une fois, elle ne pensait pas aux complications possibles, elle n'anticipait ni ses réactions ni celles de Joe. C'était juste bon, et suffisamment rare et précieux pour lui tourner la tête.

— Je ris parce que je suis heureuse, dit-elle finalement.

— De m'embrasser ?

— Oui. C'est si simple.

— C'est vrai, et c'est étrange…

— Parce que nous n'avons pas connu une telle simplicité, ni l'un ni l'autre, depuis longtemps.

— Tu as raison.

Cette fois, ce fut lui qui éclata de rire.

— Entièrement raison ! renchérit-il.

Dans ce joyeux état d'esprit, il l'embrassa sans relâche… Jusqu'à ce qu'un doute s'insinue dans son esprit.

— Je trouve que les filles mettent bien du temps à s'habiller, dit-il en la repoussant doucement. Je vais voir où elles en sont.

Il lui jeta un regard complice et plein d'une passion qui prouvait qu'il la voyait sous un nouveau jour. Elle rougit à cette idée. Elle-même se sentait différente.

Elle le suivit à la salle de bains. Il se trouvait devant la porte quand ils entendirent un bris de verre suivi d'exclamations effrayées et de reproches frénétiques.

— Tu l'as lâché !

— Tu le tenais !

— Non ! Je te le passais !

Une scène d'anthologie les attendait. Une fois habillées, Holly et Maddie avaient apparemment décidé d'explorer les placards et de s'amuser avec les produits de maquillage de Mary Jane et ses crèmes de soin pour la peau, à présent alignés au sol. Et ce bruit était la conséquence de la rencontre entre le carrelage et un pot de sa crème préférée, dans son superbe flacon de verre dépoli au couvercle travaillé en relief.

Horrifiées, les filles s'étaient immobilisées au milieu du gâchis, leurs visages enduits du résultat de précédentes expériences de maquillage.

Quant à Joe, il était plus catastrophé qu'elles.

— Les filles… Bon sang, les filles ! Qu'est-ce que vous avez fabriqué ? Vous ne pouvez pas vous tenir tranquilles cinq minutes ?

Il se prit la tête dans les mains.

— Mary Jane, je ne sais pas comment m'excuser.

— J'ai cassé ta voiture hier, lui rappela-t-elle.

— Oui, mais… Ecoute, nous en avons parlé tout à l'heure. Un tel comportement m'inquiète. Maddie, Holly, vous allez nettoyer tout de suite ce chantier et vous laver la figure. Nous allons rester ici jusqu'à ce que vous ayez tout remis en ordre. Et vous rembourserez le pot cassé en effectuant des tâches. Vos gages ne seront pas élevés, je vous le dis !

— On ne voulait pas le laisser tomber.

— Possible mais, pour commencer, vous n'auriez pas dû y toucher. Vous n'aviez pas le droit de fouiller les placards. Je ne vous ai pas répété mille fois qu'on ne touche pas aux affaires des autres ? Vous avez été si mignonnes chez Penelope. Va-t-il falloir annuler le stage ? Allez-vous faire des sottises pareilles là-bas aussi ?

— Non !

— Non, papa !

Leurs voix fusèrent dans un enchevêtrement d'explications et de supplications.

— N'annule pas le stage de poney !

— S'il te plaît, ne l'annule pas !

— On voulait juste regarder.

— On faisait des essais.

— On ne voulait pas faire de dégâts.

— On pensait que Mary Jane ne serait pas fâchée que nous essayions un peu…

— Le rouge à lèvres et la crème.

— Elle a de si jolis flacons !

— Parce qu'on n'a pas de mère pour nous laisser jouer avec.

— Amber nous a raconté qu'elle jouait avec les produits de beauté de sa mère. Et ça semblait très amusant.

— Et alors nous…

— … on a oublié…

— … qu'ils n'étaient pas à nous.

— Et que Mary Jane ne nous avait pas permis d'y toucher.

Il tourna vers elle un visage tourmenté.

— Peux-tu nous laisser nettoyer seuls ? Tu me fais confiance ?

— Bien sûr.

— Je ne veux pas te faire perdre ton temps. Je n'aurais pas dû…

Il se tut brusquement, mais elle devina ce qu'il pensait. Il n'aurait pas dû l'embrasser.

Elle n'était pas d'accord. Il avait très bien fait de l'embrasser, sauf qu'il aurait dû l'embrasser plus longtemps. Et projeter de l'embrasser encore.

— J'aurais dû me rendre compte qu'elles mettaient trop longtemps à s'habiller, termina-t-il.

— Si tu veux jouer à ce petit jeu, moi aussi.

— Tu ne les connais pas comme moi.

— Ce ne sont que des enf…

— N'essaie pas de minimiser leur conduite ! Et plus question de chocolat.

— Vraiment, elles…

— Non ! Elles doivent subir les conséquences de leurs actes.

Il était leur père, et il n'en démordrait pas, elle le sentait. Elle se retira donc, à contrecœur. La réflexion des petites à propos du fait qu'elles n'avaient pas de mère lui avait brisé le cœur.

Elle trouvait la réaction de Joe disproportionnée, même si ce qu'il lui avait raconté tout à l'heure sur les tendances destructrices de leur mère pouvait l'expliquer. Il y avait un fossé entre casser un pot de crème « emprunté » à l'âge de sept ans et voler de l'argent pour se procurer de la drogue à trente et un, mais elle comprenait l'effroi de Joe à l'idée que ses filles puissent le franchir. C'était pourquoi il se montrait parfois exagérément sévère avec elles. Avait-il raison de croire qu'en se montrant ferme maintenant il les maintiendrait sur le droit chemin ?

Mis à part le dernier incident, c'étaient des enfants très agréables, et elle les aimait déjà de tout son cœur… ainsi que leur père. Elle n'avait aucune envie de les voir punies, mais comprenait que c'était une réaction trop sentimentale. Cela semblait tellement plus simple de tirer un trait sur l'affaire mais, en matière d'éducation, Joe n'était pas un partisan de la facilité.

Encore une fois, même si elle n'était pas tout à fait d'accord, elle le comprenait.

Et elle voulait le mieux pour eux trois, de toute façon.

Vingt minutes s'écoulèrent avant que Joe et ses filles réapparaissent. Mary Jane avait remisé tasses, chocolat en poudre et marshmallows dans le placard. Assise sur le canapé, elle faisait semblant de lire un roman.

— C'est nettoyé, annonça Joe. Holly et Maddie ont quelque chose à te dire.

Si elle n'en voyait pas la nécessité, elle garda évidemment sa réflexion pour elle.

— On te prie de nous excuser d'avoir fouillé dans tes affaires et cassé ton pot de crème, dirent-elles en chœur. On ne recommencera plus et on te rachètera la crème.

— J'accepte vos excuses, dit-elle. Elles sont joliment tournées.

— Allez m'attendre dans la voiture, ordonna Joe.

Elles ramassèrent leurs sacs à dos et disparurent dans l'escalier.

— Combien vaut ta crème ? demanda-t-il quand elles furent hors de portée d'oreille.

Elle n'osait pas le dire, car c'était un produit haut de gamme, un caprice qu'elle s'était accordé et avait payé beaucoup trop cher.

— Disons vingt dollars.

— Allez !

— Le pot n'était pas plein.

— Ecoute, j'ai beau n'être qu'un homme, je sais bien que, même s'il avait été aux trois-quarts vide, ce qui n'était pas le cas, il vaudrait plus que ça. Et puis, il y a le rouge à lèvres et les autres produits qu'elles ont utilisés.

— Joe, je ne veux pas que tu les réduises en esclavage pour les remplacer ! Je comprends que tu tiennes à ce qu'elles compensent, d'une manière ou d'une autre, les dégâts qu'elles ont causés, mais elles n'ont pas à payer pour ma frivolité. Je n'avais pas à m'offrir une marque aussi coûteuse.

— Disons vingt dollars chacune. Et je les paierai un dollar pour la vaisselle et le passage d'aspirateur.

Elle se contenta de hocher la tête, parce que, s'ils continuaient de discuter, elle finirait par lui avouer le véritable prix de la crème, et il en tomberait probablement à la renverse.

Comme à son habitude quand il était à court d'arguments, il marmonna quelques paroles inintelligibles. Ces dernières années, sa vie avait dû être un cortège incessant d'incidents mineurs et de désastres majeurs. Et il refusait de croire qu'il n'était responsable de rien, comme en témoignait l'accablante description qu'il lui avait faite de lui-même et de sa compagne : « Deux beaux jeunes gens avides de gloire. »

Il fit passer son poids d'un pied sur l'autre, comme s'il s'efforçait de prendre une décision ou de trouver ses mots. Il s'agitait souvent ainsi, comme s'il s'impatientait, chaque fois qu'il n'était pas productif, et son impatience semblait témoigner d'un programme plein à craquer et exigeant de la discipline.

— Ne dois-tu pas t'en aller ? demanda-t-elle, pensant lui faciliter la tâche. Les filles t'attendent.

— Qu'elles m'attendent ! Et elles ont intérêt à être dans la voiture !

— Elles y sont.

— Bien sûr. Comme elles viennent de se faire réprimander, elles n'oseraient pas partir en exploration. Mais oui, il faut que j'y aille.

Il ne bougea pourtant pas. Il pensait comme elle à leur baiser, elle en était certaine. Son souvenir demeurait suspendu dans l'air, au-dessus d'eux, accélérant leur pouls et hachant leur respiration. Quand elle le regardait, elle ne voyait que sa bouche, aussi détournait-elle obstinément la tête.

Et les secondes s'étiraient.

— Euh… Mary Jane…

Il se frotta la nuque, geste qui, elle le savait maintenant, signifiait qu'il était à court de mots. Il lui revenait donc d'aborder le sujet.

— Qu'est-ce qui s'est passé tout à l'heure, Joe ? Désolée, mais je dois te poser la question. Et je suppose que tu te la poses aussi puisque tu n'es pas parti. Nous… n'en avons pas terminé.

Il lui jeta un bref regard, chargé d'intensité.

— J'ignore ce qui s'est passé. Une erreur, probablement.

— Pourquoi une erreur ?

— C'est arrivé, c'est tout.

— Je veux dire, pourquoi est-ce que ce serait forcément une erreur ?

— C'était la rencontre de deux personnes s'interrogeant à propos du sens de leur vie et sautant sur une occasion de prendre du bon temps.

Sa révolte fut instantanée.

— Non ! Je n'avalerai pas ce mensonge, Joe ! C'est tout ce que nous serions ? C'est tout ce que ç'aurait été ?

Il laissa passer quelques instants avant de répondre :

— Non, ce n'est pas tout. C'était bien davantage.

— Tu vois !

Il lui adressa un dernier regard plein de souffrance.

— Mais je n'ai pas le droit de m'engager sur cette voie.

8

Il était parti.

Elle aurait tellement voulu le retenir, avec les mots justes, ou le bon geste, mais, n'ayant rien trouvé, elle avait dû se résoudre à le regarder quitter la pièce, la souffrance peinte sur le visage.

Elle écouta le bruit de ses pas décroître dans l'escalier, entendit la porte du bureau se refermer derrière lui, puis la portière du minivan claquer et, enfin, le bruit du moteur s'évanouir dans le lointain.

Il n'y avait guère plus de vingt-quatre heures qu'elle avait conduit sa voiture chez Capelli Auto et aperçu une paire de jambes masculines émergeant de sous un véhicule et, pourtant, elle avait l'impression que son cœur avait parcouru des milliers de kilomètres.

Un long trajet émotionnel.

La vie.

Elle n'éprouvait pas de réelle inimitié pour lui au lycée mais une passion adolescente qu'elle n'avait jamais voulu reconnaître, y compris en elle-même. Comme toutes les autres filles, elle le trouvait séduisant et décontracté, et, en dépit des injonctions de sa raison, elle avait succombé à son charme.

Mais elle n'était plus au lycée. Elle était une femme adulte. Pire. Une femme qui n'avait connu aucune des satisfactions qu'elle avait autrefois associées à la maturité.

Quelles avaient été les paroles de Joe ?

« Deux personnes s'interrogeant sur le sens de leur vie. »

Elle avait violemment protesté mais, au fond, il avait raison. Où allait sa vie ? Pas dans la direction désirée, en tout cas. Et, maintenant, Joe s'était extirpé de sous la voiture et introduit dans le tableau avec ses petites filles sans mère, et son cœur avait fondu si instantanément qu'elle ressentait une oppression dans la poitrine.

Vingt-quatre heures. Vingt-sept, au maximum…

Lui restait-il un peu du bon sens dont elle faisait preuve autrefois ? Sûrement. Et elle devrait en avoir davantage !

Elle ne pouvait raisonnablement pas imaginer se glisser dans le joli tableau que formaient Joe et ses filles. Elle était une étrangère, et ce n'était qu'un fantasme. Un homme séduisant, une famille toute faite, des êtres qui avaient besoin d'elle.

N'est-ce pas le cœur du problème, Mary Jane ? Ils ont besoin d'une mère nourricière et, dans ce domaine, tu es imbattable.

Et cela se voyait probablement de loin.

Joe avait forcément remarqué ce trait de caractère et, si l'envie lui en prenait, il pouvait facilement se servir d'elle.

Non, Mary Jane. Je t'interdis de prétendre que ce n'est pas ce genre d'homme. Tu n'en sais rien !

Alex l'avait utilisée pendant des années, et elle ne s'en était aperçue qu'à la toute fin. Pouvait-elle se faire confiance s'agissant de Joe, alors que son désir de famille l'aveuglait tout autant qu'il l'avait aveuglée du temps d'Alex ?

Elle n'avait pas la réponse.

Les pièces de la voiture de Mary Jane arrivèrent le lendemain. A 8 heures, Joe déposa Holly et Maddie chez les Richardson, dans leur bungalow de Spruce Bay et passa une demi-heure à faire connaissance de Vanessa et Phil, Lucy, et les deux enfants, Jessica, huit ans, et Simon, six.

Son père tenant le garage en son absence, il disposait

d'un peu de temps et se rassurait en constatant que leur petit arrangement prenait bonne tournure.

Vanessa et Phil, qui partageaient la même passion pour la compétition équestre, venaient visiblement de milieux aisés, mais n'en restaient pas moins très simples. Et, s'ils portaient d'élégants jodhpurs, Jessica et Simon étaient vêtus de jeans, si bien que la tenue de Holly et Maddie ne déparait pas. Quant à Lucy, elle paraissait amicale et sensée.

— Méfiez-vous d'elles, dit-il en désignant ses filles. Elles ne sont pas si innocentes qu'il y paraît !

Lucy se contenta de rire.

Au moment du départ, ils s'entassèrent tous dans le 4x4, et Joe les regarda partir en se répétant que Maddie et Holly avaient connu baby-sitters et garderies toute leur vie et qu'il n'y avait jamais eu de problèmes.

Malgré tout, il demeura un moment immobile, contemplant l'arrière du véhicule jusqu'à ce qu'il disparaisse derrière la rangée d'arbres qui bordait l'allée de *Spruce Bay Resort*, avant de se décider à bouger.

Aucun signe de Mary Jane ce matin. Rien ne l'empêchait d'aller la voir, bien sûr, sauf que ce n'aurait pas été une très bonne idée. Il repartit donc en prenant soin de ne pas regarder vers le bureau ou vers l'appartement familial pour le cas où elle l'observerait derrière une fenêtre.

Il travailla à la voiture de Mary Jane toute la journée si bien qu'il allait être en mesure de lui téléphoner le lendemain dans la matinée pour lui annoncer qu'elle était prête.

A 16 heures, il retourna à *Spruce Bay* chercher les filles.

— Alors, cette journée ? leur demanda-t-il après avoir salué Lucy, Jessica et Simon.

Vanessa et Phil étaient restés chez Penelope pour faire travailler leurs chevaux.

— C'était fabuleux, fabuleux, fabuleux ! s'exclama Holly.

— Merveilleux, merveilleux, merveilleux ! renchérit Maddie.

— Seulement ? demanda-t-il, pince-sans-rire.

Elles trouvèrent la plaisanterie très drôle et éclatèrent de rire.

— Racontez-moi donc, suggéra-t-il quand elles se furent un peu calmées.

Il reçut alors une description très détaillée de leur journée qui dura tout le trajet jusqu'à la maison.

Elles étaient épuisées. Il les expédia au bain avant le dîner, pendant qu'il faisait cuire des saucisses et disposait sur la table une salade de pommes de terre et une salade de chou cru achetées au supermarché.

Après le repas, il leur resta juste assez d'énergie pour écouter une histoire. Bien sûr, elles savaient lire maintenant, mais tous trois appréciaient cet instant d'intimité qui les réunissait en fin de journée.

Ce soir, cependant, il refusa de leur lire une histoire de poneys.

— Maintenant que vous montez de vrais poneys, leur dit-il, vous n'avez plus besoin d'entendre raconter les exploits d'autres filles.

Elles eurent du mal à garder les yeux ouverts jusqu'à la fin de *L'Histoire du lion, de la sorcière blanche et de l'armoire magique*. Si bien que, quand il quitta leur chambre, il était assez tôt pour qu'il se lance dans ses études avec plus d'énergie et d'enthousiasme que depuis bien des semaines.

Le vendredi, il déposa les filles chez les Richardson, retourna travailler au garage et téléphona à Mary Jane quand sa voiture fut prête. Il ne l'avait toujours pas croisée à *Spruce Bay* et se demandait si elle l'évitait.

Elle fut très contente d'apprendre qu'elle pouvait récupérer son véhicule.

— Il faut que je m'organise, ajouta-t-elle. Je dois rendre la voiture de location.

A présent, sa voix semblait plus distante, comme si elle se reprochait sa chaleur précédente. Le souvenir de leur baiser le hantait trop pour qu'il se fasse confiance, aussi se garda-t-il bien de lui proposer de conduire sa voiture à l'agence de location pour lui faciliter la tâche. Si la froideur de Mary Jane traduisait sa volonté de s'en tenir à des rapports professionnels, il ne voulait rien faire qui resserre leurs liens.

— Viens quand tu veux, dit-il. Je serai là jusqu'à 17 heures.

— Parfait. Parce que c'est l'effervescence aujourd'hui.

— Comme ils vont ensuite au minigolf, Vanessa et Phil me déposent les filles en passant.

— Parfait, répéta-t-elle. Et merci.

Elle vint à 16 heures. De la fenêtre du bureau, il vit une jeune femme au volant d'une vieille Ford Escort la déposer devant le garage et lui adresser un signe de la main. Son trajet jusqu'au bureau lui laissa tout le loisir de se demander comment ils allaient se comporter et pas assez de temps pour prendre une décision.

Quand elle franchit le seuil, il lut une incertitude semblable à la sienne dans son regard. A dire vrai, il n'avait aucune intention d'y répondre comme il le fit, mais les choses se passèrent pourtant ainsi. Comme si elle se refusait à croiser son regard, elle s'approcha de lui, feignant d'être absorbée par la recherche de sa carte bleue ou de son chéquier au fond de son sac. Il fit alors simplement glisser la bride de son épaule, le sac tomba à terre, et il fondit sur sa bouche sans plus hésiter.

Sans un mot. Tout était dans leurs corps, leurs lèvres, leurs mains. Elle poussa un petit cri de surprise, mais ne se déroba pas, tout au contraire. Elle fit preuve d'un enthousiasme aveugle et enivrant, et elle était si douce dans ses bras, si incandescente qu'il frémit de tout son être. Il glissa les doigts dans ses cheveux, les y emmêla, savourant leur douceur et leur suave parfum floral.

Ebloui par tant de félicité, il ferma les yeux, mais les rouvrit aussitôt pour la regarder. De si près, elle flottait dans une sorte de brume d'où émergeait le croissant brun de ses cils voilant des joues roses, la pâleur d'une oreille jouant les lutins dans ses cheveux, un cou qui attirait le baiser, sauf qu'il ne parvenait pas à s'arracher aux délices de sa bouche.

A un moment, ils heurtèrent le bureau, et il eut vaguement conscience qu'un stylo tombait à terre, puis d'un craquement signalant que l'un ou l'autre l'avait écrasé.

Malgré l'ardeur de leur baiser, l'incident le ramena à la réalité.

Ils étaient dans un garage, bon sang !

D'accord, dans le bureau d'un garage, mais c'était du pareil au même. Aucun recoin confortable et intime. Pas même une surface dégagée où il pourrait asseoir Mary Jane pour lui permettre de nouer ses jambes à ses hanches et…

Enfin, il n'envisageait tout de même pas de lui faire l'amour ici et maintenant ?

Eh bien, à la réflexion…

Reprends-toi, mon vieux !

Pas encore, pas tout de suite.

Il explorait sa bouche avec une fièvre rarement égalée. Il glissa des doigts probablement un peu trop râpeux sous son haut, à la recherche de ses seins, et elle se cambra pour mieux les lui offrir, tressaillant longuement quand il referma les mains sur leur plénitude.

Si seulement elle n'avait pas porté de soutien-gorge !

Cela étant, le sous-vêtement était bien joli, tout en dentelle et rehaussant les seins. Il pouvait faire courir ses pouces sur le bord où la peau était si tendre et sentir à travers le tissu la pression des pointes durcies contre sa paume.

De quelle couleur était-il ? Est-ce que tous ses soutiens-gorge étaient aussi jolis ? En possédait-elle en satin très doux, encore plus décolletés, qui remonteraient encore plus ses seins ? Et comment réagirait-elle s'il le lui dégrafait ? Perdant la tête, il passa à la phase expérimentale avant même d'y avoir réfléchi.

Contrairement à Mary Jane, l'agrafe résista. Mais il en vint finalement à bout et reçut sa récompense en prenant ses seins nus à pleines mains. Elle frémit. Sa peau était délicate, tendre, douce.

Il mourait d'envie de découvrir son corps, sans la barrière des vêtements. La courbe soyeuse des fesses, les petits nœuds de sa colonne vertébrale, la rondeur des épaules, le très léger renflement du ventre. Peut-être que s'il écartait les paperasses qui encombraient la surface du bureau…

Impossible.

Un client, un de leurs anciens camarades de lycée, devait venir chercher sa voiture. Difficile de jeter sa facture à terre pour soulever la jupe de Mary Jane, baisser sa culotte et lui faire l'amour sur le bureau.

Il finit par se décider à lâcher ses lèvres et ses seins qui, rendus à eux-mêmes, rebondirent légèrement, tandis que les boutons durcis de leurs pointes proclamaient l'excitation de leur propriétaire.

C'était si difficile de se ressaisir !

— L'endroit est mal choisi, dit-il. Je le regrette infiniment, mais c'est ainsi.

— Tu as raison.

Elle se voûta un peu, à l'inverse de tout à l'heure, se dissimulant au lieu de s'offrir. Et, maladroitement, elle agrafa son soutien-gorge pendant qu'il l'observait.

— Je me demande bien où nous avions la tête, dit-elle.

— Nous n'étions pas en état de réfléchir.

Il n'avait pas pour autant envie de faire marche arrière. Il ne regrettait rien.

— Retrouvons-nous ce soir et procédons correctement, suggéra-t-il.

— Je ne sais pas si…, commença-t-elle.

Il ne la laisserait sûrement pas douter à présent. Ses propres incertitudes avaient été balayées par la force du désir qui les avait poussés l'un vers l'autre.

Cela avait forcément un sens.

En tout cas, il désirait que ça en ait un.

— Moi, je sais, dit-il. Il se passe quelque chose entre nous. J'ignore quoi, mais c'est là. Et se boucher les yeux ne servira à rien.

— Tu crois ?

— Bien sûr ! Je viendrai te retrouver dès que les filles dormiront et nous ferons l'amour. Et ne viens pas me raconter que tu n'en as pas envie !

Elle hocha la tête.

— D'accord.

— D'accord ?

— Je ne te raconterai pas d'histoires en prétendant que je ne le désire pas. D'accord, nous ferons l'amour.

Il exulta, mais très vite une petite voix intérieure se fit entendre. Il y avait son père et ses filles, il n'était plus le jeune homme d'autrefois, et depuis bien longtemps. Sa tête et son cœur le savaient, mais son corps rechignait à l'admettre. Une situation dans laquelle il n'avait même pas été tenté de se fourrer depuis une éternité.

— Est-ce que je peux t'appeler ? s'enquit-il.

— Pourquoi ?

— Je dois m'assurer que papa est d'accord pour veiller sur les filles. Tant qu'elles dorment, ça ne devrait pas poser de problème. Veux-tu que nous dînions ensemble ? A 20 heures, ça te conviendrait ?

— Parfait. De mon côté, il faut que je voie si tout va bien pour Daisy et son équipe et que j'aie quelqu'un pour tenir la réception.

— Je t'appelle dès que je sais. A la minute.

Elle rit et pencha la tête en le contemplant d'un air amusé. Il ne comprit pas pourquoi jusqu'à ce qu'il prenne une pause pour respirer et se rende compte qu'il agissait comme si la fin du monde était imminente et qu'il devait conclure le marché dans les trois secondes, avant qu'il ne soit trop tard.

— Appelle quand tu peux, dit-elle.

— Oui, murmura-t-il, un peu gêné mais souriant, parce que…

Eh bien, juste parce que…

Parce qu'ils s'étaient embrassés.

Plus qu'embrassés, d'ailleurs.

Et c'était bon, même s'ils avaient dû s'interrompre. Il le sentait encore dans la moelle de ses os. Et puis, Mary Jane avait accepté sans réticence de sortir avec lui ce soir, et pour autant qu'il puisse en juger, elle semblait apprécier ses filles, ce qui était un point important, essentiel, même.

Il y avait si longtemps qu'il n'avait ressenti une telle ivresse.

L'avait-il même jamais ressenti ?

Il se sentait pris de vertige, étourdi de soulagement et d'allégresse. Les dernières années avaient été si dures.

Il avait besoin d'une pause. Il avait besoin d'une femme. Il avait besoin de Mary Jane.

Sur ces entrefaites, son client, Steve, arriva, et il nota que Mary Jane le reconnaissait immédiatement. Normal, tous deux étaient restés fidèles à la région.

En tout cas, elle n'avait aucune envie de le rencontrer car, quelques secondes avant son entrée dans le bureau, elle s'esquiva dans l'atelier où elle se dissimula derrière une voiture.

Après les échanges habituels concernant les réparations et le paiement, Steve marqua une pause avant de se retirer.

— C'est chic que tu sois de retour dans le coin. Le plan Hollywood n'a pas marché, on dirait ?

Il avait beau s'efforcer de prendre un ton compatissant, on sentait qu'il jubilait.

Bienvenue dans mon univers. Là où est ta place. Je suis très content que tu le saches désormais.

— Non, dit-il.

Il aurait pu ajouter qu'il n'éprouvait aucun regret, qu'il n'avait pas exactement atteint le fond car il était diplômé en droit et se présentait au barreau de New York. Mais il choisit de se taire.

Il n'avait rien à prouver. Autrefois, il attachait beaucoup d'importance à l'opinion de ses pairs, mais c'était bien fini, et il considérait cet acquis comme une victoire.

— C'est moche, fit Steve, incapable de dissimuler sa satisfaction.

— Oui, sans doute.

— Bon, eh bien, à la prochaine !

Dès qu'il fut parti, Mary Jane émergea de sa cachette tout en s'essuyant les paumes à sa jupe et en tentant de remettre un peu d'ordre dans sa coiffure. Elle devait sans doute avoir l'impression d'être négligée, mais il la trouvait au contraire adorable avec ses joues roses, ses cheveux emmêlés, et la gêne qui apportait une touche de chaleur humaine à laquelle il réagissait avec une avidité qu'il ignorait receler.

— Navrée de m'être cachée, mais ce Steve est une vraie peste. Je le croise de temps à autre.

— Je le pensais bien.

— Il aime se réjouir du malheur des autres. Ça le rassure sur son cas.

— C'est ce qu'il m'a semblé.

— C'était donc si évident ?

— Tu oublies ma légendaire perspicacité.

— Evidemment, répondit-elle avec un sourire entendu.

— Alors, à ce soir.

— Oui, à ce soir.

Ces trois petits mots recelaient pour eux un charme mystérieux.

9

L'éternel problème féminin, conclut Mary Jane en passant le contenu de sa penderie en revue.

Que porter ?

Joe avait confirmé leur dîner, mais n'avait pas précisé où il comptait l'emmener. Envisageait-il un repas dans un grand restaurant, ou bien une escale dans un bar où ils grignoteraient des ailes de poulet grillées et des nachos ? Et l'affaire se compliquait s'agissant des signaux qu'elle voulait lui envoyer.

Mais n'était-ce pas un peu tard pour se poser la question ? Elle en avait déjà envoyé de suffisamment explicites, non ?

Elle ressentit sa vulnérabilité au plus profond d'elle-même. Comme si elle était nue. Joe était perspicace, aucun doute là-dessus. Autant dire qu'il n'aurait aucun mal à deviner qu'elle était un fruit mûr prêt à lui tomber dans la main.

Ce n'était pas un crime, elle le savait ; cela provenait du meilleur d'elle-même. Elle avait tant d'amour à offrir et pas assez de gens pour le recevoir, et elle se sentait frustrée de ne pouvoir laisser s'épanouir sa véritable personnalité.

Elle se sentait aussi impuissante à rectifier la situation. Elle s'y efforçait en vain depuis la soirée du mardi.

Lee travaillait dans le bureau pour la soirée. Elle lui avait expliqué ce qui se passait, avec qui elle sortait ce soir, et Lee avait poussé un sifflement désinvolte.

Elle n'avait pas le droit de traiter cette histoire à la légère !

En principe, après les dramatiques soubresauts de son

histoire d'amour avec Mac, Lee devait tout connaître des tourments du cœur. Par un de ces accidents imprévisibles, elle était tombée enceinte avant de savoir si leur relation avait un avenir. A présent que les difficultés étaient aplanies, leurs projets de mariage les occupaient tellement que c'en devenait insupportable, ou fantastique, selon l'humeur de Mary Jane.

Mais, bien sûr, ce qui se dessinait entre Joe et elle était peut-être très loin d'une belle histoire d'amour, et Lee faisait sans doute la différence.

Je ne peux tout de même pas m'habiller comme si je m'offrais à lui sur un plateau.

Elle choisit donc une jupe d'un gris doux, à l'impeccable tombé, et un pull de coton blanc pas trop moulant. Maquillage, pendants d'oreilles, chaussures à talons complétèrent une tenue qui conviendrait à un cadre un peu formel, mais ne serait pas non plus déplacée dans un bar.

— Tu es très chic, dit-il quand il passa la prendre peu après.

Et elle se moqua d'elle-même pour avoir fait tant d'embarras alors qu'il l'avait à peine regardée.

Enfin, il avait à peine regardé ses vêtements.

A en juger par le regard brûlant qui balayait son corps à travers eux, il l'aurait probablement trouvée très chic en survêtement. Cette constatation la troubla, et elle apprécia qu'il manifeste aussi clairement son désir. D'ailleurs, n'avait-elle pas elle-même une conscience aiguë du corps de Joe sous son pantalon noir, son polo et sa veste ?

— Où allons-nous ? s'enquit-elle, songeant fugitivement que Lee devait les observer par la fenêtre du bureau.

— Aucune idée. Désolé, j'ai juste eu le temps de m'organiser avec papa, de te téléphoner, de prendre une douche et de sauter dans la voiture. Tu t'attendais à…

— Rien du tout. L'endroit où l'on va m'est égal.

La réponse parut plaire à Joe. Parce qu'ainsi la décision ne lui revenait pas, ou parce qu'elle trahissait son seul désir d'être avec lui ?

— Il y a un restaurant au bord du lac, suggéra-t-il, à quelques kilomètres d'ici. Tu connais ?

— Oui. Nous avons leur brochure et des clients nous en ont dit du bien.

— Nous y avons déjeuné avec les filles, papa et moi, quand nous avons emménagé. Le menu n'a rien d'extraordinaire, mais l'ambiance est agréable. Ça te convient ?

— Très bien.

— A moi aussi. Tout ce qui m'importe, c'est ça, dit-il en l'attirant à lui.

Et il lui planta un gros baiser sur la tempe et un autre dans les cheveux.

Elle en frémit de tout son corps. C'était si merveilleux, et, en même temps, cela paraissait tout naturel.

Ils se rendirent dans ce restaurant du bord du lac situé au nord de *Spruce Bay*, un endroit tranquille, car il offrait moins de lieux de résidence aux touristes. Ils s'installèrent sur la terrasse de bois qui avançait au-dessus du lac et dînèrent de poissons, salade et frites. Il but une bière, elle, un verre de vin. Et ils partagèrent une énorme part de cheese-cake pour le dessert.

De quoi parlèrent-ils ? Difficile à dire. Ce fut une conversation à bâtons rompus, sur les filles, le père de Joe, ses études de droit, la rénovation de *Spruce Bay*, ses sœurs et les frères de Joe, sans aborder de sujets trop intimes.

En tout cas, pas jusqu'à la fin. Mais, alors qu'ils reparlaient des filles, Joe lui demanda :

— Et toi ? Tu aimes les enfants ? Tu les fréquentes à l'hôtel tout l'été, mais as-tu envie d'en avoir à toi ?

La question, directe, la prit au dépourvu, et elle ne put que répondre franchement.

— Oui, je les aime et j'en veux. Depuis toujours.

— Mais tu n'en as pas eu. Tu ne t'es pas mariée ?

Elle soupira.

— Pour faire court, j'ai perdu trop de temps avec un homme qui ne m'était pas destiné.

— Donne-moi son adresse.

Elle rit, soulagée de le voir prendre l'information à la légère.

— Inutile ! C'est du passé.

— Mais tu ne peux pas récupérer les années perdues.

— Exact.

Elle eut honte de l'image de femme frustrée qu'elle offrait.

— Et toi ?

— Pareil. Désolé de te décevoir. Je ne possède pas de machine à explorer le temps.

Elle rit.

— Tu sais ce que je veux dire ! Est-ce que tu voudrais un autre enfant ? Au cas où tu aurais une nouvelle relation.

Exactement le genre de question à ne pas poser lors d'un premier rendez-vous ! Elle n'arrivait pas à croire qu'elle s'était montrée aussi directe, mais lui-même n'y était pas allé par quatre chemins. Ils semblaient partager tous deux le même besoin d'aller au cœur des choses.

— Oui, répondit-il. Je tremble rien que d'y penser, mais j'en ai vraiment envie. Avec la bonne personne. Parce que je me suis vraiment trompé la première fois. Ramener mes filles sur la bonne voie, réussir à créer une famille à trois m'a épuisé. Et encore, je ne suis sans doute pas tout à fait au bout de mes peines. C'est pourquoi j'aimerais être père sur de bonnes bases. J'aimerais connaître le bonheur de s'émouvoir devant un enfant et d'en prendre soin à deux au lieu de vivre l'enfer et la peur.

Il se tut.

— Tu ne dis rien ? souligna-t-il quelques instants plus tard, comme elle demeurait muette.

— Euh… non.

— Mes propos te paraissent étranges ?

— Pas du tout. Ils… m'impressionnent.

— Comment cela ? demanda-t-il en riant.

— Je trouve courageux de vouloir repasser par là. Même si c'est différent.

— Il faut du courage, ou de la folie.

— Aussi. Je me suis toujours sentie un peu folle. Heureuse de constater que je ne suis pas seule.

— Tu n'es pas folle !

A travers la table, il tendit les mains dans sa direction, et elle fit la moitié du chemin.

Tout était si intense, si rapide…

Si bon.

Trop beau pour être vrai ?

Il serra ses mains dans les siennes, puis les caressa doucement du pouce, envoyant des frissons de volupté courir le long de ses bras et dans tout son corps.

— On y va ? suggéra-t-il.

Elle inclina la tête.

Au retour, il se gara devant le bureau de *Spruce Bay* et coupa le moteur. Le bureau était plongé dans l'obscurité. A 21 h 30 passées, Lee était rentrée chez elle.

— Tu montes ? demanda-t-elle après avoir pris sa respiration.

— Si tu m'invites, répondit-il de sa voix de baryton.

— Je t'invite.

Dès qu'elle eut prononcé ces paroles, son cœur se mit à battre plus vite. Une poignée de mots entre eux, et elle sautait le pas. Elle n'avait pas eu de relations sexuelles depuis si longtemps. Sa dernière aventure remontait à quelques années, lors d'un voyage en Turquie où elle passait ses journées à visiter ruines anciennes et somptueux paysages, tout en consacrant ses nuits à un charmant danois de cinq ans son cadet.

L'aventure l'ayant plus déstabilisée et attristée qu'elle ne s'y attendait, elle n'avait pas réitéré. Faire l'amour ouvrait les vannes de son cœur sensible, et c'était trop douloureux quand ça ne menait nulle part, même si c'était convenu ainsi.

Aussi se sentait-elle rouillée, et en danger. Pourtant, elle désirait faire l'amour avec Joe.

Elle ouvrit la porte du bureau et alluma la lumière d'une main tremblante. La porte se referma avec un petit claquement dès qu'ils furent à l'intérieur.

Il n'attendit pas qu'ils gagnent l'étage pour l'embrasser. La prenant dans ses bras, il murmura à son oreille :

— Je suis si heureux que tu aies accepté.

— Moi aussi.

Il la tenait serrée, ses bras forts l'enveloppant dans un cocon douillet.

— Tu trembles ? demanda-t-il, en enfouissant les lèvres dans son cou.

Elle soupira.

— C'est possible.

— Pourquoi ?

— Parce que je n'ai pas fait l'amour depuis longtemps.

— Même chose.

— Je ne te crois pas.

— Arrête de me juger en fonction de mon passé.

— Tu as raison.

Elle se laissa aller dans ses bras, s'abandonnant aux sensations divines qu'il éveillait en elle. Sa bouche était partout, parlant entre deux baisers de plaisir et de désir. Ses mains l'emmenaient au paradis.

Le temps qu'ils gagnent l'escalier, ses jambes la portaient à peine. Elle aima qu'il monte derrière elle, les mains sur ses hanches.

Ils se rendirent directement à sa chambre, sans même prendre la peine d'allumer. Le clair de lune et les lumières extérieures dispensaient bien assez de lumière.

Il ôta sa veste et son polo tandis qu'elle se demandait par où commencer. Chaussures, pendants d'oreille... Elle tâtonnait encore sur le fermoir de ceux-ci quand il la reprit dans ses bras, son torse nu si dur et si chaud qu'elle n'arrivait plus à en détacher les mains.

Quand il glissa les siennes sous la ceinture de sa jupe pour la tirer vers le bas, elle réussit à le lâcher et à ôter ses pendants d'oreille. Il dut juger ses efforts suffisants, car il prit le reste en charge. Elle demeurait impuissante, prisonnière d'un filet de sensations tandis qu'il faisait passer son pull par-dessus sa tête, jetait sa jupe à ses pieds et contemplait son soutien-gorge.

— Il est bleu, dit-il.

— Oui.

— Je me demandais quelle couleur tu aimais.

— Toutes sortes de couleurs.

— J'aime le bleu, et toutes sortes de couleurs.

— Enlève-le, s'il te plaît.

— Pas encore.

Du doigt, il souligna le bord du décolleté, et elle fut certaine qu'il sentait les pointes durcies de ses seins. Puis il explora les lignes de ses fesses, sous le bord de la culotte, et l'univers tout entier se réduisit au toucher érotique de sa main palpant les deux formes jumelles, puis le creux entre ses cuisses.

— Maintenant, je vais l'enlever, dit-il, sa voix plus grave que jamais.

Le souffle coupé, elle fut incapable de répondre

Il le lui ôta si doucement qu'elle crut mourir. Il fit glisser une bretelle, puis la deuxième, ses doigts frôlant au passage son épaule. Pour détacher l'agrafe, il la fit pivoter et se colla à son dos plus intimement qu'il n'était nécessaire. En réalité, cela compliqua plutôt la tâche, mais l'idée de s'en plaindre ne lui traversa pas l'esprit.

Le contact de ce corps musclé contre son dos demi-nu, la bosse qu'elle sentait nichée entre ses fesses à travers le tissu du pantalon, les mains s'emparant de ses seins… De quoi se serait-elle plainte ?

Finalement, il recula un peu et défit l'agrafe. Le soutien-gorge tomba, rejoint par la culotte qu'elle enjamba, puis elle fit demi-tour dans ses bras.

— A toi maintenant, Joe.

— Facile, dit-il.

Et, pour prouver ses dires, il se retrouva nu devant elle en quelques mouvements.

Il était… Il était… Elle ne trouvait pas ses mots.

Il était devant elle, tel un dieu antique, et il lui appartenait, pour cette nuit, du moins.

Ils s'étreignirent, libérés de la barrière des vêtements. Elle toucha ses hanches, ses cuisses musclées, l'élégante courbe de son dos avec le duvet brun de sa poitrine qui lui chatouillait les seins et sa bouche qui lui procurait un long et délicieux festin. Ils finirent par atteindre le lit dont ils rabattirent la couette et tombèrent sur le frais coton des draps. Il s'allongea sur elle, soulevé sur ses avant-bras, ses lèvres à quelques centimètres des siennes, son corps si intensément désiré pesant sur le sien.

Le moment critique était arrivé.

Mais, soudain, un détail crucial lui revint à la mémoire.

— Je n'ai pas… je veux dire… je ne suis pas…

— Si tu parles de protection…

— Oui.

— J'ai posé des préservatifs sur la table de nuit tout à l'heure.

— Je n'avais rien vu.

— Non. Tu étais occupée… J'espérais que nous en arriverions là depuis le début, tu comprends.

Les mots d'aveu se bousculaient âprement sur les lèvres de Joe.

— Il me semble que nous étions d'accord, dit-elle.

— Tu es incroyable, Mary Jane.

Ce qui lui paraissait incroyable, à elle, c'était d'en arriver là avec Joe Capelli. Penser qu'ils allaient vraiment faire l'amour. En cet instant, son univers était rempli, et le désir ardent de son cœur comblé.

— Tu vas me surprendre, Joe ? demanda-t-elle presque timidement.

— Je vais essayer.

Il n'eut pas à essayer, cela se passa tout naturellement. Il couvrit son corps d'attentions, traçant un chemin de feu descendant de sa bouche à ses seins et à son sexe. S'arc-boutant à sa rencontre, elle faillit exploser en quelques secondes et, quand il s'interrompit pour prendre les préservatifs sur la table de nuit, elle poussa un gémissement de protestation.

Il ne fut pas long à se protéger et, quand il revint à elle, ce fut un éblouissement de plaisir qui guérit aussitôt une blessure oubliée, ou peut-être toujours ignorée. Il lui faisait l'amour comme un musicien, jouant de son corps, le faisant chanter, et se tordre, son rythme parfait anticipant ses désirs.

Elle jouit la première. Par surprise, car elle ne s'y attendait pas si vite.

La jouissance la submergea, l'emporta, lui arrachant des cris.

Il tint son corps bondissant et l'ancra heureusement dans ce monde, car elle avait la sensation qu'elle aurait pu partir dans un tout autre lieu et ne jamais revenir.

C'était aussi fort que ça.

Puis il jouit à son tour.

Elle préférait ça. Ainsi, elle avait du temps pour lui comme il en avait eu pour elle. Il s'était dévoué à son plaisir et, à présent, elle lui rendait la pareille. Elle écarta les jambes et le serra très fort, pour le faire pénétrer plus profondément en elle. Il était beau dans le plaisir. Juste beau.

Il poussa un grognement frémissant, tous ses muscles se crispèrent, il balbutia son prénom et, finalement, s'effondra sur elle, le calme revenu.

Elle dut le toucher pour s'assurer que c'était vrai. Elle dut prononcer son prénom, se nicher contre lui et respirer son odeur musquée et fraîche.

Juste pour être vraiment sûre qu'elle se trouvait bien dans les bras de Joe Capelli.

10

Mary Jane dormait, mais il ne pouvait s'empêcher de se demander ce qui se passerait s'il l'éveillait, ni d'imaginer les moyens à employer pour y parvenir.

Il agirait sournoisement.

Son bras, qui reposait en travers du corps de Mary Jane, frôlait ses seins. Il aimait cela, l'effleurement et la secrète promesse de s'en contenter. Ils étaient si beaux. Elle était belle de partout, fabuleuse. Douce et réactive et…

Il allait assurément se montrer sournois. Il commença par faire remonter sa main sur les deux charmantes rondeurs. Ensuite, il pourrait user de son pouce sur un mamelon. Ou peut-être glisser doucement sa main entre ses cuisses et la sentir devenir humide avant même de se réveiller. Il collerait ses lèvres dans son cou, tiède et odorant dans le sommeil. Son corps entier était tiède et odorant.

La soirée s'étant rafraîchie, ils s'étaient glissés sous la couette. Son odeur, shampoing, savon et féminité, toute douceur et délices, imprégnait le lit. Des mèches de ses cheveux lui agaçaient le visage. Peut-être pourrait-il commencer par écarter ses cheveux, se pencher et poser un léger baiser sur ses lèvres, puis en observer l'effet. Allait-elle poursuivre le jeu ?

Il y avait tant de façons de procéder.

Toutes excellentes.

Sauf qu'il était minuit passé.

Pourvu que son père ne s'inquiète pas… Une des petites

s'était peut-être réveillée. Il leur arrivait encore de faire d'effroyables cauchemars.

Un grand-père ne remplacerait pas papa si Holly ou Maddie était sous l'emprise de la terreur. Joe détestait penser que le « méchant homme » pouvait représenter l'un des petits amis de leur mère, et l'« horrible endroit », l'un des sordides appartements où elles avaient vécu bébés.

Il fallait qu'il rentre.

Mary Jane s'éveilla alors qu'il était en partie habillé.

— Joe ? dit-elle, grimaçant à cause de la lumière du couloir qu'il avait allumée.

— Désolé, Mary Jane. Je dois rentrer. Les filles s'éveillent parfois, et je ne voudrais pas qu'elles dérangent papa.

— Bien sûr.

— Je suis vraiment navré.

— Ecoute, tu n'as pas à t'excuser. Embrasse-les de ma part si elles s'éveillent, ou demain matin.

— Je le ferai.

En réalité, il ne le ferait pas. Il ne tenait pas à leur donner matière à poser des questions. Pas encore.

Pas alors qu'il ignorait où tout ceci les mènerait. Désirer des enfants était une chose, mais prendre en charge deux fillettes de sept ans en était une autre. Or, les filles faisaient partie du lot. Si tout l'intérêt que Mary Jane leur portait se réduisait à les trouver mignonnes, leur relation mourrait dans l'œuf.

Mais il était trop tôt pour y réfléchir.

Blottie sous la couette, elle le regarda finir de s'habiller. Il aimait l'intensité de son examen, et en concevait en même temps une certaine gêne. Incroyable comme il se sentait intimidé. A la fois intimidé, jeune et neuf.

Etrange, mais pas désagréable.

— Tu vois quelque chose qui te plaît ? ne put-il se retenir de demander.

La question était plus provocante qu'il ne l'avait désiré.

— Tout me plaît.

— Si je voyais davantage de toi, j'apprécierais aussi.

Elle sourit, et ce sourire le ramena sur le lit. Il s'allongea contre elle sur la couette et enfouit son visage contre ses seins à travers l'épaisseur du tissu, pendant qu'elle essayait de dégager ses bras prisonniers pour l'étreindre.

— Mary Jane, je ne peux même pas te dire à quel point j'aimerais recommencer, dès que possible.

— Moi aussi.

Fantastique ! A la réflexion, il n'avait pas besoin de connaître dès maintenant les sentiments de Mary Jane vis-à-vis des filles. Après tout, jusqu'ici, elle s'était parfaitement comportée à leur égard.

Le week-end, les Richardson s'accordèrent une pause dans leur travail et donnèrent quartier libre à Lucy. Le samedi matin, celle-ci vint se renseigner auprès de Mary Jane sur les ressources touristiques offertes par la région. Un peu plus tard, ce fut Phil Richardson qui vint demander comment faire du bateau sur le lac. Et s'il était trop tard pour avoir l'un des si réputés paniers pique-nique de *Spruce Bay*.

Normalement, il était trop tard puisque les gens étaient censés les commander la veille pour le lendemain, mais les Richardson avaient été si gentils d'accepter l'arrangement pour les filles de Joe qu'elle pouvait bien assouplir la règle pour eux.

— Ces petites Capelli sont des personnages, n'est-ce pas ? dit Phil quand ils eurent réglé ce point.

Elle rougit. Leur père aussi était un personnage. Un grand et beau personnage qui ne lui laissait pas l'occasion de penser à grand-chose d'autre qu'à la nuit précédente et à ce qu'ils avaient prévu de faire quand il appellerait.

— Vous pouvez le dire !

Ne sachant où elle mettait les pieds, elle n'osait pas en dire trop.

— Nous sommes très contents de leur présence auprès de Jessica et Simon. Nos enfants ayant grandi entre chevaux et poneys, ils trouvent cela tout naturel. Mais le regard neuf et émerveillé de Holly et Maddie redonne du prix à leur univers.

— Leur père craignait qu'elles ne soient surexcitées et se conduisent mal.

— Jusque-là, elles ont été sages. Enfin, il faut demander à Lucy ce qu'elle en pense, mais elle ne s'est plainte de rien, et Jessica et Simon les aiment bien.

— J'en suis heureuse. Joe avait très envie que l'arrangement fonctionne.

— Oui. Il a l'air d'un type bien.

Sur ces mots, Phil prit une poignée de brochures et quitta le bureau en les agitant dans sa direction. Il s'était montré si décontracté qu'elle éprouva l'absurde désir de lui en dire davantage. A propos de la lutte de Joe pour la garde plénière de ses enfants, de ses études à temps partiel, de la façon dont il avait tourné le dos à ses ambitions hollywoodiennes, de…

C'était une idée folle et irrationnelle.

Son cœur fondait, explosait, débordait de tendresse.

Il appela à midi.

— Je crains que nous ne puissions nous voir aujourd'hui, dit-il d'une voix désolée. Papa garde les filles jusqu'à la fermeture du garage. Et ensuite, il faudra qu'il se repose. De mon côté, je dois préparer mon examen. Je vais les mettre devant un film ou deux et, si je peux avoir quatre heures devant moi, je m'estimerai heureux. Et, après, je passerai un peu de temps avec elles.

— Je comprends, Joe.

— Je pense les emmener au minigolf et manger une pizza.

— Je vous accompagnerais bien…

Elle regretta ces mots aussitôt prononcés. Cependant, Joe saisit aussitôt la perche qu'elle lui avait tendue.

— Je n'osais pas te le demander, mais j'espérais que tu le proposerais !

— Tu aurais pu.

— Tu as raison. C'est plus simple d'être honnête. Tu en as vraiment envie ?

— Bien sûr !

Ils convinrent alors d'un rendez-vous. Ensuite seulement, elle se souvint que Nickie avait demandé une soirée de congé et que Lee n'avait pas prévu de rester. Il ne lui restait plus qu'à rappeler Joe et annuler leur rendez-vous.

Elle prit le téléphone mais, au lieu d'appeler Joe, ce fut le numéro de Lee qu'elle composa.

— Peux-tu me rendre un service ?

Quand elle eut expliqué à sa sœur de quoi il retournait, celle-ci émit un sifflement.

— Lee, j'aimerais que tu arrêtes de faire ça !

— Faire quoi ?

— Siffler dès que je mentionne le nom de Joe Capelli.

— Pas d'accord. Je pense au contraire que siffler dans ce cas est tout à fait approprié.

— Est-ce que tu siffles parce que j'ai un rendez-vous ou parce que c'est Joe ?

— Essentiellement parce que c'est Joe que nous n'avons pas vu depuis dix-sept ans. Pas étonnant que tu sortes avec lui pourtant.

— Non ?

— Non. Quel célibataire ne voudrait sortir avec toi ? Tu es intelligente, tu es…

— Je vais devoir consulter les dernières données du recensement, coupa-t-elle. Ça fait probablement plusieurs millions de célibataires.

Elle connaissait par cœur la liste des qualités que lui attribuait Lee. Intelligente, drôle, séduisante, attentionnée.

— Ecoute, Mary Jane, qu'Alex Stewart, ce pauvre type, n'ait pas voulu t'épouser ne fait pas de toi une harpie dont aucun homme ne voudrait !

Mary Jane se recroquevilla, comme chaque fois que ses sœurs cadettes, heureusement mariées et enceintes, la sermonnaient à propos de ses relations amoureuses.

— Je sais, répondit-elle, réprimant son agacement. Mais tu n'as pas répondu à ma question, Lee.

— Quelle question, déjà ?

— Si tu pouvais tenir la réception ce soir pour que j'aille au minigolf et manger une pizza avec Joe et ses filles.

— Oh ! désolée ! Je m'étais égarée.

— Alors ?

— Un instant. Je vais voir avec Mac.

Elle couvrit le téléphone de sa main, ne lui laissant percevoir qu'un murmure de voix étouffées. La consultation fut brève.

— C'est d'accord, dit Lee.

— Tu es sûre ?

— J'en étais sûre dès que tu m'as demandé ce service. J'aimerais tellement qu'il se passe quelque chose d'important avec Joe et ses enfants. Mais évidemment, maintenant, plus question que je prenne une décision sans en parler d'abord à Mac.

— Merci, Lee. Et remercie aussi Mac.

— Pas de problème, Mary Jane. Je serai là à 17 heures.

Mary Jane passa les quatre heures suivantes à s'occuper des finances de *Spruce Bay* pendant que Joe devait être en train de préparer son examen d'entrée au barreau de New York. Lee arriva une demi-heure avant lui, ce qui lui permit de se rafraîchir. Et quand Joe gara enfin son minivan sur le parking, devant le bureau, elle descendit les marches quatre à quatre, préférant éviter qu'il ne croise sa sœur dont la réputation d'entremetteuse n'était plus à faire.

— Tu es hors d'haleine, constata-t-il quand elle grimpa sur le siège du passager.

— J'ai couru dans l'escalier.

— Ah oui ?

— C'est bon pour ma santé.

— Tiens ?

— D'accord, je craignais que Lee me fasse honte. Elle est parfois un peu directe.

Heureusement, les filles s'agitèrent sur le siège arrière, la dispensant d'expliciter ses craintes.

— On ne sait pas à quel minigolf aller, Mary Jane !

— Que préférez-vous ? Des jets d'eau ou un parcours qui demande de l'habileté ?

Un long conciliabule se déroula à l'arrière. En attendant le résultat, Joe demanda :

— Et toi, que préfères-tu ?

— Je n'ai pas joué au minigolf depuis six ans. Mais ça dépend de mon humeur et du temps. Quand il fait chaud, les jets d'eau, c'est agréable.

— Je crois qu'elles y sont allées avec papa. Le parcours délicat sera plus intéressant, d'autant que tu n'as pas joué depuis longtemps.

— Dois-je comprendre que tu comptes me battre si c'est plus difficile ?

— Mary Jane, voyons ! s'exclama-t-il d'un ton faussement indigné. Comment peux-tu imaginer une chose pareille ?

Finalement, Holly et Maddie déclarèrent en chœur :

— Le parcours difficile !

— Parfait, dit Joe, qui contenait mal sa satisfaction.

Il la battit. Ils la battirent tous les trois. Mais enchantée par ces instants où ils ressemblaient à une vraie famille, elle se souciait bien peu de compétition. Des enfants qu'on encourage, qu'on laisse même un peu tricher pour qu'ils prennent la deuxième place, des mères qui rient, des pères laissant leurs enfants menacer de les battre, mais finissant par gagner, de peu. Les regards amusés échangés par les adultes au-dessus de la tête des bambins. Quand ça se produisait entre Joe et elle, son pouls s'accélérait follement.

Si je pouvais vivre une telle expérience…

Elle le désirait si fort que c'en était douloureux, et elle dut se raisonner. Ce n'était que leur deuxième rendez-vous, et il n'y avait que cinq jours qu'elle avait conduit sa voiture chez *Capelli Auto.* Elle devait s'en tenir à l'instant, le savourer pour ce qu'il était sans s'imaginer qu'il contenait une promesse d'avenir.

Le temps qu'ils atteignent le dix-huitième trou, ils mouraient de faim.

— On n'a même pas gagné de partie gratuite, se plaignirent les filles en rendant leurs clubs au jeune homme qui tenait le stand.

— Pas possible ? Pas un trou en un au volcan ?

— Un trou en douze, répondit Holly.

— Un trou en seize, renchérit Maddie comme s'il s'agissait d'une compétition.

— Un coup en un million ! cria Holly.

— Un coup en mille millions ! surenchérit Maddie.

— Ça suffit les filles, dit Joe, l'air ennuyé.

Ils s'entassèrent dans le minivan pour se rendre au restaurant.

Ce fut tout aussi familial que le golf. Et l'occasion d'un nouveau combat intérieur. Elle n'avait pas envie de prendre ses distances avec Holly et Maddie pour ne pas se rendre antipathique à leurs yeux. Mais si elle se montrait trop chaleureuse avec elles, n'aurait-elle pas l'air de passer une audition pour le rôle de nouvelle mère ?

Au beau milieu de toutes ces questions, elle croyait entendre le tandem Lee-Daisy l'encourager.

Vas-y Mary Jane ! Tu es intelligente, drôle, séduisante, attentionnée.

Pourquoi fallait-il qu'elle analyse toujours tout ? Elle fit un gros effort pour repousser les voix qui lui parlaient de doute dans sa tête. Les filles étaient absorbées par leurs banana split. Joe et elle, qui n'avaient pas pris de dessert, terminaient leurs verres de vin.

— Tu veux que je te fasse réviser ton examen ? demanda-t-elle, cherchant un sujet de conversation pas trop personnel et qui n'implique pas les filles.

— Tu veux dire maintenant ?

— C'est une idée idiote ?

— Mais non. Si tu veux, je peux te soumettre un échantillon de plaidoiries que j'ai préparées et tu me diras ce que tu en penses.

— D'accord !

— Mais ça peut être très ennuyeux…

— Choisis une affaire amusante, je ne sais pas, moi, une juteuse querelle de voisinage à propos de racines qui outrepassent les limites d'une propriété.

— Ce n'est pas ennuyeux ?

— Ça dépend. Si on va jusqu'au vol de nains de jardin, je serai scotchée à mon siège !

— Dans ce cas, dit-il en riant, j'ai une jolie affaire de détérioration de matériel et d'incendie volontaire…

— Vas-y !

Sa plaidoirie dura jusqu'à la fin des banana split. Alors que les filles commençaient à s'agiter, il conclut :

— Ainsi donc, il y a clairement un précédent, et c'est sur ce point que j'axerai ma plaidoirie.

— Bien sûr, je ne peux pas savoir si tu as raison. Mais tu t'es exprimé très clairement. J'ai compris aussi bien le problème que ta démarche.

— Bon, parce que, le plus important, c'est la force de ton argumentation. Le langage est une chose étonnante. Tu peux l'utiliser pour clarifier les choses, ou, au contraire, les embrouiller. On croit généralement que la loi tranche de façon impersonnelle, et cela peut être le cas, mais il y a aussi une grosse part d'émotionnel.

— Tu révises encore ton examen, papa ? demanda Holly.

Les jumelles levèrent les yeux au ciel.

— Il le faut bien, mes chéries, sinon, j'échouerai.

— Qu'est-ce qui se passera si tu échoues ?

— Je le repasserai jusqu'à ce que je l'aie.

Il se tourna vers Mary Jane.

— Figure-toi qu'on a constaté un taux de réussite plus élevé chez les candidats qui se présentent pour la première fois et chez ceux qui ont passé leur diplôme à New York. A 3 heures du matin, quand je n'arrive pas à dormir, je trouve cette donnée plutôt décourageante.

— Ce ne sont que des statistiques.

— C'est ce que je me dis. N'empêche que j'y vois un

message me pressant de réussir du premier coup sous peine de ne jamais réussir.

— Il faut éviter les pensées négatives, Joe, conseilla-t-elle.

Et elle en savait long sur la question.

— Je le promets à mon miroir tous les matins.

— Il n'est pas impressionné ?

— Je ne crois pas.

Les filles commençant à s'énerver de rester assises, il fut décidé de rentrer. Quand Joe s'arrêta à *Spruce Bay*, elle savait que c'était la fin de la soirée.

— Je dois ramener ces deux petites à la maison, dit-il. J'aurais adoré revenir, mais je dois être raisonnable.

— Ton examen ?

— Comment as-tu deviné ? Me donnes-tu la permission de te téléphoner quand je ferai une pause pour te dire à quel point je regrette de ne pas être avec toi, et ce que je ferais si j'y étais ?

— Permission accordée !

— Je t'embrasserais si les filles ne nous épiaient pas, lui murmura-t-il, hors de portée de leurs oreilles.

Elle vit son regard tomber sur ses lèvres, promesse de baiser la plus brûlante qu'elle ait jamais reçue.

— Demain, dit-il.

C'était une constatation, non une question. Puis il se rendit compte qu'il devait néanmoins la poser.

— Demain ?

— Tout dépend du moment. Je travaille presque toute la journée.

— Pendant deux heures, demain soir, quand les filles seront au lit. Je pourrai venir ?

— Attends 21 h 30, que le bureau de la réception soit fermé.

— Si ça te convient, O.K. pour 21 h 30.

— A demain, murmura-t-elle.

— A demain. Mais tu auras de mes nouvelles avant.

— J'attends ton coup de téléphone.

Et avec quelle impatience, elle l'attendrait…

11

Joe arriva dix minutes avant la fermeture du bureau, avec des chocolats au whisky et une crème de liqueur.

— J'ai pensé que tu aurais besoin d'un petit remontant.

— Tu as bien fait, dit-elle en se frottant la nuque.

La soirée avait été éprouvante. Des clients difficiles, et un imbroglio dans les réservations qu'il fallait résoudre.

— Sauf que je ne peux pas maintenant.

— Pourquoi ?

Elle lui expliqua. L'alarme de la fumée s'était déclenchée dans une chambre sans qu'elle réussisse à l'arrêter. Et, comme il n'existait aucune cause apparente, elle avait fini par la débrancher. Les clients avaient alors exigé de changer de chambre, considérant que la leur n'était pas sûre au cas où un incendie se serait déclaré. Elle avait dû leur donner une chambre réservée à d'autres clients qui ne s'étaient pas encore présentés, mais qui allaient sûrement le faire et elle ne savait comment résoudre le problème.

— As-tu des alarmes en réserve ? demanda Joe.

Elle en avait.

— Si tu veux, j'en installe une nouvelle dans la chambre libre.

— C'est gentil, mais le problème est que les clients qui ont déserté la chambre, bien qu'arrivés aujourd'hui, l'ont laissée dans un état déplorable. Et évidemment l'équipe de nettoyage est partie.

— Ecoute, à deux, nous arriverons bien à la rendre présentable. Tu t'occupes du lit et de la salle de bains, et moi, je pose l'alarme et je passe l'aspirateur.

— Non, Joe. Tu n'as pas à…

Il la prit dans ses bras.

— Mary Jane Cherry, dois-je vraiment t'expliquer pourquoi j'ai hâte que ce problème soit réglé ?

Quand il l'embrassa, elle ferma les yeux, saisie d'une intense émotion, comme la veille au soir, lors de leur conversation téléphonique. Par quel miracle un simple baiser avait-il le pouvoir de lui faire tout oublier ?

— Joe…, murmura-t-elle en nichant son visage au creux de son cou.

Elle releva la tête, quêtant un nouveau baiser tout en caressant son dos musclé par le travail physique, ses cuisses dures, sa joue bleuie de barbe.

Il rit tout en la serrant contre lui et écrasa ses lèvres sous les siennes.

— Tu vois ? Il faut qu'on soit très vite en mesure de fermer le bureau et de couper le téléphone.

— Mmm.

Il la prit par la taille et la fit osciller de droite et de gauche.

— Nous allons donc préparer la chambre et ce sera plus vite fait à deux.

— La notion de « plus vite fait à deux » s'applique-t-elle aussi au programme de ce soir ?

Il sourit.

— Non, bizarrement, ce n'est pas du tout le même tempo !

A contrecœur, ils se séparèrent.

Il leur fallut une demi-heure pour remettre la chambre en état. Ils venaient juste de terminer quand le portable de Mary Jane sonna. Il s'agissait des clients attendus. Elle leur expliqua qu'elle vérifiait justement que tout était en ordre dans leur chambre, et leur expliqua le chemin pour la rejoindre.

— Que vont-ils penser de nous ? demanda Joe. Tous les deux seuls ici, à cette heure de la nuit ?

Il avait retroussé les manches de sa chemise, déboutonné son col et paraissait très efficace avec un seau et un balai à ses pieds.

— Eh bien, nous avons les bons accessoires.

— Suggéreriez-vous un petit jeu de rôle, mademoiselle Cherry ?

Il la souleva, la cala contre sa hanche, et elle dut faire un gros effort pour ne pas se pâmer dans ses bras. Les lèvres tout près des siennes, il la mit au défi de poursuivre le jeu.

— La directrice d'hôtel collet monté et l'homme à tout faire, si bien outillé qu'elle ne peut résister, murmura-t-il.

D'accord, Joe Capelli. Si tu veux jouer à ce petit jeu, je te suis.

— Depuis des semaines, enchaîna-t-elle en penchant la tête pour le regarder, la pauvre femme admire les muscles de Rod Steele. Ce nom lui va si bien. Et depuis des semaines, Rod dévore des yeux la façon dont miss, euh… miss Melody s'humecte les lèvres et rejette ses cheveux en arrière chaque fois qu'elle l'aperçoit.

— Et quand miss Melody doit appeler Rod Steele pour une réparation, son cœur palpite et son imagination enfiévrée le déshabille.

— Et maintenant, ils sont enfin seuls devant un grand lit, et ils pensent…

Elle s'écarta.

— Ils pensent que les clients sont sur le point de se présenter et que Rod ferait mieux de réunir le matériel de nettoyage parce que c'est un fantasme qui ne se réalisera pas tout de suite.

— Quelle empêcheuse de tourner rond !

— Pas tout de suite, mais plus tard, pourquoi pas ?

— Promis ?

— Promis.

Elle lui sourit en ouvrant la porte de la chambre.

Dix minutes plus tard, ils étaient en sécurité dans l'appartement de Mary Jane.

Elle était incroyable.

Il ne s'était pas attendu à ce qu'elle rentre dans son jeu tout à l'heure, mais elle avait incarné son personnage, un sourire pervers aux lèvres et une lueur encore plus perverse dans les yeux.

Il ne put s'empêcher de se demander ce qui serait arrivé si les clients les avaient surpris.

— Aucune chance que Rod et Melody réapparaissent ? demanda-t-il d'un ton plein d'espoir.

— Non…

Mais la lueur coquine n'en était pas moins revenue dans son regard.

— Ils sont de sortie, reprit-elle. Mais pour cette dernière partie de la soirée, nous avons… Voyons…

Elle s'empara de la boîte de chocolat et de la bouteille de crème de liqueur.

— Mme Irish Bailey et M. Jack O'Daniel Dark, deux cavaliers de rodéo avec un goût prononcé pour les sucreries et les derniers verres tardifs.

— Sans blague ?

Soudain, elle parut hésiter, plus du tout sûre d'elle.

— Seulement si tu veux.

Il la reprit dans ses bras. II aimait ces étreintes et la sentir contre lui, abandonnée. Depuis combien de temps n'avait-il pas serré de femme contre lui ? Une semaine ? Vingt ans ?

Les deux.

— Bien sûr.

Il observait ses lèvres tout en parlant, parce qu'il aimait ça également. Elle avait toujours l'air hypnotisée par son regard posé délibérément sur sa bouche. Dans ces circonstances, elle semblait ne plus savoir où elle en était, tout comme lui en ce moment.

Combien de temps s'était écoulé depuis qu'il affirmait n'avoir pas de place dans sa vie pour une aventure sentimentale ? A peu près trois jours ? L'avertissement ne paraissait plus guère faire effet. Mary Jane était fantastique, au lit, et en dehors du lit. Et, jusqu'ici, les filles et elle s'entendaient bien. Pourquoi ne pas lui faire une place dans sa vie ? Pour une fois, il ferait l'amour à une femme qui avait le pouvoir de le sauver et non la capacité de le détruire.

— Tout ce que vous voudrez, madame Irish, dit-il de sa voix grave.

— Je crois avoir les mêmes goûts que vous, Jack.

Elle sortit un chocolat de la boîte et l'appuya contre les lèvres de Joe. Il y planta ses dents et poussa l'autre moitié entre ses lèvres écartées.

— Je crois que vous avez raison, madame Irish.

C'était sucré et chocolaté, avec un arrière-goût de whisky, et le piment du fantasme pour couronner le tout. Il avait dit qu'il resterait deux heures, mais ni l'un ni l'autre ne s'en contenterait. L'aventure commençait juste.

Sans la liqueur et les chocolats, et sans jeu de rôle. Juste Mary Jane et Joe, nus dans le grand lit, se découvrant. Elle aimait les attentions qu'il portait à ses seins. Elle aimait s'installer sur lui. Et en dessous. Lui aimait tout.

Et il n'avait aucune envie de rentrer chez lui. Pas même quand, comblés, ils furent prêts à sombrer dans le sommeil. Cela semblait trop merveilleux pour dormir.

Allongés l'un contre l'autre sous la couette, ils parlèrent.

— Est-ce ton père, tes filles ou toi qui vous inquiétez parce que tu ne rentres pas ? demanda Mary Jane.

— Tous les quatre.

Puis il ajouta dans un souci de sincérité :

— Enfin, surtout moi. Je redoute leur inquiétude. Ou que les filles fassent un cauchemar.

Il lui raconta leurs mauvais rêves et les craintes qu'il entretenait quant à leur origine.

— Tous les enfants font des cauchemars, dit-elle.

— A propos de méchants hommes et d'endroits qui font peur ?

— Bien sûr. Ça m'est arrivé alors que rien dans ma vie ne m'y incitait.

— D'où penses-tu que ça venait ?

— De livres, de films. Du noir. De ce qui rôde sous le lit. C'est sans doute la subsistance d'un instinct primitif.

— Je suppose que tu as raison.

— Tu te fais peut-être trop de souci pour elles.

— C'est que je suis le seul à m'en faire.

— Je suis sûre que ton père s'inquiète aussi.

— Justement. Si je m'inquiète trop, c'est pour qu'il s'inquiète moins.

Il sentit son rire vibrer contre son corps.

— Joe, je ne crois pas que s'inquiéter s'apparente à empiler du bois pour le feu. Ce n'est pas parce que tu en fais plus qu'il reste moins de travail pour l'autre !

— Tu ne crois pas à l'inquiétude efficace et préventive ?

— Explique-toi.

— Si je m'inquiète pour les bonnes raisons, je peux éviter les dérapages, de sorte que mon père n'aura même pas besoin d'y penser.

— Par exemple, tu vas t'occuper des filles quand elles ont un cauchemar avant même que ton père se réveille…

— Exactement.

— Est-ce que le fardeau ne serait pas plus léger si tu le partageais ?

— Pas si c'est avec mon père. C'est trop éprouvant pour lui.

— Quelqu'un de moins proche. Un conseiller ?

— En Californie, Holly et Maddie ont été suivies par une excellente psychothérapeute.

— Qu'est-ce que ça a donné ?

— Elles se sont exprimées.

— Tu ne veux pas m'en parler ?

Il voulait bien. Cette simple confidence lui donnait le sentiment que son fardeau s'allégeait. Quand elle avait parlé de le partager, il avait tout de suite pensé à elle. Mais il s'était tu, de peur de l'effrayer. En voulant aller trop vite, trop loin. En voulant sortir de son combat solitaire.

C'était avec un sentiment de justesse qu'il savourait la merveilleuse douceur d'être allongé près d'elle, de parler de ses filles et de se sentir rassuré parce qu'il devinait que Mary Jane s'intéressait sincèrement à son histoire.

— Elle les faisait jouer avec des poupées, expliqua-t-il. Il y avait la poupée enfant qui n'arrivait pas à réveiller la poupée mère. Ou alors, la poupée enfant mouillait sa culotte et la poupée mère la frappait. Quant à la poupée super héros, c'était un méchant homme, avec un rire mauvais, et il a frappé une des poupées enfant avec son revolver.

Mary Jane poussa un cri d'horreur.

— Il a frappé ou tiré dessus ?

— Frappé avec la crosse la tête de la poupée. La thérapeute leur a demandé d'où venaient ces histoires et a conclu qu'elles en avaient fait l'expérience. Elle jugeait toutefois que c'étaient des enfants équilibrées et que le traumatisme s'évacuerait peu à peu.

— Donc, tout va bien.

— C'est ce que je me répète.

— Mais tu t'inquiètes quand même. ?

— Oui.

Elle le serra dans ses bras. C'était bon de se sentir blotti dans sa tendresse. Il savait pourquoi elle agissait ainsi ; elle voulait le réconforter et n'imaginait même pas à quel point son traitement marchait. C'était exactement ce qu'il lui fallait. Quelqu'un qui se sente concerné, quelqu'un qui écoute et qui l'aide à redescendre sur terre quand ses peurs pour ses enfants devenaient irrationnelles.

Mary Jane avait-elle raison ? Se faisait-il autant de souci parce qu'il n'avait personne avec qui partager ses inquiétudes ?

Permets que je les partage avec toi, Mary Jane.

Il eut une intuition si vive qu'il faillit gémir tout haut. Cette femme faisait partie de sa vie. Il ne la connaissait pas depuis longtemps, le lycée ne comptait pas. Et pourtant, en même temps, il avait l'impression de la connaître depuis toujours. Ils avaient un passé commun. Les parents de Mary Jane confiaient leurs voitures à son père d'aussi loin qu'il se souvienne. Il avait souvent franchi le panneau indiquant l'entrée de l'allée menant à *Spruce Bay*.

Il se la rappelait en cours, attentive et assidue alors qu'il ne songeait qu'à se rendre intéressant, au dernier rang. Faire rire ses camarades comptait plus pour lui que le contenu du cours.

Elle était membre de tous les clubs, sans jamais s'arroger les postes valorisants, mais s'activant dans l'ombre, arrondissant les angles, désamorçant les conflits et rabattant le caquet des petits caïds. Il se la rappela recevant toutes sortes de récompenses pour ses qualités humaines, son goût du travail d'équipe, et son souci de l'intérêt général.

Pas étonnant qu'il ait confiance en elle. Cette confiance, elle l'avait gagnée presque vingt ans plus tôt ! A l'époque, il ne l'aurait jamais avoué parce que ce n'était pas la confiance dans les filles qu'il valorisait. Il avait confiance en sa mère, bien sûr. Mais ça ne comptait pas. On n'avait pas à accorder sa confiance aux filles. Les filles, on les draguait.

Dieu merci, il avait grandi depuis !

Il avait l'impression que son cœur allait éclater et son esprit fonctionnait à plein régime tandis que Mary Jane s'endormait.

Ne gâche pas ça, Joe. Continue à la voir. Sois gentil avec elle. Vois où ça mène. Cherche à savoir si les filles l'apprécient, et ce que Mary Jane pense vraiment d'elles.

Finalement, les deux heures qu'il avait prévu de passer avec elle s'étirèrent jusqu'à sept. Il avait sommeillé, mais réussit finalement à s'arracher du lit en pensant à son père et à ses filles. Le trajet de retour se passa à échafauder des plans pour ménager plus de place dans sa vie pour Mary Jane, sans laisser tomber les objectifs visés depuis si longtemps.

La présence de Joe lui manquait terriblement.

Physiquement, c'était comme une douleur. Elle comprenait

pourtant qu'il doive rentrer chez lui. Elle s'était endormie vers 2 heures du matin et, deux heures plus tard, il l'avait doucement réveillée, debout près du lit, tout habillé.

— Je ne voulais pas disparaître sans te prévenir. Il faut vraiment que j'y aille.

— Je sais, avait-elle répondu d'une voix endormie. Pas de problème.

— Je ferme juste la porte du bas derrière moi ?

— Oui. Tu veux que je descende ?

— Non, reste au lit.

— D'accord.

— Fais de doux rêves. Je t'appelle dès que possible.

— Je l'espère.

Elle regarda sa silhouette traverser la chambre et disparaître par la porte, puis entendit son pas décroître dans l'escalier.

Avant même d'entendre démarrer le moteur du minivan, elle commença à souffrir. Le lit semblait plus froid, et les doutes l'assaillirent.

Il ne devrait pas lui manquer autant. C'était dangereux, car cela la rendait vulnérable. Tout allait trop vite, sans lui laisser le temps de reprendre son souffle, ou de se protéger. Et pas le temps non plus pour démêler la réalité du rêve qu'elle berçait depuis si longtemps.

Le sommeil la fuyait. Quand le réveil sonna à 6 h 30, elle ne put penser qu'à ses dernières paroles. « Je t'appelle dès que possible. »

Toute la journée, elle attendit son coup de téléphone. Il l'appela à 19 heures, alors que, fatiguée et irritable, elle regagnait la réception après avoir réglé différents problèmes. Cependant, dès qu'elle entendit sa voix, son envie de se coucher tôt s'envola.

— Comment vas-tu ? s'enquit-il de sa voix grave dont l'intonation sensuelle la laissa sans force.

— Bien, répondit-elle en s'efforçant de maîtriser le tremblement de sa voix. Et toi ?

— J'allais bien jusqu'à ce que je me rende compte que je ne pourrai pas te voir avant mercredi.

— Oh…, fit-elle, désolée.

— Je sais. Mais il faut absolument que j'étudie. Si je n'en prends pas le temps, je…

— Bien sûr. Tu n'as pas à te justifier.

A moins qu'il ne cherche des prétextes, déjà ?

— Est-ce que mercredi sera possible pour toi ? Le soir, pour deux heures.

— O-oui. Je crois.

— Et peut-être que tu pourras te libérer pour venir jeudi dîner en famille avec papa, les filles et moi ?

— A condition que Nickie puisse me remplacer à la réception.

— Si tu n'en as pas envie…

— Si, si, bien sûr.

— Tiens-moi au courant.

— Je n'y manquerai pas.

— Je meurs d'impatience.

Prenant sa respiration, elle choisit la même franchise.

— Moi aussi, Joe. Moi aussi.

12

Joe déposa les filles chez les Richardson le vendredi matin pour leur septième journée de stage de poney avant de retourner en ville ouvrir le garage tout en se félicitant d'une si parfaite organisation.

Maddie et Holly vivaient des heures merveilleuses avec les poneys et leurs nouveaux amis. Elles parlaient souvent de Mary Jane qui leur avait adressé un petit signe en passant, ou apporté des jeux pour la piscine, ou un goûter. A leurs yeux, après la ferme équestre de Penelope, Spruce Bay était le plus merveilleux endroit du monde.

Par-dessus tout, son père se reposait. Les gages donnés à Lucy ne grevaient pas son budget, et il espérait pouvoir, avec un peu de chance, grappiller aujourd'hui un peu de temps pour étudier dans le bureau du garage, car il n'avait que quelques voitures à réviser.

Et, s'il parvenait à consacrer suffisamment de temps à ses études, il téléphonerait à Mary Jane et essaierait de caler un rendez-vous pour ce soir. Au lit ou hors du lit, peu importait. Quoique, un peu des deux serait… le paradis.

La soirée du mercredi avait été fantastique, et le dîner de jeudi très réussi aussi, dans un registre différent. Mary Jane avait un bon contact avec les filles, pas trop démonstrative, sachant se montrer ferme quand les circonstances l'exigeaient tout en restant chaleureuse. Elle ne les repoussait jamais, sans donner pour autant l'impression qu'elle jouait avec elles une comédie à son intention.

S'il s'était agi d'une audition, elle aurait été sur la liste des quelques personnes à rappeler.

A vrai dire, c'était une audition, par bien des côtés.

Il n'aurait sans doute pas dû y penser dans ces termes, mais comment faire autrement ? Les filles représentaient un test pour Mary Jane, tout comme son examen d'entrée au barreau. Et de la réussite de Mary Jane dépendait leur avenir.

Elle franchit l'obstacle haut la main, Joe. Ne t'inquiète pas pour ça.

Son père étant sorti avec quelques amis, ils s'étaient retrouvés tous les quatre autour de la table du dîner. Et ils avaient tous brillamment réussi l'examen « événement familial ».

Pour une fois dans sa vie, Joe avait l'impression qu'il pourrait enfin avancer au lieu de commettre des erreurs qu'il passait ensuite des années à réparer.

Sa béatitude dura jusqu'à 11 h 10, le vendredi matin, quand le téléphone sonna.

— Monsieur Capelli ?

C'était la voix de Lucy, agitée et toute tremblante.

— Je crains que nous n'ayons un problème, annonça-t-elle.

Seigneur, les filles ! Son cœur se mit à battre à tout rompre.

— Il leur est arrivé quelque chose ?

— Non, elles vont bien. Mais il faut que vous veniez. Penelope désire vous parler.

— Que s'est-il passé ? Vous disiez qu'elles allaient bien.

— Il s'est produit un incident.

— Quel incident ?

— Pouvez-vous venir ?

— Je serai là dans dix minutes.

Il allait devoir appeler son père à la rescousse, même s'il se reposait sans doute.

— Vous ne pouvez vraiment rien me dire ?

— Penelope vous expliquera.

Il mit fin à l'appel, téléphona à son père qui ne répondit pas.

Il renouvela son appel, sans plus de résultat. Nerveux comme un lion en cage, il ferma le garage, sauta dans son minivan et fonça jusque chez lui. La voiture de son père était là, donc…

— J'ai dû me rendormir, expliqua ce dernier après qu'il fut entré dans la maison par la porte de derrière et l'eut réveillé.

— Tu n'as pas entendu le téléphone ? J'ai appelé deux fois.

— J'avais fermé la porte de ma chambre. Que se passe-t-il, mon fils ?

Il lui expliqua la situation tout en minimisant son angoisse pour ne pas l'affoler.

— J'enfile mes chaussures, dit son père quand il eut fini son bref rapport.

Il mit un temps infini à le faire. Il devenait de plus en plus lent à accomplir les tâches routinières, et Joe dut réprimer son impatience.

Les filles allaient bien. C'était tout ce qui comptait.

Il avait beau se le répéter, cela ne suffisait pas tout à fait à l'apaiser, parce qu'il était évident que quelque chose de grave s'était passé, et ses craintes revenaient l'assaillir en force.

Il pensa à Mary Jane, à sa générosité, à son bon sens. Pouvait-il l'appeler ? Ce serait un réconfort de l'avoir à ses côtés quand il parlerait avec Penelope. Mais que penserait cette dernière ? Mary Jane les avait présentés l'un à l'autre, certes, mais Holly et Maddie étaient ses filles et, quoi qu'elles aient fait, — et elles avaient forcément fait quelque chose de répréhensible —, c'était à lui d'en assumer la responsabilité.

Enfin, après s'être assuré qu'il était en possession de ses clés, de son portefeuille et de son mouchoir, son père se déclara prêt.

Joe le déposa au garage et fila vers la ferme équestre de Penelope.

Elle l'attendait, mais nulle trace de Lucy, Jessica, Simon ou des filles.

— Où sont-elles ? ne put-il se retenir de demander.

— Lucy a emmené les enfants à *Spruce Bay*.

— Que s'est-il passé ?

— Un incident regrettable.

Il eut bien du mal à conserver son calme.

— C'est ce que m'a appris Lucy, mais je n'en sais pas plus, parvint-il à dire d'une voix égale.

Penelope prit sa respiration.

— Tout d'abord, je dois vous dire que je me tiens pour responsable.

— Vous étiez présente ?

— Non, mais c'est dans mon établissement que ça s'est produit, je suis donc à incriminer.

— Mais de quoi, à la fin ? Expliquez-vous, je vous en prie !

Elle parut prendre enfin conscience de son état de nervosité.

— Après le thé du matin, Maddie a oublié sa bombe dans la sellerie et s'en est aperçue alors qu'elle s'apprêtait à monter. Lucy l'a envoyée la chercher avec Holly, en leur recommandant expressément de ne toucher à rien, comme nous le faisons toujours. En revenant, elles sont passées devant le pré où nous mettons mon étalon dans la journée.

En entendant le mot « étalon », tout son être se crispa.

— Il avait renversé le seau contenant sa nourriture, expliqua Penelope, et les filles ont décidé d'entrer dans le pré pour le redresser.

— Et alors ? demanda-t-il d'une voix blanche.

— Eh bien, trouvant qu'elles traînaient, Lucy est partie à leur rencontre. Elle les a trouvées alors qu'elles venaient de redresser le seau et reculaient. Elle les a fait rapidement sortir, sans dommage. Mais elles ont eu beaucoup, beaucoup, de chance que Glen ne les morde pas ou ne leur donne pas un coup de pied, parce qu'il est très possessif vis-à-vis de sa nourriture et il aurait pu ne pas comprendre qu'elles voulaient simplement lui rendre service. Cela aurait pu très mal tourner.

— En somme, elles l'ont échappé belle, dit-il, encore tremblant.

Elles étaient indemnes. Indemnes !

Penelope semblait également toute retournée.

— C'est cela. Seulement, Lucy leur avait bien recommandé

de ne toucher à rien. Combien de fois leur avons-nous répété de ne jamais, au grand jamais, entrer dans les prés ou les boxes en dehors de la présence d'un adulte et sans permission expresse. Je ne peux accepter ce manquement aux règles les plus élémentaires. Je vais faire des cauchemars en pensant à ce qui aurait pu se produire si Glen s'était énervé.

Devinant ce qui allait suivre, il devança Penelope.

— Le stage de poney est donc terminé pour elles ?

— Je le crains, dit-elle à contrecœur.

Mais sa tristesse en annonçant la mauvaise nouvelle n'était rien comparée à ce que Joe ressentait. Pendant un instant, il se crut incapable de parler et, quand il parla, ce n'était pas du tout ce qu'il avait eu l'intention de dire.

Donnez-leur une seconde chance, s'il vous plaît. Elles ne recommenceront pas.

Au lieu de ça, il s'entendit demander :

— Où étiez-vous quand l'incident s'est produit ?

— Vanessa, Phil et moi, nous entraînions leurs chevaux sur le terrain de cross. Une partie se trouve dans les bois, hors de la vue des bâtiments. Je vous l'ai déjà dit, Joe, je me tiens pour responsable. Défendre aux filles d'approcher les chevaux ne suffisait pas. Elles ne devaient jamais échapper à la surveillance d'un adulte. A sept ans, elles sont plus jeunes que la plupart des enfants que je reçois. Je le sais, mais j'ai eu si peur. Je n'aurais pas dû accepter aussi vite de les prendre.

— Je comprends.

— Je dois être sûre que les enfants m'obéiront à la lettre parce que, au milieu des chevaux, il y a trop de risques d'accident s'ils prennent des initiatives personnelles.

— Oui, je m'en rends compte.

Donnez-leur une seconde chance, je vous en supplie.

— J'aurais dû réfléchir plus longtemps avant d'accepter. Mais Mary Jane est si charmante. J'avais envie de lui faire plaisir.

— Elle n'y est pour rien.

— Non, bien sûr.

— Merci d'avoir essayé.

— Je suis vraiment navrée. Ce sont de bonnes petites cavalières, avides d'apprendre. Juste un peu trop exaltées pour leur propre bien.

— Je connais le problème.

Il n'y avait rien à ajouter. Il se retira pendant que Penelope réitérait ses regrets, affirmant sa responsabilité et sa certitude qu'il n'y avait pas d'autre solution que de mettre fin au stage.

A mi-chemin de la petite route, Joe s'arrêta pour rassembler ses esprits et réfléchir à la suite à donner aux événements.

Tout d'abord, passer chercher les filles à *Spruce Bay.* Impossible maintenant de les laisser aux bons soins de Lucy.

Quelques minutes plus tard, il obliquait sur l'allée de *Spruce Bay Resort*, sous un beau soleil de midi, se rappelant à quel point son état d'esprit différait quand il l'avait empruntée, lundi et mercredi soir, dans la nuit, brûlant d'impatience à l'idée de revoir Mary Jane. Il allait devoir annoncer la mauvaise nouvelle aux filles, et se sentait terriblement gêné vis-à-vis des Richardson et de Lucy.

Cette dernière se sentait-elle également coupable ?

A l'idée de se garer devant le bungalow des Richardson, il se contracta. Il n'était pas prêt à voir les visages navrés des filles. Penelope ou Lucy leur avait sûrement parlé. Elles savaient sans doute qu'elles avaient commis une grosse bêtise. Avaient-elles compris ce qui aurait pu leur arriver ?

Il lui fallait encore un peu de temps pour réfléchir.

Il avait besoin de parler à quelqu'un.

Il avait besoin de Mary Jane.

Il se gara devant le bureau. Quand elle l'aperçut, son visage s'illumina.

Que faisait Joe ici au beau milieu de la journée ?

Ils n'avaient pas fixé de rendez-vous. Elle savait combien il était difficile pour lui de jongler entre le travail au garage et ses études.

Pourtant, il venait bel et bien la voir !

Elle ouvrit la porte pour l'accueillir, un sourire de contentement aux lèvres.

— Bonjour !

Mais il ne s'avança pas pour la prendre dans ses bras, et elle vit qu'il était extrêmement tendu.

— Que se passe-t-il, Joe ?

Ce fut elle qui alla vers lui et, attrapant ses mains dans les siennes, les serra.

Il lui rendit son étreinte, mais la lâcha tout de suite, apparemment trop crispé pour savourer un contact physique.

— Qu'y a-t-il, Joe ?

— Le stage de poney est annulé.

— Comment ? Mais les filles sont avec Lucy, Jessica et Simon. Je les ai vus tout à l'heure sur la plage quand je suis allée vérifier les bateaux.

— Je sors de chez Penelope et je viens les chercher.

— Que s'est-il passé ?

— Maddie et Holly sont rentrées dans le pré de l'étalon de Penelope pour redresser le seau de nourriture qu'il avait renversé. Il ne s'est rien passé, mais il semble qu'il aurait pu les mordre ou leur donner un coup de pied si elles s'étaient interposées entre lui et sa nourriture. Penelope dit qu'elle ne peut pas les garder si elles n'obéissent pas au doigt et à l'œil aux ordres.

— Où était-elle quand c'est arrivé ?

— Elle se considère comme responsable. Elle dit que les filles n'auraient jamais dû se trouver hors de la vue d'un adulte. Elle ne les rejette pas vraiment, elle refuse juste de prendre le risque que ça se reproduise.

— A mon avis, si, elle les rejette !

Il la dévisagea avec étonnement.

— Je croyais que tu l'appréciais.

— Je l'apprécie. Mais je t'apprécie encore plus, ainsi que les filles. Je comprends…

Que comprenait-elle ? Le chagrin des filles ? Le douloureux amour que Joe leur portait ?

Tout.

Avait-il essayé d'expliquer sa situation à Penelope ?

Non, bien sûr.

— Il est possible que ça s'arrange, Joe.

De nouveau, elle essaya de le toucher, et il répondit par une brève caresse sur son épaule.

— Je ne le crois pas. Penelope semblait catégorique.

— Je ne supporte pas l'idée que les filles soient déçues, alors qu'elles se montraient si passionnées, et si pleines de bonne volonté pour apprendre.

— Moi non plus. Elles ont tenu quoi ? Six jours et demi.

Ses paroles étaient teintées d'une amertume qui semblait hors de proportion, et elle les entendit soudain dans un contexte différent. Ne serait-ce pas ce qu'il avait dit à leur mère lors de ses tentatives de désintoxication ?

Tu as tenu quoi ? Six jours et demi ?

Ce n'était pas la même situation, mais peut-être ressentait-il les choses de façon similaire.

— Laisse-moi aller lui parler avant de dire quoi que ce soit aux filles, pria-t-elle. Ou à Vanessa, Phil ou Lucy.

— Lucy est sûrement au courant de la décision de Penelope. C'est elle qui a trouvé les filles avec l'étalon.

Il jura brusquement.

— Enfin, elles sont saines et sauves, ajouta-t-il. Cela aurait pu être tellement pire, c'est ce que je dois me dire.

— Je vais lui parler.

Il la considéra un instant en silence.

— Je ne crois pas que tu devrais le faire, dit-il enfin.

— Pourquoi ? Je tiens à toi, Joe, et je sais à quel point tu veux le bonheur de tes filles.

— Je sais, mais…

Son expression s'adoucit.

— Tu le sais, Joe ?

— Oui ! s'exclama-t-il, le regard brûlant.

— Je préfère. Je n'aurais pas couché avec toi si je ne tenais pas à toi.

— Je le sais, vraiment.

Il s'interrompit un instant, puis les mots se précipitèrent sur ses lèvres.

— J'avoue que c'est nouveau pour moi, Mary Jane. La façon dont tu te donnes à moi, dont tu me comprends si bien…

Elle lui sourit, timide et heureuse.

— Tu ne crois pas être facile à aimer ?

Elle n'avait pas eu l'intention de prononcer le mot « aimer ». C'était trop fort, trop plein d'implications, et elle n'y était pas encore prête. Seulement, d'un autre côté, elle faisait plus que l'apprécier. Beaucoup plus.

Il n'empêchait. Elle n'aurait pas dû aller si loin.

De son côté, Joe semblait savourer l'aveu.

— Tu le penses vraiment ?

— O-oui.

Impossible de se contredire, parce que ç'aurait été malhonnête. Elle ne voulait pas l'aimer mais, d'une certaine façon, elle l'aimait quand même…

— Je le pense vraiment, dit-elle rassemblant son courage.

La tête de Joe se mit à tourner. Il était venu à elle, à bout de ressources, et elle l'avait écouté. Elle cherchait à l'aider.

Elle l'aimait.

Et soudain, tout sembla limpide.

La constatation donnait un sens aux dix derniers jours, à la rapidité avec laquelle leurs sentiments avaient évolué, à la justesse qu'il ressentait à être avec elle, à son entente avec les filles.

— Dans ce cas, marions-nous, dit-il.

Pardon ?

D'accord, il n'avait pas prémédité ces mots. Mais quelle importance ?

Il les répéta pour qu'elle comprenne bien qu'il les pensait, puis il se rapprocha et prit son visage entre ses mains. Les yeux de Mary Jane étaient immenses.

— Je désire vraiment t'épouser, dit-il. Nous avons trente-cinq ans. Nous savons analyser les raisons de nos échecs sentimentaux antérieurs. Nous avons des objectifs communs. Les dix derniers jours ont été extraordinaires, et nous sommes capables de discerner ce qui est important.

— Tu crois ?

Elle s'était rembrunie, hésitante. Et, à présent, ses cils masquaient ses beaux yeux.

Il ne comprenait pas ses doutes soudains.

— A notre âge, il ne faut pas longtemps pour être certain de ses choix, tu ne crois pas ? L'évidence est là.

Comment lui expliquer plus clairement la chose ?

— Tu es belle, et nous nous entendons bien. C'est si difficile de se débrouiller tout seul, et les filles seraient si heureuses de t'avoir pour mère.

Il la prit dans ses bras et essaya de l'attirer à lui, mais elle ne réagit pas. Elle restait crispée, apparemment perplexe.

Il vacilla soudain.

Qu'avait-il dit ? S'agissait-il des filles ? Elle n'avait pas besoin d'ouvrir la bouche pour qu'il connaisse sa réponse. Et l'éventualité d'un refus l'atteignit plus cruellement qu'il ne l'aurait cru possible.

— Non, Joe, dit-elle.

— Non ?

Il la contempla avec une douloureuse incrédulité qui parut la bouleverser, alors même qu'elle aurait pu la soulager d'un mot.

— Non, je ne t'épouserai pas. Impossible. Pas ainsi…

— Tu disais que tu m'aimais. Moi aussi, je t'aime. Et je crois que c'est pour les bonnes raisons. Je le crois vraiment.

— Nous parlons d'unir nos vies, Joe. Et pas seulement les nôtres, nous impliquons aussi Holly et Maddie.

— Je croyais que tu les aimais, répliqua-t-il, choqué.

— Mais… mais oui. Seulement, je ne les connais que depuis dix jours et tu me demandes de devenir leur mère !

— Et tu refuses.

Elle pressa ses lèvres l'une contre l'autre.

— Je dis juste que c'est trop tôt. Je dis que je ne suis pas sûre que ce soit une bonne raison.

— Tu ne veux pas des filles ?

— Non, ce n'est pas ça.

La visible détresse de Mary Jane conjuguée à la violence de ses émotions l'empêchait de saisir le sens de cette conversation. Il fouilla son esprit à la recherche de signes. L'autre soir, au restaurant, elle s'était détournée des filles qui mangeaient leur dessert et lui avait posé des questions sur son examen, comme si elle cherchait une conversation adulte. Aurait-il dû déchiffrer son attitude ? Elle avait dit vouloir des enfants, mais n'avait pas parlé d'adopter ceux d'une autre femme. Sa chaleur et son amour étaient-ils moins généreux qu'il ne se l'était imaginé ?

Et, cependant, il voyait bien qu'elle était bouleversée. Il aurait voulu insister, mais il revenait sans cesse à ses propres pensées, quelques jours plus tôt.

L'acceptation des filles était une condition sine qua non.

Au-delà de leur belle entente physique, de leurs objectifs communs, du partage, il n'était pas question de laisser le bonheur de ses filles au hasard.

— Je ne peux pas accepter, je ne peux pas, répéta-t-elle.

— J'ai compris.

— Je ne te… repousse pas, Joe.

Elle posa une main sur son bras et, instinctivement, il chercha à la lui prendre, pour l'étreindre et la caresser. Et cela, alors qu'il ne voyait d'autre solution que de mettre fin à leur relation puisqu'elle éprouvait des doutes à propos de ses enfants.

— Tu ne me repousses pas, tu me chasses, dit-il, quêtant toujours les réponses qu'elle refusait de lui donner.

— J'essaie de nous protéger tous. Moi, toi, Holly et Maddie. C'est trop tôt pour prendre une telle décision, et pour de mauvaises raisons, en plus.

— Parce que tu t'imagines que je ne sais pas ce que je veux ? s'insurgea-t-il. Tu ne crois pas que je suis passé par assez d'épreuves dans ma vie pour reconnaître de l'or quand j'en déniche ? Je sais ce que je veux, Mary Jane.

— Tu es sûr ?

— Ce n'est pas compliqué. Ou on sait, ou on ne sait pas !

— Alors je préfère dire que je ne sais pas.

Elle se tenait pourtant tout près de lui, prête à l'étreindre. Il fallait croire qu'elle était bien plus perdue qu'elle ne le prétendait.

Pourquoi ne lui disait-elle pas franchement qu'elle l'aimait, mais se sentait incapable d'assumer ses enfants ?

— Mary Jane, murmura-t-il, espérant contre toute attente qu'elle dise quelque chose de différent, quelque chose qui ne mettrait pas fin une fois pour toutes à leur relation.

— Parfois, c'est dangereux de savoir ce que l'on veut, dit-elle. On peut commettre de monumentales erreurs en essayant ardemment de l'obtenir.

Il trouva le raisonnement idiot. Mais le dessein de Mary Jane était clair. Il la laissa aller.

— Tu es sincère ? demanda-t-il.

— Oui. Tu comprendras plus tard, en y réfléchissant.

— Comme tu voudras, se contenta-t-il de répondre, faute de mieux. Bon, il faut que j'aille chercher les filles et que je leur annonce la nouvelle.

L'espace d'un instant, elle parut perplexe, puis son visage s'éclaira.

— Ah oui, à propos du stage de poney.

Oui, Mary Jane je ne vais pas leur raconter que tu as repoussé ma demande en mariage.

— J'aimerais parler à Penelope et aux Richardson, ajouta-t-elle, pour essayer de…

— Laisse tomber, s'il te plaît. Ce n'est pas ton problème.

Ils se séparèrent maladroitement, sans une caresse, sans un baiser. Sans parler de se revoir.

Après son départ, mille pensées fusèrent dans l'esprit de

Mary Jane. Cette demande en mariage représentait la concrétisation de ses rêves. Joe lui offrait comme une évidence ce qu'elle avait toujours voulu, un mari, une famille, un foyer plein d'amour.

« Marions-nous », avait-il dit.

Comme si c'était aussi simple que d'acheter un grille-pain ou de choisir un dessert. Dès qu'il avait prononcé ces mots, tout son être s'était projeté vers lui. Elle aurait voulu lui crier : « Oui ! Oh ! oui, Joe ! »

Si elle avait accepté, elle aurait pu d'ores et déjà planifier son mariage et rêver de maternité. Ils cesseraient de se protéger pour faire l'amour, et elle tomberait peut-être enceinte avant que Lee et Daisy aient leurs bébés. C'est-à-dire qu'elle partagerait leur joie sans la morsure cruelle de l'envie qu'elle craignait de ne pouvoir dissimuler le moment venu.

« Marions-nous. »

L'entendre prononcer ces mots avait été comme de franchir la ligne d'arrivée d'une interminable course.

La victoire d'une vie.

Mais elle ne les avait pas crus. Pas vraiment.

Il les avait dits trop tôt, avec trop de légèreté. Elle aurait été folle d'y croire tant ils recelaient de simplicité. Il lui avait proposé de l'épouser à cause de ce qui venait d'arriver à ses filles. Il se sentait malheureux, seul et fragile d'une façon masculine.

Il l'avait même dit.

« C'est si difficile de se débrouiller tout seul, et les filles seraient si heureuses de t'avoir pour mère. »

Alors, forcément, il avait saisi la première bouée de sauvetage venue. La première femme susceptible de faire une bonne mère pour ses enfants.

Si elle avait accepté, cela aurait été pour de mauvaises raisons. Aussi mauvaises que celles qui l'avaient poussé à lui proposer le mariage.

Si elle avait accepté, elle se serait méprisée d'avoir sauté sur une proposition émise dans le désarroi, d'avoir été si désespérément en manque de maternité qu'elle aurait saisi la première occasion venue de devenir instantanément mère. D'avoir pensé qu'elle pouvait réaliser le fantasme que représentait pour elle la vie de Joe et transformer un penchant, quelques conversations et de bons moments au lit en un engagement total.

Elle avait donc fait la seule chose possible : elle l'avait repoussé, et il n'était pas certain qu'elle y survive.

13

— Mets-toi à ma place, Mary Jane.

— Bien sûr, Penelope, mais si le bon système est mis en place… Je présume que Lucy a rarement quitté les enfants des yeux avant l'incident, ce ne serait donc pas une révolution que de rappeler qu'on ne doit jamais les laisser sans surveillance, ne serait-ce qu'une minute. Tu as dit toi-même que tu te sentais responsable…

— Je me demande si je fais bien d'organiser des stages pour les enfants. Ce n'est pas ma mission principale, après tout.

— Pourtant, tu aimes enseigner aux jeunes et tu y crois.

Penelope soupira.

— Oui, malheureusement. Mais quel surcroît de travail !

Elles se tenaient près de la piste de dressage, la selle de l'étalon que Penelope venait de monter, posé sur la barrière avec le tapis. Glengarlow Breven, comme l'indiquait le nom brodé sur celui-ci — mais Penelope l'appelait toujours Glen —, était une bête superbe et impressionnante. La robe d'un noir luisant jouait sur un corps puissant, aux muscles bien dessinés, à la crinière et à la queue touffues. Et elle se dit que Maddie et Holly avaient eu bien du courage, et une bonne dose d'inconscience, pour oser s'approcher de lui.

Après le départ de Joe, quelques heures plus tôt, elle était retournée s'asseoir au bureau et avait machinalement consulté les réservations sur le site web. Il y en avait une nouvelle pour une semaine en septembre. Bien. Grâce aux travaux de rénovation qui rendaient l'hôtel plus attractif, la saison se prolongeait.

Pourtant, elle n'avait pas été capable de s'intéresser au succès de *Spruce Bay Resort*. Son attention restait focalisée sur l'allée où allait passer puis disparaître le minivan de Joe, avec, à l'arrière, deux petites filles dont le rêve venait de se briser.

Une demi-heure s'écoula avant qu'il apparaisse. Les explications avaient sans doute été longues et ponctuées de flots de larmes.

Le temps que Nickie prenne la relève, à 16 heures, elle avait décroché le téléphone et pris rendez-vous avec Penelope, sa résolution bien affermie. Ainsi elle pourrait se battre pour un homme qu'elle n'épouserait pas et deux petites filles qu'elle n'avait pas le droit d'aimer.

A vrai dire, pour le moment, ses négociations en étaient au point mort.

— Je trouve dommage que tu remettes ta philosophie en question à cause d'un unique incident, avança-t-elle avec circonspection. Il n'est jamais rien arrivé de tel depuis que tu organises ces stages ?

— Une fois, nous avons reçu un gosse de dix ans qui n'avait aucune envie d'être là, répondit Penelope avec réticence. Il nous avait été adressé par les services de l'enfance du comté, parce qu'ils pensaient que ça serait bénéfique pour lui. Malheureusement, il agaçait sciemment les chevaux. Pire, je l'ai surpris en train de planter des clous dans une pomme qui leur était destinée. Il trouvait ça drôle.

Glen renâcla, agita la tête et frappa bruyamment le sol de son sabot ferré, comme s'il réprouvait vivement qu'on s'amuse avec quelque chose d'aussi important qu'une pomme, et Penelope dut lui demander fermement d'arrêter. Le voyant obéir, elle caressa son museau de satin noir.

— Tu te souviens de ce gosse, n'est-ce pas ? dit-elle.

— Je suppose que tu ne l'as pas gardé ?

— Non. Après une demi-journée, j'ai téléphoné aux services de l'enfance et je leur ai expliqué qu'il avait besoin de plus d'attention que je ne pouvais lui en donner.

— Mais pour Holly et Maddie, c'est différent. Elles adorent les poneys. Depuis deux ans, le soir, Joe leur lit des manuels de soins à donner aux chevaux, et elles sont suspendues à ses lèvres. Cette histoire avec Glen est arrivée parce qu'elles étaient soucieuses de son bien-être. Dans le cas du jeune garçon dont tu m'as parlé, c'était tout l'inverse.

— C'est vrai.

Penelope lui adressa un regard pénétrant.

— Tu défends leur cause avec flamme, fit-elle remarquer.

— Je… je les aime bien.

— Et leur père ?

— Je l'aime bien aussi.

— Mes félicitations !

— Non, ce n'est pas ce que tu crois. C'est juste un ami.

A présent, après la scène du bureau, c'était en effet tout ce qu'il était pour elle.

— Sait-il que tu es venue me trouver ?

— Non. Il ne voulait pas que je m'en mêle, mais je ne pouvais pas rester les bras croisés.

— Les petites sont-elles bouleversées ?

— Je ne les ai pas vues, mais j'imagine sans peine leur état. Elles ont vécu des années difficiles.

Etait-ce bien judicieux d'en parler ?

Mais maintenant qu'elle avait commencé, il était difficile de s'arrêter. De toute façon, Joe ne lui avait pas demandé le secret.

— Elles n'ont plus aucun contact avec leur mère, expliqua-t-elle, et Joe a dû se battre longuement pour en obtenir la garde. Elle se droguait et les petites ont été frappées par certains de ses petits amis avant que Joe parvienne à les arracher à ce milieu. Elles auraient pu tourner comme cet enfant dont tu me parlais. Joe s'adresse des reproches…

— Je connais le problème !

— Il désespère de les guérir de tout héritage maternel et, si cette histoire fait souffrir ses filles maintenant, sur le long terme, c'est Joe qui sera le plus atteint. Il voudrait tant leur trouver une activité saine, une passion qui canalise leur énergie.

— Et nous ne devons pas faire souffrir Joe, constata doucement Penelope.

Mary Jane rougit.

— S'il te plaît.

— C'est curieux. Je ne crois pas que vous soyez juste amis.

— Je ne sais pas ce que nous sommes. Mais si tu insinues que je l'aime, eh bien, oui. Je ne peux pas m'en empêcher.

— Jusqu'au point de venir m'importuner pour plaider la cause de ses filles.

— Et au-delà. Si ça se trouve, tu n'enverras plus de cavaliers à *Spruce Bay*, dit-elle essayant de plaisanter.

— Allons, tu ne m'importunes pas vraiment ! Pas du tout, en réalité. Cette discussion me fait du bien. J'ai probablement réagi de façon un peu trop épidermique, ce matin. Je me rappelais le gosse, je pensais à ce qui aurait pu arriver s'il s'était montré plus subtil dans sa cruauté et si nous ne l'avions pas surpris à temps.

— C'est terrible, en effet.

— Mais tu as raison. Holly et Maddie sont différentes, et si je dois diriger ce genre de stages, surtout avec des enfants en difficulté, je dois établir un règlement très strict en ce qui concerne la supervision adulte. Il existe d'ailleurs. C'est que, dans notre cas, l'arrangement était informel, et Jessica et Simon sont tellement habitués à évoluer au milieu des chevaux qu'ils savent bien ce qui est permis et ce qui ne l'est pas. Nous avons sans doute baissé un peu trop tôt la garde avec les petites filles de Joe.

— Alors, tu leur accordes une seconde chance ?

— C'est bien pour toi, Mary Jane. Et il faut qu'elles sachent que je ne tolérerai plus le moindre écart.

— Oh ! merci, merci ! Je suis certaine qu'elles ne recommenceront pas. Merci, Penelope ! C'est plus que je n'osais espérer.

— Je vais expliquer la situation à Lucy, Vanessa et Phil.

Toi, vois avec Joe et les enfants. Mais je t'en prie, fais-leur comprendre que...

— Je n'y manquerai pas. Une seule chance et une obéissance sans faille !

— Qu'est-ce que tu en penses, Glenny-boy ? demanda Penelope en flattant l'encolure de l'étalon.

— A-t-il son mot à dire ? Elles ne s'approcheront plus de lui, c'est promis.

— Tu as raison ! dit Penelope avec un petit rire. Je doute qu'elles réitèrent l'expérience.

— Qu'est-ce que venait fabriquer Mary Jane, ici ?

Il sentit se nouer quelque chose dans son ventre et ne sut plus que penser. S'il n'avait pas regardé par la fenêtre tout en aidant les filles à ranger leurs jouets avant le dîner, il n'aurait eu vent de la présence de Mary Jane que quand il aurait ouvert la porte.

Ce qu'il allait faire d'ici une seconde.

Les filles avaient passé l'après-midi entre crise de larmes et silence, et il n'avait pu les laisser à son père dans cet état. Ce dernier avait donc tenu le garage. Quant à lui, il ne cessait de repenser à cette absurde demande en mariage, pourtant absolument sincère, et il ne comprenait toujours pas où ça avait dérapé. S'agissait-il de la question des filles ? Uniquement ça ? Ou bien y était-il pour quelque chose ? Etait-il en colère contre elle, ou voulait-il leur accorder une seconde chance ?

Bon, elle allait entrer, et il n'avait la réponse à aucune de ces questions.

— Bonjour, déclara-t-il en ouvrant la porte avant que la sonnette ne se déclenche.

— Tu m'avais vue arriver ?

— Oui.

— Désolée. Ce n'est pas très correct de se présenter ainsi, à l'improviste.

— Pas de problème. Je suis là.

— Mais tu n'avais peut-être pas envie de…

Elle s'interrompit.

Il la trouva si mignonne avec ses joues rouges et son air penaud qu'il songea à l'embrasser. Il aurait préféré qu'elle rougisse parce qu'il l'avait embrassée, mais il ne fallait pas rêver. Agir ainsi ne ferait que les perturber un peu plus. Et puis, impossible de revenir en arrière. On ne reprend pas une demande en mariage ratée. Rien n'était simple. Il le savait à présent.

Ce matin, pourtant, il trouvait très simple d'épouser Mary Jane, mais sa réaction prouvait qu'il n'avait pas tout compris.

Question de timing, peut-être. Ou d'atmosphère ?

Une telle demande exigeait un cadre spécial. Des fleurs, la douce lumière de bougies, pas quelques mots jetés dans la sécheresse d'un bureau. En outre, il aurait fallu qu'ils se trouvent dans une humeur joyeuse, pas écrasés par l'anxiété et la tristesse. Par sa faute, il lui avait donné l'impression que sa proposition de mariage n'était que la décision désespérée d'un être se trouvant dos au mur. Quelle femme l'accepterait ?

Il était un crétin.

Pourtant, elle aussi lui avait envoyé des signaux négatifs, en montrant qu'elle n'était pas prête à assumer ses filles, qu'elles représentaient un obstacle plutôt que deux adorables petites choses à accueillir dans ses bras.

Cependant, voilà qu'elle était devant lui, et son cœur battait à grands coups.

— Entre, dit-il.

Elle ne bougea pas.

— Comment vont les filles ?

— Comme tu peux le penser.

Elle baissa la voix.

— C'est pour ça que je suis ici.

Ah bon ? Elle était venue pour les filles ? Quelle ironie du sort !

— Je… j'ai parlé à Penelope.

Elle leva une main, pour couper court à ses protestations.

— Un instant, Joe. Elle leur accorde une seconde chance, mais je ne sais pas si tu es d'accord pour la saisir. Après tout, tu as peut-être réfléchi. La confiance ne doit pas être unilatérale. Et tu juges peut-être qu'elles ne sont pas en sécurité là-bas.

— Entre, répéta-t-il.

— Tu crois ?

— Puisque je t'en prie.

Quand elle obtempéra, il perçut au passage une bouffée de son odeur qui le fit défaillir. Cependant, le maintien très raide de Mary Jane indiquait qu'il était trop tard pour les regrets. Il ne pouvait lui en vouloir. Il aurait dû savoir qu'on ne bâtit pas de grands projets sur un coup de tête. Une chance qu'elle n'ait pas oublié la question des filles et accepté sa proposition juste parce qu'ils s'entendaient bien physiquement.

— Viens dans la cuisine, reprit-il, affichant un calme qu'il était loin de ressentir. Je dois me mettre à la préparation du repas.

— Bien sûr.

— Tu peux rester dîner avec nous, si tu veux.

— Eh bien, je… Enfin, il ne vaudrait mieux pas.

— Tu as deviné qu'il s'agissait juste de saucisses-frites, dit-il, essayant d'alléger l'atmosphère.

Le son de son rire fut comme un baume sur ses blessures, et il se détendit un peu. Bon, il l'avait demandée en mariage de la pire façon possible, et elle l'avait repoussé. Mais ils ne se haïssaient pas.

— Ce doit être ça, dit-elle en entrant dans la cuisine.

Le plus urgent était de mettre les frites au four, parce que leur cuisson prendrait du temps.

— Il paraît que le ketchup est un légume et, comme je compte aussi la moutarde, avec les pommes de terre, ça fait trois légumes. Pas mal, non, du point de vie diététique ?

— Ne t'excuse pas. Je suppose que l'après-midi a été dur ?

— Oui.

— Que penses-tu de l'offre de Penelope, Joe ?

Devant son expression tendue, il comprit que cette histoire lui importait, et son cœur se serra. Et s'il s'était trompé ? Si elle ne l'avait pas repoussé à cause des filles ?

Alors, à cause de quoi ?

— Ce que je pense..., dit-il, essayant de reprendre ses esprits.

— Penelope veut bien les reprendre, mais est-ce que tu acceptes de les lui confier ?

— Oui. Bien sûr, je dois faire un effort pour ne pas céder à la panique en pensant à cet étalon, mais il y a d'autre part tant de bonnes raisons d'accepter. Ça leur fait beaucoup de bien.

— C'est ce que j'ai dit à Penelope.

— Tu t'en rends compte aussi ?

— Leur passion est incroyable. Tu as raison, il faut l'exploiter. Elle peut les aider à se réaliser.

— J'ai signé la décharge de Penelope, la semaine dernière.

Il récita :

— « Je comprends et reconnais que l'équitation est un sport potentiellement dangereux et que les chevaux sont susceptibles d'avoir des réactions très brutales et imprévisibles, surtout quand ils sont effrayés. » Mais il existe un autre genre de dommages que tu n'as pas encore vu chez les filles, des dommages émotionnels et non physiques, ceux-là. Ils sont là, sous-jacents, et je crois aussi que les poneys peuvent les aider à en guérir.

Elle hocha la tête, ses grands yeux bleu vert pleins de compassion.

— A propos, merci, ajouta-t-il.

— Merci pour quoi ?

— Pour avoir gardé de l'intérêt pour les filles malgré... malgré...

— Ta demande en mariage ?

— Oui.

Elle haussa les épaules.

— L'un de nous devait reprendre contact avec la réalité, dit-elle avec une charmante petite moue.

— C'est vrai. Et il a fallu que ce soit toi.

A son tour, elle chercha refuge dans l'humour.

— Eh bien, je suppose que j'excelle dans cette discipline.

Il bouillonnait intérieurement. Il aurait voulu lui demander si elle l'avait refusé à cause des filles, mais n'avait aucune envie de l'entendre confirmer cette hypothèse.

— Viens, dit-il soudain. Je vais leur annoncer la bonne nouvelle. Tu veux y assister ?

— Non, il vaut mieux que je rentre.

— Ça va être une explosion de joie, tu sais. Embrassades, larmes de joie, et cris perçants, je le reconnais.

Elle eut un bref sourire.

— Vraiment, je préfère y aller.

Qu'est-ce qui était le pire ? se demanda Mary Jane en quittant la maison de Joe. Sa demande irréfléchie ou les excuses formulées quelques heures plus tard ?

Et si, n'écoutant que son cœur, elle s'était jetée dans ses bras en criant que oui, elle serait sa femme ! Seraient-ils désormais prisonniers d'un engagement qu'il aurait tout de suite regretté ? Aurait-il, bon gré, malgré, été jusqu'au bout de ses rêves de famille, ou bien aurait-il fini par demander une séparation quand elle aurait été profondément attachée aux filles et n'aurait pu imaginer la vie sans elles, ni sans lui ?

Tu l'as échappé belle, Mary Jane.

Pourtant, la conviction d'avoir bien fait de refuser n'allégeait pas sa tristesse.

14

L'Europe l'attirait. Peut-être la Scandinavie. Il y avait ce féerique hôtel de glace en Norvège, reconstruit chaque année. Franchement, ce devait être une expérience unique ! Ou peut-être une randonnée en canoë en Suède. A la saison la plus chaude, il y avait aussi le surf et le yoga au Portugal ou un circuit à bicyclette en France. Petit hic, la plupart des destinations exigeaient plusieurs mois de remise en forme physique.

Elle regagna *Spruce Bay*, une pile de brochures touristiques sur le siège du passager.

Elle n'avait pas vraiment envie de partir, mais il fallait qu'elle bouge, se donne un but à attendre avec impatience, exhibe la preuve, à ses yeux et aux yeux de tous, qu'elle allait bien et n'avait pas l'intention de s'allonger sur une plage en passant son temps à ruminer. Voyager avait toujours été l'activité vers laquelle elle se tournait quand la vie ne lui était pas clémente. Et si, parfois, elle n'y trouvait pas vraiment son compte, ce n'était pas faute d'essayer.

Une fois garée devant le bureau, elle saisit la pile de prospectus, son sac, et descendit de voiture en se disant qu'elle allait poursuivre sa route, qu'elle y arriverait… et se retrouva devant Joe qui l'attendait.

Quand ils se furent salués, Joe expliqua les raisons de sa présence.

— Nous aurions besoin de serviettes pour la piscine.

— Bien sûr.

Ce n'était pas une surprise puisqu'il était en caleçon de bain. Néanmoins, la vue de son corps en partie dénudé lui fut douloureuse. Elle tenta de se ressaisir.

Au diable les souvenirs !

Depuis le vendredi précédent, trois jours plus tôt, elle ne cessait de se répéter qu'elle avait bien agi, pour elle, pour Joe et elle, et pour les filles. Ce n'était qu'un rêve, et les rêves ne se concrétisent pas dans la vraie vie. Essayer de façonner son existence pour qu'elle colle à vos fantasmes était désastreux ; elle était bien placée pour le savoir. Il fallait se montrer raisonnable.

Peux-tu repasser la bande-son une fois encore, Mary Jane ?

— D'habitude, elles apportent leurs serviettes, dit Joe, confus, mais nous les avons oubliées ce matin.

Il croisa les bras sur sa poitrine comme s'il prenait soudain conscience de sa semi-nudité, et le geste fit gonfler ses biceps.

Ils avaient fait l'amour. Elle connaissait son corps par cœur. Elle l'aimait. Mais elle n'avait pas le droit de laisser ses pensées divaguer dans cette direction.

— Je sais que nous ne sommes pas clients, reprit-il, et que…

— Pas de problème. Tu te souviens, Joe, j'ai cassé ta voiture ?

Pour se montrer aimable, il rit à la plaisanterie quelque peu éculée. Puis son regard tomba sur la pile de prospectus dans ses bras.

— Tu pars en voyage ?

— J'opterai peut-être pour une destination un peu aventureuse. Une randonnée à bicyclette en France, ou bien…

Il poussa un petit sifflement.

— Je t'envie. J'ai très peu voyagé. Un jour, peut-être…

— A vrai dire, nous vivons dans une région superbe. J'ai assez de points de comparaison pour l'affirmer.

— Tu as beaucoup de chance.

— Oui. J'aime… partir loin.

Elle agita la main pour désigner ces mystérieuses contrées.

Le regard de Joe alla de sa main à son visage et elle craignit qu'il n'y lise un désir qu'elle arrivait mal à dissimuler.

— Voir de nouvelles choses, rencontrer de nouvelles personnes, poursuivit-elle.

La remarque paraissait si creuse, si triste. Qui aurait-elle pu abuser ? C'était un vrai supplice.

Heureusement, il changea de sujet.

— Excuse-moi de revenir là-dessus, mais il me faudrait les serviettes. Je crains que les filles ne prennent froid. J'aimerais que nous puissions parler, ajouta-t-il maladroitement.

Une brusque chaleur l'envahit.

— Moi aussi. Je me dépêche d'aller les chercher.

Elle se reprocha son soudain attendrissement. Il se montrait sans doute juste poli en faisant allusion à une possible discussion.

Après avoir déposé les brochures sur le bureau, elle se hâta vers la réserve, tandis que Joe attendait sous le porche.

En revenant, elle aperçut deux petites silhouettes grelottantes qui accouraient vers eux sur l'allée de gravier.

— On ne pouvait plus attendre, papa.

— On a tellement froid !

Il saisit deux serviettes sur la pile qu'elle tenait dans ses bras, et en enveloppa chaque enfant. La scène lui rappela la première fois où les filles s'étaient baignées ici, une quinzaine de jours plus tôt.

Les petites s'en souvenaient aussi.

— Est-ce qu'on peut avoir un chocolat aujourd'hui ? demanda Holly.

— On n'a rien cassé cette fois, souligna Maddie.

Joe vit que la requête la prenait au dépourvu.

— Non, les filles. Mary Jane est occupée.

— Tu es occupée, Mary Jane ? demandèrent-elles en chœur.

Elle se mordit la langue pour ne pas les inviter à monter. Il y eut quelques secondes de silence, mais ce fut suffisant pour que les fillettes comprennent qu'il ne fallait pas compter sur le chocolat.

— Oui, je suis occupée, répondit-elle enfin.

Devant leurs mines déçues, elle comprit qu'elle avait perdu des points. Elle n'était pas toujours la dame gentille et amusante qui leur avait trouvé le stage de poney et qui jouait si drôlement mal au minigolf. Parfois c'était une dame sérieuse qui refusait de leur offrir un chocolat chaud, même quand elles n'avaient rien fait de mal. Et qui savait quels autres crimes elle pourrait commettre, à l'avenir, si leur père restait en contact avec elle ?

Les jumelles n'étaient que des enfants. Pas des anges.

Et pas non plus ses enfants.

— Je vais emmener ces serviettes à la piscine, dit-elle. Vous n'aurez qu'à laisser les vôtres sous le porche.

Le temps qu'elle réapprovisionne les étagères du vestiaire en serviettes et salue Lucy, Jessica et Simon, la voiture de Joe avait disparu au bout de l'allée.

— Vous croyez vraiment que papa et maman nous rendent une visite surprise parce qu'ils n'ont pas confiance en nous, et qu'ils préfèrent vérifier de visu que tout se passe bien ? demanda Daisy à Lee et Mary Jane.

Elles se tenaient dans la cuisine du restaurant, nette et tranquille en cette heure de la matinée, après le nettoyage du petit déjeuner, la préparation des paniers pique-nique et les premiers préparatifs du déjeuner.

Lee éclata de rire, mais Mary Jane ne prit pas la question aussi à la légère.

— Je parie que c'est exactement ça ! s'exclama-t-elle.

Sa mère avait appelé quelques minutes plus tôt, annonçant qu'ils se trouvaient à de moins de deux heures de *Spruce Bay*.

Elle avait confié la réception à Nickie et était allée retrouver ses sœurs au restaurant afin de leur annoncer l'arrivée imminente de ceux qui avaient dirigé cet endroit avec modestie et amour pendant plus de trente ans.

La dernière visite de leurs parents remontait à avril, soit deux mois plus tôt, si bien qu'ils n'avaient pas encore vu l'hôtel dans sa parure estivale, avec arbres, arbustes et fleurs annuelles en pleine floraison, les parkings pleins et des clients profitant de la piscine, de l'aire de barbecue, du restaurant avec sa terrasse ponton, de la plage et des bateaux.

— Tu es venue en toute hâte nous prévenir de leur arrivée au cas où nous aurions quelque chose à cacher ? demanda Lee.

— Mais non…

— Arrête ! Je plaisante.

— Je sais, mais je me suis dit que nous pourrions faire une petite réunion avant leur arrivée.

— Une réunion ? répéta Daisy. As-tu quelque chose à nous reprocher, Mary Jane ?

Par où veux-tu que je commence ?

Allons bon, son amertume était de retour, amplifiée par le fait que Daisy se soit hâtée de poser la question, comme si elle s'attendait en permanence à ce que son aînée soit mécontente de ceci ou de cela.

— Rien du tout, répondit-elle.

Non, elle était affreusement malheureuse.

Ne pense pas à ça maintenant.

— Seulement, il me semble qu'il est temps de prendre certaines décisions.

— Un chocolat glacé, ça vous dirait ? demanda Daisy.

— Volontiers, répondit Lee, qui semblait perpétuellement affamée ces derniers temps.

Daisy sortit de grands verres, le sirop de chocolat, la crème à la vanille et le lait.

— Continue, dit-elle tout en s'activant. Je peux préparer les chocolats et écouter en même temps.

— D'accord. Eh bien, voilà…

Elle prit sa respiration.

— En ce moment, vous conviendrez que nous sommes

dans l'attente et que ça ne peut pas durer. Vous allez toutes les deux avoir un bébé…

Attention, ça ne doit pas ressembler à une accusation.

— … et c'est merveilleux, mais il est temps de nous organiser.

Elle s'arrêta le temps que Daisy fasse fonctionner le blender, qui emplit la cuisine de bruit. Quand le silence revint, elle poursuivit.

— Lee, où allez-vous vous installer, Mac et toi, après le mariage ? Si vous restez à Jay, le trajet sera long pour venir travailler ici, surtout avec un bébé. Et, Daisy, tenir le restaurant est un gros travail…

Daisy était occupée à couronner les verres de crème chantilly en bombe. Avec elle aux commandes, on n'avait pas l'impression que la gestion d'un restaurant était une affaire pesante. Et pourtant…

— Combien de semaines d'arrêt prendrez-vous pour l'accouchement ? poursuivit Mary Jane. Quand vous reprendrez le travail, est-ce que ce sera à temps plein ? Je sais que c'est normalement une période plus calme, mais si nous voulons faire de l'hiver une saison plus…

Elle entendit sa voix devenir de plus en plus stressée, presque plaintive, et elle se tut. Qu'allaient penser ses sœurs de son intervention ?

— Nous y avons réfléchi, Mac et moi, dit Lee.

— Tucker et moi aussi, fit Daisy.

— Alors ?

Daisy posa devant elle un verre de chocolat glacé.

— Pour commencer, annonça-t-elle, nous envisageons d'acheter une maison.

— Fantastique ! s'exclama bruyamment Lee. Où ?

— Nous en avons repéré deux près du lac, à peu près entre ici et le siège de *Reid Landscaping.*

Pour le moment, Daisy et Tucker occupait un appartement au-dessus des bureaux de l'entreprise de Tucker, charmant mais trop petit pour une famille.

— Nous allons faire une offre pour l'une d'entre elles et discuter avec la banque, poursuivit-elle.

— Ce qui signifie…, insista Mary Jane.

— Que je suis complètement impliquée dans la gestion du restaurant. Piri devient une très bonne assistante, et j'ai déjà planifié les menus de l'automne et de l'hiver.

— Oh ! tu l'as fait ?

Soudain, Mary Jane se sentit au bord des larmes.

Ses sœurs et elle avaient été si prises ces derniers temps qu'elles n'avaient guère eu l'occasion de parler sérieusement. Et son histoire avec Joe avait tellement occupé ses pensées qu'elle en avait presque oublié sa grande crainte : que deviendrait-elle si Daisy partait ?

— Mais oui ! T'es-tu inquiétée à ce sujet, Mary Jane ?

— Un peu, j'avoue.

— Tu peux te rassurer. J'ai pris plein de notes et je suis certaine que Piri me remplacera très bien pendant mon congé maternité. L'équipe fonctionne à merveille et tout le monde semble content de travailler ici.

— C'est formidable !

A travers sa paille de plastique rose, Lee aspira une longue gorgée de son chocolat glacé.

— C'est un peu différent pour moi, dit-elle lentement.

Daisy et Mary Jane la dévisagèrent.

— J'aime *Spruce Bay*, de merveilleux souvenirs d'enfance s'y attachent, mais c'est un point de vue personnel. Mac et moi, nous sommes convenus que l'hôtellerie n'était pas une carrière pour moi. Je ne possède pas tes qualités de gestionnaire, Mary Jane, et je ne partage pas la passion de Daisy pour la cuisine. Je vais juste là où on a besoin de moi et c'est trop souvent en intérieur pour mon goût. Vous connaissez mon amour pour les activités de plein air.

— Et donc ? interrogea-t-elle doucement.

— Je pense que vous pourrez aisément me remplacer.

— Donc, tu t'en vas ?

— Nous cherchons aussi à acheter une maison. Celle que

nous louons à Jay nous convient, et les propriétaires vont prochainement la mettre sur le marché. Elle est agréable, facile à aménager, et sa situation géographique est idéale pour travailler à Whiteface. J'ignore quand je reprendrai le travail — peut-être ferons-nous rapidement un deuxième enfant —, en tout cas, quand le moment sera venu, je pourrai exercer la profession que j'aime : monitrice de ski, d'escalade ou guide de montagne. Qu'en pensez-vous, les filles ?

— Je… ta décision ne me surprend pas tellement, répondit Mary Jane.

— Tu nous manqueras, dit Daisy.

— Jay n'est qu'à deux heures de route, souligna Lee. Mary Jane, est-ce que ça entre dans tes plans ? Je veux dire, Joe et toi…

Lee s'exprimait avec prudence, comme si elle devinait qu'elle mettait les pieds en terrain miné.

— Il n'y a pas de Joe et moi, répliqua-t-elle.

Un lourd silence envahit la cuisine dont l'atmosphère se modifia sensiblement.

De nouveau célibataire ? Bonne chance, Mary Jane !

Aurait-elle dû les avertir plus tôt ? Cela faisait presque quinze jours qu'elle était allée chez Penelope implorer la grâce de Maddie et Holly.

Depuis, hormis le jour où Joe était venu chercher des serviettes pour ses filles, ils s'étaient croisés quelquefois, quand il les amenait chez les Richardson ou venait les chercher et, chaque fois, la conversation s'était étirée au-delà des salutations d'usage.

Chaque fois, elle ressortait de ces entrevues le cœur en lambeaux, repassant dans son esprit leurs paroles, les expressions de Joe, le langage de son corps, et elle les engrangeait comme des biens absurdement précieux.

Chaque fois, elle avait envie d'offrir un chocolat chaud ou glacé aux filles pour qu'elles ne la voient pas comme une personne mesquine et, chaque fois, elle résistait. Il lui semblait que Joe s'apercevait de son combat intime.

Pour l'heure, ses sœurs la regardaient, quêtant visiblement des explications.

— Mais, Mary Jane..., commença Lee, tu semblais tellement...

Elle s'interrompit.

— Eh bien, finis ta phrase, rétorqua-t-elle, impatientée. Je ne suis pas en sucre !

— Tu semblais heureuse et vous aviez l'air de bien vous entendre.

— C'est ainsi.

— Mais que s'est-il passé ?

— J'ai pris conscience que je m'intéressais à lui pour de mauvaises raisons.

— Ah oui, ce corps à rendre folles la plupart des femmes.

— C'est... c'est à peu près ça, répondit-elle, se refusant à évoquer la véritable raison de leur rupture.

Je n'ai aucune confiance en moi. Une fois déjà, j'ai voulu réaliser à tout prix mon rêve de famille avec le résultat que l'on sait.

— Cela mis à part, reprit-elle, tu voulais savoir, Lee, ce que je pensais de vos projets à Daisy et toi ? Eh bien, je les trouve excellents et je suis heureuse pour vous. Je sais que tu ne pouvais t'épanouir professionnellement ici, Lee, et je craignais que vous décidiez de repartir pour le Colorado, ce qui m'aurait empêchée de voir votre enfant grandir. Et, Daisy, tu me fais une grande joie en t'impliquant totalement dans la gestion du restaurant. Désormais, ce sera ton domaine exclusif. Je serai ainsi libre de me consacrer au reste.

— Je crois que je vais pleurer, bredouilla soudain Daisy. C'est idiot. Les hormones, sans doute. J'ai l'impression que tout se met en place, et c'est une bonne chose. Papa et maman seront contents aussi.

— Je le crois, dit-elle.

— Tu avais raison. Il nous fallait faire une mise au point, constata Daisy en l'étreignant brusquement. Tu es une chic fille, Mary Jane.

Elle rendit son étreinte à sa sœur, mais la repoussa rapidement car ce déluge émotionnel était un peu trop éprouvant pour elle. En réalité, comparées à elle, ses sœurs enceintes et dominées par leurs hormones auraient pu se voir décerner la médaille de la maîtrise de soi.

— Moi aussi, je vais pleurer, déclara Lee en s'essuyant les yeux. Pas un mot à Mac de peur qu'il ne se serve de ma nouvelle émotivité contre moi !

— Donc, les sœurs Cherry font front commun devant les parents ? résuma Daisy.

— Absolument !

Leurs parents arrivèrent à 16 h 30.

Elle entendit crisser les pneus d'une voiture se garant sur le parking et sourit : comme d'habitude son père arrivait trop vite tandis que sa mère le morigénait en lui rappelant que le lieu était fréquenté par des enfants.

Elle sortit les accueillir au moment où un second véhicule apparaissait sur l'allée : le minivan de Joe qui venait chercher ses filles. Elle lui adressa au passage un signe de la main.

— Qui était-ce ? s'enquit sa mère dès qu'elles se furent embrassées.

— Le fils de M. Capelli, figure-toi !

— Lequel ? Je crois qu'il en avait plusieurs.

— Joe. Nous étions camarades au lycée.

Son père l'embrassa à son tour.

— Il habite l'hôtel ? demanda-t-il.

— Non.

Cependant, ses parents regardèrent avec intérêt Joe descendre du minivan et se diriger vers la piscine d'où leur parvenaient cris, rires et bruits d'éclaboussures. Ils insistèrent alors pour savoir ce qu'ils faisaient là.

Elle ne raconta pas toute l'histoire, bien sûr, seulement les grandes lignes.

— Bel homme, constata son père, observant toujours la scène.

Son cœur cognait douloureusement contre ses côtes. Elle

imaginait ses parents assistant, pleins de joie, à leur mariage, téléphonant à leurs amis pour annoncer la naissance d'un nouveau petit-enfant.

Oublie, Mary Jane. C'est un rêve qui ne se réalisera pas.

Sa mère regardait aussi Joe qui enveloppait ses deux petites filles dans leurs serviettes qu'elles n'oubliaient plus désormais.

— Elles ont l'air de deux petites pleines d'espièglerie, nota-t-elle.

— C'est sûr ! Et pleines d'énergie. Joe les élève très bien.

Sa mère la regarda, et Mary Jane crut voir fonctionner les rouages de son cerveau.

Un père célibataire, tiens, tiens...

— Rentrons vos bagages, dit-elle brusquement.

Et, à son grand soulagement, ses parents laissèrent tomber le sujet.

Le lendemain était le dernier jour du stage de poney. Les Richardson rendraient les clés du bungalow le samedi matin, chargeraient leurs chevaux dans le camion et entreprendraient le long voyage de retour jusqu'au Kentucky.

Après-demain, Holly et Maddie ne mettraient plus les pieds à *Spruce Bay.*

Après-demain, elle pourrait commencer à oublier Joe.

15

Après-demain.

Mais demain n'était pas encore passé.

Le vendredi matin, elle vit Joe amener ses filles pour la dernière fois tandis qu'en compagnie de ses parents elle prenait son petit déjeuner sur la terrasse du restaurant. Agacée, elle détourna les yeux des minces silhouettes en culottes d'équitation, leurs sacs bourrés de collations, bouteilles d'eau et attirail de bain arrimés sur leur dos, escortées par un homme attentionné aux larges épaules.

Jusque-là, leurs parents s'étaient montrés très élogieux sur la façon dont elles géraient l'hôtel. En totale opposition avec l'automne dernier, quand ils avaient eu tant de mal à passer le flambeau à leurs filles, comme s'ils doutaient que d'autres qu'eux puissent tenir autant à l'endroit et s'en occuper avec autant d'amour.

Parfois, son père ronchonnait malgré tout. Par exemple, à l'heure du petit déjeuner.

— Quelle idée de servir du cake le matin ! maugréa-t-il.

Quant à lui, il avait commandé des œufs brouillés avec du bacon.

— Eh bien, à en juger par la vitesse à laquelle partent ceux de Daisy, c'est une bonne idée !

— C'est sûrement pour cette raison qu'il était temps que nous nous retirions des affaires, décréta-t-il. Nous n'étions plus dans le coup. Jamais, par exemple, je n'aurais choisi ces couleurs pour les salles de bains !

— Elles sont superbes, intervint vivement sa mère. D'ailleurs, Marshall, tu avais examiné les échantillons au moins cinq fois avant qu'elles ne soient peintes.

Aujourd'hui, ils avaient prévu d'aller à Jay pour voir la maison que Lee et Mac envisageaient d'acheter. Au retour, ils jetteraient un coup d'œil sur celles que Daisy et Tucker avaient repérées.

Livrée à elle-même, Mary Jane passa ses moments libres à naviguer sur un site de décoration, afin d'y puiser des idées pour son projet de réaménagement d'une chambre plus grande destinée à son usage personnel. Elle étudia aussi ces maudites brochures touristiques. Finalement, elle penchait pour le Portugal en mars.

A 17 h 30, quand Nickie vint prendre son poste à la réception, Mary Jane sortit dans l'air parfumé de l'été pour son inspection quotidienne des bateaux. Il fallait vérifier que personne n'avait oublié dedans un gilet de sauvetage, s'assurer qu'il ne manquait pas de rame, qu'il n'y avait pas de détérioration susceptible d'entraîner une voie d'eau, ou de bateau manquant carrément à l'appel.

Elle n'était pas mécontente d'avoir une bonne raison de se rendre au bord du lac. Il était si limpide, si paisible, et quel que soit le temps ou la période de l'année, le jeu de la lumière du ciel se reflétant sur l'eau, les rochers et les arbres avait quelque chose de magique.

Elle inspira une profonde bouffée d'air chargé de la senteur de résine des pins, et se dit qu'elle était heureuse. Comblée, même. Elle allait être bientôt tante. Elle vivait dans un endroit magnifique et elle s'était montrée assez raisonnable pour refuser la proposition insensée de Joe, quinze jours plus tôt. Il devait d'ailleurs partager son point de vue, car il n'avait pas insisté pour qu'ils se voient.

On ne peut pas s'accrocher à quelque chose sous prétexte que ça ressemble à ce que l'on veut. Quelle était la phrase que répétait volontiers son père ? « Si une chose semble trop belle pour être vraie, c'est probablement le cas. »

D'accord, son père pouvait se montrer parfois un peu négatif et prompt à voir le mauvais côté des choses.

Il fait beau, je suis heureuse. Je vais voir les bateaux. J'ai toujours aimé aller voir les bateaux.

Même si des panneaux énonçaient clairement les instructions concernant l'entretien du lieu, on constatait toujours des négligences. Aujourd'hui, elle découvrit un bateau avec quatre rames tandis qu'un autre en était dépourvu, et deux canoës non retournés avec de l'eau stagnant au fond et des gilets de sauvetage flottant dedans.

Quant au canot numéro trois, il manquait à l'appel. Elle scruta le lac et le vit contourner la pointe d'une île, reconnaissable en raison de sa coque peinte dans le bleu ciel de la flotte de *Spruce Bay*. Elle sortit les gilets de sauvetage de l'eau, puis entreprit d'écoper les canoës à l'aide d'un seau. Dans le processus, elle récolta pas mal d'éclaboussures, mais le soleil brillait gaiement et ses vêtements sécheraient vite.

Incroyable ce que ces modestes embarcations pouvaient contenir d'eau.

— Besoin d'aide ? fit derrière elle une voix masculine.

Avec un hoquet de surprise, elle se retourna.

C'était Joe en short, un gilet de sauvetage sur le dos, qui l'observait avec un demi-sourire qu'elle ne sut analyser.

— C'étaient donc les filles et toi, à bord du canot !

Il l'avait tiré sur le sable, à quelques dizaines de mètres de là ; les filles toujours assises dedans essayaient de manier les lourdes rames à grand renfort d'exclamations et de rires.

Elles étaient vraiment adorables !

Et elles n'avaient toujours pas eu droit à leur bol de chocolat chaud.

Elle détourna rapidement les yeux.

La seule présence de Joe l'empêchait de respirer. Réussirait-elle à dissimuler son émotion ? Ils se trouvaient ici dans un endroit plus intime que d'habitude.

— Nous rentrons tard, dit Joe avec un sourire penaud.

Ce sourire fit bondir son cœur de façon parfaitement déplacée. Elle le lui rendit et il y eut un moment de flottement qui s'étira… s'étira…

— Pas de problème, finit-elle par dire d'une voix mal assurée.

— C'est notre dernier jour, argua-t-il.

Il baissa la fermeture de son gilet de sauvetage. En dessous, il portait un polo rayé taché d'humidité.

— Je sais. Les filles doivent être tristes.

Bizarrement, ils ne semblaient pas attacher d'importance à leurs propos. En revanche, ils se buvaient des yeux comme si leur vie en dépendait.

— Pas trop, parce que, d'après Penelope, elles sont désormais assez bonnes cavalières pour participer à un stage de deux semaines qui aura lieu en août. En attendant, elles prendront des leçons avec elle deux fois par semaine. Et puis, j'ai trouvé un camp pour les occuper en attendant le stage d'août.

— Très bien. Comme ça, elles ne fatigueront pas trop ton père et tu auras du temps pour étudier. C'est formidable !

— Oui.

Cependant, le sourire de Joe s'éteignit, et l'atmosphère redevint lourde et équivoque.

— Les filles m'ont demandé si elles pouvaient faire une promenade en bateau pour le dernier jour. J'espère que ce n'est pas ennuyeux. Nous ne sommes pas clients, après tout.

Holly et Maddie avaient jailli du bateau pour accourir vers eux. Et, à présent, elles se tenaient près de leur père. Leurs mentons disparaissaient presque dans l'encolure de leurs gilets. Elles ne souriaient pas, ne sachant apparemment pas à quoi s'attendre de sa part.

— Pas de problème, dit-elle.

— Est-ce que ça signifie, pas de problème que nous rentrions tard, pas de problème que nous ayons pris un bateau, ou pas de problème, tu n'as pas besoin d'aide ?

— Les deux. Je veux dire, les trois.

— Moi, je pense que tu as besoin d'aide. Regarde-toi !

Elle baissa les yeux sur sa tenue. Son haut blanc était suffisamment mouillé pour laisser deviner qu'elle portait un soutien-gorge rose.

— Mais non, bredouilla-t-elle.

Les joues brûlantes, elle saisit le seau, s'efforçant de dissimuler sa poitrine au regard inquisiteur de Joe.

— Ne fais pas ça, dit-il doucement.

Sans un mot, elle lui tendit le seau, et leurs mains se frôlèrent maladroitement. Elle retira précipitamment la sienne.

Les filles suivaient la scène avec intérêt.

— Tu es gênée parce qu'on voit ton soutien-gorge ? demanda Holly avec la brutale franchise des enfants.

— Un peu.

— Les filles ! s'exclama sévèrement Joe.

Mais la brise emporta au loin ses reproches.

— On peut aider, papa ?

— Si vous retiriez plutôt vos gilets, que vous vous séchiez et que vous alliez jouer dans le sable ?

— On reste ? demanda Holly.

— Tu as dit qu'on devait rentrer, lui rappela Maddie.

— Nous restons encore un peu.

Il y eut une explosion de cris de joie.

— Et puis, vous vous plaigniez d'avoir faim, mangez donc votre goûter.

— D'accord !

Il parut soulagé de les voir s'éloigner.

— Tu n'as pas à écoper les bateaux pour moi, protesta-t-elle.

— Et si j'en ai envie ?

— Alors… alors… d'accord.

Il s'attaqua au canoë contenant le plus d'eau, et entama un mouvement de va-et-vient régulier comme une horloge, plongeant le seau dans l'eau, en rejetant le contenu, recommençant. Elle voulut lui répéter qu'il n'y était pas obligé, mais les mots refusaient de franchir ses lèvres. C'était trop bon. Il l'aidait avec une telle efficacité. Un homme lui était-il déjà venu en aide de cette façon ?

Il frimait un peu, certes, mais ça lui plaisait !

Elle aimait ce qu'il avait dit. Elle aimait qu'il tienne encore un peu à elle.

Peut-être qu'il ne croit pas que tout est fini entre nous, après tout.

Ou alors, il agissait en homme poli qui manifestait sa reconnaissance envers ce qu'elle avait fait pour ses enfants.

Version qui semblait un peu moins plaisante, mais qu'elle appréciait quand même. C'était une leçon que la vie lui avait enseignée : si l'on ne peut avoir les grandes choses que l'on désire, il faut savoir se contenter des petites.

— Merci, Joe, réussit-elle enfin à articuler.

— Ce n'est rien. Je suppose qu'il faut vider l'autre aussi ?

— Et puis, il faudra les retourner.

— Tu fais ça tous les jours ? demanda-t-il tout en se remettant au travail.

— Les clients sont censés s'en occuper, mais ils négligent souvent les règles de base. Autrefois, avant que mes parents ne partent vivre en Caroline du Sud, papa s'en chargeait. Et maintenant, Daisy et Lee ne sont plus en état de…

— Je m'en étais aperçu ! Lee est vraiment impressionnante.

— Elle sera la première à accoucher. Rick, notre responsable de l'entretien pourrait s'en charger, mais il travaille à temps partiel et part trop tôt pour le faire.

— Pour ce genre de tâche, il te faut quelqu'un à temps plein.

Ayant terminé, il se redressa.

— C'est notre premier été sans nos parents, expliqua-t-elle, nous tâtonnons encore sur certains points

— Il te faut quelqu'un, répéta-t-il.

Et comme son regard voltigeait sur ses seins, elle rougit.

Reprends-toi, Mary Jane ! Respire et cesse d'interpréter le moindre signe dans le sens qui t'arrange.

Ne donne pas trop.

N'attends rien.

Ensemble, ils retournèrent les deux bateaux. Ensuite, elle s'approcha de celui qu'il venait de rapporter, et constata qu'il était sec. Sans doute avait-il donné de strictes consignes à ses filles.

Cependant quand elle voulut le retourner, il l'arrêta d'un geste.

— Holly, Maddie, venez ! Il faut retourner votre canoë.

— C'est bon, Joe, nous pouvons…

— Ecoute, je sais lire, même si certains de tes clients en semblent incapables. Sur les panneaux, il est bien précisé qu'au retour de promenade on doit retourner les bateaux et ranger les gilets de sauvetage dans la remise. Les filles ?

Elles arrivèrent en courant. Il leur désigna une extrémité, prit l'autre et compta jusqu'à trois. Il aurait sans doute accompli plus facilement la manœuvre tout seul, mais il exigeait d'elles de la discipline, ranger leurs jouets, emporter leurs assiettes à l'évier à la fin du repas…

— Est-ce qu'on peut encore jouer ? demandèrent-elles quand le canoë fut installé, l'ouverture en bas, sur le sable.

— Oui, allez-y.

Il baissa la voix pour ajouter :

— Tu as un peu de temps, Mary Jane ? J'aimerais parler quelques minutes avec toi.

Ses yeux étaient sombres, tels deux lacs aux eaux profondes, et sa voix si basse qu'elle dut se rapprocher pour entendre.

— J'ai une question à te poser à propos de ce qui s'est passé, il y a quinze jours.

— A propos…

— Tu sais de quoi je veux parler.

Il jeta un regard éloquent en direction des filles.

— Je voudrais savoir pourquoi tu as refusé. Est-ce à cause de leur comportement ? La question m'obsède. Vous sembliez si bien vous entendre, toutes les trois. Elles parlent souvent de toi. Elles t'aiment beaucoup.

— Elles ne semblaient pas beaucoup m'aimer, la semaine dernière, quand j'ai refusé de leur faire un chocolat chaud.

— Je me posais des questions aussi à ce sujet. Je t'ai vu hésiter.

— Tu m'as tirée d'affaire en disant que j'étais occupée.

— Et tu as saisi la perche que je te tendais.

— Je… oui.

— Dis-moi franchement. Tu les trouves si insupportables ? C'est ça ?

— Non ! Non, Joe ! Sûrement pas !

Il sembla à peine l'entendre.

— Tu sais, elles sont l'élément sine qua non de l'équation, il faut que tu le saches.

— Bien sûr que je le sais ! Tu ne t'engagerais évidemment pas avec une femme qui ne s'intéresserait pas à tes enfants ! Et comment une femme avec un tant soit peu d'intégrité pourrait assumer les enfants d'une autre, si elle ne trouvait pas le moyen de les aimer ?

— Alors, si ce n'est pas elles que tu refuses…

Elle accomplit un ultime effort d'honnêteté, parce que, si elle ne réussissait pas à être honnête avec cet homme, quel espoir lui restait-il ?

— C'est tout le contraire, Joe.

— Le contraire ? Comment ça ?

— L'autre jour, quand j'ai refusé de t'épouser, c'était parce que je craignais, au contraire, de les vouloir trop. De vouloir une famille toute faite, de vouloir une famille tout court. J'en veux une, Joe, mais ça paraissait trop facile. Tu m'offrais la vie dont j'ai toujours rêvée… et dont je rêve encore.

— En quoi est-ce mal ?

Il s'approcha. Mais elle serra ses bras contre elle, cherchant à se protéger.

— Réponds-moi, Mary Jane.

Elle secoua la tête.

— On ne bâtit rien de bon sur la convoitise.

— Tu ne me parais pas une personne avide. Tout au contraire.

— Il existe différentes sortes de convoitise.

Elle ne supportait pas l'expression de ses yeux sombres,

n'arrivait pas à abandonner sa position de défense, alors même qu'il lui caressait doucement les épaules. Avouer qu'elle convoitait le bonheur des autres femmes lui coûtait tant. Elle ne désirait pas seulement un homme pour lui faire l'amour, mais un mari, une famille et un nid.

— Je ne peux pas vous faire entrer de force, toi et tes filles, dans mon fantasme de vie de famille. C'est mon problème, pas le tien, ni le leur. Mon désir de fonder un foyer est trop fort.

Le meilleur moyen de faire fuir un homme. Pourtant, loin de s'enfuir, il demeura immobile.

— C'est vraiment ce qui te tracasse ? demanda-t-il enfin. Tu ne doutes pas de moi, ni des filles, juste de toi ?

— C'est suffisant, tu ne crois pas ?

— Non ! Pas du tout ! Ce n'est absolument pas suffisant ! C'est un fétu de paille dans la balance !

— Qu'est-ce qui compte alors ? Aide-moi, Joe. Le chaos règne dans mon esprit. Tout me semble si compliqué. Je me bats avec tant de force contre moi-même…

— Je le sens, dit-il doucement. Et tu te bats contre moi aussi. Tu essaies de m'empêcher de t'embrasser.

Il posa un baiser sur ses cheveux.

— Mais ça ne marche pas…

Sur sa tempe.

— … pas du tout.

Avec un petit cri d'impuissance, elle lui tendit son visage.

— Qu'est-ce qui se passe, Joe ? demanda-t-elle entre deux baisers aussi tendres que délicieux.

— Tu arrêtes simplement de lutter. Notre histoire est très simple, en réalité, et juste. Voilà pourquoi nous étions si malheureux, ces quinze derniers jours, et pourquoi, quand nous nous rencontrions, nous nous attardions pour continuer à échanger.

— C'était pareil pour toi ?

— Tu n'as pas remarqué ? Je crois que si. Seulement tu étais tellement occupée à te compliquer la vie que ça te passait par-dessus la tête. Ce qui fait que je ne comprenais plus rien, et j'ai cru devoir renoncer. Ne m'y oblige pas, Mary Jane.

— Non ?

Sa voix n'était qu'un murmure.

— Non. Je t'en prie, aime-moi simplement comme je t'aime.

— C'est tout ?

— Oui. Il ne s'agit pas de réaliser à tout prix un rêve. Je le sens au plus profond de moi, Mary Jane. C'est bien réel.

Elle sentit l'étau qui lui comprimait le cœur se desserrer peu à peu.

— Je t'aime, je t'aime tellement, Joe. Et j'aime Maddie et Holly.

— C'est tout ce qui compte. Nous devons faire confiance à nos sentiments, les laisser nous emporter. Et si tu ne veux pas entendre parler mariage, si l'idée t'angoisse toujours, n'y pensons plus.

— Non ? murmura-t-elle.

Il lui sourit, la serra dans ses bras, et l'embrassa. Les filles les observaient-elles ? Peu importait. Il y aurait très bientôt des explications.

— Attends un peu, Mary Jane Cherry. Au moment où tu t'y attendras le moins, je te ferai ma demande de façon si romantique que les autres gars n'auront qu'à aller se rhabiller ! Et tu seras incapable de me résister !

— Inutile, répliqua-t-elle bravement. Tu peux faire ta demande tout de suite.

— Vraiment ?

— Je reconnais ma défaite. Si tu veux m'épouser, je le veux aussi, et peu importe comment et où tu me le demandes.

— Du moment que c'est tout de suite ?

— C'est ça.

— Veux-tu bien m'épouser, Mary Jane ?

— Oui, Joe. J'accepte de tout mon cœur.

— Ça semble trop bon.

— Qu'est-ce qui est trop bon ? demanda Holly qui s'était approchée.

— Pourquoi tu serres Mary Jane dans tes bras ? interrogea à son tour Maddie.

Devant leurs regards soupçonneux, leurs paupières plissées, leurs moues, elle sentit son cœur fondre et fut submergée par l'envie de les prendre elle aussi dans ses bras. Mais elle devait attendre le signal de Joe. Ce n'était pas un rêve, mais la vraie vie, un avenir avec deux petites filles qui avaient souffert et qu'il fallait traiter avec circonspection. Ce serait un travail de longue haleine, elle ferait parfois des erreurs, il y aurait des fâcheries.

— Parce que nous venons de parler, répondit Joe. Et nous avons décidé de former une famille.

— Une famille ? demandèrent-elles d'une seule voix.

Elles ne savaient pas trop pourquoi c'était si excitant, mais se fiaient à l'attitude de leur père.

— Des gens qui s'aiment, qui partagent leurs vies et cherchent à se faire plaisir, à s'entraider, et promettent qu'il en sera de même toute leur vie. Nous allons inaugurer cette nouvelle existence par un goûter de barres de céréales à la terrasse du restaurant, tous les quatre, avec votre nouvelle mère.

— Notre mère ? s'exclamèrent-elles sur un ton suraigu.

— Vous êtes contentes ?

— Oh ! oui ! fit Maddie.

— Oui, oui, oui ! renchérit Holly.

Une menotte se blottit dans la sienne et une petite voix demanda :

— Est-ce que ça veut dire qu'on pourra jouer avec ton maquillage, Mary Jane ? S'il te plaît ? S'il te plaît ! Si tu nous aides et qu'on fait très, très, attention de ne rien casser ?

— Ne te laisse pas attendrir, chuchota une voix sévère à son oreille. Si tu fais preuve de faiblesse dès le début, elles te dévoreront toute crue.

— Tu plaisantes ? chuchota-t-elle en retour. Oui, bien sûr, mes amours !

Elle se sentait submergée d'émotions, étourdie, heureuse et déconcertée tout à la fois.

— Tu es folle, chérie.

— Je sais.

Et, seule, la ferme étreinte de Joe, promettant qu'au-delà des montagnes russes de ses émotions les attendait un univers magique, la retint d'éclater en sanglots.

Épilogue

D'une certaine manière, l'attente du résultat de l'examen d'admission de Joe au barreau de New York s'apparentait à celle d'une naissance. On vous donnait une date approximative à laquelle espérer l'événement, mais sans garantie. Pure coïncidence qui renforçait l'idée de la comparaison, le bébé de Daisy — ce serait une fille — devait voir le jour à la mi-novembre, c'est-à-dire au moment où les examinateurs s'estimaient en mesure de livrer les résultats de l'examen de juillet.

Cependant, début novembre, Daisy commença à s'agiter et à se plaindre. « Je suis énorme, disait-elle, plus grosse que ne l'était Lee. Et si le bébé tardait à venir ? Je ne tiendrai sûrement pas quatre semaines de plus dans cet état ! » Ensuite, elle s'excusait de ses jérémiades et disparaissait dans la salle de bains pour prendre un médicament contre les aigreurs d'estomac.

Les dernières semaines de la grossesse de Daisy furent une période éprouvante, et, sans Lee et Mac, jeunes parents ivres de joie, Mary Jane aurait pu se demander pourquoi elle tenait tant à faire l'expérience de la grossesse.

Lee et Mac avaient eu leur petit garçon le vingt-trois septembre, quinze jours avant que Joe et elle célèbrent leur mariage au cours d'une cérémonie toute simple, mais très réussie, avec deux délicieuses demoiselles d'honneur semblables à deux petits pois dans une même cosse.

Dès qu'elle avait accepté la demande en mariage de Joe, tout était devenu limpide à ses yeux, et elle ne tenait pas à ce que leur union ressemble à un étalage public de son bonheur. Leur mariage devait être serein, une célébration intime de leur décision d'unir leurs vies et de la promesse de relever ensemble tous les défis.

Afin de ne pas perturber Holly et Maddie avec un nouveau déménagement et de ne pas laisser seul le père de Joe, elle s'était installée dans la demeure des Capelli, sur North Street. Adam, le bébé de Lee, un adorable bambin âgé maintenant de six semaines, qui souriait déjà, concrétisait aux yeux de Mary Jane la promesse de ce que l'avenir lui réservait. Joe et elle n'utilisaient pas de contraceptifs, et, chaque mois, elle attendait avec impatience de voir se réaliser son rêve.

Mais pour Joe, Art, les filles et elle-même, c'étaient pour le moment les résultats de l'examen de Joe qui les tenaient sur des charbons ardents.

Tous les jours, au retour de leur nouvelle école, dans laquelle elles s'étaient très bien intégrées, les petites s'enquerraient : « Du nouveau, papa ? » Et il répondait : « Pas encore. » « Tu disais qu'en 2012 ils avaient donné les résultats le 2 novembre », intervenait son père. « Nous ne sommes pas en 2012 », répliquait patiemment Joe.

D'eux tous, il était le plus stoïque, et elle ne l'en aimait que davantage. Elle savait comment il avait appris à prendre cette distance, tout au long de ces mois où il attendait les verdicts du tribunal, les comptes rendus des services de l'Enfance. Elle connaissait la cruauté des leçons que la vie lui avait infligées.

Aussi, quand elle avait suspecté une grossesse, était-elle restée indécise. Devait-elle lui parler de ses espoirs encore incertains, ou attendre d'être complètement sûre ? Attendre les résultats de son examen ? Elle laissa s'écouler encore quatre jours. Ainsi firent les examinateurs du bureau juridique de New York, et, contrainte et forcée, l'irritable Daisy.

Les filles étaient à l'école, le père de Joe ratissait les feuilles du jardin et Joe travaillait au garage quand, n'en pouvant plus de rester dans le doute, Mary Jane alla acheter un test de grossesse à la pharmacie. Une heure plus tard, Art faisait une petite sieste et Joe revenait après être passé chercher les filles à l'école.

Il l'embrassa et elle ouvrit la bouche pour lui annoncer…

— Laisse-moi juste jeter un coup d'œil à mes e-mails, marmonna-t-il.

Il disparut dans la petite pièce qui lui servait de bureau.

Elle restait là, rongeant son frein, tandis que les filles couraient dans la cuisine à la recherche de leur goûter. Malgré un solide appétit, elles ne se remplumaient guère. Il y avait eu quelques frictions à propos de jouets à ranger ou de la nécessité de manger des légumes, mais bien davantage de moments précieux. Son amour pour elles grandissait de jour en jour, et il semblait que les épisodes difficiles la liaient encore plus fort aux jumelles.

Quand Joe revint du bureau, elle était bien déterminée à lui parler, mais, en l'apercevant, elle se tut, car tout en lui trahissait la bonne nouvelle.

— Tu sais quoi ? dit-il avec un sourire jusqu'aux oreilles. Je suis reçu !

Elle se jeta dans ses bras et éclata en sanglots.

— Oh ! Joe !

— Es-tu fière de moi ?

— Tu n'imagines pas à quel point ! Mais je ne suis pas surprise. Je savais que tu réussirais.

— Je t'adore !

— Et tu sais quoi ?

A présent, c'était son propre visage que la joie illuminait.

— Je viens de faire un test de grossesse, et…

Joe poussa un tel hurlement de joie que les filles accoururent et qu'on entendit un bruit de pas précipités à l'étage. Au temps pour l'intimité, mais c'était très bien. Ils formaient une famille. Cinq membres, et bientôt six.

Quand le téléphone sonna un peu plus tard, au milieu de la liesse générale, elle alla décrocher et ne fut pas vraiment surprise d'entendre la voix lasse, fière et heureuse de Tucker.

— Tu sais quoi..., commença-t-il.

Harlequin vous offre un large choix de littérature sentimentale !

Sélectionnez-vous [illegible] parmi toutes les idées [illegible] de lecture extraordinaires [illegible]

[illegible]

[illegible]

Composé et édité par HarperCollins France.

Achevé d'imprimer en octobre 2020.

BLACK PRINT

Barcelone

Dépôt légal : novembre 2020.

MIXTE
Papier issu de sources responsables
FSC® C108412
FSC www.fsc.org

Pour limiter l'empreinte environnementale de ses livres, HarperCollins France s'engage à n'utiliser que du papier fabriqué à partir de bois provenant de forêts gérées durablement et de manière responsable.

Imprimé en Espagne.